MINGUOWUXIAXIAOSHUO
DIANCANGWENKU

民国武侠小说典藏文库

张个侬卷

九义十八侠

张个侬 著

中国文史出版社

自　序

吾昔尝言，世而有游侠，世风之不幸，抑亦游侠之不幸也。今演义此书，益觉吾言之非谬。曩吾所著书，武侠评话亦数数矣，书中之侠义虽夥，然以较此书，则鲜乎寡矣。吾尝云，居今之世，怀古之人，欲求一游侠之士且不可得，而不谓本书之夥颐，几集侠义之大观，洵乎其为吾武侠说部中之伟集哉。

书成，喜以志之，爰以为序，所感慨者，游侠如许之多，其时之世风为何如？则尤不幸之不幸已。

丙寅乞巧日

丹徒张竹自识

略　考

《九义十八侠》一戏，原本取材于《九义十八侠》说部，顾该书版已久失，坊间赝鼎之书甚多，大都冒名，有改《大闹嘉兴府》为《九义十八侠》者，有改《五鼠闹东京》为《九义十八侠》者，盖均名是而实非。吾人观于该剧之情事玄幻，贯串紧凑，剧旨之忠实正大，殊裨益于世道人心。愚因取原剧剧情，辑此演义，存菁去芜，略加穿插，虽不敢自命为神龙点睛，要亦较坊间汗牛充栋之说部为佳矣。

书既成，用将编辑经过及剧中事实，略考崖略，以告读者。

当愚之编是书也，群咨博访，并曾登报征求，以明实在。一时名伶，如大面金少山（秀山子，曾去剧中之淮安恶霸暴武扬），老生刘永奎、王斌芬（曾去剧中之清官龙宝山），武生张铭武（曾去剧中之侠客马青锋），武丑郑发祥（曾去剧中之侠客公孙策）诸君等，凡曾主演或配演此剧之名伶，几于咨询殆遍，海上票友暨在票房说戏之教师，评剧家暨各名伶之琴员等，亦多所采访，然所得亦仅。迨客岁李吉瑞君应共舞台之聘来沪，愚知是剧为渠之拿手杰作，向往久矣，遂倩《新游戏报》主笔刘束轩君介绍，得与共舞台台主黄金荣君晤，因得访李君于其寓次，结果甚佳，遂得该剧始末。计愚之观该剧，主演者凡两人，一即张铭武君所演之《九义十八侠》头二本（《春华舞台时代》），后又复观于共舞台，仍为李君主演，此编本书之经过情形也。

戏词云："在朝中，辞别了正德有道君。"是明朝武宗时事可知矣。其时内有宸濠刘瑾之叛，外有甘肃鞑靼之警，似其时无疑。或云，其时无亲王爵号，唯明承元后，元固有亲王位号矣，编剧者冥想而得，以为如非亲王之尊，焉能有此权衡，是盖鉴于清代亲王尊显专权之威使然，不足征也；又有误正德为乾德者，殊不知乾德为宋太祖时年号，戏中装束全系明装，且宋太祖乃英雄之主，杯酒释兵权一事，史家传为美谈，其时无权臣，何来善亲王一类之人哉？或又谓书中之龙公，即《天雨花》书中之隆公，系明末时事，殊不知地名不同，人名亦不同，《天雨花》一书，以左维明为主，更无见珠起意，夺宝惹祸之事；或又谓夺宝兴祸，《八窍珠》(即《没牙虎打擂》)书中事也，其时亦在明末，殊不知《八窍珠》之夺宝，与本书之夺宝完全不同，而人名、地名各异，则犹其次已。他如以别种说部改一题签，而赝称为《九义十八侠》者，则尤不足辩矣。此本书时代之应考正者一也。

龙公奉旨出京，赴淮安府任，此名伶林树森所云"《九义十八侠》乃南方戏"者也。按本戏开场，即为刘子章夫妻上坟，继以暴武扬郊外踏青，然后见宝(珠系真宝，人系活宝)起意，定计邀刘，打死刘子章，逼死徐夫人，移尸纵火，刘云逃生告状。接以马青锋登程访雷洪，遇刘云赠银，公孙策奉师命下山，访马青锋，适见此事，是为本戏开场之大结构。接以龙公上任，馆驿中刘子章夫妻托兆申冤，龙公私访，遇刘云写状，上任由东门进城，访暴武扬，刘子章夫妻魂附暴身，吐露谋反证见，龙公到衙接任，准刘云之状，欵前任，请暴过衙，出示状纸，暴闹公堂，马青锋杀暴，牛儿上京哭诉，李朝宗王府受谴，锦衣校尉捉龙公进京，公孙策酒楼激马青锋到案，于是接以闹王府、闹法场之事，是戏中虽肇端于淮安，然亦闹及京师，固不得完全误认为南方戏只以全戏论事迹，以南方为较多耳。此地名之应考证者又一也。

马青锋念白云："俺马青锋，乃山西太原府冠峰县人氏。"查太原属境，无冠峰县治之名，《事类统编》所未载。愚学浅，无以证之，只得阙疑待教，其余侠义之出身地名，均本诸剧本为多。此人名出处之应考证者又一也。

本书既以剧情为演义之蓝本，当然以剧情为主要成分，其有与剧情稍异者，则少参己意，盖恐观者枯涩也。良以剧情与演义稍有出入，犹之评话家(即说书者)与小说家，一为说者，一为撰者，同系一书，说撰亦颇有不同，盖亦有所谓不得已者，在此又应考证之一也。

丙寅孟秋上浣

著者识

目　录

第一回

借剧情翻清廉公案
寄幽怀演侠义全书

话说《九义十八侠》一书，在前坊间原有刻本，只因年代久远，遂致原版失传。传之者，仅梨园子弟，尚有能演《九义十八侠》一戏者而已(表出真相，以阙托词真本者之妄)。

在下因该剧情节玄幻，大可感动人心，且恐将来剧本失传，将前人编书的旨趣全失，将一班侠客义士的行踪作为、一切可泣可歌可惊可敬的事实，湮没无闻，致令英雄短气、壮士无颜，因此根据剧情，翻检正史，旁采故老乡谈(附"考略"在卷首)，编出这部书来。

正是：

优孟衣冠表演日，舞文弄墨编撰时。

况当今外侮纷来，不提倡尚武精神，何能发愤图强？吏治日偷，不表扬廉洁主义，何能澄清宦海？人情鬼蜮，不尊崇侠义行为，何能寒人肝胆？本此诸端，着笔何可再缓，因此将剧情演纂起来，成了这部清廉公案，不但可以供清谈，兼且可以警人心，不但借曲本以表清廉，亦且写感怀以倡游侠。正所谓：

闲中重整游侠传，酒后再点英雄谱。

闲言道罢，却说明武宗正德年间，其时内有八党之奸，外有宸濠之变，只因处此时会，便生出一班忠肝义胆、侠骨柔肠的男女来，拨乱反正，专与奸党作对，正应了两句俗话：

家贫出孝子，国乱显忠臣。

这其中忠奸人物甚多，正如一部二十四史，头绪纷繁，只得按部就班，据剧考史，逐渐说来，看官们请听。

且说山西太原府，冠峰县地方，有一位读书的士子，姓马名刚，表字文叔，当宪宗成化年间，曾考中进士及第，前往大名府赴任，为官甚是清正。及至孝宗弘治年间，因事得罪了奸党，调任江南凤阳府知府。也是事有凑巧，到任未久，忽然凤阳皇陵大火，焚烧至九十余里（事在弘治四年十二月）。

马刚乃是当地官员，这干系如何能卸脱得下？被奸党罗荣奏了一本，说他大不敬，有亏职守。天子诏下，将马刚削职为民，并责令缮修皇陵，赔偿民间损失。这一来，马刚多年官囊，同着祖遗产业，均因此宣告破产，竟弄得家无儋石之粮，身无立锥之地，还是不足。只得向亲朋借贷，罗掘俱穷，仍是不能了局。幸亏有当年同年好友，现任兵部尚书的马文升暗中竭力帮忙，方才能够赔个了事。因这一来，马刚竟因劳心力过度，得了一病，几至不起。夫人徐氏日夜侍奉，真个是目不交睫，衣不解带，药炉煨煎，大夫诊治，方才痊愈。不料马刚方好，徐氏却反因积劳成疾，一命呜呼，只遗下一子一女，子名青锋，年方五岁；女名秀英，尚在襁褓。

马刚处此境地，真是无可如何境，伤心惨目时。没奈何，只得强打精神，向亲邻借贷，为徐氏收殓，将青锋、秀英寄养在世仆马忠家中，自己思前想后，如此年老子幼，如何了局？遂设法筹了盘川，动身入京，去寻马文升商量一切，一路上受尽了风霜饥寒，方才到得京都。自念身上这般褴褛，如何见得故人，况又人情炎凉，那门上如何肯通报，这却如何是好？因此一转念，只得权先到城隍庙内栖身，等候机会。

到了庙内，那庙祝原是旧相识，亏得他尚有故人香火之情，不曾拒却不纳。当时见面之后，各道别后情形，庙祝也深为太息，末后说到此番到京，意欲求见兵部尚书马大人，怎奈自己现在不比从前，那门上如何肯通报呢？因此只得权且到此暂住些时日，等候个机会，再和他厮见的话。

那庙祝道："马爷不必如此耽延，出门人能带得几个盘费，万一等不着机会，这却不是要处呢！"

马刚太息道："侯门深似海，这也是无法的事。说句自己落薄自己的话，像我现在这般落薄的形容，如走到他府上的门前，不要被那些门公赶将开去吗？"

庙祝道："话虽如此，你如不去求见，难道说你好在街上拦住他的马头相见不成？"

马刚听他的口气，知他心中不甚乐意自己在这里耽搁，只得含糊道："定法不是法，且待我明日去到那里试试看再说。不过今日这一夜，却要在此借住的了。"

庙祝道:"这不要紧,一两日打什么紧!"

当夜,马刚便住在庙内,心下沉吟,人情淡如水,果然不错分毫,想我当年在这庙内做檀越的时候,他们那般狗颠屁股似的恭维,何等的巴结?如今我失了势,到此暂住,他便十二分的冷淡。今日我大远地来,他竟不曾说请我在此吃一顿便饭,真是其情可恶。想到此,不禁悲愤俱至,那几点泪珠已是夺眶而下(此等处,非细心体会者不能知)。再一想,明日如是见不着文升,此处呢,咳!此去已饶三寸舌,再来不值半文钱。我只得再找别处栖身,不必再来看他这副皮笑肉不笑的脸蛋了。又想到文升虽与我不错,但他已竭力帮过我的忙,此番到京,不知见面后如何相待。万一他也和这庙祝一般地冷淡起来,我却如何办法呢?

想到这里,满心希望全无,竟至呆了。半晌后,方觉得身体困倦,蒙眬睡去。毕竟心中有事,天还未明即已醒了。要想再睡一会儿,哪里还能合眼?只得坐在床上,等候东方发白,起身向庙祝、香火等人讨了口洗脸水,略微梳洗,即便告辞出门,前往兵部衙门而来。到了那里,只见东西辕门车马甚多,那门口的传达旗牌都很忙碌,自己一想,这时候万难进去相见,只得立在那里卖呆(方言闲眺为卖呆),少不得探头探脑。

早有个军汉看见,手拿藤条,走过来喝道:"什么人!你敢在此东张西望吗?还不快走!"

马刚忍了气,赔着笑面,拱手道:"在下到此,乃是来叩见兵部大人的。因见各官员到此拥挤,故在此稍等,请勿见怪。"

那军汉道:"你要见大人有什么事呢?"

这句话不打紧,偶然触动了马刚的灵机,遂回道:"在下有件机密事,要求见马大人禀告。"

那官汉听说有机密事,本来兵部衙中,兵机紧要,机密的事情是常有的,因此信以为真,遂喝道:"既有机密事,停会儿午后再来。这时节大人正接待各官员议事,是没有空闲的。"

马刚闻言,只得应了声是,回身走去,心想,这般时候,走到何处去呢?一壁走,一壁想,埋着头向前慢踱。却不防迎面来了一人,两下里撞个正着。那人大怒,一把揪住马刚要打。

马刚吃了一惊,抬头看时,认得他是从前自己衙中的捕快头儿郝廷栋,遂道:"郝爷且慢动怒,恕小可鲁莽则个(呜呼!称曰爷,自名小可,今昔之不同如此乎?可叹)!"

郝廷栋将马刚一看,认得他是前任的本官,不禁唬了一跳,连忙松手道:“原来却是老爷,小人一时粗鲁,还望勿怪。”

马刚笑道:“郝爷言重了,此时却往何处去呢?”

郝廷栋道:“小人现在兵部衙中充当中军,此时正欲到衙门里去,听候大人点卯。”

马刚道:“这时候已是不早,郝爷你怎这般迟到呢?”

郝廷栋笑道:“小人是前日告的假,此时还未曾销假,所以迟到也不妨的。”

马刚听他说在兵部衙中当中军,陡然想着个主意,遂道:“郝爷您既迟些时候不要紧,且请借步说话何如?”

郝廷栋道:“这又何妨?小人便陪老爷去喝盅茶去。”说着,让马刚前行,自己陪着走了几十步。到了一家茶社内坐下,茶博士过来,给二人泡了壶红茶(不问爷用什么茶也,小人只观衣帽,情景如画)。

郝廷栋道:“老爷现在到京,怎么这般打扮呢?想又是出来访案吗(一语省却不少文字,暗写文叔当日为官时情形)?”

马刚随口应道:“我此番出来,不但为此,且因有件机密事情,要见兵部大人。怎奈那门上不肯通报,欲待将我真面目露出来吧,又恐误了事情,方才因此踟蹰。不料却撞着郝爷。如今郝爷既在那里,我意欲请郝爷去见马大人,就说我有机密事要见,不知郝爷可肯转达吗?”

郝廷栋听说有机密要事,不敢怠慢,便道:“老爷既有事要见,小人怎敢不通报?门上的人,他们不认识老爷,这也不好怪。老爷且在此稍等,容小人先去销了假,入内禀知马大人,然后再来奉请何如?”

马刚大喜道:“如此多劳郝爷了!”

郝廷栋道:“这乃是小人分内之事。”说着,便起身道:“老爷且请稍待,小人去去就来。”

马刚起身道:“有劳郝爷驾……”话犹未完,郝廷栋已离了座,出门去了。

马刚一人独坐在茶坊内,心中暗喜,又不禁暗叹。当日廷栋见我,大人长、大人短地躬身侍候,如今竟与我分庭抗礼,我反称他郝爷长、郝爷短的了,真是做梦也想不到的事。想了一会儿,喝了几杯闷茶,仍不见郝廷栋到来,心下好生着急。

又等了半天,腹中已是饿得雷鸣,眼花头晕起来,只得在茶坊内买了几个饽饽,胡乱充饥,吃了下去,方才好些。

又坐了一会儿,方见郝廷栋换了差官的衣服(可知方才是便衣),笑嘻嘻地走将进来躬身道:“大人命小人来请老爷,到衙中相会。”

马刚大喜,起身会了茶钱,同着郝廷栋向外便走。这一来,将那茶坊内博士和吃茶的人一齐着惊道:“这两个人定是什么官儿出来办案的(旁写一句)。”

马刚同郝廷栋到了兵部衙门。郝廷栋道:“老爷且请在此稍候,容小人入内通报。”说着,一径入内去了。

马刚立在门前,一眼看见那原先的军汉,心想,这厮方才大呼小喝,真是有目无珠呢。

那军汉见有中军招待,知道来的人定有些手势,早就将方才的威武丢在一边,走过来问话道:“敢情您与那中军认识吗?”

马刚嗤了一声道:“我和他好像有些面善呢!”

那军汉见不是头路,只得搭讪着走了。

马刚立了一会儿,只见郝廷栋由里面出来道:“请老爷后堂相见。”

正说着,马文升已由后面出来,抢步拱手道:“年兄甚风吹得到此?且请后面相叙。”说着,将马刚向里面让。

马刚入得仪门,二人携手而行。郝廷栋在后跟着,马文升一摆手,郝廷栋止步不随,向外面去了。

二人到了后堂,分宾主坐下。家人献上茶来,二人畅叙契阔,马刚先谢了文升援助之情,然后将来京之意说了。

马文升道:“年兄不必烦恼,且在我这里住几时,等候个机会,再行出去,岂不是好?”

马刚道:“承年兄之情,如此关爱,我是寝食难忘。但是等候机会却也很难,即如奏请复用,当此时代,小弟已是看破了功名利禄,不过是那么一件事。况且伴君如伴虎,没什么意思。小弟此来,想了又想,意欲向年兄设法,借些款项,在京都开一爿商店,做个安分守己的商民,不知年兄可肯应允吗?”

马文升道:“年兄既这般说时,小弟自当竭力维持。但不知年兄欲开什么店,要多少资本呢?”

马刚道:“没有别的,小弟想开爿绸缎庄,如是资本少,只得开一爿南纸店。这两种买卖,京都是最有生意的,小弟从前未曾考中的时候,常和些买卖人谈论,所以这两宗营业的生意经络,也还懂得。”

马文升大喜道:“既恁地时,小弟这里便着人和年兄去筹备,那资本也不至于恐慌。如是做得好,那也是年兄的运气;如是做得不好,年兄也不必介意,小弟对于这一层,是不妨事的。”

马刚闻言,拱手称谢。

当日马文升传命置酒为马刚接风,又代他置办衣服,由头至足,换了一新,果然人是衣装佛是金装,马刚这一换服色,陡然地容光焕发、气宇轩昂起来了。文升又令人将内书房收拾收拾,请马刚在那里住了,次日便命家人同马刚去筹办一切,先在闹市处所找了市房,前后共有四进,房屋甚好,租金却甚便宜。因为那房东租马文升乃是内亲,所以并不较量。

自此后,马刚日夜筹备,找人经理,并在京城各友人处托他们代找几名店伙朝奉,以及学徒等人。各庄号都去请了酒,配货齐全,方才择日开市。

这绸缎业也是大买卖,京城地方,各省的官员、王府国戚、达官贵人的公子,以及内宫的妃嫔、太监,谁不是考究穿着的主儿?所以这爿店开门以后,生意十分兴旺。马刚日夜辛勤,不敢怠惰,颇有盈余。

也是合当有事,那日来了个家人模样的汉子,说是要办绸缎,要店里送将去看。店伙便将货物略带,跟着那汉子送去。只因这一去,竟生了一场大祸。

正是:

贸迁方欲复原气,哪知无因祸又来。

原来那家人不是别家的,正是奸党罗荣的家丁。这日因为要送善庆王的寿礼,特地命他出来采办彩缎。

那店伙跟着到了罗府,罗荣见缎匹甚好,便问道:“你们是哪家字号的?”

那店伙道:“我们是经纶的(补出招牌)。”

罗荣道:“你们东家想是南边人了,姓什么呢?”

店伙道:“咱们东家是冠峰人,姓马,不是南边人。”

罗荣道:“不是南边人,怎么会这些货色,办得十分道地呢?”

店伙道:“东家虽不是南边人,管事的却是江南人,所以办货很是认真呢(补却许多文字)!”

罗荣点头,也不再问,便命家丁兑了银子,跟着店伙去拿缎匹。乃是宫绸四匹,宁缎四匹,杭缎、苏丝等各两件,彩绸百匹。

店伙去后,罗荣忽然想起,这店铺离此不远,我何不亲自去看看?免得拿了来,不对又要去换。况且带去的银子是否已够,尚未可知。因此便领了几名家人,随后乘马,向经纶绸局而来。到了门前,下马入内,亲自拣选。

马刚听说有官员到来办货,特地由后面出来招待。方到得店堂,见是罗荣,大吃一惊,赶着缩了进去。偏巧罗荣一回头,见是马刚在此,心下好生不自在,当下也不言语,拣好货物,付了价银,即便出门上马,回府去了。

过了几天,忽然来了几名锦衣校尉,领着一大队禁军,走到店内问道:“你们东家马刚在家吗?”

店伙们一齐大惊,愣了半天,回说:“东家方才出去了。”

原来马刚此时,正到马文升府中去,因为彼时文升改任吏部尚书,特地前往祝贺,不在店中。那些校尉吩咐禁军将店门封了,将一切店伙、经纪、学徒均驱逐外出,并将管事的南边人带了去复旨。

早有人将这消息暗中飞也似的去报知马刚。马刚大惊,急与马文升商议。

文升道:“年兄勿忧,且待我着人去打听详细,再作商量。”

遂命精细家丁,前往打探。回报方知是罗荣表奏朝廷,说马刚当日既变折家产,补偿仍是不足,何以尚能在京开设经纶绸局,分明欺君。因此天子大怒,命校尉领禁军前去捕拿马刚,并封闭店门,此时京城内正在风声紧急呢。

马刚闻言,气急惊忧一齐俱到心头,不禁晕了过去。

马文升忙命家丁救醒,扶起劝道:“年兄不必伤悲,事已如此,何必着急?小弟只当是被天火烧了店的就是。”

马刚只得收泪叩谢。

马文升道:“年兄如今外面风声甚紧,京城万不可以久居。小弟之意,年兄不如作速回去的好。”

马刚闻言,暗忖,如在此居住,连累了他,怎么对得住朋友呢?只得应道:“年兄之言不错,小弟即日动身就是。”

马文升道:“年兄如欲动身,也得稍微打点,一则此去盘费,二则回家后日用办法,三则世兄等教养之费,如何措办呢?”

马刚垂泪道:“这个嘛!只好再作别法了。”

马文升道:“年兄不必客气,有道是送佛送到西天。小弟现在尚能措办得来,这些数目,还不至于怎样费事。不过有一层,却是很难。”

正是:

屋漏偏遭连夜雨,水逆又遇打头风。

未知所难何事,请阅下文分解。

第二回

马青锋学艺五台山
龙公子赴试北京城

话说马文升道:“这费用一项倒不须虑得,却有一事,甚是为难。如今京城风紧,各城门当然非常严密盘查,如何能够安然出城,这事却很是作难呢!”

马刚被这话一提,惊出一身冷汗,不由吁声叹气,哪里还有什么主意?

停了半晌,还是马文升想出了一个主意道:“年兄不必着急,小弟却有个主意在此,不过不大好说。”

马刚道:“年兄既有主见,你我还有甚不好说的?”

马文升道:“这城门上的兵马司以至守备、千百总等,都曾做过小弟的属员,大家相识。如今小弟诈作有事出城,委屈年兄,暂时扮一个苍头,跟随小弟,同着几名家将,混出城去,到郊外再行化装。年兄意下如何呢?”

马刚闻言,拱手道:“年兄今日,真是生死人而肉白骨,此恩此德,叫小弟如何报答得了?只好待诸来世了。”

马文升忙道:“年兄言太重了,道义相交,怎说到‘报答’二字?快别如此说法。”

当下马文升命一个家丁收拾衣包银两,先行混出城去,在郊外等候。然后命家将们各人身边多带银两,请马刚改了装,也带了银子,随即命人在槽上牵过马匹,一齐上马出城。果然城门口盘查甚紧,马文升到了面前,只做不知有这件事的,略一招呼,即便驱马出城。那守城的城守见是吏部大人,怎敢多说话?竟放了过去。

马文升等一行人出得城来,方才放心,急急催马而行。到了郊外,树林内走出一人,手提包裹,口称:“小人在此等候多时了。”

众人看时,乃是先行的那名家人。马文升大喜,即便抛镫下马,众人也就跟着下马,一同走入树林之内。

马文升打开包袱，将各人身上带的银子一齐包在里面，交与马刚道："年兄，此去一路保重，恕小弟不能远送了，一路可招呼牲口代步。方才年兄骑来的马，可令小弟的家人骑乘，回进城去，点查人数，庶可免那城守营疑惑。"

马刚拜倒在地，称谢道："年兄成全，小弟只得来世再报了。"拜罢起来，含泪与马文升分手。背上包裹，出得树林，大踏步取路向太原而行。

这里马文升带领家将们，出林上马，于黄昏时分赶到城边。进了城门，回本府去了。

话分两头，却说马刚取路向太原进发，一路雇车马代步，有马文升的银子，饥食渴饮，日行夜住，颇不艰难，比前次到京要安逸得多。不过前次心中无所顾忌，此番行路，却深恐奸党行文各处盘查，未免总怀着鬼胎。沿途留神，并未见有缉捕文告，心下稍宽。

那日回到冠峰，一脚先到马忠家内，正值马忠夫妇在家，一见主人到来，慌忙迎接。马刚在车上卸下包裹，打发车夫去后，马忠夫妇请安。马刚回问了他两口好，然后问别后乡间情事。

马忠道："自从老爷去后，公子在此，同小姐一齐在本村乡塾里读书，老奴常听先生说起，公子兄妹在书房里，要算最有悟性，天分极好。现在还未曾放学呢！老爷那边的住宅，已由买主接收了去，所有剩下的几件旧木器家具，现在都在老奴这里呢。老爷既已回来，那面可无用去得了。"

马刚听罢，忍不住长叹一声道："这一向也难为你夫妇二人，真是难得。如今还这般老爷、公子地称呼着，以后可别这般称呼了。你就管着我，叫我一声阿哥吧！"

马忠道："老爷说哪里话来？老奴父子世受大恩，岂可中途变节更改称呼？老奴便死也不敢。"

说着话，马忠家的妻子已端整了一杯满天星的茶，送将出来，请老爷用茶。一盆面水，请老爷洗面，然后到园田里去剪了几把韭菜，在溪内洗洗干净，回家取了几只鸡子，做了碗菜。一面煮熟了饭，盛将出来，请老爷用饭。

马刚胡乱吃了，遂命马忠到书房里将青锋兄妹唤了回来。父子天性，一见了面，忍不住流泪，毕竟小孩子不懂得什么，不过一会儿，便又无事，跳纵着到外面玩儿去了。

马刚见子女已比前高大，甚是神气活泼，心下为之一宽，当晚由马忠设法，铺设床帐，张罗着主人在后面一间平时堆物件米麦的空房里居住，青锋兄妹仍在前面住宿。

马刚在后面安睡，心想，此番回来，有文升送的银子，如在本乡买些田地,将典给人家的房子赎了回来,也可以过活了。无如奸党当道,万一行文下来清查,岂不又自送上门?想了半天,总觉不妥,但是坐吃山空也不是事。想了又想,忽然得了个主意,不如将文升送我的银两一齐交给马忠,由他出面,在太原城里开爿杂货铺子。他为人忠实,绝不致有意外,我却将子女带在身边,亲加教授,岂不是好?

想定主意,次日天明,起身梳洗毕后,将此事对马忠说了。马忠欣喜答应,马刚将银子点交马忠收了。早点后,先着马忠进城,在僻静去处找寻一所住家房屋,将在乡下的木器家具用小车推进城来,先将住宅准备好了,搬了进去。应用物件,不敷之处,只得因陋就简地添置了几件。忙了两日,方才完毕。

住宅布置停当,马忠便在城中热闹去处寻了所市房,办了些半新不旧的生财器具,然后批售货物。原本马忠虽是马刚家世仆,但他却曾学过南北货行生意,这乃是当年马刚的父亲在日,不欲使世仆久沦奴役的意思,故此马忠对于杂货却是内行。人地均熟,不曾半月,便已齐全。掌柜的也有了,学徒也有了,择日开业,生意很是不错。

马刚在家,足迹不出大门,教授子女文墨。一切烧煮洗补等事,均由马忠的妻子承当。马忠的家中,却由马忠去托了他的亲眷,在乡间就近照应,所有的几亩田却租给佃户种了,店里却由马忠自己带着学徒烧煮,一切各事马忠都亲自检点,不恤劳怨,满心替主人家挣一份家业。真也亏他各事精益求精,人家因他老诚,来照顾他的人日益增多,不曾两年,已是十分兴旺起来。除做门市外,兼做批发,生意日见推广,每年盈余,竟颇可观。

马忠满心欢喜,以为可以报主。哪知那年马刚忽然得病,他这病乃是新病引动旧恙,加以历年的忧患,竟致卧床不起,成了不治之症。大夫用药丝毫无效。马刚自念必不能痊好,遂将马忠夫妇唤到床前,托他二人的后事。并命青锋、秀英兄妹在床前拜他夫妇为父母,托他二人照应。二人哪里敢受命?但又不便与病人违拗,只得受了他兄妹之拜。

马刚由被卧内伸出一只皮包骨头的枯手来,握住青锋的手含泪道:"我儿,为父死后,你须记得你父亲在日,受尽了奸臣之害,方才到如此地步。你将来如能身登仕途,将奸臣罗荣的过恶表奏朝廷,给为父报仇泄恨,为父死亦甘心。但你须记得,切不可贪享利禄,报仇之后,便当急流勇退,隐姓埋名,免得遭奸臣之害,斩了我马氏后根。吏部尚书马文升,乃是为父的大恩人,他曾两番三次地救我,此恩丝毫未报,有朝一日,你务要代为父报他的大恩,恩怨分明,方不愧是我的儿子。"说到此处,竟有些呜咽,不能成声,那只枯手也只管颤动。

青锋虽然年幼，但是这些话也还能理会，小孩子天真未泯，早就泪如雨下，应了声："孩儿晓得。"

哪知他这一应声，那马刚竟变泪为笑，将手一放，在被头上点了点头，两目一闭，双脚一直，径向西方极乐世界去了。青锋兄妹、马忠夫妇，一齐大恸。

毕竟马忠有主见，忙阻止他妻子的哭，道："此时不是哭的事，你快些给青锋兄妹准备孝服，我去买棺木等件去。"说着，含泪出门，先到店里招呼了几个人，到那里去照应，然后再去买了口上好棺木，抬到马宅，请阴阳择了吉时入殓，铺设孝堂。又去延请高僧高道，诵经超度。一连忙了七日，马忠也真累得乏了，因念死者入土为安，遂请阴阳择日，将灵柩埋在祖坟隙地上，丧事方算草草办完。

回到马宅，马忠夫妇商议，将住宅的房子退了租，所有物件搬到店里后进房屋内去，节省开支。青锋兄妹也到店里去住。

如此又忙了几天，方才完毕。每逢七日，马忠均请僧诵经。

时光易过，早又百日，马忠又请僧道做道场，烧冥镪明器，忙过百日，方才一心处理店事。晚间无事，便催促青锋兄妹二人读书。哪知二人所识书字比马忠多得多，马忠哪里能判别教改？只有督着的份儿。

过了些时，马忠访知乡间有位老先生姓郭，乃是位饱学的儒者，学问深邃，所收生徒又都是些贫苦人家的子弟，都肯用心苦读，共有学生六名，均已十三四岁，学费并不拘定多少。不过老先生择人而教，差不多的学生，一见了面，他总是退学不受，因此他所教学生很少。人家子弟能得列在他门墙时，便无异身登科甲一般，受人家的重视。

马忠闻知这消息，便亲自下乡去见郭老先生，果然那郭老先生道貌岸然，不愧"齿德俱尊"四字。马忠将青锋兄妹的境况说明，及自身受托孤重任的情由说了，意欲将公子、小姐送在老先生门下受书的话，由头至尾说给郭老先生，请他俯允。

郭老先生闻言，叹息道："难得你有这般心胸，老夫不好拒却。但有一层，我这书房内别无第二个女生，这姑娘来读是不能的，那男学生可即日到此附读。"

马忠见肯答应，大喜称谢，回家对青锋兄妹说了。秀英见不要自己去读书，心下甚是不乐，嘟着嘴坐在一旁，显出不高兴的样子。

马忠家的知道她的心事，上前解说道："女孩儿家，能稍识几个字就得了，针线内政乃是分内的事，姑娘何苦不乐呢？随后如有别的好先生肯收女学生时，再送姑娘去就是了。”

秀英也不说什么。

当日马忠夫妇给青锋预备一切，行李、衣服、书籍收拾停当，次日便雇了车子，马忠送青锋到乡塾内去读书，先拜了孔夫子，后拜了先生，又向诸同学奉了揖。

马忠在身边摸出贽敬封儿，双手奉与先生，又将束脩封儿送上。

先生道：“这贽敬封儿我权收了，算是收一个新学生之礼。那束脩呢，我已知他是个无父无母之儿，却不能收的。老夫在乡村设教，完全是排遣时光，并非想靠束脩度日，如靠束脩，像老夫只有这几个贫寒子弟，却怎能过活呢？”

马忠见他这般说，只得遵命收回。拜谢先生，又关照青锋：“在书房内读书，务要用心，不要忘却你父亲临终遗训。”

青锋含泪答应。马忠酸了鼻头自去。

由此后，青锋便在书房内读书了。一读半年，读书颇有进步。往往坐在自己位上，想起亡父临终报仇的话，便泪流满面，将书本上湿得泪痕斑点。郭先生留神观察，已非一次，初时以为他不惯离家，乃是小孩子常有之事。及至半年，犹见他有流泪之事，忍不住将他唤到面前，问他：“因何流泪，莫非嫌书房内饮食苦、功课严吗？还是有甚人欺负你了？或是为睡迟起早，或是不放心城里，在此思家了？”

青锋见问，忍不住泪珠滚滚，回说：“老师有所不知，学生有件心事，每日想起，总是不安，因此流泪。并非如老师所说各件。”

郭先生见他说另有心事，不禁诧怪道：“你小小年纪，怎么会有心事呢？如今在求学时代，万不可因想心事将自己学问荒废。你且将你的心事说来，如是老夫能给你帮助的，便给你想法；如是不然，你还应加紧读书是正经。”

马青锋道：“学生的这件事，乃是难言之隐，欲待不说，老师又已垂询，不容扯谎；如是说了，却又恐无济于事。老师啊！想先父临危之时，曾说他一生正直，因得罪了奸臣被奸臣陷害，因此弄得潦倒不堪，终身不能安居。切齿之仇，分毫未报，又尝受同年大恩，生死骨肉，丝毫未谢。如今学生想来，在此读书，十年窗下，时间未免太长了。学生年幼，仇人已是年老，万一学生能科举成名，侥幸得一官半职，一则怕仇人位尊势大，攀他不动；二则前途茫茫，学生能不能学成中选，还在不可知之数；三则怕学生长成时，那仇家已死，不能及身报复，学生将终身抱无涯之痛。即如那恩人的大恩，也恐不能及身报答，岂不辜负先人临终之言，将来何颜见先人于九泉之下呢？”说着，竟不禁恸哭起来。

郭先生听得此言，也忍不住叹息流泪，说：“青锋，看你小小年纪，却有如此心胸，真是个可造之材。如今你且上位，容老夫思索一会儿，看有何方法帮助你没有。”

马青锋只得含着两泡眼泪，回自己位上去。

郭老先生立起身来，背叉着两手，在书房里踱来踱去。怙惙了一会儿，又自言自语了一会儿，想出一个主意。

等到晚间，各生均已睡了，郭先生将马青锋唤到自己房内，低声对马青锋道：“你今年已十一岁了，方才你说的那番话很是不错。但我想你乃独子，这报仇事小，后嗣事大，况你报仇呢，又怕功名成就，位在仇人之下，不能动仇人毫发。如此想来，除去弃文学武之外，别无良法了。第一，武艺学好，可以手刃仇人；第二，诛仇之后，改途从事商务，积钱便可报恩，或逢那恩人有难，也可以拔刀相助。如读死书，那有何益呢？”

马青锋乃是有夙慧的人，一经提醒，不由豁然，遂说：“老师此言有理，学生要报仇，除去学武之外万难如愿。老师所说独子单传的话，乃是顾念学生报仇不能成功的意思。但是在学生想来，不能给先人报得恩怨已是不孝。如无父母，此身何有？如今学生已有决心，如因为报仇而遇意外，学生虽死不怨，所谓求仁得仁，又有何怨呢？不过投师习武一层，学生虽有此心，却无其人，老师亦肯指示一条门路吗？”

这一番话，说得郭先生点头赞叹不迭，连说：“孺子可教，孺子可教！”见问有无门路，遂说：“青锋，老夫有一位方外友人，现在五台山文殊禅院为住持，道号道悦禅师。这位长老，自幼练成软硬功夫，拳棒无敌，又曾受过名人指教，马上步下，登山涉水，空手用器，蹿高纵低，无一不精。他也很传授几名徒弟，僧俗均有，听说他的戒律很严。如今你既决心习武，可投那里去拜师，老夫看你是个孝子的分儿上，给你写封信带了去，免得他不收。但是你未去之先，应得先禀明你义父一声，免得他不放心。”

马青锋见说肯写信介绍自己去学武，心中不胜之喜，连忙叩头拜谢。

郭老先生当即写好一封很恳切的信交给马青锋，命他明日回家，即便前往。

马青锋拜谢应命，当晚各睡。

次日，青锋绝早起来，拜别师尊，雇车回城，见了马忠，将先生的话及自己的意思说了。

马忠欲阻挡不许他去，但念他出于一片孝心，如不许他去，万一弄出别的把戏来反而不妙，只得依了他。意欲亲送青锋去学艺。

青锋道："这是投师，不沿途走了去，不见诚意。义父不必相送。"

马忠只得应允。

青锋即刻辞别义父母及妹子，带了衣服盘川，动身往五台山文殊院去投道悦禅师学武去了。

青锋去后，马忠深恐他年幼在路上遇险，特地差本店一个伙计，在青锋后面暗中照应，送他到五台山文殊院之后，得有确实的信方可回来。一面自己到乡塾内拜会郭老先生，谢了他荐师之恩、教授之劳，将青锋的行李等件一齐雇车搬了回城。

话分两头，如今书中却要另提一人，此人乃系本书最重要人物，姓龙名宝山，祖贯河南偃师县人氏，自幼父母双亡，靠着舅父邹逢春抚育长大。那邹逢春乃是个举人，文才冠绝，偃师县人，谁不钦仰邹举人的学问？龙宝山秉承他舅父的学问，家学渊源，自然不与人同，况他又颖悟非常，每读书史多能发表本人批判的意思。因此不但文章做得好，连意见也非寻常人可及，先应童子试，后应省闱，均是高中第一。

明时习俗，最重功名，乡人见他甥舅均是身登科第的人，自然格外地巴结敬重，便有那特别恭维的，给龙宝山提亲。邹逢春因宝山年纪尚小，一律拒却，说是且待赴过京试之后再为定夺吧。

过了一年，那年正逢大比之年。邹逢春差书童郸奴伴送外甥入京会试，先期治酒给龙宝山送行，整备行装，吩咐郸奴沿途需要小心服侍，不可误事。那郸奴答应晓得，叩别主人，同着龙宝山，乘了坐骑向北京进发。

正是：

此去欣逢魁多士，笑看登龙衣锦归。

未知龙宝山此去及第否，请阅下回分解。

第三回

李朝宗巨眼识英贤
善庆王机心谋杰士

话说龙宝山带着书童郯奴，叩别舅父，乘马离了家门，取路向北京进发。一路有郯奴服侍，日行夜宿，颇不觉苦。一路行去，中途逢着不少的考相公，均是往北京会试的。他们在中途相遇，大家都是同路，况又是同往赴试，便不期然而然地相约同行，因此颇不寂寞。

那日到了北京，找了寓所，那些相公也有同寓的，也有住公寓的，也有住在亲友家中的，也有住旅馆的。龙宝山为避喧嚣起见，特在城中寻了所住宅人家，安顿行李书箱，住将下来。那时每逢大考年头，京中住户，房屋有空余的人家，多有租给这些考相公的，一则清静，二则租金甚贵，三则时间不长。有种人专门做这种生意，预先将空房子租定，转租给赴试的相公们，这便是公寓。至如什么念秧举动，多有于此时发生者，甚而至于钻穴相窥、逾墙相从，种种行为于此时发生的，尤不可计数。更有一班下贱妇女，专门借此时会，如趁市赶集一般地，到京城专门揽一笔生意。故此从前的考相公，往往到京城不久，人格即已扫地的，甚至流连忘返流落异乡的，便是这些缘故（写考相公情形，面面俱到）。

龙宝山平素常听邹逢春说过这些事，故此一路小心，不敢上那些念秧的当。到京后，特地找一家住户空房住下。次日便去报了名，等候开考日期，自己却日夜温习书史，翻阅闱墨，丝毫不敢懈怠。

过了些时，已到考期，龙宝山手提考篮，命郯奴在外侍候，自己入场，点名领卷，到号房内去伏案撰文。如此三场完毕，静候放榜。

那日，正在寓中心焦，只听得一起起报子鸣锣报了过去，却不见报到自己寓中来。心中着急，忍不住仰面太息道："此番可算徒劳了。"

吩咐郯奴："如明日仍无捷报，你可收拾衣物，准备回去。"

郯奴道："相公呢？"

龙宝山道："我嘛，如此大远的路，赶了来，未曾能中，有何面目去见舅父？只得在京住三年，苦读三年书，等下场再考。如是仍旧不中，那只好怪命。如今回去，未免自觉说不过呢。"

郧奴见相公面色难看，心中也没了兴头，要劝不敢，不劝又不忍。正待开口，猛听门外有人敲门，接着便是锣响。郧奴大喜，三脚两步，飞也似的去拔闩开门。果然是一群报子，手执报条问道："有位偃师县的龙宝山龙大老爷，可是住在此处吗？"

郧奴应道："正是我家相公，住在此地，敢情中了吗？是第几名？"

那报子将报条高高举起道："恭喜恭喜，龙大老爷高中第三名进士。"说着，便将那捷报给贴在门上，口中嚷着讨赏，那后面的报锣可就敲得格外响亮了。

郧奴忙说："慢着，且在外面等一会儿。"说罢，回身入内，向龙宝山叩头道喜。

龙宝山早在里面听见，喜之不胜（一路写来，胜读《儒林外史》），说："唤报子进来！"

郧奴忙到外面传唤。报子已涌了进来，一齐叩头道贺。龙宝山命郧奴开发了赏银。报子去后，二报又到。如此开发了三次，方才安静。

那房东也过来道喜，龙宝山谢了。次日即去买了闱墨来看，方知同年中了的颇多，就中有认识的，先去拜会了同年，约期先去拜了房师，再去拜见宗师。

且说此次宗师，乃是丞相李朝宗。李丞相为人守正不阿，在朝素为忠良领袖，颇与善庆王有些不睦，表面上甚是和好，暗下甚不投机。这年孝宗钦点李朝宗为大主考，考试各处举子。李朝宗奉命后，先考试了房官，然后在贡院内考试天下举子。将各房官呈缴上来各举子的文章详加批阅，其中好的固多，那不通的也很不少。及至看到龙宝山的文章，大加激赏，虽然不及正、副榜的文华，但却意见得异，实有独到之处，因此点了他第三名进士。放榜之后，分批接见各新门生。

那日龙宝山同着几个同年新进士，一齐叩谒老师，李朝宗说："各位贤契的佳章，均称杰构，今日虽屈居进士，将来飞黄腾达，前途远大，定然不可限量。"

诸进士齐打躬申谢恩师提携栽培之德。师生之间少不得总有几句客套话。李朝宗又说了些勉励的话，方才举茶杯送客。

众进士告辞回去，李朝宗留神龙宝山的谈吐隽雅，面色正大，远非诸进士所可及。心念此人文章实质，颇多治理，今日屈居进士，他日定可做国家柱石。老夫今日，理应提拔他才是。

李朝宗一面想，一面接见别个门生。接见之后，一一留神考察，暗将诸进士有可推毂的人物记在心内。

次日早朝，奏了一本，保荐这班新进士。孝宗准奏，将奏章交与吏部尚书马文升，着他量材录用，并说："知县乃亲民之官，新进士初登仕途，未可骤居显要，卿家可将新进士择其可以使为民父母者，派任各地知县，观其治政如何，再定升迁之法。"

马文升领旨，同着李朝宗谢恩出朝，各回府第。

当日，马文升去拜会李朝宗，问他有何高见。因这些新进士均是李朝宗的门下，学问、品格，当然李朝宗又比较地明白一点。

李朝宗道："这班新进士，才具各有专长，如叫他们去为地方官，大约还不致失错。但其中廉洁自爱的，是否均能如他们所做的文章一般无瑕疵可言，这件事老夫却不能过分担保。就是天子圣意，也在试验，但其中有位偃师县的进士龙宝山，此人品学兼优，老夫曾当面留神过，如大人请朝命放他做知县时，依老夫之见，不如将他放在一个清贫难治的县分，去磨砺他一番，看他治理如何。如果精于治事，再将他调进京城，做京师首县，以觇他的成绩。如今奸党纵横，小民有冤莫诉，不有这等的县官断难使奸臣寒胆。"

马文升深以为然，告辞回去，将各进士分派各县已定，所有原先县官，升迁的也有，调京听候另委的也有，查有不称职的革职的也有。忙了几日，方才上朝复旨。孝宗准奏，即日施行。

各新进士奉到吏部文书，天子旨意，不约而同，先后往相府叩谢恩师，拜了谢恩折子，请恩师代递。一面到吏部领了委状，择日先回家祭祖，然后赴任。

就中单说龙宝山，乃是奉命往署山东历城县知县。那历城地方，乃是山东省的首县，可算得是个难治的所在。龙宝山带了邺奴，回家祭祖后，即拜别邹逢春，前往历城上任。邹逢春因他年幼，初为民牧，怕他不谙世情，办事不能妥帖，特派老奴邹福，同着邺奴二人，伴送到任。

龙宝山接篆以后，处治各事，颇著廉平的声誉。每逢朔望放告，断了许多的疑狱。他又不避艰险，常出郊私访民情，代含冤无告的小百姓申了不少的冤屈，因此青天大人的头衔竟加到龙宝山的身上(一句写画无数事)。

这风声传到京中，李朝宗便与马文升商酌。龙宝山任满之后，奏调龙宝山署理北京首县。

龙宝山到京接任后，越发认真勤慎办事，无论皇亲国戚，权贵当道，只要犯法，龙宝山均一律法办，因此百姓颇多赞颂。却不免得罪了一班显宦，这其中最是视同眼中钉、肉中刺的便是善庆王。

原来善庆王姓刘名吉，字守仁，乃是武宗宠妃刘贵人的父亲，故此封为善庆王爵。为人甚是奸诈阴狠，所生两子，长名绍仁，次名继仁，均在朝中为臣，也与乃父一般阴险。朝中大臣、外省长官，差不多均是他的门下，外邦如甘肃等处的小王子、贺兰山和硕及鞑靼北部毕喇伊木王等，均与他有信使往还（均是当年史实，此小说夹叙征信法）。

刘吉内有贵人之援，外有疆吏之助，朝臣多半腹心，外邦亦有勾结，因此遍布党羽于各处，结合山川绿林，为自己死党（伏本书之根）。门下招聚了不少的教师打手，为看守王府的护卫，潜养死士，以备异日之用。复与内监郭镛、刘瑾等结纳，以声色狗马等戏，迷乱天子，使不常临朝，一切朝政，非大事不入宫奏请，大半都在王府处断，生杀由己，威福自由。群臣均敢怒而不敢言。

自从龙宝山调任京城之后，刘吉心中便觉不安，因他乃系李相国的得意门生，学问好，在历城任上又颇多贤明，深恐他在京坏了自己的事。因此密派人示意龙宝山，着他遇事不可过于认真，凡是有王爷谕旨的，务要格外留神，不可稍有损害。哪知龙宝山却打了个主意，只管做一日官，尽一日职，不问什么人，只要犯法，便当公事公办，说不得什么亲王不亲王。因此刘吉门下的人在京城犯些不法之事，每被龙宝山从公处断，严行诘问，招出善庆王因势力雄厚、渐有篡窃之意的话来。龙宝山因这题目太大，只得将供词录了，去见李朝宗，请示该如何办法。

李朝宗道："如今奸王布置甚密，宫中有他女儿和内监把持，朝臣又多出其门下，这供词要入天子之目颇不容易，贤契不可造次。依老夫之见，贤契回衙，不必将此事放在心上，只须从轻发落了王府门下，如能暗地里以恩给那犯人，使他在王府做个奸细，专探一切内事。现在外藩是哪几镇和奸王有联络，何处有他的死党盘踞，打听得明明白白，使他的人反而为我所用方才是个上策（为后文作引）。贤契回衙，就照着我这意思办就是了。"

龙宝山请示后，回到县衙。想了半天，才想出了一个主意，命差役去将那王府的门下，如此这般地打发。

那差役领命，走到待质所内，将那王府的门下解去刑具，让到僻静去处，对他说道："奉本官的示，特地来将爷放走。因为当时不知您老是王爷的门下，如果早知，便是斗胆也不敢将爷委屈。如今已是冒犯，多有得罪。因此特命小的将爷放了，并向爷道歉，请爷勿要见怪。"

那人听了这话，只道龙宝山真怕自己，反而板起面孔，冷冷地道："这不算什么，他有意要和咱们作对，咱们能够不受他的法度吗？"

差役连忙抱拳赔笑道："爷别着恼，本官出于一时不知，所以冲犯了爷；如果早知，绝不至于如此的。"

那人道："闲言少说，不论他与咱们是有意或是无意，日后咱们总得明白的。烦你转言，叫他下次不可再如此与咱们作对。"

差役连连拱手，应了几个是，那人方才说："承你的情，烦你引导我出去。"

差役答道："理应。"说着，在前引路，将那人送出衙门。

那人扬长回去，歇息了棒疮，过了两日方到王府。

此时刘吉已得了几个门下的报告，说龙宝山可恶，对于王府的人并不留情。因此刘吉与他手下商酌，如何可以免去龙宝山麻烦，并将他除去，免得日后为害。他手下有个策士，名唤小张仪白秋塘，为人能言善辩，诡计甚多，他本系个相面的出身，因为给刘吉相面，看对了劲，因此刘吉很欢喜他，将他罗致在门下。他又每每献计，给刘吉规划一切，多中刘吉的意，故此大得信任。这日见刘吉说要除龙宝山，免去这近在咫尺的一害，遂笑道："王驾千岁，这些小事何足计议？门下以为，如要除去龙县尹，真如瓮中捉鳖，手到擒来……"

刘吉不待他说完，便说："白先生有何妙计呢？"

白秋塘道："王爷明日早朝，在朝堂上与李朝宗相见，讽示他保龙宝山才可重用，将他升调一员知府，调了出京，这乃是明升暗降之计。龙宝山如出了京，便可以设法摆布他了，不论他在何处做官，只要如此这般，保可使他革职回乡。王爷意下以为如何呢？"

刘吉闻言大喜，忙称妙计。次日早朝，在朝堂上与李朝宗会见，便说："李相国，老夫闻得贵门生龙宝山在京为官，颇多令誉，真可为相国道贺。老夫以为龙知县既有如此大才，岂可久屈下位？相国既系他的恩师，何不索兴提拔他，放他到外府去做一任知府呢？"

李朝宗听了他这番言辞，知道他的意思，是为龙宝山在京，与他大大地不便，便说："千岁之意，要提拔敝门生，那也是敝门生的造化。但下官因他调京未久，又不知外府现有何处可补，因此未能保他外放。"

说着话，恰巧吏部马文升由那面走来，听见这话，陡然灵机一动，说："现在外府应该升调或免官的，却有一处地方，乃是江南淮安府府尹。那地方民风强悍狡猾，很是难治。如果调龙知县去，或可胜任。"

他这句话不打紧，却将李朝宗的心事打动，善庆王的魂灵吓去。看官，你道怎么回事呢？

原来李朝宗又闻淮安府有个恶霸，名唤暴武扬，封显亲侯，乃系善庆王的拜男（按：即干儿子，此系依据戏词），在彼多有不法，小民有冤莫诉。如派了龙宝山去，准可将奸党的羽翼除去不少。因此将心事打动。

那刘吉呢？却也因此事触犯他的忌讳，故此吓了一跳，定了定神，心生一计，反说："马大人的话不错，淮安地方如无有能员前往，颇为难治。李相国，既然有这么一个去处，何不乘早保贵门生去尝试尝试呢？"

李朝宗笑道："既千岁如此盛意，下官自当奏知天子，调他外放，准定明日表奏就是。"

正说着话，金钟已响，大家住了口，左文右武，鱼贯而入，上殿排列，等候天子上朝。

其时孝宗皇帝已崩，武宗已是即位，正是正德初年，当日临朝，受众文武朝拜已毕，办完了一切政事方才退班散朝。

次日早朝，果然李朝宗上了一本，保奏龙宝山外放。武宗准奏，命宣龙宝山明日上朝陛见，然后出京赴任。

李朝宗大喜，拜谢圣恩，出朝后即命人去知照了龙宝山，明日预备早朝，随本人上殿陛见。

正是：

天威不违颜咫尺，者番陛辞听纶音。

未知龙宝山如何辞朝赴任，请看下回分解。

第四回

龙宝山荣任淮安府
马青锋谒师文殊院

话说李朝宗命人去知照龙宝山，着他明日随本人上朝。

当夜无话，次日天还未明，李朝宗起身梳洗已毕，略用点心，吩咐备轿上朝。方才出门上轿，只见门外已停着一辆轿子，轿内坐着一人，正是龙宝山。见自己出门，已走出相见。

李朝宗见了，不由心中大喜，遂说："贤契既已到此，为何不进来呢？"

龙宝山道："门生到此已久，因恐惊扰恩师，是以在外伺候。"说着，二人均已上轿，前面执事均已排列齐全，开锣喝道，向紫禁城而来。

不一会儿，到了京城，师生二人下轿步行。行到朝堂，文武百官均陆续而至。一会儿，景阳钟响，天子登殿。

百官拜舞已毕，内侍传谕："有事启奏，无事退朝……"

话声未毕，李朝宗早已执笏当胸，越班而出，跪奏奉旨领龙宝山陛见，今已领到，请旨定夺。武宗回言平身，宣龙宝山上殿。李朝宗谢恩站起，向下传呼。

龙宝山由文班中末位上，应声领旨而出。到了玉阶之上，金殿当中，跪倒朝拜已毕。

武宗传旨平身，龙宝山谢恩起立。武宗将他仪表细看，果然威仪整肃，便说："龙宝山，昨日李相国保奏卿家才可大用，保卿外放，为淮安府知府正堂。朕特宣卿上殿，面领朕的言语。卿到任后，务要为国家人民办事，将来任满回朝，朕自有封赏，卿其毋违。"

龙宝山闻得纶音，急忙跪下领旨谢恩，说："微臣出京赴任，敢不竭其驽钝，为国宣劳，上慰陛下之望，下慰四民之情。"

武宗大喜，吩咐平身，出朝后可往吏部衙门领取文书，前往淮安赴任。如有甚为难之事，卿可与李相国商酌措办。

龙宝山领旨退入班内，于是文武百官颇有奏议进陈。各事毕后，天子传旨退朝，御驾回宫，群臣各散。

龙宝山出了朝门，便往吏部衙门去领公文。马文升邀入相见，说："贵府此去淮安，那地方民情奸滑，颇不易治。贵府此去，各事小心要紧。"

龙宝山连说："卑职敢不遵示。"

两下客套几句，谈了番闲情，秘书将公文填好，奉与马文升过了目，马文升递给龙宝山。龙宝山双手接过，打躬谢了，将文书收好，然后告辞出门，径到李朝宗府中去，一则谢恩师提挈之恩，二则请示今后如何方针。到了相府，由仪门步行入内。李朝宗起身相迎，迎至内厅上坐下，李朝宗先给龙宝山贺喜。龙宝山起身谢恩师栽培，并请示到任后治理的方略。李朝宗道："贤契请坐，我有话与你细谈。"

龙宝山遵命坐下。

李朝宗道："淮安地方，素称难治。那地方有个恶霸，名唤暴武扬，乃是善庆王的拜男，官封显亲侯。你如到了淮安，须得留心察访，只可暗地里调查他的罪恶，以作将来回京参奏的资料。万不可趁着一时的火气，将他怠慢了，须知强龙不压地头蛇。贤契此番外放，虽然是我的保举，其实原方面，却是善庆王。他初意无非欲将贤契外调出京，可以除去他目前的障碍。原不曾想到，会将贤契调往淮安府去，如今他未尝心中不悔，难保他不另生诡计。贤契如到淮安，各事务必留心，在表面上切不可与奸党作对，免得受奸王的暗算。"

龙宝山听了，唯唯听命，起身告辞。

李朝宗道："贤契不必客气，我这里已预备了酒菜，给贤契道喜，并给贤契饯行。贤契在此用了酒饭再去，打点打点，便可赴任。"

龙宝山听恩师这般说，只得坐下不走。

一会儿，相府家丁入内禀告，酒菜已经齐备，请示摆在何处。

李朝宗说："就在这里吧！"

那家丁应了声是，回身出去。不一刻，已同了一个小厮进来，铺好桌面，又一个庖丁模样的托了端盘进来，三人一齐动手，安好了席面盅筷，方才出去。

又一会儿，那小厮已送进两壶酒来，放在桌上。李朝宗起身让龙宝山就座。

龙宝山道："恩师在上，门生焉敢有僭？还是恩师居了首席吧！"

李朝宗道："贤契怎又客气了？我在家里，岂可自大？自然是贤契上座。”

龙宝山不敢再拗，只得告了罪，占了首位。李朝宗主席相陪。二人浅斟低酌，畅谈一切。正说到天子年少，奸党专横，将来不知如何了局，忽然家丁来报，说：“外面有王府的幕宾白秋塘，赍着善庆王的手谕，到此谒见相爷，请示定夺。”

李朝宗心中一愣，便说：“你去对那姓白的说，着他等一刻，我随即就出来相见。”

家丁领命出去。

李朝宗命立在旁边伺候的家丁，递过面巾来，擦了嘴脸，对龙宝山道：“贤契且多饮一杯，我出去一刻就来。”

龙宝山起身道：“恩师请自有事，门生在此伺候就是。”

李朝宗出去了一会儿，手中拿着封信，由外面进来，坐下对龙宝山道：“累贤契久等了，这乃是善庆王写来的一封信，贤契拿了去看，便可明白了。”

龙宝山欠身接过，一面口中谦逊，一面抽开信封内的笺纸观看，才知那信中所说的言辞，乃是说：

> 贵门生荣膺淮安府任，可喜可贺。唯该处有显亲侯暴武扬，乃系敝亲，务望转知贵门生，到任以后，须彼此照应，切不可伤了和气。如该侯有何不到之处，都望看在孤的分儿上，原情则个。

龙宝山看毕，仍旧折叠封好，双手递过，不禁笑道：“这真可算得是做贼的心虚了。如是无有什么短处，好好一个侯爵，为何反而要人家原情他呢？”

李朝宗道：“贤契不是这般说，他既知道有三分惧怕，总还算他识人。贤契到任后，须要依着我的话办事，万不可出于一时之火，切记要紧。”

龙宝山连连应是。

一会儿，酒饭已毕，龙宝山谢了恩师，告辞回衙。一路在轿内思忖，颇不以李朝宗之言为然，暗说，亏他还在朝中为首相，如此畏葸，怪不得奸党之势日张呢。我如到任，自当看事行事，岂能拘定？该当替民申冤的，也说不了许多，大不了将我的前程革去，降职回乡罢了。

正在想着，已是到了县衙。即刻升堂理事，处置毕后，便令属吏赶办交代，又令邹福、郧奴收拾行装。已过了一日，新官已来接篆。龙宝山交代清楚，便带了邹福、郧奴，出京赴任去了（剧本即由此起，即淮安府上任之前半截也）。

话分两头，却说马青锋自别了郭老先生及马忠夫妇等之后，取路径行，往五台山进发。中途为店中伙计追上，一路同行。那日到了山下，留伙计在山下守候，马青锋一人上山。走到文殊禅院山门口，向内一望，只见迎门一座神龛内坐着的便是一尊泥塑金身的笑佛。走将入内，向两旁一看，只见两旁分立着魔家四将，那长大个子，足有二丈来高。转了过去，在笑佛背后神龛内立着的，乃是护法韦陀，手持降魔杵，威风凛凛，好不可畏。

走过了这一进，里面便是大雄宝殿，一旁乃是知客堂，那一旁却是诵经处，里面铙钵声喧，有好些和尚，披着袈裟，在里面做道场。

马青锋心中转念，我来是求见方丈的，当然是投知客堂去，遂踅到那面知客堂里，向内探头一望，早有个和尚看见，问："是做什么的？敢情是左近山下童子，到此随喜吗？这里没有什么好看的，你到对过去看他们拜忏去吧！"

马青锋一脚跨进了知客堂，拱手道："大和尚，小子并非山下人家的童子，乃是远道而来，谒见道悦禅师的。不知道悦禅师可在宝刹吗？"

那和尚将马青锋望了一眼，问道："你要找本寺方丈有何事呢？"

马青锋道："小子远道而来，乃系到此下书的。"

那和尚道："信呢？"

马青锋见他老不说道悦禅师在家不在家，却先要信，遂说："信在小子身边。因小子奉命下书，务要亲见面交，请大和尚方便通报，小子感谢不尽。"

那和尚道："你且在此稍等，我去见方丈去，但不知你是给谁下书，并由何处到此呢？"

马青锋道："小子系由冠峰县到此，给一位姓郭的捎书。"

那和尚听罢，即便出了知客堂，由回廊穿过大殿旁边的月牙门向后面去了。

马青锋等了一会儿，只见那和尚立在月牙门口，唤了声："捎书的，来吧！方丈唤你进去呢。"

马青锋闻言，喜之不胜，急急跑向那月牙门内，跟在那和尚后面，绕到里面，穿过罗汉堂，走过藏经楼，方才到了方丈外面。那和尚领着马青锋走到方丈里面，马青锋朝上一望，只见里面蒲团上趺坐着一位老和尚，双目交睫，如同睡着一般。

那和尚先跪在拜垫上，合十启禀道："奉命已将那捎书的童子领到，请师父法旨。"

那方丈忽然张开双目，望着那和尚道："你且出去，听候呼唤。"

那和尚起身向外面去了。

马青锋此时灵机一动，赶着向那垫上跪下，朝上叩头道："望师父可怜弟子远道来此，一片真诚，并看在郭老先生的情面上，收留弟子做一名徒弟，弟子感德无涯。"说着，伸手在怀间探索，取出郭老先生的那封书信来，双手奉上。

那方丈抽出信纸来一看，认得是老友郭应堂的手笔（先生名讳，至此补出）。往下看去，乃是说马青锋在书房读书的哭泣情状，及他如何受父遗命报仇的情形，末后说：

> 本人因他一片孝心，特地荐他到宝刹来，拜求收他为一名徒弟，学些武术，好去报仇雪恨。

道悦禅师看完了信，垂目将马青锋细细地观看，见他仪表端庄，满面泪痕，不由动了慈悲之念，便说："你便是马青锋吗？且休悲泣，本师念你一片诚意孝心，又有郭老先生的书信，收你做一个徒弟便是。但是你须发誓，遵守我的戒律，服从我的言语。"

马青锋即跪在拜垫上发了个重誓。

道悦禅师道："你且起来，本师还有话讲。"

马青锋谢了师父，方才起身，侍立一旁。

道悦禅师道："你既老远的路程到此，因何衣服包裹也不曾带一件来呢？"

马青锋道："弟子本系带了来的，行至中途，不料我义父不放心，特地又派了名有干办的伙计，大远地跟了来，因此弟子将包裹等件均交付了他，先行上山来拜谒师父。东西他明日自会送上山来的。"

道悦和尚点头道："你今立志到此，要学些武术下山报仇。你可知道，读书去做官，是不容易的事，但是学武去报仇，也不是容易事吗？况且读书是坐在那里的，没什么大苦楚，至于学武呢，可就不同了，讲的是运气练力，舞的是刀枪剑戟，学的是马上步下、登高纵低，其苦异常。你此时小小年纪，身体发育不全，乘着一时的意气，远远地跑了来，习学武技，将来一尝到这苦趣，便要懊悔万分了……"

马青锋不待他说完，便毫不迟疑道："弟子抱定宗旨，到此投师，岂有偷懒苟安、畏难怕苦之理？"

道悦禅师笑道："但愿你没有这个变卦才好。"

遂将在方丈外面伺候的那个和尚唤进道："这乃是我新收的徒弟，你可领他到后面去,见你大师兄去。传本师的法旨,命他逐日教授这末底师弟的武术,每隔十日,本师再亲自纠正一次。”

那和尚领命,领了马青锋退出了方丈禅房,引着马青锋向后山绕去。穿过了庙后一座竹林,方才到了一处所在,一道围墙,高高地砌着,绕到向南的正面,方才有两扇大团圆月的红门,双扉紧闭。那门的上面,墙垣上石勒着四个大隶字,乃是“别有洞天”,门上亦刻着一副对联,也是隶书,上写着:

入门即登彼岸,出林休染红尘。

那和尚走上前去,用手敲门。里面有人答应,将门开开。马青锋看时,里面开门的乃是个老和尚,那光景足有五十多岁,让二人进去,老和尚又关了门。马青锋跟在那和尚后面,穿出了门房,只见里面乃是片大荒草地,那面积颇像一个大操场。走过了草地,便是一所茅屋,走将入内看时,两旁排列着刀枪架子,架上满放着兵器,中间一方高坛,上面设着座位,铺着虎皮。

那和尚引马青锋绕过这茅屋,到了后面,又行过一口天井,方才是一顺三间两厢的房子。马青锋走到里面,将里面一打量,只见铺陈精幽,雅洁异常。那上面供着三位神像,正中间一位,乃是个女子,手中仗着把宝剑;左边供着的,乃是个雷公嘴模样的;右边供着的,却是个男子打扮,姿态逼真,栩栩欲活。

那和尚到了这进屋内,先向那神像行了礼,然后将旁边悬着的磬,当当当,敲了三下。

正是:

深山学得惊人艺,不枉跋涉此一遭。

未知大师兄是谁,马青锋学得何种本领,请看下文分解。

第五回

受戒律马青锋下山
谈衷肠殳相如诉苦

话说那和尚引马青锋到了这进屋内，敲动悬着的磬，一会儿，里面走出一人，乃是俗家打扮，年约四十以外，精神饱满，二目有光，微露笑容，问那和尚有何事。

那和尚合十道："奉师父之命，送这位师弟到此。"说着，便将道悦禅师所嘱咐的话，对那人说了一遍。

那人合掌敛容，应了声是。

那和尚便给马青锋引见道："这便是掌管师父戒律的大师兄——笑面虎喻仁(出喻仁)。"

马青锋连忙向喻仁施礼，口称："师兄在上，受小弟一拜。"说着，叩下头去。

喻仁连忙还礼，扶起马青锋，只称："贤弟休行这般重礼，且请坐下来，有话好谈。"

又对那和尚道："烦你上复师尊，就说弟子自当尽心教授，十日之后，便当请师父来考查就是。"

那和尚应了声是，即行往前面去了。

喻仁问马青锋道："贤弟由冠峰来吗？是一人来的，还是有人送来的？"

马青锋道："小弟先是独行来的，后来义父不放心，又命店里的伙计尾追而来，故此小弟的东西还在那伙计的身边，明日他就送上山来了。"

喻仁点了点头道："贤弟到此投师学武，但不知在前，武术可曾练过吗？"

马青锋道："小弟从未练过。"

喻仁道："如此说来，你是完全不懂了。但你来时，郭老先生可曾对你说过师尊是怎生一个人物吗？"

马青锋道："郭老先生未曾说过。"

喻仁道："贤弟既然不知，愚兄忝居长位，自应将师尊的生平以及与郭先生相交的原因，告诉你知道。论起师尊的俗家姓名，愚兄虽是他第一个徒弟，起初也不能知道他的详细。后来方知他老人家姓张，名唤知渊，乃系这上面供着的张三丰老祖师的后代。"

说着，将手向上面右边供着的神像一指，口中又继续说道："他老人家系武当嫡派，武技本于家传，造诣极深，乃是当世的一位大剑客。不久即将修成剑仙，现在正暗中寻觅修真的好山呢。他老人家不肯轻易传授人，直到现在，所收的门徒连你共计十个。如今在此练习的尚有两个，停会儿我自唤来与你相见。

"讲到师父的生平，他老人家起初也无非行侠作义，后来功行圆满，尘缘净尽，往年的火气全无。自从到此住锡以来，即永不问外间之事。如今贤弟已是末底的徒弟，以后当然不再收弟子了。

"提起他老人家与郭老先生相交的缘起，据说当年师尊因在京师卧病，睡倒在大相国寺内，衣履尚是勉强，哪有医药之资？恰巧那年大比，郭老先生会试到京，也住在大相国寺内。因见师尊侘傺客地潦倒，遂给师尊延请大夫诊治，师尊方得病愈。因此与郭老先生有了深交。那年郭老先生竟不曾高中，名落孙山，懊丧而归，师尊遂与他分别。后来师尊常到冠峰县去访问他，意欲报他的恩，哪知郭老先生处世和平，养气功深，真可称与世无争、与人无忤，即或吃了人家的亏，他也是一笑两个哈哈，从来不与人家计较。家中有的是田地房产，又不在乎钱，因此师尊竟无从报郭老先生的恩。每每与愚兄谈起，总说自己心中不安呢！"

马青锋听了，方才知道详细，暗忖，师父既是剑仙，喻师兄当然是剑客了。

喻仁又道："贤弟上山后，可曾用过斋没有？"

马青锋道："不曾，小弟也还不觉着饿。"

喻仁道："如此，愚兄好多将些话说给你听，你知道这上面供着的三位神像是谁吗？"

马青锋道："方才师兄说过，这右边的一位，乃是张三丰祖师。至于那两位，小弟实不知道。"

喻仁道："这中间的一位女福师，同着这左边一位雷公嘴的祖师爷，乃是中国数千年来，武术昌明的第一代祖师。中间的这一位，乃是战国时代的南林处女，精通剑术。那左边的乃是一位多年得道的白猿，当年曾与南林处女比过剑，这都是战国时代的事。当年越王勾践聘请南林处女（看官如欲知南林处女之事，请看鄙人所编之《卧薪尝胆》说部便知）教练国人技击，结果越国大强，竟能灭吴，报会稽之耻。故此师尊特塑这三位的金身，供奉在此。贤弟初来，当然是不能知道的。”

说着话，后面脚步响，走出了两个少年。一个约在二十外岁，一个只有十七八岁，都是俗家打扮，见了喻仁均躬身声了喏，又向那供着的神像行了礼。

喻仁道：“二位贤弟，且来与这位新来的师弟见见。”说着，便给两下介绍。

马青锋方知那二十外岁的名唤佘笑痴，乃系山东平州人氏；那十七八岁的名唤雷洪，乃系江南淮安府人氏。两下一引见，马青锋又拜了二位师兄。

喻仁即将磬敲了两下，一会儿来了个童子，问有何事吩咐。

喻仁道：“你去到后面请了香烛来，点好在这里，让这位新来的小爷展拜祖师。”

那童子应了一声，到后面去了。去不多时，手中已捧了香烛等物走来，即刻点好。喻仁先跪下去拜了祖师，祷告了几句，然后命马青锋叩头。马青锋叩了头，方才起身。喻仁将三位师弟，一齐招呼到后面去。

原来这屋后便是卧室，卧室过去，乃系一口小天井，天井过去，乃系一间茅屋。里面共列着十一个蒲团，中间放着一个，两旁各放五只。

喻仁道：“这乃是师尊讲道之所，原预备只收十名弟子，故此早就安位好了这十只蒲团。每年聚集门下，在此讲习武术秘籍一次，共是一月之久。”说着，已走过了这一处。

过去乃是膳室，喻仁引三人入内，按着次序坐下。一会儿，来了个庖丁，腰间束着围裙，同着方才的那个童子走将进来，安放了筷子。那童子手中捧着一端盘的饭菜，铺设齐备。喻仁招呼三个师弟，四人坐下同食。

食毕后，喻仁引着三人，同到前面演武的所在。在那广漠的院落内草地上，先令佘笑痴、雷洪二人演习了一回拳术姿势，然后喻仁对马青锋道：“贤弟今日初来，且歇息一日，明日愚兄再将本派的拳术，以及各派技击的大略说与你知道，然后才能领会，方好按部就班地陆续传授。”说着话，又去将佘、雷二人的姿势矫正了一番。

马青锋尽管留心体会他们的演习。演习既毕，喻仁复将三人引到后面那进供神像的茅屋内，坐将下来，休息了一会儿，唤方才那个童子进来，命他去到卧室内，预备了马青锋的被褥床铺。

当日晚饭后，喻仁领着三人，到卧室内安歇。一宵无话，次日绝早起来，喻仁将马青锋唤到后面那间安放着蒲团的屋内，自己先盘起双膝，坐在那左边第一个蒲团的上面，命马青锋坐在右边第五个蒲团上面，教他姿态动作，一如本人的模样。然后讲授道："这乃系学内功运气的根本功夫，内功不行，硬功再好些也得吃亏的。"说着，便传授他吐纳之法，命他运气的时间逐日加长。

教授完毕，便引他到前面草地上，教授他的拳法，并说："南派先练拳，北派先练腿，南派如兽，北派如鸟，这乃是外表的大略。师尊研究各派技击，已有了神化，所以又独创一格，演出本派的拳术来。这拳法包括太极拳、罗汉拳等诸家拳术精华在内，望贤弟专心学习。"于是先教他练拳练腿的基础功夫，并讲解手、眼、身、法、步的五字诀。讲解毕后，命他逐一试演。有那舛误之处，立刻给他纠正。

演习完毕，喻仁便引了马青锋同到后面去用早膳。那时佘、雷二人已是先在，大家请了早安，一同坐下吃毕。喻仁又命佘、雷二人，将自己所学的初步功夫教授马青锋。

师兄弟正在讲解，忽然外面磬声响亮，喻仁命马青锋去看。马青锋到了外面，原来是昨日领自己进来的那个和尚，便问："师兄有何事？"

那和尚道："外面有人送了你的包裹等物来，说是你家店里的伙计。方丈命我进来，着你出去与他相见，点收东西，便给他顺便捎封信去，免得你义父不放心。"

马青锋闻言大喜，便到里面去对喻仁说了，然后跟了那和尚，由昨日进来的路到前面方丈里去，先叩见了师父。道悦禅师命他到知客堂去和那伙计相见，并给了他一封信，乃是方丈回复郭老先生的手札，顺托那伙计带去。马青锋领命，接了书信，同着那和尚到外面知客堂里，和那伙计见了，谢了他跋涉之劳，收了东西，即在那知客堂里修了封书信，给义父、义母请安，并另附一封道谢郭老先生的信，双手奉与那伙计。那伙计告辞下山，马青锋送到山门口，方才回来。

由此后，马青锋便在五台山上学习各派技击，每日由喻仁尽心教授，马青锋也十分留心学习，日夜试演。每到十日，道悦禅师便亲到后面来校阅指点，详细解说武术的精义。

如此数年，马青锋在山，与各位师兄均已会过。那时佘、雷二人均已先后学成，辞师下山。下山之时，均在那供神像的屋内受师父的戒律。那时马青锋心中不免着急，因此格外地勤习。

又经过了一年，马青锋已是十六岁了，所业已完，真个是马上步下，蹿高纵低，用器空手，软功硬功，一切剑客的本领无不均超上乘，已到了纯青的时代。马青锋心想，此时各样武术均已学习完成，但不知何日可辞师下山，往京城去报父仇。每日均怀着这般思想，为时已久，忍不住便向喻仁启问。

喻仁道："贤弟且莫心焦，愚兄听得师父说过，总在这几天，要打发你下山，你且等着吧！"

马青锋心中暗喜。那日，又逢道悦禅师来考查的日期了（一个又字，省却许多笔墨），马青锋在那放蒲团的屋内参拜了师尊。

道悦禅师道："本师念你是末底的一个弟子，又兼根基很好，所以将你多留在本山些时日，无如你报仇心切，不能再耽延你的时日，以违了你的本志。若论你现在的本领，也就很可去得了，你且随本师到前面来，拜过祖师，宣读本师的戒律。"

说着，便起身离了蒲团，领马青锋到前面供祖师像的所在来。早有喻仁奉命在那里点了香烛等物伺候，见师父到来，即请了安。道悦禅师命马青锋拜见祖师，跪在那里，命喻仁宣读戒律。喻仁朗诵道：

一、不准妄杀无辜；

二、不准在外说系本师的弟子；

三、不准取无义之财；

四、不准将本师所传胡乱传给他人，如欲传授，须得本师许可；

五、不准因事伤同门和气；

六、不准好勇斗狠，欺压良善。

喻仁诵毕，又读同门名单道：

喻仁　言子骞　伍丹　鱼克仁　鹿珊　鹿瑚　欧阳了凡　佘笑痴　雷洪　马青锋

喻仁读毕，道悦禅师命马青锋又向祖师叩了头，并设了誓，然后站起身来。马青锋又向师父、师兄叩谢教育之恩。

道悦禅师道："本师的弟子，每人均赠送一口宝剑，以为纪念，今日你下山，自应也赠你一口。"说着，便在福师神座后面取出一口宝剑来，命马青锋跪下，接收了宝剑，佩在腰间。

马青锋拜谢起身，道悦禅师道："这口剑乃系纯钢打成，真有斩金切玉的厉害，你今日下山，须谨记着‘谦受益，满招损’这两句古训，方能压得住这口剑。你下山报仇之后，能韬光养晦最好，否则亦须秉着‘孝思不匮’四字，一线到底。本师嘱咐已毕，你收拾物件，下山去吧！”

马青锋叩头领训，起身去收拾物件，打好包裹，提到前面时，道悦禅师已向前面方丈中去了。

马青锋拜辞了大师兄，想起多年相处，一旦分襟，不由泪珠滚滚，沾湿衣襟。

喻仁也忍不住神伤道：“贤弟前途保重，不可伤悲。”说着，便送马青锋直出前面围场门外，方才说：“恕愚兄不远送了。”

马青锋说：“兄长留步，小弟就此告别。”说罢奉揖，含着两泡眼泪，穿过竹林，往前面方丈而来。到了方丈，叩别了师尊，少不得又洒了几滴眼泪。道悦禅师又叮咛了几句。马青锋出了方丈，走到前面知客堂，寻见了当年引导的和尚，谢了他的情谊，然后背上包裹，径行下山，取路向冠峰进发。

那日到了店内，叩见了义父、义母，及妹子秀英。马忠夫妇及秀英姑娘不胜之喜，置备饭菜，给马青锋接风。马青锋先谢了当年那伙计护送的情，次日又到乡间去拜谢郭老先生，哪知郭老先生已是辞世西归多时了。马青锋不胜唏嘘，回到城内，在店中置备了祭品，明日同着马忠，祭扫了父母的坟茔，哭祷了一番，又去拜祭了郭老先生的坟。

回到城中，歇息了一日，次日便收拾行装，告别马忠夫妇及妹子等人，取路向京城进发。发誓如不能报得父仇，绝不回来。

那日到了京中，详细打听，罗荣现已调任往江南去了。马青锋打听确实，即日离京南下。

那日行到江南滁州地面，那地名唤作符离集，这地方虽小，却是往来孔道，往来客商甚多，又凑着这日正逢三六九赶集日期，因此地方上很为热闹。马青锋走到街头，将身上的灰尘略为拍去，因为腹中饥饿，口中又走得怪渴，便走到一家茶坊兼做饭庄的铺子里，拣了副座头，坐将下来。要了壶好茶，并要了些饭菜来充饥。

正在饮食之际，忽然外面走进一人，那人尘土满面，衣服朴素，是个买卖人打扮。走将入内，东张西望，像是觅座位的样儿。

这时，坐在马青锋隔壁桌上的一个中年买卖人忽然起身招呼道：“殳掌柜的，您老是由何处来的？好久不见了，这一向您老纳福呀！”

那人一见有人招呼，便笑回道：“原来是冯爷，您老也在这儿吗？幸会幸会！”说着，便移步到那隔壁的座上，坐将下来。

堂倌走来添了杯筷，问添什么菜。那姓冯的说了两样菜，并添了一壶酒。二人对酌谈心，诉说各人情况。

马青锋起初原不曾十分注意，听到末了，忽然大吃一惊。

正是：

客途相逢谈衷曲，无缘却令旁坐惊。

不知这二人是谁，所谈何事，请看下文分解。

第六回

救难报恩豪客壮举
杀仇雪恨侠士旋踵

话说马青锋在符离集上一爿茶坊兼代饭庄的店里吃菜，预备吃饱了赶路。正在吃着，忽然外面走进一人，与隔壁座上的那人互相招呼，并了座，各道契阔。那先坐在隔壁座上的唤那后进来的姓殳，后进来的唤那先坐着的姓冯。听他二人谈心，都非本地口音。

那姓冯的道："殳掌柜的，您老前几年在京城买卖，我听说您老颇是发福，怎么这时又会行程到此呢？敢情您老回南去吗？"

那姓殳的道："冯大爷，您别再提京都的那件事了，提起来，真算我倒霉。那年咱在京城，本系做着买卖，被一个朋友介绍到经纶绸局去当管事。那财东姓马号叫文叔，乃系山西冠峰人氏。咱到店后颇蒙他信任，那年生意甚好，因此人家都说咱是发福。哪知福并不曾有，却惹出场大祸来了。那日来了许多锦衣校尉，奉旨要捉咱们财东。凑巧财东一早外出，不在店中，那些校尉不问青红皂白，拉了咱便走，到衙门交差。咱到了衙门，才知是为了财东从前做过什么凤阳知府，烧了皇陵，未能偿清的事。如今要查拿他重理旧案，因此咱被押在牢中，每日被他们逼问财东的下落，咱实不知道，无从招起，因此整整吃了几个月的官司，方得被放出狱。冯大爷，您老提说此事，真是叫咱惭愧呢！"

那姓冯的道："哎呀！恕我不知，原来您老当年还有这些事故呢。在押几个月，吃尽了苦了。你们这位贵财东，真也是害人。"

那姓殳的道："咱虽被押了几个月，所幸苦却未曾吃着。因为内中上下都已有人打点，故此咱只押了几个月，便被释放了。"

那姓冯的道："这便是您老交游广阔的好处了。要是换了我，准得吃大亏。"

那姓殳的笑道："冯爷又弄错了，咱在狱中蒙人周济，这人与咱毫无一点儿交情，并且对面不识，真是咱做梦也想不到。”

那姓冯的道：“这就奇怪了，是谁呀？”

那姓殳的道：“当时咱也不知是哪个，后来方知这人也姓马，乃是现任吏部尚书的马文升马大人。因马大人和咱们财东是最知己的朋友，故此他肯在暗中花钱，那无非是为了咱们财东的交情。如今事后追想起来，此事竟也没甚奇怪了。”

马青锋听在耳内，不由大吃一惊，暗想，父亲在日，常说当年在京城开设经纶绸局，管事的是南边人，名唤殳相如。自己逃走，累得他在牢中吃官司，心中深抱不安（补写一笔）。不料今日会在此相遇，真乃是想不到之事。正在着惊，又听他二人继续谈心，说了些近今买卖的盈亏。

马青锋听了半天，忍不住起身抱拳，对着那姓殳的拱手道：“先生大号敢情便是殳相如吗？”

那姓殳的不由一愣，将马青锋上下一望，看他是武生打扮，少年英俊，相貌不俗，不由起身回礼，说：“在下正是殳某，不知足下何以得知？”

马青锋想了想道：“小可姓马，也系山西人氏。方才先生们所讲的那位姓马的财东，乃是小可的本家，故此小可得知其事。”

殳相如道：“原来足下也姓马，大号是哪两个字呢？”

马青锋道：“小可年幼无字，贱名唤作晴岚。”

殳相如道：“高雅高雅，如今足下由冠峰到此，敢情是到南方去有事吗？”

马青锋道：“小可要到南方去投个亲戚，因为敝亲在南方现任着事，故此要去投他。您老也是往南方去吗？”

殳相如道：“正是呢！在下现因寒舍有事，特意由京城回南。足下请到这边来合座畅谈如何？”

马青锋谢道：“不客气，您老请自便。”说着，便将手一招呼，坐将下来。殳相如也坐将下去，仍与那姓冯的谈心吃食。马青锋也在吃着。

忽听那姓冯的对殳相如道：“殳掌柜的，您老现在回南，须走过乌衣镇。咱近闻那地面颇不干净，有一群草寇聚在那里，拦劫客商。您老如走过那里，务要留神些才好。”

殳相如笑道：“冯爷您放心，咱空身一人，不带着多少金银财宝，怕他做什么呢？”

马青锋听在耳里，心中自忖道，论起这姓殳的来，他也是我父亲的恩人，不过人心难测，此时露不得本来面目。如果前途果然有贼剪径，我便给他做个救星，也算是报了大恩。否则暗暗送他到家，知道他的下落，日后如自己发了迹，再送些财帛去谢他，也可以表明诚心了。

想定主意，故意慢慢地添饭吃菜用茶。等候冯、殳二人吃过之后，揩抹嘴脸，会账出店，方才赶紧吃完，会账起身，远远地跟在二人后面。二人走不多远，即便分手。只见那姓冯的走进一爿绸布杂货铺子里面去了，殳相如却一直出了街头，向往南大道而去。

这时正是散集，故此行人亦很拥挤，马青锋远远跟定殳相如，等到殳相如住店，自己也便住店。第二日，殳相如走，自己也发脚。行至中途，殳相如回头看见，心中颇觉危惧，深是不安。但也只作不知，硬着头皮前行（反躅下文）。

那日，行到乌衣镇，正在行走，忽然树林里一声："呔！哪里走？"跳出几个人来，拦住殳相如的去路，要他的买路钱。殳相如大吃一惊，暗想，后面有人跟着，这里又拦住去路，不由哎呀了一声，惊倒在地，手足乱颤道："大王饶命！在下出门人，委实没带着钱，请大王爷饶了在下，放在下过去吧！"

后面马青锋看见，只道殳相如已吃了贼人的亏，三脚两步，赶将前来，大喝道："殳爷别惊，有小可在此呢！"说着，亮出腰中宝剑，上前与众贼道："你众人怎敢于青天白日在此通衢大路行劫？是不怕死的，来与你小爷见过高低！"

众贼大怒，一齐如猛虎般扑将过来，被马青锋一连几剑，将众贼的兵器削断，飞落在路旁田内。众贼大惊，齐向林内逃走。

马青锋大声道："众贼听了，俺姓马的乃是路过此地，无心与你们为难，奉劝你们，从此回家，各安身业，休再做此丧天害理的勾当。否则下次如再被俺撞着，休怪俺剑下无情，那时送掉残生，悔之无及了。"

大声说毕便去扶起殳相如，说道："殳爷受惊了！"

此时殳相如惊魂已略定，见自己恐惧提防的人，反而救了自己的性命，真是意想不到。连忙拱手申谢。

马青锋赶着还礼不迭，说："殳爷别闹客气，且请上路要紧。"

殳相如应说："是是！"便向前行走。

二人一路南行，走有二三十里。马青锋便将本来面目说了，说："本人路过此处，特意为先人报恩，将来有缘，或可再见，此时且自分手。"说着，便将足下一紧，竟如飞也似的向南如射箭般地去了。

殳相如如梦初醒，要申谢时，已来不及了。暗暗赞叹，财东有此等俊异公子，将来定可显宗耀族，死在九泉，谅也含笑了。

且不说殳相如心中暗叹，却说马青锋别了殳相如，飞行向南，展开足力，当日赶到浦镇江口，乘了渡船过江。那船行至江心，忽然迎面来了只大号官船，那船的桅杆上悬着面大黄旗，旗上绣着斗大的“罗”字，乃是江南布政使，兼督长江诸路兵马司事。那官船后面，又尾随着两只兵船，气象森严，威武异常。

马青锋看见个“罗”字，不由心中一动，便问那渡船上的艄公道：“你可知这官船上的官儿是何人吗？”

那艄公道：“您不看见那面黄旗吗？”

马青锋道：“小子不是问的这个，乃是问的他的名字。”

那艄公摇了摇头道：“不知道。”

马青锋见问不着，只得不问。

一会儿船到了对岸，马青锋同着一班渡客上了岸，心想，这金陵地方，系历史上著名的繁华所在，又系江南的重镇，我在京中，打听得罗贼已就任江南。适才这官船上的官儿，莫非就是他吗？想了半天，没甚好主意，遂举步前行，径向金陵城内走去。

到了城中，先寻了客栈住下，次日仔细打听，果然这官船上的布政使，正是罗荣。此时他奉命巡行长江各地去了。马青锋听了这番话，心中着急道，如等他回来，不知要等到何日。想了一想，忽然心生一计，当日先到布政使衙门去探了探道儿，到了夜间，等到更深人静之后，潜开了房间后窗，飞身上屋，径往布政使衙，在那大堂后面，放了一把无情火，然后急行回到客栈。

次日，街上沸沸扬扬，人人都议论布政使衙门失火之事。

过了一日，又听得人说，布政使今日回衙了。不知对于此番走水，有无什么补救方法来呢。

马青锋听说布政使已经回衙，心中大喜，便走到布政使衙门左近哨探了一遭，果然气象比上次来时严肃了许多。回到客栈内，吃了晚饭之后，便吹灯安睡。到了半夜，仍如前次方法，开窗跳出，纵身上屋，径往布政使衙门而来。到得彼处，向下一望，只见下面灯光犹亮，远远听得人声、脚步声与锣声相应，知道下面正在巡更，心想，这一次不比上次简易了，不知罗贼住在这衙署内哪一间屋内。想了想，又生了一个主意。候巡更的过去，飞身落下，尾随在后面，先用点穴法将后面的那个更夫点倒在地，点了他的哑穴，不能喊叫，然后将那前面的按翻在地，拔出宝剑，向那更夫威吓，问他大人住在何处屋内。

那更夫吓得失了二魂六魄，牙齿打战，哪还敢扯谎？招说：“大……大……人……人住在后面……面上……上房里，那……那……那房间是……是……是在左首。”

马青锋大喜，忙用足一踢，也点了他的哑穴，将身一纵，上了屋，向后面上房而来。行到上房，只见下面灯光明亮，房里尚有说话的声音，心说，这般时候，罗贼还没睡吗？遂轻轻跳下去，在窗隙里向内一望，只见一个五十多岁的男子，拥抱着一个年轻女子，在那里叽叽咕咕地说话。

马青锋心想，这人定是罗贼无疑，便将手中剑一挥，挥开了窗槅，托地跳将入内，大喝道："罗贼，你认识俺吗？"说着，便是一剑，将罗荣挥为两段，割了首级。

可怜罗荣奸巧了一世，临死之时，连个哎呀都不曾喊得出来，即已送了命了。

那姨太一见大人被杀，大呼捉贼。

马青锋笑道："你装什么腔？俺与你无仇，绝不害你。"说罢，飞身出外。

此时一阵响动，早已惊动一班值卫的差弁，慌忙赶来时，哪有刺客的影子？只有个无头两段的尸身，睡在那血泊里。大众慌作一团，赶着鸣锣齐人，并着人飞报本城文武官员，齐来办理此事。无如贼去关门，丝毫无用。

且说马青锋一手执剑，一手提头，到前面仍点醒了两名更夫，方上屋出衙。将首级挂在衙门口旗杆斗内，仅取了两粒血淋淋的眼珠，疾由屋上回转客栈。次日，结算了客栈房饭等费，然后混出城去。乘了渡船，过江取路回里，径向山西进发。

正是：

诛奸杀佞悬首级，英雄孝子两堪称。

未知马青锋回里后如何，请看下文分解。

第七回

访雷洪马青锋登程
破拐案贡德厚受剑

话说马青锋杀了罗荣，离了南京，过江北返。一路上因大仇已报，殳相如的恩情也算报过，故此心中颇觉快慰。

那日，回到家乡，见了义父、义母以及妹子，备了祭品，同往父亲坟上祭扫，将两粒眼珠供在坟前，哭祭了一番，化了纸锭，然后将两粒眼珠抛弃在山涧之内，灭了形迹(细)。便同着马忠夫妇以及妹子，一齐回城。

到店休息了几日，马忠便欲将店中账目，以及乡间田地、房产等事交给马青锋。

马青锋道："累义父操劳了这几年，本不心安。如今我初由外面回来，完全是个外行，差不多的事，分毫不懂，好在义父现在精神尚健，索兴再偏劳几时，容我将心事了却，再来接手。"

马忠道："公子还有何心事未完，怎么我竟丝毫不知？"

马青锋道："没甚别的，只因我父在日，受过马文升年伯的大恩，嘱令我报答，我如今尚未曾报得，此是一件心事。再则我所学技艺，虽然已能算得，无如没有阅历，总不能成得大器。下山之时，师尊命我须要秉着'孝思不匮'四字，行侠作义。因此我意欲往外间去访友，以求深造，顺便报马年伯的恩，这又是一件心事。有此两件心事，此时如何能够接手(有此一转，生出本书正文)？"

马忠闻言，便说："公子的心事如此广大，志向可是很高。但我有句话奉劝，出外访友这件事能免最好。当初主人在日，朋友不可谓不广，及至后来失败，真肯出力的却是很少(概乎言之)。况文人是以文会友，纵无甚好处，却也没甚危险。缘公子腹中诗书仅仅有限，所精无非武术，出外访友无非是以武会友了，一旦用起武来，说不得，不是舞刀耍枪，便是较拳论腿，那时节岂不危险吗？要在别人，原没甚要紧，但在公子，乃系独子单传，倘有疏失如之奈何？以我之见，‘报恩’二字，那系必不可免的事，但也要自己忖度，报恩如何报法。”

马青锋道：“我已想过，如今奸臣当道，马年伯在朝，难免不得罪奸党。如果得罪奸党，奸党必然不肯善罢甘休，倘然生出事故，岂不是我报恩的机会吗(此所谓单刀直入也)？”

马忠道：“公子所说的话虽然有理，但也要自己量力，不可一味地说怎样便怎样。况且马大人的境况，是否欲人帮助，那还是一件事。依我说，当年主人在日，所受马大人的恩惠，无非是金钱，公子如能舍去武力，积蓄银钱去报他的恩，亦是一样。”

马青锋听了，知道义父心中，是怕自己仗着血气，闹出岔枝儿来，斩却马氏后代，心下甚是感激，便说：“义父的话，真乃金石之言，我不日出外去哨探哨探，如马年伯无须我帮助时，我便改变方针，经营商业，积蓄些银钱，再去报答他便了。”

马忠喜道：“这才是公子正当的办法。”

过了几时，马青锋总觉未曾报恩，心下有些不安。自念将来经商，定非能手，因为性情与市侩无缘，如果经商，反而自误，况且大丈夫生于天地之间，既具有屠龙擒虎的本领，自应立锄奸杀佞的志愿。况且生父所以郁郁而死，无非被奸党所害。如以此推想，凡因守正不阿，被奸党所害，或不容于世的，定然甚多甚多。我下山之时，师尊命我秉着“孝思不匮”四字做去，如此说来，非推己及人，行侠作义，不足以遵师训，及自达其志了。

想了两日，忽然得了个主意，便对马忠道：“义父，我意欲离别家乡，前往京都，哨探马年伯的景况，并到各处去拜访几位师兄，然后回归故里。此去以三年为期，三年以后，即行回来，经营商业，义父以为何如？”

马忠道：“你出外何必定要三年？如今我的身体已不似从前一般的健旺，再加上小姐在家，终身之事该当如何办法，又兼你本人的婚娶之事亦应筹议。依我之见，你如出外，不必定须三年，只要能早就早些回来。一则免得我们在家不放心，二则可免误却多少事。公子您酌量着行吧！”

马青锋点头应道：“晓得，我此番出去，定当遵着义父的示，早去早回。”

说罢，便去收拾一切，多带了些银钱，打叠好了包裹，次日便告别马忠夫妇以及妹子等人，起身离了冠峰，径向北京进发。此番到京，已是熟路，更兼行走较缓，故此沿途饮食起居都比上次调停。

那日到了京城，访得马文升仍旧任着吏部尚书，并未更动，便走去拜访。在门上投了名刺，写的是“山西太原府冠峰县世晚马青锋晋谒”。

那门上的将马青锋看了一眼，见他穿的是武生打扮，片上称呼又是世晚，心想，这不过是一个远地朋友的后代，想是到京城来赶武考，特意先来走门路的，便说："请站一会儿，等去通报了来。"随入内禀知马文升。

马文升接过名刺一看，心说，这是谁呀？怎么这名字很熟呢？想了一想，又念了两遍，方才想起冠峰友人姓马的，只有马刚。马刚当日常说，他有一子一女，男名青锋，女名秀英，这定是他的儿子到此无疑。

想毕后，便对那门上的道："你去将那马公子请了进来。"

门上的不敢怠慢，出外将马青锋请到里面，引导到后面花厅上，来见马文升。

马青锋叩下头去，口称："年伯在上，小侄叩头。"

马文升连忙起身，扶起道："贤侄休行重礼，请坐下了好谈。贤侄系何时到此，寓在何处呢？令尊在府纳福吗？"

马青锋流泪道："蒙年伯存问，小侄系前日到此，住在西城吉兆胡同。本当早来叩见，因在京路途不熟，又不知年伯是否仍在京城，故此耽延了。先父系在六年前去世的，因无人到京，故此未曾有人到年伯处报丧，尚请年伯勿怪。但那时小侄受先父遗命，说曾受年伯大恩，命小侄登门叩谢，故此小侄不辞跋涉特意到京，叩请年伯的起居，并谢当年周济先父之德。"

马文升听说马刚死了已久，不由凄惶道："贤侄言太重了，朋友有相助之谊，当年的事，何足挂怀？可惜令尊已死，所幸有贤侄这样的克家令子，想来在九泉也是含笑的。贤侄今既到此，何不到我这里来住？"

马青锋申谢道："承年伯过奖，小侄惶愧得紧，小侄已住了店，不必再扰尊府。小侄此来，本系为叩谢年伯的当年情谊，原非久羁京师，俟随后到京会试时，再来打搅尊府吧！"

马文升道："贤侄是何时高捷的？"

马青锋心知他是问的武生，不由红了红面皮，应声道："小侄是服阕之后，方始得中的。"

马文升心中忖度，怎么马文叔将儿子舍文学武呢？再也想不到，马青锋的武生打扮完全是个幌子啊。当时马文升将马青锋留在府中，治酒接待。

马青锋谢了年伯，方才回寓。次日便去告了辞，回店收拾收拾，结算了账，起身出京，径往淮安去访雷洪（按剧本，马青锋出台道白，即表明到淮安访雷洪）。

原来雷洪与马青锋在学艺的时候，二人最是莫逆，马青锋常听雷洪说，他们家乡地方有洪泽湖、落马湖，都是水寇盐枭的集合处所，本地的土俗民情，甚是剽悍，真有讲打就动手的劣习。又说他家住在清江城外五里屯雷家洼地方，当别师下山之时，再三相约，将来务要到他家中走走，彼此好同行出外访友。故此马青锋心中，决计先到淮安府去走走。出得京城，便取道南下。

那日走到直隶山东交界的地方，地名唤作桑园。那地方南通山东德州，北近直隶沧州，地方虽不算大，却也要算是个热闹的镇集。马青锋到了桑园镇上，正值天色已晚，遂在那镇上住了旅馆，那旅馆招牌乃是"鸿宾"两字。

马青锋住在上房内，正要安睡，忽然听得隔壁房间里有小孩儿的哭声，那声音愈哭愈厉害，马青锋的睡魔竟被那哭声搅扰得不能安枕，便坐将起来，留神细听。只听那哭的声音却是个女孩儿，又有个男子声音恶狠狠地道："你再哭，我便杀了你，你还敢不听我的话吗？"

那女孩儿的声音道："我不敢哭了，你别再打我了吧！"

那男子道："好啊！要这样我才欢喜你呢！你由此后，须叫我爸爸，我明日买好东西给你吃。"

那女孩儿道："但是我父亲呢？你说领我去见我父亲，又说送我到家，怎么将我骗到这里来了，又要我叫你作父亲呢？"说着，又哭了起来。

那男子又恶狠狠地道："你怎又哭了，胡说乱道地说些什么？"说着，便听见啪的一声，那女孩儿格外地哭得厉害了。

马青锋听了半天，心中暗说，奇怪，这人怎么死命地打这女孩儿？他既不是她的父亲，怎么他尽管着叫那女孩儿听他的话呢，这岂不是奇怪吗？

马青锋想了一想，陡然醒悟道，这莫非便是拐子不成（写初入江湖，不能一见便知，固应如此写法也）？想到这里，不由披衣下床，趿了鞋子，就壁缝里向隔壁房内一张。只见一个男子，红紫着脸皮，像猪肝似的，圆睁着两只铜铃般的眼睛，望着那个女孩儿。那女孩儿约有六七岁光景，模样儿真不愧"娇小玲珑"四字，可怜两颊被打得通红，两只小眼睛肿得如胡桃般，一只手掩着面，仍旧抽抽噎噎地掩在那里悲哭。

那男子扬手作势道："你再敢哭，不听我的话吗？快住嘴，人家还要睡觉呢！"

马青锋看在眼内，忍不住穿了衣裳，拔上鞋子，开了房门，走到隔壁敲门，道："喂，开门，你们不睡，吵得人家不安。"

那男子听见有人敲门，心中着急，便说："对不住得很，我们也要睡了。这孩子不好，请不要见怪。"

马青锋见他不开门，便说："朋友，怎么着？你将人家的孩子带上哪儿去呢？不是自己的肉，打着不觉着疼嘛！”

那男子见有人点破了他，越发慌张。但是事到其间，反而硬了头皮，走去开了房门，让马青锋进内，便说：“老兄，你我素不相识，我管教自己的孩子，与你什么相干，要你来硬出头？不过因在客栈里，只得随和些，所以才打你一个招呼。你怎么竟说不是自己的肉呢？老兄，我与你井水不犯河水，何以老兄要问我的闲事呢？”

马青锋听了，不由心中火起，假意笑道：“朋友，你这话很漂亮。咱俩井水不犯河水，对，不错！但是这孩子既是你的女儿，怎么不听你的话，哭了不休呢？”

说着，便问那女孩儿道：“他是你什么人呢？”

那女孩儿望了望马青锋，又偷眼望了望那男子，不敢作声。

那男子大怒，走过来喝道：“老兄，我父女间的事，要你管吗？你给我请出去吧，免得讨没趣！”

马青锋见他如此不逊，便伸手在他肩上拍了一下道：“你还说父女吗？打量我没有听见呢！好，咱们再见吧！”说着，回身就走。

那男子却哎呀了一声，蹲在地下呼痛不起。

正是：

客邸遭逢侠义士，揭破庐山满腹忧。

未知结果如何，请看下文分解。

第八回

救刘云马青锋赠金
写诉状龙宝山卖卜

话说马青锋与那男子交言的时节，早已惊动别的旅客，走将过来，堵在房门口。马青锋回身欲走出时，见门外像肉屏风一般围挤在那里（旁写一句，照应周到），便止步不动。

此时那女孩儿的哭声已由恐怖的缘故，变得微细。那拐子躺在地下，连声哎呀地呼着。众旅客看在眼内，忍不住便问何事。

马青锋指着地下的男子对众旅客道："他是个拐子，拐了这个女孩儿来。"说着，又将那女孩儿一指，继续说道："这拐子硬要逼这女孩儿呼他作父亲，偏生那女孩儿不肯，因此他左一个巴掌，右一个耳刮子，尽管地打那女孩儿。小可住在隔壁房内，被他闹得睡不安枕，因此走将过来，查问他的根底。他竟出口伤人，小可因此将他点倒在地，意欲去请了本店掌柜的来此，由他去查问此事。恰好诸位到此，请诸位问问这拐子的情形吧！"

众人听说是拐案，不由一齐都凝了神。便有那好事的走将进来，问长问短。

此时那客店掌柜的也得了信，由外面走了来，马青锋遂将方才所见所闻之事说了一遍。众人七嘴八舌地去问那男子和女孩儿。

女孩儿说自己姓秋，名唤凤英。"此次因从父亲出来，到泊头龙王庙去看戏逛庙，人丛中与父亲相失，却被他引我到此，说送我去见父亲。却不料到了此地，他又要我改口，唤他作父亲。"

众人听了女孩儿的话，知道拐案是千真万确。

再听那男子呼着痛，直招本人是一时起意，并非做这买卖的人。众人问他姓名，他说姓贡名德厚，是沧州人氏。说着，又呼痛求饶。

马青锋见他已直招，遂请那掌柜的，命伙家取绳索来将他绑了。然后用脚在他身上一踢，贡德厚忽然停口，不再呼疼，但说："诸位爷，饶了我初犯则个。”

众人谁也不去理他。

马青锋又问秋凤英家住泊头何处。秋凤英说,家住泊头秋家堡,不过自己却不认识路。

马青锋遂与掌柜的商议,派两个伙计,到泊头秋家堡去,知照秋家,好着他家来领。这拐子该当如何办法,也凭他家主意酌办就是。

掌柜的道:“您老是否在此看着,将此事办完了再走呢,还是明日一早就走?”

马青锋听他口气,知道他的心事,是恐自己走了,如姓秋的要送这拐子到官,或是女孩儿年幼,说错了地方,送不到地点,怕将干系全挑在他一人身上,遂说:“掌柜的,我本定明日走的,但因有这件事发生,我脱不了干系,势不能就走,只得再住两天,等你将这件事办完再走,您请放心吧!”

掌柜的大喜,当即招呼了两个伙计来,看守着贡德厚,将那秋凤英带到前面账房里去。此时众旅客也陆续回房安歇。

马青锋回转自己房中,心想,万不料在这客栈里破一个拐案,便将灯亮点了,关上房门,重又脱衣上床,熄灯睡下。听听隔壁时,只听得那贡德厚在那里叹气。

马青锋闭目养神,一会儿已入睡乡。次日早起,催促掌柜的着伙家到泊头去。泊头离桑园本没多远,当日可来回。那伙家到泊头秋家堡去一哨探,果然有个姓秋的人家,乃是秋家堡的大户,兄弟二人,兄名秋犨,弟名秋叶,这秋凤英却是秋叶的女儿。伙家到秋家去一给信,那时秋叶家中的人正在满腹忧虑,泪眼相看,一得此信,陡将一天的愁云揭了开去,换了一副笑脸(此等处,均非俗笔所能写得出)。

秋叶正同着家下长工、庄汉等人分头出外敲锣找寻,这时回来吃饭,一见说有了下落,喜得眉开眼笑,饭也忘却吃了(写得刻画),便忙着去招待这两个送信的伙家。伙家说了详细,催促即刻到桑园去,迟了怕赶不及。秋叶忙命庄汉在后槽上牵过牲口,套上车子,随后就到桑园鸿宾旅馆来,又牵了三匹牲口,自己同着两个伙计,向泊头便走,一路赶奔前往。到了桑园鸿宾旅馆门前,下了牲口,行到里面,先和那掌柜的接洽。

那女孩儿在柜内见她爹来了,赶着跑出柜外,抱住秋叶的腿,哇的一声哭了(写得细)。秋叶一手牵了她的小手儿,一手提衣角为她拭泪,一面向那掌柜的道谢。掌柜的问他对于贡德厚如何办法。

秋叶道:“且让我去见见这位马客人去,再来处置这拐子。”说着,便央请那掌柜的伴了,同到马青锋的房内。

此时马青锋正坐在房内心焦,一见掌柜的引着秋叶来了,不由欢喜,起身相迎。让到里面,两下问了姓名,各道了久仰的套话,然后谈到此番破获拐案的情形。秋叶谢了马青锋的救援之恩,便请问掌柜的及马青锋二位的意思,该当如何处置这拐子。二人均说一凭尊裁。

秋叶略一沉吟,对二人道:"多一事不如省一事,马爷又是行路之人,不能多耽搁日期,索兴将这拐子教训一顿。如果他是无钱做买卖才做拐子的,就给他几个钱做资本;如果有钱而做这贩卖人口的事业的,便给他一个记认,使他下次给人家一见知他是个拐子,好留心他的举动,二位以为如何?"

马青锋一听秋叶的这番话,心中深佩他的举动适宜,便说:"秋爷此言有理,且将这拐子唤了来,处置了他便是。"

掌柜的便命伙家到隔壁房里将贡德厚推了来。秋叶将他上下一看,只见他身上衣冠齐整,是个买卖人模样,不像个无钱的主儿,如果真正无钱,怎敢住上房呢?便说:"你这厮便是拐子吗?好呀!我是认识你了,恐怕别人却认识你不得,我如今给你个记认吧,免得人家当你是好人。"

那贡德厚见秋叶这般说,知道他要动手了,赶着扑通跪倒,叩首求饶。秋叶站起身来,抡两个指头,便要挖去贡德厚的眼珠。

马青锋忽然不忍,忙上前拦住道:"秋爷,且看在小可身上,饶恕了他这次吧!如果挑了他两眼,他做一辈子的瞎子,未免今生今世做不来人。秋爷不如体念上天好生之德,饶恕了他吧!"

秋叶见马青锋说情,只得带怒缩手,连说:"侥幸了这厮,如不看在马爷金面,定然取去你的双目。"遂与掌柜的、马青锋二位,商量即日将他放了。

贡德厚叩头自去(伏下文)。因这一耽搁,秋叶当日已来不及回泊头,便住在贡德厚所住的房内。当夜对掌柜的说了,要了席上好的筵席,请马青锋,谢他相救之情,并请掌柜的陪席。因见马青锋是武生打扮,又听说拐子被他一拍,便倒在地下呼痛不起,知道他是大英雄,遂于饮酒之间略问马青锋的武技。马青锋因秉师训,不肯直陈,只略说了些枪棒,以作敷衍。但见秋叶所说的武术,都是上乘的功夫,留神他的目光,及呼吸的吐纳,知道秋叶也是个内家。两人杯酒联欢,初时还不过大家敷衍,及至半酣之后,渐渐谈得人港,不由相见恨晚,各佩所有的本领,是异乎常人功夫。因此秋叶送给马青锋一个外号,唤他作逍遥太岁,并再四谆谆,请马青锋由淮安回来以后,务必要到泊头来盘桓些时日。马青锋也便答应。

那掌柜的在旁陪着二人饮酒,听他二人所说的话心中虽不能全知,也明白二人均是当世的人豪，因此愈加敬重，连连劝杯。当夜尽醉而散。

次日一早起来，秋叶先到柜上，给马青锋会了账，并将昨日酒席，以及贡德厚和自己庄汉等住的房钱一齐交付清楚。那掌柜的初时还逊谢，不肯收贡德厚的房钱和昨夜的酒菜钱。秋叶再三不肯，掌柜的方才肯收。

等到马青锋梳洗毕后来算账时，已是结算多时了。马青锋深觉过意不去，便向秋叶道谢。

秋叶说："马爷回程时，务必到寒舍走走。"说毕，又给那掌柜的道谢作别，赏了昨日去报信及看守贡德厚的伙家，命庄汉套了车子，将昨日骑来的牲口，赠一匹给马青锋代步，然后告别回泊头去了。

马青锋在鸿宾旅馆打了早尖，收拾包裹等物，别了掌柜的，取路南行。一路晓行夜住，在路上行了许多侠义的事，因此行程颇有耽搁。

那日行近淮安地面，在路上听人传说："新任淮安府，名唤龙宝山，从前做过历城县，现在系由北京调任到此，不日即将到任，乃是个清官，贤名廉洁，颇有政声。如果到任，地方上歹人必然潜踪，不敢再放肆。"

又有人说："本城恶霸暴武扬，如一旦新官到任，不知暴武扬的威势能够消灭不呢！"

马青锋一路听见这种议论，也不曾注意。这日傍晚，前行至小伊山。过了这山，便离清江浦不远，因此贪赶路程，向前行走。走不到十里路程，天色已渐渐黑将下来，马青锋心中一急，两腿一夹，那马双足一起，如风驰电掣一般，向前奔去。只因自己只管纵马向前奔驰，不曾留心别处，不料正走之间，行过一座树林，猛然觉得一物，将自己一撞，头皮生疼，只听咔嚓、扑通一声，由上面落下一件物事来。马青锋吃了一惊，回头一看，却是个老家人模样的人，倒在地下。仔细一瞧，只见他颈内系着根腰带，一头却拴着根树枝，这才明白，方才头皮生疼，是撞在此人身上。咔嚓的声音，是树枝断折；扑通声响，是他跌下来的缘故。心中一想，这老儿因何事过不得，却要自尽呢？便跳下马来，将马拴在树上。上前将那老家人模样的人胸口摸了一摸，兀自跳动，还有些温暖。心中大喜，急将他颈内的腰带解开，扶起那老儿，给他活动活动了血脉，又将手在他身上连捶带敲地轻轻地拍了一阵。

过了一会儿，那老儿叹了口气，张开双目，四面望了一望，手足活动，已幸生还。

马青锋便低声唤道："老爹，你因何在此上吊？莫非受了你主人的气，或是被你自己的子女，给了气苦给你受，因此到这里来上吊吗？"

那老儿望了马青锋一眼，叹了口气道："原来就是大爷救小老儿的吗？

咳！你不必问，你管不了我这件事，还是不救我的好。”说着，流下泪来，拿了腰带，又要寻死。

马青锋上前拦住道：“老爹，你为何事要寻短见呢？说了出来，小可不才，或者能够给你分忧。即或果真无法想，你再寻死也不迟。你如不说，休要想死，因为这树林是我家的产业，你在这地面上上吊，岂不害我这地主去打官司吗（此处与剧情稍异，剧中系马将刘云撞倒，扶起后，马上马前行，刘忽呼苦，马下马回头询问，方知其详。此处较有曲折）？”

那老儿被他拦阻，只得叹气坐下，借着星月之光，将马青锋看了一遍，带泪开言道：“爷虽是有功名的人，但是这件事太大，脚路太粗，爷谅来也管不了，不如不说的好。”

马青锋道：“老爹怎知我管不了呢？你且说了，如果真管不得，再想别法，世间哪有见死不救之理呢？”

那老儿被逼，只得说道：“小老儿姓刘名云，乃系本城世家刘府的世仆，太老爷、老夫人均已去世，只有小主人夫妇在家。前日主人被显亲侯暴武扬请去赴宴，主母又被赚前往，如此这般，打死主人，逼死主母，又放火来烧死主人全家。小老儿逃得性命，到府衙告状，被责二十大板，赶了出来，说小老儿诬控。小老儿意欲往京都去叩阍，只因全家被毁，盘川毫无，又年迈被打，举步为难。况到京以后，叩阍告状，也不知皇帝能不能给小老儿主人、主母申冤，因此行走到此，意欲上吊。爷看这件事，岂不太大，管得了吗？”说罢，不禁又呜咽起来。

马青锋听罢这番言辞，不由无明火起，强自遏住，反而笑道：“老爹，这件事我虽管不了，但是现放着有一个人，不久将到淮安，他便管得了。”

刘云忙问是谁。马青锋将在路上听说的龙宝山上任的话说了。又道：“老爹，如果这龙知府有名无实，不能给你主人、主母申冤雪恨时，你不妨再到京城去叩阍控告御状。小可家中虽不怎么有钱，但也还过得，你上京城的盘川，小可身边却有。”说着，便在背上解下包裹，打开取出两锭五十两的银子，交给刘云道：“老爹有了这许多钱，岂不尽够了吗？”

刘云见他来意殷勤，连忙翻身跪倒，叩谢大恩，拜问姓氏。

马青锋连忙还礼道：“小可姓马名青锋，人称逍遥太岁的便是。但小可施恩不望报，老爹切莫记在心上。”

刘云站将起来，收了银子，道谢作别，便说：“小老儿有了钱，便当忍痛赶路，迎上前去，如遇着新知府，便告他一状。”

马青锋见他忠义之气盎然，不由起敬，便说：“老爹请便。”

刘云称谢，一跛一瘸地向北行去。

马青锋心下叹息，方欲上马南行，忽然树林中唰的一声，飞出一条黑影，如箭射一般，向北奔去。马青锋吃了一惊，暗赞“好快的身法(暗写公孙策)!”心忖，这黑影来得蹊跷，莫非是什么暴武扬差派的人，追寻刘云到此，见有我在，未敢下手？如今见他北上，故此追赶向北方去了。想到此处，不由又动了侠义心肠，暗说，救人须救彻，岂可如此草草？遂背了包裹，纵马向前赶去。远远见一个黑影在前行走，追到近前，定睛一看，认得他是刘云，心中一块石头方才放下。但念他是个义仆，身又受伤，忠义可嘉，岂可半途而废？索兴将他送到龙宝山那里告状，看他如何断法，以验是否真正清廉。想到此处，不由自言自语地说将出来。便在刘云后面，暗暗跟定，以作保护(暗中已伏一公孙策)。

走到天明，方过了小伊山。刘云走到路旁一家小吃店里，略吃了些馒首、炊饼，复又向前赶路。

马青锋等他走后，方下马到那店内买了点儿东西，揣在怀里，上马跟在刘云后面，一边吃，一边走，行行又行行。刘云心中着急，脚下加紧，穿过前面一道树林，便是一座小土山，埋着头向前绕山而走。却不料迎面来了个测字先生，右手中托着字课盘儿，左手拿着个小白布旗，旗上写着“庞弃厂知命测字，六壬大课，合婚选吉，看相地理，代书文件”，也埋了头绕山向南而行。两下正撞个满怀。

刘云行路太猛，不由向后一坐，扑通跌倒。那测字的被这一撞，打了个踉跄，向后倒退了几步，身子虽未跌倒，那手中捧着的字课盘儿却倒翻在土山脚下，一阵风来，吹得那字卷儿四下滴溜溜滚去。

那测字的见撞倒了一位年迈之人，赶着上前扶起刘云，给他拍灰，口中打着招呼，然后才去拾字课卷儿。刘云也觉得不好意思，向那测字的道歉。

测字的问他：“何事匆忙，年迈之人，如此地急促行走？”

刘云叹了口气，见他是个测字的，便说：“先生是走江湖的，会写状子吗？”

测字的听说写状子，忙将手中小旗上面的“代书文件”四字一指道：“不会写状子，怎好写这‘代书文件’四字呢？小可做八股文章，尚做得好，何况是打官司的状子？你说了来，我便给你写就是了。”说着，二人便在左近，找了一块儿光滑滑的青皮石，坐将下来。

马青锋躲在后面树林内，一见那面白布小旗，忽然心中灵机一动，暗说，此人莫非龙宝山？未上任，先私访吗？不然，哪有这么巧法，名字唤作庞弃厂呢(一部大书，到此方入正文。龙公私访，至此始发现，暗点却正是明写)？

正是：

同是天涯沦落人，相逢何必曾相识。

不知卖卜者是否龙宝山，请看下文分解。

第九回

龙宝山馆驿得奇梦
暴武扬府第接京书

话说马青锋在树林内估量那测字的是龙宝山，果然被他猜个正着。看官，原来这测字先生正是新任淮安府知府的龙宝山。

当马青锋初次找寻罗荣报仇的时候，正是龙宝山调京之时。马青锋登程访友，一路行侠作义之时，正是龙宝山外放淮安府之日。

龙公自陛辞出京以后，便带了邹福、郯奴两个，率领护送差役，迤逦向淮安进发。龙公在路盘算，善庆王发动，讽劝恩师保我外放，莫非他存心到京外害我不成？再想到淮安地方事极难办，既有善庆王的寄子暴武扬，又素闻那地方多匪，这次升官，前途如何，真要自视造化。因此一路并不十分开心，但打算到任后，如何上慰君心，下安民意。

这日行到淮安府境，住在馆驿之内。到了半夜，忽然得了一个奇梦，乃是一个少年男鬼，同着一个年轻女鬼，像系夫妇模样。那男鬼头戴文生巾，是个有功名的身份；那女鬼却是个夫人打扮，望着龙宝山行礼，哭诉冤情。龙公问他因何被人谋害，及凶手名姓时，那女鬼伸手在项下掏出一粒珍珠来，亮晶晶光照四壁。龙公欲问她如何解说时，男女二鬼已七孔流血，浑身青红，流出血来，登时变了两个血人。

龙宝山大吃一惊，连呼有鬼，醒来方知是梦。暗说，奇怪，这分明是夫妇二人被害，为的那粒明珠。但是凶手是谁呢？想了半天，不得主意，蒙胧睡去。方才合眼，那男女二鬼仍旧跪在面前。龙宝山复又惊醒，忙呼："邹福快来！"

邹福闻老爷呼唤，便由被卧内爬起，敲刀石点蜡，由下房到龙公住的上房里来，启问老爷何事吃惊。

龙公将方才梦境说了，并问："这时候，什么时辰了？"

邹福道："正打三更。"

龙宝山道:“邹福,本府明日意欲在此稍住两日,推说本府在路上受了风寒,俟病愈方才接任。一面传示,暂不见客,本府好改扮出去,到左近各处私访,先将本地的几个有名绅士,或豪强恶霸,以及土俗民情,采访一番,然后再入城接任。你不可将这消息泄露了。”

邹福应了声是,随即又问:“老爷出去,作何装束,是否当日回来?老奴好预备等候。”

龙公道:“本府明日出去,扮作卖卜看相之人,当天来得及回程,自然回来;万一来不及,明日方回。此去各事谨细,绝无岔枝。你在馆驿中和郧奴两个轮流做伺候的样子,不可因本府出外便偷懒露出了马脚。”

邹福应命。龙公一摆手,邹福退了出去。

龙公这一夜思忖,明日当先出访查这男女二鬼一案,以慰幽魂,想了一番,方才睡去。耳边听得鸡声已啼,惊了醒来,看了看窗棂纸,已渐透白光,知道天光已亮,遂披衣下床,唤邹福进来。梳洗已毕,换了测字先生的装束,悄悄开了后门,溜出馆驿。认了认方向,向南而行。原本测字先生的服装等物,俱是他前任历城县之时,出外访案所用,此时亦带在身边,故此有这现成的衣服(补写一句,承上启下)。

当日,他一路踅去,先在街坊上找了一家吃食店,打了早尖,问了问上淮安府城的路径,向前行走。刚走到土山面前,正和刘云撞了个满怀。

当时刘云请他写诉状,告诉他的冤情。龙公猛然醒悟,正和自己梦境相合,遂说:“你拿了这状子,可等到新任知府龙大老爷上任时,即去探告,也不必远走到北京去,切不可看错了别的老爷,误递状子。”

刘云道:“龙大老爷不过小小一个知府,他能管得了这件事吗?”

龙公道:“我久闻龙大老爷的清明廉洁,更闻他在京城做知县时,曾法办了善庆王的门下。他此番到淮安上任,谅也不至于顿改宗旨,怕起恶霸来的。你尽管放心,我绝不把苦给你吃的。”

刘云闻听此言,心说,昨日姓马的也这般说,想来这龙知府定然是不错的。想了一会儿,便伸手在腰内掏钱给龙公。

龙公道:“在下写诉状,看什么事情,如是为分家等事,那是一定要的。至于人命官司,在下却分文不取,何况你老爹又是为了主人的事,忠心贯日,义气如云呢?这个钱,老爹留着自己使用吧!”说着,收拾了课盘儿等物,离了青皮石,径自向来的路上去了(趣语)。

马青锋在树林内看得清楚,暗叹这测字的义气,如果他真要是龙宝山,这个官,可真称得起是个好官了。

再看那刘云时,已收了诉状,回身踅了转来。马青锋见他回转,心知他仍回淮安,忙将马头一带,转身南行。出了树林,仍旧暗暗随在刘云的后面,一路缓步而去。

看官,刘云有何冤枉?那龙公写的诉状,所说何事?小子编书至此,未曾交代,累得看官们猜疑了好半会儿,不能明白。如今且将笔尖儿掉转,细写一番。

却说淮安东门内,有一仕宦之家,姓暴名武扬,排行第五,人称为暴五爷。他仗着善庆王刘吉,系他的寄父,四个兄长又是内宫阉宦刘瑾、郭钫等人的一党,所以无有什么功劳,竟被封为显亲侯。在淮安地方,作威作福,无恶不作,性好渔色。因此他凡出外行走之时,街坊上女子望影而逃,即是男子,也大半远远避开,免去被他气苦。因此地方上人,无不怀恨,但畏他的势,暗称他作值年太岁,不敢直呼其名。他在淮安,上结官厅,下交土豪,贩卖私盐,包庇赌博,设立种种陋规,鱼肉小民。地方官如稍有不合他的意,只要他去一封信到京,包管革职还乡。因此地方官无不畏其势焰,不敢稍忤其意,反而仰承鼻息,特别恭维他起来,将"暴五爷"三字,竟捧到三十三天。他家下养着几百名打手并四位教师,无不狐假虎威,为非作歹,欺压良善。又有个家丁,名唤牛儿,排行第二,因此人又称为牛二爷。

这牛儿年纪虽轻,诡计实大,无论什么恶毒主意,以及一切没出息的事,别人想不出的,他都想得出。暴武扬生平所为的罪恶,内中有一大半,都是他逢、迎、吹、拍造成的。他生平绝技,第一善说谎,第二会拍马,因此暴武扬有许多的事,都被他哄得云里雾里,蒙在鼓里似的。后来暴武扬接到善庆王的训示,嘱令物色人才,以为将来之用。

暴武扬知道王爷的心思,是将要做皇帝了,遂与牛儿商酌。牛儿乘势拍马道:"恭喜五爷,贺喜五爷!"

暴武扬笑问:"恭喜些什么?"

牛儿道:"将来王爷果真做了皇帝,五爷是他的义子,王爷登基,五爷怕不是个太子吗?将来王爷宴驾,五爷不就是有道明君吗(恍如痴人说梦)?"

一番话说得暴武扬大乐,便说:"牛儿,孤家将来果真做了皇帝,定然封你个大大的官儿,也能够称孤道寡,方才见得今日主仆之情。"

牛儿闻言,忙叩头口称:"谢恩,愿吾皇万岁万岁万万岁!"

这一来,暴武扬更乐了,不由心花大放,说:"牛儿,平身(俗谚闭门做皇帝,不图于此应之)!朕问你,怎么知道这朝廷仪注的?"

牛儿忍不住笑道:"奴才是由五爷处学来的呀!"

暴武扬道:“怎么你又不称万岁呢?”

牛儿道:“此时如称万岁,怕的败了事,反而不美。”

暴武扬点头道:“好牛儿,你的见识颇是不错,但孤家深恐你将来失了仪注,就是府中这许多人也得练习练习,免得将来被人笑话。孤家意欲在府中造一所金銮殿,你看如何?”

牛儿道:“造金銮殿练习朝拜之事,好便是好,可惜容易被人家察破,不大妥当。”

暴武扬道:“你平常都有胆子(牛儿罪状),怎么这点儿小事又怕起来了(此时事谓之小事,然则何事不可为耶)? 本城官民人等,谁敢牙缝中哼出半个不字? 京城中又多是咱们一党,孤家坐在家中做皇帝,怕什么人? 如要在家中怕人,将来怎好到京城去登基呢?”

牛儿见主人高兴,又在气盛,不敢拦阻(此有权势者之所以多作恶也),但说:“如要造金銮殿,务必在后面房屋深处,方才可以。”

暴武扬道:“那是自然。”

当日即命招了瓦木工匠来,鸠工建筑,由牛儿监工,不许工人出外。一切形式样式,都由暴武扬亲自吩咐,造得和京城金銮殿一般无二,不过大小高矮,略有分别罢了。暴武扬造成殿庭之后,又配全了钟鼓等物,挂在两面,当日假说请众工匠吃酒,却于暗中放了毒药,毒死得个干干净净,将尸首分装在口袋衣箱等物之内,陆续由后门搬运出去,抛在淮河之内(灭去口实)。那些工匠的家属都不敢告状,只得含冤忍痛,怀恨在心。

由此以后,暴武扬便在家中实行关门做皇帝的办法,逐日练习礼仪,私下招纳勇士。

那日,忽接京中王府差官赍到善庆王手札,略云:

> 龙宝山不日将由京到淮安新任,此人乃丞相李朝宗门生,朝廷亦颇加信任。如果到任,乃系心腹之患,望各事自检,务要留神,切勿犯事在他手内。如淮安有豪杰可以委托,设计刺杀龙宝山,以除大害,那是更好,否则京师自有布置。但在未曾摆布他以前,望你在家,各事小心为要。

暴武扬接了这封信,恍如晴天里起了个霹雳,惊得不知所为,将一肚皮的高兴都抛向九霄云外去了,便和牛儿商议。

牛儿道:“不要紧,这不过是王爷怕五爷在家过于放荡,特地写这封信来吓五爷的。如果真与咱们作对,王爷还叫他来吗?”

暴武扬被这一提,登时又高兴起来。

正是:

此刻但知安乐甚,哪晓自己蹈危机。

未知后来如何,请看下回分解。

第十回

刘子章扫墓惹飞灾
暴武扬夺宝兴恶祸

话说暴武扬听了牛儿之言,遂不将王爷的书信为意,也不曾想着派人行刺龙公的一段。

话说那时正逢清明佳节,暴武扬心想,今日郊外踏青的少年和那上坟扫墓的士女必然很多,遂对牛儿道:"孤想今日乃是清明,往年总出外去游春玩景,只因王爷来了封信,故此未曾出外,辜负了好光阴,甚是可惜。孤家今日实在闷得慌,怪腻烦的,身体甚觉疲倦,各事都觉得没有情绪,你有何计,可以使得孤家愉快吗?"

牛儿听罢这番话,已知主人的意思,是要到郊外去踏青,好饱看那些娘儿们,消遣取乐,遂说:"这有什么难处?五爷要出外游玩,尽可以去得,逛逛郊外野景,有什么要紧呢?王爷的信,无非令五爷小心些,并不曾说不准五爷出外。五爷到外面逛逛,怕什么呢?"

暴武扬大喜道:"如此说来,传话下去,与爷备马,并命家将们侍候。"

牛儿奉命传话下去。暴武扬即刻换了一身簇新的衣帽,带了牛儿及众家将出府上马。牛儿等一众家将,也各乘马相随。出得城门,主仆们一连儿鞭,那坐下马一齐泼刺刺如风驰电掣一般地向前奔驰。一路大煞风景,撞倒了好些游春踏青的士女和行路的乡人。末了撞翻了一副粪担,泼得那挑粪的一身,臭不可嗅(绝妙穿插)。暴武扬方才住马,扬鞭大笑。

后面牛儿等赶将上来,反而将那挑粪的痛骂了一顿,说他没生眼睛,五爷马行到此不知让道,却敢故意泼得这一地的。那挑粪的心中大怒,但面上哪还有敢回嘴的份儿?只得将一口乌气硬生生吞下肚去,不作一声,挑了粪担踅向斜刺里去了(以一例十,恶霸豪奴之情形可想)。

这里主仆等一行人,方才按辔徐行,迤逦向前行去。绕过一座树林,走过一道桥,前面又是一处松柏巍峨的树林,远远望去,已知是富庶人家的坟院，否则绝不至如此整齐。及至到了面前，果然所料不差。

暴武扬在马上凝神向内一望，只见里面有四个人在内，乃是一男一女、一个老家人、一个丫鬟，坟前地上铺设着祭品菜肴。那面林外，停着两乘小轿，四个轿夫站在那里候命，另外还有两匹马、一个家丁，那光景看得出马是这男主人和老家人骑的，家丁是挑祭品等物的，轿子是女主人和丫鬟坐的，可以不问而知。留神将那女子一看，不由哎呀了一声，几乎由马上跌下来，连连赞不绝口道："果然好个美貌娇娘，可惜孤家无缘。"说着话，径自跳下马来。

牛儿等见主人下马，当然也抛镫离鞍，跳将下来，赶紧上前接过主人的马鞭子，带住了马。

暴武扬对牛儿道："这女子实在真好，孤家意欲将她带了回去，问她那男的答应不答应；如果不从，咱们以多为胜，抢了她就走，你看如何（既出此言，必有此行，平时可想）？"

牛儿将林内看了一眼，虽认不得那上坟的夫妇是谁，却认识那在旁侍立的老家人，因仆及主，便料定了是谁（有层次）。

牛儿道："此人非比寻常百姓，五爷如和他闹出事来，不大稳便。"

暴武扬惊诧道："这是谁呢？他能与孤相敌吗？"

牛儿道："小的虽不认得那两口子，但是那旁立着的老头儿，小的却和他相识。他名字唤刘云，由此推想，那两口子定是他的主人刘子章无疑了。五爷岂不知刘家是世代显官吗，如何可以欺侮？因此小的说不大稳便。"

暴武扬听说是刘子章，心中也暗说不妥。但是两眼再向那林内一瞧，又不免有情，谁能遣此起来（绝倒）？瞅着牛儿道："你且将那刘云唤出来，问问他看，那两口子究系何人，如果真是他的主人，咱们再想别法就是。"

正说着，忽见林内陡然射出一道光华，直指霄汉。

暴武扬便说："奇怪！怎么林内会放出光华来呢（如无此光，或不至死，世人何苦衔宝石哉）？"

牛儿略一沉吟，便说："五爷，不必再问，这林内的两口子，正是刘子章夫妻。"

暴武扬道："你何以知道？"

牛儿道："五爷没看见方才这一道光华吗？这光华乃是件宝物。小的往日曾和五爷说过，五爷难道忘记了吗？"

暴武扬想了一想道："莫非就是夜明珠吗（点出宝珠）？"

牛儿应声道："如非此物，何能有此光华？想来可以一定无疑了。五爷请想，既然这妇女有此宝珠在身，当然是女主人无疑，两口子是谁，那还用说吗?”

暴武扬不信,道:“你偷懒不肯去问,偏会编出这一大套话来。”

牛儿笑道:“五爷既不信,不妨去问,不过小的果真将刘云唤将出外,五爷如何应付呢?”

暴武扬喜道:“你真将那老家人唤出,孤家自有道理。”

牛儿应命,遂走到林边,向内咳嗽了一声。刘云向外一望,那丫鬟连忙将夫人遮住。

牛儿向刘云点了点头,拱手道:“刘老爹,许久不见了。”

刘云认得他是暴府家丁牛儿,便说:“牛二哥,有何事见教?”说着,便抢步走出林来。

牛儿道:“我家主人命我请老爹去,有话相问。”

刘云见说,只得跟着走到暴武扬面前。

牛儿将手一指道:“这便是家主。”

刘云只得行礼。

暴武扬扬手道:“老管家休得客气,孤家唤你,非为别事,要问你这林内扫墓之人是否即是你家主人。”

刘云答道:“正是小人的主人,不知五爷有何事故?”

暴武扬闻言大喜,信口道:“烦你通报你家主人,就说孤家有事要见。”

刘云唯唯应命,回身入林,将此事向主人说了。

刘子章闻说暴五爷要见,不由吃了一惊(飞祸临身,哪得不惊)。但因躲避不得,只得起步相迎。哪知此时暴武扬已三脚两步闯进林内,向着刘子章拱手道:“久闻大名,无缘拜会,今日郊外幸遇,冒昧请见,请勿见怪。”说着,强颜一笑。

刘子章只得拱手还礼,连称:“不知五爷驾到,有失回避,多有冒犯,尚望海涵。但不知五爷屈尊赐见,有何见教?乞示端倪。”

暴武扬被这一问,不禁暗暗自称惭愧,遂说:“并无甚事,不过久慕大名,渴欲一见,改日再到府拜访,多多冒昧,请勿见罪。”说着,便拱手告辞。

刘子章见他说话的神情,皮笑肉不笑,两只凶目不住地直向那旁滴溜溜打转(暗写看徐氏),那光景颇不怀好意。见他告辞,自然躬身相送,口称:“简慢!”

暴武扬出得林外,忍不住又回头向林内望了两眼,方才带着牛儿等一班奴仆上马回程,转向另处游赏了一会儿,然后进城回府。

到大厅上坐下,牛儿侍立一旁。暴武扬不禁长吁了一声道:“果然是个好女子,真可称得起是件活宝。"

牛儿插言道:"五爷,莫非为了方才那个上坟的妇人吗?"

暴武扬点头叹息道:"岂但人是活宝,就是那放光彩的珠儿,也是件无价之宝。"

牛儿应声信口赞叹道:"果然是真正无价珍玉。"

暴武扬望了牛儿一眼,叹息道:"宝贝虽好,不能到手,也是枉然。"

牛儿知道主人的意思,是要自己想法,但因此事太大,不便开口,只得假作不知(妙!有顿挫)。

暴武扬见他不开口,忍不住道:"牛儿,你往日主意甚多,怎么今日却无一言?孤家问你,你可有何方法,将这两件宝贝夺到手中,为孤家分忧消遣吗?"

牛儿见问,不由微笑道:"五爷有所不知,非是小的没有方法,怎奈这件事大,闹将起来,怕的如变戏法的一样,开锣容易收场难(妙语)。故此小的不敢多言。"

暴武扬闻言,不由生气道:"孤家在这地面上,什么事担当不了,有什么可怕的?那姓刘的又没生了三头六臂,平白地要惧怯他起来,岂不奇怪?你既有主意,且说给孤家听了,看是如何。"

牛儿见主人动怒,只得转口逢迎道:"五爷要想宝贝到手,却也容易……"

暴武扬不待说完,急道:"快说,是何计策?休这般慢郎中似的闷人!"

牛儿献计道:"主人可命文案,假造一张借据,说是刘子章的父亲在日,曾借府中纹银五万两,当日言明按月一分起息,几年为期。造好了文书,然后着人将刘子章请了来,向他索讨,就说至今本利全无,分文未付,该当如何办法。常言'父债子还',那是无须说的,刘子章定然要借据看。那时五爷只消如此这般,岂不就将宝贝逼取到手了吗?"

暴武扬听罢,不禁大喜,哈哈大笑道:"牛儿,你真是孤家的诸葛亮,将来孤家如成大事,定然派你做一个开国军师。"说着,遂命牛儿去唤了文案师爷来,将这话对他说了,命他立刻起稿。

那师爷领命,立刻写了一纸借据,上写:

立借据人刘某,今因亏欠公帑,借到暴武扬名下纹银五万两,言明按月一分起息,限几年本利清偿。恐后无凭,立此借据存证。

大明弘治　年　月　日

立据人刘某　押

师爷写好，呈将上来。

暴武扬接过一看，连说："很好！"便擎着请帖，对牛儿道："此时可差人到刘府去，假意说孤家因慕刘子章的大名，特意宴请，只要他一到此，便如此这般，由不得他了。唯事关紧要，如差别人去，恐怕那刘子章不来；如是你去，你这张嘴真能说倒苏秦，赛过张仪，刘子章定然立刻就来。孤家意欲差你去走一遭，不知你可愿意吗？"

牛儿笑道："五爷赏脸，不以小的为无能，差小的去办事，别说是请客，便是命小的去赴汤蹈火，小的也不敢辞，小的立刻去就是。"说着，接过请帖，径行出外。

牛儿去后，暴武扬安排一切，专等刘子章到来，依计行事。

且说牛儿手持请帖，来到刘家门外，对那门上的说有事要见刘相公。那门上问明了他的来头，即往内回。正值此时刘子章夫妇祭祖回来，在家谈论方才暴武扬在郊外相访之事，颇觉不怀好意，不知他安着什么心思。

谈论尚未终场，忽见门上来报，说暴武扬差家丁牛儿到此相请。刘子章便命刘云到外面去回，说主人家中有事，不能到府，改日奉谒，盛情心领。

刘云同着门丁齐到外面。牛儿见是刘云出来，便上前施礼，申述主人殷殷邀请之意。刘云也将主人的言语说了。

牛儿闻言，急将口气变换，说："刘云，别人不知，你是知道的，咱们五爷的脾气可是好惹的吗？他因慕你家主人的名，特意屈尊来交结，你主人却将他拒得远远的，他一动怒，岂不又要弄出事来？那时，岂不枝枝节节，你想想看，对不对呢？"

刘云一想，这话却也不错，随即回身入内，将这情形说了。

刘子章道："这光景竟成了个霸王请客，不去不行了。"

徐氏夫人道："他平时与你素无往来，怎么今日贸然请你吃酒？自古'筵无好筵，会无好会'，以不去为妙。"

刘子章道："夫人有所不知，暴武扬乃系本城的恶霸，势力甚大，如和他不睦，恐生意外，自然以去为是。"

刘云也说去的好。

徐氏道："既如此说，相公早去早回。"

刘子章道："那是自然，总还不是个敬鬼神而远之吗？"说罢话，便命刘云去唤来人进来。

刘云到门外，将牛儿唤到里面。牛儿当面递了请柬，并说："五爷吩咐，无论如何，务要请相公过去一叙。"

刘子章遂领了刘云，同着牛儿，前往暴府。

徐氏在家，甚是放心不下。

一会儿，刘云回来，叩见主母，徐氏问他主人因何不回。刘云道：“老奴送相公到了暴府，相公进去，老奴站在门口等候。一会儿，那牛儿出来传话，说相公在里面饮酒，有会儿方回，命老奴先行回家，到晚间再去迎接，故此老奴先回来了。”

徐氏埋怨道：“怎么这般没分晓？到如此人家去，还饮什么酒？”

主仆们提心吊胆，到了黄昏时分，丫鬟仆妇掌上灯来。徐氏正要打发刘云去接，忽然门丁来报，说暴府家人有急事要见。

徐氏大惊，忙命刘云去看。

正是：

冶容诲淫藏诲盗，君子于焉垂戒深。

毕竟所为何事，请看下文分解。

第十一回

走东门龙宝山上任
见知府暴武扬留宾

话说刘云三脚两步到了门外,一看来人非别,正是牛儿,便说:“牛二哥,有何事到来? 敢情是咱主人吃醉了,特意来唤咱们家打发人去接吗?”

牛儿大声道:“老爹,不好了,你家相公与咱们五爷饮食叙谈,忽然得了重病,倒在地下不省人事。五爷特命咱来报信,请你们夫人前去看视,将你家相公接了回来,不可迟误,要紧要紧(均在依计行事中)。”

刘云闻言大惊,急忙跑到里面禀知主母。徐氏闻言,几乎吓得晕了过去,慌迫之间,不假思索,便命刘云点了灯笼,唤了轿夫,自己乘了轿子,牛儿在前引路,刘云在后相随,转弯抹角,一会儿已到。轿夫停了轿子,牛儿便引徐氏入内,刘云在后跟着。早有门上的过来,将刘云阻住,牛儿亦回转身来,将刘云向外推出,厉声喝道:“什么人向里面瞎跑? 滚出去!”

刘云被骂得退到外面,看时,那两名轿夫已将乘小轿子抬着走了。刘云赶将上去,问他们因何将轿子抬走,二人道:“他门口有人喝令抬回,说这是什么地方,也是停轿子的处在吗? 因此只得抬走了(突如其来,可畏可畏)。”

刘云此时,心中已惊、急、气三门俱到,想了想前后情形如梦方觉,暗说道:“哦! 莫非暴武扬将我主人哄去,用毒药置死,复又骗我主母过去,勒逼成亲?”想到这里,不由气得浑身打战,三脚两步,连走带跑,回到家中,等候消息。直到半夜,仍不见主母回来,心想,大概所料不差。一个人在那厅上踱来踱去,如热锅上蚂蚁一般,万分难受。

正在此时,忽听得后面人声喧哗,依稀听得一声说:“将这两口子丢入去!”接着,便是一声响。

刘云回头看时,只见火光冲天而起,乃是厨房中失火。正要去望,又听前面咔嚓咔嚓声响。掉转头来看时,前面亦已火光烛天,不由得叫一声苦,说了声:“奇怪,怎么前后同时火起?”略一沉思,即已明白。赶将身形移动,向旁边耳门处跑去。开了耳门,逃到外面,在火巷内潜伏着,只听得人声嘈杂中,有人说:“这两口子可就活活地火葬了!”

刘云听得,心想,在此也不是事,赶着爬起来,向巷后走去。探头出外一张,只见左邻右舒齐都惊起,拿着吊桶挠钩,鸣锣的鸣锣,挑水的挑水,灌救的灌救。再一留神,这救火的众人之中,颇有些暴府的豪奴恶仆夹杂在内,面子上是救火,暗地里却是堵住救火的人不得上前。

刘云看在眼内,心中明白,赶着由火巷内溜将出来,乘着乱哄哄的时候,溜出了火坑,走到僻静之处,席地坐下,想了想前因后果,越觉得所料不差。这分明是暴武扬打死我主人,逼死我主母,特意差人移尸到此放火,烧死了全家,以灭形迹。这种恶毒方法,真是天良丧尽。想了半天,越想越像,忍不住泪流满面,隐隐哭泣起来。一想道,呸!这是什么所在,况又什么时候,哭有何益?还是赶快想法,给主人报仇是正经。想到此处,反而神清气凝起来。

坐了一会儿,天光明亮,刘云站起身来,想道,此去到县衙告状,就说暴武扬见宝起意,打死我主人,诱骗我主母,逼奸不遂,打死主母,移尸葬于火窟之内。不管他情节是否如此,我就如此告法就是。再一想不妥,暴武扬声名太大,小小的七品官儿万不敢受理此案。不如径行到知府衙门,去告上一状,以免迟误。想定了主意,发脚就走。

刚要走出巷口,只见巷口有个小厮,在那里小解(曲折而入)。那小厮见有人走路,回身一看,认识是刘云,唤了声:“叔父,这一早往哪儿去呢?”

刘云将那小厮一看,不由吃惊,认得他是嫡堂侄儿刘凤,现在暴武扬府中充当小厮,遂说:“凤儿,我在此巷内朋友家中有事,此刻回去。你怎这般早法,在此小解,难道一夜不曾睡吗?”

刘凤掖了裤子,一手扯了刘云,往巷内僻静处便走。低声唤了声:“叔父,你老人家莫非有神佛保佑,做侄儿的早就以为你老人家被火烧死了,不料还在世呢,这也真是祖宗亡人有灵(是惊喜语)。”

刘云见他并无恶意,但因人心难测,只得索兴假作不知,诈语道:“凤儿,你说些什么,我怎么不懂得呢?敢情咱们家昨夜失火吗?”

刘凤道:“叔父当真不知吗?”

刘云道:“昨日主人、主母均已外出,故此我偷闲出来,赌了一夜钱,什么事也不得知。你既知道,咱们抄近说吧,你别绕圈子,快告诉我吧!”

刘凤当他真不知道,遂说:“叔父,咱们五爷昨日领着牛儿等一班人到郊外游春,恰巧遇着你们主仆们上坟。五爷一眼看见你们主母,便已心醉,又碰着你们主母颈内系着的宝珠，放出异光。五爷不知其故，却被牛儿说出，你们家有夜明珠，常放宝光，乃是无价之宝。五爷听了，不由高兴，说：‘珠子是无价宝，人是活宝。’

“回到家中，主仆们商量计较，请你们主人来赴宴，当场取出假造的字据，说是你们老主人欠他五万银子，至今本利全无，故此请来叙叙，何时归还，此外并无别事。你们主人不承认，说：‘先父在日，向不与人有何借贷情事，怎么会欠五爷的银子？且将笔迹我看，如果是先父亲笔，那是该当如数奉还；如果不是亲笔，那可不能承认。’五爷拿着字据，不给你们主人看，却说：‘刘子章，你乃是有心之人，这字据如到了你手内，三把两把被你扯得粉碎，岂不是无有对证了？如今孤家好好地对你讲，父债子还，这五万银子不还也得还，还也得还，可是还定了(是恶霸口吻)。你如有银子，今日即须缴清，如缴不出，可将你女眷及家传宝珠作抵(无赖)，守你将银子缴清，再为赎回(好轻松)。如你肯将宝珠及女眷送给孤家，孤家不但不向你追讨银子，还要另外送你几千银子，好使你再娶一房标标致致的媳妇(卖了馄饨买面吃，绝倒)。’

“那时你们主人大怒，手指五爷骂道：‘好个衣冠禽兽，竟说出这样寡廉鲜耻的话来！我父又非措大，何至向你借贷？分明讹诈。你如要钱，可将借据当官去告，私下逼索，那是办不到的。好！咱们再见，就此告辞了。’说着，便起身要走。

“五爷早有预备，一见你们主人要走，便大喝一声：‘往哪里走！’早有众打手在旁听得，各执藤条皮鞭，上前将你们主人围住，一齐动手。原想打几下，要逼你们主人亲自写下凭据，情愿让妻、珠作抵，不料众打手的力大手重，你们主人又身弱体瘦，二五一凑，被这顿皮鞭藤条竟打死了(以上补刘子章遇害情形)。

“五爷见你们主人死了，不由懊恼起来，说：‘宝贝未曾到手，却已弄出人命来了。’

“牛儿见事已至此，也心慌了，因又献计道：‘五爷不必着急，一计不成，还有二计。’

“五爷忙问何计。

“牛儿道：‘事到其间，索兴一不做，二不休，不如去将他女眷骗了来，就说刘子章忽染重病，转动不得。他女眷如来，便可逼她成亲；如是不来，便于今夜，派几名打手去抢了来，什么事也完了。’

“五爷大喜，即差牛儿到你们家去报，偏生你主母不曾深思，一得信就来

了。到了里面，五爷便迎住她嘻嘻哈哈，她问：‘我丈夫何在？’

“五爷说：‘他已被我打死，你如从了孤家，将来定然封你做个正宫娘娘（满口胡言，一厢情愿）。你今日既已到此，不从也得从，便插翅也休想走得脱。’说着，便想扯扯拉拉。

“你们主母不从，破口大骂。

“五爷恼羞成怒，一声喝打，打手们一齐动手，乱棒之下，立送残生（以上补徐氏被赚情形）。五爷见又打死了一个，不由又生了懊恼，便命牛儿在你们主母身上搜寻，果然颈项内戴着颗夜明宝珠，灯光之下，光彩焕然，逼得那灯火无光。牛儿献与五爷，五爷叹口气道：‘宝贝是到了手了，可惜活宝却送掉了（绝倒）。’遂说：‘牛儿，这事越弄越大，该怎么办呢？’

“牛儿想了想，又生一计，说：‘五爷，此事容易，可着人将男、女二尸抬了，并派打手护送，前往刘府，将尸首丢了进去，前后一齐放火。房屋一烧，岂不灭了形迹？且又将他全家烧死，人死无对证，苦主已无，还有谁来硬出头呢（谁知溜了一个）？’

“五爷闻言点头，连称妙计（其实不妙），遂传命依计行事。因于夜间，放火烧了你们的屋宇，全家老幼一齐烧死，不曾逃得出一个。不想叔父你却未曾遇难，真是吉人自有天相了。”

刘云听罢此言，方知昨夜详情，尽与所料相符。当时假作惊慌，又问：“凤儿，你怎么一早出来呢？”

刘凤叹道：“侄儿见五爷如此行为，太觉狠毒，惨无人道，故此私取了他些银两，意欲到外路去，做小生意糊口。走到此地，因要小解，不料却遇着你老人家。但你此刻回去，正是自投罗网，即不然，也是孤掌难鸣。你老人家却预备怎么办呢？”

刘云假意踟蹰道：“事到其间，也说不得了，咱目下只好到乡间佃户家中去，暂住几日，再打算别的。”

刘凤道：“依侄儿之见，你老人家要走，就得快走，如迟了，恐被他家中人看见，有许多的不妙呢。”

刘云道：“不妨事。”

刘凤道：“时候不早，城好开了，侄儿要出城，只得和你老人家分手，改日再见。”说着，回转身来，向巷口便走。

刘云等他去后，遂由巷内僻静处，打大宽转，绕了两个弯，绕到淮安府衙门。这时节尚早，老爷尚未升堂，刘云闯到台阶上，走到那旁架鼓的地方，抓起鼓槌，向那皮蒙大鼓上咚咚咚地敲了几下。里面早已听见，有值班差役走来问什么事击鼓。

刘云道:“老汉有冤枉,到此告状,故此击鼓。”

差役将刘云带了,到后面大堂外站着。此时淮安府知府沈伯清已听见有人击鼓,赶着命门子传话升堂,三班六房的众差役一齐到堂上排班立着,侍候老爷,听候吩咐。

沈知府升了公座,说:“将那击鼓的带上来。”

差役吆喝了一声堂威:“带击鼓鸣冤的!”

刘云到了堂上,跪在公案面前,沈伯清问道:“你这老儿,有何冤枉,姓甚名谁,家住哪里?讲!”

左右一声吆喝:“讲!”

刘云道:“小民名唤刘云,乃是本城刘子章家的世仆,情因主人、主母被恶霸暴武扬所害,故此前来鸣冤。”

沈伯清一听“暴武扬”三字,不由一惊,便说:“住了,你告的是谁?敢情便是告的显亲侯暴五爷吗,还是另有一个同名的?”

刘云禀道:“小民告的正是家住东门的恶霸,显亲侯暴武扬……”

沈伯清不待他说完,便将惊堂木一拍,说:“胡说!暴五爷是何等之人?他焉能知法犯法?想是你年纪大了,有些老糊涂了,故到此胡说八道。来人!给本府重打二十板,以戒他胡乱击鼓之罪,赶将出去。”

差役一声答应,竟将刘云按倒,打了二十大板,由大堂上赶将出外。刘云到了外面,满怀悲愤,不由为热血所冲动,一片忠心,欲代主人申冤,报仇雪恨。想了想,这本地官司打不好,不如径往京城,去告御状,方有报仇的希望。因此回身就走,出了北门,取路向进京的大路而行。行至中途,因棒疮发作,盘川又无,遂萌短见。不料却逢着马青锋,送他资斧。复又遇着龙宝山,给他写状,这都是上文之事(交代一笔)。

话分两头,却说龙宝山写毕状子,回到馆驿之内。当日休息了一天,次日一早,便命启行。行不多远,正逢着淮安府派来迎接新官的差役,以及全班执事。由一个师爷率领着,并有府属各官吏的代表,一同来迎接新官上任。

龙宝山一一接见之后,吩咐住轿暂停,开言问那师爷道:“先生在此几年了?”

师爷答称五年。

龙宝山道:“如此说来,先生对于地方上事件以及土俗民情,想来是很熟的。”

师爷答称不敢。

龙宝山道:“本府问你一个人,先生你须实说,不可隐瞒。”

师爷说:“门下知无不言,言无不尽。但不知是问的哪一位?”

龙宝山道:“本府问的,乃是本城最有名的暴武扬暴五爷,因本府一路听得人言,说暴五爷很是不好,故此本府要打听打听,看是如何。”

那师爷见问,不由一愣,半晌回不出来,想了想,才说:“此人名气甚大,势力不小。他的行为如何,说好也不见得,说坏也未必,不过仁者见仁,智者见智(妙语)。如说他怎么不好,门下斗胆,也不敢说。”

龙宝山听了,不由笑将出来,道:“先生的话,很是不错,本府已能明白。但不知他家住在哪一门?”

那师爷说:“他住在东门城内。”

龙宝山道:“本府上任,应走哪一门?”

师爷回说:“该走南门进城。”

龙宝山道:“传话下去,本府今日上任,须绕路由东门进城,先到暴府,然后到府衙接印视事。”

邹福闻言,即刻传知通班差役以及执事人等。龙宝山吩咐起轿前行,并请那师爷及各官员的代表等,乘马相随,绕路由东门进城,前面执事开锣喝道,直向暴府而来。

正是:

关心民瘼访民隐,为谋国计会国仇。

未知龙宝山如何见暴武扬,请看下文分解。

第十二回

鬼附恶人暴武扬吐露真情
接印视事龙宝山准状放告

话说龙宝山吩咐开道,向东门暴府而行。将到暴府门外,龙宝山传命对锣当当当敲得格外响。那两名敲锣的奉了此命,暗说,这新任的老爷,敢情有些来头,否则定有疯病。暴五爷是什么人,也好惹得的吗(再写一句)? 心中虽这般想,命却不敢违,抓着锣槌,当当当地敲得震天价响。

刚走到暴府门前,早有暴府的家丁迎头拦住,大喝道:"什么人,敢这么大模大样开锣喝道? 难道没有眼睛吗?"

差役们停住了脚,轿夫也打住了轿杠。

龙宝山道:"怎么着,到了吗?"

差役禀道:"回大人话,已到了暴府,这地方有例,奉旨文官下轿,武官下马,故此停住不行。并且暴府家丁已有了话了。"

龙宝山听了,暗说,好大的架子,我既到此,不得不表面服从,以观究竟,遂说:"住轿,拿本府的名片,到他门上去说,就说新任知府要见暴五爷。"

差役领了话,拿着老爷的手本,走到暴府门前,对那门上的道:"咱们老爷要见你们五爷,快些通报。"

那门上冷冷地道:"什么老爷,叫什么名字?"

差役见他这般淡淡的,遂带怒道:"咱们老爷乃是新任的淮安府知府龙宝山龙大老爷,快去通报,有事要见你家五爷。"

那门上道:"我道是谁? 原来是个小小的知府官儿(太守闻之,将如何),站下些,我去报来。"说着,接过手本,向内去报。

这时候,暴武扬正坐在厅上和左右说话。原来这日暴武扬清早起身,即有乌鸦在他屋上,对着他呱呱乱叫,他便说:"奇怪! 怎么这乌鸦净对着孤家混叫?"

吩咐家人,将那乌鸦赶走了,坐将下来,忽然觉得心惊肉跳,便说:"怎么着，今日怎竟这样不自在？牛儿，你给我去唤个起课先生来，掐算掐算，看是如何。”

牛儿知道：“五爷怕什么？一个人气血不足，总是有的，在五爷今日觉得心惊肉跳，也许是换龙骨吧！”

暴武扬笑道：“什么叫作换龙骨？”

牛儿道：“五爷不久要做皇帝，现在的骨头乃是王侯的骨骼，如为天子，自应换副龙骨，故此觉得身体不自在（掐得真好）。”

暴武扬被几句话说得眉开眼笑。正在此时，门丁来报，说是新任知府龙宝山要见，将手本呈上。暴武扬接过一看，上写：

奉旨特授江南淮安府知府正堂龙宝山拜

不由心中吃惊，便说：“牛儿，你出去回复，就说府中有事，改日接见（做贼的心虚）。”

牛儿领命，同着门丁到外面来。只见全副执事排列两旁，中间停着乘轿子，便对那立在门口的差役道：“你去回复龙知府，五爷今日府中有事，改日再为接见。”说着，将手本退还，径回身进去了。

差役到了轿前回禀老爷，龙宝山怒道：“你再去说，本府有要事面晤五爷，如他门上不肯通报，你可命对锣敲个不停，引他出来问讯。”

那差人领命，来到门前，将“本官有要事，面见五爷”的话说了。

那门丁淡淡地道：“咱们五爷已经说过今日不见，你们有事，咱们也有事，谁能有空管得了这些闲？”说罢，竟不瞅不睬，走向一旁去坐了（令人想见权贵之势，可叹）。”

差役大怒，便命敲锣。那两名敲锣的将两面锣敲得震天价响，当当当，愈敲愈厉害，敲得里面都听见了。门上的大怒，走过来阻止。那差役也和他争辩，这一边仗着本官的命，那一边倚着主人的势，各不相让，争吵起来。

里面的家丁闻声，也走出几个来询问，自然帮着那门上的来压服差役。这边许多差役同着执事人等也都嚷将起来，那敲锣的却格外地敲得震耳喧天，人声、锣声混作一团。

这声音传到里面，暴武扬大怒道：“什么人！敢在咱们府前喧闹？牛儿，你出去看是何事，好便好，不好，可传齐家将打手，去将那些吵闹的人给孤家赶散了他。“

牛儿领命，走到门口一张，见仍是龙知府的人，忙喝住自己的同伴，上前问是何事。

门上的和差役两方情词各执，龙宝山在轿内久已看见，便命那师爷，去对牛儿说道："奉本官之命，来对你说，烦你进去报知五爷，有要事面见。如没有空，也须抽个空儿。总而言之，不见也要见，见也要见，今日可是要见定了。"

牛儿听了这话，不由咂舌道："嗐！"暗想，这龙宝山仗着什么势竟敢说这样的硬话？咱们平时对人家说惯了的话，却从未听见人敢和咱们说过（用他自己说，以见报应）。这龙宝山既敢说此大话，定然来头不小，且进去报与五爷，看是如何打发。遂说："你们大众别吵，咱去禀知五爷，见不见再说。这会儿吵什么呢？"说着，回身入内，将这话对暴武扬说了。

暴武扬大怒道："小小一个府官，敢说如此大话，难道孤家还怕他不成？牛儿，你去唤他进来，看他有何狠处，难道还要孤家迎接他去不成？"

牛儿领命，出到门前，对那师爷道："五爷有命，说知府既然要见，进来就是了。"

师爷到轿前回复了龙公，龙公气得鼻内生烟，只得忍耐着出了轿子，走到门前。牛儿在前引导，直到后面大厅上，暴武扬早已看见，要照方才的火性，本想将他唤进来羞辱他一番。只因一转念，王爷有过信来，龙宝山为人甚是厉害，各事须得留神。又因他是父母官，自己虽然是个侯爵，但是他能管我，自己却不能去管他，故此只得起身离座，假作笑容，到檐口迎接（亏有此想，否则如何下台），说："公祖大人光降，蓬荜生辉，久慕大人政迹，今日得见，真乃三生有幸。适间因小事未及恭迎，多有简慢，请勿见怪。"说着话，将手一扬，说："公祖大人请上座。"

龙宝山到了厅上，向着暴武扬深深施礼，连称不敢，说："卑职上任，道经尊府，理应拜谒。五爷在此，哪有卑职的座位？"

暴武扬道："孤家乃系子民，公祖大人理应上座，何必过谦？"

龙公也不再辞，略一告罪，说声："有僭！"遂就了座。

暴武扬道："公祖大人今日枉驾，不知有何见教，乞道其详。"

龙宝山道："卑职奉命出京之时，曾向王爷请示，承蒙王爷面谕，说：'龙宝山，你到任之后，如有甚为难之事，可向显亲侯暴五爷请教，凡事须依从五爷的示。'故此卑职未曾接印之先，特地来拜见五爷，给五爷请安，并求五爷多多指教。"

暴武扬被这几句话说得得意忘形，禁不住手舞足蹈，大乐起来，说："公祖大人出京，怎么要向王爷请起示来呢？"

龙公道："卑职此番调任淮安，乃系王爷的保举，故此要向王爷请示。"

暴武扬道："王爷怎么不保别人，却要保贵府呢？"

龙公低声道："因卑职系王爷心腹人，故此才蒙恩保（说得好听）。"

暴武扬大笑道："如此说来，龙宝山，你也是王爷的心腹人吗（看他写出得意忘形来）？"

龙公应声道："龙某也是王爷的心腹人啊（不说卑职了，妙）！"

暴武扬大喜，狂笑道："我说呢，如非自己人，王爷如何肯让他到这里来做官呢？"

正说着，忽然刮起一阵狂风，风过处，暴武扬打了一个寒噤，陡然神情大变，带笑开言，说："龙宝山，孤家将来如做了天子，定然封你为当朝首相。"

随即起身离位，一手扯了龙公，说："卿家，且随孤家上朝去（此即戏中二鬼附身一段也）。"

龙公大吃一惊，不知所以，只得跟着他就走。

牛儿及一群心腹家丁均在后相随，穿过几进屋宇，到了后面金銮殿。暴武扬令牛儿鸣钟击鼓，放了龙公，自己披了黄龙袍，走上宝座，坐将下来，果然钟鼓齐鸣，众文武鱼贯而入，分列两班，三呼万岁。

龙公大吃一惊，吓得浑身是汗，定睛细看，原来那些文武都是他家中的家丁、打手、幕友等人，外面虽穿戴着朝衣朝冠，里面衣服却看得出他们的身份等级来。再看那牛儿时，此刻已改扮了个太监，立在龙案旁边，传谕道："众卿平身！"

众文武站立两厢，牛儿又当殿传谕道："万岁有旨，宣龙宝山上殿。"

龙公到此地位，脱身无术，对抗不能，含着一腔忠愤，没奈何，只得说了声："领旨！"走上玉阶，跪在当中，口称："臣龙宝山见驾，愿吾皇万岁万岁万万岁！"

暴武扬坐在上面，传旨道："龙卿平身。"

龙公谢恩站起。

暴武扬又传旨道："龙宝山听封。"

龙公只得又面外跪下。

暴武扬道："龙爱卿，朕念你审事明确，为民间处理了不少的冤枉，有功国家，特封你为太常寺卿，兼太子太保，卿其毋违。钦哉谢恩！"

龙公只得含糊谢恩。

暴武扬传旨退班，说着，已起身离位，脱了黄龙袍，仍旧携着龙公的手，哈哈大笑道："龙爱卿，朕前日打死刘子章夫妻一案，如是有人到你衙门来告，你须从公而断(明写一句)。”

龙公不禁错愕，不知所对。

暴武扬携着龙公，直到前厅上，方才放手，仍坐了原位。忽然一个寒噤，浑身打战，两眼向上一眨，竟翻白眼。牛儿等在旁不由大惊，齐叫唤：“五爷醒来！”暴武扬竟丝毫不知。

龙公在旁也不知所措，遂对牛儿道：“本府要往衙门，不能在此伺候，五爷的症候，想是中了魔，谅不妨事，醒来时须管家代为请安。”说着，便起身走了。

牛儿此时，见主人昏迷不醒，乱了主意，也不曾想着秘密尽被龙公窥探了去，是万分危险的事，竟让龙公走了。

龙公出得暴府，众衙役迎着，龙公上了轿，对锣开道，向府衙而行。不一会儿，已到府衙，旧任知府沈伯清率领僚属迎接入内。龙公到大堂上拜了印，然后接任，升了公座，请沈伯清一旁坐下，接收一切公案文卷。

处理还未完毕，忽听门外有人喊冤。龙公道：“外面是何人喊冤？给本府带上来。”

衙役到外面一看，认得他是已经来告过状的刘云(急入)，便说：“刘云，怎么你今日又来告状了？”

刘云道：“小老儿打听了新官上任，故此到来喊冤。”

差人道：“进来，大人问话，你要小心了。”

刘云应了声是，跟着那差人走到大堂上，双膝跪下，口称：“青天大人在上，小民有冤莫诉。”

龙公道：“你叫什么，状告何人，所为何事，一一讲来。”

刘云道：“小人名唤刘云，状告本城恶霸暴武扬。”

龙公道：“有状子吗？”

刘云应道：“有。”说着，便在身边取出状子，顶在头上。

差役走过接了，放在公案之上。

龙公略看了一看，便说：“刘云，抬起头来，本府有话问你。”

刘云抬头一看，认识他是写诉状的测字先生，心中暗喜。

龙公问道：“本府问你，这种人命重案，怎么你不在前任老爷台前告状，反而事隔多日，等到本府到任才来告状呢？讲！”

刘云禀道：“小民当日曾经告过状，怎奈不准，反而说小民诬告，将小民重责二十，赶将出外。”说着，便将手一指沈伯清道：“小民当日告状，便是在这位大老爷手里告的。”

龙公遂问沈伯清道:“寅兄,刘云说他在寅兄任上告过此状,不知可是实的吗?”

沈伯清应声道:“告却是告过一次的,但小弟当日因他告的乃是暴五爷,故此不曾准状。”

龙公道:“敢问寅兄,这刘云可是冤枉吗?”

沈伯清道:“冤枉大约也是有之,但小弟当日因暴五爷的势力太大,故此不得不徇情一二。”

龙公闻言,冷笑道:“寅兄这一徇情,不令下民冤沉海底吗(骂得好)?”

沈伯清连忙起身打躬道:“寅兄说得是,但也是时势如斯,实系无可如何之事。小弟现已去任,反正已管不着,好在文卷等手续业已交清,小弟就此告辞,免得误去寅兄的公事。”说罢,躬身告别。

龙公道:“寅兄虽然去任,但此案责任尚未全卸,容俟将来查明听参。恕不下位相送了。”

沈伯清闻言,心中好不生气带怒,出衙门而去。

龙公对刘云道:“刘云,本府准了你的状子,你且下去,听传候审。”

刘云叩头起来,退下堂去,不由赞叹道:“这才真是位青天大老爷呢!”

刘云去后,龙公传命差役,到街坊乡镇去鸣锣通告。就说,本府到任,准许人民告状,不论何人犯罪,本府均一律法办,绝不宽容,可大胆放心地前来告状。

正是:

视民如伤特放告,秦镜高悬姓氏彰。

毕竟准状后,如何断法,请看下文分解。

第十三回

暴武扬府衙赴宴
马青锋公堂锄奸

话说差役领了言语，退在一边。龙公清查了文卷，仍请当案的师爷保管，然后传命退堂。到了后衙，邹福、郏奴二人已在后面预备好了大人的卧房、书房，以及二人自居的房间。龙公各处看了一会儿，这时候忽觉头晕，才想起未曾用过中饭，遂令郏奴传知厨房早些开晚饭。

郏奴去后，龙公走进书房，坐将下来。一想今日在暴府情形，不由出了一身冷汗，暗说，好险，如此时他回过味儿来，不久准得出乱子。再想到方才沈伯清的事，他此番出去，不是到暴府，准要进京，听候另用。他如到京，准得在王府报告此事，那时，定生枝节。想了想，忽然得了个主意，遂命邹福传言出去，在府衙门外悬牌布告，本府放告三日，清理旧案，第四日方才开始处理新收状子所告的事。令各当事人证，届时齐集衙前，听传候审，不得有误。邹福依言传话出去，一会儿已开晚饭。

龙公用过饭，揩抹手脸之后，即到书房，修了两封书信，一封系给恩师李朝宗，报告他到任一切情形，请为酌量参奏。一封系给母舅邹逢春，报告已接印任事，请他不必记念。书信写好，封了口，命邹福唤了两个当差的进来，交付了他们路费，令他们明日起行，限日回来，不可误事。

两差去后，龙公又写了张全红请帖，命邹福明日到暴府去请暴五爷到府衙赴宴，叙谈衷曲。去请之时，须等到本府拜客回衙之后。

邹福接过请帖，应了声是。龙公又令郏奴去请那掌理文牍及刑名师爷，请来相见。

郏奴去不多时，引得两个师爷来，一个便是欢迎本人上任的，一个便是在堂上保管案卷的。

二人进来，向着本官行了礼。龙公欠身回礼，说："二位请坐。"

二人谢了，方才坐下。龙公先问二人的姓名，方知刑名师爷名周尔培，文案师爷名文征吉，都是外路人。

龙公问二人对于刘云所告的状意见如何，二人同声应道："此事实也怪沈大人不得，委实是这被告的势力雄厚，一则他家中门禁森严，府县衙役走不进去；二则他家中所养的勇士甚多，寻常人难以入内捉拿。如是准了状，一方面断不了案，一方面却得罪了人（此有力者之所以敢横行也）。因他系侯爵，如无上命，难用刑法，故此只得不准刘云的状。如今大人新到任，就准了状，如欲办理此案，门下以为难生效力。"

龙公听了点头道："二位自是直言，但果真如此，含糊下去，百姓有冤莫诉，岂不失了国家为民设官的本意吗（今之有司，曾念及否）？二位对于此案，有无什么良好法则？说出来容本府思索思索，看是能不能行。"

征吉道："大人既已准了状，势不能中途而废，只得硬了头皮，传两造到堂开审，该如何办便如何办。既要为民除害，只有这样的激烈手段，所谓快刀割乱麻，一割一个断，公事公办，不拘情面，也很痛快（说得痛快）。"

龙公点了点头，遂问周尔培的意思如何。

周尔培笑道："文先生方才所说的话，是能说不能行的。试问，暴武扬肯听传吗？他既不听传，却又怎么办呢？依门下之见，不如将暴武扬请了来，告诉他有这么一件案子，问他自己意思，该当如何办法。并先将原告唤来，问他肯不肯私下了结，反正这件案子，死者已没有苦主，但凭刘云一人控诉，并无别的人证，这案子乃是活的。如刘云肯私下和解，便命被告送他些银子，具个和歇的甘结；如是他不肯私了，那可就分为两种说法：一种是秉公而断，一种是偏偏心，将原告的状子批他个证据不足，驳了回去（是刑名师爷的口吻）。这办法最妙，因原告如告不准状，定去上诉，上诉的机关，谁不和暴五爷有来往？定然驳回，绝不会准。他如去告御状，叩阍呼冤，天子必然查问，但门下可以料定，他必然派一名太监查办其事（天子举措如此，可知寺人之势）。但是现今太监的头儿，如郭镛、刘瑾等一班人，谁不和暴五爷有来往？并且有亲戚，又岂肯帮着刘云说话（一层说不准）？讲到公事公办，却又很难，因为案卷详上去，上宪定然驳下来，仍为暴武扬开脱（一层说准）。依门下之见，大人如不想要这顶乌纱帽戴，便和他断个明白；如是要圆通办法，只得稍为徇情。该当如何，那还不在大人的明鉴吗（一段可为做官宝鉴）？"

龙公听了，也点了点头，遂说："'徇情'二字，那是为官的秘诀，本府岂有不知？无如为国为民，在责任上想，可就万不能瞻徇（为官者听之）。本府出京，曾面领圣谕，上报国恩，下慰民望，均说不到徇情。但如用激烈手段，对于善庆王方面，又很难解决。也罢，本府已有方法在此，且等明日再说。二位先生且退，将文案搁下，容本府仔细参详，后日方好升堂理事。”

周、文二人应命，起身退出。

当晚，龙公细阅案卷，至夜深方睡。次日一早起身，漱洗毕后，用过早点，传齐全班执事，往各处拜客，并到各店拈香，直至午后方归。

用过午饭，龙公命邹福去请暴武扬到府衙赴宴，并令厨房预备上好酒席，一面密传全班捕快公差，在二堂班房侍候，一听传命升堂，即须排设公案，不可有误。

众公差得了此信，一个个纳闷吃惊。便有那要讨好的，想到暴府通信。又恐本官不是审问暴五爷夺宝逼奸放火一案，反而弄出事来，送掉自己差使，因此不敢去报信（写差役心事）。就是那两位师爷，也猜不透本府是何意思，都在暗中捏一把汗，总以为本官如与暴五爷作对，是蜻蜓撼石柱（旁写，正所以写龙公）。

且说邹福拿了请帖，到暴府门前投递。门上见是知府老爷的管家，奉命来请主人，便说：“且站一会儿，等我去传报（比上任时回的话不同了）。”

走到里面，暴五爷正在厅上，与牛儿及手下心腹商议办法。

原来那日龙公去后，暴武扬到晚方才醒转，恍然如梦方觉，便问牛儿，龙宝山到何处去了。

牛儿道：“五爷猝然昏迷，龙宝山说衙门有事，径回去了呢！”于是将龙公临行之言说了。

暴武扬惊道：“他走了吗？孤家方才昏迷之时，可曾说些什么？”

牛儿道：“岂但说？并且还实地扮给他看。”于是将方才登位受拜，封龙公官职等事说了。

暴武扬闻言大惊，骂牛儿道：“常言道得好：‘养兵千日，用在一时。’孤家要你们这班没用东西何用，方才因何不阻挡孤家呢？”

牛儿应声道：“方才谁说不曾阻挡？无奈五爷昏迷不悟，阻挡不得呀（扯淡）！”

暴武扬长叹了一声，只自怨自恨，也不言语了。他哪知牛儿们并未曾阻挡呢。

当晚，暴武扬无精打采，勉强吃了碗晚饭，即便睡觉。次日起来，仍是心惊肉跳，知非吉兆，遂将牛儿等一班心腹唤来，商量安全之策。

牛儿道：“五爷不必大惊小怪，这些小事何足介怀？只要五爷修封书信，到京城王府去报告，请王爷设法，将龙宝山调任他处，岂不就立刻烟消雾灭？再不然今晚人静之后，五爷将后面殿宇，用火毁了，灭去形迹，反咬一口，开张失单，说府中被大盗抢劫，劫去财帛若干，到府衙去限龙宝山几日内人赃现获，否则听参。这两条计，五爷明鉴，随便采一条施行就是。”

暴武扬大喜，不由以手拍牛儿肩臂道：“你这猴崽子，真是孤家的计多星。”说罢，便命安排点心。

用过点心以后，自己即往书房修书，差一名得力的家丁前往京城王府，报告龙宝山到任的情形。并说他尚未接印，就先到府中寻事，恐日久多有不便，应请京中设法，将其调任，然后中途派人刺杀。

打发家丁去后，以为不久必将龙公除去，可以高枕无忧了，不由心中大乐，遂与牛儿等人到外面去游玩了一番，方才回府，用了中饭。中饭后，暴武扬又连打喷嚏，老觉得心惊肉跳、坐立不安。心中奇怪，遂将牛儿等唤到面前，问其所以。

牛儿笑道：“五爷，平常什么都不怕，怎么龙宝山一到任竟胆小起来了？心惊肉跳，也不过是偶然符合，所谓事有凑巧，能算得什么？常言道得好：‘见怪不怪，其怪自败。’五爷不要疑心，保五爷立刻心定神安，绝不心惊肉跳。说来说去，大半是心理作用，有何要紧？如果五爷仍不除疑，也许这房屋因打死了刘子章夫妻冤魂不散，故此作祟。五爷不妨邀请高僧高道，做些公德，超度亡魂。”

暴武扬点头道：“牛儿这话说得甚是，孤家昨日昏迷，定系为鬼所魔（用他自言，明点一句），否则绝不会如此颠倒。也罢，明日便去请僧道来做道场。”

主仆们正在议论，忽见门丁进来，手持红帖，回禀道：“龙大人差人下帖，请五爷今晚府衙饮酒。”

暴武扬接过请帖，对牛儿道：“该怎么回他呢？”

牛儿笑道：“五爷去不去呢？”

暴武扬道：“孤想不去。”

牛儿道：“依小人之见，五爷就说去（偏是他说去）。因五爷不去，反而使龙宝山生心；如果去了，或反没事。再有一说，龙宝山乃是一个小小文官，他又没吃狼心豹胆，他敢和五爷怎样吗？”

这几句说得暴武扬的胆子壮了，不禁笑道：“孤去赴宴，他如不说什么便罢，如说什么，孤便和他翻脸，还怕他不成吗？”

牛儿道：“对呀！五爷说得是。”

暴武扬遂令门丁：“对那来人说，就说孤家准到。”

那门丁依言出外，对邹福说了。邹福领了回示，回到府衙，回了大人的话。

龙公大喜,密令郯奴:“去传刘云听审。”

郯奴领命去了。

到了傍晚时分,门差来报,说暴五爷已到衙外。

龙公说:“开正门迎接!”

门差领命外出,放炮开门。两旁吹鼓亭上,奏起乐来。龙公亲到门外迎接。

暴武扬领着牛儿,到了里面二堂上,分宾主坐下,牛儿侍立在后。茶罢以后,龙公传命掌灯摆酒,一会儿,酒席摆全,龙公邀请五爷入座,自己主位相陪。牛儿仍在旁侍立。

酒过三巡,暴武扬开言问道:“公祖大人,请孤到此赴宴,不知有何见教?”

龙公执壶欠身道:“卑职离京之时,王爷曾命卑职,到任以后,如有甚为难之事,可向五爷请教。乃卑职昨日方才接印,即遇着一件为难之事,故此特地奉请。一则谢昨日五爷接待之情;二则向五爷求教。”

暴武扬见他话中有刺,心中虽惊,但此番既来,本系来者不善,善者不来。遂带怒佯笑道:“贵府过谦了,贵府才高望重,目无全牛,怎会有甚为难之事呢?乞道其详。”

龙公道:“卑职断事,向来无甚为难,唯有此事,却甚为难。因卑职昨日到任,就有个刘子章的管家刘云到府衙告状,替主鸣冤。卑职因系人命重案,当即准状。但因那被告之人却是个有名人物,卑职如要徇情,又恐坏了国家法度;如不徇情,传他到案对质,却是休想。因此为难,欲向五爷求教。五爷,猜想猜想看,这被告之人是哪一个呢?”

暴武扬见他说出病原,好似晴天霹雳,不由一惊,但在表面上却装着镇定道:“却不知是谁?”

龙公笑道:“并非别人,却是告的五爷。五爷请想,这不叫下官为难吗?”说着,将刘云的状子由袖内取出,递将过去。

暴武扬放下杯箸,接过一看道:“龙宝山,本爵竟被人告下来了吗?是谁有这么大的胆!不是本爵怪你,像这种以下犯上的状子就不该收准才是。这有什么为难?只要将告状的传来,重责一顿,赶将出去就是了(说出办法,正见其恶)。”说罢,哈哈狂笑。

龙公鼻孔内哼了一声道:“这可不能,朝廷设官,原为百姓申冤理屈,如都讲势力人情,天理何在,王法何存(做官的请听)?岂不闻王子犯法与庶民同罪吗?本府既准了状,自应从公而断。来人!点鼓升堂。”

邹福答应一声，走去点了鼓，两厢差役嗥应了一声，登时齐集二堂。龙公忙升了公座，吩咐带暴武扬。

暴武扬大怒，将状子扯碎，起身一脚踢翻了席面，哗啦一声，杯盘碗碟，登时粉碎。走将上去，喝声："龙宝山，你说有人告下暴五爷来了，拿状子来给我看。"

龙公见他扯碎状子，不由大怒，将惊堂木一拍，喝声："左右，与我拿了！"

众差役此时，一齐面面相觑，谁也不敢动手。

暴武扬手指龙宝山，大喝道："谅你这小小知府，敢把本爵怎样？本爵在此，竟敢这样大模大样地坐在上面，快些与本爵滚下来吧！"说着，将手一推，公案应手而倒。

龙公慌忙离座，下来扯住暴武扬道："你这目无法纪的恶贼，胆敢咆哮公堂，打倒公座，该当何罪？众公差，给本府绑了（双方各走极端，好看）！"

众公差口中应了一声，却无人敢动。

暴武扬哈哈冷笑道："龙宝山，敢情你活得不耐烦，要与孤家作对！好，咱们再见。"说着，将手一挥，龙宝山竟撤手倒退几步。

暴武扬唤声："牛儿，随本爵回府。"

这话方才出口，忽然间嗖的一声，由屋檐上跳下一人（突如其来，可骇），武士打扮，浑身短靠，一手扯住暴武扬大喝道："恶贼！哪里走，你还敢倔强吗？"

暴武扬大吃一惊，只道他是衙门中的差弁，不由怒喝道："好个没生眼睛的狗才，扯住孤家，谅情你敢将孤家怎样？你叫什么名字？报上来！"

那人大怒，喝声："恶贼！瞎了你的狗眼，俺非别人，乃是逍遥太岁马青锋的便是（原来是马义士，可敬）。尔这恶贼，既然是王亲国戚，称孤道寡，就该守己安分，奉遵国法，焉得倚势横行，欺侮小民，平素无恶不作，霸占产业，强奸妇女，今日又咆哮公堂，目无法纪。你今既撞在俺的手里，也是你的报应到了。看剑！"说着，拔出腰间宝剑，向暴武扬颈内一挥。

正是：

血染公堂头颅落，恶霸豪强一旦休。

未知暴武扬性命如何，请看下文分解。

第十四回

暴武扬陈尸淮安府
龙宝山惊心火砾场

话说马青锋自从看着龙宝山给刘云写状之后(接叙马义士),暗喜刘云得遇清官,此冤定然得申。本想就去拜访雷洪,嗣念龙大人虽然清廉,但是恶人势力太大,他这么大年纪,如是进城以后,被暴府的人看见,先做了手脚,岂不人死无对证吗(一层)?再则也要看看龙大人如何断法(二层)。自己既然救人,就该救彻,岂可半途而废?因此乘马又远远尾随刘云,同到淮安城内,住了客店。

刘云住在对房,却不曾知道有人暗中保护。那日听见新官上任,他便赶到府衙告状。马青锋也在暗中跟随,见他告状后,欣然而出,知道已准了状,仍旧暗暗随着。

回到店内,马青锋心想,这龙宝山是否即是那卖卜的庞弃厂?咱今晚且到他衙中哨探一番,再作道理。

是日晚间,马青锋推说到外面去买东西,命小二看好了门,穿着便衣,走出客店。穿街过巷,绕到府衙后面僻静去处,将衣服一掖,飞身上屋,找到内书房,伏在屋上,静听下面言辞。正听见龙公叮嘱邹福的话,遂使了个夜叉探海式,向下一挂,就那窗隙内睁一目、眇一目地一观。只见里面坐着的正是那测字先生,心中不由暗赞,说怪不得口碑载道,称他是清官,果然名不虚传,的确是个好官(龙公赞语)。刘云逢着此人,或者冤屈可申。但不知他见了暴武扬之后,能不能秉公而断,临时不生枝节。一面想,一面已缩身上屋,仍由暗僻处跳下。扑了扑身上尘土,由原路回转客店。

次日出外,在那茶坊酒肆内逛了一周,顺便又打听些暴武扬的劣迹。直到午后申牌时分,方才回店。留心对房刘云的举动,不多时,见郏奴到来,传命刘云到府堂听审,知道已是发动,便在房中,将应用兵器带在身上,又将短靠换了,穿在里面,外面仍是武生打扮,摇摇摆摆,先行出店。到暴府门前去视察了一番，见门口已有执事人等伺候，知道将往府衙赴宴，遂先踅到府衙斜对面一爿茶坊内坐下，泡了碗茶，清坐着等候。只见刘云由那厢来了，一径到衙内去报了到，然后也到这茶坊内喝茶，等候升堂，听传对质。老人家有心事，只管低着头盘算上堂后如何说法（写刘云如画），却并不曾抬头。

马青锋见他这副形容，煞是可怜，暗赞此老忠义可嘉（是刘云赞语）。停会儿听审，如果龙宝山断有不明，暴武扬倚势枉法，或有甚委屈他之时，少不得咱要给他出一出力，闹上一闹。虽然此番出外，义父劝我早回（照应前文），并且我的大仇已报，本不应多管闲事，但念人生在世，如同花草一春，既已学得武技绝伦，岂可不为社会办事（有本事人听着）？否则年华易老，日后要管也管不来了。

正在犯想，猛然外面锣声响亮。向外一看，原来却是暴武扬的执事到了。遂立起身，给了茶钱。

这时，茶坊内堂倌已预备灯点，说："诸位主顾，明日请早，咱们可要收市了呢！"

马青锋也不管他，将身走出外面，混到府衙门口。见正门大开，炮响三声，吹鼓亭奏起乐来。暴武扬的马已由一班家将们簇拥着到了门前，有人手执藤条，赶开闲人，马青锋只得走开。回头看时，已见龙公由正门迎接暴武扬入内。遂信步走到昨日登屋之处，两头看了一看，并无人来，遂纵身上屋，走到屋脊边，将长衣脱下，折叠起来，放在瓦楞子内，蛇行鹤伏，直向前面走去。

到了二堂屋上，将身体伏在檐口，细听下面说话。及至听到暴武扬推翻公案，心中一惊，不由将头一伸，向下一望，正见暴武扬被龙公扯住，将手一扬，龙公倒退数步。按不住心头火起，一个鹞子翻身，早已轻如落叶、疾如飞隼地落将下去（直接前文），一把将暴武扬抓住。初意原不过是愤恨那些差役，无一人动手，看不下去，更兼暴武扬那种目无法纪的形容，地下的状纸撕得片片的，因这一怒，才跳下去将他抓住。意欲将他按倒跪下，好请龙宝山问他的口供（原不曾想杀他）。哪知暴武扬骂他作没生眼睛的狗才，仍然左一个本爵，右一个孤家，因此大怒之下，遂数说他的罪过、痛骂恶霸。骂到痛快之际，禁不住拔出宝剑，挥剑于公堂之上。那颗人头，竟滴溜溜滚下台阶去了。

龙公初时见屋上飞下一人，已是吃惊不小。及见他痛骂恶霸，骂到酣畅之处，竟一剑将暴武扬挥倒，不由吓得魂飞天外、魄散九霄。只因这干系太大，不容退避，只得硬了头皮走到马青锋面前。

马青锋早已插好宝剑，望着龙公，深深打了一躬，口称："大人在上，小民马青锋叩见。"

龙公听见"马青锋"三字，好似曾在何处听见过的，有些耳熟。怔了一怔，猛然想起，出京上任，在路上馆驿中，常听得人言，有个侠客马青锋，专打人间不平之事（先虚补一句）。此时相见，不由将两眼向着马青锋上下净瞅，口称："马壮士，你为何当堂将暴武扬杀死啊？"

马青锋见大人说出这番话来，不由暗说，怎么龙宝山也成了个银样镴枪头呢？便说："大人，这暴武扬恃强凌弱，咆哮公堂，多行不义。在大人看来，小民杀得好不好呢？"

龙公道："马壮士，杀虽杀得好，可惜有两层为难：第一，难坏了本府，你要了本府的好看；第二，你自己的过处，也难坏了本府。"

马青锋躬身道："大人，既然小民杀得好，那便是小民杀得不错了，怎么又有两层为难，难坏了大人呢？请道其详。"

龙公道："马义士，你杀了暴武扬，虽然杀得不错，可是有两层，第一件，本府出京之时，善庆王再三相托。如今暴武扬被义士杀了，又无口供，成了个人死无对证。王爷如问本府要人，本府却如何可以回答呢？岂不难坏了本府？第二件，暴武扬虽然是个恶霸，究竟他是朝廷所封的侯爵，义士乃是一个布衣，虽然一时仗义，将他杀去，为民除害，假使善庆王奏知朝廷，说本府目无朝廷，擅杀显亲侯，这个罪名，可不就是个灭门之祸吗？岂不又难坏了本府？"

马青锋闻言，不禁大笑，拍着胸膛道："大人勿忧，丈夫做事，敢做敢为，全始全终。小民既敢将这恶贼杀了，断不累及贤令（是侠义口吻）。到得那时，自有小民担待，绝不使大人为难。"

龙公赞道："这才真是顶天立地男子汉，轰轰烈烈大丈夫。来人！"说着，向两旁差役打了个手势："给我将他绑了！"

众差役初时拿暴武扬有些不敢，并有些不好意思。此刻见本官命拿杀侯爷的凶手，如不动手，放凶手走了，这干系好比一副千斤担压负在身上，分量岂不重大已极（狗才心思）？一见本官喝声拿下，早就齐声答应，一拥而上，扑奔马青锋。

马青锋见差役来动手，喝了声："慢来，大丈夫做事，岂要你们动手？"遂向龙公躬身道："大人放心，小民已经说过，如果善庆王向大人要人，大人尽管向小民身上一推。他如要你交出小民，那时节早要早到，晚要晚到，大人只要向着屋上连唤几声马青锋，小人自然会亲自投到。如此要将小民拿下，小民却万万办不到，谅来这几个公差，也休想动小民一根汗毛。小民话已说完，就此告辞。”说罢，只见他身体一晃，两足一垫，早已如一缕黑烟，向屋上去了。

龙公同着众公差正在惊讶，猛可里忽觉灯光一晃，嗖一声，一条黑影，竟由下而上，接着马青锋的黑影之后，飞上屋去了（暗伏公孙策）。

众差役齐唤声：“有鬼！想必是暴五爷阴灵显圣，追赶凶手去了。”

龙公也不由惊奇，便说：“尔等且休胡说，方才马青锋杀死暴五爷之时，尔等看他是一人，还是两人呢？”

众人齐说：“只有一人。”

龙公道：“本府也只看见一人，怎么这会儿又变成两人了，岂不奇怪吗？”

即命先将暴武扬尸身打扫，暂厝在二堂旁边，一面命公差将公案扶起。差役领命，人多手杂，一会儿已办理完毕。

龙公定了定神，猛然想起，吩咐带牛儿。众差役闻言，向檐口一看，哪还有牛儿的踪迹？回说：“牛儿已走。”

龙公说：“快到暴府去将这恶奴抓来，本府立等（去得远了）。”

众差役应了声是，便走下五个，向暴府而去。到得那里，问门上的：“牛儿在内吗？”

门上的回说：“随五爷到你们衙门去赴宴，没回来，怎又来寻找呢？”

公差因系侯府，不好入内搜查（着），只得回衙报告，说：“牛儿不曾回去，想是他见主人死了，惧罪而逃，亦未可知。”

龙公闻言蹬足道：“岂可容他逃走？罢了，快随本府到暴府去搜查，捉拿全家人口奴仆，方好问他们的口供。”

众差役腹中齐说，本官莫非有些神经病，这不是要想灭门之祸吗？腹中虽这般想，口中却连声应是。即刻传齐全班捕快，打了轿子。

龙公刚才上轿，猛听外面锣声当当，敲着乱锣。便问：“外面因何敲着乱锣……”

说犹未毕，早见外面有个公差，跑将进来报道：“大人，暴府不知如何起火，此刻已冒穿屋顶了。满城文武，均已前往救火（这才真有鬼），请示定夺。”

龙公闻报大惊，蹬足叹道：“罢了罢了，棋错一着满盘输，且打道暴府，救火再说。”

众役闻言，立刻起轿前往东门暴府而来。到了离火场远远的，便打住了轿。龙公传命：“不论暴府何人，只要捉住几个，便好。”

众役领命而去。龙公下轿，领着邹福，与各文武官员相见，齐说：“这火起得蹊跷，像似什么人放的火，不然，怎会前、后、左、右、中央，同时起火呢？需要捉住放火之人，方好交代呢。”

龙公叹道：“众位大人，这火下官已估定是谁放的了，恐怕人已捉不住了。”

众官闻言惊奇，忙问是谁。

龙公道：“此火定系暴府恶奴牛儿的诡计，他放此火，意欲灭去他主人谋乱的证据(一语道破)。到王府去控告，这乃是条绝户计。龙某到此为官，巧遇此事，这也是无法可想。诸位大人，且等着瞧吧！”

众官员齐是暴党，猛听此言，无不吃惊。当时便问：“龙大人，这话从何讲起？何以便料定是牛儿诡计呢？”

龙宝山将到任放告，刘云告状，及本人上任时情形，说了一遍，并将方才暴武扬大闹公堂，被人所杀，牛儿乘乱先走等情说了，然后道：“众位大人，这不是牛儿放火，还有谁人呢？”

众官闻言，一齐大惊，齐说：“贵府，这干系太大，下官们如何担待得下？”

龙公道：“没甚别的，只有回衙理事，拜表进京，自请处分，及听参罢了。”

众官见他说得爽快，倒也不说了。

一会儿，差人回报：“暴府家丁竟无一人在此，不知已躲向何处，请示定夺。”

龙公明知其中情弊，遂叹了口气，说：“罢了，暴府上下共有数百人，如何都会走了？这便是显见啊！不用再捉，反正本府的前程从此完账就得了，有甚说的？”

众官齐说：“贵府，且休烦恼。”遂命各衙差弁兵勇，督同在场救火人民，竭力灌救。无如这时节已烧成一片瓦砾场，灌救已是来不及，所幸仅波及邻舍三五家，未曾延烧多户，且因时候尚早，未曾因火死伤人口。

当时各官员见火势已灭，各自上了轿马回衙。内中且说龙宝山，回到知府衙中。

正是：

愁云满布双眉锁，苦心民瘼只自知。

毕竟龙大人如何处理善后，请看下文分解。

第十五回

牛儿哭诉亲王府
校尉捉拿龙宝山

话说龙公回到衙中，惊魂不定，即先传命通班捕快，缉拿杀人凶手马青锋。

传命之后，一人坐在书房，想了一想，今日之事闯下滔天大祸。自己事小，岂不因此害了恩师？且恐波及母舅，如何是好？

想到此处，便唤过邹福、郷奴来道："你二人明日可收拾行李，回偃师县去，我这里的事，是你俩亲见的，不能因我一人害了你们大众。你俩回去，对老爷说知，劝他即日搬家，远走高飞，免得受累。我连夜修书，给你二人带去。你俩明日需要赶路，今晚不必服侍我，可先去睡。"说罢，一挥手。

二人退出书房，窃窃私语，不在话下。

龙知府独坐书房，连忙修下两封书信，一封是给母舅，禀知暴武扬被马青锋所杀一节情事，恐奸党与自己不甘休，朝廷问罪，牵涉母舅，诸多不便，请先搬迁隐避，探听消息。一封写给李相国，禀知到任接状以后各事，请恩师早做准备，免被奸王所陷。并说，自己承蒙知遇，分毫未报，于心实多抱歉。如此番不能保其首领以殁，衔环结草，只得期诸来世（然则何以不三思）。

这两封信，因心中满腔悲哀忠情，竟至洋洋洒洒，写了一大篇。直写到半夜，方才写好。封了缄口，忽觉腹中作响，方知饥饿。暗想，这时候邹福、郷奴已睡，门子等亦都睡了，这一夜只好忍了吧（可谓官荒）。

当时收了信，掌灯回上房安歇。这一夜何曾合眼？翻来覆去，思前想后，想到刘云，不知他何时出衙，怪不得牛儿出外竟无人知，自己一时慌迫，以致如此疏虞，真是咎由自取。再想到马青锋何以得知本府断案，他却在屋上听审？虽系侠义行为，令人可敬，但是以匹夫擅杀人之权，也未免过当。但是追源始末，却也不能不怪朝政失修、豺狼当道所致，否则侠义从何而生呢？他说各事有他负责，不叫我为难，话虽如此，可就真为难了。再想到牛儿,真是刁滑异常,他竟先回去将一切凭证毁了,使我无计可施,可谓毒极。又想马青锋由屋上下来,明明系一人,如何又变为二人?纵然我一人眼花,断不致众公差也眼花了。

如此想来想去,再也休想睡得熟。好容易方要合眼,却已金鸡报晓,天光明亮。心中有事,只得起身。

邹福、郸奴已起,见大人起身,赶紧预备茶水。龙公洗漱毕后,呷了两口茶,命二人赶紧收拾衣服行李。自己开箱取了银子,给二人做路费。二人收拾完毕,龙公将信件交与邹福,并命二人即刻取早点来,吃过了好上路。

邹福依言,到厨房内先传了早点来,服侍大人吃了,然后二人收拾残余,同到厨房内吃了个十足,揩抹嘴面,拜别大人,取了物件,出衙而去。

龙公令门子传了名快班进来,取银子给他做路费,并将禀李朝宗的信交给了他,限他日期,到京下书,不可误事。那快班领命,拜别去了。

龙公见两起人已走,便命门子传知:"上午各僚属来见,务要随到随报,一律接见。下午无论何人,一律挡驾,本府须往各衙门有事。"

当日龙公便按此程序,上午接见僚属,下午到各衙拜会各官员,商量如何报告暴府失慎,及自请处分的事。哪知众官员此时都已明白就里,因此不肯表示态度,都说:"贵府,这事尴尬,我等不便联名,因一连署,反使王爷生疑,显见我等有了情弊。只有各衙门各缮报告,以避此嫌。况又有暴五爷遇害一事夹杂在内,那告暴五爷的人又不知何往,况所告又无对证。我等均有干系,不联名还负责稍轻;如联名,这分量可就重了。"

龙公见各官员如此说法,只得回衙,自缮报告,申述情形,向各上宪衙门报告,并拜折进京,自请处分。这一日,算又忙了个昏。

次日是第三日了,依着到任牌示,自然要清理旧案,遂由周、文二师爷捧着档案文卷,到大堂侍候。

龙公升了堂,先将新收的状子依次收了,然后将旧案依次传齐人证,当堂审讯,一律平心静气,秉公断明。一日之中,竟平反了好几起冤狱,释放了好些无辜。周、文二人自是佩服,就是上下差役,又谁不暗赞?那班被平反的小百姓满心感谢,可就更不用说了(总写一句)。

话分两头,且说暴府恶奴牛儿,当他在淮安府二堂上面,眼见主人被马青锋杀死,心中一惊,几乎乱了手脚。毕竟他有急智,光棍不吃眼前亏,赶着掉转身来,脚下明白,乘乱溜出府衙。门差因他系暴府的人,便斗胆也不敢拦阻。

牛儿出得衙门,飞也似的赶回暴府,即对门上的说知:"如有府衙人来追问，可说没回。”

到了里面，即刻将府中幕宾、打手、家将、奴仆，男男女女，一齐聚在一处，当众宣布此事。众人一齐大惊，都说：“这可怎么好？”

有那鲁莽的，便要招聚家下人口，齐奔府衙，先将那知府拘住，再作别的道理。

牛儿忙拦住道：“众位别闹，事到其间，龙宝山已成了个来者不惧，惧者不来，他既敢将五爷请去赴宴，如此这般地讯问，可见他背后还有撑腰的主儿。为今之计，捉拿龙宝山倒是小事，这销灭证据一层却是紧要之着（牛儿能）。否则王爷即使出面，咱们这官司也打不赢。不说别的，单讲这座金銮殿，便是个老大谋反硬证，我辈如不将这屋宇毁却，在五爷是谋乱有据。皇上好说话些，便说已死不咎；难说话些，少不得要灭其九族。在我辈是知情不举，皇上如好说话些，还可以说是协从罔治；如难说话，立刻就是个襄赞逆谋（料得透，牛儿真能）。你我大家都是死罪，如再去捉拿府尹，这罪名更大了。”

众人此时已是没头苍蝇，昏头昏脑，全没主意，齐说：“愿听牛二爷主张（幸有此句，否则众打手到哪里去了）。”

牛儿道：“如今大家将现银细软收束停当，由地道中运出城去，一面将屋宇四面放火，烧它个一干二净，证据全无。你我大家到城外朋分细软，有那胆大的，不妨聚在一处，探听消息；有那愿从此洗心不再管闲的，即可远走高飞，散往他方，另外投奔，或是自做买卖，那还不是随便吗？如在此不走，只要被府衙公差抓住一个，有了活口，他用严刑拷问，吐露真情，岂不仍是坏事？即或将来翻供，扳了转来，这眼前亏却已是吃定了（牛儿能）。诸位，事不宜迟，快些要紧。”

众人被他这一说，一齐觉得所言不差，况于慌乱之中，想不出什么好主意。

当时大家分开，七手八脚地各将金银细软各收拾了一包。牛儿抢着先将主人夺得的那颗夜明珠揣在怀里，然后再收拾别的。

还未收拾停当，门上的已是进来把水，说：“方才有府衙差人到来，问牛二爷呢。”

牛二闻言，即对众人道：“如何？”

众人一听，更加慌了手脚，只得草草收拾，多取财帛，少拿物件，女先男后，纷纷由地道出城而去。

牛儿率着几名素来胆大敢作敢为的心腹，分布前后左右，同时放火。一会儿，已是烟雾迷漫，烈火腾空，刮刮杂杂地烧将起来（写火）。

原来暴武扬自从建造金銮殿之后，也自知闭门做皇帝，恐被人察破，不是要处，故此在金殿后面掘有地道，通至城外离城十里米家集。在那隧道的尽头，特意盖造一所大庄院，瞒哄着外人，说是云中龙家的产业（补出地道来由）。

云中龙乃是暴武扬的心腹，也和牛儿一般，诡计极多，兼会几手三脚猫的拳术，故此暴武扬命他出面。乡下老百姓果然被他一手遮天，瞒得天昏地暗，丝毫不知。至于那些掘地道的工人，却也如法炮制，和对付那些造金銮殿的工匠一样看待（又死了一批），因此消息无人知道。

牛儿当时同着众人，由地道中出城，照着原定计策，大家朋分了财帛，劳雁分飞，各自西东。有那不怕事的，便都聚着不散，前往海州、板浦地方，和当地盐枭、土匪合伙去了，准备日后有好消息时，再出头露面，给王爷办事。

牛儿同着云中龙商量，房屋烧毁，恐怕有人在瓦砾场中发现破绽，此处也很危险，须得及早想法。

云中龙说："牛二爷，你放心，这里的事自有小弟安排，乃是件极易之事。只要我明日将这地道用泥土给他填塞了，另在离城不远的乱葬坑上开掘一条出路，做个疑兵（写云中龙），反正我庄上的人全是暴府打手。"

牛儿大喜道："如此甚好，但是事不宜迟，最好即刻就去动手。我这里便须动身。"说着，便将本人所分得的财帛衣包带了，背在身上，出了庄院，离了米家集，向北京进发。

一路趱程，不敢耽搁。到了京城，先到布铺里买了白布，找了个缝穷的，缝了件白布大衫，蒙了双鞋子，做了顶帽子，缝了根腰带，改了服装（细），径往王府而来。王府门上的认得他是从前跟暴武扬来过的小厮牛儿，不敢耽延不报，赶紧进去，报给传达。传达即入内叩禀王爷。

王爷此时正因接了暴武扬的来信，报告龙宝山上任情形，请求设法，将龙宝山他说的话头，在书房中和白秋塘商量办法。突见说淮安又有人来，即命传入。传达到外面传牛儿入内。

王爷一见牛儿穿着重孝，背着包袱、雨伞，早就吃惊。

牛儿见了王爷，扑翻身叩头痛哭，说："王爷大事不好，五爷已被龙宝山害死了，请王爷给五爷申冤。"

王爷听得此言，登时惊得直立起来，说："牛儿，怎讲？"

牛儿哭诉道："新任知府龙宝山，勾结江洋大盗马青锋，假意请五爷到府衙赴宴，将五爷杀死在二堂之上。小人乘乱逃出府衙，意欲回府，不料府中已是起火。小人不敢回府，只得逃奔进京，叩请王爷做主。”

王爷闻听此言，登时惊得面容变色，说：“牛儿，五爷被杀，府中失火，均是你亲目所见吗？”

牛儿爬上半步，低声禀道：“王爷请摒去左右，容小人细禀。”

善庆王见他这般郑重，说：“牛儿，这是白先生，乃系孤家的第一个心腹，你有话不妨详说。”

牛儿便说：“龙宝山到任，有意到府窥探，诈言系王爷心腹之人。因此五爷失察，引他在府中前后观光，被龙宝山看出破绽。到任接印，首先放告，有人告五爷，龙宝山居然准状，将五爷请到府衙赴宴，意欲讯问口供。不料五爷不服，与他争论，因此言语冲突。不料来了个江洋大盗马青锋，将五爷杀死。小人逃回府去，深恐有甚疏虞，被龙宝山看出破绽，故此命府中男女老幼，齐由地道逃至米家集庄院，分头散去。小人特意进京，求王爷设法报仇。”

王爷听罢这番言辞，深嘉牛儿有急智。但因痛念寄男暴武扬，不由流泪唏嘘。又恨龙宝山倔强，立刻令人去请李相国，到王府相见。一面命牛儿先去吃点心，卸下行装，等候与李朝宗对词。牛儿领命而出。

不一会儿，李朝宗已是如约而来。善庆王坐在银銮殿上，传齐王府金瓜武士、锦衣校尉，站立两厢。李朝宗到了里面，一见这种情形，心知不妙，只得向着王爷躬身行礼。王爷端坐在上，略抬了抬身，即命左右看座，请李朝宗一旁坐下。

李朝宗欠身问道：“千岁召卑职到此，不知有何事故？”

王爷将面色一沉，惊堂木一拍，喝了声：“李相国，令门生龙宝山由相国保他到淮安上任，他到任未久，即勾结江洋大盗马青锋，将老夫的寄男显亲侯暴武扬杀死。当初孤家对相国说甚话来，如今却又怎样了？”

李朝宗此时不过才接到龙公到任的报告，那杀死暴武扬一事尚茫无所知，陡闻此语，正如晴天霹雳，震了一惊，忙说：“千岁此话从何说起？还是有确实报告，还是得诸传闻，有何凭证吗？”

善庆王冷笑道：“相国不信，左右，将牛儿唤上来。”

左右一声吆喝：“传牛儿！”

牛儿应声而入，跪在殿上，向王爷叩了头，又向相国叩头。

王爷道：“牛儿，你将龙宝山如何害死你家主人由头至尾详细诉来。”

牛儿带泪将龙宝山到任，勾结大盗马青锋杀死主人，捏造了许多言辞哭诉了一番。

王爷道："李相国，可曾听见吗？这都是贵门生做的好事。本爵今日也不与相国为难，且待孤家请旨，捉了龙宝山来，问过口供，少不得要参劾相国的。且请回府听参吧！"

李朝宗也没好气地起身回了个是："下官回去，详细调查，果真举贤不当，下官不待千岁参奏，也要自请议处的。且待龙知府到京后再说吧！"说着，便打了一躬，告辞回相府而去。

奸王见李朝宗去了，便传谕锦衣校尉四名，会同王府差官四名、禁军二十名，赍了谕旨，前往淮安府，将龙宝山拿解来京，听候法办。

校尉等应声领旨，立刻点了二十名禁军，向淮安府而去。

正是：

叱咤风云变色彩，生杀由己鬼神惊。

毕竟龙宝山被拿解京，如何办法，请看下文分解。

第十六回

刘管家夤夜出城
马义士水洼访友

话说善庆王在朝中，本有个百官唯命是从的地位、先斩后奏的权衡，故此他可以下一道谕旨，差锦衣校尉前往淮安府，拿解龙宝山到京。

当时锦衣校尉同着差官，领着禁军，星夜往淮安进发。到得淮安城中，早有那些善于逢迎的文武官员，闻风前来迎接。龙公因在公堂审理案件，只差了个师爷代表迎接。

锦衣校尉等人狐假虎威，见知府不曾来接，一齐鼻孔里哼了一声，说："好大架子的知府，我等正为你来的呢！"

一行人一径到了淮安府知府衙门，龙公方知系王府派来捉拿本人进京的，遂命退了堂，开中门迎接。将锦衣校尉等人迎到大堂上面，开读王爷谕旨。龙公遵旨，将一切未了事宜交由二衙代理，并治酒请各位锦衣校尉、差官等人，邀本城文武官作陪。

酒饭毕后，锦衣校尉同着差官，令禁军推了囚车来，请龙公上车。龙公知道这是他们的示威作用，没奈何，只得向着众人赔笑，说了几句恳请关顾的交情话。

锦衣校尉奉命而来，因恼龙知府不曾迎接，故此用出恐吓手段。此时狞笑道："龙大人，咱们奉命而来，只得公事公办，请你不要见怪啊！"

他们这话出了口，满面现出得意之色。却是淮阴县段伯明看此事与颜面攸关，况来捉人，乃是王爷的谕帖，不比圣旨。如果真是打入囚车，未免与官体有碍，而且他是四品黄堂，又有李相撑腰，将来的事正未可料，不能落井下石、坐视不问，遂带笑上前，向那锦衣校尉等人说情。

众官员此时，也觉得有些兔死狐悲，都上前转圜。锦衣校尉和差官一齐做好做歹，算是允了众人的情，前呼后拥，将龙公拥出府衙。众官员送出门外，龙公拱手向众官员告别，由锦衣校尉督率禁军，押着龙公步行出城，背后推着辆囚车，差官在后随着，向北而行。

这时节，早将淮安全城人民轰动，齐说："好个贤父母（虚写一句政声），被校尉捉去了。此去定然凶多吉少，可以无疑。"

于是有那急公好义的便相约道："咱们老百姓，不如大家联名，派代表到京城王府去保，庶可保全清官的命。"

有人说道："此事可不能行，王爷为了暴五爷的事才将知府捉了去，他们有底气，老百姓的保单有何用处？况且代表到京，要进王府，恐怕已是不成呢，何况要保他的冤家对头呢？"

更有那怕事的道："老百姓联名，谁肯出头呢？别说了，是能说不能行的呀！"

热心的朋友见无人赞同，不由灰心叹气（实是可叹）。淮安城内老百姓如此议论纷纷，几乎行商坐贾，大家小户，无人不是谈论这件事。

话分两头，却说马青锋自从杀了暴武扬之后，飞身上屋，在屋脊后背，取了自己衣服，穿好跃下，仍由原路回到客店。留神对面房间里刘云，看他可曾回来。过不多时，果见刘云已由外面回店，形色仓皇，垂头丧气。进房即收拾包裹，唤小二进去，结算房钱。

马青锋看他那种慌迫的神情，不由好笑，不待他对面算账完毕，即高声连唤小二。小二见有人唤，赶着走过来，问："爷有甚事？"

马青锋道："对房的账，由我这里算。你去对他说，就说我请他过来见见。"

那小二心中奇道，怎么他们两人不是一起的，来了共有几日，从未交言，此刻要走，却要会账，这是何故呢？且待我去将那老客人唤了来，再作道理。想着，即回身走到对房，对刘云道："老客人，对房有位马客人，他说你的账一总归他算，还要请你过去见见。你可认识他吗？"

刘云闻言，不由一愣，猜不透是谁，遂走到对房，先伸颈向内一张，不由一惊，禁不住哎的一声，倒退了数步。

马青锋早已看见，拱手相迎道："刘老爹，许久不见了，一向纳福呀？请进来坐一会儿吧，晚饭用过吗？"说着，便向刘云递了个眼色。

刘云会意，走向前拱手道："马爷，托福还好，府上安泰。"说着，已走将入内。

马青锋唤小二入内，命他去要晚饭酒菜。

小二去后，刘云看了看内外无人，意欲下跪叩谢。猛听窗外脚步响，有人咳嗽。刘云只得止住，一言不发。

马青锋低声对刘云道:“你怕什么?你是个原告呢,况你算了账,须知今日这事已闹大,恐怕城门已闭,出不得城了。”

刘云道:“不是怕事,因恐奸王不肯轻易放过,定将龙大老爷捉去问罪。那时节,龙大人无辜而死,暴武扬的罪名未彰,义士的罪案仍在。如有小老儿出面控诉,证明其事,岂不甚好?万一此刻牺牲在此,反而失却义士救小老儿之意了。”

马青锋道:“别多说话,恐隔墙有耳。既老爹有此意志,那是更好。但你出得此城,谅无甚地方好去。你可跟随着我,一同出城,方可免去波折。”

刘云应了声是,二人对坐着默默无言。一会儿,小二送进酒饭菜来,马青锋命他到账房内开账,两边一齐算。

正在说话,猛听外面锣声响亮,当当当地乱敲。

小二道:“不知是何处走水了。”遂回身出房,向前面柜上去了。一会儿,已手擎账单拿将进来。

马青锋问他是何处起火,小二道:“远呢!在东门呢。”

马青锋一听“东门”二字,心中一动,即说:“可知是哪一家?”

小二道:“听说是暴府,不知确不确。”

马青锋听是暴府起火,不往下说,单将饭菜狼吞虎咽地吃了一饱。打开自己包裹,取了锭银子,付还了房饭等账。

这客店紧靠北门,马青锋对刘云道:“老爹慢用,我去去就来。”说罢,赶着一溜烟地走出客店。

到城门口一望,只见城门大开,并未关闭,街上的人站满了一街,都仰面看天上红光,齐说:“这火势好大。”

马青锋回到店内,对刘云道:“老爹,城门尚是大开,你要走还得快些出城。”

刘云依言,即走回自己房中,取了自己衣物。马青锋将自己的一切物件收拾包扎齐备,拿在手中,赏了小二的酒钱。小二谢了二人,径行出店。小二牵过马青锋的马,马青锋挽住辔头,同着刘云,乘着大家仰面观看火势的机会混出了城,借着星月之光向前行走。马青锋告诉刘云,雷洪家中的地方,问他如何走法。刘云回说认得,便在前引导,从小路绕向五里店。几里地,一会儿已到。因在夜间,不便打门叫户地问,只得暂在稻田里埂上坐下,不敢说话,坐等天明。

一会儿天已大亮,二人立起身来,走出稻田,问了问人家,有人指点说:“前面那高大房屋,在一个水洼子内,四面多是榆树的,那地方便是雷家,又名雷家洼，又名榆树林，他那里正是姓雷。你们到那里去问吧！”

二人顺着他的手势一瞅，果然前面有片榆树林，林内有几十间高大房屋，在疏林影里露出围墙来。

二人大喜，谢了那人，赶着奔了过去。到了面前，果然四面有水，水面约有二三丈阔。向对面一看，乃是庄后。二人缘着水边，走了半个圈子，方始有顶板桥。二人过了板桥，走进榆树林，直到那围墙的前门。纵目一看，门外横卧着两块上马石，那大门都是黑漆广亮的八字墙门，门对面一堵照壁墙，墙上嵌就斗大的“鸿禧”二字。四面一看，这庄院可称为静中取胜，遂在那旁树上拴了马，走进大门。

那门堂里坐着个老年庄汉，见二人进来，便问找谁。

马青锋道：“请问一声，有位雷洪雷爷，他家可住在此地吗？”

那老庄汉起身道：“正是此地。”

马青锋大喜。

老庄汉道：“爷贵姓呀？要找咱们庄主吗？”

马青锋道：“烦你进去对你们庄主说，就说山西姓马的师弟，特地到此拜访。”

老庄汉听说是主人的同学好友，便说：“且请等一会儿，容咱去通报。”说罢，即让二人在那门堂里长凳上坐下，一径往后面去了。

去不多时，只听里面一阵脚步响，雷洪已走了出来。一见马青锋，随即抱拳说：“贤弟！”

马青锋忙起身施礼，叩见师兄。

雷洪连忙扯住道：“贤弟，且到里面坐。”说着，便邀二人入内。

到了里面厅上，分宾主坐下。

雷洪问：“此位是谁？”

马青锋将刘云两下引见了，并陈述了和刘云相识的缘由，前后情形说了个大略。并说：“小弟将他引到此地，乃系暂居，免得被奸党看见，伤害了他的性命。”

雷洪素性任侠，不过在故乡一带，有心韬光养晦，不肯出头露面，使人知道他是个侠义，故此无人知道他的作为。这时闻言，毫不吃惊，便说：“这不妨，我这里前后空屋甚多。”遂命家人先到外面，将马青锋的马牵到后槽，再去铺设两间空屋，先将二人的衣包等件安置好了。一面又令人打水烹茶，预备点心。

二人洗漱毕后，用了点心。雷洪将马青锋的手挽了，到后面书房中坐下道："贤弟将暴武扬杀了，这乱子闯得不小。我在故乡，向来未曾露过头角，本想去除这恶霸，因念他作恶多端，自有明遭显戮的一天，故此不曾去管这闲事。不料却被贤弟所除，倒也是件痛快的事（侠义哪得不同心）。但这事比如做戏，方才开锣，以下戏文还多（是本书注脚）。你如今却预备怎样呢？"

马青锋道："没什么，还不是做到哪里是哪里吗？"

雷洪道："贤弟远来，且在我这里住些时。等到北京的回文等件到来，还须些时日，且到那时，再定办法也不为迟呢。"

马青锋拱手道："如此须多扰师兄些时日了。"

雷洪笑道："贤弟又何必客气呢，还不是既来之则安之吗？"又说："刘云这老管家却很有侠义心肠，倒很可敬。"

遂又问马青锋别后之事。马青锋将别后报仇情况说了，遂转问雷洪的情况。雷洪也说了自已的事，然后二人又由里面出来，对刘云说了声失陪，方始坐下。

雷洪对刘云道："老爹，你在此居住，休得客气，要什么，尽管说。我这里常有人进城，你们的事，我自会知照他们，乘便打听。反正你的仇已报，没甚大关碍。"

刘云起身，意欲行礼叩谢。

雷洪连忙拦住，说："老人家，快休如此，咱们大家一见如故。"遂命家中预备酒菜，款待二人。

饮酒之间，雷洪笑道："我今日这酒，一酒几用，第一，是给马贤弟接风；第二，是给马贤弟庆贺；第三，是给刘老爹压惊。"

二人闻言，一齐举杯称谢。

酒饭毕后，马、雷二人因刘云年纪已长，一夜未睡，如此长天，怕他身体受不住，便招呼他先去歇息，守吃晚饭时，再来唤醒。刘云此时本已勉强，见二人如此说时，遂即告罪，先行安息。

师兄弟俩互道近年在外耳闻目见之事，又谈论些江湖勾当，颇觉新颖。雷洪又将马青锋引到本庄前后左右四面去望了望。

马青锋道："师兄家中人口，不知共有多少，何以前后有这许多房屋？"

雷洪笑道："贤弟，我造这许多房屋，并非全为我家中人口居住，乃系为的亲友来时，作为宿舍的。贤弟有所不知，劣兄当年曾说过，虽不能像古人食客三千，也要做个广交爱群的人（好大口气）。只因现在奸佞当道，深恐迹近招摇，故此尚未实行。而劣兄在本地，亦从未管过闲事，均系这个原因。但是我家中人口却也不少，男女老幼，主仆共有三十几名呢。"说着，二人回进客厅，坐下歇息。

一会儿，见已是天晚，庖丁来问开饭。雷洪点了点头，便命人去唤醒刘云，一同吃饭。

晚饭毕后，各自安歇。由此，刘、马二人即住在雷洪家中。

过了好些时日，马青锋屈指计算，进京回往日期，已是差不多了，不知究竟怎样，放心不下，遂和雷洪说知，本人要进城探访消息。

雷洪说："贤弟进城，须要小心。"

正是：

此去相逢黄衫客，赚得帝都血染衣。

毕竟马青锋进城情形如何，请看下文分解。

第十七回

马青锋淮安城探信
公孙策醉月楼激将

话说马青锋别了雷洪、刘云，一径向淮安城内缓步而行。进得城门，走到十字街口，只见城中百姓纷纷交头接耳，不知所为何事。心中正在不解，忽见前面有人喝道："让开，让开！"

马青锋忙将身体一偏，跟着那些民人，同立在街旁。只见远远地来了一群禁军，全身武装，四名锦衣校尉，跨在马上，押着辆空囚车，同一名犯官，步行跟随。后面四名差官，也都雄赳赳、气昂昂地坐在马上，耀武扬威地向北而去。

马青锋将那犯官一看，不是别人，正是龙宝山。心中不由吃惊（拍入）。等到囚车过后，马青锋见人民都在那里叹息，便以话引话地问人："方才捉的犯官，是什么官？因何被捉？"

那些人将马青锋一看，见他武生打扮，不知他是什么来头，齐都怕事，谁也不肯说实话，都摇头道："不知。"

马青锋见问不出所以，心下甚闷。抬头一看，上面悬着横额金字招牌，乃是"醉月楼"三字，才知自己站立的一家门口，乃是爿酒馆，心想，茶馆酒肆，乃是打听消息的最好去处，我何不上去喝他三杯呢？想定主意，掉转身来，向那醉月楼里面便走。走到楼上一看，只见楼上空空的，并无人在那里吃酒，心想，我欲打听消息，却不料无人饮酒，岂不是空费心机吗？

正想回身（此几句，所以明下文之不突兀），早有跑堂的走来招呼道："爷请里面坐。"

马青锋被他这一招呼，反而不好意思回转，只得在临窗月台近处，拣了副座头，意在取其可以俯瞰街市，遥看往来行人（点景）。坐将下来。

堂倌问："爷用什么菜？"

马青锋道："炒一个醋溜鱼片、青椒炒牛肉丝，打两角上好的真陈绍酒。"

那堂倌应了,喊了下去,掉转身倒了杯茶,绞了把手巾,送到马青锋面前。

马青锋接过手巾,假意问道:“堂倌,由此往淮安府的衙门该当如何走法呢?”

堂倌道:“由此转弯向南,一直去就到。”

马青锋道:“不知这知府是个清官,还是个贪官?”

堂倌见他问这话,不由接口道:“清官却是个清官,可惜今日已下了任了。”

马青锋道:“如何撤任?咳!可惜我这官司打不成了(随口说得好)。”

堂倌笑道:“原来爷要和人打官司,可惜迟了些,如早几天,还打得着。如今已撤任,拿进京去了。”

马青锋道:“这也是咱没有赢官司的希望,故此遇不着清官。但不知他因何被拿进京?”

堂倌将马青锋一看,见他是个武生,心中陡悔失言,摇头道:“不晓得,不晓得(写堂倌细)。”

马青锋故作省悟道:“哦!莫非就是方才由此经过的那个犯官吗(透一句,妙)?”

堂倌道:“咱也听得人说,不知是不是。方才押过去的犯官,据说正是知府。”

正在说话,楼梯上脚步响,噔噔噔,已走上一个人来。堂倌忙去招呼那人。那人走到马青锋对面的一张桌上坐下,也紧靠阳台,命堂倌取上好的酒菜来。

马青锋将那人望了望,只见他生得面如青灰,蓝中透亮,两目如电,灼灼有神,口如血盆,精神焕发,也是武生打扮。心下暗赞,好副相貌,幸在白日相见,如在黑夜,岂不要骇人?哪知他这里望那边时,恰巧那人也抬头朝他这边望。两下目光一逗,各吃了一惊。马青锋心忖,此人大约也是受过明师教授,武功精纯的人。正在犯想,那堂倌却问那人用什么酒菜。

那人不耐烦道:“不拘什么,只要是上好的酒、时鲜的菜,便取了来,一总给你的钱。”

那堂倌信口报了两样菜,问那人好不好。

那人却道:“慢着,对面吃的什么呢(有心挑逗),你就给我照样要了来吧,免得我再麻烦。”

那堂倌应了,喊了下去,照式也绞了把手巾,倒了杯茶,送将过去。一会儿,下面锅铲敲着锅响,当当地响了几下。

那堂倌应了声："来了！"便走下楼去。一会儿，已端了酒菜上来，先送到马青锋的桌上。马青锋本因打听不出知府被捉，是否即为了暴武扬的事，心下烦闷，一见酒菜来了，即行自斟自饮。

那堂倌回身复又下去，端上酒菜来，送到后来的那人桌上。那人斟酒自饮，却像有什么心事一般，呷了一口，便长叹了一声（有心挑逗，二层），自言自语道："咳，可恨啊（说半句，妙）！"将杯向桌上一放，手重了些，不由将桌子一拍，咚的一声，那酒杯几乎碰碎（写公孙策）。

马青锋被那人一惊，抬头向那人望时，只见他面带愁容，像是想何心事一般，两眼望着街心（望街心，妙）。马青锋不便多问，复又斟酒自饮。哪知那人举杯饮了两口，吃了口菜，复又长叹了一声，自言自语道："咳，可恨啊（再来一个，好）！"

如此接连几次，长吁短叹（十二分撩拨），引得马青锋的心事，也不由愁肠百结起来（不怕你不问）。忍不住停杯，向着那人拱手道："尊兄如此长吁短叹，莫非有甚心事吗？"

那人不耐烦道："咦！奇了，我叹气，自有我的心事，与尊驾何干？"说着，又长叹了一声道："咳！可恨啊，可恨（激一句，妙）！"

马青锋见他如此愁苦，打动侠义心肠，便说："尊兄，你的事，原本与我无干，但你在那里唉声叹气，使得人家心中难受，这酒菜如何吃得下咽？故此相问。"

那人又叹气道："我的心事，真是难说，你闻了反而使你也生气（又激一句），这酒菜更吃不下咽了。尊兄还是不问的好哇（反劝他不问得，对付英雄之法矣）！"

马青锋见他这般说，更忍不住不问，遂说："尊兄，究因何事，如此烦闷？且说出来，给在下听了，事不关己，要我生什么气？如尊兄有甚为难之处，在下或可为尊兄分忧，亦未可知。"

那人道："细讲起来，实在可恨。尊兄果真要听，可别生气，且莫多言，兄弟方可明言（又妙）。"

马青锋道："在下绝不多言，尊兄所恨何人呢？"

那人道："尊兄有所不知，本城有个恶霸，名唤暴武扬，人号值年太岁。倚着善庆王的势，恃强凌弱，无所不为，霸占人家产业，强奸良家妇女。尊兄请想，这不是可恨吗（也是事不干己）？"

马青锋假作不知道："如此作恶，那受害之家，为何不去告他呢？"

那人叹道："还说什么告他，从前的官府，无一不与暴武扬有来往，小百姓的状子一到官里，即遭驳回，还得受个诬告的处分。甚或暗地因此被暴府反控，说原告有什么罪名，于是轻则具结完案，重则充军出外，甚至被暴府打手、恶奴行凶打死，以灭口实（一切工人，均作如此观）。尊兄请想，如此恶霸，岂不可恨吗？”

马青锋闻言，佯怒道：“实是可恨，但不知此人现在还在吗？”

那人喝了口酒道：“尊兄且休着气，这恶霸为恶多端，来了新任知府龙大老爷，却是位明如镜、清如水的好官，到任之后，即准了个状，将暴武扬诳到府衙，意欲问他的罪名。谁知那暴武扬咆哮公堂，推翻公案，扯碎状子，威凌知府。正在大闹公堂之时，突然由屋上飞下一个侠客，名唤马青锋（当着和尚说贼秃），乃是著名的逍遥太岁，将那暴武扬一剑杀死在公堂之上，为民除害（当一口气读之）。”

马青锋喜道：“如此说来，恶霸已除，尊兄还恨何事呢？”说着，将大拇指一翘道：“难得有这位马青锋，为民除害，真是位大英雄、大豪杰（老鼠跳在秤盘里，自称自。一笑），即此剪除恶霸一事，已足下酒，请！”说着，径举起杯来，一饮而干。

那人却恨道：“兄弟所恨的正是马青锋（恨得好），虽然除暴安良，是个侠义行径，但是侠义得不彻底（赞成）。在兄弟看来，只好算是个小辈，不配称什么英雄豪杰（不配，妙）。”

马青锋见那人当面骂自己不是英雄，不由生气（原叫你休生气）。但不便显露出来，只得装着没事人模样，反问道：“尊兄，马青锋除暴安良，杀恶霸于公堂之上，为人所不敢为，怎么不配称英雄呢？”

那人道：“尊兄有所不知，当马青锋杀了恶霸之后，龙知府曾问马青锋，如何交代。马青锋说道：‘如奸王向大人要人，有我担待，绝不使大人为难。’尊兄，如果那马青锋言而有信，照着他的所言行事，岂不是个大英雄吗？无如他只能说不能行。当时龙知府以为马青锋是侠义之士，深信不疑，哪知到了今朝，王命到来，捉拿龙知府进京问罪，那杀人的凶手马青锋竟不曾出面担待，也不知往何处去了（果真如此，确亦可恨）。似这等有头无尾的行为，怎么配称得起是英雄呢（不配）？不过是个能说不能行的小辈罢了。尊兄请想，像这般沽名钓誉的侠义，岂不可恨吗（然而非所以论马某也）？”

马青锋见他说出这番话来，心中虽然冒火，但仍不便发作，只得耐着性问道：“尊兄，如今龙知府已因此事拿解进京吗？”

那人愤然道：“谁还说诳吗？方才由此经过的禁军押着的犯官，不是龙大老爷吗？可怜一位公正爱民的清官，竟因此拿解进京，此去定然凶多吉少。可恨那个马青锋，置身事外，做事害人。”

马青锋见他这般说，才知方才所见，果然龙公是因暴武扬之事被拿进京，觉得那人所言做事害人、有头无尾的话颇有理由,但因被他左一个可恨、右一个小辈骂得火发,忍不住说道:“马青锋既敢在公堂上杀人,定非畏刀避剑之辈,怎么尊兄便要说他是个小辈呢?依尊兄说,该当如何方才是个大英雄呢?”

那人擎着酒杯道(擎着,妙!盖表示其得意也):“依我说嘛,马青锋如是英雄好汉,就该到北京去,给龙知府辩诉明白,代打这番官司,方才真是个响当当的豪杰。如果知府衙门敢去杀人,不敢到王府去领罪,就不配称英雄豪杰。”

马青锋道:“依尊兄所言,只要代龙大人打这场官司,便可称得起是第一流人物了。尊兄说得有理,承教承教。”说着,斟了酒,又一口饮干。

那人也饮了酒,口中说:“岂敢岂敢,不过瞎谈谈,兄弟因为马青锋徒有英雄之名,而无英雄之实,故此叹恨,却不料有渎尊听,有罪有罪。”

马青锋被他这一激,忍不住问道:“尊兄贵姓,可曾见过马青锋吗?”

那人道:“兄弟复姓公孙,单名一个策字。马青锋只闻名而未见其面,尊兄贵姓呢?”

马青锋拱手道:“原来是公孙兄,在下非是别人,正是尊兄所恨的马青锋便是。承蒙指教,感激得很。”

那人惊讶道:“恕兄弟当面冒犯,该死该死!”说着,也拱了拱手。

马青锋饮酒,本系个随便的事,被这一激,这酒如何还吃得下?即唤堂倌过来,命他算账。并对公孙策道:“尊兄,你我酒楼相遇,也要算是有缘,尊兄的账,兄弟这里一齐算了,请多用一杯。在下有事,即要赶往京城,不能奉陪。”

公孙策放杯起身道:“萍水相逢,如何好多扰?”

马青锋道:“四海皆朋友,何处不相逢。尊兄何必客气呢?”说着,即在腰间掏出锭银子,付给堂倌,命他两面并算。

堂倌应了,回身下楼,到柜上开了账单,找了零碎小银块及制钱来,交给马青锋。随又忙着倒茶,绞手巾,送将过来。

马青锋揣了银钱,揩了手脸,喝了杯茶,向着公孙策拱手道别,说了声:“请慢用,在下失陪。”

公孙策起身哈腰,抱拳称谢。马青锋已是下楼而去。

正是:

酒楼相逢论英雄,智激已寓笑谈中。

毕竟马青锋此去如何,请看下文分解。

第十八回

李朝宗王邸说情
龙宝山相府受责

话说马青锋被公孙策激怒,走下醉月楼,径行出城,回到雷洪家中,与雷洪、刘云见了。

雷洪问:"贤弟进城回来,探得消息如何,因何面带怒容?"

马青锋将入城见锦衣校尉、差官等人,率领禁军,押解龙公进京,本人在醉月楼饮酒,听得公孙策的言辞,说马某不好算英雄,如此情形,说了一遍。又说:"事不宜迟,焉知奸王不授意校尉,在半路上谋害龙知府?小弟即刻便要动身,赶奔京城,沿途好暗中保护。"

雷洪道:"贤弟到京以后预备怎么样呢?"

马青锋道:"有甚说的,还不是看事行事吗?小弟到了王府,先设法将龙知府官复原任,然后再行脱身,谅来不至要紧。"

雷洪道:"京城兵将众多,又兼奸党如林,贤弟前往,只可酌量了看,不可过于大意。只要将龙知府官复原任、辩证明白,便算事已完毕,不可一波未平,一波又起,重生枝节。常言道得好:'恶人自有恶人磨。'奸党横行无忌,终有破败之日。贤弟只要到官领罪之后,即便设法脱身。"

马青锋道:"师兄说得是,小弟到京,自当遵示办理。"说罢,即去收拾包裹物件,拜别雷洪,又和刘云作别,说:"老爹在此多住几日,等我到京办完了事,有好消息时,再作计较。"

刘云谢了,二人同送马青锋到门外板桥边,方才回去。

马青锋跨上了马,向北而行,心中有事,即忙两腿一夹,加了两鞭。那马乃系塞外名驹,脚程本快,被这一夹、两鞭,四足一起,泼剌剌如风卷残云一般,直向北京道上奔去(写马快,正是写公孙策足快也)。赶了一程,已是天晚,马青锋心想,龙知府一行人,谅走不远,不如赶将前去,最多赶到天明,也就可以赶上了。如一住店,也许他们黑夜在路上行事,岂不危险吗?想到此处,精神一振，竟又在马胯上加了两鞭，披星戴月，向前奔驰(侠义可嘉)。

走到晨光熹微，天已大亮，方才收住辔头，缓缓而行。走到路旁一家吃食店门前，跳下马来，在门前拴了马，入内洗面吃点心，顺便问那店家："可曾看见有一起锦衣校尉，督率禁军，押解一名犯官过去吗？"

那店家道："不曾。"

马青锋听了心疑，便说："店家，上北京的大路，莫非还有别的路吗？"

那店家道："只此一条，尊客所问的犯官，是今日由此经过，还是昨日呢？"

马青锋被他一问，方才惊觉，暗说，怪不得说不曾见，我一夜没睡，忘却说日期了。遂说："店家，我问的是昨日呀！"

那店家道："昨日傍晚，曾有一起禁军，押解一名犯官进京。那犯官坐在囚车里，并没上刑具，态度很镇静，据说便是本府龙大老爷呢。尊客相问，敢情与那犯官有些瓜葛吗？"

马青锋摇头道："没有，我系受了本城众绅商领袖之托，追往京城，给龙大老爷说情的。"

那店家也道："尊客，龙大老爷真是位青天(虚写)。他到任后，单我们这一方的案子，已断明几件，都是公正无私，毫不像从前的那些知府。昨日他由此经过，地方上人谁不说可惜好人不得好下场呢？有本城绅商的力保，或者也许大事化小，小事化无吧！但不知所为何事呢(是乡老口吻心胸)？"

马青锋见他这般说，暗想"好恶人之所同，公道自在人心"(此作者合十对一切众生告也)这两句话，果然分毫不爽。因要赶路，不能和那店家多说，但将头点了两点，说："事情大呢，此去能不能保全，还未可知。"说着，站起身来，给钱出门。解了马，跨上马背，又紧加两鞭，往前赶去。

赶有两个时辰，果见前面有一群禁军，押着囚车，向前而行。心中大喜，将马一夹，泼剌剌直追上去，由路旁田中，赶到禁军的前面。回头望了望，意思是欲使龙公知道："马某来了，你放心吧！"哪知他这一望，早引起了锦衣校尉的疑心，喝声："站住！"

马青锋见他们一片声喝站住，早将马一拎，飞也似的向前面去了(写得活跃)。回头一望，见没有追来，便将马头一带，向旁边路上行去。跳下马，牵马在路旁吃了草料，又饮了些溪水，等那锦衣校尉等一行人走过之后，方才上马，缓缓跟随在后，同行同住，忽先忽后，远远跟着。

直到了离北京不远，马青锋方才放心，赶紧先奔到北京城中，投客寓住下，即刻更换装束，到城门口等候。见禁军押着龙公，进了城门，径向善庆王府而行。马青锋尾随在后，杂在看闲的众人之中，直跟到将近王府门前，方才缩回身体，绕到王府后面，飞身上屋，直奔到前面王府银銮殿屋上，向下一张。这时已是昏黑（点明时刻），下面灯烛辉煌，人虽不少，但是却很静默，毫无声息。

马青锋将身伏在银銮殿屋上，静等审讯。等了一会儿，只听外面一迭连声地报进："李相爷到！"又接着，便是："请王爷升殿！"一声喊毕，殿旁厢屋内，早走出全班的金瓜武士，大小校尉差官旗牌，一个个精神抖擞，喝了声堂威，分立在两边。

马青锋向下一张，只见殿上已坐了一位白须飘胸的老奸王，端坐在那里，吩咐一个"请"字，两旁武士早传命道："王爷有命，请李丞相殿上相见。"

传呼毕后，便见一位慈眉善目、白须当胸的老丞相，由前面步行而入，向着殿上略打一躬。奸王也欠了欠身，说："相国请坐！"

李相国便坐在殿上公案旁边。

王爷道："李丞相，贵门生龙宝山，本爵今已将他拿到，特请丞相到来，当面观审。"

李朝宗道："下官理应观审，请千岁传龙宝山上殿便是。"

王爷传命道："传龙宝山！"

两旁一声吆喝："传龙宝山！"早有差官，押着龙公由外面进来。

到了殿上，龙公口呼："千岁，犯官龙宝山叩头！"

王爷将惊堂木一拍，喝声："龙宝山！你因甚勾结江洋大盗，杀死本爵的拜男暴武扬？为官做宰，知法犯法，该当何罪？今日当着相国，从实招来，讲！"

两旁一齐吆喝："招！"

龙公从容不迫，叩头道："千岁容禀，想那暴武扬，乃是淮安城中的有名恶霸，平素无恶不作。历任官府，都和他上下蒙蔽。犯官奉旨上任，接了无数状子，都是告的暴武扬。犯官做的父母官，理应为民申冤理屈，因此将暴武扬请来赴宴，将状子给他观看，意欲劝解于他，商量个安慰人民之计。不料暴五爷不由分说，将状子扯得粉碎，与犯官为难。犯官不得不升堂理事，他竟敢将犯官公案推倒，咆哮公堂。犯官正在危急之际，不料忽然来了一位侠客（不是江洋大盗），名唤马青锋，痛责暴五爷，不该胡作非为。五爷和他对辩，痛骂马青锋，因此被马青锋杀死。乃是实情，犯官斗胆，也不敢伙结大盗，杀死暴五爷，请千岁明鉴。"

善庆王大怒，喝声："龙宝山！你当着本爵还敢胡言乱语？你说暴武扬是著名恶霸，前任官吏都与他朋比为奸，难道那许多官吏都是贪赃枉法之辈，只有你一人是个清官不成(当代应道然也)？即此一言，已足见你沽名钓誉，真是岂有此理。你又说不敢伙结大盗，试问那马青锋又是何人呢？你不与他早有成约，他焉敢公然杀人？即使他与暴武扬有甚仇怨，他为何不到暴府行凶，却在你衙中动手？其中情弊，不问可知(此言却甚有理)。还敢在本爵面前狡辩。讲！”

龙公被他这一问，真是分辩不得，只说：“千岁冤枉，委实那个马青锋是从屋上下来，与犯官无干。”

善庆王冷笑道：“龙宝山，本爵问你，你既与马青锋没有约定，因何将马青锋放走？难道说你衙中捕快都是泥塑木雕的不成？”

龙公道：“千岁容禀。那马青锋来无踪去无影，犯官衙中的捕快如何捉得住他？因此被他逃走了。”

善庆王冷笑道：“满口胡言，左右，与本爵抬大刑。”

两旁一声答应，早将夹棍向殿下一丢，哗啦一声，惊得龙公心房中扑通一跳。

马青锋看到这里，正要下去，只见李朝宗站起身来，向奸王道：“千岁息怒，听龙宝山的口词，和暴府家丁牛儿的诉状，情形相合，这其中就差着一件龙宝山是不是和马青锋有勾结之事。依下官之见，不论龙宝山是否与马青锋勾结，总须拿到马青锋方才完毕。千岁不如限令龙宝山捉拿马青锋，归案讯办。”

王爷道：“李丞相所言有理，但龙宝山如拿不到马青锋，或是他竟匿不交出，却又如何办法呢？”

李朝宗回身问道：“龙宝山，你能将马青锋拿得到吗？”

这一问，猛然将龙公提醒，想起马青锋说的“何时要，何时到”的话来，遂说：“如千岁赏限，犯官情愿捉拿马青锋归案。如拿不到，犯官情愿抵命。”

李朝宗见他说得这般干脆，不由惊诧(实是干脆)，便回身向善庆王道：“请千岁赏限。”

奸王道：“李丞相，本爵将龙宝山放出，令他捉拿马青锋。但恐他一去不回，本爵却向何处要人呢？”

李朝宗应声道：“下官情愿担保。”

奸王道：“好！”遂说：“龙宝山，本爵看在李丞相面上，赏你三天限，务要将马青锋交到。如拿不到凶手，唯你是问。”

龙公叩头承诺。

李朝宗见奸王只赏三天限，吃了一惊，正想说马青锋乃是来去无踪的人，三天之内，万难拿到，请求千岁宽假时日。不料龙公竟一口承诺，禁不住回头瞪了龙公一眼，唤声："龙宝山，三天之内，你能将大盗马青锋捉住吗？"

这话明系递话给他，好转口的意思。哪知龙公竟一字不移地道："犯官可以如限拿到。"

李朝宗听得此言，不由"惊、急、气"三字齐到心头，暗说，完了，真是个浑蛋(急杀)。

奸王道："好，具结上来。"说着，早有王府侍卫，将纸笔拿下去，递给龙公具了甘结，又递与李朝宗具了保结。

善庆王道："李丞相，本爵在三日之内，专等好音。"

李朝宗没好气地只得申谢，领了龙公下殿，出王府而去。善庆王也扬袖退进王宫。

马青锋看得明白，不敢怠慢，赶紧起身，由屋上尾随着李、龙师生，出得王府。只见李朝宗坐了大轿，另命从人让了匹马给龙公乘了，径回相府。马青锋在屋上紧紧跟随，一会儿，已到相府。李朝宗下轿，龙宝山也下了马，一同步入里面。直到后进书房，李朝宗方才坐下。龙公先谢了恩师保救之德，侍立在旁。

李朝宗将面色一沉，说声："贤契，当你上任之时，老夫千叮万嘱，和你说甚话来？怎么你一出京城，便尔如此，杀了暴武扬，惹出是非？那倒也还可说你是公正无私，但你因何将马青锋放走？方才奸王限你三日，你竟满口承应，老夫递话给你说，你居然不改口。三十六个时辰易过，如你拿不着马青锋，不但你的性命不保，就是老夫，也有连坐之罪。老夫丢官削职倒也罢了，但可惜朝事从此愈不堪问了。"

这一番话说得龙公低头不语，半晌才说："恩师，那马青锋乃是侠义之士，当他杀去暴武扬之时，曾对门生言道，如果要他到案，早要早到，晚要晚到，故此门生毫不迟疑地承应三日限期。恩师请想，马青锋乃是来去无踪之人，休说三日，即或宽限三十日，也未必能访得到，拿得住，反正是这么件事，还请求什么宽限呢(却也想得道地)？"

李朝宗闻言大怒，说声："贤契，你说得好轻松话，既然如此说，老夫立刻就要你交出马青锋来，看你如何交法？"

龙公被责，只得说："恩师息怒，当日马青锋曾言，如要他到案，只要到檐口高唤三声，便能到案。门生想来，马青锋既是个侠义之士，谅不至言而无信。"

李朝宗怒道:“好个言而有信!老夫立刻要你交人,你且交出来。”

龙公被逼,心想,姑且先试试看灵不灵,遂走到檐口,向屋上唤道:“马义士,相爷要见你的面。”

唤了两声,并不见有人答应,心中着急,高声道:“马青锋啊马青锋,你如言而无信,可就害了我了(是情急语)……”

说犹未毕,猛听得屋上有人击掌应声道:“龙大老爷,休得着急,小民马青锋来也!”

龙宝山抬头望时,只见一个黑影子,如饿鹰觅食般飞落在庭心之内。其捷如风,毫无声息。

正是:

一团黑影坠庭院,两位忠良胆战寒。

毕竟马青锋飞落庭院,有何话说,请看下文分解。

第十九回

马青锋夜见李丞相
龙宝山昼谒善庆王

话说龙宝山见一个黑影子由屋上应声而下，不禁又惊又喜，惊的是侠义行藏，来去如飞；喜的是如约而至，可证不虚。惊喜之时，忍不住呼道："马义士，真信实人也，相爷要见义士，请到里面一叙如何？"

马青锋躬身道："小民一时粗鲁，害得大人受累，深抱不安。"

此时李朝宗在里面已是听见，正欲出外来看，龙宝山已引进一个人来，生得面白无须，年约二十上下，头戴武士帽，身穿灰色绸纱夹衫，精神饱满，一团正气，英风奕奕，令人望而生敬。正欲起身相见，龙宝山已介绍道："马义士，这位便是李太师。"

马青锋已扑翻身拜将下去："小民马青锋，叩见老丞相，给丞相请安。"

李朝宗赶着起身扯住，说："壮士请起，且坐下细谈。"

马青锋道："丞相在上，哪有小民的座位？"

李朝宗道："马义士，有话叙谈，焉有不坐之理？"说着，便唤家童献茶。

马青锋遂在下首位上坐下。李、龙师生坐在上首椅上，家童由外面进来，各献了茶，仍退了出去。

李朝宗道："马义士言而有信，真令人可敬。"

马青锋逊谢道："小民粗鲁，害得龙大人受罪，真是于心不安。"

李朝宗道："义士因何将暴武扬杀死在公堂之上？请道其详。"

马青锋道："小民因一路听得人言，龙大人上任，是位清如水、明如镜的好官。小民初时原不曾留意，那日行至中途，遇见淮安绅士刘子章的老管家刘云自寻短见，小民一时不忍，解救下来，问其缘由，才知他主人、主母，以及全家老小，俱被暴武扬所害，纵火灭迹，独他一人逃得性命，到府衙告状被赶将出来，因此意欲上控，又恐仍旧无益，遂决计进京，叩阍告状，无奈棒疮发作，又短盘费，故此自尽。小民见他冤沉海底，因此赠他银两，命他等新官到任，再去告状，或是进京亦可。刘云得了银子，正逢着龙大人未曾上任，即行私访，扮着拆字先生迎面而来。刘云遂请龙大人代写诉状，告那恶霸暴武扬见宝起意，打死主人刘子章，逼奸不遂，打死主母徐氏，移尸纵火灭迹等罪。龙大人当时劝他休得上京，且到新官手里告状。刘云信了龙大人的话，回身入城，等候新官上任。小民在暗中跟随，心想，这事难办，不知龙大人如何断法，倒要看他一个究竟。因此那日暴武扬入衙赴宴，扯毁状子、大闹公堂等情形，均是小民亲目所见。小民一时激于义愤，跳下屋去，痛骂暴武扬之罪，顺手一剑，竟将他杀死。当时小民有言在先，如果奸王要人，早要早到，晚要晚到，绝不使龙大人为难。故此于校尉拿解龙大人进京之后，即一路跟来，一则防他们暗算，二则好自己践约。方才在王府屋上，因龙大人未曾呼唤，故此未曾下去。相爷呼唤小民，不知可有何赐教吗？”

李朝宗听他说出根由，不禁叹道：“义士光明磊落，真是侠义中第一流人物(是马青锋赞)。但三日易过，义士如何到王府对案呢？兼之对案之后，义士万难保全，这却如何是好？”

马青锋笑道：“小民如是怕事的，也就不敢来了。小民准期到案，仍旧是龙大人在檐口呼唤，小民下去，先要将龙大人的罪名洗得干干净净，官复原任，那时任凭他将小民杀也好，剐也好，小民自有脱身之计。”

李朝宗道：“果真如此，岂不委屈了义士，叫老夫师生心中如何得安？”

马青锋道：“小民是舍身取义，出于自愿，并非丞相强迫，又何必不安呢？”

李、龙师生二人闻得此言，一齐立起，躬身道：“义士行藏，真令人感佩敬服。”

马青锋连忙还礼，转问丞相，还是在三日后才去交代，还是在三日前即去回话？

李朝宗道：“限期三日，准定第三日去就是。到得那时，义士务要早到，方才可免疏虞。”

马青锋笑道：“勿劳丞相叮嘱，小民自理会得。”

李朝宗随唤家童进来，传命排设酒宴，款待龙、马二人。

马青锋起身告辞道：“小民还有事，迟了怕招人疑，赐宴不敢当，心领吧！”说着，竟躬身作别，向外面而行。

家童掌着烛火，李朝宗、龙宝山二人起身相送，到了檐口，只见马青锋说了声：“准定第三日王府见。”身形一纵，已上了屋檐，身体一扭，已是连影踪都看不见了。二人不禁啧啧称赞，赞犹未绝，二人陡觉背后一阵风过处，烛光一闪，一条黑影，如一缕黑烟般直上檐头，也是一扭不见了。

二人惊讶道："怎么？分明是一人，怎会变成两个呢(读者猜，系何人)？"

那家童吓得兀自用火在地下四面乱照。

龙公陡然想起，对李朝宗道："说也奇怪，门生当日审暴武扬之时，马青锋去后，也是这般一条黑影，追上屋去，莫非马义士的同伴一齐来的？也未可知。"

李朝宗惊奇道："哦！原来贤契衙中，当日所见也是如此，真奇怪得紧。"遂命家童去传酒菜，给龙宝山压惊。

当晚师生对酌，谈了些治民要务以及现时朝政，直谈到夜深方睡。到了次日，李朝宗朝罢回来，便和龙公商量，万一明日马青锋不到王府，或是到了王府之后，他又脱身而去，我师生该如何设法自保？万一马青锋被王府捉住，脱身不得，有性命之忧，如此义士，死非其所，我等该如何设法保救？师生二人商量了半天，终无两全之法。要顾得自己，便顾不得马青锋；如要双方兼顾，只有弃官归隐，一走了事。但又明知奸王此刻已早经准备，派人在暗中监视，"挂印而逃"四字，是万万办不到的。师生二人商量了许久，竟无良法，只得等度过明日再讲。

当夜无话，到了那日，李朝宗早朝回来，用了点心，吩咐打轿善庆王府，自己同着龙公，各乘了轿子，含着一肚皮愁肠，同到王府门外下轿。

门上早已知道，飞也似的报将进去。一会儿，走将出来，对李朝宗哈着腰禀道："王爷有命，请相爷入内相见。"

李朝宗领着龙宝山，走将进去，不由一阵心酸，几乎落下眼泪，勉强忍住，径行入内。到了里面，向殿上一看，比前日更觉威严，只见左右武士，一个个顶盔贯甲，手挽刀柄，复壁中禁军密布，一齐都弓上弦、刀出鞘，其余侍卫，金瓜钺斧，无不紧握在手，都露着凶焰杀气。二人看此情形，不由毛发悚然，惊得一身冷汗。李朝宗命龙公立在阶下，自己先步行上殿，参见王驾。

王爷在位上略一哈腰，说："丞相请坐。"

李朝宗便走向上首公案横头预设的位上坐下。

善亲王问道："李丞相，龙宝山可曾将马青锋拿着？"

李朝宗道："不曾。"

奸王冷笑道："好！本爵早已知道，他将马青锋藏匿在别处，以为有丞相老师撑腰，自己又是知府，谅本爵不敢将他怎样。如此奸猾的官员，如何能为太守之官？来人，给本爵将龙宝山抓上来！"

左右一声答应，声如雷动，早有两名差官，虎也似的跑下台阶，将龙公的领头抓着，走上殿来，喝声："跪下！"

龙公只得双膝点地，跪在殿上。

善庆王喝声:“龙宝山,三日期满,你可曾将同伙大盗杀人凶手马青锋捉来,归案讯办吗?”

龙公低头答道:“千岁容禀,想那马青锋乃是来去无踪的义士,他住在何处,‘马青锋’三字是不是他的真实名姓,犯官均不知道。三日限期如何能够访拿得到?故此犯官不曾访拿得到。”

王爷闻言,将惊堂木一拍,喝声:“龙宝山,你敢将本爵之命当作儿戏!来人,给孤家将这犯官绑去砍了!”

左右答应一声,正要绑缚龙公。龙公道:“且慢,犯官还有话说。”

奸王道:“讲!”

龙公道:“想那日凶手马青锋临去之时,曾说王爷如要他到案,早要早到,晚要晚到,故此犯官斗胆,才敢应承千岁的三日限期。今请王爷容某到檐口呼唤三声‘马青锋’,如是马青锋言而有信,定然到案领罪;如是叫唤不出,犯官情愿抵罪。”

奸王冷笑道:“满口胡言!死到临头,还要狡辩,希图延长时刻。也罢,本爵许你到檐口叫唤,谅你不会腾云驾雾,逃走不了。”

龙公谢了王爷,起身走下台阶,在檐口向着屋上四面一望,并无半个人影,不由心中着急,叹了口气(急煞)。但因事到其间,说不得只得放开喉咙,提高嗓子(其急可知),唤声:“马青锋,马义士,今日生死关头,你如不来,本府的性命可就难保了。”

他这声音只因心中着急,竟不知不觉地凄厉苦哀,如深山猿啼,如空山鹤唳,异常尖锐,触人听觉。殿上殿下的人听得他这一番凄苦声音,竟如到丧事人家吊孝一般,异常难受(腕下有神,真写得出)。

龙公喊了一遍,见无影响,心中一急,那第二遍的声音可就更急促了。刚唤了声:“马青锋,马义士……”

唤犹未毕,猛可里只听得一声:“来也!”便见那屋上太阳光一闪,飞下一个人来。头戴武松帽,身穿菜绿宫纱夹衫,内衬紧身短靠,足蹬薄底快靴,威风凛凛,相貌堂堂,兀那不是逍遥太岁马青锋是谁(飘忽之极,得意之极)?

龙公不由喜得打跌,躬身施礼,连称义士。那殿上殿下的人却因此惊得呆了。

正是:

> 此君一身都是胆,壮士任侠行如龙。

毕竟马青锋到案后抵罪否,请看下文分解。

第二十回

马青锋大闹庆王府
公孙策威震十字街

话说龙公正在叫唤马青锋，忽然半空中应了名："来也！"由屋上跳下一人，正是救苦救难、任侠尚义的马青锋（极力写义士）。真是这一喜，喜得心花大放，上前躬身，尊呼义士。

马青锋却恭恭敬敬，拱手躬身，口尊："大人，小民来迟，致令大人受惊，小民罪该万死！"

龙公道："王爷在殿上，立等义士问话，义士且随本府上殿。"

马青锋应了声是，跟在龙公后面，走到殿上。

龙公向上躬身禀道："奉命已将马青锋唤到。"

奸王一摆手，龙公立在一旁。

善庆王说："带马青锋！"

左右正要去抓，马青锋已走到当中，向上跪下，叩了四个大头，口称："王爷在上，乡野草民马青锋叩见王爷，愿王驾千岁千千岁。"

奸王举目将他一看，喝声："马青锋，抬起头来！"

马青锋回道："草民有罪，不敢抬头。"

王爷说："恕你无罪，抬起头来。"

马青锋将头抬起。

奸王定睛将他细细端详了一会儿，即命带过牛儿，问他："杀你家五爷的可是此人？"

牛儿叩禀："正是。"

王爷便说："马青锋，你是何方人氏，今年几岁，家住何处？受何人指使，杀死孤家拜男暴武扬？一一从实招来。"

左右一齐吆喝："招！"

喝声未毕，便有那掌刑的差官，当堂丢下全副刑具，锵锒锒一声响亮，丢在一旁。

马青锋面不改色,从容应道:“小民江湖游侠,四海为家,祖贯何处,现住哪里,均与正文无关,王爷可以不问。至于草民杀死暴武扬,乃是受的良心驱使,替天行道,并无别的意见,也无深仇宿怨。”

善庆王听他供词顶撞,毫无着落,不由带怒,将惊堂木一拍,喝声:“马青锋,你知罪吗?”

马青锋昂然应道:“草民无罪,哪里得知?”

奸王大怒,喝声:“左右掌嘴!”

左右差官一齐答应,走上去动手。

马青锋大喝道:“慢来!”

这一声恍如雷鸣,震得殿上下的人一齐着惊。那两个差官竟如木鸡一般呆立在那里,手软脚麻,动弹不得(写得英武可骇)。

马青锋道:“王爷要草民认罪不难,但草民要问王爷三件事,王爷如先办了这三件,草民自当洗颈就戮,该杀该剐一听其便。如不能先办这三件,休怪草民粗鲁。”

奸王被他这一吓,在宝座上早已将威风吓去了一半(趣经)。此时定了定神,便问:“哪三件?”

马青锋道:“李太师担保龙大老爷,三日内交人,如不交人,即将龙大老爷抵罪。如今草民已经归案,龙大老爷亦在殿上,王爷自应将李太师具的切结退还,先请李太师回府,以明与李太师无关,这是第一件。”

奸王听了点头,暗说,这理由甚正,难以驳回,遂说:“这件事可以依得。第二件呢?”

马青锋道:“王爷既说依得,即应实行。实行之后,草民再说第二件。”

奸王只得命左右:“将李朝宗具的保结退还了李朝宗,请李丞相先行回府。”

李朝宗巴不得这一声,好早些脱离是非之地,遂收了保结,躬身告别。并令龙宝山在此小心,向着马青锋点了点头,心中颇有些不忍。

马青锋却如没曾看见一般,等到李朝宗走后,即说:“王爷,那第二件更是即刻就要办的。王爷限龙知府三日交差,如今人已交到,王爷自应将龙大人所具的甘结退还,这是第二件。”

善庆王闻言,也说:“依得。”即令左右,取出龙宝山所具的结,退给龙宝山。再问第三件。

马青锋道:“龙大人乃是清廉贤明的长官,杀死暴武扬的凶手乃是草民,与龙大人完全无关。王爷既已将草民问罪，自应将龙知府官复原任，即刻就道，以慰民望。”

善庆王见他要求将龙公官复原任，便说：“他乃指使之人，你系行凶之人，其罪相等，岂可饶放？”

马青锋冷笑道：“王爷既说龙大人指使，试问有何凭证？再则龙大人初始到任，与暴武扬有何仇怨？草民不解，要请王爷明白宣示。”

奸王见问，不禁大怒，将惊堂木拍得震天价响，喝声：“马青锋，你等通谋，在本爵面前，还要假作不知？”

马青锋笑道：“原来任意诬蔑，并无证据。如此称孤道寡，怎能服人？草民心不甘服。”说着，竟站起身来，圆睁两只怪眼，大声道：“龙知府既不犯罪，怎能罢职丢官？况龙知府乃系奉旨外放的四品黄堂，一郡之主，王爷既未请过朝命，擅自拘押进京，又不奏知天子，付六卿公判、大理寺审讯，竟私自升殿，审讯朝廷命官，该当何罪(骂得切)？自己不正，焉能正人？王爷既不依草民的第三件，草民非但不认罪，且要和王爷同到宫中，朝见天子，评判一个曲直，究竟王爷依是不依？”

奸王此时虽已怒极，但见他那形容可怖，而且句句直刺心窝，不由不惊。心中一转念，反而缓和声音，向马青锋道：“马青锋，本爵问你，龙宝山官复原任，你情愿一人独自领罪吗？”

马青锋道：“本来是小人一人有罪，岂能累及龙大老爷？只要千岁依了草民的三件，草民情愿抵罪。”

善庆王道：“好！龙宝山，付给你札符一道，即日回任。这事与你无关，你去吧！”

龙公得此一句，如死囚得逢大赦，满心欢喜，接过札符，谢了王爷，回身向马青锋告辞。马青锋却反如不知道的一样，向上说道：“王爷既已依了草民的三件，依着古人旧例，杀人抵命，草民虽是行侠作义，除暴安良，杀去恶霸，非普通行凶可比，但杀伤人命，依律自应抵罪，任凭王爷吩咐，将草民杀剐，草民舍身取义，杀身成仁，绝无反悔(是侠客声口)。”

奸王见他说得轻松干脆，不由心中惊奇，敬佩他是个大侠。只因明知他不肯为己用，遂笑道：“毕竟是位大英雄、真侠义，举动异乎常人，本爵自应成全你。左右，给孤家将马青锋绑了！”

左右应声动手。马青锋毫不抵抗，由差官反剪了二臂。奸王命赐饮三杯酒，书了犯由牌，派王府禁军教练为监斩官，率禁军三百名、大刀队一队，前往十字街口，监斩刺杀显亲侯凶手马青锋一名，不得有误。并点王府两名刽子手行刑。

两旁一声答应，登时由复壁上涌出无数禁军大刀队，由监斩官率着，前呼后拥，押着出了王府，一径向十字街口而来。这一来，引得京城中人山人海，纷纷传说，如潮水也似的到了十字街口法场上，观看杀头（已伏一公孙策在内）。

禁军簇拥着马青锋，到了法场上十字街口，立刻阻断交通，禁止行人，四面禁军围立，成了个大栲栳圈儿。禁军外面，围立着男男女女、老老少少，尽是看热闹的人。圈子里面，往来梭巡的，乃是大刀队，一个个威风凛凛、杀气腾腾。正中跪着马青锋，两旁两名刽子手，身穿大红衣裤，手擎厚背快刀，只等监斩官的令下，即便开刀。后面搭着高台，台上坐着监斩官，手捧着大令。两旁立着四名武士，雄赳赳、气昂昂地坐在那里。看热闹的人挤在刀枪如林的禁军背后，圈子里面，实难看得清楚。便有人走向左近店铺的楼上，伏在阳台上去看的，真个是人头攒动，如三春麦浪相似（总写一句）。

这时节，只见犯人马青锋从容不迫，跪在那里，当众演说，诉述自己犯罪根由。暴武扬如何奸恶，善庆王如何专横。正说到酣畅之处，那台上监斩官问道："这时是何时辰？"

便有人答道："尚未到正午时。"

监斩官将大令打开，高声喝道："管他到也未到，斩讫报来。"

这话方才出口，四面禁军大刀队齐声吆喝："开刀！"

四面看闲的人一齐击掌，这一片响声，真震得如山崩地陷一般，入耳欲聋。说时迟，那时快，在这一片声里，刽子手举刀欲下。

猛听得一声："且慢！马某告辞了。"咔嚓一声响，绳索已断得一段段地遗落在地。马青锋霍地立起，身体一纵，已如游龙般夭矫直上，纵上了楼屋。

刽子手惊得呆了，立在那里不知所措。同时却听得那台上轰通一声响，一个汉子，手提一颗血淋淋人头，一腿将个尸首踢倒在台上。接着一手抓了座位的椅子，一个旋风腿，将两旁立着的四名武士一齐踢落到台下来，直跌得鼻塌嘴歪，头青眼肿，腿折臂断，睡在地下打滚（读者至此，亦眼花缭乱）。

这一来，禁军大刀队一齐大惊，发一声喊："拿呀！"

四面看闲的百姓一齐惊得足软腿酸，同声："哎呀，快走呀！"吓得躲躲藏藏，碰碰挤挤，这个落了钗环，那个失去帽正，大喊小号，登时如鼎沸一般，嚷将起来。有那在后边些，走得快的还好，有那要看得清切，挤在前面，走得慢的，到此竟如没头苍蝇般乱钻乱挤。因此被后面禁军足踏刀伤的不计其数（好看热闹的看样儿）。在那楼上看闲的，也有由楼上惊得跌下来的，也有赶着向里缩，慌了手脚，仓皇下楼，由楼梯上失足，直滚下来，跌得血流满面的。

这时节，那台上手拎人头的好汉却口中大呼道："公孙策在此（石破天惊），不与尔等为难，尔等休得惊慌！尔等可带信与那奸王，从此革面洗心，还可保全首领，否则也照着这个狗头的监斩官看样儿。俺去也！"说着，两足一垫，竟上了房屋。

众军士正在一片声喊："拿！"慌乱之间，眼光一闪，已失去那台上好汉的所在。乱哄哄闹了一起，丝毫无有踪迹，一齐吓得魄散魂飞，心碎胆裂。

正是：

翩若惊鸿去无影，矫如游龙向长空。

毕竟这一闹，前因后果，如何交代，请看下文分解。

第二十一回

闹京都二侠题名
参首相奸王设计

话说禁军大刀队，见监斩官被杀，法场上走失犯人，这乱子闹得太大，干系非小，不由不惊慌失措，那光景真成了一团糟。过了一会儿，略定了定神，大家商量善后，纷纷乱乱，分头去报王府。京城兵马司、各衙门、各武职官吏，一面抬了受伤的人回去医治。

王府得信后，立命闭城，传令京城各处兵马，分头把守，挨户搜查。如此贼去关门，搜查至晚，闹得满城风雨，哪有马青锋、公孙策二人的下落？晚间，王府得报，无有影形。善庆王心中惊急，立命请白秋塘来问计，一面传谕满城大小武职官，一体留意协缉。

当晚，王府禁卫森严，召集会议，讨论如何捉拿马青锋、公孙策，及借此推翻李朝宗，由善庆王亲自主席，询问计策。众奸党商量结果，无非是令知天下各府州县，画影图形，悬赏捉拿马青锋、公孙策两个，一面设法参李朝宗，说他示意门生龙宝山，勾结江洋大盗，杀害显亲侯，并大闹法场。

正在商量计较，猛然间由窗口飞进一片瓦片，啪的一下，落在桌上，跌得粉碎，四分五裂，跳到四面坐着的人身上。大众一齐吃惊，伸颈向外望时，天井里站立着的，全是王府亲信卫士，仰面向屋上一瞧，并无半个人影。大众被这一吓，吓得主意全无，神魂不定(绝倒)。

善庆王轻轻传令，命王府卫士，用扶梯到屋上去捉人，一面又命他们，暗中通知兵马司，派兵由各处上屋，远远地向王府屋上围拢来，务要将在屋上的强盗捉住。吩咐毕后，卫士都不动声色地去了，奸王仍和众人在那里会议。他自己以为这是香饵钓金鳌之计，永不会有失错的。哪知过了半天，并无影响。

善庆王心中奇怪，怎么这些卫士上屋的，竟不曾上去吗？何以毫无声息呢？正在怀疑，猛然见外面飞来一宗黑魆魆的物事，扑通一声，落在桌上，湿淋淋地溅到众人脸上,众人一面看那桌上是何物件,一面揩拭脸皮。不看犹可,一看,吓得直立起来。原来却是颗血淋淋的人头(骇杀),正是今日派充监斩官禁军教练的首级。

众人一惊,齐声说:“拿刺客!”

天井里立着的卫士也都嚷说:“拿刺客!”

屋上却有人拍手笑道:“刺客不用拿,如要给你们拿得着的,也不算是英雄了! 娃娃们别嚷,咱们上来见见吧(趣绝)!”

这一来,可就更将下面吓慌了,一片声虽嚷着拿,可都是只有保护能力,没有进攻胆量,竟无人敢上屋去。

善庆王又气又惊,喝骂:“没用的东西,快鸣锣聚众,上屋去拿!”

众卫士见王爷发怒,只得一面鸣锣报警,一面凑着胆子,取了些竹梯,向屋上去捉人。及至爬到屋上,哪里还有人影? 只得坐守在屋上,以待动静。

正在此时,白秋塘却由外面来了,参见了王爷。

王爷问他:“这两日怎么不到王府(补笔),着人去请,为甚到了此时才来?”

白秋塘禀道:“门下近日患了腹泻之病,故此走不出。今日稍好,方才王命来召时,门下本拟即刻就来,不料腹中咕噜咕噜作响,防它要泻,所以等了一会儿,解溲以后,方才到来。害得王驾同着众位久等,死罪死罪!”

王爷命他坐下,白秋塘瞥眼看见那颗人头,不由一惊,忙低声对王爷道:“千岁因何冒险,还不令众人各回? 贼人在屋上,是在暗处,千岁同着众位是在明处,咱们找贼甚难,贼找咱们甚易。幸而他不曾用凶器,如用起凶器来,大众岂不冒险吗(写小张仪)?”

众人被这话一提,格外害怕,本来瓦片来时,已是吃惊,只因当着王爷的面,要充好汉,不便说胆小的话,以示弱于人(绝倒)。及至人头飞来,已硬绷不住。又因王爷动怒,并不曾说大家且退的话,只得硬着头皮坐在那里(好笑)。等到白秋塘开口说出这番话来,自然格外害怕了(有趣)。

善庆王本也心惊,被这一提,登时说:“白先生,依先生之见,该当如何呢?”

白秋塘道:“只有令大家且退,大家各有好计策,可各开个节略,呈与王爷,由王爷采择施行。这时节人多口众,所谓:‘筑室道谋,成功甚难。’兼之各人心中慌乱,纵有好计,也想不出来。”

善庆王闻言大喜道:“毕竟白先生的见解,和别人不同些。”遂说了个是字,即便纷纷各散。

善庆王携着白秋塘的手，同到后面王宫深处，乃是间精幽的书室，里面满贮诗书，以及重要秘密文件。表面看去，无甚奇异，哪知这书室四面全装有机关，屋上布满绊脚索，地下也有消息，稍不留心，轻则中伤被擒，重则立刻废命。故此这间书室，除去善庆王本人，及一二心腹知道内中机关外，其余手下亲信，以及王宫侍卫、太监，皆不能知其详细。白秋塘跟着王爷，同到里面坐下。

白秋塘道："千岁此时，派满城兵马捉贼，在门下看来，恐怕不能捉住。京城之内，青天白日，贼人胆敢横行无忌，可知本领不小，非比寻常。彼等既以侠义自命，依门下之见，却有一计，可以一网打尽……"

正说着话，忽然嗖的一声，由窗外飞进一物，落在白秋塘的面前。二人吃了一惊，赶着向外一望，并无一点儿动静。

白秋塘将那东西拾起，在灯下一望，乃是个字纸包儿。打开看时，里面包着块石子，另外还有张字柬，上面东倒西歪，写着几行字。知道这是贼人的信来了，遂递给王爷。二人在灯下细看，只见上写：

暴武扬多行不义，马青锋路见不平，替天行道，杀死恶霸，原与龙知府无关。奸王不察，有心陷害，将龙知府拿解进京，意欲借此杀龙知府，参李相国，设计狠毒。幸而马青锋言而有信，到案领罪，如此侠士，千古难得，奸王竟将他绑上法场，意欲行刑。

鄙人久慕马青锋侠义之名，痛恨奸王欺君卖国，故而略施小技，以示警诫。监斩官助纣为虐，死有余辜，既已杀却，姑且不论。特此警告奸王，嗣后如再有危害国家、谋陷忠良之心，鄙人绝不姑宽。如有代奸王设策，希图邀宠固位，鄙人亦当杀以警世。鄙人言出必行，望勿自贻伊戚。

公孙策警告

二人看罢，一齐着惊。白秋塘忙将灯火吹熄。奸王问他因何吹熄灯亮。

白秋塘道："贼人老远地可以看见咱们，虽然照他的话，此时尚无加害之意，但或他竟使用暗器，岂不打个正着吗？"

正在此时，忽见外面红光大作，一片声听得，争嚷走水。

王爷说："白先生，烦你到外面问问，看是何处。"

白秋塘领命，出得书室，走到前面一问，乃是王府厨房内草堆下失火。问犹未毕，又见一处火起，纷纷传报，王府银銮殿失火。这一来，可将那些趋炎附势的人吓昏忙煞了,急急到王府前后救火。

白秋塘知道这乃贼人调虎离山之计,好借此一乱,脱身而去。遂回转身走到书室,将这话对王爷说了。

奸王心中虽惊,但也无法想,遂说:“白先生,反正事已如此,你方才所说一网打尽之计,却是如何呢?”

白秋塘伸了伸舌头,遂说:“千岁,门下这条计,乃是以毒攻毒的关门绝户之计(计名奇)。马青锋等一班人,既自称为侠义,只要千岁奏上一本,参劾李朝宗,说他令龙宝山勾结江洋大盗,如此这般地捣乱,初杀显亲侯,并纵火烧毁暴府,纵火抢劫。后又大闹王府,大闹法场,并有公孙策的字柬为证。如此这么一参,皇上定然要问李朝宗。李朝宗如反辩,那时王爷只要将事实和他对驳,他既没有把握,怎敢担保龙宝山?如此一奏,皇上必然大怒,轻则令李朝宗交人,重则下三法司审讯。三法司都是王爷的人,那时还怕李朝宗一党不一网打尽吗?马某等人既然自称侠义,定然到案对词。等他来时,只要用精通武功之人,将他送命;即或他不来,也只要着精通武功之人,访寻缉拿,岂不是稳妥之事吗?”

善庆王闻言大喜,连称好计,但说:“先生,这精通武功,像马青锋等一流人物的,却向何处去找寻呢?”

白秋塘道:“怎么千岁忘了?滦河的四大金刚(引出四大金刚),不是数一数二的大英雄吗?”

一句话提醒了奸王,不由喜得立起身来道:“白先生不言,孤家真几乎忘了。”

正是:

一语提醒奸究念,致引无数侠义来。

毕竟白秋塘所说滦河四大金刚是怎生人物,奸王如何参奏李朝宗,公孙策又系如何人物,怎样来历,请看下文分解。

第二十二回

公孙策书房飞水盂
普济道村前抓老鹰

话说白秋塘见善庆王说没有像马青锋等一般本领的人，陡然想着几个江湖旧友，遂说："千岁，难道忘却滦河四大金刚吗？"

他这话冲口而出，单将个善庆王喜得直立起来，说："白先生，孤家这几日，被马青锋闹得头昏脑涨，差不多的事，竟想不起。如不是先生说，孤家真要忘记了呢！先生既提说到他们，明日即请先生去走一遭，代孤家将他们请来。一则可以保护王府安全；二则可以侦缉贼党；三则有了彼等，便可以往反对的各方面，侦探其行动，或是行刺。孤家有了他们，便可高枕无忧。将来如成大事，白先生，你便是孤家的开国元勋了。"

奸王说到高兴之处，禁不住手舞足蹈、眉飞色舞起来。如非书房内没有灯亮，那副形容要被人看见，真要失却王爷的身份呢。

当时白秋塘一迭连声地答应，又说："王爷对于李朝宗，还是明日上朝即行参奏呢，还是后缓？"

善庆王道："打人不过先下手，孤家只有明日一早，即行拜本参奏。如稍从缓议，就恐李朝宗已先我而发，那时他反而变为原告了，那如何行得呢？"

白秋塘道："千岁之见不差，门下也这般想。王爷且请起稿，门下明日到王府来领王爷的聘书，以及礼币等物，方可往滦河去。门下此刻腹中似又有些响动，即要告辞回去，明日再来请安。谅贼人今晚绝不至再来，王爷尽可放心。"说着，起身告别，走出书室，向前面出府而去。

善庆王又在书室内想了一会儿，腹中先将参劾李朝宗本章的草稿打好，又将聘请滦河四大金刚的信稿想好，听了听，外面救火及拿人的声浪已静，方才将灯亮复行点起，就在这书室内，伏案起草，恭楷誊清，折叠成功，再写信札并叙明聘礼件数。又在下方盖了本人私印，以示敬意，专等天明行事。

看官们看到这里，必然有些闷损，有两句话要问。第一件便是公孙策，如亚夫将军，从空而下，究竟他是何等样人物，是何来历？第二件便是滦河四大金刚，没头没脑，怎么会凭空地生出来？编者合十应道，罪过罪过，这两件事乃是本书的主要成分，岂可不交代交代，使得看官们眉目一清？况且龙宝山如何断案神明，马青锋如何任侠，前文都未细叙，劈头即将淮安府杀暴武扬、大闹京城等事说出来，怎得不叫人闷损呢（戏中头二本即演上述各事，故书中从之，然亦小说中所谓逆写法也）？

看官们别忙，且听在下详细交代，请往下瞧吧！

却说山西洪桐县，有一位财主，名唤公孙鸿，只因祖上世代务农，从不曾入过仕途、登过科甲。那时节功名极重，凡是身登科第，博得一衿的，便可夸耀乡里。更有种劣风气，便是宗祠中春秋两祭，在礼朝廷序爵，乡党论齿，祠堂里当然要论辈数了。哪知却又大大的不然，祠堂里每逢祭祀，例有酒食，凡是族中人，并不论辈分、年龄，却是讲的阶级，比如这人已经中了进士，或是已中秀才的，座位必定在上首，那辈分、年龄却在其次。总而言之，做手艺或是务农为业的，便在下首，甚至列席在檐口，那种不平等的待遇实在令人可恨。

公孙鸿的父亲在日，即是身受其苦的，故此常将两句神童诗，哼着道："满朝朱紫贵，尽是读书人。"常用这两句话劝诫公孙鸿，命他矢志读书，努力功名。无如公孙鸿天资甚钝，做八股文章，老是做不好，虽然天天将时人制艺，以及闱墨死读，读得滚瓜烂熟，怎奈读来读去，总归读不出个豁然开通来，不由掷了书卷，恨道："咳！这种死书，便读死了也读不出个所以然来。"因此便转了个念头，到了考期，请了枪手，报名应考，果然被他侥幸考中了一名秀才。他也自知甚明，中了秀才之后，对于考举一层，再也不去应试。

公孙鸿的父亲去世后，家中耕读事业便是他一人支持，因为虚荣心所使，将他爷希望他自己的心转而希望他的儿子。他的儿子是谁呢？便是上文所说的公孙策了。

那时公孙策才有六岁，公孙鸿将他送本村云先生那里开蒙读书。这位云先生本是个饱学宿儒，凡是在他门下读书的，无不循循善诱，竭力教读。又因公孙策是秀才的儿子，格外地精心教授，可巧公孙策这孩子，自出娘胎，即带了个顽皮的劣根性来，生性甚是聪明，顽皮得又特甚，每日在书房中，书是背得熟，字是写得好的。

读了三年，颇是进步，可是他的顽皮却也是出人头地，与年俱进的，每尝乘着先生不在家，便和些同学扮神弄鬼。偏巧公孙策生来力大，那些同学都不是他的对手，每尝被他一拳一掌，就打得哎呀哎呀地呼疼。有那吃得住苦的，只不开口；有那吃不住苦的，可就要眼泪鼻涕一齐来，不是守到先生回来禀先生，便是放学回家哭转去(脓包)。逢着那不护短的父母还好，总是将自己的孩子责骂一阵，说什么："你不会不要和他玩呀？没用的东西，他会打你，你不会打他吗？有本事哭回来，不会哭到他家去吗？"逢着那护短的爹妈，可就要见话了，因此常有人闹到公孙鸿家中来。

公孙鸿被闹怕了，只得狠狠心，将公孙策打了一顿，无如内人护短，舍不得儿子，反而一把眼泪鼻涕地在房中咕噜起来，说什么："惶恐自己还是个秀才呢，不会向人家发话，却会打自己孩子，何苦来？打死了他，人家还在背后笑呢。人家会闹到咱们家来，咱们便不会闹到人家去吗？"

这么一叽咕，公孙鸿如同陡饮兴奋剂，不由得跳起来，跑到那哭得来的人家去，着实地教训了人家一顿，说："'知礼不怪人，怪人不知礼'，小孩子拌嘴，是寻常事，也值得小题大作，哭到人家来？闹得乌烟瘴气，不晓得管管自己的孩子。"

人家因他是有钱有势的人，不敢得罪他，只得忍着气，赔笑赔不是，说是自己的孩子不好，请他不要动气(写社会闲事，活现纸上)。

公孙鸿扳转了面子，又到书房里会先生，左一声老夫子应严加管束，右一句老夫子要格外督责。

云先生说："谁家的孩子不痛惜？哪个小孩儿不顽皮？不过靠书房教育，是只要有工程的，也须家庭教育，从中逐日训练，方才有效(此向世人说法也)。尊兄是名教中人，当不至像别的不懂道理的乡愚一般(抢白得好)。"

公孙鸿火性头上，本想来诉说先生，不教训人家孩子的，不料匆匆到了书房，只说了一半，却被先生抢白一顿，那下半截的话竟说不出来了。只得说："先生的话是不错的，晚生的意思，是请老夫子以后加以特别训育的意思。"说着，站起身来，搭讪着告辞而归。将这番情况对内人说知，他浑家方才不说什么。

哪知过了些时，公孙策的顽皮故态复又发作。那日凑巧先生到亲戚家中吊丧，临走时，深恐学生捣乱，特意将大学生出了两个题目，命做一篇破承，小学生每人出了个上联，命他们属对。题目是："三日不朝，孔子行。"另一个是："非公事不至于偃之室也。"那上联呢，却是："冯唐易老，李广难封；光阴如箭，望诸生其各努力，早步青云。"

先生临行，特地关照，回来时一齐缴卷，如缴不出，一齐重打。又恐那些小学生对不上，便说："如对不上的，或是没学过对的，便每人写二百小楷。"吩咐毕后，方才离了书房。

众学生握着笔管儿，坐在那里想文章。独有公孙策拿着上联想下联，想了半天，笑将起来，说："先生不通，冯唐、李广是运气不佳，与光阴无干。各位不要对这死对子，咱们大家捉迷藏吧！"

众人被他一嚷，一齐搁下笔，说："玩事小，停会儿先生来了，岂不受责吗？"

公孙策道："不要紧，先生是吓人的，如你们怕，就向我身上推，说我说先生不通，故此都没做。"

众学生想报公孙策的仇，一听这话，正是报仇的机会来了，遂说："好，咱们大家捉迷藏，是你发起的，你得先捉。"

公孙策道："好，我先捉，你们先给我将两眼扎起来就是了。"

于是大家下位，便有个大学生给公孙策用布将双目扎好，喊了声一、二、三，大家纷纷地跑开。

这边喊公孙策："你来捉我吧！"

那边说："公孙策，在这儿呢！"

公孙策东一伸手，西一伸手，跑两步，蹲两蹲，摸两摸，捉了半天，老捉不着。明明听见在东边嚷，等到走到东边，却又跑向西边去了；明明听见在南边，及至赶到南边，却又到了北边了。

如此走来摸去，约有半个时辰，仍摸不着。公孙策心中火起，不禁两手一扒，将布扒下，骂道："促狭鬼，小鬼痨，小妇养的，老子做了瞎子，摸了半天，你们都躲到门角落里去了。如今轮着你们了，快些来！"骂着，将扎眼布向地下一扔，说："谁来呀（无赖之至）？"

众学生一齐用右手食指刮鼻子道："啾啾啾，亏你，不害羞吗？重来，再摸，谁叫你摸不着的呢？别害你妈的臊，现你娘的眼呀（一迭连声，如闻童语，奇文，他书所未有也）！"

公孙策被这一骂，禁不住跳起来，骂道："放你妈的七十二个连环屁呢（趣语）！我老摸你们不着，还要我摸，这分明欺我小，我不干了。"说着，嘟起嘴，向自己位上一坐（无赖）。

众学生一齐拍掌大笑，说："既这般会急脸，还要发起来做什么（顽皮）？"

有个较大的学生，更是刁尖，说："这小子没用，自己不会摸，反而急脸，说人欺他。"说着，连将手在脸上刮道："咳，喂，不要脸啊，难为情呀（不堪）！"

公孙策被他这一讥讪，气急了，站起来便去奔他，意欲揪住他厮打。那小子眼快，早将张凳子向中间一拦，阻住了公孙策，自己却向先生桌子那里一躲。公孙策将凳子推倒，追过去时，那小子却如推磨一般，围着桌子跑，引得公孙策来追。公孙策追他不上,急得口中直骂。

旁边的同学一齐看得乐了,拍手喝彩(看得热闹)。

公孙策急了,恨旁边的同学笑他,遂舍那个较大的学生不追,却另外揪住一个学生就捶(刨不着东瓜刨茄子,是顽童)。旁的学生不服,一齐走来动手,这个吐一口唾沫,那个打上一掌(顽童可笑),打得公孙策起火,回身又去追那些学生。无奈书房里地方小,全是小书桌隔着,不能自由追赶。心中一急,顺手抓了面前书桌上的一只白瓷的水盂,望着对面学生掷去。水盂里的水本系洗过笔的黑水,这一掷,人没打着,水盂砸在一张书桌上,砸得粉碎,黑水溅得四处,差不多众学生,连公孙策自己身上都溅着一二点,那书桌上的书纸等件可就不用说了。那个携带水盂和在那面书桌上的两个学生岂肯甘休?一齐嚷说:“好小子,砸了咱们的东西,须得赔了!”

公孙策仍是还骂,毫不退让。

正在这闹得不可开交之时,先生由外面吊丧回来了(老夫子回来了)。一进书房,众学生一齐吓得回归本位。

先生早已看见板凳、桌子换了部位,众学生面上颜色变异,心中已是明白,鼻孔里哼了一声,走到位上坐下,问道:“你们的作文、对子仿,可都做完了功课吗?拿来我看。”

众学生一齐不作声。

先生又问了一遍。便有两个大学生立起身应道:“公孙策说先生出的题目不通(妙哉,此语),叫咱们大家跟他玩儿,等先生回来问时,即如此回法。他说,天落下来他能撑,不干咱们事,故此咱们都没作,和着他摸鱼虾,做捉迷藏玩儿。”

又有个学生立起道:“正要禀先生,公孙策和他们吵,却将我的白瓷水盂掷人,砸得粉碎,请先生叫他赔我。否则我不能回去交代,准得被我爹妈捶死。”

那边一个学生也立起禀道:“禀先生,学生的书及纸,被公孙策用水盂掷人,砸在学生的桌上,泼得透湿,而且污损了,也要请先生命公孙策赔学生。否则学生回去,也要被打。”

云先生被这几个高足一禀,不由大怒,尤其是愤怒公孙策,说自己题目不通,便将公孙策喝到面前,取过戒尺,先重重地打了他四下手心,然后问他:“因何叫大家玩儿,还说我出的题目不通?”

公孙策的手心因顽皮也不知被打了多少次(总一笔),这四下虽打得辣哄哄的生疼,但也并不在乎,忍着泪,应声道:“先生出的对子,委实不通。‘冯唐易老，李广难封’，我常听先生讲唐文，说王勃用这两句，是比方人的运气，将冯、李年老，仍是运乖，以显出自己童年，及在滕王阁高会众文武的运气，既如此说，冯、李二人在当年原不是不努力上进，误了光阴。先生下句便是光阴如箭，这上下文如何联得上，岂不是不通吗(有理)？先生出下不通的题目，反而怪人吗？”

云先生被这一驳，不由恼羞成怒，骂了声：“胡说！”抓起戒尺，又打了两下手心，然后说道：“我的意思，是叫你们用心，早及成名，不要也像冯唐、李广，到老都不走时。你却敢驳先生，还叫旁人也跟你玩儿，给我跪在圣人面前去，念一支香的书，将今日上的生书，念熟了来背，背不出再打。”

公孙策被打，又要罚跪，如何肯依？不由撒赖，放声大哭。先生却不理会，将众学生一齐唤到面前，说：“你们都听了他的话，不做题目，捉迷藏玩儿，大家都不好，打碎水盂，溅污书纸，都是自讨(有理)。除去你们两人以外，其余一齐都应重打，以儆下次。”说着，便伸手拖了站得最近的一个学生手要打。

那学生杀猪般价叫起来，讨饶道：“好先生，饶了我这一次，下次不敢了。”

先生哪里理会？早已手举戒尺，啪啪打了两下，喝令：“上位去！”

如此逐一打去，打了个满堂红(好玩儿)。

那公孙策仍旧立着不走，呜呜咽咽地哭。云先生喝令他去跪，公孙策却大哭大号地撒开腿跑出书房。先生大吃一惊，下位就追(好笑)，恐他小心孔儿没有芝麻大，一急便投河跳井，闹出别的乱子。哪知公孙策跑出书房，大跳大骂，带哭带跑地跑回家去了。

先生是上了年纪的人，跟在后面，追得气喘吁吁，直追到公孙鸿家内。凑巧公孙鸿在家，见这情形吓了一跳，忙问：“老夫子何事？”

云先生一则气得开不出口，二则跑得气急，坐下来缓了缓气，方才开口说：“尊兄，你这位少君，直怄死人，他说先生出的题目不通，又叫各学生顽皮。”于是将前后情形一说，并说：“令郎的天资太高，性格太好，我实在不敢再教，只得请尊兄另外送到别处去读书吧！”说着，竟红了面孔，拂袖而去。

公孙鸿见先生动怒，挽回不来，要打儿子，已见儿子躲到他妈房里去了(妙哉妙哉！得躲之地方矣)，是打不成了。如不打吧，这也太不像话了。再一想，先生出的对，也实在勉强，岂有这般大的小学生便对长对的？平仄且不谈，文理实有些欠顺。想到这里，反而自喜儿子有判断能力(护短)。事已弄僵，索兴不去睬先生。当日也不打儿子，只避了老婆的面，将儿子教训了几句，说："先生退了学，明日不要上书房了，我这里另外给你打听有好先生时，再请到家里来教，免得和人家淘气。"

公孙策听说不上书房，真是开心，当时腹中暗说，侥幸（顽童心理如见），虽然吃了几下手心，却从此不上书房了，这手心打得倒也很值得（可笑）。他这小心眼儿一乐，口中连连答应，便止不住连跳带跑地笑着，跑到门外村前田埂上玩儿去了。公孙鸿也不曾喝住他。

他到了村前田埂上，抬头看那树上有一只老鹰，集在枝上喳喳乱叫，便低头拾起块瓦片，瞄准了掷去。哪知手才一扬，瓦片尚未到树枝上，那只老鹰已两翼一拍，凌空飞去。

公孙策望着老鹰飞去，正在说："可惜没打着！"却见那老鹰竟身不由己地跌落下去，顺着势一看，却见那旁地下坐着个化缘老道，手中正抓着只老鹰。那老鹰的两翅兀自啪啪啪地拍个不住。

公孙策大喜，便奔了前去，露出他顽皮的本相，大声道："道人，这老鹰是我打落的，须得给我，你不可占现成的呀（问读者本回闹书房，比《红楼》如何）！"

正是：

顽童有意闹稚气，道长无心抓飞禽。

毕竟这道人肯给老鹰否，请看下文分解。

第二十三回

公孙策从师练绝技
普济道授徒倡侠义

话说公孙策向那化缘道人逞着顽皮本领，要那只老鹰。那道人也不嗔怪，也不作声，只望了公孙策一眼。

公孙策道："道人，怎么着？这老鹰是我打落的，你不还给我吗(顽皮哉？此子)？"

那道人又望了他一眼，仍不作声。

公孙策见道人不理睬，遂说："道人，你将我打落的老鹰抓在手中不给我，是什么意思呀？"

那道人笑道："咦！好不奇怪，这老鹰是你打落的吗？看你小小年纪，说话便不老诚(骂得是)。你要真有这个本领，再打落一只老鹰，或是随便别的雀儿下来，我便将这鹰给你；如果不能，那是你扯淡，我可不能给你。"

公孙策见他说出这番话来，暗称奇怪，这老鹰虽不是我打落的，但怎么会到他手里呢？他说我扯淡，他也未尝不是扯淡呀！心中一转念，便说："道人，照你这般说，这老鹰竟不是我打落的吗，那么怎会落在你手里呢？况且打落飞禽，无非是逗巧，碰巧才打得着，碰不巧便休想打得到(虽顽皮，却亦会说话)。你要我再打一只，这不是拿我开心吗？"

那道人正色道："小孩子家，谁拿你开心？你说是你打落的，那么这老鹰必然受伤了，来来来，你看这老鹰受了伤没有？"说着，将手中鹰一举。

公孙策将身子向前一凑，细细一看，毫未伤损，不由惊奇，便说："道人，既不是我打落的，我当然不要了(转机得快)。但它怎么会落在你手里呢？莫非它有病，飞不动了，故此跌落下来吗(又扯淡)？"

那道人笑道："好好的老鹰，它会生病吗？你瞧着，那面又飞来一只乌鸦，我要它也照着老鹰的样儿落在我的手里，它便落在我的手里。"说着话，那乌鸦已飞过了道人的头顶。

道人伸手向着乌鸦一抓，那乌鸦竟如有绳子系在它的足上，被人抱住了似的，身不由已地由上面落下来，不偏不斜，竟落在道人手里，也照样翅膀拍了几拍。一鹰一鸦，都是活的，喳喳呱呱地叫着，颇露哀鸣求放之意。道人念了声："无量佛，罪过罪过，放了你们吧！"说着，两手一放，两只鸟竟凌空飞去。

道人笑向公孙策道："老鹰有病吗？好不害臊！你能打落吗？"

公孙策见他将乌鸦也抓下来，已是瞠目咂舌，及见他说出这两句话来，不由灵机一动，暗说，这玩意儿倒好耍子，如学会了这个，不强似在书房里读死书、麦场上叠宝塔、水里摸鱼、岸上打狗吗（妙哉此想）？遂道："道人，你这个抓雀儿的方法，倒很新颖有味儿，能教给我吗？"

那道人扑哧一声笑道："小孩子家，懂得什么？这个好当玩意儿学的吗？也看得太容易了。"

公孙策虽是顽皮，究属是个有宿慧的人（点一句），一闻此语，陡然惊醒，不禁双膝点地，跪在道人面前叩头道："弟子恳求道长，收弟子做个徒弟，弟子情愿跟着师父学习技艺，无论怎么苦法，弟子皆所情愿，务请师父勿却。"说着话，扑通扑通地叩了四个响头。

道人扯起道："慢来，慢来，你这孩子，真可称得起是个顽童，你陡然地要拜我为师，学习抓雀儿的方法，这不是寻常容易的事，你休啰唣，我还要化缘去呢！"说着，在地上拾起毛竹筒，同着敲毛竹筒的杆子，霍地站起身来，笃笃笃地敲着，脚下却向那面田埂上走去。

公孙策哪肯就此撒手？跟在道人背后就追，口中嚷着："师父慢走，弟子来了！"

那道人只不理会，仍旧一边走，一边如敲火烛更似的敲着，笃笃笃向前而行。

公孙策跟在后面，只见道人走得很慢，但是自己却连跑带赶地追得满头是汗，仍旧落在他后面，追他不上。心中愈加奇怪，因为愈加奇怪，却更不肯不追（此其所以异于人也）。追了一程，来到一座高山。那道人却一边敲一边走，走上山去。公孙策也不知不觉地跟着上山。

行行又行行，顷刻之间，已过了两个山头，穿过松柏竹林，来到一口石洞门前。那道人住了脚，回头看见公孙策也跟了来，怒道："孽障！你怎么竟跟了来了？这地方你登不得，快些回去。"

公孙策到了这里，陡觉心地开阔，别饶趣味，另有一天。不由又翻身拜倒在地，口尊："师父，弟子既跟师父到此，不愿回去了。"

道人叹道："咳！真是活该。你既能跟随本师到此，可见你也不是个没来历的人了（又点一句）。本师便收你做个徒弟也不妨，但你初到此地，道心不坚，逞着一时顽皮，说不愿回去。等到尝着艰苦，便又懊悔不迭，思念家乡了。与其那时懊悔，何如此时三思而行呢？你且想想看……"

公孙策不待说完，便毫不迟疑地道："师父既肯收弟子为徒弟，弟子便苦到万分，艰到极点，弟子绝不懊悔，请师父放心（非常人可及）。"

道人喜道："如此才是求道的人呢！本师便收你做个徒弟就是了。"

公孙策便又叩了四个头，拜罢起身。道人将手一推那石门，那石门开了，道人引公孙策走到里面。公孙策看了看，才知这石洞外面虽小，内中甚大，虽是黑暗暗的，没有外面敞亮，但是里面供着一座神像，神像面前，点着油灯，因此洞中却也不十分黑。公孙策将那供着的神像一看，乃是个道家装束，身背宝剑，手捧葫芦，供案上供着四品鲜果。公孙策正在细看，猛觉得鼻孔中嗅着一股气质，甚是难受，略一细辨，已知是石洞中的土腥气，心想，初到之时，总有些的，稍过两日，便能不觉了。

公孙策正在想着，两眼已望着别处。四面望了一望，只见那旁地上，铺着稻草被褥。壁上挂着刀剑弓矢等武器，一旁安放着桌椅，桌上放着棋牌，像有人来下棋模样，一旁安放着书架，书架上满贮着书籍。书架旁边，挂着口蓝布袋，一望便知是口琴囊，暗说，师父真雅致，这么高的山、这么大的洞，亏他能够寻得着，这许多物件，不知他当日如何拿上山来的，真是不容易。正在四面打量，腹中寻思，忽觉足下一绊，低头看时，乃是个大蒲团，心知这是师父礼拜打坐用的。

这时节道人却走到供案前，点了香烛，命公孙策顶礼参拜，并说："这是祖师的金身。"

公孙策不敢怠慢，谨遵师训，恭恭敬敬参拜了祖师。

道人道："你不用说你的名姓来历，本师都已知道。你这时候不回去，你父母在家不放心，正在那里流泪寻找呢。你在这里坐一会儿，我给你送信安慰你父母去。你不可擅离此处，因这山上野兽极多，你如出洞，便有性命之忧呢。"

公孙策答应了，道人即便出门，一转眼已不见了。

公孙策这时才觉得腿足酸痛，浑身无力，遂坐在蒲团上，看看洞中，再望望洞外，觉得这地方太寂静。过了一会儿，忽听洞外呼呼风响，吹得正对洞口的竹枝和那树梢一齐临风摇曳。这时，夕阳西下，一片赭红色正映射在对面碧绿的枝叶上，那光线起了变化，成为苍色，回光照到洞内，觉得这洞中景象也变了状态(此等写景文字,他书未有也)。公孙策虽是顽皮不过童子,到了此时,也不禁心中有些害怕,只希望师父快来(所谓道心未坚)。哪知等到天黑,并不见回。那时疏林影里射出一线月光来,照在洞外地上,晚风更急,公孙策在洞中更加畏惧。

不一会儿,洞外一阵响动,乃是一群马猴在那里跳来跳去,向着洞里张望,并不进来。公孙策心中害怕,不敢细看,只得闭紧了双目坐在那里。坐有一会儿,猛听得林中响声大作,那些大马猴纷纷跑了。睁眼一看,却见一条怪蟒,昂着头向着洞口吐芯。公孙策这一吓,几乎吓得叫起来,只得把心一横,无论听见外面何种响声,总是给他个不理(得其道之半矣)。如此一来,反觉安然了许多。心中奇怪,怎么师父要住在这人迹不到的石洞里,难道他的胆比别人还格外大不成?

正在胡思乱想,陡觉得腹中咕噜作响,饿起来了。心中着急,怎么师父还不来,莫非被我父母捉住,问他要人吗?再一想,不对,师父定不会被他们捉住,师父既敢住在这洞里,定然不是常人。由这一想,便想着师父也许是位神仙,或者竟是个妖精。想到这里,仿佛一个妖怪化身的师父就站在面前,张开血盆大嘴要吃自己,吓得一身冷汗,大叫不好。将眼一睁,并没有人(写初入道者之魔,笔下有神),自己仍旧坐在蒲团上。

公孙策到了这惊极而呼的时代,更难了,睁眼不敢,闭目也不敢,坐着不安,立起也不安,而且两足酸软麻木,竟立不起来。正在这呼天不应、叫地不灵的时代,忽见洞外白光如闪电般一晃,由那树林内直奔将来。公孙策以为是妖精出现,赶着将两目一闭,低了头,动也不敢动(到此不顽皮耶)。却听耳边唤道:“公孙策,本师来了呢(骇杀)。”

公孙策睁眼一看,却见师父立在身旁,不由又惊又喜,慌忙立起。无如脚下酸麻。

道人笑着在他腿上一拍道:“站好了吧!”说也奇怪,两只脚一点儿也不麻酸了。

公孙策道:“师父,可曾见着我父母吗?”

道人道:“你父母都在家急得直哭,本师去了,将你拜本师学道的话说了,并说明不久就要回来的,安慰了他们一番。你父母都很放心,并将你的衣服等一切应用被褥等物,都交给本师带来了。你瞧,那边不都是吗?”

公孙策一看,果然在那稻草铺的卧铺旁边,放着自己的东西,不由大喜,翻身便拜,叩谢师父行走之劳。

道人问道:“徒弟,你饿了吗?”

公孙策正饿得紧，一见问，便说："师父，可曾用过夜饭吗？弟子已稍觉饥饿了。"

道人笑道："本师食尽斗米全羊也不见饱，三年不吃也不见饿。本师早知你饿了，故此在路上带得点心来，还热呢，你拿去吃吧。"说着，在身边摸出十来个大馒头来，放在供桌上。

公孙策谢了师父，取来便吃，无如干咽，吃不下去。道人在背上解下个葫芦道："这里面有水，你喝吧！"

公孙策接过谢了，揭开葫芦盖，就口就喝。一边吃，一边喝，一会儿，十几个热馒头已是吃完，那一葫芦水却仍旧满满的，并不见得少。心中奇怪，又喝了两口，盖好了葫芦盖，问师父放在哪里。

道人手指壁上说道："你挂在那里吧！"

公孙策看了看，果然壁上有个钉，遂走去垫着脚挂了。

道人将公孙策唤到面前道："徒弟，你要跟本师学那抓鸟的方法有何用处呢？"

公孙策被这一问，不由怔了怔，遂跪下道："弟子初时要学那抓鸟本领，无非是一时顽皮之见。现在觉得师父非比常人，弟子愿从师父学道，不拘什么，凡是师父认弟子可学的，师父可教的，便逐一地教练，弟子都愿意学习（妙哉言也）。"

道人笑道："看你小小年纪，心却不小，也罢，总是你我有缘，大约也是个定数。徒弟起来，你可知本师是个什么人吗？"

公孙策依然立起，说："弟子正欲启问。"

道人道："本师自幼出家，俗家的姓名、籍贯不要说人不知道，便是本师自己也忘了。本师记得出家的那年，正是金兀术初犯中原、冰冻黄河的那年，如今已隔了南宋、元朝这许多年岁，本师在这石洞里修炼，也非一日了。本师的法名乃是'普济'两字，这上面供的便是祖师陆压道人，你既跟了本师到此，本师看你相貌心胸，将来颇有成道的希望，本师共传授了三个徒弟，一名栾以宾，一名阚泽鲲，这两个徒弟都是南京龙潭人氏，只因他们俗缘太深，恐将来没有成道之望，但二人行径心胸，将来却和你一般，定然可以为国家效力奔走，代人民除暴安良。这两个现在年纪均在十五六岁，本师因他们将来是富贵中人，故此未曾领他们到山上来学习，按期总是由本师到龙潭去教授，如今已是完成。一个便是宁仁，乃是广东香山县人氏，此子颇有宿慧，很可造就。本师也是按期到他家中去教，现已学成。不过本师现在很懊悔，当年收他为徒之时，不曾细细体察，因他宿慧虽有，孽根亦重。当时本师因他很可造就，希望他将来传我衣钵，到如今才知他是绝不能的。今日本师收你为徒，不比他们三个，曾用了许多试探手续，已很可信任，你将来定能为本师的传人。本师希望你的地方甚大，你不可乱了主意，比如宁仁现在行为尚是光明正大，但本师昨日得到祖师爷示兆，说他将来必然中途变节，败坏本师声誉，因此本师收你上山，一则造就你将来得成一个大侠；二则恐宁仁变节，希望你代本师的劳，除去宁仁。因本师已在祖师面前立过誓，不再开杀戒，故此不得不希望你了。本师的戒律乃是戒淫戒贪，本师的主旨乃是倡侠倡义，凡是侠客义士，皆是同人，凡是能奉行'孝悌忠信、礼义廉耻'八字的人，皆须敬重保护。你今日走的路多了，可先睡觉，本师还要做功课呢。”

正是：

无意巧逢炼气士，有心培植奇侠人。

毕竟公孙策在山学得何种技艺，普济道人做何功课，请看下文分解。

第二十四回

公孙策访友游燕赵
上官杰寻妻走京华

话说公孙策听了道人之言，简直迷离恍惚，如堕五里雾中。尤其是北宋时代出家，及忘了自己姓名的话，更觉怪诞。看他面容，最多不过六十岁模样，哪能有这么大年纪不死的？况且又有什么“食尽全羊斗米不饱，三年不吃不饿”的话，照此而论，岂不已成了仙家吗？既成了仙，怎么又要化缘呢（奇哉怪也）？他心中虽这般想，口中恰答应道：“师父未曾安歇，弟子怎好先睡呢？”

普济道人道：“这是本师命你去睡的，不比你偷懒先睡。本师要做功课，你休得打搅。”

公孙策不敢违拗，只得应了声是，走去将自己的被褥就地放开，睡将下来。心中怀念师父做甚功课，哪里能睡得着？只得面向师父，假闭着两目，暗地偷瞧。只见师父在蒲团上面盘膝打坐，面向门外，端坐不动。

一会儿，猛听得哧的一声响，一道白光由师父口中吐出，如白虹一般，直射出去，夭矫直上，飞向洞外树林顶上。师父一呼，那道白光竟又缩了转来。如此连续数次，如顽蛇吐芯一般。

公孙策看得奇怪，心说，师父不但会抓雀儿，而且会吐白光呢，真好耍子（是小孩儿口气）。不敢转动身体，只有静观。

停了一会儿，又见师父鼻孔耳窍内一齐露出四道白光来，如金蛇乱舞，腾跃盘空，向洞外飞去。一会儿，又各由鼻孔耳窍中入内。那白光进进出出，只觉得洞中寒气逼人，冷风飕飕，灯光被白光逼着，竟毫无光亮可言。

如此经历许久，师父方将白光收住，将身立起，走出洞门，倏忽已不知所往。

公孙策心中忖度，师父到哪里去呢？敢情他到洞外做功课吗？便想走起去看，又怕师父知道责罚，只得假作不知，翻身朝里睡了。及至醒来，已是红日高升，日光直射到洞中。看师父时，却趺坐在蒲团上面，便起身请了师父的安。

普济道人命公孙策出洞外，到后山溪水边，舀水来洗了面，并命他到后山去拾些柴草，来烧煮饮食。公孙策四下一望，心中不由又奇怪起来，暗说："咦！昨日不曾见有米菜锅碗等物，怎么今日什么都全了呢？师父真非常人可知了。"于是依言去拾柴草，提水淘米，烧茶煮饭。公孙策对于烧煮，此番还是第一遭，所以殊觉迟慢。普济道人教他如何手续，方才得以完全。公孙策在洞中，如此混了几天，渐渐熟了，山前山后的路径也都明白了，看见那些野兽虫蛇也不似从前害怕了。

普济道人命公孙策每日山前山后地跑，并要他每日下山上山地走几回，逐日增加次数，然后教他跳跃、拳脚、打坐等入手功夫。这种生活，正合着公孙策顽皮的意思(所以不觉苦)。

普济道人每日命公孙策洗脸之后，握起两拳，向那面盆中捶去，到了近水，即便缩回，每日捶五十下。如此捶了些时，那面水初时不过水纹波动，后来渐渐高起，放在地下，竟能远远一拳，将那盆水激得水如泉涌，四面飞跃。

普济道人又命他每日到山后井内，向那井水内练习，久而久之，那井水也和面水一般，直激得飞跃上来。普济道人又命他改拳头为抓。如此练了些时，那井水居然也被他抓出井外。

普济道人这才对公孙策道："你要学抓雀儿的方法，如今可以练习了。"说着，将手指道："那树上集着了八哥，你抓它下来。"

公孙策依言向那八哥遥遥一抓，那八哥在树上动了一动，竟要堕不堕地，终未下来。

普济道人道："徒弟，这抓雀儿功夫，你还得逐日勤加练习，抓井不过是基本功课，每日切不可间断。先抓树上集的，然后再抓天上飞的、水中游的，抓到手中，如是抓死，即不能算功夫，务要抓到手中仍是活的。"

公孙策依了师训，逐日苦练，抓雀儿的功夫已是分毫不差。普济道人又命他每日在山上捉马猴，不可伤了，只要捉住。

公孙策每日追逐马猴，那马猴爬山越岭是它生成绝技，公孙策如何及得上它？只是捉不住。接连捉了多日，方才能够跳纵腾挪，如马猴般快捷，勉强追得上。但因此也不知跌了多少跟斗、伤了多少皮骨。凡受了伤，总是普济道人给他医治。如此捉了多时，竟能将马猴捉住。普济道人仍命他逐日练习。后又教他喜鹊登梅的实地功夫，逐日提轻脚步，到树枝梢上去飞来跑去，高高下下，跳跳跃跃。这种功夫，练习全用悬劲。公孙策初练习，也不知跌了多少次,过后才能如履平地(火候到,何惜烹炼之功)。

普济道人见他进步甚速,遂令他改日为夜,先拣有月色的日期,后竟全在黑夜练习。直练得公孙策腾身可取飞鸟,入水可擒蛟鱼,普济道人这才教授他各派拳术,由空手以至用器械,并教他各种暗器,专在黑夜练习。公孙策虽然因此吃了多少苦,但是毫无倦意(此其所以能成道),逐日孜孜不息,精进非常。

普济道人见他外功完全练成,于是教他内功,专门呼吸运气,并传他练剑为丸,置于七窍及指甲之内。

如此苦练足有十年,普济道人见他火候已到,遂说:"徒弟,你好回去了,将来你的造化很好,但你不可目空一切,自恃其能,须知能人之上还有能人。你父母见你十年不归,日夜记念,本师不能再将你留存此处,使得你一家不安(归到孝字)。你下山之后,切不可便忘却练习,仍须早晚勤做功课,等你父母百年,服阕之后,你即须出外访友,自有奇遇。我所希望你的,便是要你行侠作义,圆满功行,将来好成正果。到得那时,本师自然来度你。本师现已戒杀,要武器无用,这壁上悬着的一口干将宝剑,你可带了去使用。但你要明白,你家世世单传,你不可因听了本师成正果之言,不娶妻室,乱了大伦(又提孝字)。须知百行孝为先,绝了子嗣,殊非正道,不过万恶淫为首,戒绝淫欲,便是正理了(又向观众说法)。"

公孙策听了这番言辞,说他父母想念,登时触动孝念,不由泪下。又舍不得师父,迟疑不敢答应。普济道人催促他收拾自己的东西,公孙策不敢违拗,只得收拾包裹行李,扎束齐备,叩头拜别师父,并谢了赠剑及十年教育之恩。

普济道人道:"徒弟,本师今日送你回去。"

公孙策正要问此山何名,下山回家向哪里走,约有多少路,见说大喜,忙说:"不敢劳师尊的驾。"

普济道人道:"此处长白山,到你们家很远很远,要由黑龙江到绥远、宣化,入山西大同,才可以到洪桐县(读此如读《神仙传》)。你来时是本师带了来,自然送了去。你将你的东西挑了,仍旧跟我下山。"

公孙策方才明白,暗诧好远路程,当日如何一会儿走到?遂找了根毛竹,挑上行李包裹。师徒二人,出了竹树林,由前山下去,普济道人在前,公孙策在后,步履如飞。公孙策跟在后面,虽不像来时的气喘吁吁,但也觉得身不由己地快捷异常,汗流竟体。

走了一会儿,来到一处田埂,普济道人突然站住道:"徒弟,你瞧,前面村上,不是有一老者在那里立着,指挥佃户舂麦吗?他便是你父亲。那村上有所高大瓦屋,便是你的家,你可快前去认父。”

公孙策听了师父之言,向前一望。果然有个老头儿立在村前,指挥庄汉们做活儿,村上有所高大房屋,果然是自己的家门。

正在凝神,却不料肩头有人一拍道:“徒弟珍重,本师去也。”

公孙策吃了一惊,一看,师父已是不见。四下细望,哪有踪迹?只得放下担儿,向空叩谢。猛一抬头,看见那株大树,陡忆往年掷鸟遇师之事,正是此处,心中惊异。拜罢起身,挑了担儿,直向村前,到了老者面前,定睛一望,不是生身之父公孙鸿,还是谁呢?赶着息下担儿,迎着那老者,唤了声:“父亲,不孝男策,今日回来了,给父亲请安。”说着,磕下头去。

那老者愣了一愣,定睛一看,方才认出,正是老夫妻俩日思夜想的娇儿公孙策,不由大喜,连忙扶住道:“你果是我儿公孙策吗?”

公孙策应道:“孩儿正是。”

公孙鸿不由哈哈大笑道:“我的儿,你真想煞为父,不料十年不见,今日归来,正是长成了。”随即一手挽了,命庄汉代公孙策挑了担子,一同到了家里。

老太太看见儿子回来,不由又惊又喜。家下人等无不欣喜称奇,说:“少主人平时虽常有信来,可总是不明所在,好似被接财神的接去一般,方向不明。不料竟会长得又长又大地回来了,真可称得异事了。”因此你我传说,不一刻,全村皆知,齐说奇事。于是乡里邻舍,你来送蛋烧茶,他来送点心请用。有那有亲情的,还要来请酒接风,并给公孙鸿夫妻道喜。老夫妻也笑逐颜开,喜欢得连饭也忘却吃,一会儿问儿子别后情事,一会儿问儿子从何而来,一会儿又告诉他自从你去后,如何的情状,一会儿又向着乡里邻舍道谢,忙得个口不停、脚不住,并命整治菜肴,在今晚先吃个合家欢,叙一叙天伦团圆之乐(闲笔焉可少)。于是公孙策才知自己离家之后,当日师父曾来化缘,倏忽之间,忽然将公孙策的衣服行李等件完全取去,并且丢下一封书信,说公孙策与自己有师弟之缘,故此将他带回山中学道,道成之后,自当送回,所有物件业已取去,望勿挂念。

当时公孙鸿夫妻哭得像泪人儿一般,邻里乡党,以及乡下人等都竭力劝慰。老夫妻俩到此无可如何之时,也只好以神佛度去自己解叹自己。

过了些时,道人又来,送了封信,说是公孙策写来的,说在山学习道法,颇有进步,望二大人勿念。

又过些时,来了个乡下人,也说是公孙策差来的,带的口信,说在山很好。诸如此类，也不知有了多少次。老夫妻因此也稍微宽慰，但每每想起，终是放心不下，真所谓无法想，只好听天由命而已。

在公孙策回家的前几日，忽又接了封信，说公孙策不日回家。夫妻二人虽欢喜，但也不过是空的罢了。及至此时，儿子真个回来，这一乐真乐得心花怒放，欢喜得形容不出。这日晚间，一家人团聚，天伦之乐，其乐融融，自不必说。

由此之后，公孙策便在家侍奉父母，处理家政，早晚遵着师训，仍旧毫不间断地练习。在家未及两年，公孙鸿老夫妻相继因病去世，公孙策在家遵礼成服，守制终丧。

服阕之后，将家事料理料理，将房屋田地交世仆王玉仁经理，自己带了衣包，佩了干将剑、百宝囊，离家往太原，由河北往京城进发。心想，京城乃首善之区，文物之邦，地方上当然有英俊人物行侠作义，自应先到这地方走走。故此涉水登山，迤逦往京城而行，一路饥餐渴饮，无事可记。

那日到了京城，住在西便门鸿升旅馆。那旅馆乃是个中等客栈，招牌上虽写着"仕宦行台，安寓客商"，其实这客栈内所寓的无非都是外省候补的小京官、本地的赌徒、下等妓女，故此这客店住的人很是良莠不齐。

公孙策有心出外行侠作义，初经世道，自知甚明，故此特地向这种地方走。初到京城，原也不知这旅馆内是人品不齐的，却也是个一半无心，一半有意。及至住下之后，才知人品庞杂，正中心意。

那日夜间，公孙策因夜长，睡了一觉醒来，猛听得一声长叹，其声凄惋，如怨如诉，不由一愣。留神一听，才知叹声出于隔壁房中，初时以为是普通叹声唉气，也不曾注意。哪知接续不断地长吁短叹，连珠价叹息出来，公孙策不得不凝神细听。哪知不听犹可，一听之后，竟听出些蹊跷情节来了。

正是：

鸾凤分飞情凄苦，侠义心肠缘是恢。

毕竟听出何种情事，请看下文分解。

第二十五回

多情人遭逢多情汉
可怜女难见可怜郎

话说公孙策住在鸿升客栈的房间里，半夜醒来，听见隔壁房中有人长吁短叹，初时以为旅客思乡，或是在外营谋失意，午夜想着心思，唯有叹气，这也是人之恒情。公孙策出外虽是初次，住店却已非一日，这种情况，却也很见过几个，故此起初闻声虽曾一愣，后来竟以为不足注意。哪知不多一会儿，那唉声叹气的声浪越听越凄哀，越叹越悲痛，不但叹气，且有自言自语断断续续的声音。

公孙策不由侧耳凝神，细细一听，只听那自言自语的声音哀怨异常，乃是哼着四句诗道：

> 美人已属沙咤利，壮士今无古押衙。
> 嗟叹侯门深似海，堪怜鸳鸯两分差。

哼来哼去，总还是哼的这四句（情见乎词）。

公孙策听了半天，心中奇怪，披衣下床，趿着鞋子，走向微露灯光的板壁缝内，向隔壁一瞅，只见那房间里坐着个少年，在灯下看着一张字柬，流着眼泪，叹着怨气，口中哼那四句似诗非诗、似谣非谣的“美人已属沙咤利，壮士今无古押衙”，那光景凄苦哀怨，大有苏东坡游赤壁听洞箫的格局，如怨如慕，如泣如诉。

公孙策见此情形，一则好奇心勃然而起；二则天生侠骨柔肠，因此牵动。看官听说，大凡一个人，既受天命赋予的知能，为万物之灵，自然多一种情感，常言“知识为烦恼之门，情感系哀乐之境”，即此可知喜怒哀乐爱恶欲，都是知识情感的表演状态，蕴于中，发于外，留芳百世，遗臭万年，都跳不出个“情”字关头（忽谈哲学，他书所无）。普通的人尚且不能如太上忘情，那侠义之士，尤其是富于情感作用的人，怎么恝然置舍？因此当时公孙策听了那少年的四句诗，忍不住动了多管闲事的心胸（行侠作义的开场），便离了板壁，趿着鞋子，意欲过去问个明白，这美人是谁，“沙咤利”“侯门”两句，又指着谁？

将身走到房门口，方欲拔门闩，一转念道，且慢，这四句诗的意思，已说得明明白白，乃系其妻被强有力者所占，故此哀感，我又何必过问？看此生眉目清扬，倒也是个倜傥人物，身上服装又似个有功名的人，我如此时半夜敲门相访，一则他惊慌失措，未必肯说实话。二则因此惊醒别的旅客，客舍之中，耳目最众，我和他谈心，自己不曾做，却反被别人知道，报与当事的讨好，岂不失算？想到此，遂又回身到床边，上床安歇。

次日天明，公孙策起身，梳洗、用点心以后，整了整衣冠，走到隔壁房中，向着那夜间呻吟的少年奉揖道：“老哥尊姓，贵乡何处，到京有何公干？”

那人将公孙策一看，吓了一跳。因为公孙策穿的一身武生衣服，原无足异，可是公孙策生得青面朱唇，异常难看，况又贸然而来。出门人各不相识，凭空而来，岂有不吓一跳之理？当即起身拱手说：“敝姓上官，单名一个杰字，乃是滦州人氏，到京有些须小事。尊兄却是何人？屈驾下询，不知有何见教？”

公孙策道：“兄弟山西洪桐人氏，贱名公孙策，昨日方才到此。因夜来听得老哥吟诗，惊醒客梦，细听尊句，颇有所感，故此冒昧相问，请勿见疑。老哥亦能语我以实吗？”

上官杰见问，面现惊讶道：“尊兄，这是小弟的细事，未便奉告，尚望原谅。”

公孙策见他不肯说，遂微笑道：“老哥，你疑心兄弟给沙咤利来做侦探吗？真个应了两句俗语了，叫作‘我将真心托明月，谁知明月照沟渠’了。老哥，你的大作，兄弟虽是粗人，却也能哼得几句无韵的七字歌谣（大约即为新学家之白话诗）。如今将大作一改，请老哥听听，看是如何？”遂说道：“‘美人虽归沙咤利，壮士今逢古押衙。那问侯门深似海，管叫鸳鸯不分差。’老哥请勿隐瞒，兄弟虽不配称许虞侯，但是黄衫客却也还赶得上（又妙）。”

上官杰听罢这番话，觉得奇突非常，弄得如热锅上蚂蚁，好不难受，越发疑心来人不知究竟。遂谢道：“承情关爱，但小弟夜来吟哦，乃是看评话，看到的现成句语，信口哼了几遍。不料有扰尊兄的清睡，真是罪过。”说着，便是一揖。

公孙策见他如此，不由生气，遂掉转身来，径回自己房中，叹息道：“好好的拿热气去换冷气，真是何苦来？”

上官杰在这边房中听得，仍疑心他是诈，格外地不敢说真话（写行侠之难）。

公孙策坐在房中，心想，此人如何不见信呢？不由暗说了一声，呸！客途相遇，平素无一面之交，他自然不肯说，如何怪得他呢？因这一想，复又将方才生气的念头抛却，转思如何可以探出他的真实话。想了半天，没有主意。恰好小二进来，问客人中饭用什么菜。公孙策随口说了两样菜，将那小二唤住，低声问他道："隔壁这位客人姓什么呢？他与我很面熟，可惜老想不起。他到京何事？住在你们店里已有几日了呢？我昨夜被他哼声不绝地吵得一夜没睡着。"

小二道："客人和他有些认识吗？他姓上官，名杰，乃是滦州人氏，到京候补的。来时本是夫妇两个，不知如何会少了一个。客人不见他愁容满面、憔悴可怜吗？住在咱们店里已有两月。"

公孙策道："我弄错了，原来面貌相似，我并不认识他。小二哥，你方才说他来时是夫妻二人，怎么这会儿又变作一个呢？这话我可就不明白了。"

小二道："不要说客人不明白，便是咱也不知道。听他常哼着'美人已归沙咤利'，大约他的堂客被个姓沙的占去了（是个小二，趣哉），故此他才如此自语。但他本人既是个生员，到京候补，也不是没有根脚的人，姓沙的敢占他的妻子，可知来头很大了（误解古人名，有趣）。但咱又要说多话了，本城大老，并没有沙姓的，故此咱也不明白呢。"

公孙策听他缠夹得有趣，不禁失笑道："小二哥，你不懂得，这姓沙的乃是个古人，并非说的现在的人。他说这话，无非是个比喻。小二哥，你这可明白了吗？"

小二恍然道："咱当他说的是现在的人，哪知他却是唱的古人名，究竟下过考场的主儿，多少总带着点儿酸气呢（骂尽了人）。"说着，笑着要走。

公孙策又唤住道："小二哥，反正你这会儿没事，咱们谈谈闲何妨？我问你，他将堂客丢了，是怎么不见了的呢？"

小二摇头道："这个咱却不明白。据他那日丢堂客情节，想起来很有些奇突，前两天，有一个客来拜访他，并坚请他两口子，后日到他家中吃饭。过了一天，他夫妻去赴约。及至晚间回来，两口子只剩了一口子了，因此他即如狂如癫，成了疯子模样，这两日方才复原，但是情景可怜。他在疯癫的时候，真有些像戏台上唱的《琼林宴》，完全学着范仲淹腔调，唱那'念卑人结发夫妻无踪影，棒打鸳鸯两分离'，以及'叫一声我的妻，回来吧'。唱来唱去，比现在哼那'美人已归沙咤利'的腔调还要好听，还要可怜（旁观者如此，当局者何堪)。他失去的堂客,昨日曾差人送了封信和二千两银子来,故此他昨晚哼声不绝,格外又厉害了些。”

公孙策听到这里,心中已明白了一半,一层是有线索可寻,二层是昨夜见他净瞧着那张字柬,遂说:“小二哥,昨日来送信的人是由何处来的呢?”

小二道:“说来奇怪,来送信的不是别人,仍旧是他的朋友,便是来请他的客。”

公孙策心中一动,遂又问:“小二哥,他的朋友姓甚名谁,住在何处,以何为业呢?”

小二道:“那人姓名,咱却不晓得,看他服式,也是个读书人,来时非车即马,有人护从,却也像个阔老的样儿。可惜是借的人家的势,那些护从都是王府的卫兵。”

公孙策听到“王府”二字,不由瞧科了九分,遂说:“是哪个王府呢?”

小二道:“宁王府的。”

公孙策道:“原来是这样的情节,可怜得很,怪不得他说侯门深似海呢。”遂和小二说了些闲话。

小二去后,公孙策沉思了一会儿,便在房中写了张字条儿,写道是:

萍水相逢,交浅言深,无怪老哥之不能致信也。今老哥之事,已探得端倪,请于三日内,稍自静默,以待好音。否则老哥所为,乃取祸之道也。余不一一。

晨间问讯人白

写好之后,折叠成一方胜儿,放在身上。中饭后,反扣了房门,走到街坊闲逛,问了问人,才知宁王朱宸濠现正在京,王府在铁狮子胡同。问得明白,遂走到王府门首,先踩了道儿,然后回转客栈,又写了张警告朱宸濠字条儿,专等晚间行事。

正是:

侠义原为多情种,失恋实系可怜虫。

毕竟公孙策晚间有何举动,请看下文分解。

第二十六回

公孙策仗义全夫妇
李如龙任侠救友朋

话说公孙策听了小二之言,已估定了十二分,上官杰的朋友定系在宁王府中做幕宾,所以他才有宁王府的卫兵保护。他因讨好儿起见,遂不惜卖友人之妻(其情可想,国人皆曰可杀),故此公孙策在客栈内,预先写下两张字条儿,一张给上官杰,一张给朱宸濠。

给上官杰的方胜儿,到了晚间,便命小二顺便带过去:"放在上官杰的枕头边,不要说给他知道,以免别出岔枝。"

给宁王的字条儿,也叠成方胜儿,放在衣袋内,当晚,佩上宝剑、百宝囊,闩好房门,向窗口飞出,将长衣掖起,飞身上屋,径奔宁王府。前后左右,四处寻到,并无丝毫消息可探,遂向那中间花厅屋上奔去。只见下面灯烛辉煌,宾朋满座,正在那里肆筵设席,猜拳行令。

公孙策在屋上观看了一会儿,毫无迹象,只得又向后面走去,直到后进王宫,猛听得一派乐声,直刺耳鼓。住步听时,只听得下面笙歌悦耳,管弦齐鸣。公孙策遂将身体伏在瓦上,使了个夜叉探海式,两脚在屋檐上一钩,身体向下一坠,就那窗眼槅内朝里一观。只见一位王者,峨冠博带,端坐在上,两旁嫔妃侍立,莺燕成行。便殿上彩女宫娥,奏乐舞蹈,载歌载舞。细听下去,那曲儿甚是淫艳,唱道是:

春荡漾,绮罗香,温柔妩媚侍君王。
香梦回,鬓影斜,君王酣睡颜如醉。
樱唇启,粉臂舒,愿王常在此宫居。
侍君王,春荡漾,醒时汗透竟体香。

歌声抑扬,听之心醉。公孙策看在眼内,知道这王者定是宁王朱宸濠,暗说，王宫内院，唱这种淫曲，多少的浪腔，怪不得朝政如此颓败，国事不堪闻问呢（比之今日大佬又如何）。似此奸王，不警诫他一次，如何能使他稍知改悔？

想到此处，竟将身体缩上屋檐，将口一张，吐出一道白光，由窗槅内飞将入内，飕飕飕，寒风阵阵，将那便殿上灯烛一齐吹得闪晃不定，殿上男女一齐各打寒噤。公孙策指挥着那道白光，将嫔妃手中的乐器上丝弦一齐割断，收了回来。心想，此番来探王府，乃系为的上官杰，闹了这半天，还未能明白究竟，这怎么办呢？

正在迟疑，恰见一个太监由里面出来，向前面行去。公孙策心中一动，将身跃下，跟在那太监后面。那太监向前面花厅上走，公孙策跟着，到了前面稍寂静之处，用点穴法一点，点了他的哑穴，轻舒猿臂，将那太监一提，飞身上屋，直到后面花园内将他放下，伸足轻轻一跌，那太监已能说话。公孙策轻轻踏住，拔出干将剑，在他脸上比画了一下道："洒家问你，王爷新近得的美人儿藏于何处？快讲！"

那太监性命关头，这园内纵喊破喉咙，也无人听得，前来救援，不敢倔强，只说："好汉，王爷新近得的美人儿甚多，不知好汉是问的哪一个呀？"

公孙策见问，不由奇怪，遂问："怎么王爷新近得的美人儿甚多呢？"

那太监道："王爷前几日上寿，各省以及僚属都有进献美人儿的，故此很多。"

公孙策道："你可知道上官杰的妻子在内吗？"

那太监道："好汉问别人咱家不能知道，好汉问这个人时，咱家尚能知晓。她现在住在西苑，是王爷吩咐咱们同伴袁安看守。说此女不驯，要好好劝解，务要她回心。如十日内不回心，可即将她处死，故此咱家晓得。"

公孙策大喜，遂伸手将他一提，托地跳上树枝，将那太监的腰带向树丫枝内一套，说："委屈你在这树上坐一会儿，洒家去到西苑走走，如是不实，回来取你狗命。"说罢，一纵身，倏忽已到西苑。

在屋上听了听，只听得下面哭声隐约，还有女子劝解的声音，遂运用功夫，头下脚上，倒挂下去，向楼上一观。只见里面床帐物件，铺设得甚是华丽，里面有四名侍女服侍着一位如花似玉的美人儿，那美人儿面带愁容，恍如西子颦眉，越增妩媚，泪眼浸淫，其似梨花带雨，格外雅丽。

只听那侍女劝道："夫人不必愁苦，如是顺从王爷，不立刻就是王后吗？"

那美人儿只是呜咽不已。只见她樱唇微动，也不知她说些什么。心想，这美人儿定是上官杰的妻子了，观此情形，真也算得是多情夫妇了。况且天生丽质，一对儿佳偶，强令拆开，实系大煞风景。遂将头一昂，伸手一推窗槅，呀一声，窗槅开处，公孙策一个飞燕穿帘式，已直飞到床前。足未立定，便先将灯烛吹了，伸手将上官杰的妻子哑穴一点，说了声："特来相救，不要怕。"轻轻一提，挟在腋下，飞身由楼窗内穿出去，直飞上对面墙头，点了一点足，已上了屋，飞身到后面便殿。听了听，下面歌舞均已停止。将上官杰的妻子放下来，低声说句："不要动！"遂飞身下去，将方胜儿由衣袋内取出，推窗而入，直到宸濠的面前(有胆量)，说了声："小民特来给王爷请安，有两句话，对王爷讲说，故此留下方胜儿相赠。"说罢，回身就走。

宸濠大惊，喝声："拿刺客！"

宫娥、太监等一阵慌乱惊恐，正欲上前捉拿，来人已失所在。追到天井里，向上下四面一看，哪有半个人影儿？回身入内，禀复王爷。宸濠将方胜儿拆开一观，只见上写：

> 窃维上无道揆，则下无法守，小民游戏人间，偶到京华，闻千岁颇多违反人情之举，并有强夺上官杰妻之事。因此特到王府，将上官杰妻救出，并警告千岁，以后做事，须心地光明，如再犯上述情事，或有危害国家之心、摧残百姓之事，被小民闻知，小民当不避艰险，为国锄奸、为民除害。先此警告，俾千岁谋忏悔，以图晚盖(说得得体，不怕宁王骇杀)。

宸濠看了一遍，心中又惊又气，只得说："罢了，刺客已走得远了，还东张西望些什么？"

不一会儿，西苑太监袁安来报，说："美人儿被飞贼劫去，请王爷下谕，着各处缉拿。"

宸濠叹道："劫已劫去，还说什么？你们不可招摇(此等处，宸濠比善庆王较有见地)，本爵将来自有擒贼之计。"

袁安退后，宸濠当夜兴致毫无，无精打采地安歇不提。

且说公孙策挟了上官杰家的，飞也似的回到鸿升客栈，先由窗槅内回进自己房中，将上官杰家的安放在床上，给她一掌，恢复了她的说话机能，轻轻说了句："别说话，我去找了上官杰回来。"遂走过去，点了灯，以手弹了弹板壁道："老哥，幸不辱命，尊夫人已珠还合浦，请过来相见吧！"

原来此时，上官杰尚未安歇，正独在那里沉思公孙策是何意思。详细看他那字条儿，猜测公孙策或无歹意，亦未可知。但因人情鬼魅，却不得不防，故此思来想去,不得主意,仍坐在那里。忽听隔壁声唤,不由大喜,转疑他是有意戏弄,反而应声道:“尊兄何苦相戏?”

公孙策不由好笑,说:“上官仁兄,令正在此坐着,你如不信,可以唤一声看的。”

上官杰正要开口,那妇人听见丈夫口音,早已忍不住哭将起来,唤了声:“相公,我实系在此呢!”

上官杰听见声音,方才相信,急忙开了房门,去推了隔壁房门。

公孙策一面开门,一面低声道:“别哭别哭,半夜更深,哭出事情来,不是要的。”

夫妻二人见了面,虽只隔了几日,真有一万种离情别绪要说,怎奈当着公孙策的面,不好意思抱头大哭,只有互相流泪呜咽的份儿。

公孙策忙向二人摇手道:“已经会聚,如何还哭?上官仁兄,你到京候补,此处已万不可住。在我看,这候补的差事,不知要等到何年月日,不如先回府去,另打别的主意。据闻昨日有人送二千两银子给你,如此说来,老哥的用度已足,谅来不短少什么。更有一层,即使老哥在京候补的事成,也不过是在人属下,常言:‘不怕官,只怕管。’你在京中,凑巧在奸王的管辖势力所及,焉能幸免?故此兄弟劝贤夫妇,还是以走为上着。如怕路上不便,反正兄弟出外漫游,没甚事,便护送二位一程,也没甚不可以。这会儿也不是哭的时候,二位如即刻要走,快到隔壁房中,收拾收拾。但嫂夫人却宜改扮男子,唯恐城门边有甚阻挡。至于你那令友,兄弟此时无暇给老哥去收拾他,容他多活些时。”

上官杰夫妻此时感激涕零,只有唯唯答应的份儿,即刻走过隔壁房中,夤夜收拾行装。改扮已毕,公孙策却也将物件收拾齐备,坐在床上打了会儿坐,呼吸养神。一会儿,金鸡报晓,红日东升,三人分别前后,向客栈结了账,一齐出城。哪知城门口并无搜检盘问等事,三人略放了心。

出了京城,上官杰夫妻因连日眼泪洗面,劳顿太甚,这时节竟无有精神,只得央恳公孙策照应,同在城外找了爿客栈住下,预备息一日再走。公孙策因城门口毫不检查,知道没甚危险,且又系初出外闯道,所谓初生牛犊不惧虎,更兼艺高人胆大,故此也不说什么,竟同着他夫妻俩投客栈,住了两间上房。上官杰夫妻这一日,可算是净睡,到晚间方才起身,忙着吃喝,并申谢公孙策的相救护送之情。公孙策谦逊了一番,晚饭后,各人俱已就寝,声息全无。

公孙策因日间曾睡了一觉,下床在天井内小解,溲毕后,正提裤子,猛抬头，忽见一条黑影由头顶上飞过。暗说一声："咦，这是谁呀？好快捷的身法。"忍不住将鞋子一拔，纵身上屋，紧紧追去。

前文叙过，公孙策练的功夫比众不同，追逐猿猴，爬山越岭，树枝上练的跳跃本领，其快捷非人可及。故此他这一紧追，竟将那黑影追上。那黑影已觉着有人追他，回转身来，将手一扬，一宗物件，直向公孙策打来。

正是：

仰面讶见英雄影，低首惊来无情镖。

毕竟公孙策受伤否，且看下文分解。

第二十七回

破香车火焚销魂窟
应重誓晋号活阎罗

话说公孙策见前面黑影站住，将手一扬，知是使用暗器，赶着将身体一蹲，让了过去。那支镖竟落在屋上，啪的一声，骨碌碌两响，滚下屋去了。

那人见没打着，又是一镖打来。公孙策一抬身，伸手接住，向前纵去。那人撒腿就跑，怎奈公孙策的腿脚矫捷，连纵带跳，转瞬已赶到那人身后。那人急了，拔出刀来，回身就砍，喝了声："着！"

公孙策连忙让过，喝声："住手！我和你井水不犯河水，何故动手伤人？"

那人听说，收住了刀，说声："对呀！我和你井水不犯河水，因何逼人太甚(针锋相对)，苦苦地追赶呢？"

公孙策见说，方知他误会自己追他，遂说："老哥，我方才见你由我头顶上飞过去，心中奇怪，故此上屋看看。追赶老哥，也无别故，无非问问老哥，所为何事，要乘黑夜行。"

那人笑道："看你手足快捷，非比常人，便告诉你也不妨。只因我有个朋友，到京城赶考，不幸落了第，誓志不肯回去，要在京城等三年，等下次大比，他博得个名登科甲，方肯回家。因此他家中托我捎书寄钱并衣服等件到京。哪知到了京城一访，他是前日出去的，已两日未回。我很为奇怪，央人四下访寻，他的房东告诉我，说：'不用找，他是被香车载去，享快乐艳福去了。'我问他何以见得。房东说：'他生得俊俏，美如冠玉，京城是什么地方，还要说得吗？'我被他这一提，陡然提醒，故此乘着黑夜，往京城各王公府第仔细哨探。已探访了两三夜，毫无消息，故此今夜又去哨探。这是实话，我都告诉你了。你贵姓呀？"

公孙策虽系初到京城，但在乡间时也曾听见一班曾到京会试的考相公们说道："王宫内院的姬妾，饱暖思淫，特地派遣心腹，用香车宝马，到各处物色年少英俊，载回府第，强逼成奸，甚或用春药助兴。总之，非将那被载了去之人弄得柔弱不堪,绝不放松。但到了不堪交战之时,却又往往设法毒死,或是饿毙。京城之内,像这类的案子,一年也不知要有多少,故此呼为香车案(清时有黑车案,亦名香车案,《聊斋志异》有"天宫"一篇,按:即此类是也)。官厅因犯此事的,大都王公贵戚,不敢深追,而小民寒士,又都畏其威势,不敢告发,故此积习相沿,凡是提说被香车载去而失踪的当事的,只有叹息摇头旁观的,只有劝慰说笑,这"香车"二字,竟成了失踪的代名词(注明"香车"二字)。当时公孙策听得此言,不由又触动了侠义心胸,怒气勃发,说:"原来恁地,兄弟贱名公孙策,老哥贵姓?令友却是何人呢?老哥既是为朋友,急难相扶,兄弟不知则已,既已知道,自应拔刀相助。"

那人大喜道:"如蒙相助,感激之至。小可贱名李如龙,匪号人称哼将军。敝友名唤吉慰萱。"

二人只管在屋上谈话,早惊动下面住着的人家,听见屋上有人说话的声音,遂在下面大声喊道:"拿呀!屋上有贼了。"

二人大吃一惊,足下一起,已纵过了十来家人家。

公孙策道:"老哥寓在何处?咱俩不如分头往各王府去查,得有消息,再会齐了同去动手。"

李如龙道:"不消不消,小可已访了个普遍,只有两三家王府未去。老兄如这时候有兴,便同进城去,访一访这两三家便得了。"

公孙策道:"好,兄弟陪你同去,做他一回杀一儆百的事。"

于是二人各施生平技艺,飞到城垣边。京城城垣高峻,非比普通城头,公孙策越山岭是练熟了的,视同家常便饭,一涌身,已上了城垣。李如龙见他如此的本领,心下甚是佩服,不便示弱,也只有运用生平气力,使劲向上一纵,也上了城垣,在前引导。二人一路往那未曾到过的两家王府去哨探。

说也凑巧,头一家便是宁王府。公孙策心想,我昨夜在此闹了一夜,总不曾得着这个秘密,倒要看他今日如何哨探,便说:"李兄你下去哨探,兄弟给你巡风。"

李如龙谢了,前后左右,各处察看了一番,来到后面花园里,亭台楼阁,逐一细细凝神。公孙策暗说,这园内人很少,连灯光都没有,他到这地方来找,怎会找得着呢?

正在沉思,忽见李如龙向着自己招手,即便涌身前往,低问怎样。李如龙将手一指那西面水沼中的一个六角亭道:"公孙兄,不见那亭子里有火光映射出来吗?"

公孙策一看,果然有一线火光露出。

李如龙道："凡是香车所劫去的人，收藏得秘密非凡，六角亭中的灯火，原不足奇，兄弟所奇的，便是这六角亭构造得甚是精雅，四面是水，乃是个水榭。这夜晚之间，既非游园玩赏之时，何以别处无有光亮，独此处有火光透出呢？如说看守园林的内监住在上面，因何并无小船呢？即此可知，是个秘密所在了（非心细不能看出）。"

公孙策听说，留神一看，果然六角亭四面并无小舟停泊。

李如龙道："咱们去看看。"说着，将身一跃，已到了水边。再一纵，已到了水榭栏杆上。

公孙策更不怠慢，紧跟着纵了过去。二人就那露灯光的地方，向内观看，不看则已，一看真又看出奇闻来了。

原来这透光所在，乃是天气干燥，木板夹缝的地方，二人向内看时，只见里面铺陈得甚是华丽，一张紫楠木的大床，床上并不挂着帐子。那床的上面，铺着锦被，衾枕上面，正卧着两个狗男女，赤裸裸地正干那无耻之事。这房子四壁都是大玻璃嵌就的镜子，照着那床上的两个男女，异常奇观，不堪入目。

二人看罢大怒，李如龙拔刀在手，便想劈板壁而入。公孙策早已运出他那以拳捶井的功夫，两拳齐下，只听得咔嚓、扑通的一声，那板壁竟倒了两块板。公孙策飞身入内，先将两人的穴道点了，使他二人不能逃走。

李如龙到了里面，便问那男子的姓名，又问女子是宁王甚人，才知女子是宁王的宠妃，于是拷问她香车诱劫的人数。那妃子受不住苦，尽吐其实，说到后来，竟有个吉慰萱在内。因他不肯顺从，特地将他派在这地道中供差使，使他上上下下，进进出出，总叫他看见赤裸裸的男女欢乐之事，好引动他的心。无如他竟如死人一般，视而不见，并且宁死不肯脱衣服。故此将他押在这花园后面土牢之内，每日饮食不缺，好使他回心转意。

二人听她所供，四面看了一看，并没有地道的痕迹，反而看出那四壁的玻璃镜乃是锦绣围屏的反面，翻过来便是围屏，上面绣着飞禽。二人便问地道所在。

那妃子供道："地道机关在这床下。"

二人将床拖开，将地毯一揭，果然地板上有些破绽。二人伸手去将那活动的地板揭起，现出下面台阶。

李如龙道："公孙兄，你在此对付这一方面之事，兄弟去救敝友去。"说着，回身出去。

公孙策踟蹰道："我又未曾带得刀剑，如放出剑光来杀这对狗男女，未免污了我的剑。况且这男子也是香车载来，并非本意，杀之未免过情。想了一想，忽然得了个主意。由地道台阶下去，觉得里面很暖，一步步走去，走过一个火炉，炉内烧着兽炭，那旁还有个女子，脱得赤条条的，在那里坐着。细细一看，原来那旁放着澡盆，那女子正是浴罢起来。

公孙策一看，心中火起，走过去一点她的穴道，点住了她不能转动，便仍向前行。走到尽头，也一般是台阶，一步步上去，顶上也是地板，伸手一托，只听得哗啦一声响，地板起处，一张玻璃穿衣大镜倒在就地。早听得有人道："怎么着，玩儿昏了吗，难道不晓得扯扯铃？王爷如问起这张大镜子却如何是好呢？"公孙策才知他们另有机关呢。探身走上去一看，乃是一间寝室，庄严富丽，金碧辉煌。

公孙策走出，将那说话的妃子也如法炮制地点住，由寝宫出去，迎面正来了两名巡官太监。公孙策故意迎着一碰，两个小太监一齐跌倒。公孙策信足一踢，一齐点了穴道，不能动弹。

公孙策飞身上屋，重到后面六角亭上，只见李如龙身背一人，在那里张望。便走过去问他："这位便是令友吉兄吗？"

李如龙应道："正是。"便说："公孙兄，时间不早，咱们还要出城，这里面被香车劫来的男子都已死去，只有方才干事的和吉爷两个，兄弟已经问过。"

公孙策大喜，说："李兄先走，兄弟处置这两个男女。"说着走去，拿了灯火，向那四面窗子上一点，说："一会儿自有人来救你们，你们索兴多乐一会儿吧！"说着，飞身出了水榭，同着李如龙，由园墙上屋，径奔城头。

出得城去，李如龙道了谢，并说明本人的下处，哪知竟和公孙策住的下处不远。二人约定天明相会，便分了手。

公孙策回到客栈，只见自己房中有人坐着，一看，正是上官杰，吃了一惊，问他因何不睡。

上官杰道："尊兄开着房门出去，不怕有失错吗？小弟因此走过来，代为照应。尊兄却往何处去来？"

公孙策将方才之事说了，问他所交之友是谁，因何将令正送到宁王府中。

上官杰遂说："本人到京候补，在路上逢着同学冯玉。冯玉在宁王府办事，因此和他谈谈，亲近亲近。他到我下处来过几次，后来他说家中置酒，专诚接待我夫妻，故此我夫妻前往赴宴。不料他预先将宁王请到，竟将贱内强抢了去，小弟因此气急成疯。前日他给贱内捎书来，并非捎书，书乃假造，不过送二千银子，使我回去重娶媳妇。小弟当时严词责问他，他赌咒发誓，说如果安着歹意，阎罗王不让他活到三天，第四天绝活不了。”

公孙策听到这里，已是十分明白，遂说：“老哥，冯玉家住何处呢？”

上官杰道：“在东四牌楼二条胡同，门前有‘冯寓’两字的便是他的家。”

公孙策笑道：“老哥且去睡觉，兄弟管叫他应誓。”

上官杰道：“尊兄怎样能叫他应誓呢？”

公孙策笑道：“你不用问，明日自会明白。”

上官杰只得走向本人房内去睡了。等到天明，夫妻起身，同到公孙策房内，却见公孙策笑嘻嘻地取出一个小油纸包，打开来，包内放着一根人舌。二人大吃一惊，问其所以，才知公孙策去杀了冯玉，取将来的。

二人大骇，齐说：“冯玉报应不爽，竟遇着活阎王了，真是活该。”

正说着，店小二引了一人进来，拜访公孙策。公孙策赶着将油纸包揣在怀里。

正是：

方欣诛奸得意事，又惊不速友人来。

毕竟公孙策如何使冯玉应誓，来访的又是何人，请看下文分解。

第二十八回

活阎罗巧逢勾魂使
九尾狐力斗粉金刚

话说公孙策当上官杰去后，他带了百宝囊、干将剑，又复出房上屋，使出他在长白山练就的本领，奔进城内，径往东四牌楼二条胡同，用千里火一照，见一家人家门口果贴着个梅红纸的长阔门第标识，正是“冯寓”两字。

公孙策大喜，飞身上屋，到后进跳下天井，大声喊道：“冯玉，王爷有命，命你明日到部里领银子，解到南京去。你快些起来，预备行装，以免误事。”

冯玉在睡梦中惊醒，蒙眬恍惚，还疑是做梦，未曾答应。公孙策又在天井里嚷了一遍。冯玉在床上，只才答应，糊里糊涂，也没想着大门未开，人怎会来，却赶着披衣下床，趿鞋点灯。开了房门，又去开窗扇，口中还咕噜道：“这些狗头佣人，实是可恶，人来了，都不知道招待，还要客人叫唤，真对不起人。”

却不料窗扇一开，公孙策拔剑而入，说：“冯玉，王爷命我来，非为别事，只因你和上官杰的事，上官杰将你在王爷那里告下来了。王爷因你发誓发得可恶，如不叫你应誓，将来阳世里的人视发誓为寻常之事，何能使得人相信天地间尚有神灵？因此命我来取你狗命。你当是宁王吗？是阎罗王呀(趣哉)！”

冯玉闻言，吓得魂飞魄散，面如金纸，跪在地下，扑通扑通地叩头说：“小人不敢！上官杰的事，实不与我相干，乃是宁王命小人如此做法的。小人发誓，是给宁王代赌的咒呀(有趣)！你应当去找宁王才是正当呢。”

公孙策看他慌乱得可笑又复可怜，手起剑落，喝了声：“谁叫你发誓？”已将冯玉刺死。

可笑冯玉当日发的不过牙痛咒，哪能知道有这般灵的菩萨来照管呢(调侃人不少)？

当时公孙策杀了冯玉，怕没有可以见信上官杰，故此将冯玉的舌头割下，出窗上屋，飞也似的赶出城回店，用油纸包了舌头，放在怀里，挂了百宝囊、干将剑，已是天光大亮，遂趺坐了一会儿，也不再睡了。

一会儿，小二送茶水进来，公孙策梳洗毕后，恰值上官杰夫妻进来，即将舌头取出，给二人看了。二人正惊讶骇怪，说公孙策是活阎罗王爷（外号从此得）。

公孙策正告二人杀冯玉的情形，却见小二领了个大汉进来，拜会公孙策。公孙策赶将油纸包向怀中一揣，和那来人厮见，却原来正是李如龙。公孙策遂让李如龙坐下，并给上官杰两下介绍。上官杰的夫人早已避到那面房中去了。

公孙策问李如龙："令友吉慰萱呢？"

李如龙道："他因受过这次激刺，无心进取，决计回乡，不日即须回去。因多日受惊着恼，此时倦极，故已安睡。兄弟想来，他那件事，经咱们这一闹，谅来已无人追究，不过怕他那房东泄露风声。但兄弟又曾想过，那房东谅也不敢多话。"

公孙策听了，本来事不关己不留心，不过此事有自己帮忙，救人须救彻，故此略一沉思，便说："李兄，总以知照令友，要走以快为妙。房东即不说，邻舍的嘴恐怕扎不住，多事不如少事……"

李如龙不待他说完，便说："这事邻舍无人晓得，因房东从未与人说过。"

公孙策道："如此甚好，李兄现在意欲在京小住，还是即须动身呢？"

李如龙道："兄弟在京也无甚事，不瞒老哥说，兄弟年来浪迹江湖，四海为家，行踪原本无定，又喜多闲事（是个同道），因此自己暇时，想起自己所为，也不知为谁辛苦为谁忙。偏又乐此不疲，思之每不觉失笑（此后世游侠之所以难觏也）。昨见老哥的手眼身法步，处处加人一等，兄弟真佩服到五体投地。此刻前来，一则系谢老哥帮助之情；二则向老哥告别。因兄弟不日即要护送吉慰萱回家，如要照兄弟心愿，恨不能追随老哥行一番侠义勾当，无奈吉慰萱的事未完，不能中途而废，只得将来另图良晤。"

公孙策见李如龙形容言语颇为大方，行动侠义，尤觉英雄，心中颇愿结交。听说要分别，自古好汉爱好汉，不知如何，公孙策竟有些不舍。但因各人的事都未曾圆满功德，只得说："李兄，兄弟的意思，也很愿与老兄结伴同行，无如今日之下，你我的事各未办了，只得将来再图聚会。"

上官杰在旁听他二人所言，知系说的夜间之事，未便插言，只得传命小二，预备上好早点，请二人同食。李如龙和公孙策毕竟都是英雄，虽是萍水相逢，却是一见如故，相见恨晚，知己非常。

过了一会儿，早点已毕，李如龙告别而去。公孙策同着上官杰夫妇，命店家算了账，雇了车马，动身向滦州而行。那日走到通州，住了客店，三人仍如旧例，分两房住下，乃是贴隔壁联号的两间上房。到了半夜，公孙策正坐在床上趺坐，闭目养神，偶一睁眼，忽见窗外火光一亮，心中一跳，遂轻轻走下床去，就那窗眼内向外一张，只见一个黑影，手中持着千里火筒，点着一件物事，在对面房间窗口站着。心念，这是什么鼠窃狗偷，在这里想旅客的物件，故此用闷香吗？再一细看，只见那黑影子，身上打扮完全是高来高去夜行人的扎束，周身短靠，背着两把单刀，佩着百宝囊。公孙策心忖，这人大概不是有仇杀行为、侠义举动，便逃不了是个独行大盗。今晚既在此相遇，倒要看个究竟。遂回身取了干将剑，轻轻将窗闩拔了，准备等到那人走进去，或是上屋走时，便跟着他去混混。正在转念，只见那黑影将千里火筒熄了，手中点着的闷香盒子也熄了，一齐收在百宝囊内，却抽了把刀，将对面的两扇小窗轻轻拨开，跳将进去了。

公孙策见他已进去，便将窗轻轻一开，飞身出去，蹲在地上，先向四面屋上一望，怕的来人不止一个，有人在屋上巡风。见没有人，遂放心向那窗口蹲身行去。蹲着听了听，只听得里面有种窸窸窣窣的声音，夹着床上咯吱咯吱的响声。心中一忖，这声音不就和前日在宁王府水榭上听来的相同吗？旅舍之中，听见这种声音，原不足异，但是这人方才入内，系用的闷香，这分明是奸情，而且带着强奸的意味。我曾听师父说过，江湖淫贼，每每先用闷香将人闷过去，然后再行奸污，奸污之后，杀人灭口，再行偷盗。更兼这班淫贼，大半是采炼，凡是被奸过的妇人，能不被他杀却的，很少很少。

公孙策想到这里，不由心头火起，按剑喝道："淫贼，干的好事！"随又大呼道："大家快起来，协力拿贼呀！"

他这一声喊，早将房里的响声吓住、各房所住的旅客喊醒，听说"拿贼"二字，齐都起身点灯，不过出门人向不喜多事，况且拿贼带有危险性质，所以大众虽起身，除少数好事的出外观看以外，多数不过自己看了看自己的东西，将窗槅推开半扇，探头望了望，就算完事（写人情如此）。

公孙策知道一喊之后，贼人必然停止工作，由里面跳将出来。故此将身子蹲在窗口左近，等候贼人出来动手。哪知等了一会儿，并不见人影。正在怀疑，却听得那房屋哗啦一声，椽子断了几根，砖瓦落下不少，一条黑影已由这边屋上跳到那边屋上去了，口中还笑骂道："鼠辈！敢吓老子吗？老子玩儿不玩，干你甚事，却要你来捉奸？有本领的，咱们上来见见吧！"

公孙策本已愤怒，被这一骂，更加生气，也不回言，嗖一声，已飞上屋去，抡剑向那人便刺。那人见来势猛，将身一跃，复又到对面屋上，一连几纵，已飞跃几进房屋。哪知这跳纵房屋的本领，更是公孙策的拿手好戏，连纵几下，已纵到那人的面前，喝声：“着！”一剑刺去。

那人急用手中刀一隔，一手却拔下背上刀，一刀砍来。公孙策将锋口迎着来刀一削，锵锒一声，那口刀已被削成两段，落在屋上。那人一惊，急将身一偏，向斜刺里纵去。公孙策岂肯相舍，在后便追，口中嚷道：“淫贼休走！”

那人急了，回身将手一扬，一块石子，迎着公孙策飞来。公孙策一闪让过，纵到那人面前，一剑刺去。那人用手中刀遮隔架拦，留神公孙策的剑锋。真也亏他，一口刀上下翻飞，灵活异常。

公孙策喝问道：“淫贼，你唤作什么名字？通个名来，好给你到阎王那里去将名字勾销。”

那人笑道喝道：“鼠辈，你连你爸爸也不认识吗？”

公孙策大怒，将手中剑一紧，上下左右前后，着着不稍放松。那人将刀法也变了家数，竭力抵抗。战有三十余回合，那人杀得浑身大汗，卖了个破绽，跳出圈子就走。公孙策仍旧在后紧追。那人只得回身又战。

正在此时，却见斜刺里飞也似的来了一条黑影，将二人两下一隔，大呼：“有话好说！”

那人一看帮手来了，不由大喜道：“计大哥，这小子欺我太甚，快帮着我杀他。”

那姓计的道：“宁贤弟，你为何和他交手呢？”

遂向着公孙策抱拳道：“老兄尊姓，因何与他动手呢？”

公孙策道：“在下名唤公孙策，敢情你和这淫贼同党吗？好，别说两个，再多些洒家也不惧怯。”

那姓计的笑道：“原来是活阎罗王，怪不得能将勾魂使者逼得落荒而走呢（趣语）！来来来，大家见见。这位乃是勾魂使者宁仁，小可名唤计全胜，匪号人称九尾狐。”

宁仁乘着这个说话机会，却背转身来，飞也似的走了。

公孙策原想紧赶，听说“宁仁”二字，心上一动，怪不得他的刀法竟和本人所学的完全无二呢，原来他想是大师兄。因这一转念，动了同门之情，虽然奉师父之命，日后除他，但此时不忍不教而诛。况且名义上他是师兄，故此竟忍住不赶，却和计全胜说话。看计全胜时，却是穿的便衣，仅提着口朴刀，遂说：“朋友，你将这淫贼放走了，是何意思呢？”

计全胜回身一看，果然宁仁走了，不由生气道：“这厮竟口也不开地走了，真是可恶。”遂说：“公孙兄，请不要着恼，这个宁仁，在下在外走镖，已遇见过他两次。第一次遇见他时，他还没做贼，却还是个公子哥儿，也很任侠仗义，故此在下当时颇愿和他结交。第二次遇见他时，他已做贼，但他济贫偷富，行为尚好。彼时在下尚因他的力，免失一支镖，故此宁仁对于在下，却要说是颇有感情。今日碰见，却是第三次，听老兄口气，说他是淫贼，这一层，在下原不曾容心。初时只当是绿林中弟兄，自己人火并，故此出来相劝，以报他上次助我之情，却不料他有什么淫秽行为。在下反正不走，老兄如定要说在下放走，要将在下送官，在下也甘罪无辞。如老兄肯给在下个面子，在下承蒙原谅，感激之至。”说着，一拱到地。

公孙策见他言语漂亮，而且亢直，并无隐讳，反而不便过为已甚，只得收剑还礼道：“不知不怪，既是老兄不知他是个淫贼，小可怎好错怪呢？再见吧！”说着，一抱拳，掉转身来就走。

计全胜也自回去了。

公孙策回到店中，店中旅客人等正在那里议论，说：“这个贼的本领真大，怎么竟能将房屋冲破？可见他的头皮坚硬呢。这位追他的客人大约总是做镖师的，否则即是当捕快公人的，不然绝无此胆量，敢上屋去追。但不知能拿得住拿不住？可怜这位被奸的女客及她的丈夫，两口子竟被杀了。”

又有人给公孙策担忧，说：“追的人如不是那贼的对手，这会儿准得吃亏了。”

尤其是上官杰夫妻，担忧更甚。这会儿见公孙策来了，无不欣悦异常，忙迎着问拿住贼没有。

公孙策信口道：“没追着，被他逃走了。”

当夜，客栈老板因有了人命干系，连夜着伙计去唤保正，请各位旅客做证人。天明到衙门报案，官里来验尸，并问如何杀害情形，以及追贼本末，问到最先发现的，便是公孙策，少不得要将公孙策唤去，问上一番。因此一耽搁，公孙策等一行人未能动身，又住了一天。

第二日清早起来，上官杰命店家结了账，仍雇了车马上路，一路往滦州而行。那日行到滦州地界，地名唤孟村，这村上全是姓孟的居多，故有此名。上官杰的家在滦州城里，到了孟村，已离城不远，家乡景物依然入目，恍如微笑迎人(是故乡风物情况)。上官杰想起此番入京候补，真好似做了一番秋梦，功名未能成就，生命几乎不保，不由思前想后，百感交集。

正在此时，忽听得前面喊声大起。公孙策忙翻身下马，纵上路旁树梢，向前一望，只见前面山坡下面，有一大堆人，围住许多车马，在那里刀棍齐施交手,显然分着两派,一派穿的服式全是老蓝布衣服,一派穿的衣服青黑不等,正中交手的两人,都骑着马,那停着的车上都插着一面小白旗。

公孙策看了这种情形,知道是镖师遇着强盗,一言不合,两下动武。遂跳下树,跨上了马,对上官杰夫妻说知:“前面有山贼拦路,你们且在此停一停,以免危险。我上前去看看。”说罢,将马一夹,加上两鞭,泼剌剌向前赶去。上得山坡一望,只有那围中交手的,内中一人,正是九尾狐计全胜。看二人好一场恶斗,各以死力相扑,真堪称半斤八两,功力悉敌。

公孙策看得技痒,不由喝一声好,将马一夹,拔出腰间剑,直向围子里冲去。

正是:

崔苻为患滋草莽,侠义锄奸展征驹。

毕竟公孙策闯入围内,如何情形,请看下文分解。

第二十九回

分水犀独霸黄河渡
殳相如演说马青锋

话说公孙策闯到围里,将剑往两下一隔,大声喊道:"两位且住!"

两人一听吆喝,齐带马跳出圈子,双方手下人也都停了手。

公孙策抱拳道:"大家有话好说,何必动手?论理,兄弟不应多事,但因两方面,兄弟均不是素识,兄弟由此经过,顺便做个和事佬,请二位赏兄弟个薄面,彼此结个交情。来来来,二位不打不成相识,咱们三方面大家见见。"说着,便先请问那个和计全胜交手的名姓。

那人颇含怒意,恨公孙策无端地来打破了他这注买卖,但因公孙策的面容可怕,手劲甚大,来势甚猛,说的话也还漂亮,常言道得好,"来者不善,善者不来",本领不大,也不会来多事,因此只得耐住,强笑回言道:"在下名唤孟皎,外号人称粉金刚,尊驾却是何人?"

公孙策遂通了名姓,便给两下引见。计全胜想不到在此会遇见公孙策的回救,以德报怨,解了这个围。当时再三申谢,并取出些银子来,送与粉金刚孟皎,算是香香手的意思(即不落空之意),并谢他原情。

公孙策也向孟皎申谢赏脸之意。孟皎只得忍气,照例说些客气话,还假意请二人到寨中去聚聚。计全胜因为限期将到,不能耽延,回说日后拜访。公孙策也因上官杰夫妻在后面等着,不能耽搁,遂说:"兄弟还有事,改日再到尊寨拜谢。"孟皎也就借此收科,说了声不送,带着手下径行回寨去了。

公孙策便和计全胜作别。计全胜见公孙策英雄可爱,存心要结交,坚说:"老兄既然同路,咱们同行何如?"

公孙策本来无可无不可,遂说:"同行也好。兄弟还有同伴在后面,请稍等一会儿,兄弟去唤了来,大家同行。"

计全胜说:"好,兄弟在此恭候。"

公孙策即刻驰马过了山坡,到原驻地点,请上官杰夫妻,催着车马同行。

一会儿已和计全胜等会同在一处,大家引见了,趱程前进,当日赶到滦州城中。计全胜等一行人住了客栈,公孙策送上官杰夫妻到家,上官氏阖家老幼齐都见过,只知候补不成,都不知有被骗入王府一事。

当日公孙策便住在上官杰家中。次日一早,计全胜来见,坚邀公孙策同行。公孙策告别上官杰夫妻,即要动身。上官杰哪里肯依?坚请留住几天,聊表谢意。公孙策见盛情难却,只得住下。

计全胜约道:“兄弟这支镖乃是解往齐齐哈尔交纳的,出关后,即有关外的同行来接,预定地点,在锦县会面,来去颇有几日耽搁。老兄如不弃,务请老兄在此多住两天,兄弟由锦县回来,大家同行。老兄千万等我,兄弟回头还有话说呢(是英雄爱英雄口气)。”

公孙策见他来意殷勤,遂说:“兄弟准在此等候,务望速去快来。”

计全胜道:“兄弟就此告辞,准不多耽延,回来见。”说罢,便别了上官杰等人,径行出了上官住宅,往客栈领手下押解银货,往关外锦州而去。

公孙策住在上官杰家中,上官杰敬礼备至,朝夕供给。公孙策甚不过意,住有多日,那日,计全胜由关外来了,带来许多物品,像人参等珍贵礼物,送了一份给上官杰,并送一份给公孙策。上官、公孙二人哪里肯受?

计全胜道:“些须物件,乃是关外朋友送我的,借花献佛,实不成个意思,二位休得客气。”

二人只得收了。当日上官杰设宴,给二人送行。次日,二人告别动身。

公孙策问计全胜:“贵同伴呢?”

计全胜道:“他们护送货物往齐齐哈尔去了,须等回头生意,兄弟怕老兄等急了,故此先行回来,将一切事件都托人代理。兄弟因念宁仁那件事,至今心中不安,特意欲与老兄同行,一则结交老兄这般一位英雄。二则要访寻宁仁,劝诫他以后改过,不要迷入下流,以报他待兄弟的前情。三则因粉金刚孟皎,前日两下交手,被老兄来给我解了围,他心中很不快活,咱们出门人,以和为贵(是江湖要诀),冤家万不宜多结,故此欲到他寨中回拜,送他些礼物,大家结个朋友,消除仇怨,免得将来走关外的镖,再有错失。”

公孙策见他言谈磊落,况又提说到宁仁,要劝他归正,不由起敬。当日二人离了滦州,寻到滦河。

原来粉金刚虽是孟村人,机关却在滦河相近地方,弟兄四人,长名孟明,外号伏魔金刚;次名孟昭,外号伏虎金刚;孟皎乃是第三;那第四个名唤孟曝,外号玉金刚。弟兄四人都是水陆两路的英雄,自幼拜密云县三清观住持一气真人为师,各练就一身软硬功夫,江湖中号为滦河四大金刚,颇具威名。

四人中以孟明生得最丑，老三、老四却都生得身长玉立，老二介乎其中。但行为却是老大最好，老三、老四最坏，尤其是好奸淫妇女，为最大的坏处，但本领却也是老三、老四二人最好。孟明虽常劝三、四两弟，不可犯色戒，无如都当耳边春风（不料四金刚却于此处写出）。

计全胜同着公孙策二人，访到滦河金刚寨内，递了拜见的名刺，恰好孟明弟兄都在家，一齐整了整衣冠，出外迎接，请到里面，分宾主坐下。孟皎给各人介绍了，寒暄了几句，计全胜便打开包裹，将带的礼物奉送四位寨主，以表谢意，并说了些下次请关顾的话。江湖上人，本来豪放，彼此一见如故。孟氏兄弟虽因上次夺镖，未曾遂意，心中有些不乐，但因计全胜这番送礼，却已冰释。当日在寨内安排筵宴，款待二人。酒饭毕后，二人谢了，即刻动身前行。二人一路走着，一路闲谈。

公孙策问道："但不知此刻宁仁已往何处？兄弟奉师命下山访友，计兄在江湖多年，可知外间以何处为英雄最多吗？"

计全胜道："京师首善之区，五方集处，各路的英雄时来暂去，但是散而不聚，行止无常。据我所知，目今绿林豪侠，当以山东道上的八大罗汉为出色。这八位，分占八处，行为正大，正和这里的四大金刚成一个反比，总寨在汶上县，兄弟也曾去过，却也很有交情。再有独霸黄河渡口的褚二，乃是水路上最出色的朋友，兄弟的镖，承他的情，很保护过几次，凡是水路上朋友来做事，兄弟总借着褚二的大名，和他们讲交情。除此以外，淮海一带，绿林中英雄，却也不少。南方如两浙两广，以及长江南北，到处皆有豪杰，但兄弟素未到过，因此那一方面的朋友，竟无认识，纵有几个，也不过是在京城会过的几位。讲到宁仁，谅来他的行踪无定，要找他，兄弟却也忖过，只有到各处慢慢地打听，方才可以达到目的。"

公孙策听了，便问："八大罗汉，是哪八位？"

计全胜道："这八人，都是河南登封县嵩山少林寺高足弟子，故此人家称为八大罗汉。为首的名唤秦化龙，豪爽慷慨，因此又号赛鲁达。第二个名唤高唐梦，性情豪迈，因此人又号为赛武松。第三个名唤唐梦笔，曾走过南北各处的镖，一次成名，人送外号为镇八方。第四名仇虎震，生平爱酒若命，人称酒中仙，为人甚是潇洒。第五名田芸生，箭法极妙，百步穿杨，人称小花荣。这五位都是汶上县人氏，故此住在一处。第六名秋犨，曾打猎在山中力掷死两个野熊，人号为盖魏犨。第七名秋叶，使得一手好双镜，人因他面黄肌瘦，如同染病，故此号为病叔宝。这两个却是北直隶泊头镇人氏，因地方与山东交界，且扎寨的地方并不在他家乡，却在山东道上。第八个名第五福多，也是汶上人，生得短小精悍，本领最大，为人极和气，腹中文学很好，写得一手好字，不知道的，总以为他是个文弱书生。他又穿的文生衣服，故此人称为好好先生。这八人，在山东道上，名誉虽大，但从来做事抱的宗旨极好，劫人钱财，只取三分之一，还须不义之财才取。他们各人家中，都很有田园，可以过活，将劫来钱财，总是助善举，从未上腰，手下徒党也不滥收，又从不在家乡地方百里内做过事，故此本地人均不能知道。尤其难得的，便是他们劫取钱财，从未伤过人家性命。老哥如要会这班人时，兄弟可以介绍（方出金刚，即写罗汉，作章法）。”

公孙策大喜道：“好极好极，兄弟出外，原本是访友的呢，如此说，咱们一路往山东道上去，然后再往淮海长江一带走，反正没事，索兴多逛几处地方，结识几个朋友。”

计全胜道：“既这般说，咱们取路可径往黄河渡口去访褚二去。”

公孙策道：“他那里怎样？这褚二又是何等人物呢？”

计全胜道：“他的外号，人称分水犀，极爱交朋友，他虽独霸黄河渡口，但他并不是年年要做买卖的。不过那些在黄河中摆渡及乘客载货的船，大半都受他约束，每年每船送若干例规给他，他却将这笔款子，在各处修桥补路，设立义塾，教授人家子弟，从不曾占用一文。故此他虽独霸一条横亘数省的黄河水道，并无人反对他（是个大英雄），反而人人乐送例规给他。他做买卖，三年五载做一次，一年数月做一次，都说不定。但他做起案子来，总是乘船到海外去做，要么不做，要做就是一次。他将这些钱济困救贫、恤孤养老，只有善举，无不乐于助成。”

公孙策听了这番话，心中早就快活，说：“照啊！这才不愧为真英雄、大豪杰（赞语）。”

计全胜道：“他极好客，因此家中各路的朋友，总是来来去去地不断，不但我辈中人，他欢喜交结，而且客商行旅，凡是够得上交情，能称得起朋友的，他都不分彼此，一例招待。故此他常说：‘孔北海的“座中客常满，樽中酒不空”的两句话，褚某要算是个实行家（豪哉此君）。’所以兄弟说要交朋友，像褚二这个人，却不可不交。”

公孙策听说有这么位英雄，真是喜得打跌，恨不能立刻就去会晤。当时二人谈谈说说，走着颇不寂寞，迤逦向黄河渡口而来。在路行程，非止一日。那日到黄河渡口，计全胜领着公孙策，径往褚二家中，拜访褚二。凑巧褚二同着个朋友在门外立着讲话，那神情是望着道上行人，似乎有甚事惦记着一般。计全胜远远望见，正要叫唤，却见褚二已同着那人走到道上来接，拱手说:“计爷,咱们许久不见了,这一向好呀!”

计全胜忙着抢走几步,赶上前拱手还礼,回说:“托福,总算混得过。褚爷,你这一向发福呀!可也巧,殳爷却也在此,真是幸会,这几年生意兴隆呀!”

二人也回说好,说着,公孙策已到了面前,计全胜给两下介绍道:“这位是褚二官人,这位是殳相如大爷,这位是公孙策大爷。”三人一齐抱拳,各说句久仰的套言,褚二便将计全胜、公孙策、殳相如三人同让进宅子,请到里面厅上,分宾主坐下。

家人献茶毕,褚二便问:“计爷,二位由何处来?”

计全胜道:“兄弟同着公孙兄,系由滦州到此。”

褚二道:“可惜计爷来迟了几日,如早来几天,勾魂使者却在这里,我好给你们两下见见。”

计全胜道:“原来他到这来的吗?现在往哪去了呢?”

褚二见他问的话颇为急促,便说:“宁仁嘛,他现在往南五省去了。听你口气,似乎有甚事要找他似的,却是为何?”

计全胜道:“褚爷有所不知,兄弟和宁仁已是认识,并且承他的情,救我过一次。”于是将自己和宁仁二次相识,及此番与公孙策相会,同访宁仁,劝他改悔的话说了。

褚二肃然起敬道:“难得二位有此诚心,兄弟也给宁仁欢喜。”随即又叹道:“可惜像宁仁这般一个汉子,偏巧自甘下流。此番在我处,兄弟也曾劝说过他,无如他一味地敷衍,毫无悔过诚意。如二位能仗着一片婆心,感动了他,倒也是件功德(是乃真功德也)。”

计全胜道:“那也不过是尽朋友的义气,能不能劝得他天真发现,那也不过是说说看罢了。”

说着,又问殳爷:“现在还在京城做买卖吗,怎么有空到这来呢?”

殳相如道:“兄弟自从前回和计爷分手以后,到家乡祭奠了祖先,扫了坟墓,在家乡设了些法,凑了本钱,在家乡收绸子到北方发卖,生意也还混得过。此番因收了些货,由江南到京城去,不料在路被劫,因念计爷往年曾同我到过褚二爷府上,住过两三日,彼此也很谈得来,因失事地方离此不远,特地奔到这里来求褚爷,给兄弟将这些货物向那里要回来。承褚爷一口应允,已着人去调查,是谁做的这件事。因去了多时,未见回来,故此在门口望闲,看看去的人回来没有,却见二位来了。”

计全胜方才明白。正在说话,外面走进一人,乃是个家丁,走上台阶,向着褚二回禀道："小人已去查明，东西已由那里送了来，请爷同殳爷点验。"

褚二即说："殳爷，请去过目，兄弟在此陪这二位。"

殳相如应言站起，说了声失陪，便同着那个家丁，往外面去了。一会儿，已是进来，笑嘻嘻望着褚二躬身称谢，说："原物丝毫未少，多承大德救援，兄弟感恩匪浅。"

褚二忙起身哈腰道："殳爷说哪里话来，出门人谁无缓急？既在兄弟的地面上，兄弟理应负责。他们虽不该我管，但是卖回把面子也还不要紧，这乃是殳爷的运气，不该破财，兄弟不过得了现成的功劳罢了，有何足说呢？"说着，让殳相如坐下，一面命家丁传命庖人预备酒菜。

一会儿，天色已晚，庖丁来安设了酒席。褚二邀请三人入座，家丁在旁筛上酒，褚二笑着举杯道："兄弟这杯水酒，今日乃是两用，可算是做的个节省东道，一系给计爷和公孙爷二位接风，二系给殳爷庆慰货物失而复得。"

三人一齐举杯致谢，觥筹交错，宾主尽欢。饮酒之间，各道江湖上奇杰豪侠所为之事，以作下酒之助，因此殳相如却将个逍遥太岁马青锋的所为说将出来。

正是：

一语道破英雄案，引起侠士访友心。

第三十回

公孙策历城逢故雨
杭纬之借伞得奇祸

话说宾主四人饮酒之间,无所不谈,将江湖上侠义盗贼所作所为,说得有声有色,淋漓尽致,好不热闹。因此殳相如想起马青锋的事来,遂将马青锋在符离集和自己相遇,暗随保护,救护自己的事说了一遍,又擎着酒杯笑道:“兄弟真也侥幸,往年有难,得逢马青锋;这回有难,得逢褚二爷,这大约也是命中注定的。”

褚二道:“马青锋人虽不曾会过,但他的名气,我却闻之已久,他这逍遥太岁的诨名,闻说乃是八大罗汉送的。据说秋叶的女儿被拐子拐了去,凑巧和马青锋住在一个客栈内,因此被马青锋破了。秋叶弟兄因马青锋行侠作义,特意送给外号,又有人说不是的,乃系江湖上人送给他的,可就不知其详了。”

计全胜道:“我听说马青锋乃是个孝子,因为要报父仇,方才投师学艺,但恨我无缘,不曾见过。”

殳相如道:“谁说不是的呢?他老子马文叔,乃是兄弟的财东,马文叔死后,马青锋投师学艺,立志报仇。他在半路上救我,正是他找罗荣报仇之时(前文到此重提)。”于是又将马青锋读书求师等事,约略说了一遍(因其所知,乃马青锋所告知,故只有约略也。文有细微分析处,此类是也)。

众人都赞叹此人真堪称为孝子。饮酒说话中间,褚二的年纪既较长,在江湖上多年,南北各处英雄认识极多。计全胜往来各处走镖,所识之人也很多,见闻也如褚二一般广。殳相如年纪虽已老,毕竟是个商人,江湖上事完全外行,他和计全胜认识,乃是往年在京城做买卖,请计全胜保镖,方才认得(补笔)。公孙策年纪又少,况且初次走道,江湖上事也还不十分清楚,这一向和计全胜同行,大家谈论,他才能将江湖上规则切口事项懂得(真亏他记得)。这会儿听说马青锋如何英雄,看那殳相如说得眉飞色舞,不由心中打稿儿,暗说,将来如遇见他,定要和他结交结交,看看他是怎生的一位英雄侠义。

当晚主客畅谈欢饮,次日殳相如告别动身,再四恳求计全胜,保他到京,因恐沿途再生岔枝。计全胜欲待答应,怎奈自己和公孙策说过,给他介绍八大罗汉,又是自己爱交的朋友,岂可半途而废?如不答应吧,殳相如又再四央恳,情难固却,况他又是多年老主顾,是个文人,明见人家是惊弓之鸟,怕沿途难走,如此为难,怎好不给他分忧?因此计全胜竟成个左右做人难,要答应又不答应,只得将这情形对殳相如实说,说自己不能保你到京。

殳相如慌了,但也没法,不能叫人家失信,只得求褚二想法,派个人护送。褚二还没开口,公孙策早就接口说:"计兄,反正兄弟要和八大罗汉相会,也没甚事,褚爷又是认识的,碰巧也可介绍。不如老兄保了殳爷去,免得他一路担忧。"

计全胜未及回言,褚二已应声道:"公孙兄之言有理,依愚见,不如计爷送殳爷进京后再到寒舍来,同公孙兄一齐到汶上县去也好,或是将八大罗汉请了来,也未尝不好。"

公孙策道:"兄弟还要往江南去走走,计兄到京去后,回到此地,两下或有错失,会不到齐。这样吧,咱们以明年今日为期,在此聚齐如何?"

褚二道:"好,我即按着日期,索兴邀几个朋友来聚聚,大家介绍介绍,组个群英会,将来也好互相扶助。"

殳相如见这一说,心花也放了。计全胜见褚二、公孙策二人这般说,只得向公孙策道歉,答应了殳相如,保他进京。殳相如千恩万谢,先谢了褚二、公孙策二人原鉴之情,又谢了计全胜慨允之德,即刻告别动身,同着计全胜,押着货物,进京城去了。

公孙策当日也就向褚二告辞,褚二留他盘桓几日,公孙策道:"兄弟往南方去,尚须时日,且待来年到府时,再多打扰几时,那时畅领雅教。此刻须得先往南方去走遭。"

褚二见他坚要走,不便强留,只得即刻送别,坚约来年请早。公孙策答应,称谢而别。迈开足步,向南而行,一路饥餐渴饮。

那日到山东历城县境,将到城门口,公孙策正向城门洞内走进,突然迎面来了一人,高呼道:"公孙兄,久违了。"

公孙策听见有人呼唤,抬头看时,可是只认识那人面庞,至于名姓,却记不起了。只得呆望着,一言不发。

那人笑道:"公孙兄,敢情你已认不得小弟了吗?"

公孙策听他这般说,只得问:"尊驾贵姓?"

那人笑道:“小弟文天乐,曾和老兄同过学,怎么老兄就记不得了呢?”

公孙策陡然想着,当年在书房中顽皮的,也有文天乐在内,时过境迁,多年不见,久已忘却。这会儿陡然想着,连带地想起上书房的顽皮情形,不由暗中说声惭愧,忙向文天乐拱手道:“原来是文兄,恕兄弟一时眼生,请勿见怪。”

文天乐笑道:“多年不见,这也无怪其然。公孙兄您此番系由哪来呢?”

公孙策道:“奉师命下山访友,乃系浪游到此。文兄怎么也在此地?”

文天乐道:“小弟由家乡到此学习生意,满师之后,蒙先生之情,赘小弟为婿,如今已有几年,这会儿到城外去收账。公孙兄想系初到,尚未觅定下处吧!”

公孙策道:“恭喜恭喜,文兄已娶了嫂嫂了。兄弟还未找到下处,文兄可知城内哪一家旅馆洁净吗?”

文天乐道:“公孙兄不必去找下处,小店离此不远,空房正有,即请到小店去住几日,咱们也好多叙几日,那时公孙兄再行不迟。”说着,便回身引路。

公孙策道:“打搅宝号,于心不安。”

文天乐笑道:“公孙兄,何必见外?咱们光着头长大的弟兄,还用得着客气吗?不过简慢些罢了。”

公孙策见他这般说,不好推辞,只得跟着他同到他店内去。走不到五七十家门面,已到了文天乐的店内。公孙策在外门一看,只见乃是爿一顺三间的大门楼,黑漆金字招牌,上面写着“洽和祥”三字,两旁挂着两块大招牌,乃是京广绣货、江浙绸缎、棉夏布匹、原当估衣。向内一望,里面地方很大,两面两只柜台,正中迎门,也设着柜台,柜上的朝奉很多,虽已到了晚市,仍有好些顾客在那里买东西。

公孙策跟着文天乐走到里面,不由暗说,这爿店的气象很大,大约每年的买卖总不小。正在暗想,文天乐已将自己向后进让。公孙策看了看,才知左首柜上是卖绸缎顾绣的,右首柜上是卖布匹的,正中后面那个柜是出售衣服的。走到正中那柜旁边,上悬“内庄抄发”的横匾。走到里面,乃是预备客人看货的地方。再走进后面一进,方是客厅。过了客厅,便是住宅,住宅前后共是两进,前进是文天乐的泰山泰水所居,后进方是他夫妇住处。

文天乐将公孙策让到后进自己的住室内,请公孙策坐下了。早有前面店堂内学生意的小子跟着进来奉茶,打了面水,公孙策卸下包裹,洗了手脸,拍去脚上灰尘,说:“文兄,大嫂在家吗?请出来,咱们见见。”

文天乐道:“贱内同家岳父母同往亲眷家内去了,须得三日方回。老兄要见，须得在此住三日，自然会见面，小弟理该命贱内来拜见老兄。”

公孙策道：“不敢当。”

文天乐当即命学生意的在前进给公孙策预备房间，收拾清洁，将公孙策的包裹物件拿到前面客房内去，然后问公孙策腹中饿吗。

公孙策道：“兄弟才在路上吃的点心，此时并不见饿。”

文天乐道：“如此，我也不和你客气，停一会儿，咱们再吃晚饭。”说罢，即命学生意的通知灶上，添置客菜酒席，一面邀公孙策到前面店堂里去参观，将店内三个柜上的大同事都给公孙策引见了。

正在此时，却见外面走进一人，是个家院模样，一径到文天乐面前，说：“文爷，小人奉家爷命，来问那大轴中堂绣好没有。”

文天乐道：“绣好了，敢情你要拿去吗？”

那家院道：“如是绣好，即请交小人带去，也是一样。”

文天乐道：“绣虽绣好，却在作场里，未曾取来。明日早起，再着人送到你们府上去就是了。”

那家院道了声是，回身去了。

文天乐便走到柜上，说：“将那轴中堂取出来。”

柜上的在橱内取出一个方大纸匣，放在柜上。

文天乐打开纸匣，说：“公孙兄，你来瞧瞧，这轴中堂绣得可好吗？”

公孙策走过去一看，只见文天乐由纸匣内取出一幅折叠着的绣货来，在柜上平铺放开，乃是轴湖色素缎的中堂。上面绣一个大红太阳，像是由东方初上的样儿，下面许多男妇人等在彼工作。内有一个老者，用手指着太阳，房屋田地，山水树木花草，均绣得状态如生。左角并绣着几个小字道“恭祝龙公宝山荣任之喜”，下面署名的乃是“山东历城县晚生杭纬之拜贺”。绣工甚是细腻，精致非凡。

公孙策看毕，不由信口赞道：“好！文兄这轴顾绣，要多少银子？”

文天乐道：“便宜得很，总共不过十来两银子。公孙兄，你看了这轴中堂，可知它是什么意思吗？”

公孙策道：“这个莫非是指日高升？”

文天乐道：“对，老兄知其一而未知其二，这图有两种意思，一种是指日高升，乃是祝颂之意。一种是恩光普照，表示系百姓感恩之意。”

公孙策道：“原来还有这么个意思在内，含而不露，却是很好。但不知这龙宝山是谁？杭纬之又是何人，因何要送这轴画？”

文天乐道：“龙公乃是本县的县尹，如今已升任进京，做京师首县去了。

为官清正，堪称得‘廉明’两字，在此做官，政声极著。当他进京之日，本地百姓曾恭送万民伞两把，德政牌四面。这杭纬之，因承蒙龙公的昭雪，故此他又定绣此轴，预备进京赴试时面送，方才来的那个家院，便是他的家丁。”

公孙策道：“文兄刚才怎么对他管家说，在作场内未曾取来呢？”

文天乐道：“小弟因他未曾取得主人的字据来，不便交他带去，故此用这话敷衍他。”

公孙策这才明白，处世经验，是应该如此的（细），遂说：“龙公清廉，人民送牌伞，不知他可是名副其实的好官吗？”

文天乐道：“怎么不是好官？他自到任以来，所断的奇案极多，像这杭纬之的事，便是老大的证见。”

公孙策笑道：“现在外面做地方官的，往往好与地方上一班绅董联络，欺压小民，等到临行之时，由这些绅董发起，恭送牌伞，这种事情极多（骂尽许多官绅）。兄弟所以有此疑问，果真龙公名副其实，却也是件难得的了。”说着话，柜上的同事已将那轴绣好了的中堂折叠起来，收好在匣内，仍放到橱内去了。

文天乐知照那掌柜的：“明日一早，着学生意的送去，须要有回条。”说罢，便邀同公孙策，到后面客房内去。

公孙策将包裹打开，取出计全胜送自己的参茸等物来，送给文天乐道：“文兄，兄弟行途间，未曾带得东西，这些物事乃是朋友送我的，如今转送给文兄，算是些须菲敬吧！”

文天乐见都是些珍贵物品，哪里肯收？怎禁得公孙策再三相强，只得允收了一半，余一半仍旧留着，给公孙策自用。公孙策也只得将一半收回包裹里，二人坐在客房内，学生意的来奉了茶，二人闲谈了一会儿，天色已晚，洽和祥前后都已掌了灯，前面店堂里已上门、收市，灶上已在客厅正中设了酒席，两旁开了饭菜，学生意的来请二人到厅用晚饭。文天乐邀请公孙策到客厅上来，先让公孙策首座，又邀了两位大同事来作陪，自己坐了主位，敬酒奉菜。公孙策举杯称谢。

饮酒之间，闲谈生意经络。公孙策是个外行，只得不开口。过后文天乐等三人谈到那轴顾绣中堂，不由将公孙策的谈锋引起，便说：“文兄，方才你说龙公清廉，所断奇案甚多，不知他断了些什么案子？”

文天乐道：“多着呢，一时也说不了许多，单讲这杭纬之的一案，便很是奇怪了。”

公孙策道：“怎样奇怪？”

文天乐道:“杭生员因为躲雨借伞,竟惹得飞灾临身,怎么不奇怪呢?”于是滔滔不断地说出龙公在历城县任上的几宗奇案来。

正是:

酒落欢场开话匣,惊闻奇案增新知。

毕竟龙宝山所断奇案如何,请看下文分解。

第三十一回

郎德珊强奸杀表弟
龙宝山上任审奇案

话说公孙策于饮酒之间,问龙公在历城任上,怎样地断案严明,杭纬之如何受屈昭雪。文天乐见问,手擎酒杯,呷了一口,滔滔不断地将龙公在历城任上所断的奇案,如数家珍般地说将出来。公孙策听到痛快处,由不得连呼快哉,浮一大白。听到奇幻处,忍不住说声怪极,急问下文。

看官听说,作小说有一种逆写法,即是此类。在下编这部书,前文仅仅说龙公在历城任上极著政声,究竟他政声如何显著,怎生廉明正直,在下此时不妨借着文天乐告诉公孙策的口中,将他补叙出来。一则补前文所未及;二则使看官们看罢前文,如同看了一出全武行的武戏,此刻换上一出文戏,换一换眼光。

闲言叙过,且说历城县南门内,有家书香人家,主人姓杭名纬之,年方二十四岁,乃是个贡生,学问甚好,品行尤正,容貌生得虽不及宋玉,却也够得上称他一个美字,家资也要算是中等。他家中人口不多,只有夫妻二人,童仆各一,佣妇、婢女两名,主仆内外,统共只有六人。

那日正当秋令,杭纬之因佃户春秋两季的租未曾缴来,屡次着仆人崔福去催,无如那些佃户总说今年年岁不好,所收不丰。杭纬之急了,只得亲自下乡去催他家的田。离城约有十来里路,杭纬之是个诚朴人物,向来不喜摆架子(与今人不同),所以并未携带仆人,独自步行前往。

出得南门,未曾走至五里路,忽然天际黑云四起,狂风大作,一会儿竟漱漱落下雨点来。杭纬之心慌,赶向前面奔去,一面跑,一面想着,忽地想起前面五里店镇上有家葛仁卿家,和自己乃是莫逆之交,不如到他家中坐一会儿,躲过了这阵雨,再作道理。于是急急忙忙,径奔到五里店镇上葛仁卿家里来。一会儿已到,走进门去,便问:"葛兄在家吗?"

里面有人应道:"谁呀?"随即走出一个妇人来,那妇人生得花容月貌,穿着布衣布裙，另有一种天然风致，袅袅婷婷，走到杭纬之面前，含笑道："原来是杭相公，他出去了呢！"

杭纬之将那妇人一看，认识她是葛仁卿的浑家孔氏，赶忙施礼道："大嫂，大哥出去了吗？"

孔氏还了个万福道："正是呢，他到庄上亲戚家吃喜酒去了。杭相公请坐。"说着，便去倒茶，含笑奉敬。

杭纬之见葛仁卿不在家，觉得有些不方便，忸怩着说道："大嫂不用客气。"又说："大嫂，我因出外未曾带得雨具，行至中途，忽然天上起云，丢下雨点，特意前来找大哥想犯个厌，借把雨伞，以免衣衫落湿。不知可有吗？"

孔氏道："相公要借，怎说没有？请坐一会儿，容我去取来。"说着，转身向后面去了。

杭纬之便坐在椅上相候，一会儿，孔氏由后面取了一把雨伞出来，放在桌上道："杭相公，这还是把新伞，用过未有几次，请带了去吧！"

杭纬之在桌上取过雨伞，即匆匆起身告别，往门外去了。却不料因一时匆促，将手中折扇汗巾忘却，丢在桌上。杭纬之走出五里店的镇集街口，方才想起，因念回头从此经过，再取也不迟，当即向前面而去。

走了一程，天上的雨并不曾落得下来。杭纬之心忖，这把伞是多借。到了村庄上，向各佃户催索欠租，各佃户也是说："年岁不丰，并非有意，既是相公亲自到来，只得稍停几日，送些到城里来就是。"

杭纬之见佃户狡猾，便说："你们休得刁狡，我三番两次地着人来讨，你们总这般回法，须知我也不是好惹的，惹得我性发，我自有我的办法。此次姑且信任你们一次，在五日内，务要一齐将租送到，至少须缴一半，否则，哼！我可不是个斋翁呢。"

众佃户听了杭纬之的话，大家都知道他是个生员，岂敢再说油嘴的话？因恐真引动了秀才老爷的脾气，一张片子送到县里，准得吃亏。故此齐说："相公，要论年岁，咱们所收的谷实在不及往年（见风转舵了）。但因相公既亲自来，又不得不勉强应付，准在五日内，送租到城里来就是了。"

杭纬之见佃户被自己正色厉言地吓得应命，也就乘此收科，说："我在五日内等候你们送租到来，如过了期，可休怪我。"说罢，便欲起身。

众佃户齐说："相公难得下乡，时候还早，且用些点心去。"

杭纬之深恐天气转变，降下大雨，反而不能进城，遂说："我才由家里吃了来，不须客气。"说着，即起身拿伞，离了乡村，仍由原路回城。

行到五里店将近，天上又丢雨点（也是合该有事）。这会儿可不是方才，竟淅淅沥沥地落将下来。杭纬之撑着伞，向前而行，心恐家中盼望，急匆冒雨疾走。虽知折扇落在葛仁卿家内，存心往取，但恐取扇耽延，雨下大了走不成。更怕葛仁卿仍未回来，有些不大妥当，寻思明日命崔福来还伞取扇，也不为晚。故此走过五里店镇上，并不曾拢到葛宅（写得婉转），径行回城。凭你跑得快，雨脚已是湿透，鞋袜均已进水。

回到家中，他夫人姜氏正在那里忖度，丈夫今日下乡，定要被这雨落在佃户人家，明日再回来了。却见杭纬之冒雨走了回来，赶忙迎着问道："下着这般大的雨，怎么竟跑回来了？"

杭纬之道："不回来，你们就放心了吗？"说着话，崔福赶着过来接了伞，仆妇忙着去打水，请主人洗脚，婢女早到上房去取干净衣服鞋袜，姜氏忙着给丈夫脱去湿衣。杭纬之洗了脚，换好衣服，已是日暮黄昏，此时雨尚未住，滴滴答答地落个不止。

杭纬之道："早知要下雨，该不要去的，几乎去了，也是白跑，明日这把雨伞，却如何还去呢？"

当晚晚饭后，杭纬之因受了雨，回来洗足脱衣，又受了风，觉得有些支不住，便早早地睡了。次日早起，天已晴朗，杭纬之起身梳洗，早点毕后，命崔福将伞退给五里店镇上葛仁卿老爷家中去，顺便将自己的扇子带回。

崔福道："这会儿天才晴，且等中饭后，地下干了，那时去也不晚。"

杭纬之点了点头。

主仆正在说话，忽然由外面走进几名公差来道："杭老爷在家吗？"

杭纬之见是县里公差，便说："众位找我做甚？敢情为催收秋漕吗，那我可已缴过了呢。"

众公差中为首的一个笑道："杭老爷，咱们奉公差遣，概不由己，并不是为了什么漕粮，奉本官之命，特来请你到衙听审。"

杭纬之听得"听审"二字，不由大吃一惊，说："列位上差，我有何事，要到县衙听审呀？"

那差人道："你老自己做的事，还会不知道吗？走吧，本官在堂上等着呢！"说着，便将杭纬之拖了就走。

杭纬之不知其故，只得回头令家中："不要担忧着，崔福随后到衙门打听。"说罢，便跟了众差，同到县衙。

正值知县升堂，差人上堂一报到，知县即说："带上来。"

杭纬之到了堂上，向上打了一躬，便说："父台大人，晚生杭纬之，不知所犯何罪，竟令差役将晚生提来。"

知县道："杭纬之，你身犯杀人强奸之罪，还要在本县面前狡展吗？快快从实诉来，本县或可设法保全于你，否则休怪本县。"

杭纬之听说犯了强奸杀人之罪，不由一怔，向上打躬道："父台大人，晚生平素品行，自信尚不致有荡检逾闲的举动，何至有强奸杀人之事？想系有人在老父母台前诬控，或系另有同名同姓之人，亦未可知。"

知县闻言，鼻孔内不由哼了一声道："杭纬之，不给你一个证据，你也未必肯招。"说着，便在公案上拿了把折扇，丢将下来。

杭纬之俯身拾起，不看犹可，一看之后，登时吓得面色变异，便躬身向上道："父台大人明鉴，这扇子虽是晚生之物，但是昨日晚生遗落在五里店镇上葛仁卿家中的。方才晚生正拟着仆人去讨……"

知县不待他说完，即说："杭纬之，你借伞调情，强奸不遂，杀死葛仁卿夫妇，还有何说？"遂唤左右："给本县将他的蓝衫巾帻除下，先革去他的功名再讲。"

差役一声答应，早走上两名，将杭纬之的文生巾除掉，蓝衫脱下。

知县喝道："杭纬之，你慌迫之间，丢下扇子，还有何狡展？本县劝你从实招了吧！"

杭纬之极口呼冤道："晚生昨日下乡催租，借伞事诚有之，调情实系冤屈，杀害二命，更是天外飞来之事，晚生实不知情。"

知县大怒，喝令掌嘴。差役走上，给杭纬之左右开弓，十下巴掌，直打得杭纬之满口喷血。

杭纬之立在堂上，大呼道："父台大人，民之父母，岂有不问青红皂白，胡乱革去生员前程、怒打生员之理？晚生实系冤屈，总望父台大人明镜高悬。"

知县更怒，喝令跪下，按翻在地，重责二十大板，打得杭纬之皮开肉绽，那血直由裤子上透出来。

知县喝问："杭纬之，招也不招？"

杭纬之伏在地上，哭道："老父台便打死晚生，晚生也不能招。晚生自幼即读孔孟之书，向无不道德行为，岂有胡乱招承，自污清白之理？"

知县见他不招，心中沉思，这杭纬之是个生员，向未受过苦楚，如何被打之后，仍旧不招呢？便说："杭纬之，本县劝你从实招承，免得皮肉受苦。"

杭纬之含泪抬头抗声道："晚生无罪，如何能招？王法虽然厉害，不治无罪之民。今日老父台刑及无辜，已是担受处分，如要口供，便刑毙杖下，也是无有。"

知县被这一顶，不由又大怒起来，说：“好个狗头，本县好好地劝令供认，却反而无知顶撞。”遂将签筒一推，哗啦倒在堂上，喝令：“与本县重打！”

众差役见本官发怒，不敢怠慢，只得拿起板子，向着杭纬之的屁股上打去。口中数着一五一十，两眼却望着本官，听候本官喝止，即便停手。打到五十板，杭纬之哎呀了一声，已是痛晕了过去。

众差役停手禀道：“启禀大人，杭纬之被打过去了。”

知县令用凉水喷醒过来，差役应命，喷了净水。杭纬之悠悠醒转，哎呀了一声。

知县喝道：“杭纬之，你还不招吗？”

杭纬之流泪哭道：“老父台明鉴，晚生实系无罪，叫晚生如何招法？”

知县大怒，喝令左右抬大刑。左右应命，将夹棍抬来，放在堂上。

旁边刑名师爷见本官如此处理，不由走到知县背后，低声禀道：“大人未可造次，万一将杭纬之刑毙在堂上，不是要处。仅凭一把扇子，也不能完全做证。大人不如且将他寄监，调查详情，再作道理。”

知县被这一提，只得将一团怒火暂且熄下，吩咐左右：“将杭纬之钉镣收监。”

杭纬之到了监内，崔福在衙门口打听着消息，吓得真魂出窍，飞奔回去，报知主母。姜氏闻讯，一阵心痛，晕了过去，半晌哭醒转来，着崔福到娘家报信。她哥哥姜梅清乃是个举人，一得这个消息，不由大惊，立刻到妹夫家问讯。崔福将在衙门打听来的情形禀明，姜梅清命崔福带银两，前往监内探视主人，向那些禁子打点好，使主人不吃亏，并带了上好的伤药去，给主人内服外敷，以及换洗衣服等件，好预备主人换洗。

崔福去后，姜梅清即往县衙拜访知县，询知案由。才知案情，系五里店的保正唐禄儿所报，系因葛仁卿家夫妇被杀，他家小厮天明惊号而出，惊动四邻，才唤了唐禄儿来。唐禄儿因系命案，即刻赶到察看，只见葛仁卿系在床上被刀砍死，孔氏系被扣喉而死，下面裤子扯脱，却死在房内地上，一旁遗有扇子一把，上有血迹，写着“纬之仁兄雅正”的题款。

唐禄儿一问左右邻舍，说：“昨日有一生员到来借伞，正是杭纬之。”故此，地保进城报案，即将扇子为证。知县一面派人同着件作等去验尸，一面派人饬传苦主，并杭纬之到案。

当时姜梅清问明知县的案由，便说：“老父台，此案疑点甚多，父台怎能以一把折扇认定了弊亲是凶手呢？依晚生看来，敝亲只处于嫌疑地位，何能以严刑拷问、钉镣收监？晚生恐父台的前程有些未便吧！”

这几句话不打紧，却将个知县提醒了，但事做错，没奈何，只得徐图补救，当时送了姜梅清出来。

姜梅清先到杭宅，将此事对妹子说知，叫她安心，自己却打点备办状子，预备上控。那知县却因此案棘手，急求脱卸，对于在狱的杭纬之，暗中通知狱卒禁子，不可难为了他，一面限令捕快，侦缉凶手；一面示意苦主葛仁卿的本家，帮同侦察。正在忙得不可开交，忽然霹雳一声，上峰转来部文，不日新官即须到任，将自己调署阳谷县。知县又惊又喜，惊的是阳谷地方，是个苦差事，新官到任，假使查出杭纬之一案苛刑的坏处来，毫不容情地申详上去，自己连阳谷县苦差都保不牢。喜的是葛仁卿夫妻被杀，新官到任有人负责，自己可以卸肩（此等官员，今日甚多，可叹）。因此吩咐各科处预备交代。所有民刑诉讼案件，姑且暂搁，等到新官到任再理。

时光易过，不久，新官到任。看官，你道新官是谁？不消说得，已知是前文的龙宝山了。

龙公接任历城县之后，照例先拜谒上司，一切文武职官，然后处理案件，先将前任已受理而未判决的民刑案件逐一清理审阅。及至看到杭纬之一案，不由生疑，暗说，前任何故如此颟顸、草菅人命？随即传齐人证，点鼓升堂，先令杭纬之上堂。龙公将杭纬之一看，察貌辨色，不是个杀人凶手模样，不过面貌生得甚是不错，这“奸情”二字，却也不能断定他完全无有（吾为小白脸危矣）。遂略问几句，吩咐带下。即传唐禄儿上堂，问了他当日报案情形。又传葛仁卿小厮上堂，问他年岁、姓名，到葛家已经几年了，那小厮说是姓沈名二楞，已有两年，今年十四岁了。

龙宝山道：“你主人平时可与什么人来往吗？葛仁卿所交的是些什么朋友，谁是常到你们家来，而且来得最勤？讲！”说着，将惊堂木一拍。

那小厮吓了一跳，答说：“主母平时并不曾有何不端之事。主人所交朋友都是学中人居多，除去吟诗作赋，平常无人来的。”

龙公道：“杭纬之可常到你们家来吗？”

那小厮摇头道：“他离得远，难得来。”

龙公道：“当日杭纬之来借伞，你在家吗？”

沈二楞道：“小的随主人出外去了，不曾在家。”

龙公道：“你主人家内，除去你之外还有童仆吗？”

沈二楞道：“主人在日节省，只用了小的一个，其余并无别个。”

龙公道:“你知你主人什么时候回来?你怎能知道你们主人、主母被杀?你看见杭纬之行凶的吗?讲!”说着,将惊堂木又是一拍。

正是:

琴堂高悬秦皇犀,阶下审讯缧绁囚。

毕竟沈二楞说出甚话来,请看下文分解。

第三十二回

完伯玉租妻毁约
童二虎情急投缳

话说龙公问那小厮，将惊堂木一拍，喝令讲来。两旁差役一声堂威。

沈二楞跪在堂上禀道："小的同主人回来，系在晚饭以后。那时主人因在外面受了雨，故此回来就睡了。小的也受了寒，老早就关门去睡。睡到天明，方才起身，因见主人房门开着，只道主人已起，走去一瞧，却见主母尸身睡在血泊里，唬了一跳。随即惊呼起来。"

龙公道："住了，本县问你，当时你只看见你主母的尸身吗？"

沈二楞道："彼时小的已是吓煞，并不曾看见主人也被杀。"

龙公道："你惊呼之后，是谁先听得？你在夜间，难道一点儿声音都不曾听见吗？"

沈二楞回道："小的惊呼：'不好了，咱主母被人杀了！'便拔步向外跑。"

龙公喝道："呔！且住。你向外跑，难道不找你主人吗？那大门是开着呢，还是关着？"

沈二楞道："那时小的已是吓慌，只晓得嚷不好了，并不曾想着找主人。跑到大门边，门是闩着的，小的开了门，到街坊上一嚷……"说着，回转头来，指着堂上立着的一位老者道，"便是这位老爹先听见的。"

龙公吩咐将那老者带上来，问他姓名、年岁、职业。

那老者跪下禀道："小老儿名唤甄诚实，住在葛仁卿的贴隔壁，向以卖豆腐为业，故此起得绝早。当沈二楞出外嚷叫'不好了，主母被人杀了'之时，小老儿已起来开门，故此实是小老儿听得。"

龙公将手一摆，吩咐站立一旁，随命沈二楞继续供来。

沈二楞道："小的将街坊唤了，大家凑着胆子向内走去。街坊说：'二楞，你家主人呢？'小人被这一提，方才提醒，说：'咱们主人不知却怎么还睡得着。'说着，众人齐到里面。大家一看，齐声哎呀，说：'怎么着，两口子都被人杀了！'小的闻得呼声，惊得魂胆俱碎，几乎吓得发昏。当由众街坊商量，着人去唤保正。唐保正一到，即刻命伙计看了屋子，带了小的进城报案。"

龙公将手一摆，说："带唐禄儿。"

唐保正上堂叩头。龙公问了他当时情形，唐禄儿一一回禀已毕，龙公传命道："你可快到五里店死主家内，预备公案等等，本县要亲去踏勘。"

唐禄儿去后，龙公命将葛仁卿本家带上堂来。本家陈说一切后，请求申雪。

正在此时，差人来禀，说："有举人姜梅清来见。"遂将手本呈上。

龙公吩咐一个"请"字。

一会儿，姜梅清已到了堂上，躬身道："晚生姜梅清，叩见老父台。"

龙公在公堂上略一欠身，即说："贤契到本县衙门，有何事故？"

姜梅清打了一躬，递上一个状子道："晚生因杭纬之生员，冤遭不白，特此前来，请求父台大人申明冤屈，愿大人公侯万代。"

龙公接过状子，在公案上略一注目，便说："贤契且请回去，本县自当要审个水落石出。"

姜梅清打一躬道："谢父台大人。"随即告退出衙。

龙公命通班捕快："带了仵作及一切人证，随本县同往五里店镇上踏勘听审。"

众役一齐领命，立刻传齐全班执事，打轿出城，径往五里店镇上来。到了镇上葛仁卿家门口，打住了轿。龙公下轿，地保唐禄儿早已领着两个伙计屈膝迎接。龙公一摆手，唐禄儿起身向内领导。

龙公出了轿门，走进葛仁卿家大门，抬头一看，这房子乃是临街的市房，一旁有间耳房，遂命传沈二楞。沈二楞闻呼，赶到前进跪下。

龙公道："起来，本县问你，这前进耳房内是谁的卧室？"

沈二楞道："是小的所居。"

龙公点了点头，走进后进。中间隔着个小天井，后面一进，乃是三间两厢的平瓦房，正间堂前，设着公案，左边一间厢房，乃是灶屋，那右边一间厢房，却连着正房。

沈二楞道："这正房便是我主人的卧房了。"

龙公道："那面呢？"

沈二楞道："那是下房，里面堆着些柴草什物。"

龙公先到正房连厢房的那一间里面去一望，仔细打量了一番，又到左边下房里看了一遍。绕过屏风，见有后门。龙公道："这后门出去是什么所在？

当日出事时，这后门开着呢，还是关着呢？”

沈二楞道：“那日却不曾有人想到这一层。”

唐禄儿在旁插言道：“回大人话，当日小的曾留神到此，这两扇门却是开着的。”

龙公点了点头，令开门到后面去一看。却见后面是一个小院子，里面种着几株桃树。龙公逐一看去，看到有一棵桃树紧靠着院墙，不由心中一动，将院墙四面一看，只见有一扇独扇后门，上面拴着大小闩。龙公吩咐唐禄儿爬上桃树，却命差役开了院墙门，自己走将出去，命唐禄儿由桃树上跨到墙头上，然后跳出墙外。唐禄儿不知大人安着什么意思，心中慌乱，扑通跳将下去，竟跌了一跤，那脚迹却巧踏在两个脚印内(匪夷所思)。

龙公看了一遍，便问：“这荒地四面都有屋子？可有出路吗？”

唐禄儿同着沈二楞齐回道：“由这边绕过去，有条小胡同，出去便是大街，乃是条太平火巷。”

龙公便命二人带路，并令差役进院子，将后门闩好，自己由那火巷内，跟在唐禄儿、沈二楞后面，绕到大街，仍由前门进内。回转身来，向对面一看，却是爿肉铺，那边的门正和这边相对。龙公陡然醒悟，说：“沈二楞，这对面肉铺，在那里执刀卖肉的是谁？”

沈二楞道：“这执刀的伙计，名唤曹二。”

龙公道：“他东家是谁？”

沈二楞道：“东家名唤郎德珊，乃是小的主人的表兄。”

龙公道：“你去将曹二唤来。”说罢，随即到后进升堂，吩咐：“带杭纬之。”

杭纬之到了公案面前，跪在下面。

龙公问道：“杭纬之，你当日借伞，是在前进，还是在这后进？”

杭纬之道：“犯生借伞，乃是在前进。”

龙公道：“你从前曾到这后进来过吗？”

杭纬之道：“犯生往日曾到过这一进。”

龙公道：“你曾到后面去过没有？”

杭纬之道：“不曾。”

龙公道：“你当日出城离家时是甚时候？”

杭纬之道：“是午牌时分。”

龙公道：“你由乡村回来约在何时？”

杭纬之道：“是在申酉之交。”

龙公道：“你借伞曾有何人看见，约谈了多少时候，孔氏可曾和你说甚话来?”

杭纬之道:“约有一盏茶光景,并不曾多讲话。至于有何人看见,犯生当时并未留心,不敢胡说。”

龙公随令传曹二。沈二楞将曹二一推,到公案前跪下。

龙公道:“曹二,本县问你的话,你得实说。如有半字虚言,休怪本县无情。你可认识这跪着的犯人是谁吗?”

曹二向杭纬之看了一看,回说:“小人不认识。”

龙公道:“你想必是新到郎家肉铺内做伙计。”

曹二道:“小人来了不过十来天。”

龙公道:“你们东家呢?”

曹二道:“他到外县去赶猪去了。”

龙公道:“几时动的身?”

曹二道:“小人进店后的第二天,东家即出了门。”

龙公即令传仵作。仵作闻传,即到公案前下跪。

龙公道:“当日你验看葛仁卿被刀砍死,是什么刀伤?”

仵作道:“是屠刀。”

龙公命文案将尸格打开看时,只见上写:

验得男尸一具,颈内伤口长二寸七分,深寸余,切断咽喉致命,委系生前用屠刀,或解腕尖刀砍毙。

龙公看罢尸格,即令仵作起去,将惊堂木一拍,喝声:“曹二,你将郎德珊的去处招出,便饶你一命。如不招出,你需要抵命。快招!”

左右一声吆喝:“快招!”

曹二吓得浑身打战,说:“青天大人在上,小人委实不知东家的下落。”

龙公即命差役到对门去将郎德珊的老婆传来,向她诈道:“方才曹二已招出你丈夫的去处,你不用隐瞒,快些招来。”

那妇人却也刁狡,说丈夫出门已有十来日,委实不知去处。

龙公道:“既你二人都不知道,本县也不深究,你二人且退下去。”

二人叩头退下。龙公即低声令班头江旺:“暗中尾随,不可大意。”

江旺领了示下去,带了几个伙计,跟将出去。龙公令杭纬之起来,遂将四邻传来,问了一遍,一律无关开释。遂命起身,打轿入城。

回到衙中,胡乱吃了些饭食,即刻升堂理事。班头江旺已拿得郎德珊,到堂禀道:“下役奉命跟着曹二等出外,暗伏在郎家肉铺前后及街的两头,观看动静。自大人带了保正、苦主、犯人等入城后,即见曹二匆匆由肉铺出外,向街西头周村而去。下役等尾随在后,果然将曹二、郎德珊捉到。”

龙公大喜,即令将郎德珊带上来。郎德珊上堂跪下。

龙公向郎德珊看了一眼,只见他形容生得凶恶,面带杀气,却问:“郎德珊,你因何将表弟夫妻杀死?讲!”

郎德珊极口呼冤。

龙公将惊堂木一拍,喝声:“郎德珊,你表弟夫妻阴灵不散,在本县面前托梦告状,说你强奸表弟妇,误杀表弟。本县拷问你妻子,你妻已供出你住处,令曹二领同班头,捉你到案。你如识得时务,从实招状,本县法外施仁,还可保全你的性命。你如不招,难免皮肉受苦。”

郎德珊听说鬼告状及他妻子已招的话,不知是真是假,心中虽惊,面上却不露出,却将心一横,咬紧牙关,不招一句。

龙公道:“郎德珊,你难道不信吗?你堂客曾招出你系由桃树上跨墙跳出逃回家,身上衣服尚有血斑点点,泥水遍身,你怎么不招呢(诈得妙)?左右,给本县抬大刑侍候。”

郎德珊仍是呼冤不招。

龙公道:“郎德珊,本县好好开脱于你,你却要不知进退,也罢,左右,与我夹起来!”

差役领命,将郎德珊按翻在地,将他两腿套上夹棍,只等本官的示,便收绳子。

郎德珊到此关头,心想,机关皆已被他识破,何苦先吃眼前亏?遂说:“大人请缓刑,小人愿招(不经吓的奴才)。”

龙公道:“招来!”

郎德珊道:“小人一时糊涂,因爱表弟妇资容秀美,每尝过对面表弟家中,借事调戏表弟妇,屡次均被她正言痛责,因此虽是两下对门邻舍,大家望衡对宇,每日见面,却不甚多谈心。那日见表弟妇借伞与杭纬之,嫣然浅笑,实在令人思慕。又见她拿折扇不住地观看微笑,小人错会了意,以为表弟妇定是看上了杭生员,因思与其每日望梅止渴,害这单思病,何如今夜冒充杭纬之,去和她混上一次呢?故此这日早早收市,吃过晚饭,带了把屠刀,以备威吓之用。初时以为表弟绝不在家,故此大着胆跑到对面,却见大门虚掩着,心中以为表弟妇定是等候杭生员,故此虚掩了门,遂轻轻掩入耳房内小厮睡的床下。伏了一会儿,不料竟糊里糊涂地睡着了。及至醒来,大约已是半夜，其时屋上的雨声正急，小人乘此有声音遮盖，便轻轻爬出耳房，走到后进去。却见灶上点着灯火，那时也不曾细心想想，以为是表弟妇忘却吹熄灶上的灯，便大胆走进上房，摸到帐子边，爬上床去，一摸床头前枕上枕着个头，并不是个女子脑袋，心中一惊，以为是杭纬之睡在那里，心中一气，拔出刀来，给他一刀，砍断了咽喉。哪知这一阵响动，早将表弟妇孔氏惊动，听得响声，赶着掌灯由灶上回进房来。那时小人见表弟妇进房，吹灭了灯，即将她按在地上，意欲强施非礼，不料她高呼救命。小人一时情急，伸手扣住她的嗓子，不料因此表弟妇亦死。小人见闯了祸，赶紧由后门爬上桃树，跳出墙外逃走。”

龙公道：“杭纬之的扇子落在地上，是否系你丢在地上的？”

郎德珊道：“小人并未曾。当时也不知扇子在不在地板上。”

龙公听了供词，命录事录了供，拿下去，令郎德珊画了押，随即定判道：

审得葛仁卿夫妇被杀一案，杭纬之仅涉嫌疑，业经查明，毫无关系，着即开释。并另详上宪，请复青衿。

郎德珊奸杀二命，拟斩。

唐禄儿侦案粗心，记大过一次。

沈二楞童子无知，着由其家属领回。

姜梅清所请昭雪杭生一节，现既查明，着毋庸议。

着葛姓族人，将葛仁卿夫妻尸首另行棺殓，以亲房之子承嗣，将所有遗产，均归嗣子承受。

曹二面欺本县，着责手心二十，开释。

郎德珊肉铺财产，着以其半为其妻赡养费，另一半赔偿杭纬之损失。

此案定判以后，当堂开释了杭纬之，并勖勉他几句。

一切发落已毕，正要退堂，却见角门上走进几人，揪作一团，同声呼冤。到了堂上，一齐跪下，叩头报名道：“小人弓冶，小人邱治，小人凤今觉，小人来雨声，小人完伯玉。”

龙公向下一望，都是经济小民模样，便问：“尔等谁是原告？所为何事？诉上来。”

众人齐声说：“我等都是原告，情因完伯玉租妻毁约（妻而可租，无耻之极矣），逼死人命。完伯玉也说小人是原告，童二虎自己上吊，与小人无干，他们要想向小人索诈，小人情急，特地扭揪他们，同到太爷台前，请太爷给小人断个明白。”

龙公见他们说话没头没脑，正在此时，角门上又走进一人，上堂跪下道：“小的乃是党家集地保党玉柱，给大人叩头。”

龙公道：“你有甚事？”

党玉柱将手一指众人道：“小人即因他们这一案，特地赶来。”

龙公将惊堂木一拍，喝声：“狗才！你不同他们一齐来告状，却分作前后，是何缘故？”

党玉柱叩头道：“小人因为童二虎的尸身无人看守，特去呼唤伙计看守，因一转身，不料他们已先走，故此赶来报案，并非有意先后分作两起。”

龙公道：“你且将案情报上来。”

党玉柱道：“小人今日在家，忽见凤今觉来报，说他的邻舍童二虎吊死了，央小的去看视。小的即刻前往，却见彼等正围着完伯玉在彼，说完伯玉租妻毁约、逼死童二虎。小的因系命案，赶着上前问讯，令凤今觉等不可放走了完伯玉，便回身去唤伙计。等到回到童二虎家门口，他们已扭揪到城里来了。至于详细情形，小的因时间匆促，不甚明白。”

龙公吩咐：“众人且退，但留下完伯玉，本县先问。”

正是：

怪事忽闻妻可赁，奇情巧逢人投缳。

第三十三回

尹伊氏县衙告儿媳
龙宝山睡魔明奇冤

话说党玉柱领着弓冶等四人退下堂去，龙公先问完伯玉道：“你做何生理？将租妻之事从实诉来。”

完伯玉道：“小人以采樵为业，情因家贫，难以兼顾，只得将妻子沈氏出租与童二虎为妻。当时言明三年为度，租金共是三十两银子，双方成交。不料小人妻子过去之后，因被童二虎诸般凌虐，不堪其苦，是以走回小人家内，并非小人毁约，乃系童二虎自愿。”

龙公听罢，不由大怒，立命差役去拿沈氏到案，一面将惊堂木一拍，喝声：“完伯玉，我把你这无耻狗才（该骂）先要重打！世间什么不可租，怎么连女眷都可租给人家的？似这等无耻，先就该打！”

完伯玉见老爷发怒，吓得连连叩头，说：“小人一时无知，实因饥寒交迫，开门七件事，支持不住，没奈何，才将女人出租（然则何必娶）。”

龙公喝声：“狗才！你将堂客租给童二虎，得他银子三十两，是由何人介绍，由何人做中？毁约之时，你可曾将银子还给童二虎？讲！”

两旁差役齐喝一声堂威，说：“快招！”

完伯玉生长乡间，从未见过这种威严，被这一吓，吓得浑身打战，说：“小人租妻，当日系由凤今觉、来雨声二人介绍做中，每人各得中用银子五钱，小人实收二十九两纹银。毁约之时，小人因银子已是用去，还不出，故此没还。不料童二虎死了，凤、来等人硬说是小人将童二虎逼死，请大人给小人申冤。”

龙公道：“租妻是什么时候，毁约又在何时？”

完伯玉道：“租妻是在上月初三，毁约乃是昨日。小人的堂客乃是前三日走回来的。”

龙公听罢，将面色一沉，喝声：“完伯玉，在本县面前，还不实供，你夫妻因甚用念秧手段,骗取童二虎的钱财?"

完伯玉叩头道:"青天大老爷在上,小人不敢。"

龙公吩咐:"带下去。"

差役将完伯玉带在一旁。

龙公令师爷带仵作前往党家集相验,并令邹福同去,详细调查,然后将弓冶等四人唤上堂来,问道:"尔等做何生理?"

四人说了职业,来、凤二人是做篾匠的,弓、邱二人是做成衣的。

龙公道:"尔等将童二虎因何致死?从头诉来。"

凤今觉道:"童二虎是小人等的邻舍,向以做皮匠为业。为人甚是诚实,今年他对小人说,想娶妻又娶不起,眼见得将来宗嗣准断。后来他不知怎么知道完伯玉贫乏,不能养家,意欲将堂客出租(柴米夫妻读此一段文字,令人心悸),他来约小人和来雨声做媒。小人们因怜他是个老诚人,因此代为做个现成媒人。"

龙公道:"且住!怎么是现成媒人呢?"

凤今觉道:"他们两下原是相识,自己先行说合,不过请小人同着来雨声做个中保,故此是个现成媒人。"

龙公道:"以后便怎样呢?"

凤今觉道:"当日成交后,完伯玉之妻沈氏便到童二虎家中来了,一夫一妻,在小人们旁人看来,也还好过。不知未曾三五日,两口子即便斗口,以后便常常闹气。到了前几日,沈氏竟跑回家去了。童二虎追去,向完伯玉要人,完伯玉便说他亏待了沈氏,两下也斗了口,后来童二虎气极了,便说:'人不要了,还我的银子。'完伯玉说:'哪有这么便宜的事?人在这里,回不回去,要她自己情愿。要还钱,那是不成。'童二虎回家,可怜想想哭哭,说:'早知完伯玉是设的骗局,也绝不上他这个当。'并说:'自己今日,只落了个人财两空。'当时小人们众邻舍都走过去劝解他,不料他是个整人化不开,竟于昨日夜里自尽了,这便是他致死之因。小人们今日见他不起来做活儿,喊他不应,在他窗棂纸孔里向他房里一张,见他上了吊了,因此大家扒开了他的门,推门进去,看了一番,大家都说:'这定是完伯玉欺骗,逼死了的。'因此分头干事,由来雨声去找完伯玉,小人去唤保正。不料完伯玉一口咬定,说小人们有意敲他的竹杠,故此不等地保回转,即先行入城报案。因为小人们都是四邻……"

龙公点了点头,吩咐带下去。

这时候,差役已将沈氏带到,跪在堂上。

龙公道:“沈氏,你几岁了,是几岁出的嫁?”

沈氏道:“小妇人今年二十八岁了,二十岁上出的嫁。”

龙公道:“你娘家还有何人?完伯玉待你好不好?”

沈氏道:“完伯玉待小妇人甚好,小妇人娘家已没有亲房了。”

龙公道:“完伯玉将你租给童二虎,是你自己情愿的,还是完伯玉强迫的?”

沈氏道:“既非小妇人情愿,亦非丈夫强迫。实因丈夫近年生意不好,又常闹病,不得已才和小妇人商议,暂时租给童二虎为妻,三年期满,仍可完聚。不料过了门,童二虎虐待小妇人,因此小妇人才走回本夫处的。”

龙公道:“童二虎怎样虐待你呢?”

沈氏道:“他将小妇人简直不当作人看待,要打就打,要骂就骂,终朝每日要小妇人手不停、脚不住做活儿。”

龙公遂命带凤今觉问道:“童二虎怎么样待承沈氏,你可知道吗?”

凤今觉道:“他们内情的事,小人不知。但童二虎待承沈氏,却也不好算错,因为做手艺的人家,不勤俭些,怎能支得住门户?”

龙公道:“沈氏,童二虎既然打你,你有伤痕吗?”

沈氏道:“有些伤痕,如今隔了几天,已平复了。”

龙公将惊堂木一拍,面容变换,喝声:“沈氏,你夫妻用计骗童二虎的钱,到手即便翻腔,还敢在本县面前狡辩,快快从实招来。”

沈氏惊道:“大人乃是青天,小妇人怎敢说谎?”

龙公大怒,喝声:“沈氏,方才你丈夫已招了,你还要赖。来人,给本县将她十指用拶子拶起来!”

差役一声应命,将沈氏手指头一齐用拶子套上,只等本官吩咐。

沈氏被这一吓,不由说声:“愿招。”

龙公道:“招来!”

沈氏道:“童二虎和小妇人的丈夫乃是相识,那日童二虎喝了两杯酒,对小妇人的丈夫说,想娶亲又怕钱不够,不娶亲又怕绝了血食。小妇人丈夫问他有多少钱,怕钱不够。他叹气道:‘有三五十两银子,娶是可以娶了,就是愁的娶了家来养不活。’小妇人的丈夫笑道:‘既怕养不活,何不租一个堂客呢?租上三年五载,说不定养上一两个儿子,岂不是有了后代了?况且满了期,还是各归各,又不要你养了。’童二虎道:‘天下哪有这样便宜事,堂客也有出租的?’小妇人的丈夫道:‘你真是少见多怪,我常听得人说,颇有几处地方,每有将堂客租给人家生子的,这有什么稀奇!’童二虎笑道:‘咱们家乡总没有这个风气，便要租也租不着。’小妇人的丈夫道：‘如果你真愿意租，我便将堂客租给你，三年五年均可使得。’童二虎闻言，当作说玩笑。小妇人的丈夫道：‘谁和你说笑话？委实是真情，我这两年买卖清淡，门户有些支不住。’童二虎见说是真话，便问：‘要多少钱，才可以出租？’我丈夫说：‘每年十两纹银，但至少需要三年。’童二虎道：‘好！咱们一言为定，咱去找个人来做中。’于是第二日，便找了凤、来二人前来说妥。那时小妇人虽不情愿，怎奈丈夫再三相恳，说：‘这不过是个暂局，只要过了门，十天半月，便可回来。’因此小妇人方才答应……”

龙公不待她说完，不由又好气又好笑，暗说，天下竟有这般的奇事，老婆可以出租，并且还有人用这种钱，借此为骗局（此等案情，他书所未有也）。遂说：“带完伯玉。”

完伯玉上堂跪倒。

龙公道：“你这该死的奴才，设此美人儿局，还不快招！”

完伯玉在堂下已听见他堂客招了供，只得也照样直说：“不合一时因财起意，万不料童二虎竟会因此寻死。”

正在此时，邹福师爷、仵作等人已相了尸回来，呈上尸格，邹福并将调查所得情形说了。龙公看过尸格，即便宣判道：

> 完伯玉丧廉无耻，租妻设骗，因之童二虎人财两空，情急投缳，酿成人命。童二虎虽非完伯玉所杀，实因完伯玉而死，着将完伯玉拟抵。
>
> 沈氏着交官媒发卖。
>
> 完氏财物，着一律充童二虎治丧之用。
>
> 凤、来二人，藐视王法，胆敢做丧风败俗租妻之中保，着各责二十板，枷三日示众。
>
> 其余弓、邱等人无干，一律开释。

判毕退堂，休息了一会儿。忽然外面有人击鼓。龙宝山赶着，又到大堂，升了公座，吩咐将击鼓的带上来。却是一个年老妇人，揪住个青年女子，跪在堂上。龙公问她姓氏，因何告状。

那老妇哭着诉道：“青天大人在上，给我儿子申冤。老妇娘家姓伊，婆家姓尹，丈夫早年去世，只丢下一个儿子。老妇千辛万苦将他领带成人，娶这女子为妻，她娘家姓米。我儿子在烟台做买卖，昨日方才到家，不料今日死了，定系被媳妇害死。乞大人为老妇做主，愿大人公侯万代。”

龙公闻言，向下一看，只见那米氏双眉紧蹙，两泪交流，满面正气，毫无妖冶，不像个淫妇的样子。暗说，这可为难了（又是奇案）。

正是：

明察秋毫烛其隐，鉴貌辨色观知微。

毕竟龙公怎样判断此案，请看下文分解。

第三十四回

公孙策金陵染时疫
阚泽鲲旅舍施药饵

话说龙公问道："尹伊氏，且休悲啼，本县问你，你这儿媳妇是何时娶的，已有几年了？"

伊氏道："是十七岁过的门。"

龙公道："他两口子平时可好吗？"

伊氏道："小夫妻们却是很好。"

龙公道："你儿子唤什么名字，在烟台什么字号做买卖，一年回来几次，你家住在何处，你儿媳平时对你如何？"

伊氏道："我儿子名唤尹起凤，在烟台范洪大做买卖，是学生意起手，如今已十一年了。起凤未娶媳妇以前，每年回来一次。现在每年两次。老妇家住红叶村，在北门外，娘家住在龙王庙，离此甚远。哎呀大人，要问儿媳，平时对老妇如何，却也很孝顺。"

龙公道："她可常回娘家吗？"

伊氏道："每年不常回去。因为老妇人一人在家，抽不得身。"

龙公道："你儿子不在家，可有甚闲人或亲戚常到你家中走动吗？你可好赌钱，到邻舍家中去吗？"

伊氏摇头道："咱们家里人口少，又都是女流，并无甚闲人来走动。纵有亲眷，亦无事不来，即来也不过吃过饭就走。老妇人向不懂得赌钱。"

龙公问道："既这般说，你儿子是怎么死的呢？"

伊氏流泪道："起凤死得很惨，七孔流血……"

龙公不待说完，即说："你何以知道是你儿媳谋害的呢？"

伊氏道："儿子昨日回来，谈笑如常，毫无病症，一夜过后，死在床上。不是儿媳谋害，还有何人？"

龙公道："你且退去，等候本县来验尸。"便命："将米氏带了，传命仵作人等，随本县前往验尸。”

这时，天色已是不早，到了红叶村，已将日暮。龙公命仵作验尸，报过填了尸格，自己又亲自下去验看。将米氏唤过，问了一遍。米氏泣不可仰，只求替丈夫申冤。

龙公见她腹部凸起，知道她是双身，便说：“米氏，本县看这案情奇突，你丈夫分明系中毒而亡。姑念你是双身，暂不将你收监，交由你婆婆自行看管。”遂命尹伊氏：“带下米氏，吩咐在案情未明以前，不可难为了她。”又命将尹起凤尸首收殓，着地保看守。然后打轿进城。

回到衙门，天已全黑。龙公吃过晚饭，独坐书斋，处理一切文卷，心念尹起凤死得蹊跷，据伊氏所供，米氏平时并无过失，夫妻又好，况米氏品貌端庄，不是个淫妇。但尹起凤七孔流血而死，明明系生前中毒，人不可以貌相，焉知米氏定无外遇呢？想到这里，无有主意，便取了本《洗冤录》在手，将服毒篇逐条细看。看了一会儿，不禁疲困起来，打了两个哈欠，便伏在书桌上打盹。打了一会儿盹，偶一张眼，忽见灯花落在书上，正在冒烟。赶着将书抓起一抖，看了看，幸而醒得快，只烧破了两三页。因这一惊，却将瞌睡惊醒。伸手将灯芯剔了剔，将那未烧破之处一看，只见正是“意外诸毒”的一门。看了几条，陡然省悟。

到了次日，早堂，即出差提尹伊氏、米氏婆媳到案听审。

一会儿传到，龙公问道：“尹伊氏，你儿子和他媳妇平时既很好，你儿媳又无有奸夫，如此推想，你儿子不是你儿媳谋害可知了。本县问你，你儿子平时可有甚仇人吗？”

伊氏道：“老妇的儿子，平日为人和易，最好说话不过，向未得罪人，哪里来的仇人呢？”

龙公道：“如此说来，本县明白了。本县问你，你儿子昨日到家，是吃的些什么菜？”

伊氏道：“因为家来得迟了，不曾买到菜，特地向隔壁王大娘家借的只鸡，杀了给儿子吃的。”

龙公道：“是了，这鸡是雄鸡，还是母鸡？老鸡，还是新鸡呢？”

伊氏道：“王大娘养这只鸡，是留给他儿子回来吃的，已有三年多了，他儿子没回来，是只老母鸡。”

龙公道：“你们婆媳二人可曾吃吗？”

伊氏道：“因为只有一只鸡，婆媳们不曾舍得吃，留给起凤一人吃的。”

龙公道：“他一人吃不了一只鸡，还有剩下的呢？”

伊氏道:“剩下的在厨房内收着呢。”

龙公大喜,吩咐班头江旺:“跟着尹伊氏回去,将那剩下的鸡取了来,立等回话。”

江旺应命,同着伊氏就去。龙公先理别的案件。一会儿,江旺已同着尹伊氏取了剩菜回来,呈在公案上。

龙公道:“左右,到街上去捉两条狗来,或捉两只猫来。”

差役应声而去。一会儿,狗、猫齐到。

龙公对尹伊氏道:“本县昨日看你儿子尸身,实系中毒而死。但所中何毒,却不能断定。晚间看书,才知平常食物亦偶然能中毒杀人,如老母鸡平时如食过蜈蚣等毒虫,蕴毒于内,误食亦足能致命。今先用猫、狗试验,看你子是否被此毒。”说着,命差役将鸡碗倒在堂前天井内地上,唤那些猫、狗来吃。一会儿,狗抢猫争,吃将下去。

过不多时,忽见那些狗、猫汪汪、喵喵地乱叫,其声惨厉。又一会儿,狗、猫就地乱滚,流血而死。

众役以及观审的闲人、堂上官、阶下囚,无不惊奇。

龙公指向尹伊氏婆媳道:“这便是尹起凤致死的原因,既非米氏谋害,亦非起凤寻死,实系出于意外。”

遂又问米氏:“猫、狗吃将下去,尚且先叫后滚,方才死去。难道你丈夫死去你竟不曾知吗?”

米氏道:“丈夫吃过晚饭,坐了一会儿,即便安睡,小妇人亦即安歇。半夜里,丈夫曾嚷着胸口腹中难受,那时小妇人只道是丈夫在路上受了感冒,故此并不介意。因为疲倦,”说到此处,不由面皮微微泛红(传神之笔,何事疲倦?还请读者会意一笑),流泪继续说道,“不由又睡着了。及至醒来,天已大亮,丈夫即已死在床上。”说罢大哭。

龙公叹息点头,遂援笔判道:

> 审得尹伊氏告儿媳米氏毒死儿子尹起凤一案,曾详细审讯调查,米氏并无淫行,事亲又孝,而夫死不明,冤成不白。因查《洗冤录·意外诸毒》篇,有鸡毒一条,颇与尹起凤致死情形相似。爰将其食余鸡肴,试之狗、猫,狗、猫皆死,是尹起凤之死,乃系误中鸡毒,并非米氏谋害。所告应即销案,并令尹伊氏善视儿媳,俟其分娩后,如生子得接宗祧,亦是尹氏之福;如生女,将来亦有半子之靠。此时先令以亲房之子承嗣,遵礼入殓成服。此判。

判毕，对尹伊氏婆媳道："王大娘借鸡煮食，原亦出于善意，尔婆媳回去，不可因此迁怒。本县念尔婆媳都是年轻守寡，贞节可风，将来定要申详上宪，旌表你们。目下并令在本县漕粮下，每年拨若干银子，做你婆媳赡养之费。且俟日后生下男女之后，再行核夺。"

尹伊氏婆媳叩头而去。

自此以后，龙公青天大人的声誉日隆。每日所断之案，奇奇怪怪，诸如此类，不一而足（总结一笔）。

当时文天乐同着同事们，将以上龙公在历城县任上断事如神的情形说给公孙策听了，文天乐并说："公孙兄你想，杭纬之得复功名，雪了冤屈，应不应该送这么一轴顾绣呢？"

公孙策听了道："葛仁卿夫妻的死，龙公怎能断定是郎德珊所害而不疑呢？"

文天乐笑道："咱们先用酒菜，别说空话，将酒菜都冷了。"

另一个同事道："公孙爷，别说你老要问，便是咱们也不明白。后来听得传言，说是龙知县的管家邹福说的，当时他也不明白，问龙公何以知道是郎德珊。龙公说：'这个易明。沈二楞既说平常无人来，又说杭纬之是在前进借的伞。如此推想，孔氏爱悦杭生，见他遗下折扇，错会其意，故此将扇子把玩，不忍失手。郎德珊在紧对门，杭生来去，他自然看见。曹二又是新来，那么这凶手定是郎德珊，可以无疑了。'并说：'郎德珊的硬证甚多，第一便是后园外足迹。第二便是他由后面走，不由前门走。他如不是葛仁卿的至戚，或常到他家来的，哪能在半夜里知道路径，如此熟悉？第三，葛家大门未开，夫妻怎样被杀？可知人是在未关门以前即便掩入的。第四，除杀人外，并不曾少衣服首饰，可知不是贼，况经密查，葛生素来和易，无有仇人，那么完全为了个"色"字可知。第五，郎德珊自曹二到店以后，即行避面，心虚可知。就此推想，凶手不是郎德珊，还有谁呢？'"

公孙策道："那把扇子，怎竟无巧不巧在地板上呢？这不是疑案吗？"

文天乐接口道："这有何疑？想必是在房里桌上，震落在地下的罢了（补得简净，题外余波），咱们吃酒用菜。"说着执壶，给公孙策筛酒。旁边同事也住口不谈，给公孙策奉菜。

这晚，宾主尽欢，快乐非凡，两旁两桌吃毕多时，他们这桌还在上菜，直吃到大家都有八分酒，方才住杯盛饭。饭毕，大家散了座，洗面吃茶，闲谈了一会儿，由文天乐亲自招呼着，陪公孙策到前面客房内安歇。

公孙策睡在床上，心想，凡人事真难料，万想不到文天乐会到这里来做买卖，却在此处成家，我又会到此地来相遇。想了一会儿，蒙眬睡去。次日起身，文天乐仍是照样款待，公孙策甚不过意，第三日，即便告辞。

文天乐道："贱内等约莫明后日准可回来，公孙兄何不再耽延一两日？"

公孙策初时要见文天乐的内人，以及他岳父、岳母，无非是顺口的无心话。此时见文天乐相留，反觉自己前日要见见大嫂的话有些无谓，便说："文兄，小弟即要动身，要向江南去有事。"

文天乐见他就要走，也不强留。当日，公孙策将自己的物件收拾齐整，即便作别动身，离了洽和祥。出得历城县，迤逦向江南而行，一路无事可记。

那日公孙策到了南京城里，投旅店住下，那旅馆开在花牌楼大街，招牌乃是"高升"两字，里面地方极大，有花园、客座、大厅、官房、客房，在南京要算是数一数二的大旅馆。设备既极完全，招待尤其周到。

也是事有凑巧，公孙策到南京之时，正逢着其时南京大闹瘟疫。公孙策一住进旅馆，未曾两三日，即传染上了时疫，症候来势非常凶险，旅馆里账房、招待、茶房等辈无不担着责任，赶着去找郎中。那时本地有班土财主、慈善家，因此竟慷慨输财，捐款施药，并请医生施医送药，暗中由他们出钱。

那日，账房内正要着茶房去请郎中，恰巧有一个郎中背着药箱，手摇着铃，走进旅馆来施医送药。说："本人奉了龙潭阙泽鲲大爷之命，特地用经验良方，配合了应时灵药，丸散膏丹药水，一应俱全。"

正是：

客邸染恙嗟二竖，名城施药惠群黎。

毕竟公孙策之病得药全愈否，请看下文分解。

第三十五回

酒酣耳热阚泽鲲大讲嫖经
金迷纸醉唐梦笔畅谈赌诀

话说那施医送药的郎中走进高升旅馆，说是奉了阚泽鲲的命来施医送药。本来其时的慈善家，延请名医送诊施药的很多，也不足为异。可巧这高升旅馆的账房一见那郎中走进，不由大喜，说："先生贵姓？"

那大夫回说："不敢，学生姓古，请教尊驾上姓？"

账房说："姓南。"随说："古先生，咱们旅馆里，官房中住着一位山西客人，复姓公孙，单名一个策字，乃是个少年公子哥儿，武生的前程（报履历，如贯珠而出，非仅补写公孙策装束形容，乃所以写一势利商人之口吻也）。初到此地，忽受传染。古先生既送诊施药，那是好极了，请到里面去一诊如何？"

古大夫满口答应道："使得使得，请在前面引导。"

那账房伴着古先生，同往公孙策住的房里来。公孙策正睡在床上，恶寒发热，口中哼着，一见有人陪了大夫进来，忙着勉强坐起。

古大夫问了起病时候，按了按脉，看了一看舌头，说："尊驾这个病，乃系因行路辛苦，身体劳倦，饮食不当，睡眠失常所致。初到本地，巧逢时疫，因此二五一凑，成了症候。病是凶得紧的，但还不要紧，你放心养息，我给你几服药，你依次服下去，不消两天，便可痊好。"说着，便打开药箱，取出几个小玻璃瓶来，放在桌上，逐一关照道："这瓶药水先服，服过睡一会儿，便服这末药，用开水送下。半夜如有大解，便吃这红丸药，如没有大解，可吃这黄丸药。到了明日早晨，即服这末药。服过之后，只要再睡一觉，出一身汗，便可无事。"说罢，关了药箱，即要告辞。

公孙策便在床头前包裹内取银子，给那大夫，说："菲些，请权为收了，等兄弟痊愈，再来叩谢。"

那大夫不受道："尊驾休得客气，学生不过是替天行道，慷他人之慨，特意送诊给药，岂有要钱之理？"说着，背上药箱，拿了铜铃，告辞即行。

公孙策道:“恕兄弟不能远送。”

那大夫回说:“你请休息保养,不必客气。”

古大夫去后,公孙策唤茶房进来,依法服药。到了半夜,果然有了大解,即服了红色丸药。到了次日清晨,又服了末药,蒙头而卧,闷出一身大汗。说也奇怪,竟自神清气爽,疾已痊好。暗说,究竟是时症,来得厉害,去得也快速。于是起身梳洗,不敢便吃酒肉等食物,只吃了些粥。

如此养息了两日,想着那大夫,不能不去谢他,便问茶房:“那古大夫住在何处?”

茶房回说:“不知,是账房招呼进来的。”

公孙策便去问账房。

账房回说:“古大夫是奉了什么龙潭阚泽鲲的命,到各处诊病送药。当日我曾问他,住在何处,他说他和阚泽鲲住在一处,离此不远,有家大旅馆,招牌唤作万华楼,那格局也和此地差不多,他们便住在那里。”

公孙策听说“阚泽鲲”三字,不由心中一动,便问:“万华楼旅馆是谁开的?敢情就是这位阚泽鲲开的吧?”

那账房摇摇头道:“万华楼的财东也是龙潭人,栾姓,名以宾,和咱们同行,大家是认识的。”

公孙策一听“栾以宾”三字,不由心中又是一动,暗说,哪有这般巧法?同姓同名的,竟会同到一起来了,莫非就是两位师兄吧(如此接入,所谓穿针引线法也)!

回到自己房里,换了衣服,遂离了高升旅馆,前往万华楼。

到了万华楼一问,说:“有一位阚泽鲲阚大爷和一位大夫姓古的,可住在这里吗?”

那万华楼的账房、招待们一见有人问询,便连声回说:“有有有,住在这里面第一号官房,是此地的常住客人。”说着,便领公孙策到里面去。

到了第一号官房门口,那招待先进去通报,公孙策立在房门外等候。

约有半盏茶时候,里面走出一人,生得眉清目秀,白净面皮,身段不高不矮,体质不肥不瘦,穿着文士打扮,相貌温文,颇透英雄气象,说:“哪位来找兄弟?”

招待跟在后面,一指公孙策。

那人便抱拳哈腰说:“尊兄贵姓尊讳?”

公孙策知道他正是阚泽鲲,便说:“小弟名唤公孙策,尊驾敢情便是阚大爷?”

阚泽鲲应道:“不敢,贱名正是‘泽鲲’两字。”说着,向公孙策上下打量了一番,便说:“尊兄府上,敢情是洪桐县?”

公孙策应道:“正是。”

阚泽鲲笑道:“如此说来,是师弟到了!请进内去坐。”

说着,便将公孙策向内让,一面对那招待道:“你去将你们东家找了来,就说有师弟公孙策到此,快来相见。”

那招待应声而去。

公孙策到了里面,只见里面坐着一人,先拜见了师兄,然后与那人见礼,请问名姓。

阚泽鲲道:“贤弟原来不认识,他乃是山东汶上县的唐梦笔,来来来,两下见见。”说着,便给两下介绍。

公孙策道:“唐兄外号,敢情便是八大罗汉中的镇八方吗?”

唐梦笔道:“正是在下。公孙兄,敢情就是活阎罗?”

公孙策应道:“正是贱号。”口中虽这般答,眼中却打量唐梦笔的容貌,肚内却寻思道,我这外号,乃是上官杰夫妻一句笑谈而起,却不料计全胜晓得,他也晓得。当时计全胜说我活阎罗时,我就想问他何以知道,后来竟因事忘却了。

想到此,忍不住问道:“兄弟这个贱号,不知唐兄如何得知?请道其详,以释疑虑。”

唐梦笔笑道:“公孙兄休疑,小弟并不会神机妙算,乃是听得江湖上人传说的,有位老西公孙策,外号活阎罗,甚是英雄了得,故此得知。”

公孙策见他说出原委,暗说,奇怪,我并没做什么事业,怎么江湖上已有了名氏,这岂不是怪绝?心中虽这般想,口中却含糊答应。

正在此时,外面走进一人,正是古大夫。公孙策连忙下拜,谢他诊视之恩,随又谢阚泽鲲送药之德。

阚泽鲲笑道:“贤弟何故如此客气?这城内正在闹时疫,愚兄们既然稍有余裕,自应略尽义务。不然,岂不成了个为富不仁?”

正说话间,外面又走进一人,说:“哪位是公孙贤弟?可不将愚兄想煞了!”

阚泽鲲忙给公孙策介绍道:“这位便是三师弟栾以宾。”

又对栾以宾道:“这位便是四师弟公孙策。”

公孙策闻言,赶着跪了下去,拜见师兄。栾以宾连忙还礼,问:“贤弟几时到此,住在哪里?可搬到这里来住。”

公孙策将住在高升旅馆的话说了。栾以宾立刻命人到高升旅馆去，将公孙策的东西拿了来，并说："可对高升旅馆的柜上说，账归咱们这里算。"

公孙策正要说，怎好要师兄破费，想拦阻他会账，那受栾以宾使命，往高升旅馆去的已是走将去了。公孙策只得将话缩下肚去，请问那古大夫的尊讳。

阚泽鲲代说道："他号印月，乃是杭州人，因慕西湖三潭印月的风景，方才取这个雅号，江湖中送他外号赛华佗。"

公孙策接口便说："久仰高雅。"

古印月连说："承奖承奖，岂敢岂敢！"

阚泽鲲道："早知贤弟到此，何至使贤弟卧病在高升尝旅客患病的况味？古先生回来，也不曾说，愚兄也忘却问。如贤弟今日不来，咱们竟要当面错过了。"

公孙策道："也不会，小弟此番下山，特意来访二位兄长，岂有不见一面即便空回的？"说罢，便将奉师父之命，出外访友的话说了。

阚泽鲲道："可惜贤弟来迟了几日，如早来几日，有几位水路上朋友住在此地，还可以见着。"

公孙策道："这大约也是小弟的缘分不好，所以如此。"

栾以宾道："贤弟初到此地，大约一切名胜地方还不曾去过，劣兄今日且做个东道，命人挑了酒菜，先去游览各名胜古迹如何？"

公孙策道："好！小弟理应奉陪。"

阚泽鲲道："今日东道，是愚兄做了吧，明日再是你来。"

栾以宾道："却是为何？"

阚泽鲲道："公孙贤弟来此相访，乃是找的愚兄，自应愚兄先做东。又兼愚兄昨日在秦淮河陈家画舫上已定下酒席，说今日去游莫愁湖，现成的酒席不吃，也得会钞，岂不可惜？"

栾以宾道："师兄不说，小弟几乎忘却。也好，今日先扰你的。"

公孙策听说"秦淮河画舫"五字，心中已老大的不自在，只因初次见面，不便即说不愿的话，况又当着唐、古二人的面，只得不开口，于是大家又闲谈了一会儿秦淮风景，阚泽鲲却是再三称赞六朝金粉、秦淮风月，的确不上虚。

过了一会儿，大家吃过了中饭，一齐起身，离了万华楼，同往秦淮河，由阚泽鲲领着，径到陈家妓院内，七十鸟以及粉头见阚泽鲲等一班人来了，忙着让座奉茶，表示欢迎。内中只有公孙策不曾见过，启问姓名，阚泽鲲代他说了，便问："船可预备好了吗？"

妓院内的人齐声答应，说："已预备好多时。"

阚泽鲲道："如此咱们上船去。"说着，便起身，让众人向陈家妓院后面院子里走去，由自己率领同到后面。

原来陈家妓院的前门临街，后院却种着花草树木，布置得幽清，几处亭台楼榭，都是几名红姑娘所居。最后筑着九曲回栏，便是下船的码头，于是一行人上了画船。船舱甚大，中间安设着张大方桌，四面还很多空地。阚泽鲲让众人坐了，便给众人写条子叫局。公孙策虽不愿意，但只不开口。

一会儿，各人叫的局已到齐，阚泽鲲吩咐上菜烫酒，开船奏曲。众妓女也有唱小生的，也有唱老旦的，有唱昆腔小调的，有唱京调大曲的，等等不一，一个个筝琵毕奏，弦索齐鸣，逐一唱罢，便来斟酒，莺嗔燕叱，谑浪笑傲，娇声细语，低斟浅酌。

公孙策看在眼中，颇不自在。哪知阚泽鲲早已看见，说："公孙贤弟，有何心事？"

公孙策强笑道："没什么。"

阚泽鲲道："贤弟，愚兄并非说酒话，却有两句古人言奉劝贤弟，古人说得好：'人寿几何，贵及时行乐耳（此二语，误尽苍生不少）！'贤弟，今日好酒在口，名花当前，流连山水，赏音曲调，虽不足比腰缠十万，骑鹤扬州，总可算是逢场作戏，不负年华了（却也是一乐）。贤弟，不是愚兄说酒话（连重两句，正以见其酒少话多也）。像咱们今日这个嫖法，却不失为名士风流的身份，并非什么俗物，腰内有几个臭钱，便实行他的嫖法了。贤弟如不嫌烦，愚兄且讲点儿嫖经给你听听如何（此之谓酒话）？"

公孙策听了，又是好笑，又是好气，便说："师兄请讲。"

阚泽鲲放怀哈哈笑道："嫖客的资格，第一是钱，第二是貌，有道是：'鸨儿爱钞，姐儿爱俏。'但有资格之外，还有许多不同。第一用钱要漂亮，而不惜小费，不做瘟生。第二要能言善语，貌美还得有实在本钱。"

他这话才冲口而出，早引得阖舱大笑。那些妓女却都娇嚷道："算了算了，别说了，再说下去，还要难听呢！"

阚泽鲲本人也不由哈哈笑道："你们既不爱听，我就不说。不过这嫖经却是我的经验之谈。"

栾以宾见他醉眼惺忪，还说不是酒话，便阻住他道："师兄此时且慢说，等回来咱们到了岸上，再为研究吧！"

阚泽鲲被他拦住，遂住口不提，但说："主不请客不饮，来来来，咱们大家饮干了照杯。"说着，端起酒杯，咕嘟一声，将一杯酒已一口喝了下去。众人见他干，也只得照杯。

如此饮了数起，大家酒已吃得差不多，一齐止杯不饮，各挟着所叫的局，伏在船舱玻璃窗口上，望两岸风景。

公孙策也只得强作笑容，赏鉴莫愁湖景致，思忖当年莫愁的历史，不由暗说，西施一出，西湖遂出了名；莫愁一出，莫愁湖也就出了名。如果做一个官客，终身湮没无闻，比起这两名女子来，岂不要愧死吗（读者当有同感）？

此时龟奴来撤去桌上的酒菜，揩抹干净。

阚泽鲲便说：“大家索兴乐一乐，在这桌上做叶子戏（略如现在盛行之纸牌，因其形颇像树叶，故有此名）。上一回谁输了，便是明日会东。”于是众人一齐纷纷入局。

赌了一会儿，唐梦笔一人独赢，余人均输。众人齐问他如何会一人独赢。唐梦笔笑道：“这赌钱不比别的玩意儿，因这内中也有个秘诀，不过不是人人所能全知。”

正是：

方闻嫖经几绝倒，又听赌诀解人颐。

第三十六回

秦淮河名妓殉情
群芳院穷士扯谎

话说唐梦笔笑道:“嫖有嫖经,赌还有赌诀。方才阚大哥已经说过嫖经,如今我又何妨谈回赌诀呢?”

众人齐说:“唐爷别闹虚文,快请将赌诀宣布了吧!”

唐梦笔道:“赌钱有三不赌:一、陌生人不赌;二、换人不赌;三、赢钱不赌。怎么叫作生人不赌呢?因为从未会过面的人,大家不知性情,如果赌起来,一则怕他赌品不佳,生出风波;二则怕他是个翻戏。”

众人道:“什么叫作翻戏?”

唐梦笔道:“这名目大概出于广东,因为广东地方赌风极盛。内有一种赌,名叫作翻摊,乃是种大赌,也不知是何年月,有一种人,练熟了一种手术,能够得心应手,使那骰子的点儿,要几点就翻成几点,如同变戏法的手术快捷一般,故此起了个绰号,唤为翻戏。后来传广了,各处都有这种人,于是遂唤作翻戏。到了现在,这班翻戏的本领日新月异,极有进步,有两人为一组的,名为轿夫;三人为一组的,号为香炉;一人单独的,名为吃三,又号金鸡。他们的手段不但会摇摊变化,便是无论什么赌具,他们都有本领使赌具服从自己的命令,如自己的心愿,故此他们绝不会输的,所以这一种不赌。第二种,换人不赌,也是防的这一招。因为起初坐下来赌的,本不会翻戏,他是赢家不必说,一遇输了,即便换手,往往因一换手,换上一个翻戏来,故此也不赌。第三种,更易明白了,因为赌钱的训条,乃是久赌必输,赢了钱还坐着不走,不是想输做甚?故此一赢了钱,便当缩手不赌。总而言之,赌钱是件最痛苦烦恼的事(凡曾受过者,思之如何),赢钱不长肉,输钱急得哭(此为一班好赌者说法也),甚而至于当当变产,孤注一掷,所以赌的训条,又有一句,说:‘矮子涉河,越涉越深。’并非我说醉话,像这样外强中干的人,现在世上也不知要有多少呢(世人听者,穷赌极输,诚何苦来)。话虽这般说,但这尚不是取胜的诀门，取胜的诀门，并非学着做翻戏，用不正当的手段，乃是凭着算计。比如一张牌，有多少进张，发出牌来，总不要有失张，这是顾着自己手里的，但是同时，却要凭着心灵性巧，留心人家手中的牌，一动一静，见他发张什么牌，便能料到他要什么牌，或是摸着什么牌。赌钱如用兵，稍有疏虞，便要失败，这乃取胜的诀门。”

众人听他说得津津有味，齐说：“哎呀，怪不得一人独赢，咱们大家输呢！”

这时，公孙策心中却很不悦意，暗说，咳！倒也罢了，两位师兄和这位罗汉，如不见面，我真要佩服到五体投地，如今见了面，才知他们是些爱嫖好赌之辈，简直做平常完人的资格还没有，哪还好算得个英雄侠义呢（此策之所能成道欤）？从此可知，以后对于交友一层，应特别留意。如听其言即信其行，闻其名即仰其人，是万万不可的。这会儿他们大概都是酒后无德，本相毕露，完全是狂态谰言。

公孙策正在老大的不悦意，阚泽鲲是做东道的，凡是客人的态度，他早都留神，尤其这日是专请公孙策而来，对于公孙策的面容，自是特别注意。当他讲嫖经之时，即已觉得公孙策不自在，故此一部嫖经，只说了些些微，并不曾说到右传之二章（信手拈来，都成妙句）。此时见公孙策面容更比方才不悦，虽然陪着众人说笑，那光景颇有些不自然，不由肃然起敬，暗说，怨不得师尊常说，末底所收的这个公孙策乃是后来居上，非但可以给自己掌戒律，还可以传衣钵。如今一见，格外地显得师尊眼力不错（补写普济背后之言）。腹中虽是这般想，口中却不由说道：“公孙师弟，你想什么心事呢？”

公孙策被他这掐破，不由面色一红道：“小弟没想什么心事，不知如何，心中有些烦闷。”

阚泽鲲借此开言道：“愚兄请贤弟到此，无非是给贤弟起病接风，叙谈作乐的。贤弟既觉得不舒服，咱们回转万华楼去如何？”

公孙策见师兄拿自己垫脚，暗说，何苦来，大家正在高兴头上，怎好为我一人扫了大家的兴致？便说：“且等终了局，再回去也不迟。”

阚泽鲲笑道：“大家都是自己人，既非赌家私，谁输谁赢，还有什么计较吗？咱们要走就得走。”说罢，便招呼大家停局，申述要回万华楼去。

唐梦笔、栾以宾二人自是无可无不可。古印月却开言道：“阚爷，咱们到旅馆里去，也没甚意味，一会儿晚了，咱们大家学一会儿古人秉烛夜游，自有一番快活。”

遂又说：“公孙兄，咱们今日放一回肆，下次不再犯如何？”这句话才出口,竟引得众人笑起来。

公孙策越发不好意思,回说:“诸位还是终了局,别因兄弟一人扫却众人的兴致。”于是众人仍旧继续地赌将下去。

一会儿终局,天色已晚,掌上灯火。阚泽鲲令妓家重摆了酒席,吩咐将船摇向莫愁湖中间去,一面邀众人入席。公孙策到此,也只索学了古人吾从众的宗旨,姑且随了众人饮酒、听歌,众妓也都争艳斗胜,曲尽其能,或是联弹,或是对唱,或是劝酒,或是豁拳(写船妓热闹),将一只画舫由莫愁湖兜了转来。

公孙策放下杯箸,起身离席,站在船头上,独赏湖山佳景,天上月亮映着水光,听着橹声欸乃,歌声清扬,望岸上灯光山影,明灭隐约,极目骋怀,颇增兴味(此乐人得几回逢)。暗想,他们有好景不赏,何以如此俗得厉害?真是不可解。正在此时,船已由莫愁湖摇向秦淮河,一看两岸柳荫内,灯光绰约,笙歌盈耳。

公孙策正在出神,猛听得水声一响,像似什么东西落下去似的,忙向那水响之处一看,不由一惊,原来是一个人,掉在水内挣命。

公孙策不由大呼道:“快些救人,有人落水了!”

这一声嚷,早将众人惊呼出舱来,问在哪里。

公孙策将手一指道:“喏,那不是吗?”

众人依着他的手势,一齐移转目光,向那水声响亮之处一看,果见一个人落在水内,看去仅剩衣影,差不多已将全身淹没了。大家齐呼:“摇船的,快下去救人!”

船家被这一喊,赶忙将船摇到衣影之处,停橹脱衣,随即翻身跳下水去,将那人运用气力托出水面。船上众人赶着伸手将那湿淋淋的衣服一提,提到船上。在灯月光下一瞧,却是个女子,那服式打扮,完全是个粉头模样。内中有两个妓女认识的不由一齐叫道:“咦!这不是宝珠姊姊吗,怎么会掉下水去呢?”

此时摇船的已上了船,将宝珠倒提起来,先给她控了水。

阚泽鲲等人齐问那认识宝珠的两个粉头:“这宝珠是哪家院内的?”

两妓将手一指道:“便是这群芳院内的姑娘。”

阚泽鲲等人顺势一看,只见所说群芳院,就靠在这里,便命舟子将船摇到群芳院去。

栾以宾忙说:“且慢,她这番落水,情有可疑,分明是投河的意思。如不然,何以她们院内毫无动静呢?不如且将她灌了醒转来,问明她的原委,或者她因不愿意在那妓院内做卖笑生涯才寻短见的，岂不反而救她害了她吗？”

公孙策也说：“三师兄的话有意思。”

阚泽鲲便命舟子快用温水灌醒了宝珠。一会儿，宝珠醒来，张眼一看，只见四面围着许多人，知已遇救，不由长叹了一声。

阚泽鲲等见她已醒，齐说：“你可是群芳院的宝珠吗，因何要寻短见呢？”

宝珠见问，点了点头，不由流下泪来，只不作声。两眼望着众人，及自己身处所在，方知己身被陈家院内的画舫所救。再一看众人的打扮，都是衣服华好，估量着总不外是些公子哥儿。

众人见她不开口，忍不住又问她因何寻死。

宝珠叹道：“诸位大爷、公子，坚欲问奴私事做什么呢？”

阚泽鲲等见她开口说出这种话来，设身处地，越发给她可怜。因此众人更忍不住问道：“咱们并非要刺探你的私事，实因见你如花如玉的容颜，春笋嫩芽般的年纪，有何不得已要出于寻死呢？说句总话，你如有甚为难之处，咱们在此，或者救人救彻，给你帮忙，亦未可知呀！”

旁边认识宝珠的两个妓女也上前致问道：“姊姊因何要寻短见，敢情受了这个人的气吗？”说着，将手指伸了三个，打了个手势。

宝珠见两个小姊妹殷勤地问询，又见众人如此热心，不由泪如泉涌，伸手握住那两个问她的妓女道：“妹妹，我的事，你们还不知道吗？咳！妹妹，不但受了他的气，而且使我最伤心的事，便是他走了啊（然则谁欤）！”说着，将手指伸了两个，不觉哭将起来道：“咳！妹妹你们想，他这一走，叫我如何办法呢？我既不能跳出火坑，跟了他去，还在此受什么罪呢？”

她三人一问一答，简直如同哑谜，弄得众人莫名其妙。

阚泽鲲即对那两个妓女道：“她现在身上衣服透湿，你们既是要好的姊妹，且先设法将她身上的衣服换了，到舱内去细谈细谈，问明了情由，来告诉咱们大众。据她所说，大约是个什么第二走了，她才寻短见。只要有题目，文章总好做，咱们大众能帮助的地方，总没有不帮忙的。”

阚泽鲲一番话，提醒了两个妓女，说：“姊姊，你可先到舱里去，咱们各人先脱件衣服，给你换了。”说着，二人拉起宝珠，同到舱里，掩上舱门。

一会儿，已是换好衣服。两妓女请众位入舱，大家重行入座，传杯递盏。一会儿，酒饭已毕，撤去残肴，阚泽鲲等忍不住又问宝珠，因何投水，那第二的又是谁。

宝珠此时见众人热心关切，已是感激涕零，无如触着心事，老是呜咽着不能成声，欲言又止。

那两个妓女却给她代答道："咳！提起来，咱们吃这碗短命饭，也实在真苦。人家看得咱们穿好戴好，很是眼热，其实不知咱们的苦楚。便是说将出来，用这画舫装，也装不下。"

说着，二人的眼圈儿一红，不由而然地掉下几滴泪来（所谓脂粉地狱）。继续说道："讲到宝珠姊姊的苦楚，她们这个人……"说着，伸了三个指头道，"便是她们院内的老鸨（老娼），也就是名义上的娘，为人甚是狠辣，平常对于姊妹们，稍不顺她们的心，不是打，就是骂，甚至烧红了铁烫姊妹身上的皮肉，这也是和咱们所受的苦楚二五同是一十，不分上下的（写老鸨之辣毒）。宝珠姊姊有位知心客人（恩客），名唤宇文惠，便是这个人了。"

说着，将手指一伸道："咱们因他排行第二，所以称他是二爷。这位二爷，一肚的文才，真可七步成章。又兼品貌秀美，本系到南京来应省试的（是个风流才子），因为风流自赏（是自杀的白刃），同着几个士子到群芳院来盘玩，挑上了宝珠姊姊。两下里真可称得起是天生一对儿，地生一双，你恩我爱，遂结了白首之约。不料二爷外强中干，实没有多钱（所谓寻穷开心）。宝珠姊姊是捆在这里的（捆，乃扬帮妓女之术语，意同苏帮妓女之押账，捆几年，即是押几年，其地位比卖断者稍好，比包账，即包节、包月或包年者稍低），无钱赎身，是走不脱的。两下虽是恩爱，这赎身娶回去的目的终是不能达到。据方才宝珠姊姊说，二爷今日曾着人送了个字柬来，说是受家庭迫促，已是束装回去，不能面辞，以免伤心。婚约一层，只好期诸来世，望另物色一如意郎君，终身偕老（伤心）。二爷走了事小，他还欠着院内的账，老鸨岂肯答应？不免要向宝珠姊姊索还（呜呼！世之嫖客漂账者，其亦知所警惕乎？奉劝世人，与其料及收场须漂账，也何如绝对地不涉足花丛之为愈乎？况嫖为最不名誉、最丧道德之事欤），再加上宝珠姊姊心中的爱人陡然舍弃而去，一颗芳心万分难受，如何能安然得下？故此思前想后才寻短见的。"

正是：

人生七情终难解，一到无常万事休。

毕竟阚泽鲲等五人对此如何办法，请看下文分解。

第三十七回

才子佳人侠士赠金
逆儿娇媳老妇投缳

话说这两个妓女代宝珠诉说寻短见的缘由，说到宇文惠走了之后，不由引起宝珠的伤心，一阵心酸，竟格外地痛哭流涕起来。便是两妓，也陪了不少的眼泪，其余众妓也都抱着狐兔之悲，忍不住俱要堕泪。

看官听说，但凡侠义英雄，最多情感，上文已是说过。试想阚泽鲲等五人都是英雄之辈，对于这种缠绵委婉的情泪，如何办法呢？故此当时五人齐因众妓这一伤心，心坎儿里也不由得一酸，要不是个男子，怕讨人笑，早也就泪洒胸膛，同声一哭了(写侠义，系由古文“忧人之忧”句化出来)。因此五人当时同声说道：“你们且莫伤心，这件美满功德，咱们准得玉成其事。左不过是几个锞子在那里作祟，只要有钱，宝珠便可以赎身，宇文惠也可以读书上进，一对儿有情眷属自然可得圆满解决(钱可通神)。但不知宇文惠是何处人氏，住在何处？他此番动身，不知已走，还是未走？他家中是不是真没钱，或是他家中已有了妻子，或是他父母不许他娶妓做室？也许他另有所恋，也许他不得已才以一走了事(设想周到)。总而言之，嫖客对于妓女，从无有不竭力报效的，等到说什么动身，或是漂账等等，非至万不得已，绝对不会行使出来的(作者何以能原嫖客之情乃尔也)。据此而论，宇文惠也许有一种说不出的痛苦，亦未可知呢。再有一件，老鸨方面，不知赎身要多少银子才行呢！”

宝珠见众位爷们儿说出这番体贴入微的话来，却含泪答道：“他是丹阳人氏，实系无钱，并未曾娶过妻，即使他家中果真已有了妻室，我曾发过誓，便做他的小星，亦是情愿的(然则谁云妓女不可以言情哉)。至于说他另有所恋，这个我也可以相信他，绝不会有的。不过他家老太爷，或是老太太，不许他纳娼门之女为室的事，却不能明白，但我是相信他的。他曾说过，家庭内很自由，他既这般说，他是绝不会骗我的(句句是情，字字是情，如此说来，可谓出神入化)。他写信着人送来，是不是已经走了却未曾写明。我本想假以出局为名，前往看视的，无如老鸨深恐我逃走，今日竟不许我出局，所有人家来叫的条子，却叫别人去代了。但是依我想来，大约他已走了，亦未可知。承众位这般勤勤恳恳地关切，真是感激万分。讲到赎身的身价……”说到这里，停了一停，拭泪叹气道，“咳！很难说。我捆在这里的原价，共是五年，二百两银子。如今我才做了二年多生意（呜呼此二字何其惨也），照例是不毁约的，半路上要赎身，就得听她上天讨价，一千八百、三千五千，都得随她的便，这竹杠总得由她敲，否则她不还捆的时候，所写的字据，即使来头大的人，狠和她闹，或因是窠内鸡自己开谈判，价目照原价加倍，便可赎回。但是说不定，因为她不肯，须行强不来的。”

众人听了咂舌道：“好厉害的老鸨，捆给她的要这样敲竹杠。那卖断了的，岂不终身无出头之日吗（此济良所之不可无也）？”

遂又道：“好的，老鸨不过要钱，没有什么别的问题。咱们既欲多事，花费几个钱，是不成问题的（是侠义声口）。你且将宇文惠的下处说了出来，咱们好去看他，究竟走是未走。如是走了，咱们不妨追上去，谅他也不曾走得远；如果未走，可不就水到渠成了吗？”

宝珠同众妓听了，无不心感到五体投地。宝珠更是感激，遂说：“宇文惠住在贡院左近的一处大观楼旅馆里，他们那里名虽旅馆，实际不过是他们这班考相公的公寓罢了。”

众人听说这话，便相商酌，结果命将画舫径行开到陈家院的岸边，上岸同到陈家院内，便命宝珠暂且住在这里，随即由阚泽鲲、栾以宾、公孙策三人，一齐同往大观楼，留唐、古两个在陈家院内小坐。

这时虽在晚间，毕竟南京城里是大地方，不比别处既昏便息的所在，故此这时候，南京城里六街三市，竟灯明如画。三人径到大观楼来，走进里面，便拱手问那柜上：“有位丹阳士子，复姓宇文，单名一个惠字的，可在这里吗？”

那柜上的人将三人一看，光景都是富贵人家的子弟，虽然看不透他们是做买卖的，或是有功名的，但是照服式看来，已切定三人是有些来历的，遂回礼答道：“宇文相公嘛，他走了呢！”

阚泽鲲等三人见他回说走了，那神情颇不自然，知道其中有诈，本来大家都是机灵鬼，预先已防到这一招，遂一齐咳道：“可惜，咱们来迟了呢！”遂又问柜上：“宇文惠是几时走的？”

柜上说：“昨日走的。”

三人一齐说道：“这可就奇怪了，咱们在路上怎么竟不曾会见呢？掌柜的，实对你说了吧，咱们哥们儿，是因他家中有事，特地捎了信来的，并且他家老太爷、老太太念着他在这里无有多钱，还托咱们带了银子来。如今咱们两下失错，咱们白跑事小，可是误了他老太爷的事，却是很大了。”

那柜上见三人言语逼真，不似诈语，不由说出实话来，道：“三位别着急，宇文相公虽然走了，但是他的东西并未取去，也许他就回来，也未可知呢！”

三人大喜：“如此说来，可就好办了，不知他此时回来没有呢？”

那柜上的乘风转舵道：“兄弟方才出去吃晚饭，这会儿刚回来。宇文相公回来未回，容我去看（是买卖人善说话的口气）。”说罢，便离了柜，向里面去了。

停了一会儿，同着一个少年人出来，生得眉清目秀，穿得衣冠朴素（是穷嫖客）。

阚泽鲲等三人在陈家妓院内，即已问明宝珠宇文惠的面容，这会儿一见，即已认识。三人都是机警之士，早就一齐拱手道：“宇文兄，久违了。”

宇文惠一愣，暗想，这三人从未会面，怎么竟会相识呢？腹中虽这般想，两手却已拱起应道：“三位兄台贵姓？曾在何处会过，恕小弟一时眼生，记忆不起了。”

三人说了名姓，然后笑道：“宇文兄，你我可算得是神交，今日咱们有件疑难事，特来相寻。贵寓在哪一号房内？咱们大家叙谈叙谈。”

宇文惠此时心中跳荡不已，不知三人安着什么意思，只得将三人邀到自己房内，让座献茶，请问来意。

阚泽鲲道：“宇文兄勿疑，我等此来，只因有个群芳院的宝珠，投河自尽。据说，她系因足下而死，果真如此，足下负心，何以到这般田地呢？”

宇文惠听说是为了宝珠的事来的，心中一跳，面色陡变，急问道：“她果真死了吗？”

三人齐声道：“她如不死，咱们这般时候，大远的路，走来做什么呢？”

宇文惠流泪长叹道：“唉！罢了，她果真为我而死，我也无可奈何，只得终身不娶。”遂又道：“咳！‘我虽不杀伯仁，伯仁由我而死’，这便如何是好？”三人见他自言自语，不来答复，便说：“足下且休自怨自艾，现在人已死了，足下既以多情种子自命，该当如何办法呢？”

宇文惠流泪道：“小弟到此应试，只因涉迹花丛，弄得吃尽当光，欠债累累（嫖客下场头），不得已出此下策，托言回家，以绝其念，谁知她竟寻短见呢？这会儿兄弟身处异乡，所有可以告贷之处，久已借过，前欠未清，后欠如何开口？小弟如往院内（嫖客如有法想，绝不负妓女，于此可见），少不得一切殡殓，以及老鸨方面，均需要钱。小弟囊空如洗，旅费且将断绝，如何有甚办法呢？小弟只好终身不娶，以表其情。将来如有银钱，便当千金市骨，归家重葬（是为有情），以明心迹。至于此刻，除去殉情之外，别无良法可以示我真情，无如殉情事小，有伤父母之心事大（然则子嫖，岂不伤父母之心哉？何见之不广也）。三位替小弟设身处地一想，该当感受多少困难。”说着，不禁又长叹了一声，流下许多情泪。

三人见他情真语挚，便说：“既是多情，我辈亦非太上，但有一言相问，如果宝珠无恙，足下愿意娶回不呢？”

宇文惠听见话中有话，不由毅然道：“小弟与她本有成约，如果她仍在，小弟自应娶回。但恐我身未荣，无钱可为之脱籍，亦是枉然。况且她已死去，只好期诸来世了。”

三人见他一往情深，便说：“宇文兄，既恁地说时，兄弟等敢说句大话，能够起死回生，便是要用多少钱，兄弟们也还担当得下（此等人，今世恐罕见矣）。如今事不宜迟，即请宇文兄同往群芳院去走遭如何？”

宇文惠见三人突如其来，言辞恍惚，不知葫芦中卖甚药，心中委决不下。不过估量着三人无甚恶意，再一沉思，自己欠债累累，反正回家不了，如果宝珠真死，不妨即死在她灵前，殉了情倒也还干净（然则不顾父母之养矣）。因这一转念，竟毅然决然地应道：“好，兄弟跟了三位去。”说着，竟立起身来，三人也起身先行出房。

宇文惠跟在后面，同着三人，径往秦淮河。三人在路上，即将在水中救起宝珠的话告诉给宇文惠，并说：“现在人在陈家院内，且先去见了面，再央出人来，到群芳院去和那七十鸟谈判，该当身价多少，再想别法。总而言之，总由我等担任。”

宇文惠听罢，真是感铭肺腑，不知说什么是好。

一会儿，到陈家院内。此时宝珠同众妓以及古、唐两个正在盼望，一见四人进来，不由大喜。宝珠、宇文惠两下竟顾不得有人在旁，相抱大哭。宝珠痛责负心郎，何以薄幸至此。宇文惠无话可说，只说：“唉！将来你总可以明白我的困难（此嫖客之苦也）。”遂又带着哭声道：“我宇文惠，统共只有一颗心，已完全付托给你了，你如不信，我总可以剖开肚皮给你看的（绝类贾宝玉对林妹妹口气）。”两个人带哭带说的凄惨情话，引得旁观的甚是难受。

阚泽鲲劝道：“你两人何苦作泪人儿呢？这时候还应商量别策是正经。”

一句话将两人的哭语打断，呜咽了一会儿，拭泪相商。

阚泽鲲先给他将古、唐二人介绍了，然后说：“兄弟有个主意在此，请古、唐两位暂先伴着他两口子径行到万华楼去住下，然后咱们再请这里的父兄（扬妓之龟鸨，称为父兄，此段均写扬妓，盖以时势推论，其时金陵只有扬妓也）到群芳院去说。反正人已不在她们院中，她要恃强，居为奇货，已是不成。”

于是古、唐二人领诺，立促宇文惠、宝珠二人动身。四个人各乘小轿，即刻往万华楼旅馆去了。

阚泽鲲即令人将本院的大茶壶以及鸨母等找了来（大茶壶，京津妓院之龟也），告诉他们这件事，托他们到群芳院去说，立等回话。

这陈家掌院的老鸨和群芳院的老鸨原本是干姊妹，受了委任，立刻就去。不多时，回来报告道：“三位爷，当婆子到她们那里去的时候，她们那里正乱哄哄地寻找宝珠，不知宝珠到何处去了。婆子走将去，将她们掌班的三姨摘出来，将这件事对她说了，她一定不肯，说：‘宝珠既会写，又会画，还作得一手好诗（原来是个诗妓），在妓女当中，称得起是个魁首（当得）。捆的期限尚未满，如何能让她赎身？将自己门前的摇钱树活活地断送了，是办不到的。’经婆子说好说歹，说了一车话，才将三姨的心思说活，应允了下来。”

三人齐问：“要多少银子？”

那陈家院内掌班的道：“三姨因宝珠是她们院内的一颗明星，她初说身价要五千银子，后首被婆子再三相劝，说到末了，她说连一切开销在内，共要三千五百两银子，少一毫不行。三位爷，看是怎么办？”

三人听罢，暗说，这老鸨好不可恶，只因宝珠有契据在那里，不得不依她，只得说：“好，三千五百两银子算不得什么一回事，快去唤了她来，跟着咱们到万华楼去兑银子给她。”

陈家掌班的道：“她已来了。”遂唤道：“三姨，进来吧！”

一声未毕，走进个妖魔似的婆子来，向着三人施了礼。

阚泽鲲道：“你将宝珠的字据带来了吗？”

那婆子道：“带在身边呢。”

三人说：“很好，咱们走吧！”

阚泽鲲即刻先命陈家妓院内将画舫局账酒菜一齐结算，以及头钱，也都给了，然后乘了小轿，带了群芳院的婆子，同到万华楼来。

这时候已将半夜，街上人已寂静。四人到了万华楼，同到房内，此时宇文惠、宝珠同着古印月、唐梦笔等人，正在那里诉说衷肠，畅叙以前之事，一见四人进来，即便起身相迎。宝珠见了那老鸨的面，反而红着脸，低了粉颈，抬不起头来。

那老鸨反而假意含笑，走上去问她：“此刻身上怎样？”左一声我的儿，你今日好了,跳出火坑了,右一声我的儿,从此你可以得着如意郎君了(肉麻)。这种喜笑恭贺的口吻,不但受着的肉麻,便是听着的也觉得不甚受用。

一会儿,栾以宾已到账房内,去写了张三千五百两的银票来,对婆子道:“你将宝珠的契据交出来,咱们两下交换。”

那婆子道:“万一将来宝珠家中有人来向我要人,却怎么办呢?”

众人齐声道:“那是绝不会有的,咱们自然着人去关照。”

婆子道:“不行,这一层需要你们给我个保证,否则我将宝珠的契据交出来,她的家中却拿着我写的字据来向我说话,我这个干系担当不起(是个老鸨)。”

众人见她说话老到,一齐暗赞好厉害。

宝珠此时却开口道:“当时我们家里,将我捆在你那里的时候,原曾交代明白,死活存亡,走失拐带,一切不与你相关。如今我出来后,自然要通知家属:‘女儿绝不会打断娘家路的。’他们还会来找你吗?”

婆子道:“话虽这般讲,保证总要有一个才行。”

栾以宾亢声道:“你这老鸨,如此刁恶,有咱们在此,还要什么担保?你既那个,也罢,这保人就是我担当了吧!”

婆子笑道(转风得快):“大爷肯保,那是再好没有。但是口说无凭,须得写个字来,打上个图书。”

栾以宾毫不迟疑地笑着应道:“好,我都依你。”说着,即去取文房四宝,当场写了保证契据。

两下交了银票,以及契纸,婆子向众人道谢,径行去了。

大家说婆子可恶,栾以宾笑道:“总叫她将来明白就是了。”

当时另给宇文惠等两人开了个房间,这里印、唐、阚、公孙四人分住了两房。栾以宾布置毕后,即说:“各请安息。”回身出去,往前面账房内去睡觉。

一会儿,旅馆内各房均已寂静,栾以宾带了把刀,悄悄出房,将长衣一掖,一个箭步,嗖一声纵上屋宇,施展本领,径往群芳院而来。到得那里,却见下面灯光灼灼,尚未全睡。跳将下去,舐破窗棂纸,向内一瞧。只见这房间内,正有一个狎客,同一个妓女,在那床边上坐着,那光景正是宽衣解带,准备软玉温香之时,遂翻身上屋,又往别处。寻了两三个院落,方才寻到那老鸨的房间。在窗缝看得明白,正见那老鸨在彼开了箱子,收银票同契纸,收好上了锁,解衣上床,吹灯睡了。

栾以宾候了一息,轻轻用刀撬开了窗,纵身入内,用手扭断了锁,取出银票纸据,纵到天井内,在月光下看了,果然分毫不错,撕得粉碎,揣在怀里,心想，这老猪狗可恶，但是这样，已是便宜了她，遂取原路而回。方才动脚，忽然背后哧一声，有人低笑道："师兄原来也来了，真可算得惠而不费了！"

栾以宾回头一看，却原来是公孙策，不禁笑着低声道："贤弟也来了，可见智者所见略同，咱们走吧！"于是二人向万华楼而行。

行到一家屋上，只听得下面有人哭声，甚是惨厉。二人不由住了足步，纵将下去，就窗内一看，只见里面灯光尚明，一个年迈妇人，正在那里上吊。

正是：

首悬梁际缘何事，逆子纵妻忤阿娘。

毕竟老妇因何上吊，请看下文分解。

第三十八回

扮神弄鬼侠士劝孝
兴妖作怪巫婆骗钱

话说师兄弟见那老妇上吊，两脚立在一张大方桌上，桌上放着张小骨牌凳，老妇手拿着一根绳子，站上骨牌凳，伸手将绳子穿在梁上，打了个活结，哭哭啼啼，伸长了脖项，闭眼向内就套。

二人一见这情形，不由心下一动。栾以宾说："贤弟，活该咱们应救个人。"

公孙策道："师兄别说话。"遂翻身上屋，轻轻揭了瓦，伸手下去，将那绳子一提，说也凑巧，老妇闭了眼睛，向那活扣里套时，绳子已被公孙策提上去了。老妇套了个空，吃了一惊。张眼看时，只见屋上露了个洞，绳子虽尚系在梁上，但是却不垂下来了。心中怀疑，只当自己将绳子缚在梁上了，但是寻了半天，那绳子竟无处找出它的头来，抽也抽不动。就那洞里向上一看，只见天上星斗灿灿。老妇暗称有鬼，恨道："老身寻死都没处寻吗？"遂由凳子上爬下，再由桌上爬下地来，走向桌边坐下。

公孙策此时却在屋上说道："吾乃本坊土地是也，今因你不该命绝，特来救你，望勿再萌短见，随后还有后福，吾神去也。"说罢，跳下天井，仍到窗前来张。

老妇听见这番说话，信以为真，不禁双膝点地，跪将下去，流泪叩谢道："老身长孙王氏，蒙神圣救援，感激不尽。"说着，扑通扑通叩了几个响头。

公孙策即又纵身上屋，装腔问道："王氏，你因何要萌短见？诉将上来。"

王氏诉道："老身少年守寡，抚养一子成人。从前本系很好，自从娶了媳妇许氏回来，便变了格局了，每事忤逆。我本想将他夫妻到知县衙门去告，无如先夫只此一子，万一官厅办罪，将儿子、媳妇收监，或是充军，老妇因念办罪事小，将长孙氏的香烟折断事大，因此不曾去告。但又受不了他夫妻的忤逆，因想人生六十，不为短命，与其在世间受苦，倒不如死了的好，故此悬梁自尽。却不料蒙神圣救援。”说罢，又叩头。

公孙策听了，鼻子一酸，几乎也洒下泪来，暗说，天下有此慈爱，却会生此逆子，真是奇闻，遂说：“王氏，据你所说，吾神应立刻将你儿子打死，以明报应。姑且看在长孙氏祖上功德，和你维持长孙氏的苦衷，两三日内，定有报应，惩戒你的儿子。你可不要泄露天机，临时吾神自有道理，吾神去也。”说着，又跳下天井，招呼了栾以宾，一同上屋，回到万华楼，各自安歇。

次日早起，便有群芳院的老鸨来找栾以宾说，昨日取的银票失去了，保证各据也丢了，要求银票挂失，保据照补。

栾以宾将面色一沉，将那老鸨数落了一顿，然后道：“昨日银票乃系出的即期本票，信用最好，本地随便哪一家店铺都通用，关系我们的信用。‘挂失’两字，是办不到的。因为等到你来挂失，那张票子恐怕已被人向别家买了货色，找了银子去了。试想这一个失，如何挂法呢？再讲到保契一件事，那更是荒乎其唐，我大爷出过一次亲笔的保单，已算得仁至义尽，岂有再出第二次的道理？未免将我大爷看得太轻了呢！快些出去，咱们这旅馆里，没有谁叫你们的局，更没有谁欠你们的钱。”

账房内伙计以及茶房等人见东家怒斥那个老鸨，自然大家掮顺风旗，一口同声地吆喝道：“快走快走，这里是账房，不是你们院内姑娘的房间，可以任你的意思，走进走出地乱闯门儿。”

那婆子吃了这一鼻子灰，只得忍了一肚皮，没好气回身走了。

栾以宾腹中暗笑，停了一停，到里面官房内与众人相见，先和阚、唐、公孙三人商酌，如何安排宇文惠、宝珠这一对儿情侣，协议结果，遂到宇文惠的房间里。此时二人已起，宝珠正在那里梳妆，见栾以宾进来，忙起身相迎。

栾以宾问了二人好后便说：“宇文兄，兄弟特来问老兄一件事，你们二位如今已是如了心愿，但有件美中不足，便是老兄本系出外求取功名，如今功名未就，家室已成，令尊老大人是否可无问题，想来老兄早有成算。再则，据闻老兄因往群芳院流连之故，颇多负欠，这一层，老兄却预备怎么办法呢？”

宇文惠见问，不由太息道：“栾爷，这件事也是无可如何，只有向各债权方面商酌了再说。”

栾以宾道：“宇文兄，不是这般讲，老兄的处境，兄弟昨日已揣知大略，据老兄自述，已将到吃尽当光不能自给当儿，如今再添上一个新担负，料来也担任不了。如果担任得下，又何至要写信扯谎呢？兄弟方才和阚、唐、公孙等诸位已是商量过了，如果老兄家庭间没隔膜，老兄便可将爱人带回尊府，择日正式结婚，或是就此算是完事，那都在老兄自己主张，不与兄弟们之事。

万一老兄家庭中有不能贸然之势，那么这一层可就难了。第一层，长住旅馆是不便的。第二层，老兄的爱人身上，衣服里里外外须得重新做起。第三层，如在南京赁屋居住，一切动用物件皆得从头置办。第四层，每日的开门七件事，是万万缺不了的。如此一推想，不谈别样，老兄，即讲衣、食、住三项，已是捉襟见肘，难到不可开交。如再加上债务，还当了得吗？所以兄弟来问，没有别的，第一，便是问尊大人方面有无问题。第二，便是老兄对于债务如何解决。因为如尊大人没甚话说，足下便可将爱人偕行回府。目上所难的，不过是个'急'字，如果不能即日带回去，那么足下处境乃是个'贫'字，因为老兄有急贫之分，故此不得不问，须老兄说明，兄弟们方好设法，该当如何援助，庶几不至前功尽弃。否则含而不露，兄弟们无从帮忙，在老兄或者存着个客气，有些害羞，怕难为情，未免自误。在我辈未免犯了个做人不肯做彻之弊（真算得到家）。"

栾以宾这番很恳切的话说完，早将宇文惠、宝珠二人说得珠泪滚滚，不自知其涕泗何从，欲再矫饰，已是不能（此所谓以诚感人也）。

宇文惠含泪应声道："栾爷，小弟之处境困难，既已蒙体贴入微。小弟又何用再为推托，家父母对于婚姻一层，虽然不曾有何限令，但是小弟自思，以求名而来，既不曾求得功名，反而载得美人儿归去，虽或蒙父母溺爱，不加呵责，但自念实有不孝之罪（此良心发现语）。但以实际情形论，小弟家庭内尚不至有隔膜，如今直截了当带回去尚非难事。"

说到这里，不由停了一停，继续道，"栾爷，但如果照现在情形，将爱人带回，未免为家庭所不喜。栾爷乃是明人，兄弟用去金钱，荒废学业，只带得一个光杆儿的美人儿而回，世俗之见，人所难免，家父母恐亦未能免俗。如依此而论，带回有些为难，不带回则又难之尤难。正如栾爷方才所说，'急'与'贫'两字，一时俱到，几乎叫小弟毫无办法。"

栾以宾听了他这番话，委婉曲折，自是实情，分明意思中是说，将宝珠带回去，家中没甚话说，但要照现在这样，毫无穿戴，又无妆奁，带了回去，未免难堪。如要不带，在此吃用开支，势又难以兼顾。遂不由慨然道："宇文兄，照老兄方才所说，左不过是个经济困难，这样吧，老兄自己酌量了看，将老兄的爱人带了回去，无非要首饰、衣服，连同你自己所当的物件，加上你老兄所欠本地的债务，共有若干？望你开个数目，兄弟等能力为帮助之处，无有不竭力之理。你们两位自己商量了看吧！"

宇文惠闻得此言，真所谓一拳打在心窝里，不由感激到泪流，遂拱手道："栾爷所言，真如生死人而肉白骨，怎不叫兄弟永刻肺腑呢？兄弟想来，这穿戴所需,以及一切使费,大约少则一千,多则二千。如有此数,便可以无忧,如果再少,还人尚须几百,那就成了个美中不足了。栾爷幸勿以小弟为贪而无厌,实因承栾爷及诸位仁兄萍水相逢,感恩知己,玉成其事,不得不以实告。未知栾爷能筹措否?"

栾以宾应声道:"老兄勿忧,二千两银子,兄弟等合力助成,尚不费事,请即到本旅馆账房内支用就是。否则兄弟开张银票,交付足下,任凭足下到外面去添置衣物等项,老兄不必客气。倘如尚有不足,不妨向兄弟等明言。"

宇文惠、宝珠二人不待他说完,早已跪将下去,叩谢大恩。栾以宾慌忙还礼,扶起二人,说:"快休如此,花费几个钱,算不得回什么事。"又说:"宇文兄,请同兄弟一起到账房内去走遭。"说着,便携了宇文惠的手,一同出房,往账房里来。当面写了几张银票,共计纹银二千两,交给宇文惠,以便他出去购买物件,以及还人欠项。然后同宇文惠回到里面官房。

宇文惠道:"小弟也不说虚情的话了,这笔款子,将来有钱时,即当奉赵。"

栾以宾连忙笑着止住道:"快别这么说,朋友通财,乃是常事,如要这般说,反见得生疏了(真称得仗义疏财)。你们两下还有事,兄弟不便打搅你们,再见吧!"说罢回身,到那边官房里将此事对众人说了。

此时大家已知他昨夜之事,一闻此言,不由一齐大笑道:"这法儿真好,咱们可算是慷他人之慨了。"

栾以宾笑道:"那婆子太可恶,不如此警诫警诫她,她下回还要放肆呢!"

遂又问公孙策道:"贤弟,你对于那长孙王氏,却又如何办法呢?"

公孙策笑道:"兄弟已经想了个妙计,仍旧照昨夜扮神办法,今晚去吓她的儿媳,启发她的孝心。原因那老太太可怜,只有这么个儿子,情愿自己死,不忍去告她儿子的忤逆。如依着咱们的心胸,早就要将那小子一刀两段了,无如一杀了他,反而伤了那老太太的心,所以这办法只有改换。师兄你看这方法如何呢?"

栾以宾拍手道:"着着着,这条计果然不错,要得两全其美,只有扮神弄鬼,去打一起鬼八卦,吓她一回(此古人之所以以神道立教欤)。不知贤弟一人去呢,还是要人帮忙的呢?"

公孙策道:"单丝不成线,怎好一人装神,便装得像呢?方才兄弟已向二师兄及唐兄说过了,他两位也很赞成,说不得咱们今晚,除去古兄之外,咱们大家都去走遭,同宣法力,证此善果(写佛经,即是佛经,此其所以为奇文启后,一丝不走)。"说毕,即回身到账房内,去办理账房内一切事务。

古印月仍旧背上药箱,到外面去送诊施药,阚、唐、公孙三人,却同行离了万华楼,前往长孙王氏的住宅,前后探了道儿,在左近一家茶坊内泡了茶,坐了一会儿,打听长孙王氏家内实情,果然她的儿子单名唤作德字,幼年丧父,全亏王氏抚养成人,平时也还说得过去。自从娶了亲以后,便应了俗说:“娶个媳妇,卖个儿子。”

那许氏乃是本城开机坊人家的女儿,本来未受过家庭教育,又遇着丈夫的耳朵根软,这忤逆上人的事,自然就有了。总而言之,在长孙德可称是个娇生惯养出来的忤逆儿,在许氏也可说是娇养成性的女子。平心而论,长孙王氏平时因年纪大了些,不无也有当着不着的碎嘴之处,更有件,便是许氏初娶进门,开头奶给吃坏了,因此习惯成自然,所以王氏虽觉得儿子、儿媳不孝敬,但在他小两口子,还不曾觉得呢(听讼贵原情,所谓如得其情则哀矜而勿喜,此一段文字,深得此中三昧。描写义侠性情有独到处,诚非寻常作品所能道及只字。观此可以见义侠真正处,更以见家庭教育之不可稍缓或稍弛也)。

三人打听确实,暗暗感叹。回到万华楼,将这事讲给栾以宾听了,栾以宾也不禁太息。

当日将行会所用的神袍、铁链等物备齐,到了晚间,等到更深人静后,大家改扮齐全,飞身上屋,径奔到长孙王氏的住宅屋上,仍由公孙策发科,先跳下天井到檐口放出尖锐凄厉的声音,使出他捶井的气力,轻轻将窗户一推,那窗闩咔嚓一声,早已两段。公孙策将千里火筒拿在手中,闪了一闪,喝了一声:“长孙德、许氏!”便去推他夫妻的房门。那门闩也应手两段,将夫妻二人惊了醒来,伸颈出帐子来瞧,一见公孙策那副神情,穿着神袍,面如黑炭(暗写化装),一手拿着个鬼火,圆睁着两只怪眼,口中唤道:“鬼卒何在?”

只听房外应了一声,走进两名鬼卒,面容都很凶恶,手中都捧着柄鬼头刀。

公孙策喝令:“将这两个不孝畜生绑了!”

鬼卒答应了一声,各在腰间解下根铁链,一个服侍一个,将夫妻二人捆了,丢在地下。

夫妻二人已是吓得魂不附体,不敢作声,浑身打战,口中牙齿却嘚嘚嘚地响个不息。只见那黑炭脸的神人传命唤土地,只见房外走进一个土地,望着那黑脸神人行礼。

黑脸神人道:“你可将长孙德夫妇生平如何不孝讲来!”

土地诉了一遍,黑面神人将面色一沉,命鬼卒将他夫妻带去先上刀山,后入磨盘。

鬼卒应声，将夫妻二人扛起。却见土地跪下求情道："请看在他祖上阴德，及他母亲的祷告，姑且略示惩诫，免了他这刀山磨盘之苦。"

黑面神人道："你可将长孙王氏带来。"

土地应声而出，到对过房内，将王氏由睡梦中唤醒，拉了她来。

王氏睡眼蒙眬，突见此状，不由大惊，说："哎呀！求菩萨法外施仁，饶了老身母、子、儿媳一家的性命，老身情愿长斋礼佛，给他两口子忏悔。"说罢，叩头。

黑面神人道："姑且念福德正神讲情，他又苦苦哀求看在长孙氏祖上阴功，饶恕他两口子。但要他二人当着吾神立誓，从此孝敬上人，尊重长辈，勤俭持家，和平处世，如不悔过，吾神立差阴兵阴将，将他打下十八层地狱(真是鬼话连篇)。"

长孙德夫妻此时吓得目瞪口呆，半晌不能开口，好容易才说了句："下次不敢再犯。"

黑面神人吩咐松了绑，夫妻二人叩头，不敢仰视。

公孙策解说了几句百行孝为先的话头，便说："王氏，以后如你儿子、儿媳有忤逆情事，可到吾神面前控告，绝不宽恕。吾神去也。"说罢，四人一齐回身。

公孙策手中的火也灭了。好在四人的武功都已纯青，步履无声，快捷如飞，只一转身，恍如一阵旋风，四人登时出房，到天井翻身上屋而回。

后来，长孙德夫妻称为孝子贤妻，未始非此一番劝化的功效。表过不提。

且说四人由屋上回万华楼，行经一家人家，只见下面天井里布置土坛，坛上放着张小书桌，桌上放着各种法器，红烛高烧，香烟缭绕，一个巫婆，站在那里，右手执桃木剑，左手拿着水碗，口中不知她念的些什么。

正是：

妖由人兴何须捉，邪是自招只在心。

毕竟是怎么回事，请看下文分解。

第三十九回

阚泽鲲分襟别豪客
公孙策归途逢侠士

话说四人在屋上看见下面筑坛，坛上巫婆的种种动作，不由齐暗笑。咱们方才扮了一回神，这地方却又有人请神，不是驱鬼，定系捉妖。

四人在屋上停了足，交头接耳，议论道："反正咱们回去没事，且在此看那巫婆做些什么？看她个究竟，再行回去。"说着，四人一齐伏在屋上，向下面观瞧。

只见那巫婆手擎桃木剑，指着水碗，叽叽咕咕，念了些咒语，将水呷了一口，向外一喷，手中的桃木剑便在桌上一击，喝道："吾奉太上老君急急如律令！"喝毕，放下剑及水碗，伸手取过朱笔，铺下黄纸，在那桌上画符。

此时阚泽鲲却看出来了，暗对栾以宾道："贤弟，你认识这巫婆吗？"

栾以宾摇了摇头。

阚泽鲲道："贤弟，她便是汉西门的李巫婆，你难道不曾听见人说过吗？"

栾以宾猛然想起道："莫非就是那个专门用蛊索诈的李巫婆吗？"

阚泽鲲道："正是她。她往常暗中用蛊，咒诅人家，使得那被蛊之人如痴如狂，她然后托言走过这家人家，说他家有妖气（按：巫蛊为害之烈，无非妖由人兴，其事至大者，莫如因巫蛊而引起父子交兵，见拙编之《两汉通俗演义》汉武帝时事，宫廷秘事，情节复杂，有心人不可不读也。又《洗冤录》载有蛊毒一节，亦可供参考。唯本书所言之蛊，仅指妖氛，而非指毒蛊耳）。这家人家正因有人被妖所魔，担着心事，见她说有妖气，自然十分相信，请问休咎。她便信口开河，说能捉妖驱邪。那家人家要求人口平安，说不得省钱，自然要请她画符念咒，于是乎，她就可以大大地骗上一注财爻。事到于今，有识之士虽已知其奸伪，但是愚人却仍是奉若神明。据闻她又会看香头、观亡魂，并说她有鬼眼，能看见鬼，现走阴差，故此愚人被她欺骗的很不少。"

阚泽鲲告诉栾以宾这番话时，公孙策伏的地方离阚泽鲲甚近，已是听得，便说："师兄，这巫婆以诈欺取财，甚可恶（照现行律，应犯刑事）。咱们哥们儿下去吓她一吓，警诫她一次，使得她下次不敢再骗愚民。师兄以为如何？"

阚、栾二人点了点头，于是四人交头接耳地传了信，四下分开，各站在一边屋上。

此时，巫婆正在那里拿着符，念着：

东方木德星君、西方金德星君、南方火德星君、北方水德星君，吾奉太上老君……

念犹未毕，四人在屋上齐声应道："吾神来也！"

巫婆画符请神，无非骗骗愚夫、愚妇，万想不到真会将神请将前来，吃了一惊。抬头四面一看，只见四面屋上各站着一位神人，形容可怖，不由哎呀了一声，扑通栽下坛去。

那躲在门角里、窗户边，偷瞧捉妖的男女，只道是妖怪出现，一个个吓得屁滚尿流，屏着气，不敢作声，躲在那里打战（有趣）。

四人跳到下面，将李巫婆喝令跪下道："你专门用蛊虫木主（说见拙编《两汉通俗演义》）诈骗愚民，今日吾神查察人间善恶，由此经过，知道你这妖巫害人不浅，特地将你收捉。"

李巫婆吓得魂不附体，叩求神人饶恕，说："小巫实为饥寒所迫，以术欺人，稍图苟活，不敢害人。"说罢，叩头如捣蒜。

四人喝道："你这妖巫，在吾神面前，还敢扯谎！"说着，哗啦一声，在腰间抖出铁索，将巫婆捆起。

妖巫吓得哀求道："小巫不敢了，求菩萨饶命吧！"

四人喝道："你以后还敢用蛊术欺人，看香头或是观亡魂吗？快讲！"

李巫婆跪得壁立似直，发誓不敢再以邪术骗人了。

四人道："限你在本月内，将从前所骗来的银钱，拿一半出来，修桥补路，助地方上的善举，以后不许出入人家。如敢故违，定干天讨。"说着，将铁索一收。

李巫婆如何吃得住？早就告苦哀求，一迭连声地唤道："哎呀，哎呀！小巫绝不敢了。"

四人将铁索松了，束在腰间，喝道："妖巫，你得跪在这里，不许你和人说话，跪一支香的工夫，方才见得你是诚意，否则，吾神绝不饶你。你须即刻将已放出的蛊一齐收回，如有丝毫害人之处，吾神即来取你狗命。"

李巫婆不敢不依，连连应命。

四人说了声："吾神去也！"只见身形一扭，已是腾身而去，不见形迹。

李巫婆吓得跪在那里，不敢稍动，直等到桌上炉内的香点完，方才敢起身，念咒收蛊。

那家人家的主人知道是个妖巫，意欲送官究治。因她已将蛊收回，不欲过为已甚，放她自去。李巫婆因此南京不能存身，未久，即往外方去了（为后伏线）。

四人回到万华楼，悄悄地洗面易装，各自安歇。次日神人显圣，降伏妖巫的话已是风传各街巷，哄动了南京全城，有那会说神话的，加油添酱，说得格外有声有色，仿佛他亲见的一般，少不得万华楼旅馆内也有人传说，几乎将五人（暗写古印月已知）暗中笑得腹疼。

当日栾以宾便向众人道："前日我说做东，却被阚师兄抢了去，咱们大家坐了画舫，吃过花酒，虽有群芳院的一件事，算是唱了出大轴的戏。但是那日公孙师弟心中颇不乐，如今该轮着我做东了，一则为公孙师弟接风，解了那一日心中的不舒服；二则为宇文惠、宝珠二人，祝贺他们有情人终成眷属；三则唐兄难得南来，古兄医学精深，都是可以纪念之事。我今日这个东，可就要实行前日所提议的，挑了酒菜，同往山水风景佳胜之处痛饮一醉，如何？"

大家齐说："好极，好极！领情，领情！"于是栾以宾走去吩咐厨房，置备上等酒菜，令旅馆仆役挑了，一行男女七人，六人乘马，宝珠乘轿，同往紫金山、雨花台、皇陵、鸡鸣寺等处，赏览风景。外人不知的，只当他们是挑了盒担内祭品，扫先人坟墓，哪知他们是浏览山水，赏心乐事呢。当日游览各处，既醉且饱，直到夕阳西下，乌鸦归林，方才兴尽而归。

过了两日，宇文惠、宝珠二人各事筹措已毕，叩谢诸位盛情，告辞而归。唐梦笔亦因离家已久，怕汶上有事，也告别回去。古印月也因南京疫气已灭，别了阚泽鲲、栾以宾、公孙策，回家去了。

这里仅剩师兄弟三人，连日谈论武术，并讲说江湖上勾当，侠义行为。公孙策又问二人，宁仁的行踪以及一切行为。

二人皆说："大师兄与咱们虽曾会面多次，但彼此不甚投机，他也难得来。当贤弟未来之前几时他曾到此地来过，但也不曾耽搁，即已走了。贤弟既出心要劝他向善，可在此等候些时，也许他要来，亦未可知。"因此公孙策在万华楼一住月余，逐日和两个师兄相聚。

那日龙潭给阚爷家中捎了信来，说家中有事，着他回去。

阚泽鲲便对公孙策道："本当请贤弟到舍下去盘桓些时，原因乡村地方，要买什么都得上城，颇感不便，故此不曾请贤弟到舍间去。就是二师弟不请你去，也是这个意思。如今愚兄接了家信，有事回去，不能奉陪，贤弟请在此多住些时，咱们改日再见。"说罢，又和栾以宾作别，带了自己的物件从人，即日回去。

栾以宾、公孙策两个直送出门外，方才入内。事后，师弟二人闲谈，公孙策便进言："师兄请乘便劝说二师兄，以后不可再往秦淮河等处妓院内消遣。"并说："大师兄的生平，小弟听得镖师计全胜说过，在前品行非常之好，后来才坏的，这勾栏曲院乃是最易坏人品行的地方(此作者大声疾呼，青年速醒)，大师兄所以坏到如此地步的，也大概是被妓院所害。人总是性本善，习相远，如以风流自命，结果无非是自杀(看官听着)。师兄与二师兄同在一处的时候居多，得便务望进谏。"

公孙策这番话出以老诚，却也是旁敲侧击的文章。栾以宾是何许人，岂有不懂得的，遂敛容逊谢道："贤弟说得是，愚兄自当转达，便是愚兄，也不免有此恶劣行为，随后总当矫正，力行改善。"遂又说："贤弟，二师兄的外号乃是潇洒太岁，素来潇洒倜傥，不比常人，虽然他和愚兄都常到勾栏中走动，但是对于情欲的事，愚兄可以代为发誓，绝端的没有的。"

公孙策也说："这并非小弟饶舌，实因有同门之情，不得不说。师兄既如此讲，可称为君子之过，如日月之食了，小弟非常佩慰。"

自此以后，公孙策在万华楼旅馆里又住了月余，不但宁仁不曾等到，即阚泽鲲也未曾来，因此向栾以宾告别，前往各处去游览了一遭。凡江南有名的各处，如镇江、维扬、武进、芜湖、姑苏、虞山、鸳湖、杭州、钱塘、普陀等文物名胜之处，都去游览了一番。一路也曾结识了几个好汉，因此耽延了不少时日。

那日回到南京，重到万华楼，访寻阚、栾两位师兄。

柜上的人回说："二人往长江上游去了。"

扑了个空，颇为怏怏。公孙策在万华楼住了一宵，次日即起身过江，由六合绕往清江浦，意欲取道海州，入山东赣榆县，奔汶上县，径行前往黄河渡口，到褚二那里去赴约。公孙策的脚程是最快没有的，他一展开足力，可就如风驰电掣般奔走。

那日到了清江浦，心想，据闻这地方盐枭、土匪极多，绿林豪侠谅来不少，须得走夜路，以诱出他们来。因此这日，并不在清江浦住，却施出他在长白山上学习本领时惯技，一路向北而行。行到一处树林，望望一阵风吹来，听得鸾铃响，暗说："得了，哈哈！那话儿来了！"

正是：

夜行有意寻豪侠，野宿无心遇英雄。

毕竟见着什么，请看下文分解。

第四十回

亦步亦趋公孙策窥伺
敢作敢为马青锋递柬

话说公孙策听得鸾铃响，知道是马来了，晚间荒野之处，有人敢骑马走路，不是官厅捕快，即是绿林响马，因此纵上树去，向前一望。只见前面林边，有一人上吊，不由一惊。正欲去救，忽听铃声渐近，一匹马驮着个人，由前面奔来，正撞在那上吊的人身上，将那上吊的人撞将下来。那马上的人急急下马，拴马扶起上吊之人。

公孙策看在眼内，寻思，这地方有人上吊，不算稀奇，但是这骑马的人，一人独行，胆大如此，可就有些奇怪了。这人不是绿林中好手，定是我辈，否则绝不敢如此胆大的。一面想，一面施出生平绝技，由树枝儿上提轻脚步，向前奔去。到了将近之处，便坐在树丫枝上，目视耳听，留心他两人的动作。仔细一瞧，却见那马上下来的人是个少年英雄，穿着武生装束。那上吊的却是个家院打扮，已是年逾五旬模样，只听那老者哭诉本人的寻死原因，自称是刘子章的家人刘云。那英雄赠给刘云银子，嘱令他到龙公那里去告状。刘云问那英雄的名姓，那英雄自称是逍遥太岁马青锋。

公孙策听见龙宝山、马青锋两个名字，不由怔了一怔，暗说，这两个名字好熟。猛可里想起，在褚二庄上，听见殳相如说过马青锋，又在历城听见文天乐说过龙宝山的事来，不由想道，这才真是机缘凑巧，我正想访马青锋，要看他是怎生一个人物，也值得褚二他们背后说他本领怎么高强、行为如何豪迈？今日既见，岂可当面错过？便将身体轻轻由树上滑下来，意欲上前和马青锋厮见。一想且慢，且等到那老儿走去，再和他相见也不迟。

这时，却见刘云叩谢了马青锋，拿了银子，冲着自己走来。公孙策忙将身体向树梢上缩去，绕到马青锋后面，正要和他作要，试试他的本领，却听他自言自语道："但看这刘云告状，龙宝山如何断法。"说着，便上前牵马。

公孙策陡然心中一动，这刘云乃是个义仆，一瘸一癫地行路维艰，如有暴府的人半路陷害，岂不危险？马青锋既说要看龙公如何断法，分明他一时不走。我且跟了刘云去，暗中保护，自然会与马青锋见面。因此唰一声，纵向北去，追赶刘云。一回头，却见马青锋也跨马跟了来，遂将两足一紧，一连几纵，已到了刘云之前，于是老在刘云前面，或右或左，远远地照应。

及见龙公给刘云写状，刘云回身而行，马青锋在暗中让刘云前走，自己在后跟随，公孙策不由暗叹，怨不得褚二说马青锋是个义侠，即此往来跋涉，精神已是可敬。因为好奇心起，存了个索兴看龙宝山、马青锋对于此事如何办法，要看个水落石出，因此也回转身远远跟去。

到了淮安城中，刘云、马青锋住店，公孙策也就住店，但凡他二人的举动，公孙策无有一件不知。

及至刘云告状，马青锋在府堂上杀暴武扬，当时府衙大乱，龙公和众差役见马青锋一人下来，却变为两人上屋，看官们都是明公，不消说得，另外一人自然是公孙策了(交代前文)。但因公孙策下去的时候，是由后檐悄悄立在大堂屏风后面，那时大众目中、心中都注在堂上，故此无人留心到屏风后面。等到马青锋飞身上屋，公孙策有意卖弄，意思是欲使马青锋知道他背后还有人窥伺，故此不由后面上屋，却反而绕出屏风，跟在马青锋后面，如风卷残云般飞上屋檐。

后来马青锋同刘云在旅馆房间里说话，公孙策在窗外故意咳嗽一下，意思是要马青锋、刘云晓得，隔墙有耳，旅店之中不是细谈机密之所。

及至马、刘出城，前往雷洪家中去，公孙策因在窗外听得，故此不曾尾随，心念且等京中公事到来，龙公有甚危害之处，再去找马青锋也不为晚。更想着龙公清明廉洁，的确是个好官，此时如果追了马青锋、刘云二人而去，万一龙公在衙中被暴府羽党所害，岂不危险？故此绝计不追马、刘二人，却在暗中保护龙公。

那日龙公被锦衣校尉拿解进京，公孙策心中好不着急，暗恨马青锋竟是有名无实的一个银样镴枪头，他闯下了祸，竟躲着不出来了。这街上闹得满城风雨，难道他竟不曾知道？心中怀愤，便在窠儿里挤来撞去，留心访寻，或许马青锋已得了信，也杂在人群里看热闹，因此四处撞寻。

及至到了醉月楼门口，却见马青锋立在那里卖呆，一转眼，却见锦衣校尉押着龙公过去。再一回头，却见马青锋上去了。

公孙策心中大喜，急回旅店，换了武生打扮，飞也似的赶到醉月楼上。因旅店离醉月楼很近，故此一刻即到，上得楼去，便拣了马青锋对面的一副座头坐下，故意地掷杯叹气，引得马青锋来问，用激将法将马青锋激怒，情愿上京城,给龙公打官司,心中的一口气方消。但一想,马青锋进京,究竟如何,万一他有危险,又有何人解救呢?

看官听说,自古英雄识英雄,好汉爱好汉(此戏中公孙策自道语,借用以明之)。公孙策因这一转念,自然就即刻回转旅店,将自己衣包物件取了,结算了账,亦步亦趋,跟着龙公的囚车,往京城去了。在路上,见马青锋也跟了来,心中放心了一半。计算到京城的时日,如展开自己足力尽赶得上,因此拢到褚二家中去,将此事对褚二说了,申明自己要上京城,恐怕到期不能来此相会,特地说明,免得大家说自己失约。

褚二见他任侠可敬,特地置酒款待,预祝他入京城,保忠臣义士无恙。公孙策谢了。酒饭毕后,即告别褚二,一路赶上龙、马等一行人,到京城,和马青锋同住在一家客栈内。故此马青锋到王府,公孙策也到王府,马青锋见李朝宗,公孙策也躲在相府里。

上文李朝宗师生见马青锋上屋,一人下来,突见二人上去,也是这个原因。这一层,公孙策的用意,却是含着点儿使马青锋放心,背后有人保护,壮壮他的胆子(特点一笔)。

后来马青锋大闹王府,被绑上法场,公孙策却在暗中保护,预先到十字街口一家酒楼上等候。故此飞身下来,杀了那个监斩官,乘着法场上乱哄哄的时候,提了血淋淋的脑袋,竟飞身上屋(以上交代前文,以下入正文)。

那时,马青锋早已知道,有人暗中援助自己,在屋上等候,一见公孙策提头而来,老远地便认出,原来不是别人,却是在淮安城内酒楼上会过的公孙策,忍不住迎上前,哈腰拱手,说:“承蒙援助,感激之至。但此事却因老哥将监斩官杀却,题目弄得更大了。老哥又有何妙法呢?”

公孙策一面哈腰还礼,一面答道:“老兄不要多虑,反正事已闹大,咱们索兴闹他个翻江搅海。先回客店去取了物件,再去杀却那个奸王,岂不痛快……”

二人正在交谈,猛听得下面人声嘈杂,不禁打断了话头。伸颈向外看去,只见许多禁军,手持灯笼火把,说笑巡查而来。

正是:

倾盖正在道款曲,敌楼又惊声喧哗。

毕竟因何人声浩浩,请看下文分解。

第四十一回

二侠士敌楼离险地
龙宝山王府入牢笼

话说马青锋、公孙策二人,先前一在明处,一在暗中,正如《战国策》上所说的“螳螂捕蝉,黄雀在后”的情形,不过一是相助,一是相害,有些相反罢了。这以上都是公孙策如何来历,以及龙公在历城县断案的大概情形,补叙明白,紧接上文。

且说马青锋、公孙策哥儿俩正在敌楼上谈得十分投契、相见恨晚之际,忽听下面人声喧哗,不禁心中发毛,打断了话头。伸颈到外面向下一看,只见许多禁军,手持灯笼火把,说笑巡查而来。

二人大惊,耳语道:“这光景大约还要上楼来呢!”于是各人提了衣包物件,手按着兵器,准备厮杀。

只听得下面有人说笑道:“这鬼不生蛋的地方,谅来也不会有歹人躲在这里的。”

又听一个道:“这楼上绝不会有人,你们看这楼梯上尘土封满,并无有人的足迹。”

又有一人道:“别闹吧,咱们大家谁是称得起人家对手的?不过奉公差遣,糊公事罢了。管什么歹人好人,咱们还是睁一只眼睛,闭一只眼睛,模模糊糊地罢了。”说着,笑着,那声音渐渐地远了。

二人说了声:“侥幸!”复又放下包裹等物,坐将下来。

马青锋道:“一会儿天色即将大亮,咱们该怎么办呢?”

公孙策道:“咱们得先找个安全的住处,方才可以商量别的。这地方乃首善之区,非别处可比,看上去城里是无有住处的了,咱们不如出城去,先找个地方住下,再行商议。”

马青锋道:“今夜这一闹,少不得明日要特别戒严。京师军将如林,如果戒起严来,咱们出城容易,进城哨探事情可就难了。再则明日必有公文到各处捉拿咱俩，盘查必然认真，咱俩住在城外，恐也未为妥善吧！”

公孙策笑道：“老哥不要担忧，这却不要紧，兄弟此时却很忧着一件事。”

马青锋忙问：“此言怎讲？”

公孙策道：“兄弟蒙家师传授一种易容术（补笔），面容可以随时更变的。但得万分紧急，和用于正当之处，方能使用，如今可正用得着了。咱们城外去住下，可不是不怕他戒严吗？兄弟此时所虑的乃是龙知府，不知他现在究竟如何，是否已经遴回原任。兄弟怕的是奸王密地派人在路上对付了清官。”

马青锋初听他说会易容术，颇是喜悦，后来听到怕奸党在路上对付龙宝山的话，不由又忧心如捣，便说：“贤弟虑得是，就怕奸党有此一招。”

公孙策想了一想，陡然想起褚二及山东道上的八大罗汉等一班人来，不由大喜，问道：“马兄，有两兄弟名唤秋犨、秋叶的，你不是和他俩认识吗？”

马青锋道：“认识。”

公孙策道：“认识可就好了，咱们且出城去，由我作法，改了面容，找个下处住下，然后再作别的打算。”

马青锋道：“既已变了面容，何必再要到城外去呢？”

公孙策道：“马兄怎么这一点也想不到了？咱们这会儿如在城内找下处，人家定然生疑，因为城尚未开，哪里来的外路旅客呢？别说投下处难，便是走路也要遭人疑心的（其心甚细）。马兄请想，城内经咱们这一闹，料想在两三日内，城门绝不会便开的，况且即使开了，对于盘诘上也未免要格外认真。咱们身上都带着武器，总有些不便吧！”

马青锋听了道：“毕竟贤弟的思虑缜密，咱们且出城去。”说着，便提衣包等物。

公孙策道：“且慢，咱们还得改扮了，像这样夜行衣靠穿着，怎好下去呢？”于是二人解开衣包，换了买卖人打扮，将包裹扎好，背在身上，挎好刀剑，将百宝囊等物齐收拾好了，也背在背上，然后跳下敌楼，由城头上拣一处有缺口的、城脚下有房屋的地方，托地跳将下去。跳在那家人家的屋上，接着便是连蹿带纵，如流星赶月般向前纵去。纵出了街头，已见田野，二人跳下屋去，走至田埂上坐下。公孙策念动真言，作起易容术，将马青锋和自己的面容变了。

坐了一会儿，天色已是大亮，二人起身，走进街头，先到一家吃食店里打了早尖，然后向前面行走。找了爿客栈住下。那客栈乃是爿中等阶级，招牌唤作平安，里面所住大都是些买卖人。二人住到这下处内，恰合身份，那柜上的人以及小二等众，因此也不疑心。

公孙策改名张伯符，马青锋改名张民权，由柜上问了来踪去迹，上了循环簿。二人诈称是山西贩京货的客人，信口报了个招牌，说是山西大同府城内公和永京货店的采办，此番到京办货，还是第二次呢。

那柜上本是不存心，他们报一句，他即写一句，写毕，即说："二位张客人，麻烦了。"

二人说："这是例行公事，理应如此。"说着，便由那柜上招呼着，陪送到二人住的房间里来，却是一面双铺的上房。

二人到了房内，小二送进面水，泡了茶来。

那柜上的回身走后，公孙策便对马青锋道："这地方很好，不甚为人注意，咱们住在这里很可大胆放心。"

马青锋道："咱们住在此地，无非是个暂局，究竟还须作别的打算呢！"

公孙策道："可不是嘛，兄弟方才问老哥，认识不认识秋氏弟兄，便是这个用意啊。"

马青锋忙问怎么。

公孙策笑道："老哥既认识他哥儿俩，咱们便可以有了帮手，可以分身得开了。"

马青锋听他口气，知道他是要自己去约秋氏弟兄来帮忙，便说："贤弟这方法虽好，可是与愚兄的意思却不甚相合。说句总话，因劣兄的事，承蒙贤弟出力相助，卷入旋涡，劣兄已是不过意。但因贤弟是出于自动，劣兄只有感恩知己。至于秋氏弟兄，我和秋旪不过萍水之交，秋犨呢，也只闻名，而未见其面。秋犨所为之事，在我辈自己思忖，自是作义任侠，在官家方面看来，可就是作奸犯法了。秋氏兄弟虽与咱们气味相投，但是像这类事项，也须他们出于自动才好。否则，岂不是咱们去叫他做犯法的事吗？那如何行得呢？"

公孙策听罢，忍不住笑道："老哥虽说得不错，但他们在山东道上做公道大王，难道便不犯法吗？原本兄弟的意思，并不是要他们来帮着咱们大闹京城、杀人放火，不过请他们暗中保护龙知府，免得在路上出岔枝儿，并非要他们出面。既是老哥这样说，咱们两个人，一方要去保护龙公，一方要去城内哨探，这可不是两头照应不及吗？"

马青锋想了想道："哎呀，不妨，别再说保护龙公了，恐怕此时龙公已有了危险，亦未可知呢。"

公孙策应声道："老哥放心，我料定龙公此时尚不至有危险，因他昨日才走出京，以后他必然兼程而行。奸王昨日想着派人跟踪追截，但接着便有咱们的事，奸王的心目中，此时全神都注在咱俩身上，恐怕已将追截龙公的主意吓得忘却，亦未可知。即或派人追杀，也未必即能追得上。如果要去保护，凭咱俩的足力，或许还赶得上呢。”

马青锋点了点头道：“老哥说得是，咱俩便追去保护一程如何？”

公孙策道：“好，咱俩就去。”

于是各挎了刀剑，反带上房门，推说去配货，出了店门，向城里的路上走了一段，由斜刺里一条小胡同穿出，由背街绕回往山东的路上，展开足步，紧紧追将下去。

公孙策将穿山越岭的本领使出，如风驰电掣般向前行去。马青锋不胜惊讶，暗说，此人足下好快，莫非是生就的飞毛腿？不敢怠慢，以示弱于人，于是将本人所学陆地飞行本领尽量地使用出来，好似溜了缰的怒马，直赶前去。凭他跑得满头大汗，终不及公孙策的快捷，自然虽能追着，始终未能赶向公孙策的前面去。他俩那时的情形，好比岳王手下的张保、王横，足力就差着这么一点儿。

当时他俩飞奔赶路，一转眼已走了不少路程，只觉得两旁树木房屋纷纷倒退，逢有溪涧等阻路，两人均是一点足，即跳了过去（看官至此，必谓此系信口开河，其实不然，真有本领的剑客，瞬息千里的正复不少，旧说部中往往有之）。如此紧紧追赶，赶到一处树林。却见树林内走出一行人来，约有五六骑马，三五个步随，内有一人，差官打扮，坐在马上，和另一个乘马的官儿讲话。那官儿不是别人，正是二人要追的龙公。二人大惊，急将身体一偏，向道旁立定，等这一行人走过面前，二人方才席地而坐，定了定喘息，计议道：“这光景莫非王府派了差官，夤夜追赶，将龙公召回京师吗？如果这样，定然凶多吉少，可就怎么办法呢？”

二人正在计议，恰巧有人由面前走过，二人请问了地名，才知地名唤作蒋家庄，离桑园不远，只差有三五十里路程。

二人计议道：“如今龙公复又入京，不知究当如何，咱们该怎么办，怕则怕他一到京城，即被奸党所害。京城既已戒严，咱俩纵有通天本领，也难即刻将他由京城里救出来。如是不救，万难坐视，可怎么好呢？”

二人商量无计，遂起身远远地追上龙公等一行人，缓缓向京城路上行去（“缓缓”二字，正以形容来时之疾，非此刻真安步当车也）。

看官们看到此处，必然有些模糊，怎么龙宝山昨日洗清了身体，由王府出来，官复原任，趱程启行，连恩相李朝宗都不曾叩见，即已上路，如何这会儿又掉转马头，回向京城呢？哈哈，在下不说，谅看官也猜想不到。这并非在下卖关子，实是因在下一支笔，同时写不到两边的事。如今在下且掉转笔尖，细写这个原因。看官别忙，请看下文吧。

却说当马青锋退出王府之后，善庆王略一沉思，立即发了火牌令箭，令差官带领从人，不分日夜，务要将龙宝山追回，重重有赏。差官奉了令，往班房中传了三五个武弁，拣选几匹快马，如飞相似，离王府，出京城，直向山东道上追赶。一路问人，果然有位官长，带着从人，由此南行。因此差官举鞭策马，领着从人，拼命价向前追去。

只因龙公出京回任，恐有变化，特意一离王府，即领着淮安府护送入京的几个差役（此句必不可少，看系闲文，实兼补前文所未及，而为官场做事，手续上应有之点缀也），一路出京南下，这一日竟是日夜赶路，不曾停止足步，直到次日清晨，才被王府官差等众追着。原因差官等骑的是马，龙公一行人，马、步俱有，故此得被追着。

差官追上龙公，大呼："龙府尹慢行，咱家奉王爷之命，特来奉请回辕。"说着，将王府火牌、令箭等取出。

龙公见后面差官追到，大吃一惊，知道京中又有变故，纵要走也走不了，只得立住了马，和差官相见。

差官笑嘻嘻地道："龙大人，咱奉了王爷之命，特地赶来，请龙大人即刻回京。"

龙公道："下官奉命回任，怎这会儿又急急追来做甚？"

差官笑道："龙大人，这可问道于盲了，咱奉命来请，王爷究有何事要与大人面谈，咱家也不能明白呀！"

龙公心中一想，这会儿和差官辩理，是没有益处的，便说："好，下官便同了你去交令。"说着，便率领从人，与差官的一行人合在一处，策马向京城而行。在路上略吃饮食，稍微休息，直到天晚，方才到京。径到王府。

那时王府门口正纷纷扰扰，车水马龙，进进出出的官员甚多，仿佛开什么会议似的。差官领龙公入内，先至传达处内坐下，然后差官入内禀报。恰值王爷与各官员会议一切，见说龙宝山追到，不由大喜，说："且将他软禁在班房内，等候明日再核，不可疏虞，或有过分的举动。"

那差官领了示，即到前面，将龙公领出传达处，直到班房内自己住的房中，请龙公住下，说："王爷令明日再见，今晚且屈居一夜。"

龙公知道不是好兆头，无奈身入牢笼，纵有冲天之翼，也飞不出去。只得安心住下，寻思别的打算，准备明日见面时如何办法。

且慢慢说龙公被软禁在班房内，却先讲王府之事。善庆王自从白秋塘出府之后，自己便在小书室内拟好了手折，等到天明府中各处的火势已熄，满城各文武都赶来慰问请安，李朝宗、马文升等一班人也派了代表来问询，善庆王上朝时，便在御前呈上本章。天子接表细看，正要开口，文班中首相李朝宗也执笏当胸，呈递本章。天子接了，将两下表章一比，双方各执一词。龙心疑惑，遂说："二卿且退，容后仔细调查。"

刘、李二人同时叩谢圣恩。天子袖了二人本章，卷帘退朝。

奸王见天子未曾当面将自己的表章核准，心中怀着鬼胎，故此回转王府，即传令召聚本党众文武商量计策，加上昨夜各幕宾、策士等回去，思索了一夜，今日都遵命想了些计策，写成节略，当着王驾面递。因这两种原因，故此这日进出之人甚多，府前车马格外的热闹。

善庆王开会结果，计策虽有好几条，可是应了个人言庞杂的通病，奸王竟委决不下，专等白秋塘来，决定采用何种计策。偏偏这日等他等得心焦，白秋塘竟姗姗来迟。直到晚间，白秋塘方才到王府应卯似的叩请王爷晚安，并请领聘礼聘书等物，打点明早上路，往滦河去找孟家四金刚。

正是：

只因一番劳跋涉，引出无数奇侠来。

毕竟白秋塘因何到晚间才来，请看下文分解。

第四十二回

白秋塘滦河访旧友
玉金刚旅店遇强梁

话说白秋塘到了这日晚间，方才来见善庆王。王爷带怒问他："因何来得这般晚？叫孤家好等！"

白秋塘躬身道："门下昨夜回去，方才出得王府上轿，腹中即如雷般响起来，赶着命轿夫快走，无如任凭怎样快，门下的肚子不争气，竟不及门下到家，它便泻将下来。门下弄得一屁股带两裤管的粪便。到家门口，下得轿来，匆匆回房（妙哉，不知木稚香香得如何，一笑），急急换洗，弄到半夜，方才清洁，即行上床安睡。一觉醒来，已是红日高升，急急爬起，梳洗早点，已命备轿到府。不料不争气的肚皮又一阵阵咕噜作响，痛得门下连大气儿也不敢出，好不难受（然则下面泄气矣，一笑），因此又不能就来。可巧这时候，有门下的一位朋友，名唤柳文和的，本来精心医道，由外省到京，顺便来探视门下，门下因此请他诊治。他见门下这腹泻，泻得厉害，一掐脉，便说门下这病是时气夹着平常所伏的暑邪，因此成了下行之症，于是给门下拟了丹方，赎药煎服。说也奇怪，服下药后，不但未见好，反而大泻特泻起来。门下心中慌急，急请那朋友来，问他是何缘故。他笑说：'别慌，老兄有伏邪在内，如不将它渲泄，强行遏止，将来变成别症，岂不危险？经这一泻，邪气既除，便可用扶助正气之药。'说罢，给门下诊了诊脉，又拟了张单方，果然这帖药服了下去，睡了一觉，腹中已止疼不泻。但因这么一耽搁，门下闹到这会儿，方才能来，请王爷原谅。"

奸王听他说拉屎拉了一裤子，忍不住要笑，将怒意取消，遂说："白先生，原来是贵恙发作，孤家竟忙得忘却了，是孤家错怪了。先生请坐，孤家正有事要与先生商量呢。"

白秋塘谢了座，坐在一边，请示王爷有何谕旨。

善庆王将各官员、策士的计策条陈说给白秋塘听了，然后说："先生，如今孤家竟委决不下,先生可能为孤家解决,采何方针吗?”

白秋塘听罢那些计策,无非是上表弹劾李朝宗,说他勾结马青锋、公孙策,大闹王府,存心叛逆;或是延聘勇士,行刺李朝宗;或是密派校尉差官,到淮安追杀龙宝山,都是些平常的策划。内中只有一个策士,名唤卜安分,字知命的,所献策略,有些具体大计,略说:

> 居此时代,与其鸡零狗碎(俗语,意谓零碎也),头痛医头,不如暂且按住不发,密聘勇士,收罗豪杰,联合宁王朱宸濠,举行政变。当未发之先,先密令小王子、和硕等,举兵边塞,请命于朝,将凡非心腹兵将,以征边为名,调往边境,朝中既已无人为梗,急于政变,废当今幼主,而立宁王,然亦不过以宁王为傀儡。如此举行,宫内有刘瑾、郭镛及贵妃,宗室有宁王,外省有各同党,域外有和硕、小王子、鞑靼,朝中有众文武,一旦举事,易如反掌。如果此时硁硁以排斥李朝宗一党为计,适成为打草惊蛇。

白秋塘听罢王爷所说各人计策,想了一会儿,便说:“王爷今日早朝,可曾递过弹劾李朝宗的折子吗?”

奸王点头道:“孤家正为此事担心。”遂将李朝宗也递本章的话说了一遍。

白秋塘听了道:“王爷,门下看来,卜安分所献的计策,虽是危险,却很可行得。但是已上了本章,皇帝的意思却不曾明白。为今之计,只有密令众文武交章弹劾李朝宗,将他排斥。一面面恳天子,限令龙宝山将马青锋、公孙策两人交出。天子如不依从,定然还有后文,那时要看危险的程度如何,如是危险已极,不妨传令禁军急行政变……”

善庆王不待说完,便说:“不妥,满朝文武,虽然本党的人多,究竟忠心朱氏的还不少,如何可以使得?”

白秋塘道:“千岁如今势成骑虎,不得不然,既千岁不赞成这办法,门下还有条计策。”

善庆王忙问何计。

白秋塘道:“这计策与卜安分所说的大同小异,也就是门下昨夜所述的办法,比较的进一步罢了。目今先由门下去将四大金刚请了来,先对付了马青锋一班人。一方面用势力手段压迫李朝宗等一班人,告老乞休离去。朝堂暗中再派人到外边去勾结小王子等作乱,诸方并进,乃系缓进之策。更有一层，只要四金刚一到，不妨限令龙宝山交人，马青锋等定然挺身而出，即由孟氏弟兄出其不意，将他们杀死，岂不是好吗？"

善庆王听罢，自己沉吟了一会儿，便说："孤家恐等不到先生由滦河回来，朝廷已有变故，那不成了个画饼充饥吗(直注下文)？"

白秋塘道："千岁，难道'百足之虫，死而不僵'两句古语也不明白吗？纵然在这最短期内，皇上将王爷的政权削去，但是朝臣百官，多半是千岁的人，况且内有贵妃，难道还恐有意外危险？既无意外危险，门下却又有一说了。"

善庆王道："先生又有何说？"

白秋塘笑道："如果皇上将千岁的政权削去，只要门下将四金刚请了来，对付了龙宝山，或是李朝宗等一流人物，便不妨唆使甘肃等处的部落反动，然后令百官借此为名，请起复千岁官职政权，以镇边陲。那时兵权到手，便可为所欲为。千岁此刻何必恐有变故为忧呢？"

奸王听罢这番言辞，不由快慰道："先生此言，颇中綮要，余人碌碌，均不足道也(此作者自言前项计策，不足道也。看似闲文，谁知却已隐伏后文)。聘礼孤已备好，聘书亦已缮就，先生明晨由此处动身，还是由家中动身呢？"

白秋塘道："为谋事秘密起见，门下明日绝早起行，自然由寒舍动身。所有聘书礼物，千岁可交门下带了去，免得明日一早，又要来王府领取，耽延时刻事小，泄露消息事大。"

善庆王点头道："先生说得是，但不知要人护送吗？"

白秋塘道："不消不消，如有王府的人护送，岂不明明地令人家知道吗？"

奸王听了这番话，点头道："好，先生先请回去，孤家随后着人送来。"

白秋塘应了声是，起身告辞，说："门下明日不再到府，即领着聘书礼物，启行出京了。"

善庆王略一欠身，说："此行全赖先生之力，大事如成，先生乃是孤的开国元勋。"

白秋塘应着，即已下了台阶，出王府回家。命家人预备行装，打叠包裹。正在收拾一切，忽报王府差官到来，白秋塘连忙迎入。

那差官递过王爷手札，并说："白先生，聘书便在这里面，至于聘礼，却在外面呢。"说着，外面走进两人，一个挑着副盒担，一个背着个大包裹。到了里面客堂上，卸下，向白秋塘唱了个肥喏(拱手作揖，俗呼唱喏)，站立一旁。

差官道："白先生，这包裹里是聘礼，以及路费五百两，盒担里是一席上好的酒菜，王爷特命送来，给先生送行的。请白先生将聘礼照信点验之后，给咱个便条，咱家好回去回禀。"

白秋塘口中说:“怎么又要蒙王爷赏赐?”手中却将那王爷手札拆开,抽出一看,内中附着聘书,并礼单,外有给自己的一张便条,所说的话和差官所说大同小异,不过多两句:“劳先生跋涉,容待后来分茅列土,以报高功”的勉励话头(何不自量乃尔)。随即走到一旁书案上,匆匆写了张禀帖,说:

所有聘礼、聘书,并承赐路费、酒席,均敬领收到。门下到滦后,自当宣布德意,请千岁静待佳音。

写毕,折叠起来,封了个信封,写了封面,遂去打开包裹,略一点视。那些聘礼都是珍贵宝物,价值甚大,东西却不多,故此一个包裹已是包藏得下。

白秋塘看了一下,与礼单所列各件毫无遗少,便将包裹打好,收入房内,回身双手将禀帖递给差官,拱手道:“烦老兄带回,转禀王驾,给兄弟叩谢。这会儿又劳老兄的驾,只好将来再报吧!”说着,又命家人到里面取出二十两银子,赏给两个当差的,命人拿家伙来,将盒担腾下,交给来人带回。两个当差的打千儿(单屈膝,俗名打千儿)道谢,差官即刻作别。

白秋塘送出三人之后,回身入内,命家中将送来的酒菜热了,聚集妻子,吃了个合家欢。酒宴毕后,即已安次。

次日清晨,白秋塘带着一个家人,名唤傻汉的,挑了行李等物,自己扮了个考相公,动身离家,径向滦河进发。

编书的编到此处,要追叙白秋塘和孟家四金刚相识的缘由,及如何得进善庆王府去当幕宾的事实了。看官看到此处,别说编书的扯淡,因为本书的主要人物,陆续登场,在正派一方面的,如龙宝山、马青锋、公孙策等一班,已有了本传。但在相手方(日本名词,称对手方面为相手方),像善庆王、孟家四金刚,前文虽曾提及,但却是未细写。如今自应诠叙一番,以清眉目。

论起白秋塘和滦河孟家四弟兄相识的缘由,可也就有些奇突。原本白秋塘是个走江湖、看相算命的出身,当他未曾入王府之前,他即以星命自给,但其时已是大好。追论他怎么会走江湖走得大好,那可就要说是孟氏弟兄照应他的了。

原来那年白秋塘走码头,走到京北通州地方,住在城内一爿通裕客栈里。那时白秋塘在外面闯荡,虽不甚是窘迫,却也不甚宽裕。因此住在这通裕客栈内,竟只住了个中等小房间,至于饮食,却也很苦,荤菜是不敢上口,净拣那素菜,有时还只吃两包盐豆,拌豆腐,冲上一碗盐开水,便算混饱了肚皮。即如他行路,也是这样大馆子不敢进门,净找那小吃店里去光顾。这日，他在通裕客栈内正吃过晚饭，抹了嘴脸，预备关门睡觉，忽听得那边上房里有人高声喝骂，接着便是砰的一声，落在天井里，其声清脆。

白秋塘出房，走去一看，只见拥满了多少人在门口。

正是：

劝君休逞一时愤，须防暗算他日忧。

毕竟所为何事，请看下文分解。

第四十三回

接财神代书恐吓信
助春情进献兴奋药

话说白秋塘听得砰的一声，接着那喝骂声而起，知道里面有人吵嘴，便走出房去一看，檐头下已满立着好些人，走到檐口，杂在人窝内，向那天井内一望，灯光之下，只见有一个衣服丽都的少年，站在当中，手指地下一只砸碎了的白细江西瓷碗，对众人道："列位给在下评评这个理，天下岂有这般强横不法的？幸亏在下让得快，如是慢了些，可不要掷破了脑瓜子吗（俗呼头为脑袋、脑瓜儿、脑瓜子）……"

这少年说声未毕，却见那上房里走出一个虎也似的彪形黑大汉来，高声道："小妇养的，你别花言巧语地哄人，意思要仗着口巧舌能，想俺高抬贵手吗？那可是做你娘的清秋梦了！"骂着，竟奔将过来，一手揪住少年当胸，怒目横眉地道："小妇养的，叫你认得俺铁大哥！"喝着，将手向怀中一带，那只空着的手却顺势一个耳刮子，啪的一声，向那少年面皮上打下（其声清越，如现纸上）。

那少年并不回手，但说："列位，看这厮好无礼，在下出门人，不与他斗气，他掷碗砸人不算，还要动手打人，列位给评评这个理，看是谁错……"

那黑汉不待少年说完，霍地又是一个巴掌，喝声："小子，俺老子教训你，警诫警诫你！"

少年并不讨饶，亦不还手，但说："好，你打你打，在下领你的情（奇语，由此以下，书之情节奇、用笔幻，描写更入微，读者当能共辨之也）。"

众人听了这句话，忍不住哈哈大笑，便有那好事的，和看不下去的（写众人一句，是宾），齐声叫道："放手放手，大家有话好说，何必动手？"说着，便走拢去。这其中，白秋塘却也是个爱管闲的（春云乍展，写白秋塘一句是主）。

那黑汉见众人来劝架，也就乘势松了手，向众人拱手道："诸君兄弟，铁玉清乃是河间人氏（自述姓氏，又是一样笔法），携家眷到此探亲，住宿在这上房内。不料一进店门，便逢着这小子，他一见了兄弟的女眷，两只贼眼便不住地直射将来(该打)。兄弟那时虽曾看见，却因自己的女眷由他面前走过，却不能禁住他不瞧，只得由他。哪知咱们到了房内，他还不肯死心，竟跟到咱们房门外来，伸长了脖子偷瞧(该打)。被兄弟看见，便喝问：'什么人，在此窥探？'他竟闷声不响地掉转身来跑了。这会儿正吃着晚饭，咱夫妻俩临窗对食，正在谈心，猛抬头，只见窗外有人探头探脑，向内偷瞧(该打)。兄弟忍不住喝问：'是谁？'这小子竟答应：'是我。'兄弟推窗一望，见仍是他，问他何故窥探，他竟涎着脸笑嘻嘻地道：'没甚事，看看罢了。'(写得突兀跳荡)兄弟骂了他几句，他仍是不走开，兄弟恨极了，顺手抓起只碗，向他脑袋上掷去，竟被这小子躲开。诸君试想，这小子是个什么东西？如不警诫警诫他，还当了得吗？如非诸君相劝，兄弟定然将他打得个半死，再拿张名刺，送他到地方官那里重重地办他一个调戏妇女之罪(今之见妇女而垂涎者，其鉴之)。"

铁玉清话刚说完，那少年却开言道："列位别听他一面之词，在下出门人，哪有这么大的闲空去看他夫妇吃晚饭？只因在下方才出来唤小二打面水，走他窗外经过，他竟硬栽在下偷视他的内眷。在下和他评理，他竟不问情由，抓起碗盏向在下掷来。在下并未还他的手，也不曾以恶言回骂他，方才打在下两个巴掌，这是列位亲见的。试问在下有理呢，还是他有理？"

众人见两下情词各执，暗暗思忖，定是这少年偷看黑汉的女眷(公道自在人心)，故此黑汉用碗掷他。如非理缺情虚，天下哪有这般骂着不回口、打着不回手的好人？遂说："大家都是出门人，何苦来怄气拌嘴？便是吃些亏，也看在咱们的大众面子上，算了吧！"说着，便有人将两下扯开。铁玉清竟被推回他的房内去了，那少年也被众人劝说回房，大众也就各散。

白秋塘回到房中，暗想道，好奇怪(奇怪，却在他心中想出，写深心人)，这少年如此丰采，有此度量，已是奇士(一层奇)，况且那姓铁的身长力大，伸开蒲扇般的手，啪啪两下耳光(南人呼打嘴巴为耳光)，虽不打得口喷鲜血，也就得面红颊肿，怎么他竟不曾受丝毫损伤，反而如没事人一般，说得好风凉话儿，领情呢？这不是奇事吗(二层奇)？莫非这少年是个精通拳术内家的人，姓铁的虽凶，却不能伤他一根毫毛，或许就是这个道理吧！毕竟白秋塘是个吃江湖饭的人，走过几处码头，见过不少世面，所以竟因这一转念，遂估定了这少年是个有大本领的人，所以才不回手，因他非不欲回手，实因怕一回手，那姓铁的受不了，要闹出人命，故此才让姓铁的占了便宜。

白秋塘想到这里，禁不住暗赞这少年的本领高、度量大，存心要想去结交他。当晚睡了，到次日清早起身，便走到那少年住的房中，以看相为由，见面便向那少年奉揖道:“尊驾贵姓?”

那少年回揖道:“不敢,在下姓孟。尊驾有何见教?”

白秋塘道:“学生名唤白秋塘,素以星命糊口,浪迹天涯,偶经此地,寄寓此间。昨晚见尊驾与那姓铁的拌嘴,学生见尊驾能忍人所不能忍,心中佩服到万分,又见尊容生得异相,将来前程远大,非人可及,特意前来相访,并无别的用意。”

那少年将白秋塘一看,见他瘦怯怯的矮小身材,净白面皮,是个文弱模样,又见他说自己相貌,生得不与人同,不由心中一动,便说:“原来是白先生,失敬了。先生说,在下面容特异,不知异在何处?”

白秋塘道:“尊驾的容貌,与人不同之处,便是两眼俊秀有神,天庭饱平正满,在相书上推论起来,尊驾应雁行齐整,家计丰盈。”说着,便信口一说,一口气说了不少的恭维话儿。又说:“照相推论,尊驾应以白手求财(妙,此白秋塘之观人于微处也,不仅星命家之口诀矣),但目前气色不正,恐有小惊恐。但昨晚之事,已算应过(此真江湖中物矣)。”

那少年见他说得天花乱坠,将自己捧上三十三天,不由大喜(谀谈而喜,此孟曝之所以不成为英雄也,虽然今世之人,孰不喜谀?此其所以成今之世界欤),让白秋塘坐下道:“先生请坐下了细谈。”

白秋塘乘势坐下,便请问孟爷台甫贵处。那少年答称单名一个“曝”字,滦州人氏。

白秋塘又说:“孟爷,看相乃是外五行,据相而断,孟爷前几年亦只平平而过,但自今以后,每年大好(活套江湖口吻)。”

孟曝见他所说的话像“雁行齐整”“白手求财”以及“前几年亦只平平而过”等语,颇中肯綮,便说:“白先生,在下的相既承相过,灵验与否,姑且不谈。”说着,便要在腰间取钱给白秋塘。

白秋塘一见,连忙推阻道:“孟爷休得客气,这乃是学生闲中谈论,无非扬名之意,这受取相金却万万使不得。”

孟曝见他这般说,遂将已取的钱仍揣在怀中,将白秋塘上下再一打量,不由笑说:“白先生,你说在下要白手求财,那么要做什么买卖呢(奇峰突起)?”

白秋塘毫不思索地答道:“孟爷要做的买卖,只能言以意会,学生未便明言(写白秋塘识见)。”

孟曝笑道:“先生真是妙人,在下倒要请教,难道在下面相上竟显露着吗(不辩反问,又妙)?”

白秋塘笑道："孟爷，做医生的全赖望闻问切，咱们以命相合参为业的，也全赖着点儿眼头见识（自赞语，然实系江湖吃饭根本也）。老实说一句，拆穿了，不过是个江湖诀罢了。相观气色，无非全参着心理，看人的行动，即可断其生平大概，所谓听其言而观其行，人焉廋哉，也再加以相书上所有学问一参合，自然就能明白。"

孟曝见他说得毫不隐瞒，痛快异常，颇合着自己的脾胃，便说："白先生，在下很佩服你的相人术（人心之不同，各如其面，得此相术，观人于微，焉得不佩服）。如今在下有一件事相问，不知白先生可能断决吗？"

白秋塘忙问何事。

孟曝道："白先生除去星命以外，肯兼代人家缮写书信吗？"

白秋塘听他这一问，已是瞧科九分（写深心人，是深心人的见识），略不迟疑地应声道："这有何难？写信不过拿笔涂上几句，有何不可以的？"

孟曝大喜道："如此说来，可就好办了。但是白先生府居何处，府上还有何人？"

白秋塘道："学生四海飘零，尚未成家，原籍孟州，先父母久已见背，现在已成了个脚跟无线如蓬转。"

孟曝笑道："如此说来，可更好办了。但不知先生肯放弃看相算命的生涯，跟着在下，充当在下的记室吗（奇情奇事，天外飞来）？"

白秋塘见问，正中下怀，便说："如蒙提携，欣慰万分，学生昨日自推贱庚，主有贵人提拔，今日果遇孟爷，可见八个字是不会错的呢（三句不离本行）。"

孟曝大喜道："如此甚好，但先生与在下初次相交，彼此未知性情，在下方面的信札，属于秘密的很多，务须保守秘密，不知先生能不能守口如瓶（奇情）？"

白秋塘应道："这有何难？孟爷如果见疑，学生发个誓如何？"

孟曝笑道："特以相戏，岂可认真？在下知先生是个有心胸守信义之士，绝不会有破坏大局的（一路谈话，竟同哑谜，此奇笔也）。"说罢，又说："先生住在这里，可还有何事耽搁吗？如无有别事，今日便跟着在下动身回滦州去如何？"

白秋塘本来无事，焉有不乐从之理？当即应允。

孟曝即唤小二入内，结算房饭等账，并令将白先生那边的账也并在一处算了。又命取上好的早点来，请白秋塘同自己吃了。检点衣物，即刻上路。一路并无耽搁，那日到了滦州，径往滦河，回到家内。

孟曝引白秋塘入内,见过三位兄长,然后再将弟兄们所做的买卖说给白秋塘听了。果然应了白秋塘的话"白手求财",做的乃系没本钱生意(一句打破以前许多哑谜)。内中除去打家劫舍以外,进项最大的便是掳人勒赎,名为接财神(好个名目),又称绑票到此。

孟曝方才说明,本人将白秋塘请来的意见,一则因他系老走江湖的,见多识广。二则爱他能够见微知著,特地将他请到老巢内,做个军师,凡有何为难之事,也好和他商量商量。所说记室的话,乃系因做接财神的案子,少不得将财神接了来之后,要写信去约财神家中来赎,未接之先,又须写信去恐吓,所以请白秋塘来之故,便是专写这种信札。

当下白秋塘住在匪巢,竟奉命唯谨,不但给孟氏弟兄写信吓话,兼代出许多恶策,助纣为虐。初到之时,孟氏兄弟暗中着人防备得颇严密,白秋塘也深知其故,所以丝毫不敢大意,逐日价谨慎办事。到了后来,白秋塘每次分得的赃银已多,绿林规则已懂,对于这种不花本钱的买卖已视同习惯,毫无疑念之后,孟氏兄弟防他的心思也渐渐淡了。

白秋塘和他们相处既久,深知孟皎、孟曝两位非常好色,因要得他们的欢心,遂将他朋友柳文和所暗传给他的春药秘方,密命人到生药铺中去配了药来,依方制成药酒、药丸、药末等三种送给孟皎、孟曝哥儿俩,给二人试服,看是效力如何。

正是:

恶魔相逢入魔道,群奸遇处演奸邪。

毕竟二人服药否,请看下文分解。

第四十四回

会开无遮奇淫演怪剧
乐谱郑卫轻曲奏霓裳

话说白秋塘初到滦河，孟氏弟兄颇于暗中戒严监视他行动，防他泄露机密。后来见他很是忠心，并无杂乱思想，为收罗人才，结纳其心起见，特将婢女云霞认为妹子，嫁给白秋塘为妻。

白秋塘感恩知己（补前文所未及，写此一段，所以见白之聘孟，实恃其友而兼其亲者也），无可为报，于是便给孟氏弟兄想出不少的恶主意来，订下严密约章，组织大规模有系统的结合。分部下为若干股，每一大股附属若干小股，杆首、头目等众都直接受制于大寨，便是打家劫舍、掳人勒赎也都有一定的方法。总而言之，不过是遵依绿林规则行事，尤其是兔子不吃窝边草，百里之内不做买卖。

白秋塘因知孟皎、孟曝哥儿俩生性奇淫，往往千里独行，到各城大邑、乡村街市实行采花。又知他二人在滦州城外孟村相近，瞒着他大哥、二哥，另筑有精美的别墅，画栋雕梁，花园亭榭，极其美丽华富，内有一间广大的密室，四壁均用玻璃嵌就，里面有种种不可思议的奇妙。这住宅内，净住着些娈童美女，完全系由外方掳来，或是用银子买来的，也有良户人家的子女，也有乐户人家的姑娘和唱戏的花旦，故此穷极淫逸（所谓不可思议，奉劝读者，须静神而念思无邪一语）。白秋塘虽曾闻知，可惜只有耳闻，未曾目见，至于“身试”两字，那可就只好如庄子化为蝴蝶（做梦也）。因此于感恩图报之余，兼怀一亲芳窟之念（如此报恩，真是不可思议），遂将柳文和所传的制配春药的方子取将出来。

讲到柳文和，既做医生，当重道德（呜呼，此作者合十向今之医士请愿也），怎么会将这没出息的（当名之曰伤天害理的）单方传给朋友遗毒社会呢？原本当他和白秋塘交游的时候，少年相聚，一见如故，在酒酣耳热之际，大家无所不谈，既不是道学先生，自然所说言辞不入轨道（所谓歪嘴吹喇叭，一团邪气），于无意之间，研究到房事上去。

白秋塘是深心人（写白秋塘，一丝不走），当时便问他，如果阳痿早泄，有无方法可以助兴奋，并说："或遇着美色当前，未免有情，而女子偏不肯相从，可有何药使之乱性？"

柳文和一时兴到，酒后失言，竟说出几个秘方来。白秋塘谨记在心，掉转身来，却用笔写下了。后来只因那些药料太贵，非自己靠星相骗饭吃的措大所能办得到的，所以老是未能配齐享用。这时候，身居匪穴，得钱甚易(此所以愿作奸犯科者之多也)，因要想巴结孟家粉、玉两金刚，遂按方命人到生药铺内去配齐药料，制成三种丧心病狂的助兴迷性的春情药饵来，送给孟皎、孟曝哥儿俩试用试用。哪知这药酒、药丸、药末等三种物事，力甚雄健，本来春药一物是宗扶起不扶倒的东西，孟皎弟兄正在年轻力强之时，一得这药力助兴，嗬！可了不得，真成了个金枪不倒，久战不衰(始作俑者，其无后乎)。哥儿俩试用之后，大喜过望，都说："老白有趣(不说白先生而改呼老白，可见其欢悦及亲热程度)，真是个知己。"于是对于白秋塘格外地优礼有加。

白秋塘借此机会，便探索二人的秘密，二人欢欣之余自然毫不隐瞒，将另筑精舍、行乐的所在完全告诉了白秋塘。白秋塘乘势说出本人希望加入，一观究竟的意思。二孟竟毫不推却，说："老白要想加入，那是咱们的同志，有何不可？"于是这日晚间，便约了白秋塘，同到别墅中去。

白秋塘到了里面，只觉得亭台楼阁，花草木石，与普通官宦人家的花园别墅无甚分别(看似闲文，实是补笔，盖相命者，固常至官宦人家也)。

孟皎弟兄引着白秋塘直到园林深处，走进一所屋宇。白秋塘将那屋宇一看，四面灯烛辉煌，乃是两进对合的明三暗五的高大楼房。走到这进房屋内，便觉得与普通人家的屋宇有些不同了，第一件，那天井乃是造就一颗印式的，上面平铺着玻璃亮瓦，前后两进，不走雨地，连天井内，都和前后内外一律完全铺着地板，地板上面铺着羊毛织的大厚地毯，清洁异常。第二件，这明三暗五的房屋，两面绝类对厅，原无甚奇，可是那后进内，并不设着桌椅条台，却三面各放着一张湘妃榻，壁间挂着无数的笙、箫、管、笛、胡琴、鱼鼓八音等乐器。

白秋塘看在眼内，心中正想问两位舅兄(因其以婢作妹也)，因甚房屋内布置得这样不成款式。却见孟皎、孟曝已走进房内，说："老白，你呆望什么(四字，写出白秋塘当时神情)？进来吧，这地方的妙处有大不可思议呢。"说着，将手一招。

白秋塘跟到里面，走进套房，忽然一阵异香直入鼻孔。

白秋塘道："好香。"

孟皎二人笑道："来吧，这里才香呢。"说着，竟由套房内一直向后面去了。

白秋塘跟到后面,却见二人推开一个小月牙门,走将入内。秋塘进了月牙门,只觉得兰麝馨香,比前更甚。更兼气候和煦,遍体生香,竟比外面热得多。

孟曝随手将门掩上,说:“老白,你看这个地方如何?”

白秋塘见问,留心细看,只见地下也铺着地板,四面角上和上面屋上都点着大琉璃灯,地下也铺着地毯,脚踏在上面,比外边的似乎还要厚软。四壁下半截全嵌着大玻璃,照得灯光格外耀眼。上半截全挂着一幅一幅的春画,乃是《唐宫秘戏图》的真景,姿势各异,情态全殊。那地方安放的物件,有睡椅、高凳、炕床,头顶屋上乃是光滑滑地平铺着天花板,板上也嵌着大玻璃,照得人影儿倒立在里面。不由笑道:“这地方便是不可思议的所在吗?”

孟皎二人笑着点头,用手捏了嘴唇,吹起一种声响,一口气吹得尖锐异常,竟可比前人一声长啸。二人吹罢,便听得楼上脚步声响,一会儿,由外面走来十几名美貌青年女子,那光景都在二十至二十三四岁,个个穿着得如花如锦,也有高的,也有矮的,也有肥的,也有瘦的,也有梳髻的,也有缠足的,形形色色,等等不一。白秋塘初次瞥见,已觉洋洋大观,目迷神夺。

只见孟皎弟兄吩咐道:“快将她们也唤了来,今日老白初次到此,咱们大家要乐上一乐,给他开一开眼界(妙哉,此眼界一开,真是了不得也)。”

众美女一齐欢喜应命,都掉转身来,向外边走了。

白秋塘心中奇异,不知他们怎样乐法。一会儿,外面走进两个丽人,怎生打扮,只见:

> 一个艳如三春桃李;一个雅似十月芙蓉。一个头挽盘龙髻,发光可鉴;一个首梳刘海式,雾鬟疑云。一个螓首蛾眉,美目似凝水秋波;一个轻颦浅笑,两颊如红晕苹果。一个手如柔荑,十指尖如春笋;一个领如蝤蛴,两肩垂如杨柳。一个似飞燕身轻,掌上可舞;一个似西子蹙颦,捧腹愈美。一个柳腰细软,弱不禁风;一个金莲瘦纤,柔若无骨。真个是巧笑倩兮,颠倒众生魂魄;美目盼兮,迷却狂且性灵。虽不疑杨玉环再生,定须说张丽华转世。

白秋塘见了这两个女子,衣香鬓影,绝似一对儿解语花,不由应了《西厢记》上两句说词,叫作:“可喜娘,几曾见?呀!我谁想这里遇神仙(写白秋塘心中、目中,真系神化之笔,借用《西厢记》,恰到好处)。”不由呆望着,作声不得(非作声不得也,盖不知说什么好也,形容得绝倒)。

那两个女子笑嘻嘻地如临风杨柳，轻移莲步，袅袅婷婷地走到孟氏弟兄面前，那浓妆的偎傍着孟皎的身旁，淡抹的倚倒在孟曝的怀内，口中笑说道：“这位生客是谁呀（写出轻狂口吻神情）？”

二人齐说：“慢来慢来，咱们先给你俩见见。这位是白秋塘白相公，这两个乃是爱姬柳如茵、郑飞霞（芳名如此，可见其人）。”

白秋塘才知柳如茵是孟曝的爱人，郑飞霞是孟皎的腻友（在白秋塘眼中看出，暗写二人介绍时之口气，如现纸上）。柳、郑二姬也都向白秋塘施了个万福，唤了声：“白相公！”

白秋塘连连还礼（“连连”二字，形容出无所措手足来，妙绝），也不知回称她什么是好（实难称呼），只有口中含糊的份儿。

正在此时，却听一阵脚步响，外面走进无数的男女，那些女子不消说得，都是方才的那十来个美女了，这些男子，却都是这别墅中蓄养的娈童，一个个面目俊美，正和那些女子是一对儿，竟一对儿一对儿地有条不紊，恍如配就了的一夫一妻一般，一齐来向着两孟、柳、郑四人及白秋塘行礼。

两孟齐说：“你们各事预备了吗？”

众男女齐说：“已都预备。”

孟皎道：“如此，你们且先实行。”

于是那一班男女齐将身上的衣服脱去，笑嘻嘻、赤裸裸地或坐或立，或仰或俯，一个个捉对儿为鸢飞鱼跃之戏。两孟看得眼热，将柳、郑二人在那旁睡椅上实行“软玉温香抱满怀”的话头，口中说：“老白，你今日且如诸侯救赵，请作壁上观，将来有机会，咱们再给你设法。”

白秋塘看在眼内，听在耳内，那颗心突突跳将起来，面庞也红将起来，觉得难受，连忙背过脸去。哪知迎面便是玻璃，镜内种种的状态，更觉不堪寓目（亦有觉着不堪时耶）。只得将两目一闭，不敢返视，双手紧堵两耳，不敢再听，向地下一蹲，不由竟跌坐在那里，如入睡乡（不知化蝴蝶否）。好半会儿，忽觉有人扳着肩胛，抬头睁眼一看，却见孟皎、孟曝站在一旁，其余各男女也都穿了衣服了。

白秋塘方才放下两手，立将起来，望着两孟道：“罢了罢了，作孽（此向众人道也）作孽！奇虽是奇，可惜太不雅相了。”

孟皎笑道：“原来老白要雅相，来来来，咱们给你个雅相的看看。”说着，竟命那些娈童退出，一手拉了白秋塘，一手搭在郑飞霞的香肩上，笑说：“老兄弟（此唤孟曝也），咱们到那屋子里去，乐个样儿给他看看。”说着话，已向前而行。到了玻璃边，伸手一推，门开处，另现出一个所在。

白秋塘心想，这地方不知究竟有多少房子。正在暗想，脚已跟着孟、郑踏到那面屋子里去。到了里面一张，才恍然道：“原来恁地，这地方便是方才进来时看见对面的后进那间厅房呀（然则只两进耳）！”正想着，孟曝已手挽柳如茵，领着众人等走将进来。

孟氏弟兄，同着两个美姬，拉着白秋塘，向那湘妃榻上坐下，说：“老白，你要瞧雅相的，你看咱们这个雅相不雅相？”说着，便传令道：“你等且先奏乐，将平常所练习的舞蹈词曲，一一表演出来。”

众女子领命，各去壁上取过乐器，登时筝、琶毕奏，音韵悠扬，弦索齐鸣，声调高越（四句写乐器）。

白秋塘骤聆音乐，竟将方才的一种不可思议的怪象洗涤一空，不由赞道：“这才可称乐而不淫，俗不伤雅（且慢赞着）。”

一会儿，见众女子将手掌一拍，分成两组，一组仍旧奏着乐器，一组却按着节拍，舞将起来，一面舞着，一面唱着。便有两个女子走到那面房中（“那面”二字，是写玻璃房间对面之房间也），取出各女子的舞衣、宫花、锦帕等件，逐一授给。一会儿，那些女子都身披舞衣，头插宫花，手扬锦帽，映在灯光下，闪闪灼灼，真个是五色缤纷，观者目迷，清歌悦耳，听者心醉（四句写歌舞）。

白秋塘正在色授神与，娱目骋怀之际，只觉得湘妃榻一震，郑飞霞、柳如茵抽身而起，加入众女子之内，登时如领袖一般，率引着众女子翩跹起舞，飘飘欲仙。那奏乐的女子也陡将宫商一变，格外的清悠。却听得众女子唱道：

> 春宵一刻，问郎君思不。记取定情日，莫叫光阴空过，叹留春无术。劝郎君，及时须行乐。
>
> 休等到，年华老大怨造物。愿郎君今宵，休使春闺空寂寞。锦帐春暖，且同听鱼更三跃。

白秋塘听众女子唱出这支艳曲，正在心荡神迷，忽然间，众女子将手一击，止歌住舞，那乐器也戛然而止。放下乐器，一齐都向那边房间里去了。

孟皎、孟曝笑道：“老白，好吗（得意口吻）？”

正是：

> 霓裳艳影舞方罢，诡秘奇闻讯忽来。

毕竟后事如何，请看下文分解。

第四十五回

白秋塘乞援聘恶客
善庆王罢职礼英雄

话说白秋塘见问，不由含笑赞道："岂但是好，而且是妙(放屁！可喝之曰：此人间地狱耳，众生作孽地！焉得云其好哉)！不瞒二位说，我白某出娘胎胞，今日还是破题儿第一遭，见所未见，闻所未闻呢。你们哥儿俩，真也亏你们想得到、做得出，翻出这样新花样儿来。"

二人笑道："咱们这个乐处，真是南面王不易。"又道："咱们也想不到这种乐法，乃是听得人说，皇宫内院，或是王府贵族(不但呼应前文，火焚销魂窟，且为后文地步)每有这种行乐的玩意儿。又听人说，汉朝有个妃子，唤作赵飞燕，在宫中和皇帝作乐，有种种的不同，因此咱们才穷思极想，想出这个方法来。在咱们想，大约什么隋炀帝、武则天、唐明皇也不过这样快乐罢了。老白，你是读过书的，谅来总该知道，可曾在书本中见过吗(呜呼！读书求学耳，奈何乃资为研究性欲哉？此而名为读书，可杀矣)？"

白秋塘听罢，不由得笑道："古人的事，今人未曾见着，谁能知道真假(是一部二十四史的绝妙注脚)？只不过那些吃饭没事做的人嚼舌根罢了(呜呼冤哉！我为文人叫屈)。至于这些事，正经史册上是绝对不会有的。不过在那些不出息的闲书上，胡说乱道罢了(骂得不错，有理有理)。这些书，我却不曾看过(有人谓此系白秋塘假道学，我说非也，白秋塘系星相家，大约所研究的是《神峰通考》《麻衣相》等书，未能见着此等没出息之闲书耳。一笑)。"

二人齐说："老白，闲文慢叙，咱们这里的事，大哥、二哥是从来不曾知道的，你回去切不可向人说。如有泄露，可就了不得了。"

白秋塘道："那是自然，犯得着要我去向他二位说什么吗？不过依我劝，二位最好自动地将这所屋宇装式改样，将那些男女一齐打发了去(想不到白秋塘居然会发善心，可知方才所见之形状，太无人道也)，免得将来被大哥、二哥知道了不便。更恐你们哥儿俩所作所为，均因此吃亏(不好直说败坏耳，早为后来淫贼伏法伏笔)。”

二人都是淫贼,又兼恃着自己身体好(此之谓金刚),又会采战之术,听了这逆耳之语,不由笑道:“老白,想是看得眼馋,特意说出这漂亮话吗?”又笑道:“哎呀呀!怪不得方才你要背过脸去闭目堵耳蹲在地下呢,原来是位道学先生,早知如此,该不要来的呀(其语似讽似骂)!”

白秋塘被二人一说,不由将面皮臊得通红(自问天良,固应尔尔),遂说:“不谈了,我不过说的老实话罢了。”

二人笑道:“老白,说句总话,咱们有得乐,总须乐的,人只见活人享福,谁曾见死人戴枷(反跌下文)?”

三人说说笑笑,不知不觉,已是玉兔西坠,金乌东升,金鸡报晓,灯烛渐灭,由那天井明瓦内透进亮光来。

白秋塘起身道:“我这一夜不回去,不知他们在家里要担上多少心事,我且回去,你俩也应该睡睡,养会儿神了。”说着,由后进跨步而行,过天井,出前进,到别墅中,走过花草亭榭,到了园门,出了别墅,径回住所。

果然这一夜,孟云霞在家中不放心,尚未睡着,一见丈夫回来,便问丈夫到哪儿去了。

白秋塘信口道:“被老三、老四拖去,赌了一夜的钱,直到这会儿方才息局。”

孟云霞道:“咦!他俩从未和你赌过钱,怎么今日凭空地会将你拖了去?你这话哄谁呀!”

白秋塘见瞒她不过,只得笑嘻嘻地将那别墅中情形低声悄语地说给她听了。说到那得意忘形之处,夫妻二人少不得要和《红楼梦》上,警幻仙子教给贾宝玉的情形,贾宝玉告诉花袭人时一般,要演习一番。事毕后(有人问演习些什么,我笑道:除却巫山不是云啊),二人又睡了一会儿。及至起来,已是日上三竿。二人慌忙梳洗已毕,白秋塘坚嘱他妻子,切不可将别墅之事泄露风声(人云白秋塘守口如瓶,我笑道:盖恐夫人与人演习耳)。孟云霞素知粉、玉二金刚的狠戾,怎敢牙缝内露出半个字去?自然不敢多话(写金刚平时)。

自此以后,白秋塘在孟氏兄弟面前,信任已比前坚固得多。过了些时,忽然绿林中朋友到来,谈起说,现在京内奸臣当道,爪牙密布,四面八方,拉拢人才,颇不怀好意(奸党延揽人才,前文虚点一笔,此处方才实写,是先声后实法)。这话被白秋塘听得,暗忖,自己身居盗窟,终不是事,仗着自己有唇枪舌剑、会得些三脚猫的诡计(借他自忖中,写出他的本领,如是如是),何不乘此往京城去走一遭?如有机缘,岂不就可以干进吗?如老在这里做强盗的记室,岂不是可惜？况且孟家兄弟的本领来去无踪，只可惜是做了强盗，如是做了武将，怕不是个攻城克敌的猛将吗（所谓旁观者清）？我自到此以来，彼等待我不薄，我如能进京干进，得到一个机会，便可将他们弟兄汲引到官场中混混（果真如此，官耶？盗耶？惜乎不曾念及），也可以见我报他们的意思。想定主意，便先对他老婆说知。

孟云霞虽是婢子出身，却颇知大体，见丈夫说要入京干禄，这乃是拨云见日的勾当，自然竭力赞成，并说："无论如何，总要比做强盗记室的名誉好听得多。"

白秋塘见老婆不反对（可见闺令谨严），便去对孟明、孟昭等弟兄说知，并说："本人到京，如能成就，弟兄们可以立刻洗手，立刻身步青云，地位蒸蒸日上（投奸党而云步青云，奇谈）。"

孟氏弟兄见他要走，初时意颇疑虑，末后一想，他果敢背了我等，泄露消息，难道咱们的宝剑不能送他到老家吗（写孟氏四人，疑白之心，前后如一）？遂慨然应诺，并给他备置行装，多送程仪（索兴要好，善做人情）。到了起行之日，又特置酒送行，说了许多惜别的话头。酒席散后，弟兄们同着义妹云霞，直送到三五里远近，方才回家。

白秋塘离了滦河，取路径往京城，沿途仍以看相算命为幌子。

一路无话，那日到了京城，住了客栈，一打听朝中忠奸两党的势力，果与江湖中朋友传述的话头一样。心生一计，次日便托人介绍，认识了亲王府中幕宾、清客们的底下人，用钱贿通了他，托他在清客们面前鼓吹，京城某客栈，新来的一个星相家，精通麻衣柳庄子平等学，能断人一生穷通贵贱，知人过去未来。那人得了贿，果然在谈话之中，在王府差官、门客等面前，有意无意地鼓吹（此所谓隔壁广告也）。果然这么一揄扬，王府的门客、差官等人都成了个一窝蜂，信以为真，陆续地到白秋塘下处来，不是看相，便是算命。

白秋塘是何等人，他一见这班主顾上门，自然捏着江湖诀，抖擞精神，将那班人的过去未来断了个丝毫无讹（此之谓江湖诀，非真有是也）。总而言之，人情好谀，白秋塘毕竟是个聪敏人，鉴貌辨色，看来人衣服言谈举止，即已瞧科了他现在的地位、从前的出身（看官能解得此诀，立可成为名相家）。因为这般，所以料得定，拿得稳（作者拆穿了相面算命的西洋镜，罪过罪过），使出那江湖口吻，下了一番说辞，先将来人以前一贬，又将现在处境一扬，复后又捧到三十三天，或是将来人从前说得平平（此是对于出身好者说），现在说得较好，将来又断他怎样。至于那"妻财子禄"四字，也断得他活灵活现，总不外说他妻贤子孝，或是早年丧妻，晚年得子之类，不一而足（一句写完星相家）。果然那班人被他的江湖诀哄住了,大家在背地里谈话,总说白秋塘相法如神,算命灵准(绝倒)。因此不多时日,便有人将这风声送到善庆王的耳内。

善庆王闻言心动,着人将白秋塘请到府内来看相(目的达到了)。白秋塘岂敢怠慢?早将他那江湖口诀使出十二分的精神来,将善庆王生平断了个灵验无比,末后并竭力奉承,说:"王爷将来贵不可言,比现在还要加上一级(明明说他做皇帝,不明言者,示机密耳)。"这句话正说着奸王的心事,自然大喜,便将他留在府内。

白秋塘见一帆风顺,不费气力地已将目的达到,心中一乐,便想出许多讨好儿、拍马屁的计策来,献与王爷,劝他搜罗豪杰,多结党援,通连外国,排斥异己。这一来,王爷将白秋塘认为第一心腹,当作军师般看待。王府中人多因他诡计多端,口巧舌能,大有类于战国时代的张仪,因此大家送他个外号,唤他作小张仪,人人敬畏。更有种人,知道他是王爷的第一个红人,有上下其手的权衡(一句写出白秋塘在王府势力),都到他这里来走门路,拍他的马(白拍人的马,人又拍他的马,可称拍马奇观)。因此白秋塘的地位,更比从前尊荣了。

那日想起孟氏弟兄以及内眷,便乘便在王爷面前说知。善庆王闻知这番话,便说:"白先生,就烦你修书信,顺便将这四大金刚请进京,也可将宝眷接到京中居住。"

白秋塘遵示修书,着王府差官前往滦河迎取家小,并请孟氏弟兄进京。

差官到了滦河孟家,投递书信。孟明等看罢信札,说:"老白总算不曾负咱们,但咱们在这里无拘无束的多么自在,到王府当差,便有了上司,反而不快活。再则老白在王府内办事,他信上又未曾说明当什么官长,咱们去了也没甚意味,还是不去的好。"因此立刻着人将义妹的衣服细软收拾,邀进那差官等一行人来(写孟氏弟兄,不愿急行入京,投身干禄,正如《水浒》英雄,不欲即受招安之意同),治酒款待,留宿一宵。次日,修下复书,交与义妹,并赠送义妹不少宝玩财帛,以壮行色。打点齐备,治酒饯行,内室由四人之妻,施筵设席,并拨派两名丫头,随同服侍入京,给白秋塘做面子。外面由弟兄四人招待那差官等一班人,设宴相待(昨日是接风,此日是送行),并差手下四名头目护送入京,取白秋塘的回信(写四人亦甚精细)。

当日席散后,差官称谢,作别起行,带着一行人,同着孟云霞及两名丫鬟、四名头目,即日取路进京。弟兄妯娌相送一程,洒泪而别(此妯娌与云霞洒泪也,莫误会)。

一行人到京后,先住了客栈,然后差官带着从人,先到王府复命交差。

白秋塘即赶到客栈，和他浑家厮见。俗语道得好："新婚不如久别。"此时相见，少不得絮絮叨叨，说上一车话（北方之言，谓絮语不休为一车话）。更免不了眼圈儿一红，要流上几滴眼泪（体贴入微）。

孟云霞将孟明等手书取出，给丈夫看了。白秋塘知他们四人此时还无心到京，当即入王府禀知王爷，说："四人因家事未了，抽不开身（此是代为扯谎也），暂不能来。"

善庆王亦念他们是些草莽英雄，野性恐尚未驯，当时也就没再说十分恳切聘请的话。但说："既是这般，只好守过些时再说吧！"

白秋塘退出王府，这日，便在客栈里，陪他夫人住了一夜。次日，便搬到自己预先赁下的住宅内去（"预先"二字，是暗写差官走后，即已租屋而待也），少不得有王府内一班宾客、差官等送礼祝贺。王爷也特命赐宴送礼，表示敬意。白秋塘乘此大宴同僚，并款待四名头目，顺便申谢那往迎的差官。忙了一日，次日便打发那四名头目，并托他们带了封申谢恳切的回书去。

这都是以前白秋塘在王府为幕宾时之事，所以王爷得知滦河四金刚之名，及至马青锋、公孙策二人闹了法场及王府之后，白秋塘乘势在王爷面前旧话重提（俗语所谓裱画店搬家）。奸王正苦无人与马青锋、公孙策二人为敌，一听此言，登时赞成，所以当夜便修聘书，次晚，白秋塘来见后，即将聘书、礼物等项送到白秋塘家中，并赐酒席、送程仪，格外地推重，卑辞厚礼，表示诚恳的态度。

次日，白秋塘带着家人，迤逦向滦河而行，一路上怀念昔日在通州落魄，及认识孟氏四弟兄后情形，不由喟叹了一会儿（题中应有之文章）。

那日到了滦河，径投滦河孟家来。恰巧孟氏弟兄都在家，一见白秋塘到来，降阶而迎，笑问："别后好呀！"请到上面让座、献茶，弟兄们又问："这一向老白在京城做何勾当，义妹可曾生养过吗？现在好哇（写此几句，盖虚写白秋塘入京已几年也）！"

白秋塘笑着先回问了好，然后说："不曾生养。诸位哥哥可曾添几位少爷吗？"

四人叹气回道："生是生了两三个，无如都是些讨债鬼，都已跑了（写此一问一答闲文，盖劝世人积德，勿作恶，绝其血食也）。"说着，茶已献上。

白秋塘便将本人在王府当清客，颇蒙重视，名为幕宾，实系谋主。"如今王爷因急欲延聘武勇绝伦之士，将来好做开国元勋，特地命我来请各位兄长（不说被马青锋所惊，是恐四人说临时抱佛脚也）。"说着，在身边摸出善庆王的亲笔来书，并将包裹打开，照礼单所列，将一切礼物完全取出，摆满了一桌。

孟明弟兄看了王爷的亲笔信，又见这些贵重礼物，心知此番借重，已不似先前那般轻描淡写了。再加上白秋塘的那张利口，在旁一怂恿，说王爷如何折节下士，将来如何发展。弟兄四人不由不心动起来，登时为甘言厚币所惑，立即应允入京。

白秋塘这才诉说："马青锋、公孙策二人受了王爷敌党李朝宗等唆使，夤夜闹王府，白天闹法场，如四位兄长到京，能将这两个捉住，保管高官得做，骏马能骑。只要王爷一保举，登时便是个将军（说得好听，谁知结果终相反耶）。"

四人听说公孙策、马青锋两个名字，不由一齐大怒，说："老白别说了，提起这两个小辈来，咱们早就想去会他。"

白秋塘听他们的口气，似乎两人和他们有仇，便说："四位要去见他，有何事故呢？"

四人将公孙策帮着计全胜硬打调停，将到手的财爻未能得着："虽然后来他曾来拜庄送礼，表示道歉，但他和咱们的难过却也未能即算完全消灭。再则去年贡德厚由南方带了几口子，往哈尔滨去，到咱们这儿来，说他在桑园被马青锋破了他的机关，请咱们弟兄们给他出主意报仇。前些时有道中朋友由南方来的，都提说他两个小辈的名字。老白，他俩虽与咱们的仇恨不大，但是江湖中人太将他俩吹得大了，咱们不信他们是三头六臂，便是那公孙策，咱们四人都曾见过，不过是个怯条子，瘦鬼病夫。咱们当初因他来拜庄，不好坐在家中欺人，所以不曾和他较量（前文，公孙策与计全胜到滦河拜庄，两下未争之故，说是豪爽，乃系实情，此系暗补事后弟兄四人错会意，恼羞成怒，兼为以下文字作拍合耳，非矛盾也）。哪知他现在竟胆大包天，敢在京城内行事了。"

白秋塘见说，正中下怀，便说："他们两个小辈，现在敢于如此的，无非要想在鳌里夺尊，好自己成名，压倒江湖中英雄，独显他的本领。四位兄长，如果能将他们杀败了，不但可给江湖中人争口气，而且可以独享威名。"

一番话，说得四人大乐。当日置酒接风，并将礼物、聘书等收了，唤齐众头目，吩咐他们照旧办事，不要散伙，等候四人的后命（不说招安，是四人细处）。众头目依言各散。

四人本是出门惯了的（此写惯了的，正为下文恰巧在家下注脚），所以也用不着和老婆怎样的深闺话别（妙绝，为上文白秋塘情形作反射），只不过知照了些家事。次日，便收拾衣包，带上一切应用兵器，扮了赴考的武生。白秋塘也扮作文士，主仆先行，四人后继，一路向北京进发。满望到京城，即日得到一官半职，博个荣华富贵，谁知却希望几成失望。

到了京城，径投王府。哪知门庭依旧，屋主已非。堂堂王府，已易为京城兵马司的公馆了。

白秋塘不由大惊，即领众人，先回家下。到家才知善庆王已罢了职，府第已鬻卖给九城兵马司做了公馆，如今王爷已迁居到大名府去了（奇案突起）。

白秋塘大惊（两写大惊，非写其惊冰山已倒，乃写其难以对孟氏四人耳），即问详细如何（不先安顿孟氏弟兄，写其心急之状）。

正是：

宦海风波谲难测，侠义行藏尤可惊。

毕竟因何，请看下文分解。

第四十六回

龙宝山官复淮安任
善庆王谪居大名府

话说白秋塘主仆，同着孟氏弟兄，一行人到了京城，径奔王府，扑了个空，吃了一惊，只得（二字写当时惊疑踟蹰情形）领着一行人回转自己家中。他老婆在里面听了，忙迎将出来，一见四位义兄都来了，便先见了礼。

白秋塘忙问："王府近来怎么样，难道出了什么岔枝儿不成？"

孟云霞应道："可不是嘛，这真是咱们做梦也想不着的。"

白秋塘听说，更加着急，忙问怎么回事。

孟云霞道："当你们走的那天，王爷府中即出了事（写女子口吻，说得不急迫）。"

白秋塘急道："什么事呀？"

孟云霞道："没甚大不了，万岁爷下了一道圣旨（吓煞听者），将王爷的官职免去，一切政权完全夺却，同时也将李相爷的官职免了，权柄夺去，并赦了龙宝山，着他回任，限令捉拿马青锋、公孙策二人到案。因此王爷迁居，将府第卖给九城兵马司，搬往大名府去了。详情如何，有王府的差官丁德福奉命在此守候你们回来，你问他就明白了。"

白秋塘听了这席话，没头没脑，遂问："丁差官在哪呢？"

早有仆人接口应道："刚出去，一会儿就回来了。"

白秋塘只得先招呼四位舅兄洗面吃茶，用了点心，然后吩咐家下备置宴席，给四位舅爷接风。

正在此时，那差官丁德福恰由外面进来道："白先生回来了，一路纳福呀！"

白秋塘随口问了他的好，便说："丁爷，怎么王府搬了呢？"

丁德福道："正是呢，王爷怕白先生不知底细，特地命咱在府上等候，好对你将细情言明，免去误会。"

白秋塘听他口气，内容颇为复杂，不似他老婆方才说的那么简单，便说："丁爷，究竟是怎么回事呢？请你直接痛快地说了吧（读者心中亦作此想）。"

丁德福道："说来奇怪，好叫白先生得知。

"原来那日马青锋等闹了王府之后，又到大内里去递了个字柬，说王爷擅权自恣，纵容义子在淮安强行霸道，龙知府关心民瘼，乃系分内应为之事，不意触怒奸党，因此内挟贵人之势，外仗王爵之威，胆敢捕捉四品大员，又不经法庭审讯，要将草民枭首市曹，目无君上。草民为义愤所激，不得已铤而走险，始有今日满城风雨之事。万岁日处深宫，与宠妃奸阉日以声色狗马自娱，草民恐国事前途，有不堪问者，因此冒万死夤夜进宫，叩请圣安，乞陛下于万机之余，立振乾纲，罢斥刘吉等奸党，以符民望（马青锋所递之柬，却在丁德福口中补叙出来）。

"当夜皇上见了这张字柬，不由惊诧，但也未曾深问。次日早朝，王爷和李相国都有奏章，恭呈御览。皇上将两下本章携回宫禁，也不曾判分曲直。到了第二日，果然乾纲独断，将王爷的政权削去，促令三日内出京。同时又将李朝宗的官职削去，也限令回归乡里，并将龙宝山赦了，着他查拿马青锋、公孙策到案，令他即日回任，安心供职。

"白先生，你知皇上此举是何意思吗？原来皇上因王爷和李朝宗的表章，情词各执，他老人家龙心一转，想着如依了王爷，恐怕李朝宗不服；如依了李朝宗，王爷的面子又下不下去，故此想出这个两不袒护的方法来（好个和事佬的皇帝呀），将两方面都削了职。但有一层分别，就是李朝宗一出京城之后，便无有什么爵位；王爷出京，不过是削权，论到爵位名号仍旧无异。据内廷刘公公说，皇上复龙宝山的官，主意无非要他交出马青锋、公孙策来，并非真要复他的官。

"王爷恐白先生回京后，不知内情，特地命我在此等候，白先生是明白人，咱们王爷在朝在野的势力，要够多么雄盛，卷土重来还不是容易的事吗（反跌下文）？"

白秋塘听罢这番话，才知就里，便说："丁爷，如今事隔多日，龙宝山可曾将马青锋、公孙策二人拿到吗？"

丁德福摇头道："不曾。当时皇上赏他两个月的钦限，他曾请求皇上多宽几时，皇上允许他半年。如果半年内不能缴到，即唯龙宝山是问。"

白秋塘听了道："岂有一宽限便是半年的？真是笑话（此所以谓之笑话）。"

丁德福道："白先生，这不要紧，宫中有娘娘（此指刘吉之女）、公公（此指刘、郭等人）等从中说话，恐不久总有变化，这还须担心吗？王爷命我在此等候，说请先生邀同孟家四位壮士，即到大名府去，好共商进行办法。”说着，在怀中掏出王爷的亲笔信来，交给白秋塘看了。

那信上说的无非是些恳切借重的话头，对于孟氏弟兄尤有致意。白秋塘得此一书，将方才的那种忧惊不禁抛却了，遂将书信拿着，同了丁德福，到里面去，给孟氏弟兄引见了。

原来其时弟兄四人正坐后面小憩，和义妹谈论家常（补叙一笔），故此不在前面。两下厮见后，各说了几句久仰套话。那丁德福是在王府当差的，知道王爷现在十二分的着力，要借重他们弟兄，他自然要极力将他四位，壮士长、壮士短地拍上一气马，奉承到二十四分。

看官们都是饱经世事的明公（忽然拍看官的马，真是奇事），谅知人情喜谀，天下的事无论什么都容易穿，唯有这“拍马”二字是绝不会穿的（哦！怪不得要拍看官的马）。孟氏弟兄生于草莽，平时睥睨一切，自视甚高，本系受人谀词惯了的，被丁德福这一拍，果然十二分地乐意，以为丁德福识人，是自己的知己（噫嘻！此其所以拍马不会穿也），登时不禁（四字传神）一见如故、相见恨晚起来（此所谓君子可欺以其方）。再加上白秋塘在旁给他这一吹法螺，说他四位的本领如何高强，那丁德福格外顺口迎拍，说：“怨不得王爷常说，如得四大金刚来助孤家，何患大事不成呢（妙，妙！说王爷说是喜于词令者）？”因此孟氏弟兄真当着善庆王十分的想念，自己此去，定然可以得到王爷的重用，心下一乐，更加得意。

这时节，家丁来禀，说酒已备齐。白秋塘吩咐在前面摆设。一会儿，那家人又来回禀，说已安设齐全，于是白秋塘邀了四位内兄，同着丁德福，齐到前面入席。不消说得，是孟明的首席，余者依次就座。六人一边吃喝，一边闲谈（可称酒少话多），真个酒落欢肠千杯少，六个人都乘着高兴，直吃个尽醉方休。

当日，孟氏弟兄便都住在白秋塘的家内，次日便起身，同着白、丁二人齐往大名府而去。

那日到了大名府，由丁德福在前引导，径投王府，先同着白秋塘入内禀知。善庆王传命请四人入内。

四人到了里面，善庆王降阶而迎，欠身说：“久闻四位壮士大名，今日一见，真是三生有幸。”

四人口中谦虚，已是躬身屈膝。善庆王慌忙亲手扶住孟明，并令家将扶住孟昭等三人，说：“四位壮士，休行大礼，请到厅上坐地。”说着，便携着孟明的手，招呼着其余三人齐到厅上，让四人坐地。

四人齐说：“千岁在上，哪有我等座位？”

奸王笑道："有话叙谈，岂有不坐之理？以后相与的日期正长，切勿再如此客气。"

四人谢了，方到下首位上坐下。白秋塘却坐在四人肩下。

善庆王说了几句久慕及借重的客气话，并说："承蒙四位不弃，远道而来，不知四位壮士对于捉拿马青锋、公孙策，有何见教呢？"

四人闻言，相顾无语。孟明欠身道："千岁，愚兄弟草野之夫，承千岁礼聘，感愧万分，如千岁有何使命，愚兄弟当竭其驽骀之力，以供驱策。至于设计之谋，愚兄弟实不能有所建白（写四人初见善庆王，措辞亦甚得体，唯对千岁而自称愚兄弟，适以见其为草民也）。"

善庆王见他说得豪爽，不由大喜，遂说："壮士等远来不易，且在这里住些时，表面上暂屈四位做看家护院之人，兼为本府众校尉打手的教师，不知四位可担任吗？"

四人齐说："蒙王爷栽培，自当效劳，唯我等之意，为暂避人耳目起见，似以不受何名目为妥，更不必居于王府，不知千岁以为何如？"

善庆王听得四人说出这番话来，忙点头道（"忙"字写得机警过人）："四位既恁地说时，孤家不便相强，即请四位壮士在本府左近地方觅一房屋居住如何？"

四人大喜（读者至此，试猜四人心中作何想），回说："承蒙允诺，实为两便。"

善庆王即令府中备酒，为四人接风，并给白秋塘道劳。当日，由善庆王亲自把盏劝爵，各敬了三杯酒，然后推说自己有事，令卜安分给自己充当代表，陪五人共饮。卜安分奉命陪着五人，先向孟氏兄弟说几句套话，然后执壶劝酒，并和白秋塘闲谈别后之事。席散之后，白秋塘陪着四位内兄，谢过王爷，出离王府，投客店去住了。

到了客店内，孟明对白秋塘道："老白，咱们哥们儿如同闲云野鹤，是无拘无束弄惯了的，这王府内当差，咱们实受不了。王爷既重视咱们，自应将咱们弟兄当上宾看待，不应摆他的官体架子。咱们今日可算得是闻所闻而来，自当见所见而去。便是捉拿公孙策等两个小辈，也须设计捉拿。否则他们两人向别处一溜，咱们纵有通天本领，寻不到他们的踪迹，怎样可以捉得到他们呢（写四人之意思如此）？"

正是：

礼貌未恭丧客意，言语冲口冷人心。

毕竟四人能为善庆王所用否，请看下文分解。

第四十七回

白秋塘划策排敌党
刘贵人请限捉侠士

话说孟明说罢这番不乐意的话后，白秋塘尚未开言，孟皎已是接口道："老白，咱们和马青锋的难过，无非为他抓破了贡德厚的脸，本系间接。对于公孙策，才好算是直接有些过不去。即如此次咱们到来，名虽系应他们的聘请，但不过为了马青锋、公孙策两个，在前咱们只道王爷在京，炙手可热，咱们乘此可以得个进身。谁知王爷现在已成了个泥菩萨过江，自身以保，由京城谪居到此，这地方比京城要冷落多少，咱们此来的目标全失，还在此居住什么呢？另外赁屋，那是很不必呢(盖详言此行为"财色"二字)！"

白秋塘见他弟兄说出这番话，暗说，这也难怪，方才王爷的言辞确是错误，人家大远地来，不曾说什么慰劳的话，开口便要人家给他当教师和看家护院的，未免将人看轻了。这虽是王爷的言语失当，但也是不曾存心之故，遂说："二位哥哥，这话说得虽不错，但是小弟意见，总以'既来之，则安之'为上。比如就此舍弃而去，未免使小弟难见王爷，更兼王爷借重四位兄长之心，实系万分深切，如果就此走了，也太使王爷失望。依小弟想来，四位反正要寻马青锋、公孙策两个的，不如借此做个顺水人情，一方面总算报过了王爷，一方面四位也不算得是空跑。"

孟明道："老白，咱们走了，似乎使你为难；咱们如要不走，在此伺候人家，实无意味。老白，你给咱们想想，该当怎么样呢？"

白秋塘笑道："小弟不说了吗？最好做个顺水人情。"

孟明道："你能知道那两个小辈在哪吗？那岂是一天的事，如果这样办不了，延长时日，咱们在此地要耽搁日月呢。"

白秋塘听罢此言，便说："兄长休忧，好歹由我去见王爷，商量件事，给兄长们办办，大家将个面子顾全。"说着，即别了四人，回进王府。

走到半路，正逢着丁德福。二人迎面立下，丁德福道："巧得紧，王爷正命我来找你，快跟了咱去。”

白秋塘随了丁德福，径往王府。且行且问：“王爷唤我有什么事呢？”

丁德福道：“不知道，王爷但说有要紧事。”说着，行着，一会儿，已到王府。

二人径行入内，到后面书房内叩见王爷。王爷命丁德福退出，令白秋塘坐下，开言道：“白先生，方才请来的这四位壮士颇有不满意的地方，不知他们的来意究竟怎样，可曾对白先生说什么吗？”

白秋塘见问，乘势进言道：“没什么，不过他们因为闲散惯了的，因恐繁文缛礼，易于失仪，不能伺候贵人。更有一件，王爷要令他们充教师、当看家护院之人，与他们的来意不同。他们来意，是要即刻立功自见……”

善庆王不待他说完，不禁哈哈笑道：“原来恁地，白先生，孤家说要他暂做看家护院之人，无非因一时无事可差他们，使他们住在这里闲得难受。既这般说时，孤家只要大事成功，那些礼节，原无讲求之心。白先生，烦你于明日给孤家去对他们四位说，就说孤家诚意借重，不讲繁文，并请先生想一条计策，先对付马青锋等人。”

白秋塘听王爷说罢，想了一想，便说：“要马青锋等出面，没有别的，只有催逼龙宝山交人，他们既以侠义自命，必然挺身而出。”

善庆王道：“现在朝中李朝宗那老儿虽已免了职，但是马文升等人尚在朝中，先生可有何计吗？”

白秋塘想了一会儿，便说：“千岁，门下想来，现在事势如此，不得不通盘筹算，一方面要使敌党歼除，一网可以打尽，一方面可以羁縻孟氏弟兄，一方面可以擒捉马青锋、公孙策，一方面又可以使千岁复行出山（写小张仪心计如此）。”

善庆王听他连说几个方面，不由大喜，忙问：“白先生，其计如何呢？”

白秋塘道：“现在要羁縻孟氏弟兄，可待以上宾之礼，设立聚英馆或是别种名目，托四人为首领，专门招聚山林水泽英雄、江湖奇能之士，那机关可以遂他四人之意，设立在任何地点。但在未曾对付马青锋、公孙策二人之前，机关暂须设在本地（一方面）。一面着人与刘瑾、郭镛通信，传报娘娘，以马青锋胆敢夜入皇宫，呈递字柬，如不从速究治，将来胆子愈大，且恐有人效尤，请皇上下旨，速令龙宝山交人，如此一来，马青锋、公孙策二人定然到案，那时可以出其不意，使孟氏弟兄设法对付了他们。即不然，千岁卑辞厚礼，优待孟氏弟兄，使他们到淮安府去做上些惊天动地的血案，如此一来，龙宝山也要革职，或竟差他弟兄到淮安行刺（又一方面）。再令人到甘肃等处去给和硕等人通信，催促他们起兵，又示意朝臣，请任马文升督师远征，他虽任过兵部，实则他亦不过系文士出身，这不是明明送他死吗？如果他出兵失败，便可示意朝臣，奏请起用千岁（又一方面）。一面可令朝臣奏请令宁王就国（就国者，往就其所封之国也），那时千岁内与宫禁通气，外与宁王和硕等连兵，还怕不将敌党一齐歼灭吗（如意算盘真会打）？"

白秋塘说到得意之处，偶然想起前定计策，遣勇士谋刺李朝宗、龙宝山之事，遂问道："门下前次未往滦河以前，曾献计谋刺李朝宗等一班人，不知千岁可曾行过吗？"

善庆王听他说的计策头头是道，正搔着痒处，好不乐意。见问，即摇头道："不曾，因那时先生尚未将孟氏弟兄请来，无人敢去，所以不曾照行。如今先生说的计策正合孤意，和硕及各小王子等处，当先生走的那天，孤已差人前往下书，大约不久便有变动。宁王现在已自请就国，据报不久即当出京。这设立聚英馆一事，须得设法，又要名目好听，又要不受人家疑虑攻击，才能使朝廷不注意。"

白秋塘笑道："这一层，且待千岁和孟氏弟兄交接到知己的时候再办，此时第一步，还要先催龙宝山交人。"

善庆王点头道："此言有理，孤家明日便着人去。"

当夜白秋塘便住在王府，次日清晨，便到客栈内会了孟氏弟兄，将王爷与自己定计，催龙宝山交人，又说王爷意欲在对付了马青锋、公孙策之后，设立聚英馆。

孟氏弟兄听罢这番话，正中下怀。原来他们昆仲，在昨日夜间即已讨论过，想出一条招聚群英计策来，借此好脱离此地，往别处去安闲受用，借他的财力成自己的事业。

看官，你道他们要成自己什么事业？原来绿林中人，最喜称强夸胜，爱充好汉，他们如果设立聚英馆，招集群雄，岂不是他们四大金刚的威风？江湖上讲的是面子，他们只一招群英，这名誉更大，面子自然十二分地有了。将来随便走到哪里，岂不都占着一等的地位？这便是一种虚荣心所促成，并非什么成帝成王、为圣为贤、立德立功的大事业，因此弟兄们听白秋塘说了这番话，心中一乐，便随同白秋塘到王府来参见王爷。

奸王正在利用他们之时，知道昨日说快了些，几乎将这四位金刚跑了。今日自然格外留神，开口便说："咱们（不说孤家了）每日要见，来日正长，何苦要讲这许多礼节仪注？咱们以后休得客气，可将这礼节免去。"

这几句话，正合着四人脾胃。

善庆王又命四人坐了，将昨夜定计之事说了个大略，并说："目今暂屈四位壮士在本府住几时，如嫌闷损，不妨到外面逛逛，反正等到龙宝山交人，总须有些时日。”

四人大喜，立即应允，当日便在王府住下，所有客栈里房饭等账，早由王府差官去结清了。

由此以后，善庆王对于孟氏弟兄，优礼有加，怀柔备至，虽不像曹操待关公的那般上马金下马银，但是那三日大宴，五日小宴，却也完全无二。果然光棍好遇，毕竟孟氏弟兄乃是绿林豪客，心胸豪爽，被善庆王这般的优礼，不多几时已是感激万分，甘愿为他效死力。善庆王为深结其心起见，特命自己的两个儿子和孟氏四人拜为异姓手足（然则强盗亦为国舅矣，一笑。如此怀柔，其用心亦苦甚），格外亲热异常，专候淮安消息（放下一边，再叙一边）。

原来当善庆王与白秋塘定计之后，次日一早，便命卜安分起身进京，径投宫门，由宫门太监入内报知郭镛、刘瑾两个奸阉，传递了王爷书信，去住了客栈，专等回信。过了两天，宫中来了个小太监，奉刘瑾之命，送了一封信来，说各事均已照办。

卜安分谢了那小太监，即行算清店账，回转大名。见王爷后，呈上复书。所以此时善庆王等专候淮安消息，看官，你道宫中是何情况，龙公又如何情形呢？

原来刘、郭两内宦接了善庆王手札之后，即去暗暗奏知刘贵人。刘贵人即于这日晚间，天子进宫之时，施出她掩袖功夫、狐媚惑主的手段来，在天子面前，似有意似无意地问：“那日到宫中递柬的马青锋和大闹法场的公孙策，可曾捉到吗？”又说：“像这样大胆的大盗，不从早惩治，恐怕此风一长，将来更要有人闹出别的大乱子来，也未可知呢。”

正德天子听了这番言辞，便说：“已命龙宝山查拿。”

刘贵人乘势进言道：“上不催，下不紧，龙宝山既能在臣妾府内向屋上一呼，便将那大盗马青锋唤将下来，分明有联络，可以无疑。臣妾以为陛下宜令校尉，到淮安府限催龙宝山交人，拿着马青锋、公孙策，提解来京，或是就地正法，方好杀一儆百。否则盗胆将来更大，殊非国家之福。”

天子准奏，次日早朝，便颁旨着锦衣校尉，领禁军百名，到淮安去催龙宝山交人。如过期不缴，可将龙宝山拿解进京。

正是：

只因使臣传圣命，引出侠义叩金阶。

毕竟龙知府缴得出人否，请看下文分解。

第四十八回

龙宝山复任劾县令
季小顺典婢控乡邻

话说龙公自从在半路上被王府差官追回，软禁在王府之后，将心一横，以为此番难逃奸王算计，哪知次日奸王竟被免职，谪居大名。奉朝命赦了，官复原任，限期捉拿马青锋、公孙策到案。此风一传，淮安护送来的差役们已得了信息，齐来伺候，听候吩咐，于是龙公赶去叩见恩师。李朝宗令他即日出京复任，如果捉不到马青锋、公孙策二人，须得早为设法，不可不自为谋。又说："本人被削职回乡，也是即日出京，彼此均有王命在身，不可耽搁。"

龙公叩谢恩师，洒泪而回。领了一行人，赶着出京上路，一路雇车轿驴马代步。

那日到了淮安，各衙门官员，以及地方上绅商首领，已是得到消息，一齐出城来迎。府衙中师爷、捕快更是全体俱到，迎接本官，众官员、绅商无不给龙公道贺。龙公一一周旋已毕，同着众人一齐入城，径到府衙。众官员、绅商陆续散去。

龙公即刻传见本衙各员役问话，早有周、文两位师爷，捧着案卷，到来参见。龙公命二人坐了，问："自本府去后，谁在此代拆代行？"

二人禀道："自大人去后，省委淮安知县段伯明到衙代理。"

龙公点了点头，便说："本府进京，这一回你二人辛苦了。"

二人谦说："理该。"

龙公遂问了些别后之事。二人退出后，龙公将案卷逐一披阅，心中怀想，段知县代理府篆，因甚本府今日复任，他推病不来呢，仅派了二衙前来。莫非其中有何缘由吗（补出段伯明不曾到城外迎接、府衙恭贺，是省笔）？龙公一面看，一面想，忽然在那许多案卷内，发觉出段知县有许多断事不明（可谓名副其实）及索贿情事，不由大怒。内有一件未结的案卷，情节颇为复杂，乃是典婢

潜逃。原告呈文,措辞颇有可疑。其文云:

呈为婢女潜逃,仰恳饬原介绍人及婢女家属,追交婢女或身价,以维契约事。

窃民季小顺,世居东乡范家村,向以务农为业。去岁正月,因邻人吉瑞符介绍,典得北乡徐家坝佃户王洪生之十五岁女儿阿凤为婢,当立有典婢文契,议定期限五年,典价当时制钱六十千文。人钱两交,毫无异言。

该婢自进门后,服役尚勤。不料近日忽然潜逃回家。王洪生并未将其女送来,反声言民妇虐待其女,做伤诬陷,意在恫吓毁约。而吉瑞符又助长其威,与民为难,为此黏附契据,据情申诉,乞将原介绍人吉瑞符及王洪生提案,追交该婢阿凤,或缴还原价制钱六十千文,以符契约,而警奸顽,实为德便,不胜衔感。

谨呈淮安府知府正堂。

龙公将这呈文详细审阅,暗说,段知县真太糊涂,这呈词中明说做伤恫吓,自应立刻传案验伤,果系做伤,其伤痕未必甚重。如今事隔多日,伤痕谅已消灭,即此一端,段伯明已不能为民之父母,如何好久居此位?

再看那呈文中疑点甚多,料定情节绝不似这般简单(读者猜之,其案情将如何复杂)。她既要逃,何以不在初来时逃,况且“吉瑞符助长其威”一语,尤其可疑。

龙公想了一会儿,即刻拟稿,申详上宪,弹劾段知县断事不明。次日一早,即令衙役去请段知县到衙陪审。差役去不多时,回报:“段知县有病,不能前来。现派二衙到来,听候大人谕话。”

龙公命将二衙传入,问了他几句,立命点鼓升堂,即命那县丞(即二衙,今之执事)陪审,将已结案卷中有疑义不妥之事逐一平反。

末后,理到季小顺一案,立刻出签提人,退堂休息,对那二衙道:“烦你回去,对贵上说知,似这等办事,怎对得住‘为国为民’四字?听候本府详宪参革。”

二衙唯唯告别回去。

龙公用过饭,休息片刻,复又传命升堂。差役来禀:“季小顺典婢一案,原被两告,人证一齐提到。”

龙公令带上来。差役将众人带上,一齐跪下。

龙公向下一望，只见下面跪着三男一女，龙公将那女子一望，只见她生得姿容秀媚，年纪十六七岁，那模样虽不能算是美丽，但也还算得不错，心中已明白一点。一一问了姓名，遂说："季小顺，你将案情诉来。"

季小顺爬上半步，口中应道："小人季小顺，本地人氏，去岁凭吉瑞符说合，典王洪生之女为婢，已有年余。今忽潜逃回家……"

龙公喝道："且住！她因甚逃回家去呢？"

季小顺道："小人不知她因何要逃回家去。"

龙公笑道："季小顺，你不曾明白吗？站在一旁，本府问话，你不许插言。"

遂唤吉瑞符："你给季小顺介绍典婢，还是他托你的，还是你去向他说的？"

吉瑞符叩头道："大人容禀，去年正月，季小顺到小人家内来贺年，闲谈中，说起他家中人少事多，意欲典个丫头，收拾内外，烧煮洗涤，问我可知道有人家肯典吗？小人当时回他：'等些时看，如有相巧的，便给你留神。'不多日，小人到北乡去有事，在路上碰着王洪生。王洪生说他去年年下经济紧，债权上门，逼得要死，勉强敷衍过去。如今年岁不丰，米粮太贵，食口太多，一个十二岁的儿子已是送给人家去放牛，还有个十五岁的女儿托我做媒，说给人家做养媳妇。那时小人对他说道：'做媒一时难有门当户对的好小官，如肯委屈些，不如将姑娘当给人家为婢，几年取赎(与前文租妻相映成趣，妻可租，婢可当，天下之大，真是无奇不有)。'王洪生听了小人这话，很是赞成，便问我：'当给谁家呢？'小人遂将季小顺家内对他说了。王洪生托小人即去说，因为家中人口多，这担子实在挑不起了(呜呼！生活难)。小人听了他的话，回家即访季小顺，将此事对他说了。他说很好，问我要多少钱。小人说：'不曾问。'第二日，小人到北乡去，找了王洪生，约他同到东乡，邀了季小顺来，三面言明，当五年，共制钱六十千文，约了日期，两下写券做事。不料王阿凤到季家之后，一年多都不曾有甚意外，前些时忽然逃回家去。季小顺便来寻找，向小人要人，同时王洪生也来找我，说阿凤在季家近来太苦，和先前大不相同，要我去约季小顺吃茶，大家别抓破脸，将契约毁了是正经。大人明鉴，这话中不明明有刺吗？因此小人据情去约季小顺。谁知季小顺不允，一口咬定，说小人帮着王洪生欺负他，并说王洪生诬赖他，损坏他的名誉。小人回去问王洪生，王洪生又怪小人将他女儿介绍给这种人家，弄到这种地步，要和小人拼命。小人回身再找季小顺，季小顺一口咬定说王洪生放白鸽。小人急了，遂拉着他到府衙告状，反而给他抢了原告。请大人给小人做主。"

龙公点头，遂唤王洪生上堂，问他前后情形。王洪生所供，也与吉瑞符相同。

龙公唤上王阿凤，问她："到季家之后，主人待你如何，主母待你如何，季家上下共有多少人，前后有几进屋子（问得匪夷所思）？"

王阿凤禀道："小女子是去年正月间才到季家的，初到之时，主人即待我不错，差不多的粗事，都不叫我做，主母也待我不怎么样（主人待我好，主母亦不怎么样，然则都好矣。奇哉）。他家上下共有七个人，前后共有三进房子。"

龙公道："是些什么人？"

阿凤道："主人、主母、小主人、两个长工、一个老妈，连同小女子，共是七人。"

龙公道："你主人、主母都待你不错，你为何要逃回家去呢？"

阿凤红了脸道："青天大老爷（忽然叫一声，奇哉怪哉）！"这么说着，两眼竟流下泪来，低了粉颈，不作声了（其心苦矣）。

龙公见此情形，将惊堂木一拍，喝道："快讲！"

阿凤吓了一跳，紫涨了脸皮（先红后紫，有分寸），说："大老爷（又叫一声）！主人待小女子好，哪知他没存着好心，每尝背着主母的面，向小女子调笑。小女子实在不愿意，因此才走回家去的。"

龙公闻言，向那旁季小顺一看，只见他面色不变（又奇）。龙公心忖，这是怎么？遂说："季小顺，你可听见他三人的供词吗？"

季小顺走来跪下道："小人听得了，但是不符。小人不曾调戏过婢女，大人如其不信，不妨将小人家中的长工、仆妇提来讯问。"

龙公将惊堂木一拍道："季小顺，你前告说王洪生诬赖你女人虐待他女儿，做伤讹诈，怎么这会儿一字不提呢？"

季小顺禀道："大人在上，当时王阿凤实系做伤恐吓，小人因她现在已隔多日，伤已平复，故此不曾说。"

龙公点了点头，心生一计。

正是：

贤令烛照奸究隐，愚民欺心那能逃。

毕竟龙公心生何计，请看下文分解。

第四十九回

龙宝山私访逢拐匪
贡德厚府衙正典刑

话说龙公道:“季小顺,你不必狡辩,本府已是明白,你家中有两名长工,一名仆妇,还有何事做不了,要典个丫鬟?典了丫鬟之后,你夫妻都另眼看待,不曾难为她,分明另有用意。快讲!”

季小顺呼冤道:“大人明鉴,小人委实不曾调戏过婢女,可以发誓的。”

龙公道:“你两下供词各执,本府不用刑,谅你们也没有真话。来人!给本府抬大刑。”

差役一声嗷应,将夹棍当堂一丢。

龙公喝道:“王阿凤,你主人说不曾调戏过你,你要实说,究竟调戏过没有?”

王阿凤道:“大老爷,我主人实系调戏过我,小女子不敢扯谎。”

龙公道:“怎么样调戏,说些什么?讲!”

阿凤愣了一愣道:“有一天主母不在家,主人对着我笑嘻嘻地唤我到房里去,问小女子可曾配过人没有。小女子说没有,主人说:‘阿凤,你既没字人。’说着,便望着我笑。小女子被他臊得面红耳赤地跑了。又有一回,主母也不在家,主人又和我打趣,说:‘光阴如逝水,人不可以错过光阴。’说着,笑着,便说到小女子身上来了。”

龙公听罢怀疑,这内中定有别情,便命差役,将两告取保释放。

退堂后,龙公自忖,看光景,季小顺确像不曾调戏过阿凤。阿凤因何一口咬定他调戏呢?据她说的调笑言辞,也很平常,况且女子的醋心最重,季小顺果然存心诱惑,岂有丝毫不露马脚的?他堂客怎么也待阿凤很好呢?想到这里,忽然转念道,莫非是这样的吗(诸君以为是怎样)?想定主意,次日,推说有病,不升堂问事,却约了周尔培师爷,改装打扮,扮成算命先生,到范家村去私访。

周师爷陪着龙公，出得东门，低声说："大人，此去范家村，如何访法呢？"

龙公笑道："那还不是看事而行吗？"

范家村离城很近，二人说着，一会儿已到范家村。二人到了村上，寻了小茶店坐下，歇息足力。

茶博士走来，问二人用什么菜。

龙公道："乡村地方，没甚了不得的好茶叶，你泡壶好绿茶来吧。"

茶博士应声是，泡了壶绿茶来，放在桌上，给二人倾满了，回身打了两把手巾，递将过来。二人揩抹了手脸，正呷了两口茶，却见外面走进一人，正是昨日在堂上做被告的吉瑞符。

茶博士看见，招呼道："吉爷，请坐！"

吉瑞符坐下，茶博士送过手巾泡了壶茶，启口问道："吉爷，听说吉爷昨日被府里提了去，究竟为了什么事呀，敢情为的季小顺吗？"

吉瑞符叹口气道："不是为他，还为谁呢？真是多事有事，我真悔当初做这么宗倒霉的事。"

茶博士道："断下来了吗，怎么样呢？"

吉瑞符道："不曾，人家都说龙大老爷是个有干办的官儿，谁知也只有虚名（当面骂，不怕府尹怒耶）。像这种事极容易的，反而弄得慢慢地判断。你想，季小顺如不调戏阿凤，阿凤好好地逃回去做什么呢？"

茶博士笑道："现在的官儿，漫说实在本事，就是虚名也不容易呢！季小顺调戏阿凤，人家虽如此说，但也无人知其真假。你和他紧邻，不会不知道，究竟内情是怎么样呢？"

吉瑞符道："我也和你一样，不曾目见。如果目见，我昨日在堂上还不证实了他吗？"

茶博士笑道："吉爷，你既不能证实，这官司是不能怪龙大老爷延宕下去了。"

吉瑞符道："不！你听我说，如是我做官，定然一堂就断得一清两爽（好松脆）。这些小事，不用怎样问，只要问阿凤愿不愿再到季家去为婢，她如说不愿，就断个人交王洪生领回，契约无效。季小顺既充有钱的主儿，这六十千文是在乎的吗（如意算盘）？"

茶博士忍不住笑道："吉爷这话真说得干脆，季小顺是原告，老爷不问原告的意思便能下判吗？"

二人正在一问一答，吉瑞符瞥眼看见两位算命先生坐在那边喝茶，便说："今年运气不好，咱算算命，转转运（怪不得算命先生多，全有此两句做护身符)。”说着,走将近来,向龙公二人拱手道:“先生,咱请先生排个八字,看今年流年如何?”

龙公欠身道:“请坐,尊驾是给人算呢,还是自己算?”

吉瑞符道:“咱自己算。”

龙公道:“请报了来,时真命不假。”

吉瑞符报道:“三十七岁,闰四月十七日丑时。”

龙公给他掐了指诀,仔细一排,将他面容一观,便说:“君子问灾不问福,在下算命,素不奉承(好似一个算命的)。照尊驾这八字推算,前两年运气平平而过。今年正当交脱,交交脱脱,晦气不辍(绝似江湖口吻),应当有些口舌,不破财,就得生灾。”

吉瑞符听说,暗忖,这先生倒会套口气,便说:“先生,照命而论,以前该怎样呢?”

龙宝山道:“尊驾不见气,照尊驾的八字而论,应当先丧父,后丧母,手足不全,欠一百三十六天,八岁行运,初行羊刃暮库。论人呢,日坐魁罡,应主为人心高志傲,又逢金水伤官,应主聪明。照此而断,尊驾应在十四岁上丧父,二十一岁伤母,妻宫须硬配,在二十六岁上,应很多几文,由二十九岁到去年,各事俱平平而过,对不对呀?”

吉瑞符听罢点头道:“先生说得不差(并非套口气的)。请问先生,今年流年,除口舌之外,该没有别的破败了吧?”

龙公道:“没有别的,只照命而断,今年流年,应得见官,不知见过没有?”

吉瑞符道:“见过了,现在还没了呢。”

龙公点了点头,暗想,此事调查不出,只得另行设法。

吉瑞符给龙公二人会了茶钱,又给了算命的钱,回身到那边喝茶,仍与茶博士说笑。一会儿,走进一个人来,正是王洪生,向吉瑞符一点头,便到他桌上坐下。茶博士递过只茶杯来,二人喝茶谈心,那光景似像约定了的。

吉瑞符道:“你可曾问你女儿吗,究竟季小顺真调戏过她不曾?”

王洪生道:“谁说不曾?调戏也是有的,虐待也是有的。阿凤真呆,毕竟是个孩子,内中哪知还有这么一件事。”说着,那声音却低了(读者猜之,是何事)。

龙公在这边桌上,耳闻目见,心中暗忖,所料不差。便起身约了周尔培,向吉瑞符道谢,走出茶店,微笑着对周尔培道:“真是无巧不成话,不道在此得着实情。”

周尔培道:“这是大人的精诚所感,不然,哪有这么巧?”说着,二人离了范家村，转眼已到东门，却见城外吊桥边，一家隆兴客栈门口停着辆小车，车上坐着三个小孩儿，两男一女，都在八九岁模样，一齐像害着病一般，坐在上面无有精神。

龙公从车子面前走过，却见迎面由吊桥上来了一人，头戴瓜皮帽，身穿蓝布大衫，足着黑布鞋，是个买卖人模样。一眼看着那车上小孩儿发愣，唤了声："云儿！"那女孩儿抬起头来，复又似打盹般低下头去。那人越发露出疑惑神情，低着头走过车前，复又走将回来，望了两望，上桥进城去了。

龙公同着周尔培，本系安步当车，走在车前，已有些心疑，是谁家的三个小孩儿。及见那人这一声唤，满面神情，不由驻足观看。却见店内走出一个汉子，同着车夫，将三个小孩儿由车上卸下来（即此可知，三个小孩子是绑在车上者），车夫抱了两个，那汉子抱了一个，往店内去了。

龙公看在眼内，便低声对周师爷道："你回衙去，快传几名快手，到来听差。本府即去住这客栈，不可有误。"

周尔培应了声是，三脚两步，上桥进城。

龙公走进客店，向柜上拱手，问："有空房间吗？"

掌柜的笑面相迎，说："尚有两间上房，请住在上房吧！"

龙公点了点头，口称："相烦引导。"

掌柜的走出柜外，陪着龙公，到里面上房去看房间。龙公到了里面，一看那房间也还清洁，可惜就是简陋些，故意问了价，又请问那掌柜的姓名。

掌柜的说："不敢，小可名唤石决明。"

龙公谢了他引导，便请问他："方才住店的三个小孩儿是哪家的？"

石决明道："那是方才一个客人的子女。"

龙公道："住在哪间房内呢？"

掌柜的将手一指对面那间上房内道："就在那边。"随问："客人贵姓，问这三个小孩儿做甚？"

龙公笑说："姓庞，名唤弃厂。我不过问问罢了，没甚意思。"

掌柜的退身出去，小二送茶水进来。

龙公将小二唤住，问了他些闲话，才说："对面住的是什么客人？"

那小二道："不知道他做甚买卖。"

龙公道："他有女眷没有？"

小二道："没有，总共五个。"

龙公道："停会儿有人来找我，你引他进来，不可声张。"

小二答应出去。

龙公立在窗口，看着对面房内，留神张望，不见动静。暗忖，这明明系拐匪。正在暗忖，却见对面房门一开，方才的那个大汉已换了衣服，走将出来，反手带上，向店外去了。

龙公心中转念，用什么方法才可以证实他是拐匪？回身向床边上坐下，歪靠在床上，休息了一会儿。忽听房门响，小二领着五七个人进来，几乎将房内挤满了。正是周尔培带着班头周四、马快王五，及几个伙计。

龙公坐起身，说："你们就来了这几个吗？"

周四应了声是。

龙公道："你们派一个到后门口去，不许人出入，派两个到对面房内去，守着那三个小孩儿同一名车夫，不可声张，其余的随本府到柜上去，问那掌柜的。"

小二在旁听得，吓得浑身打战，抽身便退出去。王五喝住道："不许走。"小二只得又缩了回来。

龙公道："小二，不关你事，你怕什么？坐在这里吧！"说着，周四已派了两个伙计，到对过房内去。

龙公同着周师爷，缓步出房，留一个伙计在房内监视小二。带着周四、王五，同到账房内。

掌柜的本和王五认识，一见这情形，不由吃惊，笑着迎道："王五爷，今日甚事光降？庞客人，你们两下相识啊！"

龙公还未开口，却见方才那汉子引着一个人，走将进来。龙公向着王五一努嘴，王五会意，不曾回掌柜的话，已跟在二人后面，向里面走去。

龙公笑对掌柜的道："石掌柜，你别假作不知，故意地知情不举。"

石决明慌了道："庞客人，此言怎讲？"

周尔培走上去，将石决明一扯道："谁是庞客人呀？"

龙公道："石掌柜，我问你，客栈里容留行迹可疑之人，不是知情不举吗？"

石决明此时已明知这庞客人是知府大老爷，只得硬了头皮不认账，回说："客栈是住的来往客商，行迹可疑不可疑，咱们只要寓客不带违禁物品，都是一例看待。就是可疑，那也有本地武职衙门，每夜派人来查，不用去报。"

龙公笑道："石决明，你还不认错？好个糊涂东西，且将循环簿取来，给本府查看。"

石决明只得取过循环簿，双手奉上。

龙公接过一看,逐页翻去。只见上面写着九号房,住客大小共五口,姓名系贡德厚,职业系商人,籍贯是天津,车夫名贡阿虎。

龙公正要问话,王五已来回话,说:“下役已将那个拐子捆缚在房内。”

龙公说:“将一干人都带回衙去。”一面命周四:“去知照后门及房间里的伙计,将小二带了,都到这里来。”

周四去后,龙公道:“石决明,本府因你是共同犯,也得随本府到衙门去走一遭。”

石决明慌道:“大人原情,小人委系不知。”

龙公道:“休得多言,这其中情弊很多。”说着话,众差役已都到来。

龙公吩咐带了石决明,自己同着周尔培,挟着循环簿,出店进城。回到衙内,已是晚饭后。胡乱吃了些饮食,便批阅公事。

次日一早,即升堂理事,先令捕快去传季小顺一案。周四、王五同上堂禀说:“拐匪贡德厚已是带到。”

龙公吩咐:“带上来!”

王五将贡德厚等带到堂上,一排跪下。

龙公问道:“你们叫什么名字?报上来!”

贡德厚同着那个男子、车夫等三人,齐说了名姓。

正是:

贩卖人口为罪恶,法庭定谳岂肯饶。

毕竟口供如何,请看下文分解。

第五十回

龙宝山延聘雷义士
邹逢春书诫贤甥男

话说龙公见各人报过名姓,便将惊堂木一拍,喝声:“贡德厚,尔等拐卖小孩儿,丧尽天良。且将生平所做案件,逐一供来,不许隐瞒只字。”

贡德厚叩头道:“小人一时糊涂,求大人原恕。”

龙公喝道:“快招!”

两旁差役亦齐喝:“快招!”

贡德厚道:“小人总共只做过这一次。”

龙公喝声:“掌嘴!”

早有差役走上,左右开弓,啪啪啪,一面五个巴掌,打得贡德厚哎呀连声,牙齿内迸出血来,眼睛内流下泪来。

龙公道:“你前后在隆兴客店已住过四次,每次都带有小孩儿,分明已做过不少回数,还不快讲吗?”

贡德厚不知龙公是由循环簿上看出,只道龙公是诈他的,故此呼冤道:“小人拐带小孩儿,此尚是第一次(与对马青锋等之口吻如一,可知其所造孽已不知多少)。”

龙公冷笑道:“贡德厚,你还要狡展?本府在兴隆店的循环簿上,已查见你住店四次,显而易见,还赖什么?快招!”

贡德厚仍是不开口。

龙公大怒,喝左右:“夹起来!”

差役一声答应,将夹棍丢下,解开绳索,将贡德厚的两腿放入。贡德厚思忖,不招也得吃苦,反正这场官司是输到底,只得说:“小人愿招。”

龙公说:“招来!”

贡德厚将最近所做的几宗案子招了。

龙公明知他从前尚做有案子,但因他人已卖掉,追查不易,只得不问,即说："贡德厚，你只图利益，不顾人家骨肉分离，谅来你从前还有案子，本府也不深究。本府问你，那些小孩儿由何处拐来，向何处脱售，因何那些小孩儿如痴聋一般，系用甚药迷惑了他们的本性？快讲！"

贡德厚道："那乃是用的迷魂药，做成小金钱饼儿，放在小孩儿头发内，小孩儿便迷其本性。拐小孩儿的地方，大街小巷，不论这地方人再多些，都有方法，即冷落处所，也好下手，无非择人而施。大人在上，不敢扯谎，这拐来的小孩儿，到处可以出售。在行话唤作码头，每到一处码头，即行过手（按：拐匪之所说码头，乃系一种名称，即其地之首领管辖区域，无首领管辖之处，则为无码头云），由这码头上人负责，比如坐客。小人乃是行客，那码头上人乃是坐客，抄总说一句，好似坐地分赃的窠家。"

龙公道："本地是谁做码头上的人呢？"

贡德厚指着跪在他肩右的那个男子道："便是他。"

龙公喝声："徐庆云，你胆敢贩卖人口（补出那男子名姓），充一地方的码头首领。你们同党共有多少，机关在何处？快招！"

徐庆云见贡德厚已招，只得招道："机关没有一定处所，那是临时定的。本地是运河要道，往来人虽多，同党却没有，住在本地的也很少。"

龙公大怒，喝声："胡说，掌嘴！"

差役上前，啪啪啪，打了十下。徐庆云只得招认，说本地同伙尚有胡二、姜大、缪四、王大、王二等几个。某人住在某处，自己机关在某处，前后共计做过几次买卖。

龙公命画了招，着差役跟着，同去捉拿，并破机关，便提隆兴店小二。小二战战兢兢地跪在堂上，如筛糠般索索乱抖（好看又好笑）。

龙公喝问："你们店中窠留拐匪，不来报告，是何缘故？"

小二禀道："小……小人……人不……不知道，求……求大……大人原……原情恕罪。"

龙公见他面色如死灰，是个真实不知情的样子，便说："以后遇有此等行迹可疑之人，须得留神他的举动，报告官厅。来人，将他放了。"

小二叩头下去。龙公令带石决明，并令飞请守备。

一会儿，守备到来参见。

龙公道："东门外隆兴店内容留拐匪，贵守备系派何人往查，何以不曾觉察？"

守备惶恐谢罪。

龙公令将石决明带上，喝问他："因甚见行迹可疑之人不报告官厅？"

石决明叩头求恳。龙公判令罚银五十两，以作修建东门桥之费，警诫他下次。

对守备道："贵守备回去，将那管理此事武弁重责记过，以警其余。"

守备打躬告退。

龙公问："胡二、姜大等可曾提到？"

回禀尚未。

这会儿却有差役禀道："季小顺一案，人证完全提到。"

龙公吩咐："带上来！"

男女共是五名（盖已有一季妻在内矣）。龙公唤名已毕，便说："季小顺，本府把你这大胆犯才活活打死，你调戏妇女，欺诳本府，该当何罪？来人！给本府先责了十下手心再问。"

差役应诺，取过戒尺，将季小顺每手打了五下。

龙公喝道："季小顺，你还不实招吗？"

季小顺呼冤不招。

龙公大怒，喝命："掌嘴！"

差役上前，一面打了两下。

季小顺呼道："愿招。"

龙公道："供来！"

季小顺道："小人一时糊涂，实系背了堂客，向阿凤说过两回疯话。但并未有何不端之事。"

龙公喝令画供，跪下去。唤他堂客上来，喝道："胡氏（补写季妻母姓，是省笔），王阿凤在本府面前告你与邻人孙厚通奸，被彼撞破，因此硬要她上路，她不依从，遂恼羞成怒，折磨多端，方才回家去，你快快从实招来，本府不难为你。如不实说，休怨本府无情。来人！给她上了拶子。"

差役应命，将拶子给胡氏套上，只等吩咐。

胡氏惊得面色如土，哭说："冤枉！"

阿凤跪在一旁，也说："我没告呀，奶奶别说呀（夹写一句，妙哉妙哉）！"

龙公大怒，将惊堂木一拍，喝声："阿凤，本府不问你，你休多嘴。胡氏，你还不快招吗？"

胡氏呼冤不招。

龙公道："阿凤，本府问你，你这孩子，怎么这般呆法？你爹昨日在茶店里告诉吉瑞符，是这么说的，你因甚到了本府面前反而不说呢？"

阿凤流泪道："委实不曾有呀！"

龙公听她说得可怜(奇哉,怪哉,此案曲折),便说:“阿凤,你休得装呆,你不想想看,胡氏要逼你依她,心思多少狠毒,她已不顾你的名节,你还要保全她的名誉做什么(写出阿凤心事,其心甚苦)?”

阿凤垂泪,低头不语。

龙公喝道:“王洪生,你将那在茶店内告诉吉瑞符的话,当堂诉来。”

王洪生道:“女儿(不先唤老爷,却先唤女儿,哀哉其奇),你何苦这般呆法?人家要你的命,你反而给她全名节,犯得着吗?为父顾不得你了。”遂说:“青天大人,昨日由衙门回去,细细问我女儿,女儿才说实话。主母与孙厚通奸,已非一日,每次来时,均是用竹梯由墙上爬过来。那日被她撞破,胡氏硬要逼她上路,她不肯依从,胡氏跪着求她,不要张扬出去,她一口答应。事后,胡氏仍恐她露出风声,威迫利诱地劝她上路。阿凤不为所动,胡氏恼羞成怒,逐日排揎她,因此她才逃回。大人不信,可以将季家用的那个老妈子唤来问的。”

龙公道:“怎么那老妈会知道呢?”

王洪生道:“据阿凤说,每次拿竹梯接送孙厚的都是她。就是季小顺调戏阿凤,也是她传播出去的(然则如不传播出去,阿凤或可以模模糊糊乎?何言下若有遗憾也)。”

龙公大怒,吩咐:“带孙厚及仆妇!”

差役应命,即到班房,将二人提到。原来龙公在茶店里听得的话头,便是王洪生所述之言。当日早堂,即令周四带伙计,于去传季小顺等之时,先将这两人捉了,分别监视在班房里。此时差役奉命提来,扑通跪在堂上。龙公将那孙厚一看,很够得上“漂亮”两字,生得很不错,穿得也时髦。

龙公道:“孙厚,胡氏供认你与她通奸,由老妈每日用扶梯接送,你可从实招来。”

孙厚一看见胡氏十指套着拶子,那光景是用刑,早就舍不得(倒是有情人),不由说道:“大嫂呀,我害了你了(稀哉奇哉,此等供词)!”便说:“大人,不关胡氏之事,委系小人诱奸胡氏,求大人开脱胡氏,小人甘罪无词。”

龙公听他说得干脆,暗说,倒是个情种,便命他画了供,喝问仆妇:“因甚用竹梯接送孙厚?”

老妈子见孙厚本人已招,还赖什么?自然直认不讳。阿凤到了此时,也只索供认真情,说:“本人心思,以为说主人调戏自己,方才逃出,可以使主人不敢来找自己的父亲,可以保全主母的名誉、主人的颜面(此女却也是可儿)。如今被大人察破,只得直供。”

龙公也令二人画了招，喝令胡氏供状。

胡氏哭着骂孙厚道："冤家呀，我还没说，你反先认了罪了(其言如呖呖莺声，现出纸上，奇文)。大人(叫一声)！小妇人愿招。"于是将自己与孙厚通奸之事招认不讳。

龙公道："吉瑞符多事有事，此事与你无关，但已多招口舌，你且等案结之后，回家去再算算命，转转运吧(绝倒)！"

吉瑞符叩头道："昨日不知是大人，多有冒犯，此事求大人恕罪。"

龙公问季小顺："如今胡氏与孙厚通奸，你意下还是要她呢，还是不要她了？"

季小顺想了想，家内有孩子，况且堂客也生得好，如此时休了，要再讨这房妻子，岂不很难？便说："大人，这事凭大人做主。"

龙公知他意在两难，便问胡氏："可知罪吗？"

胡氏叩首求恕，称："已知悔。"

龙公判道："案查季小顺调戏婢女王阿凤，虽青蝇未玷白玉，而名誉已受损失，除将王阿凤交其父领回抚养，另为择婿外，应令季小顺将原典婢契退还销毁，并赔偿损失费银百两，以作将来王阿凤字人妆奁之用，稍资警诫。孙厚轻薄性成，着监禁三月示警。胡氏着押女所一月，期满交季小顺领回，安分度日。如有不守妇道情事，二罪俱发，绝不宽贷。仆妇得贿，以扶梯接送孙厚，姑念无知，着押女所三天开释。其余吉瑞符等，无关，开释。"

龙公断罢此案，差役已将王大、胡二等一班拐匪捉到，救出许多小孩儿。

龙公将贡德厚、徐庆云定了绞罪，其余分别轻重，长牢的长牢，充军的充军。所救小孩儿，出示招领，暂交育婴堂抚养。

方才断罢，忽然仪门上走进一人，手举呈词，请领失去甥女云儿。龙公将他一看，正是昨日在桥下相遇之人。将那呈文看毕，令他取保，领了那个女孩儿。退堂休息。午饭后，仍升堂理事。

如此过了两日，龙公心念钦限捉拿马青锋、公孙策之事，无计可施，将周、文两位师爷请来商议，问二人可知有何英雄侠义。

文吉征猛然想起，说："大人，本地有一不出名的英雄，姓雷名洪，本领极大，大人何不将他聘来，问他知也不知马青锋等下落呢？"

龙公听说有这样一个人物，不禁大喜，立命文师爷修聘书、备礼物，前往雷家洼去聘。文吉征依言而去。龙公同周师爷商量如何访寻马青锋。

正在此时，忽然外面走进二人，身背包裹，尘土满面，口呼老爷。

龙公一望，却是邹福、郱奴二人，便说："你两个怎又来了，是几时到的家,此来做甚?”

二人放下包裹,先给老爷行了礼,然后说:“别后某日即到家,太爷阅邸报,得知老爷回任,特地命小的二人前来侍候。另有太爷的信。”

邹福说着,在怀中摸出封书来,双手呈上。

正是:

远驰尺素多训语,字里行间均官箴。

毕竟书中作何言辞,请看下文分解。

第五十一回

单相思害煞深闺女
同性恋痴惹色情狂

话说龙公正在后厅与周尔培讲论如何访寻马青锋,忽见外面走进二人,乃是邹福、郏奴。放下包裹、行礼之后,呈上邹逢春的手札。

龙公将信接过,仔细观瞧。信上所述,大意略谓:

> 迭接吾甥来书,均已知悉,邹福、郏奴二人回偃,得知近况甚详。吾甥为国宣劳,不避权奸,读圣贤书,固当如此也,甚慰甚慰。唯吾意为官固宜公忠体国,而危行言重之义,则不可不知,在他人犹可危言危行,在吾甥则不能不明哲保身。盖吾甥既无叔伯,终鲜兄弟,宗祧之赖,一人而已,倘有不慎,将如之何(情词恳挚,是一般凭意气用事者棒喝)?
>
> 前闻吾甥被械系诣京,吾心乃大戚。顷阅邸报,吾甥已蒙恩复官,欣慰何似?特令邹福、郏奴,仍至任所,便寄尺书,望吾甥由是珍重,勿再犯覆辙。

龙公看罢这书信,忍不住鼻孔一酸,心坎儿一荡,几乎落下泪来,要不是碍着周师爷在旁,早要呜咽而泣了(至性人最富情感,于此可见),遂说:"邹福,太爷在家好吗?全家都好吗?"

邹福回道:"人口都平安,各事皆好。太爷、太太等全家,都命问老爷的好呢。"

龙公道:"你二人刚才走了路来,且自去歇息,弄东西吃。今日休息一天,明日再照常办事吧!"

二人应命,提了包裹回到下房里,自去准备。

龙公将邹逢春的信折叠封好,插在信插内,仍和周尔培谈论些事务。周尔培退了出去,龙公小坐休息,沉思文吉征此去不知能不能将雷洪请到。

到了晚间,文吉征已由雷家洼回来,来见大人,说:"雷洪不在家,往海州去收租去了。我已将聘书、礼物丢在他家中,且等他回来再说。"

龙公道:"师爷辛苦了,请坐会儿吧!"

文吉征坐下,门子献上茶来。

龙公道:"文师爷,本府到任不久,却不知本地有雷洪一个侠义,文师爷既知其人,想必知其详细,究竟这雷洪是怎生一个人物呢?"

文吉征道:"属员本也不知道,当大人进京之后,属员在外边闲逛,信步到雷家洼,见着一老一少,老的像似个农人,少年却是个管家,却在道旁立着谈话。

"属员由他两人面前擦肩走过,却听得少年道:'咱们主人近来因为他师弟的事,追上北京去了。'

"年老的道:'他师弟是谁呀,为什么要上京城去呢,敢情今年有武考吗?'

"少年笑道:'老伯伯,今年哪有武考?咱们主人的师弟姓马,名字不知叫作什么,很有能耐,此次进京是为着打官司。'

"老汉道:'哎呀!毕竟是有钱的,可以到京城打官司,如是穷人,本地官司都打不成,还打什么六部官司呢(缠夹得好笑,实则作者借以讽世耳。谚云"小小衙门朝南开,有理无钱莫进来",其是之谓欤)?'

"属员由二人面前走过,听说姓马的上京打官司,不由入神。因此足下放缓,故意弯下腰去,在地下解开扎脚带重扎,却暗暗留心他二人的说话。

"只听少年笑道:'老伯伯,他们打的官司,听说情节很大,不但是钱不钱的事呢。'

"老汉道:'是为什么呢?'

"少年道:'我也不能知道,据说就是为了什么王爷不王爷的事,且等我打听着了再告诉你吧。'说着,二人分手,各自走开。

"属员心想,这少年的主人定是个豪侠,存心要打听个水落石出。回身跟着老汉,走了三五十步,便唤道:'老爹,请问这里地名唤作什么?'

"老汉回头立着应道:'这里唤作雷家洼,你要找谁呀?'

"属员拱手赔笑道:'巧极了,这地方正是雷家洼。老爹,小可有个亲眷在雷家洼一家人家做管家,可是多年不会,小可不但将他帮的那家主人家姓名忘却,即连他本人的姓名一时也记不清楚了。方才见老爹和一个少年谈心,那少年的模样,颇与小可的那门远亲有些仿佛。不敢上前冒认,只得请

问老爹，那少年是谁呀？'

"老汉不曾思索，便说：'方才那小厮，名唤狗子，乃是前面雷洪家内的佣仆。'

"属员听说这话，遂说：'哦！原来正是他，我说呢，怪不得面庞何其这般相像呢（似自言似语人，妙在有意无意之间）。请问老爹，狗子的主人雷洪是如何一个人物呢（此间则几乎露马脚）？'

"那老汉将属员望了望（妙在此时方留神），回说：'不知道（如不问雷洪为何如人，尚可得实情也）。'

"属员知他心疑，遂说：'对不住！'回身向那狗子追去。追不到七八十步，已是追上。

"属员唤道：'狗子，你站着，我和你有话说呢！'

"狗子闻言站着，望着属员净瞧。

"属员说：'狗子，你不认识我了吗？'

"狗子见属员叫得他的名字，以为定是认识，遂说：'爷，唤我有甚事呀？'

"属员说：'问你一句话，你主人在家吗？'

"狗子摇头道：'不在家。'

"属员说：'前几天有位姓马的，还住在你们家里吗？'

"他摇摇头说：'咱们家没有什么姓马的客人呀（写得好）？'

"属员笑道：'狗子，我是姓马的和你们主人约我来有事的，还会错吗？'

"狗子向属员看了看（疑心故，再看），回说：'不晓得，你等到咱们主人回来时你再来吧（写狗子亦细，写此一段闲文，正是补笔，暗写笔法也）！'

"属员回身走了（接连几个回身，方向不乱，可称为走马灯），一路寻思，这雷洪定然是个英雄，否则他哪会做马青锋的师兄呢？

"大人请想，如果不是马青锋，当然这里面不会有什么王爷了，因此属员得知本地有此等一个无名英雄。"

龙公听罢这番话，说："原来恁地，寻访马青锋，如今却有些线索了。"

文吉征笑道："大人这不消虑得，马青锋不知钦限提拿之事则已，果真知道，必然自行投到（直注下文）。依属员意见，如雷洪能聘得到，再作别论；如雷洪不来，大人可令人四下扬言钦限之事，定能将马青锋勾引将来。"

龙公大喜道："文师爷的计划果然不错，本府准照计而行。师爷今日辛苦了，且去歇息吧！"

文吉征退出，龙公也就安歇。

次日早堂理事后，龙公退到后衙，令邹福去买走方郎中用的药箱、铜铃，并命他到药铺内配些药材丸散之类。邹福不解要这东西何用,忖度,总不外是访案,遂奉命去配置齐全,来见大人复命。

龙公吩咐门子:“今日本府要出外有事,如有人来见,或是告状等,叫他们将名刺、状子留下就是。”

门子应了声是。龙公命邹福改装,背上药箱,自己拿了铃子,主仆二人,悄悄出了后门,往大街小巷各处乱闯。龙公摇着铃,口中嚷着:“疑难杂症,无论男妇内外大小症候,一律统治。”

如此走了好几处,走到一家门口。却见一个老婆婆立在那里发呆。龙公口中又嚷着:“内外科、小儿科,一切疑难杂症,无不药到病除。”如此喊着,由那老婆婆面前走过。

那老婆婆忽然唤道:“先生,奇异症候,能医得吗?”

龙公听唤,回身立定,说:“无论什么病,都能医治。”

那老婆婆喜道:“既然会医,请先生进来,给咱孙女看一看病吧。咳!先生,咱孙女病得久了呢(不问而自言,是年迈人口气)。”

龙公、邹福跟着老婆婆走到内面,乃是前后两进。老婆婆直领至后进,搬过张椅子,说:“先生请坐。”

龙公坐下,邹福将药箱放在桌上,自去一旁坐下。老婆婆唤人倒茶,早有个仆妇模样的,倒了两杯茶来敬客。

老婆婆坐在一张凳上,说:“先生,我这孙女的病,真是奇怪(单思病,自然奇),本城名医的药都吃到了,丝毫不见得好(名医,只好做幌子耳,我为一班非名医而有实学者痛)。请先生进房内一诊如何?”

龙公说:“当得。”随口即问:“婆婆尊姓,令孙女有几岁了,这病是几时得的,情形如何,以前吃的些什么药?”

老婆婆回说:“姓华,孙女今年二十岁了,病已起有两月,每日神思不清,不思茶饭,寒热时有时无,常说梦话。哎呀!先生(叫一声,口吻如见),吃的药可就多了,老身也不知是些什么,咱去将药方取来给先生看。”说着,便到房里去开抽屉、取药方。

只听得一个娇滴滴的声音道:“太太,孙女这病不用看,要好总得好的呀!”

龙公听得,知道是那女子在床上讲话。只见老婆婆取了一提药方来,递给龙公。龙公伸手接过一看,只见内中有名医的方案、有仙方(绝倒,有病找仙人,可称临时抱佛脚)、有秘方,种种不一。

龙公略一看过,便说:“烦婆婆引进。”

老婆婆应着，引龙公进房，直到床前。老婆婆唤孙女坐起。

龙公将那姑娘一看，生得花容月貌，可怜瘦削憔悴太甚，是个久病的样子。便顺手在床前桌上取过本书，垫了那姑娘的玉手，龙公将脉一按，按着寸关尺，不由惊讶，暗说，这脉象细数，乃是忧思过度，不像有病。再看了她面上气色，以及舌头，略问两句，退出房外。老婆婆忙着命仆妇取笔砚。

龙公道："婆婆别忙，在下要请问婆婆几句话呢。"

老婆婆道："先生要问什么呀？"

龙公道："府上就是婆婆和令孙女吗，还有人吗？"

老婆婆道："小儿夫妇同到亲戚家内吃喜酒去了。"

龙公道："当令孙女生病以前，可曾往什么地方去游玩吗？她在梦中又说些什么呢？"

老婆婆道："到什么地去游玩嘛，不曾呀（口气活现）！她说梦话，声音细得很，简直听不清楚。"

龙公道："令孙女可曾许给人家吗？"

老婆婆见先生问上这一套不相干的话，不由含怒道："不曾呢，请先生开方子吧！"

龙公笑道："婆婆（如闻其声），这病不用吃药。婆婆（再叫一声），这是心病呀！自古'心病须得心药医'，岂是药草能医的呀？"

老婆婆怒道："先生不会治，就说不会治得了，怎说这些话呢？"

龙公正色道："婆婆，在下说的是实话，令孙女患的病是一种忧思伤肝的病，心中仿佛想一个人。方才在下问婆婆府上人口，便是为了这层，怕的她记念家中人。如今在下已是明白，这分明不是记念家人（匪夷所思，一语妙绝）。婆婆只要设法问她，想什么东西，便给她买了来，如是吃药，那可是无效的呀。"说罢，起身告辞。邹福背起药箱，龙公将铃子取了，径行出去。

老婆婆听了龙公的话，又是气，又是恨，暗说，这先生好没来由（不久即将有来由矣），不禁唾了一口。守龙公主仆二人出去后，老婆婆即赶到门口，将两扇大门扑通一声关了个密不通风（绝倒语）。

龙公带着邹福，手摇铜铃，口嚷医生术语，走了几条街道，果然有人家请他看病，龙公按症给药。回到衙中，已是日暮。郸奴接着，赶忙预备茶水。龙公放下手中铃，换去身上衣，洗漱已毕，坐在书房稍息，唤了门子进来，问他下半日可曾有甚事，门子回说没有。

门子去后，一会儿，已到晚饭时分。晚饭后，龙公在书房观书，约有一个时辰，忽听外面滴滴答答，邹福和郸奴说话道："好大雨！"龙公也没介意，阅了会儿书便阅各处公文,直到半夜方睡。

次日早起,升堂理事,断了两件家务官司。忽见外面有两人揪着,走将进来。差役喝声:"呔,放手!"两人放开,上堂跪下。

龙公问两人名姓。跪在上首的那个汉子道:"小人名唤白如玉,他唤樊施仁,只因他鸡奸小人的兄弟,小人的兄弟肛门受了伤,因此小人将他揪来,到太爷台前鸣冤,请大人给小的兄弟申冤(又是件奇案)。"说罢,叩头。

正是:

单恋方病闺中女,色狂又害市井人。

毕竟龙公如何判断此案,请看下文分解。

第五十二回

义侠怀忠偏遭嫉妒
文士避雨巧遇强梁

话说龙公听得此言，不由大怒，喝声：“樊施仁，你因甚鸡奸他兄弟？讲！”

樊施仁叩头道：“大人原谅，小的系出于一时情欲冲动（呜呼！奈何今之人，尚喜动言其性生活也），并非有意（想亦系温存怜爱耶？一笑）。”

龙公道：“白如玉，你兄弟叫什么名字，今年几岁了，在什么地方被樊施仁鸡奸，是甚时辰？是强奸呢，还是和奸？你须从实诉来。”

白如玉道：“大人在上，小的不敢诬妄，小的兄弟名唤似玉，今年十五岁了，他在店中学徒。”

龙公道：“什么生理，你又做甚买卖呢？”

白如玉道：“小的做的是成衣，他做的也是成衣，因此小的将兄弟送到他那里学徒。不料他人言兽行（骂得不错），见我兄弟生得美貌，陡起淫心，竟于昨日晚间人声寂静之后，脱得赤条条的（绝妙的一个男模特儿），一丝不挂（倒也可称得来去无牵挂，一笑），爬到我兄弟床上（爬到，妙），揭开被卧（哎呀！险哉）。大人（叫一声，难言之也）！小的兄弟乃是个极省俭的人（不知者，观此句必大笑，何则盖鸡奸与省俭无关也），每晚安歇，不敢穿小衣，怕的不经穿（原来如此，我不知作者何能知贫民之打算如此也），哪知却因此着了樊施仁的道儿（着了道儿，诚妙不可言哉）。大人（又叫一声）！樊施仁乃是用的强迫手段，当时我兄弟睡着了，被他扰醒，大惊撑拒，已是受伤（然则是痛醒耳）。竭力呼救，樊施仁方才逃回自己床上。今日一早，我兄弟一步一哎呀地到小的家中来，将这件事情哭说给小的听，要小的给他做主。小的即去找樊施仁，哪知他已避在隔壁人家。小的将他找着，揪到大人台前，请大人将这无耻之徒重重地办他一办，给小的兄弟申冤。”

白如玉说罢这番话，涨得两面通红，亏得他的面皮白，要不然早就变成猪肝般紫了（绝倒，那可称为紫玉了）。此时堂上堂下听了这番诉词，忍不住一齐要笑，只得咬着嘴唇，不敢出声（写龙公之威）。

龙公听罢，不由将惊堂木一拍，喝声：“樊施仁，你这大胆的无耻匹夫，因何鸡奸白似玉，快快招来！”

樊施仁叩头如捣蒜，口尊：“大人，小的昨晚于路上拾得一包纸包，带回家内，打开一看，原来里面是些春画（世之售淫画，绘淫画以害人子弟者可杀），小的看了几遍（只一句，写出爱不忍释手来），忽然情欲难过。大人（也叫一声，难言之也）！小的一时间心猿意马，不知如何，糊里糊涂地造出这个罪恶来，委实不曾容心。如今事后追悔，已是不及，求大人法外容情，格外施恩。”说着，扑通扑通地又是几个响头（哎哟痛哉，如闻其声）。

龙公大怒，喝令左右：“给本府重责这无耻奴才（今之有秽行者，惜未遇龙某也）！”

差役应了一声，上前将樊施仁按倒，褪出他的臀部，一五一十地打将下去，直打得樊施仁如杀猪价叫唤讨饶。打到三十板，龙公将手一摆，差役停手（该打该打，何不多打几下）。樊施仁伏在堂上，哎哟呼痛（谁叫你快活）。

龙公喝问：“樊施仁，你可知罪吗？”

樊施仁叩头哼道（一个“哼”字，写得如画）：“小的不敢了。”

龙公命他画招，具了结，判罚制钱二十千文，给白如玉做养伤费（一度销魂二十千，臀三十下，何苦来耶）。谕白如玉好好看视兄弟，教他手艺，不要再送他处学徒了。

白如玉叩头站起，方要动脚，龙公又道：“白如玉，你兄弟学徒时，可曾备拜师父的钱吗？”

白如玉答道：“有的，当时写有字据，说明三年学徒满师后，帮做一年，然后方许自由。师父钱共是二十千文（亏得官问一声，否则又有事故）。”

龙公点头，命樊施仁回去，将字据以及春画销毁，并将白似玉的学艺钱完全还他，不许短少分文。并说：“本府本应重办，姑念无知，从宽发落，去吧！”

樊施仁叩头谢了大人，好容易挣扎爬起（同一爬也，有苦乐之不同焉）。白如玉也叩头起身，退下台阶。二人出衙而去。

龙公另理别案，方要退堂，忽然仪门上走进几个人来，当头一人，头戴文生巾，身穿青衫，白面无须，年约三十岁模样，背后跟定两人，倒剪着两臂，背上各插着把刀，后面另有两人，各用绳系着，前面被缚的两个，一手牵着，一手擎着根齐眉短棍。那文生走到堂上，向着龙公躬身行礼，口尊：“老公祖，晚生甄士隐，乃是淮阴县人氏，情因这两个强徒黉夜行凶，幸有侠士相救，得以将这两人捉住。晚生特央请这两位保正的伙计，将两人解押到公祖大人台前,请大人发落。”

龙公闻言,向那两个强徒一看,只见面容狞恶,满露青筋,手足似均受伤,便喝问二人姓名。二人同着保伙,一齐跪下,二人叩头道:“小人名唤白仁、白义,乃是弟兄两个,向以推车度日,不敢为非,请大人恕罪,公侯万代。”

两个保伙也禀道:“小的王三、吴六,乃是治下龙王庙地方的伙计。今早因听得人报,说龙王庙内出了劫案,赶着去看,才知这两个强徒图谋害甄士隐的性命,被人所执,救了甄生员。”

龙公道:“这话是谁告诉你的呢?”

王三、吴六道:“这是下役听见在龙王庙看闲的大众说的,后来问甄生员,甄生员也是这般说,连这两个凶手也自己招承的。”

龙公点了点头,将手一摆,二人起立,站在一边。

龙公喝道:“白仁、白义,你二人因何谋害甄生员?从实供来。”

二人叩头道:“小人实不敢为非,方才这两个地保的伙计,以及甄生员所说的话,并不确实。小人弟兄实系冤枉。”

龙公便问:“甄生员,昨日怎么到龙王庙,他二人用何物行凶?贤契可曾带什么值钱的东西,在晚间什么时候?”

甄士隐打了一躬道:“启禀大人,生员昨日到此地亲戚家饮酒,晚饭后即便回去,不料走了没多远,忽然下起雨来(方知上文下雨,不是闲文)。生员因知前面有座龙王庙,是以三脚两步,奔到庙中避雨。走到庙内,还未坐定,忽然庙门背后钻出两个人来。那时生员吃了一惊,问二人是谁。二人道:‘你不是甄士隐吗?’生员应了个正是,回问:‘你俩呢?’他两人不答,一边一个,走便过来要动手。生员大呼救命,他俩说:‘姓甄的,你休在梦里鼓里,咱俩是奉人之托,得人钱财,与人消灾,你死在阴司地府,休得怨咱哥儿俩。’说着话,即拔下背上刀来。生员那时已是惊骇晕倒,以为准死。哪知他俩并不曾伤着生员,反而给人捆在庙内柱上。那人将生员唤醒,命生员唤地保送官究办。生员定了定神,要问他的话时,那人已飞也似的出庙去了。生员追出去看,哪里有人(读者猜之,龙王显圣耶?抑马青锋、公孙策耶),只见阴云已散,皓月当空。回转身来,诘问二人,他俩除求饶之外,别无他言。生员等到天明,路有行人,方才央恳人去找保正。保正没来,却相烦这两位来了。”

龙公听罢这番话,心想,这个救人的好汉,莫非就是马义士吧(人人均作如此猜,哪知猜不着)。看光景,甄生员既未带值钱东西,他俩又明言受人之托,这分明另有情节。便说:“甄生员,你平时可有什么冤家吗?他俩和贤契认识吗?”

甄士隐躬身道:“公祖大人,晚生窗下读书,与人无名利之争,从未和谁结过怨(然则奇矣)。”

龙公道:“贤契怎么出外并不曾带仆役,因甚要夤夜回去?家中上下有几个人呢?”

甄士隐禀道:“晚生家中只有一妻、一婢、一个老妈、两个男仆。一个男仆在前日请假回去,现在只有一个男仆在家,晚生带了出外,家中全是女流,恐不方便(谁知有男仆在家,乃大方便而特方便耶),故此晚生未曾带着出门。又因晚生家虽住在淮阴境内,实则离淮安不远,只要过了龙王庙,不到三里地便已到家。晚生因恐家中不放心,或是等门,故此晚饭后即起身回去,却不料遇此冤孽之事。求大人讯问二人,为晚生做主。”说罢,又打一躬。

龙公听罢,便将惊堂木一拍,喝问:“白仁、白义,你二人受何人指使,要刺杀甄生员?从实招来!”说着,两旁差役齐喝一声堂威:“快招!”

二人被这威严一怔,不由呆了一呆,叩头道:“大人,小人哥儿俩见甄秀才吃得醉醺醺的,一时糊涂,意欲威吓甄秀才,闹着玩儿,并不敢存心图害。求大人原谅。”

龙公闻言笑道:“白仁、白义,你二人休要糊涂,如说出主使之人,你兄弟不过是个从犯;如不供出主谋,你二人便是谋害生员的罪名,须得罪加一等。本府有好生之德,姑念你二人无知,只要把主使之人说出,本府立刻恕你俩无罪,释放回去。你二人快快招来!”

二人跪在下面,见大人和颜悦色地问讯(为一个“笑”字下注解),不知大人是诈(写混人),想了一想(混人偏混打算),白仁低谓白义道:“兄弟呀,咱们便说了他吧(一个低声,一个“他”字,写得有意思)!”

白义道:“哥哥啊,咱们就说了吧!”二人低声商量。龙公将惊堂木啪的一声,拍着喝道:“不许讲话串供,快招!”两旁差役又喝了一声堂威。

二人一惊,叩头道:“小人愿招。”

龙公道:“招来。”

二人道:“咱们哥儿俩是受的甄秀才家仆人甄好仁委托,说他主人、主母近来屡次折辱他,因此气不过,特意托咱弟兄谋刺甄秀才,以雪其愤。事后谢咱弟兄白银二十两,因此小人弟兄才到龙王庙去暗刺甄秀才。却不料来了个避雨的,管了这个闲。”

正是:

奇案迭生供词诡,怪事惊逢夜行人。

毕竟龙公如何解决此案,且看下文分解。

第五十三回

千手观音中途行侠义
逍遥太岁酒肆话沧桑

话说龙公听罢二人供词，鉴貌辨色，心中生疑（写龙公之见），便问甄士隐道："贤契，这甄好仁果是你家中男仆吗？"

甄士隐躬身道："正是的，前两日告假回去的正是他（坐实一句，可骇杀人）。"

龙公道："贤契平时待他如何，他平日为人又如何呢？到贤契家中有了几多时日了？"

甄士隐道："公祖大人容禀。晚生待下，虽不敢说有恩（然则可算是报恩，一笑），但自信却也还不大错（一层待他）。至于甄好仁嘛，他以前做事甚好，人也还诚实，但是近来却大变了，做事偷懒，常常如疯子一般，自言自语，常碰晚生的钉子（一层他的行为）。论起他到晚生家内来，如今已有八年了，他来时本系先父在日雇来给晚生做书童的，如今已是二十四岁了。"

龙公道："贤契既遇下有恩，因何他与你有仇呢？"

甄士隐道："论起来，晚生因他近来太懒，说他两句是有的，至于结怨，或者他竟因此怀恨，亦未可知。"

龙公闻言，立刻出签，提拿甄好仁，吩咐差役，领了白仁同去（妙），留下白义，遂对甄生员道："贤契且到衙外听传。"

甄士隐躬身退下，往衙外左近客栈内去住了（司法衙门左近，总有小客栈几家，乃系专备结讼者道远不及归，遂有此项客栈开设。今各处皆然）。

龙公宣布退堂，吃过中饭后略一休息，即命升堂理事民刑两案，方理得两三件，差役上堂回禀："甄好仁已是拘到。"

龙公吩咐："带上来！将白仁、白义分别拘开，不可容许二人在一处。"

差役应命，将白仁带在一旁，将甄好仁带上，跪倒在地。

龙公道："你便是甄好仁吗？"

甄好仁应道："正是。"

龙公将他面容一看，觉得这人面带忧恐，完全是个老实人模样，便说："甄好仁，你因甚主使白仁、白义谋害你家主人？从实招来，本府或可格外原情，开脱你的罪名。如有隐匿，本府绝不容情，那时休要追悔。"

甄好仁泣诉道："大人明鉴，小的实系冤枉。白仁、白义，我生平和他们无有来往。"

龙公喝道："甄好仁，你休得装腔，快招！"差役应声吆喝堂威。

甄好仁吃了一惊，不由哎呀了一声，叩头道："青天大人，小的斗胆也不敢谋害主人。"

龙公道："你还要狡展，前几日因甚告假呢？"

甄好仁哭道："小人的妻子有病，家中无人，小的方才向主人告假。小的在主人家中已有多年，岂有受恩不报反而图害之理？"

龙公便问那去拘的差役："你去提他时他在家做甚？"

差役行礼禀道："小的到他家时，他正在家中煎药。"

龙公点头说："带下去，不要难为他。"

差役领命，将甄好仁带下堂去。

甄好仁放声痛哭道："求大人开恩，放小的回去，小的不回去，有病重的妻子在床上，无人照应，更恐受此惊恐病势重了。大人呀！岂不要活活地杀了小的夫妻两口子吗(闻言酸鼻，写来如见)？"

龙公闻言，心中好生不忍，吩咐差役："将他放了(以不忍人之心，行不忍人之政，其此之谓欤)。"却令差役暗中跟去监视，防他逃走。差役应命而去。

龙公传命："带白仁。"

白仁上堂叩头，龙公将惊堂木拍得震天价响，吩咐左右："与我夹起来(又是一种审法)。"

差役应命，取过夹棍，套上白仁的两腿，净等本府的命令。白仁俯伏在地叩头。

龙公喝道："本府将你这该死的奴才活活处死，因甚攀扯好人，诬赖甄好仁？快将主使之人招来，还可开恩。"

白仁呼道："大老爷，小人所供是实，焉敢诬栽甄好仁？小人弟兄俩委系受了他的付托，说他主人到亲戚家中吃酒，回来时定然走过龙王庙，命小的弟兄在彼等候。"

龙公闻言，一声冷笑，说："带甄士隐。"

差役到衙外小客栈内，将甄士隐传到，向上打躬。

龙公问道："贤契，甄好仁是几时告的假，他家中有几个人？他告假时可知你要到亲戚家中吃酒吗？这白仁、白义弟兄俩你可认识吗？"

甄士隐打躬道："公祖大人，甄好仁家中只有夫妻两口子，并无别人。他告假时，是说他妻子有病，日期也有五六日了，晚生到亲戚家中饮酒，乃是近两天的事，他知不知道，那晚生可就不明白了。这白氏弟兄，晚生在前像是见过面的，但记不起是在什么地方见面的了。"

龙公闻言，心中沉思，这案情除严讯白仁、白义之外，别无线索可寻，遂说："贤契，你且退下去，本府要仔细查究。"说着，将惊堂木一拍，喝声："收！"

差役应诺，将夹棍的绳子一收，那白仁痛得如同杀猪价叫将起来。差役手中三收三放，只听得白仁哎呀了一声，晕了过去。差役松手，取凉水将白仁喷醒。

龙公道："白仁，本府劝你从实招了吧！"

白仁呼痛求饶，仍旧口词不变。

龙公暗说，奇怪，甄好仁说他与白仁、白义无有来往，即据甄生员所诉，甄好仁似乎也不曾知道他要到亲戚家中吃酒，这明明是白仁兄弟诬陷可知。但他弟兄与甄好仁毫无仇怨，平白地要害他做什么呢？莫非他的主使之人与甄好仁是对头吗？想了一会儿，忽然得到一个主意，便问白仁："你家住何处？"

白仁道："小人家住龙王庙左近，朴树湾地方。"

龙公道："你家还有甚人？从实供来。"

白仁道："小人家中只有一个兄弟，现在人家放牛，此外无有别人。"

龙公将公案一拍，喝声："胡说！你家中究竟还有甚人？"

白仁道："委实无有别人。大人不信，可以着人去查。"

龙公心中一转念，又得了一个主意，吩咐将白仁带下去，即命带白义。差役领命，由班房内将白义押到堂上跪倒。龙公将面色一沉，喝声："白义，你这大胆奴才，伙同胞兄，诬赖好人，本府几被蒙混。方才白仁已是招供，你且从实供来。"

白义低头不语。

龙公道："白义，你不要执迷，给人家办事，拿自己皮肉吃苦做什么？本府有心要成全你哥儿俩，快快招来，免得用刑。"

白义方才在班房中听见他兄长的那般狂叫，已是万分难受，此时被龙公这一诈，竟信以为真，暗说，为了他人的事，何苦来自己皮肉晦气？不由叩头道："大老爷，小的愿招。"

龙公道:“招来,不许胡言,再诬枉别人。”

白义道:“小的不敢,大老爷有所不知,小的弟兄乃是受了甄秀才家仆人(读者见此,能无疑否)狗儿的付托。”

龙公听了这话,将头一点道:“对,讲来。”

白义继续禀道:“这狗儿与小的弟兄乃是拜过把子的,往常咱们哥儿俩赌输了,没钱使,总是问他借一千八百、三贯两贯,他总未回过,咱哥儿俩甚不过意。他和咱们见面,总说他的同伴甄好仁不好,常在主人面前捣他的鬼,要请咱哥儿俩给他出气(一件)。昨日他匆匆跑来,请咱哥儿俩喝酒,并每人送一锭银子,说他的主人偏听甄好仁之言,要将他撵走,请咱兄弟到龙王庙去候着,等候他主人回来时动手。大人有所不知(肚里明白多时了),那龙王庙地方荒野,庙中又无有庙祝人等(补一句,以见上文在龙王庙等候之情)。小人弟兄俩因贪他的白花花的银子,念他平时待咱们的好处,不好推却,遂答应了他。果然到了晚饭后,不多时辰,他主人吃得醉醺醺地跑将来了,咱俩遂将他服侍着,要动他的手。哪知庙外又走进一人,见咱俩动手,便将手一扬,来了两块石子,将咱俩的刀打落在地,纵到面前,将咱俩打倒,因此咱俩被他捉住。”

龙公点头道:“对!白义,本府很欢喜你说话老诚(绝倒)。”

遂唤左右:“带白仁。”

白仁到了堂上,跪倒在地。

龙公喝道:“你兄弟已是招承,你还不实诉吗?”

白仁见兄弟跪着,不知招是未招,低头不语。

龙公大怒,吩咐左右:“给本府夹起来!”

差役照例给他套上。

龙公喝令:“白义,将方才所供,照实再供上来。”

白义方知上了骗,但因眼见哥哥被夹棍套着,心中一阵痛,流下泪来(至性之言,读者有所感否)。说声:“哥哥啊!何苦为了人家的事,拿自己作贱呀!”

白仁见说,只得说愿招。龙公命他供来。

白仁遂将实情吐露,果与白义所说相符。末后并说:“因大人追问主使之人,乘便给狗儿出气,将甄好仁扳扯在内。”

龙公命二人画了招,即令带去寄监。差了两名马快,前往淮阴甄家提狗儿到案,并令将甄士隐家妻、婢一齐传来。如此如此,不可有误。

公差领命而去。龙公又审理别的案子。一会儿退堂,在后衙与邹福商议道:“这甄生员遇救一案,情节颇有些曲折,内中那位救甄生员的义士,不知是谁？你去请文师爷，就说请他明日往雷家洼去走一遭。”

邹福应命而去。次日一早，龙公思念甄士隐一案，午后或晚堂再审也不迟，不如乘此前往各处去访一回，或许碰着马青锋，亦未可知。于是令邹福仍照常背上药箱，自己拿了铜铃，悄悄出了后门，往各处闲逛。先在点心店里吃了早点，随后向各街巷信步慢行。走到巳午时之交，主仆二人来到一家酒馆门前，招牌乃是“淮阳春”，两旁有金字悬牌，乃是“京苏大菜，荤素筵席”。

龙公说：“邹福，咱俩到楼上去喝三杯。”说着，便先进门，登楼，邹福跟在后面。

到了楼上，却见地方甚是清洁，方桌圆桌的座头却也摆列不少，还有暖阁，可称得起是家大酒馆。这时楼上吃客只有两个桌上有人，一面桌上，人有三个，说话口音都像本地人。一面桌上却只有一人独酌，生得仪表非俗，穿得衣冠华丽，面庞颇是俊俏，白中透红。龙公看在眼内，暗赞这人好俊（早为后文伏线），便在他斜对面临窗口的一副座头上坐下。邹福卸下药箱，打横坐下。

堂倌过来问：“先生用什么酒菜？”

龙公命他打两角好高粱，炒一盘醋溜鱼片、一盘南京盐水鸭。

堂倌应命，安放了杯筷，回身唤下去了。

正在此时，忽听楼梯响，噔噔噔，跑上一个人来。龙公将那人一看，武生打扮，英雄气概，不看犹可，一看不由又惊又喜。惊的是酒楼相逢，自己不好露面；喜的是此人已来，一天云雾可以消除。

看官，你道来人是谁？正是那逍遥太岁马青锋（点出其人，可为一喜）。

正是：

酒楼欣逢恨见晚，衙署惊报骇事多。

毕竟马青锋上得楼来有何事故，请看下文分解。

第五十四回

华太君状告贤令尹
锦衣卫限拿二侠义

话说龙公主仆方才坐下,酒菜尚未要来,忽然楼梯响处,楼下走上一个英雄来,正是欲访无从的大侠逍遥太岁马青锋。正想和他招呼,却见斜对面那张桌上的俊品英雄起身招呼道:"贤弟来得巧,这边坐吧!"

马青锋见了那人,连忙拱手,口称:"师兄,小弟正想到府,却因件事未了,故此未能如愿。不料在此相遇,真是幸会。这一向不见,师兄竟又发福些了,府上都好吧!"

那人道:"都好。贤弟府上安吉?"

马青锋道:"托师兄的福,也都平善。师兄请坐。"说着,二人就座。马青锋打横,那人坐在上首。

龙公看在眼内,心想,此人莫非是雷洪吗?但是他说话的口音,何以又不是本地人呢(夹写龙公心疑,读者试猜谁何)?正在思想,却见堂倌已走过对面桌上,添设杯筷,问添什么菜。马青锋又要了几样菜,乃是红烧牛肉、烧老豆腐、炒鸡片、炝青虾。堂倌答应着,叫了下去。

那人道:"贤弟要这许多菜,咱俩吃得了吗?"

马青锋笑道:"师兄有所不知,后面还有两个人走着呢,一会儿就来了。"

那人道:"谁呀?"

马青锋道:"一位是雷师兄,一位是小弟新交的朋友,外号活阎罗的公孙策。咱们三人本是同行的,因他俩走到城门边要大解,约定了小弟到此相等(然则系出空了栈房进新货也,一笑)。师兄是几时到此的呢?"

那人道:"原来还有二人,何不再添一个热炒、一个冷盘呢?愚兄是前日到的,本想去找雷贤弟,因时候晚了,又逢着下雨,遂住在大街上乐安居旅馆内。昨日闲逛了一天,这会儿来吃饭,想吃过饭再到雷贤弟家中去。不料在此却和贤弟相遇,而且雷贤弟就来,可不是巧极了吗?"

马青锋道："师兄住在乐安居，怎么要跑到这里来一人独酌呢？"

那人道："乐安居的酒菜饭并不见好，愚兄已领过他的教。今日一早便出来逛，认认路。走到这里，就在这里喝几杯，胡乱吃碗饭。"说着，便唤堂倌，又要了一个青椒炒肉丝、一个醉蟹。

堂倌答应，喊了下去。龙公心中疑惑，这人又不是雷洪，不知他究竟是谁呀（读者心中亦有此想）？这时候，堂倌已将龙公要的酒菜送上。

龙公主仆二人方才斟酒，却听得楼梯响声，走上两个少年英雄。在前的身体瘦削，面色甚是难看，在后的却是英气勃勃，可当得"短小精悍"四字。那面桌上的马青锋，同着那人，齐起身招呼，一个说："贤弟这边坐，这位敢情便是公孙爷吗？"

一个说："师兄同公孙兄都到这边来吧。"说着，便给两下介绍道："这是小弟才说的公孙兄，这是小弟的八师兄千手观音佘笑痴（一个闷葫芦，到此方打破）。"

龙公看在眼内，听在耳内，方才知道先坐在那里的是佘笑痴，后来的两个，前头的是公孙策，后面的是雷洪。心想，巧得紧，我正要找他们，不料他们都在此处。心中一乐，那手中的酒却一口一杯地咕嘟咕嘟喝将下去。心中沉思，如何方可以和他们交谈？一想不便，这地方人多，我未可冒昧，更兼他们都是些侠义，我如此简略，未便不成恭敬之意。且回衙中，等候文师爷的回音，再作区处。遂举杯慢饮，留心听他们那边说些什么（前快饮几杯，此慢饮，多系传神之法）。听了一会儿，觉得他们所说的无非是些泛常之谈（侠义亦作泛常谈，无怪世人作应酬语矣）。心中知他们在酒楼上面，知己的话不便高谈阔论（诸人心事，却在龙公意中想出来，是衬写文法也），遂不去再听他，忙饮完酒，用了饭，主仆二人揩抹了脸，径行下楼，到柜上会账。龙公在身边摸出锭银子，交给柜上说："楼上有四人一桌的，那个账，由我会了，该多少，停会儿我叫我这伙伴来结算就是了。"

那柜上的将龙公看了一眼，暗说，这大人不知在什么所在赚得来的黑心钱（此言移以讽今世业医之不正当者则可，若言龙公，罪过罪过），却给这上面的四位会钞，不去管他，尽管收了他的就得了。便说："先生，这锭银子，约莫也有五两来重（银数却在掌柜口中叙了，是逆叙文法），尽可够了，停会儿来算就是了。"

龙公向那柜上的点了点头，即领着邹福向别处去走了一巡，回到衙中，令邹福到淮阳酒馆去结账，即问郧奴："今日可有什么案子吗？"

郧奴笑道："老爷（一笑一呼，其态如画），今日有件极奇怪的案子，乃是一个老太太，在衙外击鼓，问她告什么冤枉，她却老不开口。后被问急了，她才说告的是府尹龙大老爷(稀哉奇哉,不亦怪哉),将她的孙女儿害死了(更奇妙不可测)。众差役都说她说的疯话,将她撵走,她便大哭大闹,说众公差不讲情理(可怪之极),彼此纷呶。末后周师爷同着二衙老爷知道了,说:'这个老婆婆样子不像疯,或许其中有些什么缘故。'吩咐将她带在班房,等候大人来了,再行回禀。"

龙公听了,不由诧异称怪,自念生平未曾与女子有何接触,况到任以来,日夜警惕,不敢有负国恩,怎么有此奇事?立刻命郰奴出去传话,说:"大人今日晚堂审案专问甄士隐及这老太太告状两案。"

郰奴领命,即去传话。龙公换了衣服,坐在书房休息了一会儿。邹福已是回来,说:"结算之下,还找了两钱七分银子。"说着,伸手掏出酒楼的菜单,以及碎银呈上。

龙公将菜单接过,说:"邹福,这二钱七分碎银,本府即给了你吧,总算赏你买鞋袜的,你拿了去吧。"

邹福谢了大人,将银子收在腰间,垂手侍立。

龙公道:"你去歇息,换了衣服吧,我这会儿不用人侍候。"

邹福应命退出,龙公寻思,酒楼上的四人都是好汉,甄士隐遇救,定是那个千手观音佘笑痴所为,他不是告诉马青锋说天下雨吗,如此一想,颇有几分近似。唯念甄士隐自言待下有恩,狗儿当然与他无仇,何以他要请白仁、白义图害呢?况且他不过是个奴婢,哪有这许多钱借给白家弟兄,并有银子送他,这不是件黑幕吗?遂唤郰奴进来,问他:"甄士隐案中的人证,可曾完全传来吗?"

郰奴道:"都传到了。"

龙公道:"你去先将甄好仁传进来,本府先要审他。"

郰奴答应着,回身往外面传话,将甄好仁传到里面,跪在地下,向大人叩头。

龙公见他眼中含泪,面带愁容,便说:"甄好仁,你且起来,本府问你的话,你要实说,不许扯谎。"

甄好仁叩头站起。

龙公道:"你主人家中共有几个人?据你主人说,你从前做事甚好,近来甚是不好,他曾说过你几回,你因此怀恨,可是的吗?"

甄好仁流泪道:"小人蒙老主人收为书童,伴小主人读书,得以识字。又蒙老主人赏小人银子,娶一房妻子,此恩此德,天高地厚,小人尚未报恩,岂敢含怨?求大人明察。"

龙公道："既然这样，你因甚近来做事没有前好呢？"

甄好仁低了头，泪如雨下，却不回言（写义仆之忠，其神如见）。

龙公道："你怎不开口？此刻如不实说，本府停会儿要用大刑审讯，便不能开脱你了。"

甄好仁抬头四下望了望，只有一个小厮立在老爷身旁，此外并无一人，忍不住凄声道："老爷容禀，小人该死（听此语，几乎疑其谋主），小人蒙老爷恩典，不实说，对不起老爷；说了呢，又对不起主人。"说着，那声音可更岔了（如今读者亦觉难受）。

龙公道："此言怎讲？"

甄好仁泣诉道："小人的主人是个秀才，小人蒙两世厚恩，为主人的名誉及主人的恩情，都不应说。如今说给老爷听了，老爷可别追问则个（俗说打破砂锅问到底是也）。"

龙公道："你且讲来。"

甄好仁道："小人的主母同丫鬟春兰，和小人的同伴狗子有些暧昧（狗儿名副其实）。不料有一次，他们三人正在后跨院厢房内叙话，被小人撞破，因此三人在主人面前竭力地排揎我，总说小人不好，因此主人才有责言。小人本想告诉主人，又恐主人气苦，或至散家（苦心哉！此仆），只好不说。又想辞事而去，但恐主人如有失错，无人给主人申冤，只得忍受责罚，仍在主人家做活儿（其心更苦。今世人能有此否），这便是实情，求大人保全小的主人的颜面，不予深追，小人感罪匪浅。"说着，翻身跪倒，扑通扑通地又连叩几个响头（可叹）。

龙公听他所供，看他的诚恳态度，心中不由一软，很敬他是个义仆，便说："你且起来，本府成全你主人就得了。"随唤郸奴："将他带出去，吩咐班头，不许难为他。"

郸奴领着甄好仁出去了。

龙公沉思此案，如何断结。想了一会儿，便唤邹福进来，吩咐他："到外面去，传甄士隐到后衙来，本府与他谈话。"

邹福答应着，刚才出去，却见郸奴惊慌迫促，飞也似的报进书房，说："老爷，有朝廷命差锦衣校尉到来，请老爷快到大堂接旨。"

龙公听说，赶紧穿上官服，戴上纱帽，到前面大堂上来，摆开香案，跪接圣旨。

锦衣校尉开读诏书，乃是为了马青锋、公孙策二人之事，略谓：

该府领限回任，为时已久，对于两犯，尚未交来，殊属藐视。兹特派锦衣卫到该府衙门，着即将该二犯交锦衣校尉迎解进京。如尚未捉着，限在该校尉等到淮安之日，以七日为限，逾期不能交人，即将该府锁拿来京，以正国法。

龙公听罢诏书，谢恩起立，将上谕供在香案上，随后与锦衣校尉等行礼，请诸校尉坐下。

献茶毕后，已到掌灯时分，龙公令邹福去关照本署厨司，置备酒席款待众校尉。

正是：

奇事案情尚未判，怪厥朝命已颁来。

毕竟龙公交出马青锋、公孙策否，请看下文分解。

第五十五回

天外飞来奇情佳偶
人间好事美满姻缘

话说龙公招待各校尉,先慰问程途跋涉,又询问:“天子当日钦限六月,如今怎又改变要七日内便捉住马青锋、公孙策两人,岂不是件为难之事?”

众校尉齐说:“这是圣意,我等亦不能知。如过七日,我等亦只好请大人到京城走一遭,我等方好复旨。”

龙公见各校尉说得严重,只得将此事丢开不说,却说了些官场中普通的应酬话。这时节,酒菜均已摆设齐全,龙公邀众校尉入席,觥筹交错,珍馐罗列。宴罢后,龙公亲伴众校尉到馆驿内居住。

这一晚,龙公招待等事用的钱财,已是出了一头的汗,哪知各校尉尚丝毫不觉,反而腹中不乐意,说:“龙知府太不是玩意儿,不够交情(不怪自己是喂不饱的狗耶)。等到七天过后,咱们便公事公办,给他点儿颜色看看(小人当权,其利害有如此)。”

且不提众校尉等,却说龙公到府衙,即刻传命升堂,大堂上灯烛辉煌,照耀如画。龙公先命传甄士隐。

甄士隐早已被邹福传来,在堂下伺候,闻唤上堂,打了一拱。

龙公道:“贤契,白仁、白义谋害你的事情,本府已是查明。贤契家中,除甄好仁之外,还有个男仆,名唤狗子,这狗子为人,平时在贤契眼光中看来,是好是歹呀?”

甄士隐道:“平时做事很为周到。”

龙公听得,不禁微笑道(不但问官笑,读者亦捧腹):“贤契可谓明足以察秋毫,而不足以察车薪(用《孟子》成语,此譬得妙)。贤契以为他是好人,他却指使白氏兄弟要致贤契的死命,贤契可能明其缘由吗?”

甄士隐听了这番话,不由诧异,打躬道:“晚生不能明白(好个糊涂虫)。”

龙公道:“贤契不明白吗?”说着,便将白仁、白义两人的供词递给他看,并说:“贤契,甄好仁甚是忠心诚挚,他为贤契苦心孤诣,贤契反而听细人之言,信以为真。贤契事后细问甄好仁,便能知此案详细。”

甄士隐将白氏弟兄的供词一看,心说,奇怪,狗儿平日甚好,怎么会谋害我(幸而不曾死,如是死了,还是个糊涂鬼)?又听府尊说出那番话,心中更加不解,只得说:“听凭老公祖处断。”说着,将白氏弟兄的供词呈上。

龙公吩咐传春兰。差役下去,将春兰带到堂上跪倒。

龙公道:“你今年十几岁了?”

春兰叩头道:“二十岁了(龙公问其十几岁,而自言二十岁,则其冶色可知,此反衬法也)。”

龙公道:“你因甚与狗儿通奸,合谋害你主人?从实招来。”

春兰大惊,登时面色灰白,大声呼冤。

龙公大怒,喝令:“带狗儿!”

差役将狗儿带来,跪在地下叩头。

龙公看时,只见他生得净白面皮,衣冠齐整(一句点明),颇够得上个俊仆资格。喝声:“狗儿,你因甚与春兰通奸(不问主母者,为怜好仁志也),谋害主人?从实招来!”

狗儿叩头呼冤。

龙公命带白仁。差役将白仁带上,龙公命他将受狗儿所托之事重行供来。

白仁已吃过夹棍的,知道那棍苦味(绝倒语),又因已自招承,未便翻供,只得如前复供了一遍,朝着狗儿说道:“大哥,这可不能怪小弟不帮忙,你瞧,实因小弟的两只腿再要被夹,恐怕要断了。”说着,将自己的两腿侧着身一指(神情口吻如见)。

龙公在座上,将惊堂木一拍,喝声:“狗儿,你还有何说?快快招来!”左右皂隶同声吆喝快招。

狗儿只得叩头道:“小人因主人待甄好仁好,待小人不好,才起谋害之心。与春兰同谋通奸,却无其事,求大人原情。”

龙公大怒,喝声:“掌嘴!”

差役上前,啪啪啪,接连十余下,打得狗儿口喷鲜血。

狗儿大呼求恕,说:“小人愿招。”一回头,望了跪在旁边的春兰一眼,却又呼冤道:“小人委实冤枉,大老爷无中生有,叫小人如何招法(写得如活现纸上,真是刻画之笔)?”

龙公大怒,喝令重打。差役上前,按翻在地,重重地打了三十大板。

狗儿挺刑不过，又呼愿招。龙公命他招来。狗儿一回头，见了春兰，又叹息了一声，伏在地下低头不语（是何等深刻之笔，看官识得否）。

龙公喝令："快招！"

狗儿只得说道："是小人起意，与春兰无关。小人斗胆也不敢与春兰有染（如此扯赖，尚是多情人也，可怜）。"

龙公见他自承，但不肯扯入春兰，原为成全甄好仁之义，不欲深追。但因狗儿所供，未能定案，因定了谳，要被上宪驳下来的（非写龙公心细，实为劾县令下注脚），只得传命："带下去，分别押着，明日早堂宣判。"

却对甄士隐道："贤契请回客寓，明早到后堂相见。本府有话对你说。"

甄士隐已瞧科几分（还算你聪明），打了一躬道："公祖大人，晚生已是明白，此案晚生愿意不予穷追，一律请大人从宽发落。"

龙公道："贤契既自愿如此，须补个禀帖来。"

甄士隐打躬退去。

龙公传命："带喊冤的老婆婆！"

下面一声答应，带上一个老太太来。

龙公将她一看，不由一愣，原来正是前次私访，呼唤看病的华老婆婆，遂说："你有何冤屈，怎么说本府害了你的孙女，是何道理？从实讲来。"说着，将惊堂木一拍，喝声："快讲！"

华老太太抬头向上一看，灯烛光虽亮，毕竟妇女初次见官，心中有些恐惧，再加上年纪大了，眼光已散，看不清楚，不然早就要认出公案上坐堂的老爷正是那位走方郎中的幻形来了，便叩头道："老身带有状子，请大人观看。"说着，在怀中摸出状子，向头上一顶。

差役上前取过，递呈在公案上。龙公取过，铺在公案上看时，只见上写着蝇头小楷，字迹端秀，乃是女子手笔，说的是：

> 呈为怨女失恋，病入膏肓事（观此一句，已是奇观）。窃老妇母姓孙氏，适本邑已故贡生华萼楼为室，生子小楼，聘与化邱。氏仅生一女，小字莲清，幼而聪慧，长而多才，咏絮不让谢家，织锦堪喻苏氏，待字闺中，几逾寒暑，向无闺怨之私，尤少求凤之想。
>
> 乃者春生不觉，古井微波，竟于月夕花晨，对美景以自嗟。每届梳髻整容，辄抚镜兮太息，缘是书空咄咄，呓语喃喃，遂致容华大减，面黄如久病之夫，肌体顿瘦，憔悴似待毙之形。
>
> 初犹讳疾，今始明言，缘为月之望日，太守拈香，驺从经过蓬

華,丰采遂入秋波,春思忽尔萦怀,单恋于焉倏起。念夫有斐君子,瑟兮僩兮,自思窈窕淑女,幽矣静矣,爰发遐想,愿吹秦宫之箫,顾乏红叶,难入汉皇之选,坐是寂寞春闺,独怜华年逝水,因而病染失恋,疾遂弗瘳,药医无灵,仙佛鲜效,恹恹一息,渐将不起。因得医生指点,遂细诘其详情,病原乃白。事益大难,隐忍不言,似等自绝其祀,大伤其心,含羞启齿,直同雌求牡配,攸关门阈。思维再三,中心小鹿。

窃以老妇就木之年,单传仅此女孙,即不为己谋,亦当代子计,谨赧颜陈情,叙其悃赤。大人临莅此帮,德化二南,睹此呈词,能无所感?语云,我虽不杀伯仁,伯仁由我而死。老妇之愚,窃以为大人必有以慰我,如不得请,愿以死决。

龙公看罢这篇哀绝呈文,便说:"你这状子,是请谁写的?"

华老太道:"是老身的孙女写的。"

龙公闻言,不由奇诧,暗说,我前日给她诊脉,已断为相思,万不料她魂梦为劳,却念的是我。论其才华,观此呈已可见;论其容貌,观其状已可知。话虽这般说,毕竟以凰求凤,不可为训。况我职守此邦,应守官箴,岂可自污?想到此处,便提起笔来,在那呈尾上批道:

落花固已有意,流水非必无情。奈本府莅临此土,愧无建树,二南之化未行,礼教之防应整,兼以职司牧民,官箴宜守。该妇所请,碍难从议。果欲我心如石之可转(《诗经》:"我心匪石,不可转也。"言石可转,谓回心也),且迟我于三年后之时日(言待任满后再娶)。

批罢,便说:"华孙氏,你将这批文拿回去看,自能明白。"说着,将原呈丢将下来。

华老太太见大人如此,只道不从其请,不由大哭,说:"老爷不准老身的状子,老身不要活了。"

龙公见她可怜,便说:"华孙氏,休得如此,你将那批语细看,即知其意。本府官居此地,德行未孚,导化未周,岂能如此?休得在此纠缠。左右,给本府将她送回家去。"说罢,将袍袖一拂,起身离座,即刻退堂。

华老太太拾起原呈,只得叹气爬起,向外就走。班头命两个伙计送她回家,自行回衙复命。

华莲清看过批文，她祖母以为定然无望，哪知她因龙公批语中并没拒绝，还约定三年后，已有了希望，反而如同久病后吃了补药，登时精神陡好，由是竟一天一天地好起来。后来龙公任满，聘娶过门，乃是后事，后文自有交代（已为后文热闹事伏线）。

看官看到此处，定要说编书的胡诌，天下哪有这般单恋失恋的人，更岂有这般廉洁的贤令，会批出这样的话头来的（此为一般人所共疑）？其实看官们只要静心一思，这也毫不为奇。第一件便是闺中女子，轻易不与男子交际，如是普通的女子，还能够古井不波，但是像华莲清这般的一个才女，春花秋月，未免有情，自然要对影自怜起来。所以古来说部上，后花园私订终身，总脱不了几个才女，这无非知识已经启迪之故，所以前人说女子无才便是德，大概即系有鉴于此。其实据编书的想来，女子教育却是极应提倡之事，不可一笔抹杀。古来说部上虽多后花园私订终身，究还不外自求佳偶，尚得有关雎乐而不淫的正气，况且结果呢，从一而终的多，有污行的少，那还是风流雅事，闺中佳话。不似今日世风淫靡，公然自命为自由恋爱，比较起古人来，真是不可名状（今日女界，确有此状，非作者过激之论也），只觉得村俗丑秽罢了（一语斥尽今日之男女交际）。

正是：

借古鉴今劝末俗，苦口婆心戒黔黎。

毕竟龙公如何断明甄士隐一案，请看下文分解。

第五十六回

法由意定律外徇情
祸从口出灾生笑语

话说龙公批了那呈子退堂以后,便问邹福:"文师爷可曾回来吗?"

邹福道:"回来了,因见大人在堂上问案,未曾请见。"

龙公道:"快去将他请来,本府有话和他说呢!"

邹福应声出去。龙公换了便衣,到书房坐下。郦奴倒了茶来,侍立一旁。龙公道:"你去睡吧,明日一早去到甄士隐客栈内,去传他至后衙来见。"郦奴应了声是,退出书房,自去安歇。

这时候,邹福已同着文师爷由外边进来,见了大人,龙公扬手让他坐下,问他此去如何。

文吉征道:"属员到雷洪家中,据他家人说,同着朋友进城逛去了,让属员在那里等他。属员等到傍晚时分,方见雷洪同着几个人来,见了属员很是客气,笑嘻嘻叫属员回大人话。说七天的限期还未到,请大人不要慌迫,三日后自然前来谒见。聘书、聘礼却之不恭,受之有愧,暂时权领。属员并说了大人借重及仰慕的诚意,他又让属员在那里吃晚饭,属员怕大人望着,所以急急地回来了。"

龙公闻言大喜,说:"文师爷,本府今日在淮阳春酒馆里,曾亲见雷洪、马青锋等四个人,本想和他相见,因上次本府出外,扮作算命测字之人,破获拐匪,已露了相。这次装的走方郎中,如果再露相,不大方便(补出所以改扮大夫之故),所以未曾与他们交言。如今他们既允来,那是再好也没有了。今日又辛苦先生一次,日后事定,再为酬报吧!"

文吉征道:"大人说哪里话来?此乃属员分内之事,应尽职务。但愿大人早将此案了却,一帆风顺,指日高升。属员赖大人的福荫,提携提携,已是感激万分(说得好听,是善说话者)。"说罢,又禀承了些别的事项,方才告别出去。

龙公坐了一会儿,也就安息。次日一早,龙公方才起来,邺奴领着甄士隐,到后衙来见。龙公正在梳洗,甄生员请了公祖早安。

龙公梳洗毕,坐将下来,对他道:"贤契,你这案件可曾明白吗?"

甄士隐红涨了面皮(一句省却无数文字,似暗写而实为明写),半晌方才回出句:"知道了。"

龙公道:"贤契既已知道,对于此事该当如何办理?"

甄士隐道:"一听公祖大人主张,晚生无不遵命。"

龙公笑道:"本府有几句总话,叫作'法由意定,律必原情'。要论此事,虽说未成罪,但案情既复杂,而且重大,以奴仆谋杀主人,至少也得办个长牢,永远监禁。本府因看在贤契的地位上(宾),更可怜你义仆甄好仁的赤心上,不得不律外徇情。贤契须知解铃还需系铃人,贤契自己去酌量了看吧!"

甄士隐听罢大人这番成全的话,不由不双膝点地,叩头称谢道:"蒙公祖法外施仁,保全晚生名誉(然则一顶绿头巾戴上矣),晚生实感激非常。大人此恩,不殊生死人而肉白骨。"

龙公忙阻住道:"贤契请起,快去自己打点,递张和息的禀词进来,请本府不究主名,那时本府方好从宽发落。"

甄生员感激涕零,躬身退出。

龙公用罢点心,换了衣冠,先乘轿到馆驿中,谒见各校尉,招待一切,然后回衙,升堂理事,传齐甄士隐一案原、被两告,逐一询问。甄士隐递禀请求从宽发落,自愿不予深究。龙公即以原告已不欲深究为词,立刻宣判:

> 狗儿因微嫌造意,唆使白仁、白义谋害主人,罪在不赦。兹因原告甄生士隐,念其平素服侍勤劳,不欲深追,具禀前来,爰将该犯狗儿判处监禁三年,以警奸顽。
>
> 白仁、白义,姑念无知,受狗儿之愚,从宽监禁一年。
>
> 余讯无关开释。

宣判以后,甄士隐的堂客同着春兰暗说侥幸,吐了吐舌头,又不禁流下泪来(此等描写笔墨,虽古名作,亦不多见,不谓于此见之),跟着甄士隐回去。

龙公唤住甄生员,着他以后另眼看视甄好仁。甄生员夫妻主仆叩谢而出。甄好仁先回自己家内,看视他妻子的疾病。

甄生员回家,令仆妇去唤春兰的父母来,将契约烧了,令他两口子将春兰带回家去,择配人家,除去不追回身价外,并将她所穿衣服一律送给,另外还送她些银子，作为妆奁（如此主人，却是难得），也不提说春兰曾与狗儿怎长么短，但说："春兰现已大了，该字人了，老在我家也不是事儿。更兼我家中事不多，无须多此食口。外面人又飞短流长，嚼舌根，说我对于春兰有何野心（龙公撇此不问者，为顾及甄好仁之心。甄生员自言之者，为坚决春兰之父母也）。如再因循下去，实不两美，故此只得交由你夫妻领回。"

春兰的父母本已早得了耳报，此时得有这种下场，也乐得趁风转舵。春兰自己更是无言可说，当时叩头谢了主人、主母，洒泪（此与主母当认清）而去。

甄生员因念"以德报怨，君子不念旧恶"，以免日后再生事故，事后对于狗儿的家中，以及白仁、白义的兄弟常有照应，即三人在狱中，甄生员亦逢时过节地着人送钱到狱中，给三人使用（如此大度，却也真难得）。对于甄好仁，格外地重视，竟免了他的奴籍，即是他妻子，也因此感化（竭力写一"德"字），表过不提。

且说当日龙公判过甄士隐一案之后，即讯问别项案情。审理方毕，刚要过堂，忽然仪门外一声嚷，走进两个汉子，互相揪扭，齐声呼冤（双管齐下，又是一般写法）。差役上前，将二人扯开，带到堂上跪倒。

龙公向下一看，只见跪在左边的，年约三十以外，身穿蓝布短袄，黑布裤子，赤脚，穿着双麻鞋；跪在右边的，年约二十来岁，穿着青布袄裤、黑鞋、白袜。就两人面相观看，都是慈祥面庞，不像不安本分的人，便问："你二人叫什么名字，因为何事，到本府衙门呼冤？"

那跪在左边的答道："小的名唤古月生，他名潘老二，小的以抬轿为业，他以卖旧货为业。情因小的兄弟多日不见，小的因在前几日，听得人说潘老二曾说俏皮话，说小的弟妇和他相好（轻薄贫嘴，请看榜样），他要杀死我兄弟。如今小的兄弟果然数日不回，定是被他杀害无疑，因此我将他揪到衙内，求大人给小的兄弟申冤（读者掩卷猜之，此案将如何）。"

潘老二跪在右边，听罢这番话，不由大怒，抗声辩道："大人明鉴，小的说笑话，是平素说笑惯了的。他兄弟忽然不见，忽然来找小的要人，小的既不知他兄弟的所在，又不知他安着什么心，分明是想来讹小的。这须求大人做主，以诬告不实之罪。"

龙公见又是件无头案，便说："古月生，你兄弟的尸身在何处，你已见了吗？"

古月生禀道："小的不曾看见。"

龙公道："既然不曾见着，那么，潘老二杀你兄弟，你怎么又会知道呢？"

古月生道："小的是听得人说的。"

龙公道:“是谁说的呢?”

古月生道:“是潘老二的邻居汪景辉说的。”

龙公道:“他何以知道呢?”

古月生道:“他是亲自听见潘老二告诉他的(又是个好多话的)。”

龙公立刻出签,吩咐差役带着古月生去提汪景辉到案。一会儿,已提了汪景辉同来。

龙公将他一看,只见他衣冠齐整,是个买卖人打扮,便说:“汪景辉,潘老二杀古月生的兄弟,是你亲见的吗?”

汪景辉叩头道:“小的不曾亲自看见,不敢混说。”

龙公道:“你既不曾亲自看见,怎么告诉古月生是潘老二杀死他兄弟呢?”

汪景辉叩头道:“潘老二在前几天和小的说笑,说:‘古月生的弟妇生得美貌,和我有一手儿了,得便我将他兄弟杀了,便是我的堂客了。’今日古月生因兄弟不归,各处问讯,小的方才告诉他,说潘老二这般告诉我的话。不料他立刻信以为真,走去将潘老二揪了来打官司。小的实系不曾亲见。”

龙公大怒,喝道:“好浑蛋,这是什么事,也可以混说吗?你既不曾见,怎么好告诉人呢?”

吓得汪景辉跪在地下,连连叩头。

龙公道:“古月生,你兄弟唤甚名字,作何生理,是几时出的门,到哪里去的?讲!”

古月生诉道:“小的兄弟名唤庆生,是大前日出门去的,三天没回。小的心中奇怪,因为小的兄弟从来没在外面住过夜,有三天不归,定然有甚变故(不是圆故,亦不是扁故,是变故),因此小的往各处打听。”

龙公喝道:“古月生,你兄弟是到何处去有事的,你不知道吗?”

古月生道:“小的兄弟是到咱们表兄王大郎家内去的。”

龙公道:“你就应往王大郎家内去找,怎么反向各处去找呢?”

古月生道:“小的到表兄家内去问,说是那天老早就回去了,留他吃晚饭,都不曾留得住。因此小的慌了,才向各处去寻的。”

龙公问潘老二道:“你在前几日见着古庆生吗?”

潘老二慌得叩头道:“小的不曾见。”

龙公喝道:“你怎么告诉汪景辉和古庆生的堂客通奸,要害死古庆生呢?讲来!”说着,将惊堂木一拍。

两旁差役喝了一声堂威,吓得潘老二混身打战,叩头如捣蒜地道:“大老爷(三字,如闻其恐惧声),小的当日和汪景辉在门口立着玩儿,恰巧古庆生的媳妇由门口走过。汪景辉对小的说道:'你瞧,这媳妇子够多么漂亮,乌油油、亮晶晶的头发,红润润、白腴腴的面皮,一张鹅蛋脸、一双三寸脚,走一步搦一搦,怎不风流煞人也么哥(如此供词,岂他书所能梦见)?'小的听了,忍不住好笑(其实是好笑),便说:'这媳妇乃是古庆生的堂客,你休得乱嚼舌根,评头品足的,被他当家的听见了,准得撕破了你的皮。'他说:'不说不笑,不成老少,怕什么嘛(两个油嘴,却也有趣)!'小的一时说油嘴了,便笑道:'汪景辉,你休得癞蛤蟆想吃天鹅肉呀,这媳妇子和我有一手儿呢,你再瞎说,我要撕你的嘴巴了。'他说:'潘老二,你别信口吹呀,不怕古庆生和你闹吗?'小的笑说:'不怕,你瞅着吧,我要想独占花魁,总得杀了他呢!'他说:'别胡说吧!'小的笑说:'原是打搂(北人谓斗趣为打搂),谁还当真吗?'大人呀(又叫一声)!当时小人原系和汪景辉说了玩儿的,哪知冤枉孽障,有这么件事呀!求大人给小的做主呀。"说着,连连叩头,崩角有声,泪汗齐下(俗笔但写泪而不写汗,此等处,俱见匠心)。

龙公察言观色,知是真情。正欲再问别的话,却见仪门上跑进一个汉子来。差役喝住。

龙公吩咐带上,还未曾问,汪景辉早已看见,不由哎了一声道:"古月生,兀那不是你兄弟来了吗?"

古月生掉头一看,不由大喜,唤声:"兄弟呀!哥哥为你苦坏了(如此哥哥,却也少有)。"

正是:

手足亲爱今有几,笑谑生忧古亦多。

毕竟古庆生在何处耽搁,到此投案,请看下文分解。

第五十七回

雷家洼四侠集议
北京城刘云告状

话说龙公将古庆生一看,只见他衣衫齐整,买卖人打扮,尘土满面,汗涔涔的,像似赶了路来的,喝声:“古庆生,你这几日往何处去了,害得你哥哥和人家打官司告状?”

古庆生正和他哥哥说话,见大人一喝,吓得登时跪下,叩头道:“大老爷,小人大前日往表兄王大郎家中去有事,回转家中,在路上逢着一位开陆陈行的伙计,咱俩多天不见,立住脚谈谈。他告诉我刚才得到邵伯镇(在今扬州属)来信,镇上大火,他们邵伯的分铺遭了回禄,此刻就要去探视。小的听了这话,心中吃惊,因小的在该镇和几家铺子有来往,都是私下做小货的账。因此不及回家知照,也不曾到自己店中去说,便同了那伙计,一齐动身赶到邵伯。幸而不曾受大损失,东西都抢出来了。小的心中方定,急急又由邵伯赶回。小的到家之后,家中人一齐惊喜交集,告诉小的这件事,小的慌急赶来,请大人原情销案。”

龙公心中暗忖道,幸亏本府尚不曾用刑鞫讯,否则一用重刑,岂不有了冤屈吗?便说:“古月生,你兄弟已是回来,原案取消,回家去吧!本府也不追究你诬告之罪。”

又说:“潘老二、汪景辉,你两个狗才,口肆轻薄,评论女子,又说出些无耻之言,不警诫你们一次,下次还要胆大。来人,给本府每人打十下嘴巴,具结释放。”

二人叩头求饶(谁叫你们轻薄)。龙公吩咐重打。差役应命,每个给打了十下耳光,打得面孔浮肿,口中血出。龙公令二人具了结,方才放出。

处理已毕,退堂休息。午饭后,照例视事。到了晚间,和周、文两师爷商量雷洪等来见之事,该如何应付。

次日,循例往馆驿中招待诸校尉。校尉等严词讯问马青锋、公孙策二人可曾捉到。龙公回说不曾。

校尉等冷笑道："贵府如不能捉到，光阴易过，钦限难违。贵府须有不便。"

龙公道："那是无须说得，到期自应执行。"含着满腔不快，作别回衙，专候雷洪到来。

看官，你道马青锋、公孙策等人可又怎么样了呢？编书的乘着这时候，交代交代。

原来公孙策同着马青锋两筹好汉，自京城脱险以后，住在平安旅舍，因为记念龙公，怕龙公被人暗算，特又追赶南下。到了蒋庄相近，恰逢着龙公被王府差官追了回来。二人让过，便由后面尾随入京。及见龙公进了王府，二人遂施展本领，由僻静处飞身上屋，仔细哨探。知道龙公不曾遇害，是软禁在差官房内。及后白秋塘献计，延聘四大金刚，二人在屋上隐约闻知。当时心中定了，下屋混出城去，回平安旅舍歇宿。哪知因连日辛苦很了，一觉醒来，已是睡到午后。二要起身梳洗，胡乱吃了些饮食，二人商量，再入城去。

公孙策道："冒险混混，只可侥幸一次，如能常混，京城的禁军岂不都成了土牛木马了？这可使不得。"

马青锋笑道："不妨，咱们仗着身体快捷，一眨眼已可混进，漫说那些禁军，只好做幌子，吓没用的老百姓（挖苦当军的人，的确）。如要拿咱俩，那是做梦也休想。"

公孙策被他这一鼓动，心中一兴奋，说："好，咱们到京城内去。"于是二人仍穿了昨日买卖人的衣服，混进城去。一打听，不由一愣（三句，写出当时二人惊异情形）。原来朝命已下，削去善庆王的政权，龙宝山复任，李朝宗罢职，限期提拿二人。二人得了这个消息，不由惊异，暗叹，这真是人生如朝露，为奸恶的，又何苦来呢？

二人反身出城，走不多远，迎面来了两人，一老一少，都骑着健驴。年老的像是个仆从，那年少的像是个富家公子。二人不曾注意，哪知驴背上的主仆早已看见，少年迎着下驴，高唤："贤弟，往哪里去呢？"

马青锋抬头一看，认识他是雷洪，那老者是刘云，不由大喜，说："师兄因甚同了这位老管家一同到京呢？"

雷洪见公孙策英风奕奕地立在马青锋背后，先瞟了他一眼，问："这位是谁？敢情是……"

马青锋道："此处不是谈话之所，同到咱们寓所内再说吧！"于是刘云牵了两匹牲口,一行四人,同到平安旅舍。马青锋令小二将两匹牲口牵到后槽去,却邀雷洪、刘云同着公孙策一齐到房间内去。小二赶着送茶水进来,马青锋守小二退出去之后,便给公孙策、雷洪两下介绍,说知备细。两下无不欣慕,相见恨晚。

雷洪告诉马青锋入京之故,马青锋才知师兄怕自己到京,有了失错,特意同着刘云尾追到京,好就近想法。及至到京后,马青锋的一切动作,雷洪也都明白,只不知马青锋住在何处罢了。此时见面,雷洪便料定那位英雄是公孙策,故此几乎直呼出来。

马青锋遂问:“师兄寓在何处?”

雷洪道:“离此不远,走出街头,有座普济庵,庵中住持与先父乃是至交,故此我等即住在他那里。”

当时四人集议,现在该案可算已了,除去马青锋、公孙策二人要到案以外,别无甚事,遂决定留刘云在京。本来雷洪此番带了刘云来,意思是要他告御状,告翻了善庆王,以救马青锋、龙宝山,却不道善庆王竟与李朝宗同时失势,离朝下野。这招虽不曾用,但预料公孙策、马青锋二人投案到京,仍有刘云告御状的必要,故此将刘云留住在普济庵。

当晚,雷、刘二人告别回庵。次日清晨,马青锋同着公孙策结算了店账,带了自己物件,同到普济庵,约了雷洪,即日南下。一路上,先到黄河渡口,拜访褚二,又在山东道上,和八大罗汉厮见,除去秋氏弟兄和马青锋、公孙策和唐梦笔曾见过之外,其余都是初会,彼此慕名,见面之后,所谓英雄爱英雄,好汉识好汉,一齐都成了气味相投的莫逆之交。因这一来,三人在路,不无耽延。

那日回到淮安,径到雷洪家中下榻,家人回禀,有淮安府的聘书、礼物等事,并说来访请的乃是师爷姓文的,奉命而来,又将家中回答文师爷的话说了。

雷洪将聘书看毕,不由笑向马青锋道:“贤弟,这是龙知府晓得我和贤弟同门,故此要聘我前去,不然,他绝不至于来招揽劣兄的。但有一件,可怪龙知府,怎么能够知道咱们是同门呢?劣兄在本地从未出过一回手,这不知他怎能晓得的。”

当日治酒款待马青锋、公孙策,并于饮宴间,计议应聘不应聘之事。闲谈了一会儿,各自安歇。次日,三人相约同往游览漂母庙(淮阴有漂母故迹,至今尚存),顺便到城内去哨探哨探,龙知府可曾令人访缉。

三人一路闲谈,说:“本地酒菜,不知是哪家馆子最好。”

雷洪笑道："我虽是本地人，说也惭愧，本地事却不甚明白（照应前后，一丝不走）。每听人言，城中酒菜，以醉月楼和淮阳春两家最好。"

说了这番话之后，三人食指一齐大动，相约同到淮阳春去吃饭，一试酒菜。行至中途，雷洪、公孙策二人忽然要大解，马青锋遂缓步前行，到淮阳春。不料却和佘笑痴碰见，接着二人到来，四人一桌，谈笑风生。

马青锋、公孙策二人早已看见斜对面坐着龙公主仆，大家心照，只作不曾见，并不理会。及至吃了酒饭，同下楼去，柜上的说已有位郎中会过账，四人暗说惭愧，吃了半天都是吃的白食。当即同到各处闲逛了一会儿，探听并无访缉的消息，只知有校尉来限期提拿的事，然后往乐安居旅舍内，取了佘笑痴的东西，同回雷家洼。

雷洪又治酒为师兄接风，家人又禀知文吉征来过的话，于是四人商酌，究应如何对付。商议结果，雷洪决计应聘，好请求龙公作为差役护送公孙策、马青锋进京，可免沿途受奸党暗算。又因如此迫促改期，分明内中生有变化。刘云告御状一事不能延缓，非从此用力，根本推翻奸党，不能使忠良吐气。

决定办法之后，即请文师爷相见，说："三日后准到府衙，绝不误七日的限。"

文吉征别后，次日请佘笑痴入京，到普济庵去知照刘云，去告御状，并为预防危险起见，请佘笑痴沿途送信，给八大罗汉中，无论哪一个，便可以互相传报，沿途有人暗中保护。大家到京城会齐（读者至此，必然心中一震，拭目急看下文热闹矣）。

佘笑痴去后，公孙策因在京隐约听有四大金刚的事，怕的果真成为事实，到京后受奸人暗算，特修书信，请雷洪着人送往南京万华楼旅馆，知照栾以宾、阚泽鲲两位师兄，约他们到京相会，好一寒四金刚之胆。

整备停当，又过了一日（第四日了，不怕龙公盼急煞），雷洪带了狗子（此狗子，乃上文文吉征问信之小厮，非甄士隐家之仆人，不要看错），同往城中，径投府衙。投进名刺，一会儿，传话出来，请至后堂相见。雷洪命狗子在外等候，自己跟着差役同到里面。龙公降阶相迎，请至堂上坐地。雷洪先行了大礼，然后再三称谢，方才至下首位上坐定。

龙公先申述本人仰慕及借重之意，然后说明："马义士杀死恶霸暴武扬一案，事情愈闹愈大，如今钦限难违，因风闻义士有同门之情，可否请义士转请马义士及公孙义士，如限投案。本府定当拜表进京，请万岁轸念人才，设法保全。不知义士亦肯帮忙吗？"

雷洪应声道:“大人为民之父母,政声素著,公正廉明,小民久所景仰。此番荷蒙不弃,两次征聘,小民敢不效劳,以报知遇?至于马青锋、公孙策二人,大人尽可放心,定能如限前来投案,绝不是畏刀避剑之人。况大人又允拜表进京,为二人请命,二人又焉有不来之理?”

正是:

义仆叩阍告御状,侠士投案就槛车。

毕竟龙公聘得雷洪之后,如何押马青锋等入京,请阅下文分解。

第五十八回

二侠义投案淮安府
四金刚劫车德州城

话说龙公见雷洪惠然肯来，慨然应诺，心中大悦，说："雷义士，既承允许帮忙，本府不胜感激。但本府意见，意欲暂屈义士为本府当差，俟将来另行保荐如何？"

雷洪应声道："小民此来，非为禄位，一则因大人受锦衣校尉之窘，不忍贤明长官，因我师弟之事受累；二则因马青锋、公孙策二人入京，无有适当之人护送，恐其沿途有奸党暗算。故此小民毅然前来，一方面为大人解忧，一方面为二人保卫，庶几可以两全。至于当差一层，暂时名义上只好如此。若论小民山野之人，疏懒成性，又不悉礼仪，实不能担任，且待将来再说吧！"

龙公见他只肯担任现在之事，不便过于相强，只得说："义士既这般说时，将来之事，且待将来吧！"于是便命邺奴给雷义士打扫卧室。

雷洪随禀："大人，外面有小厮等候，请令其入内，小民和他有话说。"

龙公闻言，即令邹福到外面去唤。一会儿，领着狗子入内，叩见了大人。雷洪命他回去，取自己的兵器衣包及一切应用物件，并命他："回禀马爷及公孙爷，请他俩如约行事，大人还允拜表保全呢(连提拜表，盖一口咬定龙公也)！"

狗子领命，即刻出去，回转家中，将主人的言辞对马青锋、公孙策二人说知，然后将主人应用的兵器、衣包等物一齐送到府衙，交与主人。雷洪收了，令他回去。

龙公即日召集衙内众公差，三班六房的快手，说明本府因缉拿马青锋等，延聘雷义士，专门办案，众人均归调遣节制。说罢，立刻参拜雷洪为本署缉捕观察。众捕快、公人心中虽是惊讶，不大悦服，但亦知道钦犯关系重大，非是大家能力所能访缉得到，因此都当堂唯唯应命，参拜雷洪，愿听指挥。由此以后，雷洪便换了公门中人服式，在淮安府衙门站堂当差。

时光易过，转眼三天，已到了第七日。锦衣校尉正在馆驿中狗仗人势地使出十二分威风来，催逼龙公，到府衙坐索钦犯。龙公正在切望，却听得仪门上一声嚷，走进两个人来，一个面目俊秀，白净面皮；一个面目粗陋，微青脸膛，用绳索倒剪着二臂，上堂跪下，报名道："小民马青锋、公孙策，闻得校尉到来，钦限交人，特地自行投到。因远道来迟，请大人原谅。"说罢，叩头。

龙公心中大喜，众校尉不由大惊，暗说，天下竟有这种不避斧钺的侠义，因此一惊，转而生疑，不要是龙知府无法交代，花了几个大（钱也），买嘱出两个替死鬼来的吧（有此一疑，愈见二人之难，更以见非俗笔所有）。仔细看时，又与悬赏购缉的二人图形、面貌、年龄丝毫无异。转念蝼蚁尚且贪生，为人岂不惜命，天下又岂有肯以身体替人上法场的呆汉（又一疑，犹更见精彩）？因这一想，竟不由面面相觑，呆了半晌，说不出话来（写得活跃纸上）。

这时节，龙公却顾左右道："来人，给本府将这两个钦犯打入囚车。"

雷洪应了一声，领着差役，上前将二人带住，早有人将预备下的囚车推将过来。雷洪将二人推入囚车。

龙公对众锦衣校尉道："这乃是钦犯，本府未便轻加讯问，只得打入囚车，请各位校尉提解进京复旨。本府差本府的缉捕观察雷洪，护送进京，所有一切仪注，及有不到之处，均请各位校尉加以指导，不胜感激。"说着起身，离了公座，给各校尉打了一躬，并请问各校尉，今日动身，或是明日起行。

众校尉齐说："王命在身，不能迟延，自然即日动身。"

龙公闻言，即令左右传话，吩咐置酒，给各位校尉送行。酒宴毕后，将预先修下的本章交付给雷洪，命他挑选十名精壮的马快，带了银两及衣包、武器等物，护送囚车，随同各校尉带来的禁军，一齐动身，向京城进发。龙公率领本城文武官员送到城外方回。

看官须知，雷洪所带的衣包物件武器之中，马青锋、公孙策二人的衣服物件均已在内。沿途依着众校尉的话，说住便住，要行就行，雷洪很受了众校尉的许多肮脏气（一语写尽众校尉滥权处）。因为朋友肯穿罪衣罪裙、坐囚车、戴手铐、钉脚镣，无非为了给忠良了干系，情愿自身冒万死（写侠义做事，如此可敬），因此雷洪为了要保朋友的安全，忍气耐劳，真是寸步不离。在校尉面前说是监视，其实是实行保护。一路都有江湖中侠义，得了佘笑痴的通告，在暗中维护，因此无甚事故发生。雷洪素来心细，一路虽知有绿林中人，或是慕名的侠义暗助，却丝毫不敢大意，白天行路格外地留神，夜间宿营（有禁军故也），或是投住馆驿，雷洪尤其十二分地当心，怕的一有错失，伤害二人，自己便终身休想做人。因此一路上，雷洪辛苦异常，真可称为卧不安席，行不安步，食不甘味了。

那日走到德州，地方官迎入馆驿，却将禁军扎在城外，囚车亦扎在营中。次日清晨，起身前行，一行人穿城而过，头队雷洪，领着十名壮健公差，押着囚车，后面禁军，拥着校尉等人，方才出得德州北门，过了吊桥，行不到二三里地，突然迎面来了二十余个骑马壮士，为首四人，一色青布抹额，蓝布袄裤，身背单刀，腰佩弓剑及百宝囊，坐下能行快马，手中仗着银装锏，呐声喊，一字摆开，喝声："官军听者，马青锋、公孙策二位，乃是江湖驰名的侠义之士，无辜被执，我等甚是不服，是懂事的，丢下囚车，放你等过去。如是不然，休怪咱们无情。"

雷洪见了这般情形，不由暗说一声苦，真是糟糕，不知这四个是哪一路朋友，到此相救。正在怀疑，未及答言，那四匹马已泼剌剌冲杀过来。后面禁军见有强人劫车，一齐呐声喊，向后倒退（不是受有暗示，定系怕死，二者必有一于此矣）。雷洪见四人来势凶猛，并无丝毫暗记，知是奸党改扮前来，无如自己是步行，难于抵挡。那些差役见禁军后退，也就不约而同地向后退走（绝倒，此等捕快及禁军，只好吓诈良民耳，丑态毕露矣）。

雷洪心中一急，抽出腰间刀，说时迟，那时快，托地一跳，迎着最先的一匹马，一刀劈去。不料马快，雷洪由上面落下时，马已到了背后，竟扑了个空。雷洪更急，就地一滚，一刀挥去，却将那马的后蹄削断。那马护痛，向后一坐，竟将那马上的人摔将下来。雷洪一个鲤鱼打挺，跳起身来，追上那将近囚车的第二匹马，一刀搠去，正中在那匹马的后胯上，只因用的力猛，竟连刀柄都直送进那马腹中去了（骇人之笔），溅得雷洪一手的血粪（妙哉句乎）。雷洪将手一松，那马也倒在地下。其余二马亦超肩而过，雷洪手中无有兵器，那马上的人却都使出杀手锏，喝一声："着！"回身两边齐下，向雷洪打来。雷洪急将身体一矮，向后一躺，滚了过去，霍地跳起来（写得如生龙活虎），纵到二马后面，伸出两手，使尽气力，吼了一声，拉住两匹马的尾巴，托地向上一跳，两马向前一颠，马上两人坐不住轿鞍，一齐栽下马去。

雷洪向上一抬之后，两手一松，借力向前一蹿，已越过二人，到了囚车面前，喝声："着！"双手各推着一辆囚车，向前一推，那囚车轮盘移动，竟直向南而去。雷洪高喝众役："仔细保护！"回转身向四人大喝道："这乃是钦犯，尔等何人，乃敢青天白日劫囚车？快些通名受缚。"

此时四人已一骨碌，由地下爬起，不由分说，一齐大怒，各擎了双锏，如同八条白蛇，满头盖顶地向雷洪打来。雷洪赶着将身体向后一退，让了过去，那后面的二十余骑已蜂拥而来。四人复又进逼，自古好汉难敌两将，何况雷洪遇着的这四人都是些有绝顶武功的人，再加上二十余人为助，空手赤拳,如何抵御？只得向后又退(不险不见行文之奇)。

正在危急,忽听弹弓响,嗖嗖嗖,一连几粒联珠弹,直向那四人领着的二十余骑打来,无不应弹落马(先写弹弓)。接着便听得一声大喝道:“青天白日,谁敢在离城不远的官塘大道上拦路行劫？公子爷来也(次闻其声)!”鸾铃响处,斜刺里一匹马奔来。

四人大惊,回身一望,只见一位少年英雄,骑着一匹枣骝马,左手执弹弓,右手仗剑,到了面前(疾)。

雷洪看见(再次见其人),不由大喜,原来却是师兄千手观音佘笑痴。但因避耳目起见,不喊师兄,却反喊说:“这囚车内是钦犯,这四人要劫囚车,请壮士将这四个强盗杀退,小子实感大德。”

佘笑痴闻言,也不回答,抡剑向四人便刺。四人吼叫了一声,八根银光耀目的锏齐向佘笑痴打下。佘笑痴是有名的千手观音,虽临大敌,并不慌忙,一人独斗四个,毫不惧怯。

雷洪乘此向前一跃,由那些贼群当中夺过一柄朴刀,先搠翻了几个贼党,然后跳过去帮着师兄,与四人交手。

此时后面差役、校尉、禁军都渐渐向前来了,除去校尉、禁军作壁上观以外,那十名差役齐执齐眉棍,直向贼众扫去。贼众见不是事儿,吼叫一声,向后退走。

那四人见部下已逃,知道事无可为,只得呼哨了一声,齐卖破绽,向来的路上逃走。校尉、禁军以及班头、快手一齐大喜,勇气陡增十倍,奋力上前围绕囚车(此古人所谓胜不相让也)。

雷洪领着差役,同着佘笑痴追赶了一程,捉住来人中几名受伤落后的,校尉、禁军也将搠翻在地下的几名贼党缚将起来。那受伤的马,死的死了,躺在地下的躺着,众人也管不了许多,佘笑痴却将捉着的人交给雷洪。校尉邀佘笑痴相见,请问姓名。

佘笑痴道:“小子行路至此,偶而相助,既不居功,亦不欲以姓名传扬人间。小子还要赶路,就此告辞。”说着,竟将马头一带,拱手而别。

正是:

奸宄空使千般计,侠义自有万善谋。

毕竟雷洪解二人进京,如何办法,请看下文分解。

第五十九回

告御状刘云犯跸道
奉恩旨义士逢特赦

话说余笑痴不肯说出姓名,拱手纵马而去。众校尉一齐赞叹(能使校尉亦赞叹,游侠之感人也如是)。

雷洪请众校尉将众贼党分派禁军押着,两个服侍一个,向前行走。走到了前站,住了馆驿,便在馆驿中审讯这班被捉的贼党。众贼均咬紧牙关,无半字口供(贼之义气,殊有愧夫士夫)。经雷洪再三诱劝,说:“你等怎么都是浑人,太不明白是非,半路拦劫钦犯,都是死罪,如是说出主名,自己便是从犯,从犯减等,办重些也不过办个充军,或是长牢,办得轻些,不过办个半年几月监禁的。如要有人从中帮衬,说几句好话,更办得轻松些,还可以说姑念无知,协从罔治(即此推论法,由意定生杀,尽有回旋余地)。你等如何执迷,情愿给人家出力,做替死鬼,抛弃一家老小(一句便能动人心)?我知你等以为差遣你们的人定要保全你们,并厚恤你们的全家(直给他们说出来)。哈哈!那可是做梦。有道是‘人在人情在(一句打破希望)’,更有一说,所谓‘狡兔死,走狗烹’,你等细思,我这话对不对呢?我告诉你们吧,你们背后撑腰的人,我早知道了,他连自己的首领还恐保不牢,你等还想他来保你们吗?更要说句总话,并非我夸口,像你们的头儿,这番来的四人,我一人还敌得住,要是你等想他来救你们,那更是做梦了(索兴拆穿心思)。我凭着好生之心,劝你们忠忠实实地将主使之人诉说出来,好自己将肩胛卸下,我给你们求求各位校尉大人,在皇帝面前说几句好话,定可保全你们。如要执迷,那又算得是白死(索兴打动他们)。”

众贼闻言,一齐心思活动,又被雷洪怂恿诱劝了许多话,竟不由得直招出来,说是奉了善庆王的命令,同着四位好汉,到来劫杀公孙策、马青锋。在表面上是劫囚车,诈称二人的同党。使得龙宝山更不好交代,捉拿二人不到,只有自己入京请罪。那时仍用这样办法,便可又将龙宝山杀死。更可使天子一怒，将已贬职的李朝宗同着现在朝的马文升一网打尽（和盘托出，机关尽露，白秋塘所划计，却于此写出）。

雷洪录了供词，令各人画了押，禀知众校尉。

众校尉见招出这番情况，虽都受过善庆王的暗示，无如案情重大，不能够蒙混含糊。假使他们到京一提，自己诸人便有问事不明，及当面欺君之罪，可是万万使不得的。因此众校尉只得在表面上装出庄重惊讶的神情，吩咐雷洪好生看管。又反责雷洪："在馆驿中如何私讯罪犯，僭越之罪，雷观察可是免不了的。"

雷洪知道众校尉的心事，受了言语，丝毫不与他们抵抗，却暗中通知众贼，说："只要照此供，完全一字不移，定可保险无忧。"一面将供单收起，准备到京后，同着龙公的奏折，一齐恭呈御鉴。料定佘师兄在此相遇，定已入京还程，进京后，定可有希望。刘云此时早已告状，这都可以无疑的。

当晚，私下和马青锋、公孙策二人闲言。公孙策低低将日间来劫的四人说将出来，说："那四人乃是嫡亲手足，有名的四大金刚，他们这一跑了，必不甘伏，定要另生别事（为后文伏线）。前途尚须留心。"

雷洪点头，当夜无事。次日，向前进发，一路到京，所幸均未生出岔枝儿来。雷洪心中甚慰，跟着锦衣校尉，押着两辆囚车，同到午门。锦衣校尉入朝奏知，天子命宣雷洪上殿。雷洪领旨，入朝行了跪拜之仪。天子命他抬起头来，龙目观看，见他英风奕奕，相貌堂堂，不由大喜，便问他如何捉着马青锋、公孙策二人，以及沿途情况。

雷洪将二人自行投到之事说了，并将在德州境内遇见强途行劫，捉住几个贼党禀知。说着，将龙公的本章由怀中取出，顶在头上，说："龙知府命小民带有表章，恭呈御览。"

天子命内侍接过，放在龙案上，展开一看，内中却夹着张贼党的供单。天子看罢，心中诧怪，暗忖，马青锋等两人既自行投到，分明是不怕死，半路上当然无有他的党羽来劫囚车。如此看来，这供单上的话似乎可信。想到这里，便将供单拿在手中，宣马文升上殿道："此案交卿与刘云并案审讯，明日早朝复旨。"

马文升领旨，接过供单，叩头谢恩。天子又命雷洪押解钦犯，随马大人出朝，往三法司衙门听审。

雷洪领旨叩头，同着马文升下殿，出朝押着囚车，同往三法司衙门而来。

看官，马文升上文不是做的吏部天官吗？怎么这会儿又改为三法司呢？再加上刘云进京告御状，乃是义仆不避艰苦，愿受斧钺的义勇行为，编书的尚未交代，岂不是大大的一个漏洞吗（自己说穿，正要请教）？看官们别忙，且听在下交代交代。

马文升任的吏部尚书，原未更动，此时天子因刘云告状，案情重大，深恐非老臣公忠体国之人难以判断，特地临时加任马文升为刑部尚书，会同三法司，审讯这件重案。故此命雷洪随马文升出朝，前往三法司听审。至于刘云如何告的御状呢？

原来刘云住在普济庵，心怀主人家中绝嗣之痛，一入居京，身形虽安，心实苦哀。那日佘笑痴由淮安动身，一路往各处送信，趱程到京，问到普济庵，会见住持僧，同着刘云，将马青锋、公孙策二人自行投案之事说知，要他去叩阙上书，控告御状。

刘云听说给他主人报仇的马义士要因此难逃法网，心中愤恨已极，遂照了佘笑痴所说各节，请庙中住持僧代写了一张状子，大意为：

控告善庆王纵令拜男暴武扬，在淮安横行霸道，无恶不作，见珠起意，打死主人刘子章，逼死主母徐氏，移尸纵火灭迹。该恶霸受了奸王示意（竟说是示意，咬一口恶甚），潜造兵甲，建筑金銮殿，潜谋不轨。草民蒙主人累世厚恩，目睹此状，义愤填膺，赴淮安府控告。该府沈伯清，不问情由，乱棒打出。草民痛不欲生，意图自尽，忽蒙义士马青锋解救，询悉草民含冤情形，同深义愤，赠给草民资斧，使草民上控。

草民行至中途，闻人传说，新知府龙宝山即将到任（不说龙公私访，盖防人疑也），清廉明正，极有政声，草民因而折返淮安，等新知府上任放告之期，冒死二次鸣冤。蒙龙知府准状，令草民听传候审。次日，龙知府请暴武扬到府，询问详情，并将草民控状，以及淮安各被恶霸残害人民所具状词，与彼阅看。该恶霸撕破状子，咆哮公堂。差役畏其势焰，不敢上前捕捉。草民目睹该情形，知主人冤沉海底，难以昭雪。又恐此身在淮安，被恶霸党羽残害，因此乘乱逃出府衙，预备上控（不说杀死暴武扬之事，只作不知。妙绝，妙绝）。嗣念暴武扬势大，两江督宪恐亦未能为草民主人申雪，因此不避艰苦，一路步行入京（言步行，所以辨其行之慢）。中途又因劳致疾（辨其行迟之故），迁延时日，方始告痊。不料资斧用罄，草民又只得行乞进京（如此说来，行更慢了）。

今闻万岁出游，因此不避斧钺之诛，冒犯天颜，状告恶霸，为主申冤，草民虽死不恨(此段言状词)。

写好状子，佘笑痴便进城去打听万岁圣驾何时出外，打听得后日天子到郊外游猎。

佘笑痴回到普济庵，将这话对刘云说了，令他准备一切，并叮嘱住持僧，接待来京各处的豪杰，自己即刻动身南下，好迎护马青锋等人。不料到了德州境内，即已迎着。此乃是前文四大金刚劫车，被佘笑痴帮同杀退的一回事。

刘云自佘笑痴去后，自己便去找了几件破碎衣服，用污泥涂了身体，找了根青竹棒、破大碗、坏包袱、旧草毡、无边帽、鸳鸯鞋，赤了双足、露了半臂(豫让漆身吞炭自苦，亦不过如此)，行一步，哼两哼，扮成个逃难老叟叫花向外走去，沿街乞讨，真也亏他想得周到、做得逼真(其实是自赞其书)，沿途"老爷、太太做好事，修福修寿，多子多孙"地乱嚷。到了晚间，他便放下草荐，睡在人家屋檐下面。次日天明，便又如此乞讨，冷粥冷饭，讨来充饥。京城中六街三市各胡同，差不多都给他走到。人家见他年老可怜，却也很肯周济他，给钱、给食，他将多下来的包着放在碗内，拿在手中。

如此又混过一夜，次日一早(是后日了)，刘云正拿了竹棒，低头向前行走，迎面只听得人声浩浩。抬头看时，却是九城兵马司部下官兵开锣喝道而来，高喝："闲人站开，万岁圣驾一会儿将要出宫，往郊外射猎！"

军民人等一体肃静回避，休犯御道(专制皇帝威风，正如军阀出入一般)。

刘云闻言，知道天子将到，这乃是奉命净街的头队，遂将身躯慌忙向旁一站，让了这一起兵丁过去。不多一会儿，街上果然净街。又半会儿，只见大队禁军鸣金击鼓的，一队一队地逐队走过，一齐弓上弦、刀出鞘，有的肩上荷着刀枪剑戟，十八般武器，步伐整齐，状态严肃，只听号声，不闻人语(写禁军整肃)。这大队禁军走过，接着便是御林兵马大刀队、将校团，干戈森列，旌旗横空，那形状好不威武(总写一句)。这一起过去，便是旗锣伞盖、金瓜钺斧，内廷全班执事，清音细奏，十番传敲(又是一番景况)。过了这一队，接着便是内宫太监，一队队手提香炉，内焚贡香，香烟缭绕，馨气熏蒸。

两旁人民知道圣驾已近，一齐跪伏在地，甚有摆香案跪接圣驾的(夹写市民，笔姿健盛)。刘云也跪伏在地，专候天子驾到。

这会儿，太监过去，文武百官一齐跨马列队而来，簇拥着一辆六銮车，香花灯烛，肃静无声地远远走来。

刘云知是圣驾到了，等到车驾走到面前，放声大哭，高呼："万岁！草民冤枉。”说着，爬上几步，去攀天子龙舆。早被左右护驾武士喝住，上前捉着。

天子在车内看得清切，见是个老叫花，鹑衣百结，鹄形菜容，带哭呼冤，传旨驻跸，询问老儿有何冤屈。

刘云在身边取出状子，顶在头上，口称：“草民含冤，有状子在此。”

天子命内侍接过，在车内略一观看，心中甚是不乐，暗说，这潜谋不轨、建筑金銮殿等事，正与李朝宗弹劾善庆王的本章（李朝宗弹劾善庆王章，却在此处补出）暗中相合，尤其是马青锋杀了暴武扬，又闹京城，这刘云竟像毫不知情。他这状子口气，完全是为主鸣冤，并没有维护李朝宗、龙宝山等人之意，谅是没有关联，遂传旨道：“左右武士，将这刘云带在车后，朕要亲自审讯。”

武士领旨，将刘云带住，跟在车后。天子传旨前行。

走了一会程，刘云放声大哭，叫苦连天（真做得出）。天子听见，命左右传旨，问他何故。

刘云哭道：“草民年迈力衰，足痛筋疲，跟随圣驾龙舆之后，气喘力乏，实在跟不上。又恐获罪，故此痛哭（真做得出，真会放刁）。”

内侍奏知天子，天子传旨：“命武士将他带住，押往三法司衙门，候朕回銮亲审。”

武士领旨，将刘云带住，立在道旁，守护从天子的官员兵队完全过尽之后，才领了刘云，前往三法司衙门。在途问他有何冤屈，告的什么人，刘云则含糊其词，不说真话，但说：“小老儿这个冤枉，除去皇帝老儿之外，别人是管不了的。不与你事，你也不必多问。”

那武士被他顶撞，心中虽是愤恨，却又不敢得罪他，怕他明日御审时叫起屈来，不是要处（写心事如见），只得不问。押送到三法司衙，将刘云寄狱，听候圣旨，自己即去复奏。

这日，天子猎毕回宫，因时已晏，不能亲审。次日早朝，即令马文升：“会同三法司，专审此案，以代朕劳，务要详讯始末，勿负朕意。”

马文升领旨，同着三法司，在牢内提出刘云，详加讯问。刘云将主人、主母清明上坟，遇见暴武扬之事照着状子，由头至尾一字不遗地诉了一番。

正是：

义仆叩阍甘一死，侠士被囚愿成仁。

毕竟结果如何，请看下文分解。

第六十回

善庆王被谪戍边
小张仪乘机背主

话说马文升录了刘云的供词，详参一番，将惊堂木一拍，喝声："刘云，暴武扬夺珠起衅，逼奸杀人，有何凭证？"

刘云道："暴府家院牛儿，乃是谋主，大人只要提捉此人到案便可水落石出。更有一件，大人如有不信，不妨密派干员，到淮安地方去一查，恶霸暴武扬是如何作恶，便可明白。小人如有诬捏，甘愿反坐，寸磔老骨。"

马文升得供，遂说："刘云，你所告的人如今已死，你可知道吗？"

刘云闻言，佯作不信。及至马文升再说，刘云却放声痛哭。马文升喝问其故，刘云住哭带泪答道："小人冒万死到京控告，无非要为主人申冤，今仇人已死，眼见得终身不能见恶霸遭显戮、正国法。恶霸既死，小人的仇却报不成了，岂得不哭呢(写刘云甚能)？"说罢，又号啕大哭。

马文升在公座上闻言动容，几乎下泪。即是三法司，也觉得鼻孔中有些酸溜溜的(趣语，写刘云极能)。马文升又问刘云："暴武扬被马青锋所杀，为日已久，你怎么到现在才到京告状，是何缘故？"

刘云禀道："小人由淮安出来，一路步行，年老力衰，行走甚艰，再加上病势，再加上行乞，自然慢得多了。小人到京目的，是告御状，到京虽有几天，因打听得万岁外出须在昨日，故此现在方得告状的机会。"

看官须知，马文升本系与奸王立于反对地位的忠心耿直之臣，对于刘云的控告，本系十二分地欢迎，这番奉旨讯问，何以一句也不放松？皆因有三法司同审，不便含糊，故此颇为认真。

当时马文升命刘云在供单上画了押，吩咐："将他带下去，寄在狱中，等候圣旨发落。"

次日上朝，即将原供奏呈圣览。天子看毕，传旨令各处缉拿牛儿到案讯办。暴武扬已死，所控案情重大，但已无证据，置之不答。

马文升奉旨退朝后，行文各处，捉拿牛儿。

又过了一日，锦衣校尉已由淮安府将钦犯马青锋、公孙策解到朝中，奉旨命马文升会同三法司，与刘云并案审理。

马文升到了三法司衙门，先命传雷洪上堂，问了详情，然后命将马青锋、公孙策带上堂来。马文升将二人一看，不由暗赞。细看马青锋面容，不由又是一惊，暗说，这不是马文叔的儿子吗？我先听见“马青锋”三字，早就疑惑是他，今日果然，遂问二人的口供。

二人侃侃而谈，跪在地上，历述暴武扬在淮安的恶劣行为，善庆王包庇纵恶的情形。马青锋说自己见刘云自尽，因其忠义，特为赠金。及其后如何杀暴武扬：“不忍贤明知府为自己受过，因此到王府请罪。善庆王不问情由，将草民绑上法场，草民偶一动念，知府乃一郡之主，善庆王竟敢私自逮捕到京，如此目无君上，非予以警诫，不足使其知悔。因此草民在法场逃走，并深夜入宫，陈递字柬。奉旨缉拿，草民特到淮安投案，免得贤明长官受累。”

公孙策也将本人见刘云以后之事逐一陈述。

马文升录了供，命二人画了押，又将在德州劫囚车的徒众传上堂来，问了口供，吩咐分别寄在监中，令雷洪明日到午门候旨。

退堂以后，马文升将诸人供词抄成卷帙，自己又写了本章。次日早朝，上殿复旨。天子先看了本章，又看了供词，龙心暗忖，善庆王勾结强徒，中途劫钦犯，人证现获，已成铁案。况他前有擅捕知府之罪，如再姑容，将来定生事端。遂启金口，命群臣议善庆王之罪。众臣虽多善庆王之党，但因见圣上龙颜带怒，不敢回护（写皇帝之威可畏），共议善庆王擅权自专，削职之后，又有使人劫钦犯之嫌（只说嫌疑，写众臣暗帮忙，并以明众臣已窥知圣意，不欲上置亲王死地也），应削职为民，籍家产之半入官示警（议得甚薄）。

马文升力争不可，谓：“朝廷立法，应主大公（写马文升）。善庆王罪大而罚轻，是以人毁法，如何可行？”

武宗准奏，即降圣谕。

> 善庆王在位擅专，在野又有唆贼劫囚之嫌，姑念国戚年迈，前在朝中，不无劳绩可录，着从宽议处，削去王号，并免其子继仁、绍仁之职，籍没家资，全家遣戍甘肃。以警。

圣谕既下，马文升不便再争，只得领旨谢恩。遂又请陛下将刘云、马青锋、公孙策等发落。天子准奏。

传旨宣雷洪上殿，录他护解钦犯之功，授为御前四品带刀校尉，仍令在淮安府衙门当差。

其余护送差役，各赐恩饷三月，免役一月。

迎解校尉及禁军，均赏假一月，给俸一月。

龙宝山临民有方，政治清平，着加布政使衔，俟后任满升赏。所有拦劫囚车贼党，一律斩首(做首领的可以活，做喽啰的可以死，天下后世之助纣为虐者看样)。

刘云忠义可嘉，着免奴役，赏千金，回籍，禀承该管官厅，立刘氏亲房之子，为刘子章之后。所控暴武扬一案，现被告已死，着开棺戮尸，以完刘云之志，令地方官籍没暴氏家产入官，并严缉牛儿到案，以咎主谋。

马青锋、公孙策二人，侠义可风，着特赦其罪，从龙宝山之请，派在该府当差，立功自赎，以待后赏(龙宝山请保全二人，本章却在此处补出)。

其余凡平时附和善庆王之党，姑念无知，概令不究，以示宽大。

这上谕下后，马文升领着众文武谢恩。

天子传旨退班，即刻卷帘回宫，并将刘贵人贬入冷宫(此举显出聪明不过天子)。

马文升领旨退朝，带着雷洪到三法司衙门，传齐人证，赦了马、公孙两个，赏了刘云，立刻朱标犯由牌，命将劫车贼徒绑往市曹行刑。

处理毕后，方才回府，马青锋约了公孙策、雷洪、刘云三个，当晚到马文升府中叩见，谢了成全之德，又请代递谢恩折子。马文升当晚在府中治酒，给四人压惊，并嘉奖他们侠义。末后又劝诫他们一番，不可少年气盛、好勇斗狠。又将马青锋唤到僻处，诫以“不孝有三，无后为大”之意，应立功业，博一个前程。马青锋再拜受训。

当夜，四人由马文升府中出来，同住了客栈，次日方到普济庵去。这会儿，庵中人可多了，除去佘笑痴、褚二、秦化龙等外，栾以宾、阚泽鲲等两人也来了，大家相见，拱手道喜。普济庵住持大设素斋，招待众人。众人各道别后之事，褚二的召集总算于此补偿。大众畅叙三日，方才提议分手。

马青锋同着公孙策均因离家日久，此刻奉旨到淮安当差，不知又要耽延多少时日，才能回家，因此相约同行，先回家去走遭，再到淮安去办事。将这话对雷洪说知，托他转禀龙公。雷洪当然答应。

这日，大众约定，雷洪到客栈内领了伙伴，径向淮安。褚二同秦化龙等八位罗汉坚邀佘笑痴、栾以宾、阚泽鲲三位，同往黄河渡及汶上县两处去逛。约会马青锋、公孙策二人早些由山西出来，大家到淮安会面。二人应诺。于是大家收拾，都给普济庵写了缘簿（不然，和尚吃十方，诸公将吃十一方矣），分头动身而去。话且另叙。

却说善庆王自从校尉往淮安迎提马青锋等一干人物之后，便和白秋塘、卜安分两人商量，料定马青锋、公孙策二人定然自行投案，遂生了个迎劫的计策，请了孟氏弟兄来，用言辞激怒了他们哥们儿，打发他们领了王府二十几名精壮打手，跨马同到德州去等候，迎劫钦犯。一方面使龙宝山交代不了，一方面又实行报了仇。满望一举成功，万不料被雷洪、佘笑痴二人杀败，不但不曾劫得囚车，反而损失了几名打手。弟兄四个真是第一次栽跟斗，扫了面子，成了个败兴而返。依着孟皎、孟曝，不要再回大名报告这件事，孟明、孟昭两个却不肯依从，说："代人家做事，岂可如此含糊（写四人分两派，一笔不走）？快休这样，有始无终。"因此四人领着残伤伙伴，同到大名，见了王爷，说明其事。

善庆王闻报大惊，但亦很有机变，不但不怪四人，反而加以慰藉，说："胜败兵家之常，有何要紧？"

这一来，反而使四人自觉太难为情，存心极力雪耻，以图报答（此秦穆公用三帅故智，深得驾驭英雄之法）。

善庆王急请白秋塘、卜安分来商议，恰巧京中有人来报说刘云告御状等事。善庆王更恐，遂问二人有何妙计。

白秋塘听了这话，也觉吃惊，第一层，自己荐的人初次出马即失了风；第二层，打手被捉，定有口供，扳扯出来，不是要处。肚内一打草稿，登时生了一计，遂说："王驾千岁，此时事急，不能稍迟，宜急作退步，恐怕措手不及。门下料生命可无危险，但恐籍没家产，势不能免。"一句话提醒了善庆王，赶着召集部下，将所有家产尽量地分配，顶名过户，以免查抄。

在善庆王之意，无非借众人的名字用一用，将来财产仍旧是自己的。哪知奸人虽乖，悖入之财，终是悖出，报应循环，丝毫不爽。善庆王当时将一切不动产业，用众人的名义，一齐过了户，仅剩了些不甚值钱的田地，以及王府房屋，至于金银细软，却将四分之一赏给众人，以结众人之心（饱则扬矣，奈何不知），四分之二尽行捆载，准备一得消息，先行上路。

准备停当，过了几日，京报雪片般飞来。王爷被谪戍边，并要查抄家产。善亲王得了消息，即令白秋塘同着孟氏弟兄，押着细软，分两批先行，其余门下以及打手、家将、奴仆，亦分为两批，一批押解珠宝，跟着白秋塘，一批却跟着孟氏弟兄，留下少数，在王府伺候。

过了一日，圣旨到来，天使也是善庆王一党，自然诸事不甚认真，当即草草查点产业，会同地方官，上了封条，并命地方官饬派将官、兵丁、差役，随自己护送刘吉全家，往甘肃边境去。地方官各事均照办，即日押着刘吉等全家男妇老幼，一路向西北而行。因系同党，各事刘吉仍能自主。刘吉心中惦记着白秋塘等前站，吩咐趱程追赶，好一起走。哪知赶了三五日，老赶不上，问了问人，果然前两日有两起如此形样的人走了过去。

如此又赶了两三日，那日已到了山西境内，地名唤作榆树镇，却见孟氏兄弟的一站，在彼住着不走，等候后队刘吉（由此以下，均称刘吉，不再称善庆王）。父子大喜，赶上前去相见，问他们："白先生可住在此地吗？"

四人齐说："他是在咱们前行的，本约在此镇等候。不料咱们到了镇上，他已动身，留下字柬在这镇上客栈内，说他已先行，叫咱们赶上他好早到边境。"

刘吉父子要过那字柬来看，果是白秋塘的亲笔，与四人说的话无异，也不曾疑心。

到了次日，刘吉令一行人快走，却令次子继仁急急驰马前进，追着前队，令他稍等。继仁奉命追去，刘吉等一行人向前而行。行到下午申牌时分，忽然前面一匹马疾驰而来，到了面前，方才停住。众人看时，正是二公子（前为王世子，今则公子矣，令人不胜今昔之感）刘继仁。只见他汗流满面，形色仓皇，大叫："不好了！白先生前队被贼抢了。"

正是：

奸恶自有奸恶报，奈何世人为恶多。

毕竟白秋塘前队果被贼抢否，请看下文分解。

第六十一回

聚群英滦河创雄图
别知友双侠回梓里

话说刘吉见儿子如此惊呼,不由吓了一跳,忙问其故。

刘继仁气急败坏、气喘吁吁地跳下马来,回禀道:“白先生前队被劫,孩儿前行,见前面山脚下树林内遗弃车仗物件甚多,血迹狼藉,尸身横着不少,那些人都是咱们家一家。孩儿看见这血迹模糊的所在,吓得拨转马头,飞也似的赶将回来。”

刘吉等人听罢这番话,不由一齐惊得目瞪口呆,尤其是孟氏弟兄,惊得面如土色。

刘吉道:“我儿,前面是何地名?”

刘继仁道:“孩儿惊慌失措,哪里还有问人地名的份儿?”

刘吉问孟明道:“壮士可知道前面是什么所在吗?”

孟明道:“前面山峰,唤作杀虎岭,地方虽然险阻,素无强人出入。这一伙人大概是新上线的朋友。”

刘吉见孟氏弟兄面现惊恐之色,遂说:“四位壮士,前途危险,白先生生命不知如何。四位壮士有何方法,可以前去哨探哨探吗?”

孟氏弟兄齐说:“有咱们在此,尽可以前行探路,你们在后边走就是。”说着话,四个人将坐下马一拍,泼剌剌直向前面奔去,转眼之间已是无有踪影。

刘吉等一行人继进,走不多时,已是天黑,赶到前面小镇集上住了客店。刘吉父子、家人商酌:“前途危险,有贼截路,可怎么办呢?孟氏弟兄前行探路,尚未回来,不知能走不能走。”

刘绍仁道:“父亲不必担忧,孩儿料孟氏弟兄必能保咱们到甘肃去。”

刘继仁道:“不消说得,孩儿料定白先生或许已经遇害(是年少人皮相之谈)。”

刘吉沉思了一会儿,不由狐疑起来(写刘吉深心)。暗忖,不妙,白秋塘他头队先行,竟敢冒险,不等孟氏弟兄同走,这其中莫要有别项原因吧!想到这里，越觉着疑心，便对二子说了。

二子齐说："父亲别太多心，白先生谅系不知前面有山贼，如知有山贼，他一个文人怎敢冒险呢？即如孟氏弟兄，谅也真不知，如果知道，他们哥儿四个岂有不立刻追上去的呢？"

父子们正在计议，外面走进四个人来，满头大汗，正是孟氏弟兄。

刘吉忙问："壮士，哨探消息如何？"

四人叹了口气道："前面山贼果然没有，我等赶到杀虎岭，恰巧有个樵子由山上负着柴下来，问他消息，他说：'今日山下劫掠客商，他正在山上樵柴，看得清清楚楚。贼众共有二十余人，为头的共有三个，甚是凶猛，将这边的人，凡是抵抗的，俱杀死在地，其余的都被他们威吓着交代了财物，掳将去了。听他们口音，都是山东人，乃是伙过路强盗，无从追查。'我四人无奈，只得退回。据樵夫所言，前面实无贼寇，但白秋塘的生命有无危险，此刻殊不敢断定。"

刘吉听罢，说："四位辛苦了，请用晚膳，早些安歇吧！老夫这一点儿宝物，损失倒还事小，唯有这许多人，都因押解这一点儿东西，都弄得生命不保，尤其是白先生存亡未知(单提白先生，是善说法)，更令老夫心中不安(曰尤其、曰更，其语之重也，如此，此收人心法也)。"说罢，长叹了一声道："壮士(如闻其声)，我虽不杀伯仁，伯仁由我而死，叫老夫怎么过意得去呢(老奸巨猾，毕竟不同常人，对四人如此说，因四人系白之姻娅也)？"

四人听了，不由为之鼻管一酸，回说："王爷勿忧(此而称王爷，仍其旧称耳，非误笔也，盖四人此时实无别项称呼，可以改口也)，敝亲如果遭逢不测，我等必为之报仇。总而言之，事有前定，敝亲想系该逢劫数，如等候我等同行，又何至遇此山贼呢(写四人口吻，始终勿变)？"说罢退出，自去用晚饭，洗脚安息。

次日起行，那押解刘吉全家的将校差役兵丁，以及刘吉全家，无不担着心事，深恐这杀虎岭的一关难过。哪知走到岭下，正逢着地方官督领差役、地甲、仵作等人在那里检验收尸，见刘吉一行人到来，迎住相见。刘吉不便自承是自己的人被劫，请地方官缉查，因自己是军犯，家资已籍没入官，哪能说有宝物呢？只好打落了门牙往肚里咽，给他个忍痛不开口(趣语)，免去许多麻烦。地方官也因他系军犯，不便招待多谈，怕的遭人物议，只不过敷衍门面，即便送别(令人想见趋炎附势者)。

刘吉等一行人过了杀虎岭，一路迤逦前行，食宿辛苦，非止一日。那日到了甘肃兰州府，地方官早已得报，因刘吉虽系军犯，却是奉朝命被谪戍边，不比寻常军犯(此其所以有差役、兵丁、家将等护送也，可名为特别军犯)。况知他王位虽去，家产虽丢，职权虽削(三"虽"字，引出二字)，但因他目下情形，正合着

"百足之虫,死而不僵",在朝在野,各有一种雄厚的潜势力(如无此笔,几乎将前文漏一大漏洞)。又素知他与本境各处的小王子互有来往,他此番到边,正所谓得其所哉(找足上文),如何好冷淡他,当平常丢官被贬成边的大员一般看待?自应要应用手腕,与之交欢。因此率领城中大小官员,到城外迎接,安置在行馆之内,先办了回奏,宴请天使,送了许多边境礼物。天使在甘肃住了一天,即率领护送差弁兵将,回朝复旨。刘吉又自将宝玩赠给天使几件,备了谢恩悔罪的折子,请天使带回朝中,呈奉御览。

天使去后,刘吉将所带宝玩分赠地方官,并差人赍书送礼给各小王子,以联感情,然后在兰州城中觅了房屋,安顿家小人口,另觅工匠,建筑住宅,再行迁入。自此以后,刘吉反而可以大胆放心,积极筹备,竭力用情,深结孟氏昆仲之心。

过了些时,卜安分由北京到边境来投奔刘吉,报告京中近事。刘吉平时素以白秋塘、卜安分两人为左右手,此时相见,颇为欢洽。刘吉见卜安分不以自己势倒而冷,竟肯千里来归,认为难能可贵,便和他商酌,如何可以自振。

卜安分道:"从前定计,嗾使小王子等作乱,好令朝臣奏请,派马文升出征,并起用王爷(提前事,应前文)。如今时势变易,此招已是不行(逼出本文来),只有立聚英馆,招聚群雄的一招,很可以行得。抓总说一句,成功呢,王爷可以得不少的辅佐;败呢,这个罪名,反正王驾不任其咎(人心之险也,如是夫)。"

刘吉听了这番话,想着白秋塘以前所定的计划,此时互相参核,正合着个智者所见略同,不由大喜,遂命人将孟氏弟兄请将来,将这立聚英馆的事对四人说了。这事正合着四人之意,不由大悦,遂说:"此事易办,我四人回转滦河,即日招集,顺着还可追查杀虎岭之事。"

刘吉见四人一口赞成,不胜欣慰,便说:"四位壮士,贤昆仲须何时起程前往滦河?"

四人说:"明后日即可动身,反正在此地亦无多事。"

刘吉听罢,即令左右传话,置备酒席,给四人送行,并问四人要多少银两。四人说了个数目,刘吉令人准备,当日请四人入席,刘吉亲自把盏,请卜安分作陪。酒席间,刘吉再三叮咛申述,期望召集群英,订立契约,将来一举成功,富贵共享。并说:"本人在此,亦当另外设法搜罗,总期互相策应。"说罢这番话,即席写了委任状,委四人为前后左右四将军,并授以便宜行事,任免各路英雄官职之权。给四人空白符札多道,以便授给各位英雄的职位名义。四人受了重大委托,感恩图报,立誓为王爷召聚天下英雄,为王爷定山河(说得好听,此等雄图大略,只好算是狂妄)。卜安分给四人敬酒,预祝成功。

席散后，四人收了符札、银两，告辞出去。次日收拾本人衣物，第三日清晨，到刘吉住宅告辞作别。哥儿四个取路山西，奔直隶，径向滦河，一路辛苦，不必细述。

那日到了自己家中，小头目接着，禀报别后寨中买卖情形，一家团聚，好不安乐。谈及孟云霞近况如何，弟兄四人齐声叹息，说："她很可怜，老白生死未卜，她在北京，还丝毫未能知道呢！"

妯娌们听说老白遇险，也不胜扼腕叹息（读者心中，不将笑破肚皮），说："怪可怜的，年纪轻轻，即要守寡。过两日，如有人上京城去，可顺便托他们代捎封信，问问云霞（观此可知，白秋塘之险，加人一等）。"

弟兄四人听说这番话，都说正应如此。

当夜安息，夫妻们自有一番久别的叙话（趣语，解人颐），不用多述。

次日，弟兄四人在家计议，命人到滦州城中，雇了瓦木匠来，估价建筑聚英馆房屋，先拣几个有名的知己朋友，邀了来共议，如何着手，只等房屋造成，便摆设擂台，号召群英。一面却令小头目，分往各处，召集小股匪党，给予名号，俟擂台期满，即便举义。如此一来，竟闹得山雨欲来风满楼。官厅中虽然尚无闻知，但是绿林中黑白两道、水旱两路的朋友，凡是有名的，却已都得了消息，除亲近些的知道另有作用，图谋集众大举之外，余皆只知有摆设擂台，虽估量着另有作用，却也猜不透他们是安着谋反的心肠。后来闹得侠义与贼寇大决斗，消灭乱源，为本书情节紧要的节目，后文自有交代。

如今且说公孙策、马青锋二人，别了分水犀褚二、八大罗汉秦化龙等人，及刘云，佘、雷两师兄，阚、栾二太岁，离了京城，径回山西。二人一路上游山玩景，徐徐而行，晓行夜住，安闲自得。

那日走到石家庄，这地方乃是由直隶往山西的要道，地方兴旺，商贾辐辏，二人到了镇上，市口上立着几家客店的接客小二，上前迎住道："请住在咱们店里吧，有上好的上房，地方雅洁。"

这一个嚷声未已，那一个却又接口嚷道："客人，咱们店里铺位好，房间大，使唤的人多，饮食清洁，又无有臭虫，被褥全是新的……"

嚷犹未完，又一个接声道："客人，咱们店里招待周到，空气流通，枕席全备，房间洁净，请住到咱们店里去吧（读此一段，仿佛身临一处码头，如画）。"

正是：

嘈杂声喧迎旅客，笑顾回言作羁人。

毕竟二人住在哪家店内，请看下文分解。

第六十二回

公孙策旅店会宁仁
马青锋坑厕遇奇事

话说公孙策、马青锋二人，背着包裹，走到石家庄镇上，刚到街口，迎面来了好些客栈内接客小二（长江一带，名为接江的）。此嚷彼唤，甚至有上前抢着接包裹的。

二人因在此经过，反正并不多住，用不着拣选，随意指了一名小二问道："你们是哪一家？"

那小二回说："咱们是三义店，是本地最大最好的旅馆，酒菜全备，各事都好。"说着，便来接二人的包裹。二人将背上包裹交给了他，早有两个伙伴抢着上来，将包裹接过，扛着先走。小二随着让二人同行，到三义店而来。

走到店内，早有里面伙家上前迎住接过包裹，向空着的上房内便走。二人跟到里面，将房间一看，果然清洁宽敞，遂住了下来。先赏了接包裹伙计的酒钱，然后坐将下来，拍去脚上灰尘。小二已送了茶水进来，倒了两杯茶，请二位爷用茶洗脸。二人起身洗脸，漱口喝茶，坐下身，命小二取脚盆来洗脚。洗脚后，二人换了干净袜履，又换了身衣服。

小二提了空桶进来，撤去污水，揩抹桌子，提桶及脚盆，退将出去。一会儿，又来问："二位爷，晚间用何酒菜？"

公孙策道："打二斤好汾酒，做两样时新的菜蔬、一碗汤，便可以下酒吃饭。"

小二问："什么菜？"

二人道："此地有什么时鲜适口的菜，随便做两个来就得了。"

小二应命出去，一会儿，已是送来。二人浅斟低酌，对饮闲谈。正在此时，猛听得隔壁房中有人拉着胡琴，唱起京调来，接着便是笑语声、叫好声，听上去那唱的声音是个娘儿们，嗓子唱的青衣，声调颇是悦耳，可惜被那笑语、叫好的声音噪着，听不清楚。

公孙策道:“咦！这镇上难道有妓院吗？不然,哪得有人叫局呢?”

马青锋道:“这地方乃直隶、山西两省交通孔道,仕商往来甚多,窑子谅系有的。”

正说着,小二进来问:“二位爷要用饭吗?”

二人看了看,壶中酒还有三五杯,便点了点头,遂说:“小二哥,隔壁房间里有娘儿们唱曲子,是哪家窑子内的呀?”

小二笑说道:“二位爷,这是本地头等的角儿,青衣老生、昆曲秦腔、京调小曲,件件都是拿手,而且能写字,又会哼几句诗,人品好,生得如粉装玉琢的一般,有名唤作白牡丹(顾名思义,其人可知),是个顶呱呱的红姑娘。二位爷见问,敢情是要叫她的局吗?”

二人闻言,齐摇头道:“不,不过问问你,这个姑娘是哪家院子里的？是信口问问,没甚意思。”

小二道:“这白牡丹乃是本镇北街王大房的,真可称得起是棵摇钱树。”小二说着,放下饭桶,给二人盛饭。

公孙策听那隔壁说笑声中,夹着一句道:“哎哟,你这一瞟骚眼,真要勾去人家的三魂七魄,好不厉害！我宁某虽号称勾魂使者,恐怕魔力还赶不上你呢!”

公孙策陡听此言,心中一动,放下酒杯,走到壁缝内一张,只见迎面坐着的一个年少公子模样的俊品人物,正是自己每想追寻的勾魂使者宁仁。不由一惊,掉转身来,回到位上。

小二刚丢下饭碗,举步出房,舀了两盘面水进来,放在洗脸架上,回身要走。公孙策唤住道:“小二哥,这隔壁客人是几时到的,同行的共有几人？这叫白牡丹局的,又是谁人呢?”

小二回道:“他们一行共是五位,都是今日才到,分住在两间房内。”

公孙策道:“内中可有位姓宁的吗?”

小二应道:“有,叫局的乃是位姓徐的,是本地的一位有名人物。姓宁的,果真有一个,但是他并未叫局呀!”

公孙策点了点头。

小二道:“爷和那姓宁的认识吗?”

公孙策笑道:“我和他曾会过一次面,方才在壁缝内一张,似乎有些相像,所以问你,果然有他在内。”

小二闻言,退将出去。

马青锋已洗了脸,说:“公孙兄洗脸吧,怎么这般问长问短,莫非要见猎心喜、逢场作戏吗(问得愤闷)?”

公孙策一边绞手巾,一面笑道:“马兄别错会意,咱可不是这般人。”说着,绞好手巾,擦了脸,坐将下来,将自己如何投师学艺,奉师命代除师兄,及在通州遇见宁仁及计全胜,后来方在滦州会见粉金刚的话说给马青锋听了。

马青锋道:“如此说来,公孙兄苦心孤诣,今日在此巧遇,还当如何呢?”

公孙策叹了口气,将自己同着计全胜南下,在褚二家分别,自己南行,访寻师兄,无非欲劝谏师兄,但恐他恼羞成怒,并恐他记念通州破坏他的好事之仇。今日在此相见,也只得和他相见,请他到这边来,劝他悔过自新。如他能诚意悔罪,岂不免伤同门和气?万一他毫不客气,那也只好将来邀同栾、阚二师兄,寻到他之后,宣布师父的戒律,请他自己裁处(直贯后文,预为作引)说了一番。

马青锋听得此言,不禁叹息道:“公孙兄,但愿你能将他劝谏得悔过自新,小弟也给你欢喜。”

公孙策太息点头道:“但愿如此才好。”说着,二人又说了些闲言。听听隔壁已是歌声停歇,人语止静,二人走到壁缝内一张,只见里面只对坐着两人,其余的男女俱已不在。

二人相顾低言道:“不料咱们在这说话的一会儿工夫,他们俱已散去了。”遂退到座位上,坐将下来。

公孙策沉思,师兄在此,如何可以会晤可进良言。忽然得了一个主意,便立起身来,将衣服略整一整,说:“马兄稍坐,小弟到隔壁房内去,打个转身就来。”

马青锋道:“兄请自便。”

公孙策出得房去,走到隔壁房门口,门帘放着,灯光外射,公孙策伸手将门帘一撩,走将进去。那对坐着的两人正在说话,说得出神,陡见一个陌生人走将进来,不由一惊,起身请问尊姓,找谁。公孙策微笑着说了姓名,回问二位贵姓,台甫。二人说了姓名,乃是尚公达、蒯寿松,均是保定府人氏。公孙策说明住在隔壁,特意过来拜访宁仁。

二人说:“宁兄同着一位姓徐的朋友,一齐到王大房去打茶围去了。停会儿就要回来,请坐!”说着,伸手让座。

公孙策坐下,有的没的和二人闲谈了一会儿,起身告辞,说:“宁爷回来时,请二位转达一声,就说小可来过,明早再来奉访。”说着,便出房门。又说:“二位老哥,如有暇,请到咱们那边坐去。”

二人起身,送到门口,说:“有暇当来拜望,不送。”大家一拱手。

公孙策回到房中，马青锋兀自坐在那里呷茶，起身相迎，问：“怎么样？”

公孙策将情形告诉了他。

马青锋道：“如此说来，是要明早才得见面的了？”

公孙策道：“说不定，也许他即刻回来，就到咱们这边来呢……”

说犹未了，忽然门帘一掀，走进一位公子模样的人来，说：“原来是二位，劣兄久仰了。”

二人一怔，望着那人，公孙策认识他，正是师兄宁仁。赶着上前行礼，说：“师兄驾临，未曾迎接，请勿见怪。”说着，便给马青锋介绍，各说几句“久仰大名，幸会幸会”的套话。二人让宁仁上座，然后依次坐下。公孙策先说上次在通州误会之事，请师兄不要见怪。

宁仁笑道：“贤弟说哪里话来？彼时乃是劣兄不好，贤弟行侠作义，正应如此，怎好怪贤弟呢？近来闻得贤弟同着马贤弟，在北京干了番惊人事业，劣兄实在羡慕已极，敬佩敬佩！”

二人连忙逊谢。马青锋见他进门即呼自己为贤弟，心中虽怪他太不客气，而此时见他认前错，又说得豪爽，反而有些爱他。

公孙策见师兄如此说话，本系初次交言，素未相处在一起，也识不透他这话是真是假，遂说：“师兄方才不在房中，听说是陪朋友逛去了，怎么已回来得这般快呢？”

宁仁笑道：“劣兄不曾同着他们去，只在那面房中躺下，听得贤弟问蒯、尚二位的话时，劣兄即走了过来，恰巧与贤弟走了个前后脚，故此追将过来。果真要到王大房去，哪能就一人独自溜了回来呢？”

二人方始恍然。马青锋心中忖念，他们师弟兄会面，要进忠告之言，自己在面前，他们有体己的话，说起来也不大方便，不如自己避开，反而好些，遂说：“二位请坐一会儿，兄弟去解溲去。”说着，起身出房，问小二坑缸在哪（问得妙，否则不将疑其有他耶）。

小二回说：“在后面院子内，爷跟着我来吧！”说着，在前引路。马青锋跟着，穿过一进房屋，来到一所后院内。

小二道：“茅坑里黑魆魆的，容我去点个亮来，爷请等一等。”

马青锋道：“我却忘带草纸（出恭不带草纸，应了俗语），你顺便拿些来。”

小二道：“厕内有草纸呢。”说着，往前面点灯去了。

马青锋是练过武功的人，目光本极深锐，虽在黑夜，尚能见物，何况这后院内被天际星光照着。常人虽不能看见，但也可以在五步以内，隐约辨视，何况马青锋呢。略一凝神，便已将这后院内四面看得清楚。院内三面是围墙，一面通前面店内，里面栽着几株树，那茅厕位置，却搭在靠左首墙边。

马青锋正在呆望，却见灯光一闪，小二已掌了个亮走来，照着路道："爷请去拉屎，这灯就在这里，爷回来，请带回来吧！草纸在茅坑右首一只小木盒子内，伸手便拿得到。"说罢，放下亮，搁在门槛上，掉转身来走了。

马青锋借着灯亮，走上茅坑，拉开裤子，蹲在上面。看了看，左首果然有草纸放在木箱内，遂哗哗哗地拉了一阵，心中忖念，他们师兄弟，这会儿不知说些什么，照宁仁方才那番说话，却很豪放，不像个怙恶不悛的人，但愿他能立改前非，岂不便成为一个大侠(君子爱人以德，正应如此)？正在暗忖，不料一阵风吹来，刮得树枝招展，声响息息，灯光亦摇闪不定。再一阵风来，呼一声竟将灯光吹熄。

马青锋暗说，好大风，亏得是我，如是别个，这灯亮灭去，在茅厕内黑魆魆的，岂不要着急吗？边想边伸手去摸草纸，方才揩了肛门，下得坑去，提裤子要走，忽见面前一团黑影子一晃。马青锋一惊，抬头一看，却见那黑影子走在前面，一张大白脸，黑白分清，极其骇人。再看时，却见那黑影子嚎了一声怪腔出来，不由不令人心中发毛，看在眼内，心中奇怪，这黑影子是谁呢？赶着将裤子系好，向那黑影子走去，口中问道："什么人？"只见那黑影子向后倒退，忽然矮将下去，愈缩愈小，缩成一团，在地下滴溜溜乱转。

马青锋正在惊讶，一转眼，那黑团儿已滚到墙角落里去了，倏然已是不见。马青锋走到门口，俯身拿了已灭的灯盏，向前面来，边走边心中疑惑。

正是：

底事黑影倏不见，遮莫冤魂屈未申。

毕竟马青锋回到前面，如何得明真相，请看下文分解。

第六十三回

观究竟侠士试霜锋
淫主妇西席饮白刃

话说马青锋掌着已灭的灯盏,向前行去,边走边忖,这黑影子是个什么东西呢?如果是人,绝不会有这类情事的,如是鬼吧,倒有些像。但他又何以要这般滴溜溜转个不住呢?岂不作怪吗?正在暗忖,猛不防小二迎面走来,两下都不曾留意,撞了个满怀。那小二怎经得住马青锋的一撞,早就哎哟了一声,扑通一声,倒在地上,五岳朝天,四仰八叉。幸亏无意,否则小二被这一撞,虽不至折臂断筋,定须头破血流。

这会儿,小二翻身爬起,口中唤着:“哎哟!”

马爷将灯盏放在桌上,唤声:“小二哥,跌坏了没有?”

小二两手拍身上的灰尘,口中应说:“不碍。”

马青锋走过去,给他将背后灰尘拍去,边拍边说:“小二哥,咱正要唤你,问一件事,你却跑了来了,低着头出神,有什么心事吗?”

小二口中谢着,说:“不碍事。马爷别将手污染了。”遂又应道:“咱想着一笔账,算错了,故此低头而行。却不料碰在马爷身上,不知马爷可曾碰痛没有?”说着,掉转身来,问:“爷有何事,要找我问呢?”

马青锋笑道:“咱问你没别的,你们这爿三义店,后院内可曾有什么棺材埋着?”

小二笑道:“好好的院落,要埋棺材干什么呢?”

马青锋道:“方才我看见一种怪异事项,分明是个鬼,在那里作祟,叫一声,尖锐刺耳,黑魆魆的影子,高大的身材,白色的面膛,明明地是个妖鬼现形。如没有棺材埋在地下,哪会有这种事呢?”

小二闻言惊问道:“敢情爷看见的是一个黑团团儿,滚到墙角落里去的吗?”

马青锋道:“可不是嘛。”

小二道："爷别嚷，咱们店中上上下下都为这东西吓过。每到晚间，即便出现，不但会长啸，而且会嚎，见了人来，它便缩小了，滴溜溜转上一气，滚到墙角落里去了。初时咱们也当是鬼作怪，后来见惯了，却也就丝毫不怕，只当无其事了。爷见着的，也是这东西，不要紧，不是鬼怪，也不是妖精。"

马青锋听他这番话，忍不住笑道："既非鬼怪，又非妖精，那么是宗什么东西呢？"

小二笑道："我也不知是何物，爷请想，如果是妖鬼作祟，咱们这屏风后的门还敢开着到后面去出恭吗？"

马青锋听罢，心中狐疑，这话虽然有理，但内容绝不会如此简单，遂说："小二哥，这东西出现，已有几天了呢？"

小二道："大约也有十来天了。"

马青锋道："每晚出现几次呢？"

小二道："这可说不定，大概它每晚总要出现几回，非吓一回生人不可。在咱们这店内的客人，凡是到后院去有事的，差不多个个都被它吓过。爷不信可以问别人。"说着回身，向后面去有事，径自走了。

马青锋察言观色，觉得其中另有情节，否则小二何以初听我说面色变异呢？又想，这会儿不知宁仁可曾走了不曾，遂起步回房。却见公孙策独坐在那里，宁仁已是去了。

马青锋道："公孙兄，这店后院有妖怪呢！令师兄过去了吗？"

公孙策道："刚才过去。怎么（二字句惊诧声也），后院有妖怪吗？"

马青锋坐将下来，笑说："这妖怪，形容可怖，不知是什么物事。"说着，将方才所见告诉公孙策一番。

公孙策不信道："哪有这种事？别是老兄眼花了吧！"

马青锋笑道："哪有眼花之理？不但看见它的形容，而且听见它的长嚎。方才我问小二，小二也说有的，他们店里人个个都曾见过呢。"

公孙策道："嗄，我同你再去看看如何？"

马青锋道："焉知它再不再出来呢？"

公孙策道："不是这般讲，它既会长啸，又会哭，这不是个疑团吗？反正这会儿还早，方才宁师兄约我在这里多住几天，叙叙同门之情。马兄，说出来也叫你欢喜，他竟无须小弟劝说，现在已是痛改前非了（其言甚甘，其心必苦，奈何不知）。"

马青锋听了，也甚欢悦（君子爱人以德，侠义固如此也），说："早还很早，睡也未必能睡得安枕，要到后面去看看也没甚不可。"于是二人各带了本人的宝剑,走到后院内去。

这时节风声比方才又稍微大了些,二人按着剑把,等了一会儿,不见影响。公孙策等得猴急,撩起衣裳(上服为衣,下服为裳),嗖一声,一个箭步纵上墙头,向四下一看,只见左首内这家人家灯光射在天井内。

公孙策生就两眼锐利,当初在山上已是练就一双夜眼,何况此时那天井内有灯光射着,天上又有星光照耀,怎会不看得清清爽爽呢?当时他看见天井内立着一人,披头散发,手内执着柄宝剑,立在一张方桌面前。桌上供着位神像,一只香炉,炉内爇着香,星星之火,兀自熊熊地燃着。桌上列着几只水碗,那人口中念念有词,伸手取过一只水碗,呷了一口,将剑向巽地上一指,刮起一阵风来,那人将口一张,喷出法水,随着风,卷出一团黑影,在地上滴溜溜转动不已。那人口中又咕噜咕噜地念了一遍咒语,将剑向那黑团儿一指,那黑团儿登时滚向自己立着的墙脚下来(写得如见妖人一般可怕)。转了两转,竟不知如何,到了墙这边后院内来了。

公孙策看得出神,索兴看他一个究竟。只见那黑团儿转了一会儿,渐渐长大。回头看时,那人在桌前,口中叽里咕噜地念得更急,这边团儿竟变成了个黑影子了,现出脑袋,如斗大一般地摇晃不定,雪也似白的脸子,走向马青锋的面前去了。

马青锋早已看见,将手掌轻轻一拍,公孙策应声纵下,跟在黑影子后边。那黑影望着马青锋,忽然发出一种怪腔,嚎将起来,掉转身来,又向着公孙策怪叫了一声,益觉尖锐凄厉。二人虽是胆大,也都被它一惊。

公孙策唤声:“马兄,这黑影子交给你,小弟到隔壁去捉那个使妖法的人去。”说着,回身一点足,已上了墙头。

只见那人仍仗着宝剑,在那里踏着罡、念着咒。回头看时,马青锋已拔出宝剑,霍一声,将那黑影子的斗大脑袋削了下来,如一颗白东瓜,在地上乱转。那黑影子忽然变易,摇了一摇,化成一道黑气,呼一声,向马青锋吹去。马青锋唬了一跳,一个喜鹊登梅,一扭身躯,赶着纵上屋檐。那黑风竟如没头苍蝇,呼呼呼刮着响,在后院内乱转,渐吹渐大,呼一声,竟由门内飞向前面去了。

这时节,却听见下面人声嚷着:“好大风,火也吹熄了,快找火刀、火石来点亮啊!”

二人猛一回头,正见那人仗着宝剑,在那里像没事人一般,口念手指,脚踏罡斗。

公孙策纵到马青锋面前,说:“马兄,这分明是使妖法,你我出其不意,下去将他捉住,问他是干吗的。”

马青锋道:“好,咱和你下去。”

两个人一踊身,由这边屋上到了那边屋上,略一点足,便一个蜻蜓点水式,飞身而下,直扑那人。一个夺去他手中宝剑,一个将他按倒,亮出剑锋,指着他的面孔,问他做什么,要这样兴妖作怪。

那人将二人盯了一眼(伏根),冷笑道:“我做我的功课,与你二人何干?要你俩多管闲事!”

二人大怒,将宝剑逼住他脸,他俩两口宝剑都是宝物,寒气逼人。

那人躺在地上,不由打了个寒噤,哎了一声道(写二人之剑):“好家伙(绝倒语),咱们井水不犯河水,大家客客气气,为何要来欺负人?两个治我一个,便算得好汉吗?我老实说了吧,照这样来欺负我,便用剑刺我个透明的大窟隆,也是不行的。”

二人闻言,说:“朋友,咱们正是两不相犯,本不用管闲。只因好奇心胜,加上在隔壁院内被你的妖法吓了一跳,不得不来问问你,是为何如此?”

那人道:“好,光棍打光棍,一顿还一顿,你二人要做我,请动手吧!我如回手,不算好汉(却又是奇事)。”

二人见他如此顶撞,反觉不好动手,说:“朋友,咱们要问你个原因,你说了便没事。”

那人冷笑道:“我料你二人也做我不了,也不敢做,告诉你两个小辈,也不怕你。老实说了吧,我得有异人传授的仙法(白莲教罢了,何大言不惭也),不避刀剑。你二人无缘无故地破了我的黑煞神法(名目却借他自己口中说出),我非不知,只因你两人在屋上,与我无仇,破黑煞也是无心,故此不曾命神将拿你们(一派胡言,又谁知自己被人所执,可笑),你俩却先来治我!也罢,咱们不打不成相识(转弯好快),老实告诉你们,隔壁三义店的房屋,占了我这住宅的风水,我要将他买来,以保家宅人口太平(然则,无仙法可以救济耶)。偏巧他们财东不肯,我想和他打官司,乃是白操心,因此略施小技,差遣黑煞,到隔壁去捣乱,预定一月之后,可以使得他们那边闹得旅客不敢来住,即是他们东伙,也不敢再安居在内。此时是一个黑煞,将来招鬼魂到隔壁去大闹,总而言之,要闹得他自顾贱价拍卖,那时我便可以稳稳买到手。我因与他们无仇,故此用这善取的方法,否则立刻要他让,还怕他不让吗(然则请教,不用善法将怎样)?”

二人听罢这番话,将他一松,由地上扶起,说:“朋友,原来为的此事,咱俩不知,多有得罪,请勿见怪。不过依咱俩之劝,还是别寻居处,何苦要并吞人家的产业?不是咱俩当面取笑,照你的法术,也不过如此,别生这种野心吧(此之谓打一下巴掌给一块糖),总算给咱俩个薄面。如果定要和三义居为难,是你之过,那可不能怪人(喝一句可骇)! 咱们再见。”说着,一纵,上了墙头。

那人嚷道:“好两个小辈,咱们再见。”

二人大怒,复又跃将下去,说:“妖贼(骂得好),见吧,来来来,谁还怕你不成?”

那人翻身爬起,拾了他自己的宝剑,便奔马青锋。马青锋将剑一迎,锵锒一声,那人的一口剑削成两段。

那人大惊,说声:“住手!”

马青锋住手问道:“妖贼,有何话说?”

那人道:“二位很够朋友,好,咱们今日相见,却也是我该栽跟头,不怪你二位。我有两句话,请听:‘他日狭路相逢处,不报此仇誓不休。’”说罢,回身便跑。

二人大怒,喝声:“妖贼! 哪里走?”在后一追,那人已跑进屋子,向前面去了。

二人素来仔细,恐误中他屋中的机关,因此止步不追。

公孙策走到方桌边,伸手将桌上供着的神像取在手中,说:“咱们回店。”二人一扭身,已上了墙头,跳到后院,插了宝剑,走到前面,回转房中,在灯下将那神像一看,只见约有一尺许长,乃是沉香木刻的,雕得非常精细,上面刻着几个蚂蚁般的正楷小字,乃是“白莲大士圣像”。

二人观毕,不知所以,遂将那圣像丢在床上,预备动身时,再将它打在包裹内,将来好请教别人。二人回身出去,到天井内小解,预备回房安眠,料定那妖人不敢来寻事,即来,也得到明天。

二人方在天井内阴沟口上撒尿,猛可里听得一声救命,由右首顺风吹来。二人闻声一惊,赶着解罢溲,将裤子塞好,纵上屋去。又听得一声救命,那声音似乎很近。二人顺着声音寻去,越过两三家人家,已到了呼救的所在。二人在屋上一瞧,只见下面灯光闪烁,由窗户内映将出来。二人望了望,四面见无来人,轻轻跃下,走到那窗槅外面,向内一瞅,不看犹可,一看之下,不由引得无明火高三千丈,抽出腰间剑,抬腿咔嚓、砰的一声,将窗槅踢开,二人踊身入内。

正是:

淫徒强求乐片刻,侠士愤挥剑诛邪。

毕竟二人所见何事,因何大怒,请看下文分解。

第六十四回

勾魂使者赚活阎罗
马青锋力却方小弟

话说二人在窗槅内一张，只见里面乃是间卧房，陈设着床帐橱椅，虽不华丽，却也应有尽有。床上面有两个人，一男一女，都是少艾年轻，男上女下，男的脱得赤条条一丝不挂（好个男性模特儿）。那女子躺在下面，被男子扯开了小衣，强逼着要干那天地交泰之事。女子在下面，半推半就，假意撑拒，口中唤着救命（读者试一思其时情况，当唾一口沫矣）。

那男子道："好人（休要恶心），你便让我干这么一次吧，反正是大家乐的，不见得是我一人快活（妙语，绝倒）。没的叫别人听见了，大家难为情（此何等事，既怕难为情，何如不做耶？作者道："羞恶之心，人皆有之。"此之谓也）？况且你纵喊破了喉咙，人家也不能来救你（谁知已有人来耶）。好人（情极可想），你既这会儿不肯，白天里又撩得人欲火难熬地干吗呢（一句补出许多调情情况来）？"说着，竟强制执行地颠狂起来。

二人在外面看见这种形容，禁不住心头火起，踢开窗户，抽剑入内，喝声："狗男女，干的好事（彼曰好人，此曰好事，然则同一好也，有美与恶之别焉？究竟好否，敢问读者）！"

那男子吓了一跳，赶着爬下床来，向房门口便跑。被公孙策一把抓住，摔倒在地，喝道："嚷，看家伙！"喝着，将剑向那人面上一试。

那人连说："爷爷饶命，咱们自己家人寻欢取乐（句）。"

公孙策低喝道："她是你甚人？你因何强奸？说明了便罢。"

那人慌迫之间，不曾思索（盖思索则知二人非来捉奸也），径自说道："爷爷不知吗（问得慌促之极，口气如见）？咱是她家中教书的先生，财东这几日出门去了，她一人寂寞春闺，被恼人春色缠绵着，常和我打趣说笑。我因此才敢到她房中，赴她的密约，不敢强奸。"

二人听罢大怒，骂声："无耻贼徒！不杀你无以解秽。"说着，一剑刺去，将那教书先生刺了两个透明窟窿(想见双剑齐下)。

那女子在床上死命地呼救,声音凄厉,早惊动别人。本来他们男女间调情之事,已非一日,家中男女完全知道,只不过贪得金钱赏赐,合伙儿瞒着主人一个(呜呼！吾为天下之主人太息矣)。初时听得唤救命,知道他们打情骂俏闹着玩(想入非非,不可思议),故此假作痴聋,不曾前来管闲(一段补出家人不问来),及后听得轰通一声,接着有人喝问声、先生招供声,不由一齐大惊,大家虚张声势,喝声:“捉贼!”这一嚷,前后各房的人都是不约而同地声响很大。马青锋手起剑落,已将淫妇刺死在床,回转身来,一扯公孙策,齐由窗户内出去,飞身上屋,回店入房,脱衣安歇。

次日起来,只听得店中旅客以及小二等人纷纷谈论:“王三槐家内出了件奇事,王三槐的老婆,同着教书的穆先生,俱害急病死了(当事人姓氏,到此方才写出,是倒写法)。王三槐还出门未曾回来。如今他家中已着人去追三槐回家,不知如何了结呢。”

有人道:“这是什么病呀,如此厉害,一夜就死了(写王家讳言奸杀,是省笔,亦是苦心之笔)。”

马青锋二人听了,心中明白,不由暗笑,一对儿狗男女,活着不要脸,死了还要面皮。

正在此时,宁仁已由那面踱将过来,和二人两下各问了早安。二人忙让了座,公孙策亲自给师兄奉茶。

宁仁低声笑道:“两位贤弟,昨夜辛苦呀(一语道破)!”

二人吃惊道:“咱们昨夜睡得略微迟些,又没赌钱,怎会辛苦呢?”

宁仁笑着道:“我是说着玩儿,二位别见疑。”

正说着,小二进来,问:“爷们用什么点心?”

二人便问宁仁,可曾用过点心。

宁仁道:“我正是来请二位同我去吃点心,二位赏光吗?”

二人见说,齐声道:“咱俩尚未奉请,怎好便先叨扰?”

宁仁道:“笑话,自己人(天下之称自己人者,其心中往往不安着自己人好心,本回两见此语,正为普天下人士劝也),说什么叨扰不叨扰?咱们走吧!”

小二听说,回身退出去了。

宁仁邀着二位,同到隔壁房中,约齐尚、蒯两个,同到外面去吃。一行五人同出三义店,到街口一家馆子内去,上楼找了间暖阁,大家略微谦逊,依次坐定。宁仁坐在主位上,堂倌进来,摆下五份杯筷,问:“爷们用什么点心,喝酒吗?”

宁仁道:“给咱们要五壶好汾酒、一个生炒牛肉丝、一个油爆羊肚。”

那堂倌应声去了,唤了下去,先送上一壶好龙井茶来,放下茶杯,给五人各筛了一杯,随又打了手巾把儿,走来送给五位擦脸,收了手巾,回身退去。一会儿已送进五壶酒、两盘菜来。宁仁执壶给各人斟酒,马青锋推说量窄,不会饮酒。

宁仁笑道:“不成,你们昨晚在三义店打二斤汾酒,两人对酌(又给二人揭穿),今日劣兄才叫汾酒,乃是为的二位。如阁下不饮,便看不起劣兄了。”

马青锋只得伸手将酒杯擎着,起身谢他,由他斟满。

宁仁依次斟完酒,说了声:“请!”举杯就口,放杯举筷,让众人吃菜。一面说:“各位用什么点心,自己随意,叫他们做去。”众人擎杯道着谢,口中应着,放杯取筷拈菜。

马青锋见宁仁举酒就喝,光景丝毫无弊(写马之细),心中也放了一半,但举杯只靠一靠嘴唇,不肯多饮。

公孙策也是如此(夹写一句),转视尚、蒯二人,却一口喝干,闹着要和二人照杯。

宁仁伸手高擎着酒壶,要给他俩斟酒。二人推托不得,只得喝干筛满,口中说:“下不为例。”

宁仁笑道:“并非我说小器话,咱们尽壶干,不再添酒,就是大家平吃,统共不过十斤酒,来来来,请!”说着擎杯,五人同饮。一会儿,已吃到第四壶,宁仁仍照例给四人斟酒,后给自己斟上,大家说请,举杯就口。

马青锋、公孙策两人刚呷得一口,觉得这酒味与前吃者有些不同,因为人家做东,不好开口,只得照例喝下肚去。及至一杯喝完,忽然觉得头晕目眩、天旋地转起来,二人知道不妙,起身要走,哪知头重脚轻,立足不住,身不由己地扑通倒将下来。

三人齐说:“妙哉妙哉!倒也倒也!”

那堂倌应声入内,拉开桌子。宁仁在身上掏出两根绳子来,将二人捆个结实,吩咐堂倌:“将两人放在僻静的暗陬室内,分别放开,不可误事。”

堂倌应声是,唤了个伙伴来,就地将两人搭着,往后楼去了。

宁仁等回转三义店,扬言二人到街上买东西,一会儿就回来,却令小二到柜上结账,兼为马青锋二人会了钞,立刻收拾上路。三义店的上下人等谁也不疑心他们有弊,只等马青锋等二人回来再说。哪知到晚,并不见回店。

次日,小二却慌慌忙忙地报告柜上,说:“上房失窃,马青锋等房内的包裹物件一齐俱已不见。如二人到来要东西,拿什么给他,那可怎么好?”

掌柜的听得这话,吃了一惊,两眼一瞪,骂声:"浑蛋!你们半夜里睡死了吗?吃饭不管事,做什么的?"骂着,拔步向后就走,到二人住的上房里来看。

只见各物整齐排列,均未凌乱,只少了客人的东西。店中物件丝毫不缺,只那窗口桌上有两只泥脚印,其余毫无一点儿痕迹。

掌柜的问道:"贼人是由窗外爬进来的,外面是天井,四面都有房子,这光景是家贼了(说得很像,谁知不然)。"

一回头,却见那旁洗面架旁边地板上有张字纸,走去拾起一看,上面写着几个字道:

原物由原人取去,不必声张,大惊小怪。

下写"马青锋"三字。

掌柜的看罢,半信半疑,要去报案,又怕是家贼,反而弄出不美来,只得信以为真,将字纸收起,回身又骂那些小二:"睡着了如死人一般,贼来偷东西,一个都不知道。"骂着,走回账房内去了。

看官,你道其中究竟如何?这个闷葫芦不打破了,岂不要闷损煞人也么哥(忽用元人曲调,句法新颖可喜)?列位别忙,请听在下说来。

原来宁仁自从在北通州被公孙策冲破好事之后,心中怀恨,蓄意报复,只不过当时不知公孙策的姓名,故此也无从找他报仇。后来在路上,逢着计全胜,二人相见,宁仁谢了他帮助之事,顺便问他对手方是何人。

计全胜笑道:"大水冲坍龙王庙,不料你自己还不晓得。"于是将公孙策名姓来历说了,并说:"令师弟奉师命下山,剪除你。当时他并不晓得是你采花,事后追悔得很,和我南下找你,想说明前情,要劝你悔过。"说着,又将自己劝说宁仁悔过迁善的话委婉曲折地说了一番。

宁仁当时敷衍了一番,即行拱手作别。边走边想,怪不得当时他所用的解数完全与我相同呢,原来是同门,倒也罢了。再一转念,既存心要劝我改过,因何要在计全胜面前申说呢?则不是明明扬我之丑、显彼之长吗(此君子所以隐恶而扬善也)?还当了得,不除去他,誓不为人。因此恼羞成怒,深恨公孙策。

及至在三义店相见,却也是偶然之事,并非宁仁在石家庄相候,实因宁仁和石家庄一个姓徐的财主素有交情。论起他俩的相识,交称莫逆,也只为了当年宁仁还未堕落之时,大家行路,同在一爿旅馆内相识,萍水相逢,酒食声歌，娱乐了好久，因此成了知友（可以名之淫朋赌友）。这时节，宁仁邀了三个道中朋友，同到石家庄来访姓徐的，已在三义店住了好几日。那两个便是尚公达、蒯寿松，还有一个名唤方小弟。这三人都是大盗张茂的羽党（夹写当年史实，其时有大盗张茂，为群盗首领。正德五年伏诛事详拙作《明清通俗演义》），那姓徐的名文通，表面上是本地的财主，其实他是一个独脚大盗，专在远方作案，本地无人能知。宁仁四人来访他，盘桓数日，连日花天酒地，人家只道他们是考武的相公、公子哥儿、纨绔阔少，却再也无人识得他们是些绿林豪客。

那晚公孙策去找宁仁，宁仁确系不曾走，因身体觉得倦，倒在隔壁（此隔壁之隔壁也）铺上，和方小弟假寐。尚、蒯二人不知道，故此回说他到王大房去了。其实公孙策和尚、蒯二人说的话，宁仁已完全听得，赶着跟到公孙策这边，和他二人相见。马青锋到后坑拉屎，他师兄弟对面谈心，宁仁不等公孙策劝说，径自认错，说："从前糊里糊涂地瞎胡调，如今事后，追悔无穷，已是觉悟了。如贤弟见着师尊时，请贤弟代为表白一番，也好使他老人家欢喜（此何异今之子弟，向家长发誓忏悔乎）。"

公孙策不知他是诈，但也不过半信半疑罢了。

宁仁当说："贤弟既到此，多耽搁两天，劣兄和你多聚几日，再为分手。"公孙策也正想耽搁两日，好察看师兄的言辞举动，故此一口应允。

当晚，宁仁别后，曾私下到这边来窥探过两次，见房里空洞洞的，次日店中人纷纷谈说王三槐家之事，宁仁即估定是二人所为，故此见面就说二人夜间辛苦（断章取义，这句话颇可发噱）。遂约二人到外面吃点心。

那馆子本是徐文通开的，那堂倌呢，却是名小头目。宁仁上楼，见面就使眼色，接着就命他要酒要菜，这乃是宁仁晚间与方小弟等三人商量下的计策，一早，方小弟就到酒馆里充临时掌柜的，并向堂倌说知情由。那五壶酒，三壶是好酒，两壶是蒙汗药酒。五人先吃的三壶都是一样，免去公孙策二人疑心，第四壶筛给二人吃了，二人立刻躺下。

宁仁捆上二人，命小二搭往后楼。这后楼有间暗室，乃是造就的机关，楼板是活的，可以将人由这暗室内系下楼去，直到下面。两个沉醉不醒的人到了楼下，伙计们将两下分锁在一间房内。一会儿，宁仁等到来，吩咐用一张竹床，将公孙策绑上，外面用被卧盖上，推说是病人，将他抬往徐文通的庄子上去，好到那里去做他。却令伙计们好好小心留意，监着马青锋，等竹床回来时，再如法炮制地将马青锋绑着抬了去，留下方小弟在此照应。

一行三人，押着假病人去后，方小弟专等竹床快来，好抬走马青锋。谁知竹床还未回来，马青锋已是醒转，躺在地板上，双手、双脚都被捆着，动弹不得。马青锋心中一急,运动内功,咔嚓一声响亮,绳索已被挣断。这一声咔嚓,早将坐在柜内的临时掌柜方小弟听得,吃了一惊,赶着走出柜房,取了把牛耳泼风刀,跑到房间外面,一刀背打落门上的锁,推门进去,向马青锋就是一刀。门里地方小,马青锋要让也来不及,何况手足被绳索捆得有些麻木,还未能和,被这一刀,如何躲得过去呢?

正是:

斗室相争难抵御,短兵白手势尤窘。

毕竟马青锋如何能免此难,请看下文分解。

第六十五回

马青锋庄外遇镖客
李如龙庙中会宾朋

话说马青锋因只吃了一杯蒙汗酒，酒力不大，故此醒得快。醒来时，觉得手足不能转动自由，睁眼一瞧，才知中了人家的算计。心中一恨，又急又气，运内功咔嚓一声，已将缚着的绳索绷断。

因这响声，遂惊动了外面的方小弟，提了牛耳泼风刀，闯进来就剁（有人云，大镇市上，酒馆中，岂得无食客？如此胡闹，旁若无人，岂非大漏洞？予应之曰：不然，安知其这日，不拒谢客耶）。马青锋要回手，手无寸铁，况又麻木不知，要躲让，那更不成，这豆腐干般大的小房间，哪有回旋余地（险煞骇煞，令人捏一把汗）？说时迟，那时快，马青锋见有人抡刀剁来，急将身体一偏，向前一进身，顺手对准来人的手腕上，用力一击。方小弟手腕一酸，不禁将手一松，一把牛耳泼风刀已落在地上。

马青锋见他刀已落地，胆气顿壮，手足软麻也忘却了，乘势一个黑虎偷心，向前拍去。方小弟见来势凶猛，只得向后一退，已到了房外。马青锋乘势追出，方小弟却顺手拿了只凳子，打将过来。马青锋向旁边一闪身，一点足，纵到方小弟后面，使了个泰山压顶，抡拳向方小弟的头顶打下。

方小弟急趯转身来，肩胛上已着了一下，哎哟一声，只得跳出圈子逃走，口中说着："好，咱们再见吧！"

马青锋也不追赶，只飞身过去，抓着个堂倌，按翻在地，一脚踏住，喝问他公孙策在何处。

那堂倌伏在地上，叩头道："好汉，不关我乎（答非所问，慌迫如见）。"

马青锋怒道："你只告诉我，公孙策在哪里，便饶了你。"

堂倌哎呀道（哎呀者，呼痛也）："好汉，被他们抬到咱们东家庄上去了。"

马青锋急问："你东家是谁，住在何处？快讲！"

那堂倌被他踏在脚下，实在受不了，忙道："好汉，咱们东家住在离此十五里，地名七姑庙，姓徐叫文通，本地人谁也得知道。”

马青锋听罢，猛可里想着昨晚姓徐的在三义店叫局之事，这堂倌说的话颇为可信，遂将脚一缩，放他起来，说了声：“放着我姓马的不死，如放过了你们这班囚攘的，也不算好汉了！”说着，竟大踏步走出店门，扬长而去。

匆促之间，走错了路，竟出了街头，走了里多地方，才警觉道：“呀！不对呀！”尽管呆呆在那里想心事。迎面大路上却跑来了两骑马，鸾铃响震，马上人大呼：“马来了，让开些。”

马青锋连忙躲闪，那两匹马跑将过去。马青锋抬头将马上的两人一看，只见他俩一般打扮着保镖的样儿，身上背着包裹、单刀，马屁股上都搁着口长褡裢（口袋名），分明是两个夜行人，心中灵机一动，不由唤道：“哎！那马上的两位英雄，请停骖说话。”

马上人听得，一齐控住缰绳，将马停住，掉转马头，将马青锋一打量。跳下马来，说：“足下有何话说？”

马青锋拱手道：“二位尊姓大名，贵业可是镖行吗？”

二人应声道：“贱业正是镖行，咱们是嫡亲哥儿俩，姓李，他名如龙，我名如虎。尊驾何人，有何见教呢？”

马青锋听说是李如龙，猛然想，公孙策曾说过，有位哼将军李如龙，莫非就是此人（照应前文，丝毫不爽）？遂说：“不敢，小可姓马名青锋。尊驾可是哼将军吗？”

李如龙应道：“那是匪号，尊兄原来是马爷，久仰久仰！”说着，带缰拱手。

马青锋道：“小可向尊驾打听件事，不知可能见告吗？”

李如龙道：“不知马爷所问何事？”

马青锋道：“本地有个徐文通，据说住在七姑庙，不知确否？”

二人道：“是，正是七姑庙。”说着，将手一指前面一条岔路道：“由此一直去，约有十几里地，便是七姑庙的地方。此人颇有名气，只要一问人，无有不知道的。”

马青锋拱手道谢。二人上马，拱手作别。马青锋一想不妙，这两人如果与徐文通或是宁仁有交情，岂不要去送信？我真糊涂，不该将真名告诉给他（又谁知却赖真名，而后得援手耶？甚矣！人之患生于所忽也，天下之事，诚难逆料哉）。正在懊丧，忽又听得铃声响，两匹马又回身跑了来。

二人抛镫下马，说：“马爷，借问一声，有位活阎罗公孙策壮士可在此吗？”

马青锋闻言一惊，忖念自己真言已露，还瞒他做甚？遂说：“二位，公孙策嘛，他此刻生死未知，小可正为了他，在此想心思，要去寻徐文通，找他问个明白。”

二人惊道：“怎么，公孙兄有了危难吗？马爷为何因此要找徐文通呢，徐文通人很漂亮，咱们也有一面之交，他在本地向不做买卖，怎么马爷要去找他呢（重一句，以见其说）？”

马青锋叹了一口气，将自己同公孙策遇见宁仁，上了宁仁的当，被他所算。自己醒来，挣断绳索，问知其事的情形，前后一说。李如龙想起公孙策前在京城，帮着自己救友之事，此刻不知则已，既已知道，岂可坐视不救？遂说：“马爷，果真如此，那还可以想法。徐文通和咱们也是相识。”

马青锋大喜道：“果能如此，实系万幸。事不宜迟，即请二位一往如何？”

二人道：“好，我二人就此前往。”说着，带马起步。陡然想起一事，说：“马爷贵寓何处？咱俩去了，能不能成功，好回来报信。”

马青锋见问，一想三义店，定然不妥当，一则有这么件事，二则有昨夜那个使妖法的人（处处带着为后伏线），便说：“二位兄长，小弟住处本在三义店，如今那地方恐已有了变故，不便再往。地方却未有一定。”

李如龙道：“原来恁地，这样吧，过了石家庄，前面不到二里地，有座财神庙。庙里住持和我是拜过把子的弟兄，你我即在彼处相会如何？”

马青锋道：“好，小弟准在彼处相候。”

李如龙对他兄弟道：“你可陪了马爷去，我去去就来。”说着，跃上马背，带转马头，向斜刺里岔路上奔去。

李如虎牵着马，让马青锋先行。马青锋道：“咱们由镇上过去，怕的被人看见了不便，不如由这田埂上绕了过去，免得给人看见。”

李如虎道：“当得。”于是二人一前一后，向前而行，边走边谈话。

马青锋才知他兄弟二人，因有同伴保着一支镖，由此经过，前往太原，不料刚到娘子关，被一股新上线的绿林劫去。伙伴跑回诉苦，搬请救兵，因此弟兄二人亲自出马，由京城赶往娘子庙，找那群绿林要镖。一路上很约了几名镖师，都是有名人物，约定在石家庄财神庙聚会，同往贼寨。

李如虎并说：“方才因听得马爷说出姓名，匆匆别去，弟兄俩在马上偶然想起马爷和公孙策是一起的，同闹过京城，同做过囚犯，也许现在同在一处走着，亦未可知。因此反转马头，又来问讯，意思是要找着公孙策，顺请马爷同去助阵，却不料平白地生出此事（补出方才去而复返之故）。”又说：“但愿公孙策在七姑庙未受委屈，此事得早解决，便好速去娘子关要镖。”

马青锋听罢这番话，慨然应诺，如果这边事完结，准定同去走一遭。二人谈着走着，一会儿，已绕过石家庄镇集，到了财神庙门前。在树上拴了马，走将入内，径寻当家的老道。庙祝引着到后面去，和当家的老道相见。李如虎给两下介绍道："这位是逍遥太岁马青锋，这位是太极道人张大用。"两下各拉了拉手，道了久仰的套言。

李如虎问老道："这几日可曾有镖行朋友到来？"

道人笑说："你们弟兄因何来得这般晚？朋友已来了好几位，在后面琴鹤轩内呢。"说着，便引二人到后面去。

道人边走边问："如龙怎么不一起来？在后面吗？"

李如虎应道："不！他到徐文通家中去了。"

道人笑道："找他帮忙吗？那可不是生病和鬼商量（奇语，直挑下文）！"

李如虎道："不！找他要一位朋友。"

道人回头道："怎么讲朋友也要要起来了吗（真是奇闻）？"

李如虎应道："提起此人，兄长也应知道。乃是马兄的同伴，外号活阎罗的公孙策。据马兄方才说，公孙策被宁仁使诡计用蒙汗酒迷住，送到徐文通家中去了。家兄因此才去向徐文通说情要人。"

道人笑道："这真是白操心，如龙算是白跑。公孙策不在七姑庙（奇事突生），如龙怎么要得着？"

二人闻言大惊，齐说："不在七姑庙，在哪儿？"

道人笑道："依贫道看来，定系在琅玡寨，否则即在五虎山。徐文通在本地从未和人动过手，地方上人多不知他是个高来高去的好手，焉肯将公孙策收在他家中，这不是如龙空跑吗？"说着话，已到了琴鹤轩。

这琴鹤轩乃是张大用雇工新建在庙后院内，乃是一顺五间茅庐，中间一间是客座，两旁四间是客舍。因为老道是江湖上出身，所交江湖能人甚多，每每到庙晤面，顺便留住几天，畅叙别后，故此建此客舍，以居友朋。

当时二人跟老道到了轩内，客座上正坐着四人，一见三人进来（四三成七，大约是七星聚会），起身相迎。

马青锋将四人一看，不由一愣，赶着上前行礼，口称："四位师兄，许久不见，一向好哇！"

李如虎、张大用也是一呆，齐说："真正无巧不成话，咱们只道你们未必都相识，却不料是师兄弟（真是意想不到之事）。"

马青锋一一行礼已毕，七人分宾主依次坐定，大家叙谈。

看官，你道这四位好汉是谁？却原来是言子骞、伍丹、鱼克仁、鹿珊四人，这四人自从学艺成就之后，下山即以保镖为业，平时散居各方，不常聚首，每年除去在文殊院内相会外，其余总是在路上相逢，否则要有事，才得聚在一处。此番因同行关系，被李如龙兄弟请了来，在此相会。初时原也不知他们是师兄弟，故于此时才知。当时师兄弟聚会，各问别后之事。

正在叙谈，庙祝已领着李如龙由外边进来，大众起身相迎。只见他满头是汗，气喘吁吁，面色变易，口呼："众位，快设法先救人要紧（故意惊人，罪过罪过）！"

众人一齐惊问："怎么了？"

李如龙坐将下来，掏出汗巾，拭了头上的汗珠儿，告诉众人公孙策的消息。

正是：

此去已饶三寸舌，再来不值半文钱。

毕竟公孙策在七姑庙否，请看下文分解。

第六十六回

马青锋独闯琅玡寨
鱼克仁火焚蒯寿松

话说李如龙道："列位，我到了七姑庙，径投徐文通家中，恰值他和一个道中朋友，名唤方小弟的，在那里口讲手画地讲话。见我进来，起身相迎，颇为客气。献茶之后，问我有何事光降。我将听说'公孙策被宁仁所赚，囚在这里'的话说了。还未能说出来调解的话，方小弟已立起身来，止住我的话头道：'李兄别说了，公孙策被宁仁捉住，确是有这么回事的。但此事徐兄毫不知情，原拟将公孙策囚在此间，好诱他的一班狐群狗党(当面骂人，岂有此理)。只因徐兄安闲惯了，不愿在家中得罪人，被人议论，说是扳着门框子狠，只有坐在家中欺人的本领，不如将公孙策宰了吧(吓人一跳，可骇之至)！'"

众人听到此处，一齐吃惊，却听李如龙接续说道："那时我听了，心中突突乱跳(恐怕读者亦心跳)，忙问怎讲。方小弟却又带笑说道：'李兄不要着惊，徐兄因不愿坐在家中欺人，故此要杀公孙策，也不曾真开刀(幸亏这一句，否则岂不骇煞人也么哥)。爽快些告诉你吧，咱们因为马青锋脱逃，谅他定要来寻是生非，或许李兄也是他找来的，亦未可知(当面戳穿，令人难受)，所以将公孙策囚在那里，专候马青锋到来相救，方好杀他个大败而逃，使他们得点儿教训。高来高去的本领，只好去欺欺京城内那些蒙老虎皮唬人的军健(吾为世之官兵羞)，要想到咱们地方来讨便宜，那可是老僧看嫁妆，今生休想了(趣语)。李兄，你如是受了马青锋之托来说情的，我劝你不要管这个闲，如是自己闻风而来者，那也不去说他。咱们大家是朋友，你又何苦为了公孙策得罪别人呢？在我看，不如只作不知，咱们日后还怕没有相逢报答的日子吗？'

"方小弟方才说完，徐文通却已开口，说：'李兄，我和你说实话，公孙策与咱们无恩亦无怨，彼此可称风马牛(不相及也)，只因他和勾魂使者宁仁有些过不去，才由宁兄想出这条计来，将他缚着，送到我这里，乃是个幌子。其实到我这里，并未打停，即移往琅玡寨去了，此事完全由宁兄做主。李兄如

要管这个闲，不妨到琅玡寨去找宁兄商量，也许他卖李兄的面子，将公孙策放了，彼此总算二五一十，扯了个直。'

"当时我（此时李如龙告诉众人自称也）听了他俩的话，真是气又气不得，恼又恼不得，只得闲言两句，告辞回来。恰值诸位都在此处，此事该怎么办法呢？"

张大用对李如虎道："如何？我早就说，徐文通绝不肯将公孙策囚在七姑庙，不在琅玡寨即在五虎山吗？"

马青锋听得此言，心中着急，说道："爷，这琅玡寨在何处，离此多远，寨主是谁？"

张大用道："马兄不知吗（诧其在江湖，而不知有此）？待贫道告诉你吧！这琅玡寨，山势巍峨，离此约有十里地，山上有一股草寇。为首的名唤露二宝，生得短小精悍，外号人称火赤练，使两口倭刀，猛勇无比，练就一身虾蟆气，能避刀枪。镇上徐文通开的馆子，乃是给琅玡寨、五虎山两处做眼线的。露二宝手下人数虽不多，但都是些陕西人，住山洞是生成的习惯，又都不怕死，虽只三五百人，真可敌得住二三千精壮士卒。他寨中我虽未到过，但听人言，寨中房屋真可比得铜墙铁壁。"

马青锋听罢此言，即起身向大众抱拳道："兄弟和公孙兄自京城出来，一路同行，不料在此遇此意外，兄弟意欲恳求诸兄助我一臂之力，救公孙兄出险，以全朋友之谊。不知众位兄长，意下如何？"

言子骞等四人见师弟这般说，都说："贤弟放心，有我等在此，岂有不帮忙之理呢？"

李如龙兄弟正在要请马青锋同去要镖，自然无有不赞成之说。

张大用却因本人在此出家，不便与徐文通等一帮人破脸，坐在一旁，不曾开口。众人问他怎样，张大用将自己的困难说了。众人方才知他心事，因他处境如此，却也不好怪他，遂说："道爷是出家人，不去也罢了。"

说着话，道童走来问："师父，这会儿时间不早，晚饭该弄什么菜？"

张大用回说："荤素两便，弄得丰盛些。如缺少什么，快些到街上去买。"

道童应命退去，马青锋方才觉得腹中饥饿，原来自己还是上午吃的酒和菜，尚未吃过中饭（心中有事人，确有这等光景，细心之笔）。遂说："道爷，可有甚现成的点心吗？兄弟腹中有些饿了呢！"

张大用道："有有有。"说着起身，唤了名道童来："到前面去取现成的点心，装几盘来。"

道童应着，到前面去了。不一会儿，托着个端盘，里面搁着四个白瓷盘子，满装着粉面做就的糖馒首，走将入来，放在桌上。拉了几张凳子，放在桌子四面，回身去取了把竹筷，四面放了八只。又去提了壶茶来，给大众筛上茶（有此一句，不仅补写上文应有献茶闲文，且为题内应有之事），退立在一边伺候。

老道邀七人入座。七人中马青锋最饿，其余六人可称是无可无不可，约莫每人陪吃了一两个，即便不吃，其余的都为马青锋吃了。吃毕之后，道童收拾了空盘自去，八人散坐在轩内闲话了一阵，言子骞等师兄弟详问马青锋当日闹王府、法场等事。

谈谈说说，一会儿，天色已晚，道童掌上灯来，说："晚饭已好，这时候好开饭了吗？"

张大用点了点头。道童去后，转身进来，安设杯筷，排列菜肴。张大用让众人入座，给大众斟酒。大众心中有事，略饮了几杯，即便住杯用饭。饭毕后，大家计议进山。

马青锋因自己衣包等件都在三义店内，遂说："诸位等一等，小弟去取衣包、兵器去。"说着，走到轩外，向前面去了。开门出外，施展足力，飞也似的奔到石家庄镇上，绕到三义店背后，嗖一声，纵上屋去，径奔上房。向下一看，只见灯光明亮，所幸天井内无人，轻轻将身跳下，走到自己住的上房窗外，由孔隙向内一张，只见里面空洞洞，无有一人，原物尚在，完全不缺。桌上灯亮点着，结着灯花。伸手将窗槅一推，里面闩着，遂伸手戳破窗棂纸，伸两个指头入内，将插在窗沿上的小闩拔了，轻轻推开，踊身跳进，随手掩上，直扑床前，将自己及公孙策的衣包、兵器取了，拔步要走。一想这房内物件不见，他们店中岂不吃惊？遂伸手在桌上提了支笔，在口中咬了笔头，找了张白纸，写了"原物被原人取去，不必惊慌"等字，放在桌上，将东西取了，一口将灯吹熄，轻轻开了窗槅，跳将出外，嗖一声，纵上屋檐，仍由后面僻道上下去。走出街头，由原路飞也似的直奔财神庙。一路忖念，暗暗说侥幸，这些物件幸亏未曾遗失，如被宁仁等取去，岂不又生枝节？即不然，掌柜的特别道地，将这两个衣包、兵器等件完全收藏，代为保管，岂不也要多一番周折吗？边想边跑，已到了财神庙。庙门已闭，只得纵身上屋，径到后面跳下，步入轩内，与大众相见。

此时众人俱已扎束停当，一式都穿着夜行人打扮，见他来了，齐说："快些更换衣服，咱们好同走。"

马青锋赶着将包袱放下，解开，取出夜行衣靠，换在身上，佩上百宝囊，背上宝剑，说："诸位兄长请！"

众人齐走到天井内，击一下手掌，嗖嗖嗖，一齐纵上屋去，跳到外面。

张大用独坐在琴鹤轩内，等候众人的好消息。

众人到了墙外，由李如龙领着，取路向琅玡寨而来。这七筹好汉都是武功有深造的人，当着人前，谁肯示弱？因此脚下一紧，竟同箭矢般向前奔去。十里远近，转眼已到。

到了山下，早有个伏路喽啰冒冒失失跑出来喝道："什么人，敢到这儿来？"

马青锋大怒，一个箭步跳将过去，一腿将那喽啰踢倒，踏在脚下，拔出背上宝剑，指着他的面孔，问他山下路径。那喽啰见不是事儿，高呼："好汉饶命，咱们寨主极爱朋友……"

话犹未完，却听一声喊，拥出十几个巡山喽兵，一名小头目，手使托天叉，喝声："对面小辈，休伤咱们的伙伴，俺来也！"说着，一亮钢叉，直扑过来。

马青锋急将手中剑一挥，杀了脚下喽兵，乘势一个白蛇吐芯，头一低，让过来叉，一剑刺去，正中小头目的胸膛（可知小头目之身甚高大），仰面五岳朝天。马青锋拔出宝剑，一跃过去，向那十余个喽兵乱刺。喽兵发一声喊，四下散去。

马青锋回顾众人道："诸位给小弟打救应，小弟先上山去。"说着，施展足力向山上便走。

后面众人计议道："山上人众，咱们如由一路上去，不能分他的势，不如分三路上去，好使他首尾不能相顾。"于是李氏弟兄跟在马青锋后面，言子骞、伍丹由右边上去，鱼克仁、鹿珊由左边上去，各人施展夜行术，脚下留心绊脚索、陷坑、翻板、梅花桩，向山上进攻。

就中单讲马青锋，恃着本领，仗着后面有人救应，念着公孙策的情形，鼓着义勇，连跑带纵，转眼已到半山，正遇着方小弟领着一队人，由上面下来。一见马青锋，吃了一惊，白天里已尝过他的滋味，知非敌手，只得急命喽兵到寨中报信，一面将喽兵一字摆开，喝声："马青锋，白天饶你不死（当以此言转敬足下），这会儿自送上门，真所谓'天堂有路你不走，地狱无门闯进来'，照刀！"说着，一刀劈来。

马青锋也不回言，喝声："来得好！"将剑向上一迎，锵锒一响，火星四射，方小弟的刀已削成两段，刀头已飞向树林内去了。方小弟大惊，忙将手中兵刃连刀带柄，向马青锋一扔。马青锋向旁一闪，让过他的飞刀。方小弟却乘着这个机会，掉转身躯，喝声："弟兄们，扯活（盗之切口，逃走也）！"脚下明白，由喽兵头上纵过，飞也似的向山上就逃。喽兵四下往树林内乱窜。

马青锋连忙在方小弟背后紧追，喝声："姓方的，你如逃走，便不是人。"

方小弟只不理会，脚底擦油，向大寨连跳带蹦逃走。走有一箭多路，迎面下来一人，正是宁仁，说："方寨主，这小子交给我吧！你到山谷中去，将公孙策宰了，免得被他们救出。"

方小弟应着，向山上就奔。马青锋听得清楚，心中一急，伸手在百宝囊内掏出镖来，向方小弟打去。

宁仁早已提着朴刀，迎将下来，喝声："马青锋，我本与你无仇，你何苦到此送死？不要走，看刀！"说着，一使手中刀，向马锋锋就剁。

马青锋将剑向刀一找。宁仁一见这个招儿，知道对方是用的宝物，不敢大意，赶着将刀抽回，就势一个猛虎离山式，一刀先向来人头顶一试，却收回，向左胁挥去。马青锋见来势凶猛，急将两脚一点，纵将上去，落在宁仁背后，回身一剑刺来，真好宁仁，托地一跳，让过宝剑，转身一个独劈华山，由上面直劈下来。马青锋见他本领不在自己之下，不敢用剑找他的刀口，怕他有伤自己宝剑，急将身体一矮，滚将下去，转身一个叶底偷桃，一剑向宁仁下三路就刺。宁仁足刚着地，马青锋的宝剑已到，避让不及，只得旱地拔葱，向山上倒退。

此时，山上大小头目已执着灯球火把，涌将下来助战，将马青锋围住厮杀。马青锋杀得火起，将手中剑使出浑身解数，东扑西杀，南刺北遮，只听得这边的刀剑削断，那边的手足受伤。

宁仁见马青锋厉害，急将手中刀也尽量使出来，和马青锋相拍。杀到难解难分之际，呼一声，由口中吐出一道白气，如一条白龙，直向马青锋奔来。马青锋吃了一惊，暗说，这贼原来会放剑光，怪不得他要胆大包身。一边着惊暗想，赶着自己剑光也由口中吐出来。两道白光绕成一团，如两条白龙，在天空决斗，光华四射。宁仁也兀自吃惊，暗说，怪不得他敢闹京城，原来是个剑客（马青锋学成下山，此次初用剑术），更不敢怠慢，手中刀法更紧。

正在此时，忽然喽兵一声喊起："寨中起火！"

宁仁吃了一惊，只见天空红霞万丈，照得树木枝叶尽成了棕色。

正是：

方惊敌手逢剑客，又讶遍山飞火鸦。

毕竟山上如何失火，两方胜负如何，请看下文分解。

第六十七回

公孙策巉崖离险地
露二宝弃寨纠友朋

话说宁仁正与马青锋死力相扑，却不道山上起火，心中一惊，手中刀法更紧，高喝："弟兄们，休要惊慌，且先对付了这个小辈，再上山去……"

话犹未完，喽兵又发一声喊，由外面冲杀进两个人来，那些小头目喽兵如何敌得住这两个虎也似的好汉（赞一句）？马青锋瞧时，却原来是李氏弟兄，帮手来了，不由精神一振。

那边宁仁见头目、喽兵纷纷倒退，一阵乌乱，自己虽然不怕，但因山上起火，来人又都不弱，谅来难于取胜，遂说："弟兄们，退上山去，合同众家寨主，扑灭了火，我在此与他们交锋，绝不退避，你等快退！"此话一出口，众小头目喽兵恍如逢赦，一齐嗄了一声，回转身来，拔步向山寨就走。有那奸巧的，见山寨起火，知道这座琅玡寨定已不保，来的定然不少，否则绝不会如此。因此乘着这个当儿，竟私自向山下逃去，不管他娘的这笔账了（谁的娘呀，什么账呀，俗语可笑）。

李氏弟兄同着马青锋两口刀、一口剑，丁字脚立定，与宁仁交手。宁仁被三人逼得厉害，只有招架之功，毫无还手之力，见不是事儿，只得将生平艺业，跳纵腾挪，遮隔架拦，躲闪劈刺，尽量地使出来，力敌三人，并不稍退。

马青锋暗赞，此人本领真好，可惜就是不习正（本领好而不习正者，今世大有人在，聪明反被聪明误，惜无人指醒之耳。写侠义心肠，爱才如此），边想边战。

正杀得火起，却见由山上飞奔下一人来，大叫："宁仁，休得逞强，俺来也！"

马青锋一看时，正是活阎罗公孙策，心中一喜，精神更振。

宁仁见公孙策，如亚夫将军从天而降，这一惊可就非同小可，知道山上已完全失败，自己纵然死战，也不能取胜，不如乘早走了，再想法来报仇。想定主意，手中刀一紧，向李如虎一扑。李如虎向后一退，宁仁乘势两脚一起，纵将过去，接着两个箭步穿入树林。等到公孙策到了面前，宁仁已入了树林深处，猛听天空呼一声响，宁仁的剑光已飞进树林内去了。

马青锋也将剑光收了，与公孙策相见。

看官，山上如何会起火，公孙策如何得逃脱出险？这个闷葫芦不打破，列位心中终有些隔膜。在下乘着他们两下相见的时候，交代交代。

原来公孙策自从被宁仁等用竹床抬着，送到七姑庙徐文通家中，徐文通这日一早，已在王大房白牡丹房中得了信，预先回家等候，一见将公孙策捉了来，便说："这个人宰了就得了，何苦来还要抬到这儿来呢？"

宁仁道："就此动手，也不为晚。"

徐文通道："不如在路上动手，倒也罢了。既带到此地，少不得有些顾虑，我在本地，从未做过事，不能不保全以前的名誉。不如将他囚在琅玡寨火赤练露二宝那里，活活地将他处死。等到他的同党到此相寻，便将他指引到琅玡寨去，那里人多，不怕来人有三头六臂，也能使他自来送死。"

宁仁依言，同着尚、蒯二人，立命原来的抬竹床之人，抬着公孙策往琅玡寨而去。

宁仁等去不多时，方小弟已由石家庄馆子内逃到徐文通庄上，告知其事。

徐文通吃了一惊，说："如今事已弄僵，大约一会儿就有他的同伙到此探问，或许马青锋本人来，亦说不定。"

正在商量如何捉拿马青锋之计，还不曾商议完毕，李如龙已到。初时见面，本有些疑心，及至李如龙开了口，方小弟抢着说出那番话来。

李如龙去后，徐、方二人料定，李如龙同着马青锋，定然要到琅玡寨救公孙策，立刻由家中动身，到琅玡寨来会宁仁、露二宝、尚公达、蒯寿松等一班人，报告这件事。正值宁仁等将公孙策押在寨内。公孙策其时已醒，只因身体被缚在竹床上，转动不来，心中明白，只有暗恨，斜乜开眼睛，张着宁仁等人，只作不知，等他们处置。恰巧徐、方二人到来，说知马青锋逃脱，李如龙来访之事，望大家早做准备。

公孙策听得，心中暗喜。

徐文通同宁仁等计议防御马青锋等之策，料定昨日在三义店，他们只有两人，今日才有个李如龙前来，纵有也不过几个镖客，谅没什么大厉害。索兴将公孙策推在寨后洞内，将洞门闭了，洞外掘下陷阱，他们如果来救，好捉他一个稳而且妥。一面大家派定，谁巡山，谁守寨，一面派人将公孙策连人带床一齐丢下石洞内去，闭了洞门，如计行事。

公孙策到洞内,心想,到此绝地,却应如何脱难?遂运动内功,先将身上绳索挣断,坐在竹床上,闭目养了会儿神。幸亏在长白山洞中住惯了,如是别人,定要闷得发昏。公孙策闷坐了一会儿,慢慢地爬到洞口,就缝内向外张望。只听得有人在头顶上说话,却不见有人影儿,知道有人看守,退了回来,只得另打别的算计。在洞中顺着乱摸黑暗暗地带爬带走,蹲着身体,向前走去。只觉得身体愈走愈下,洞却愈走愈大,逞着自己目力,觉着前面有些微亮光,赶紧走去。顺着亮光,仰面向上一望,真个只有一条狭小的石缝,高矗着不知有几何寻丈,那光景好有一比坐井观天,比坐井观天还觉狭小。

公孙策到了这亮光下面,陡然灵机一动,想着自己蒙师尊传授剑术,遵着戒律,从未用过。到此地位,何不试验试验?想定主意,将剑光吐将出来,霍一声,飞将上去,自己将身体退后,运动吐纳之法,指挥着雪也似白的剑光,劈削那石缝,剥剥落落,碎石尘土,相继跌落下来。那石缝渐劈渐大,碎石等剥落在地的也渐积渐高。公孙策将剑光收了,爬上碎石堆,施展往日在长白山学艺时爬山越岭的绝顶功夫,如壁虎爬墙般,嗖嗖嗖直爬到顶上,爬出洞口。定睛一看,才知这地方乃是山的最高处,向下一瞧,那石洞口却在半山里,离此甚远,认了认方向,顺着山势,走下后山。

刚走到半山里,听见有人说笑的声音由远而近,赶着将身体隐在一块大山石的背后,让那起人过去,偷偷一望,却原来系巡山喽兵。这时节正值乌鸦归林,太阳西下之时,反射的日光映着满山苍黄,光景甚是肃杀气象,心想,这时候下山,仍要由前山过去,索兴等一会儿,等到李如龙、马青锋等来时,他们前山交手,我便到大寨放火,杀他一个魂飞魄散,方才不虚此行。想定主意,便趺坐在那石后,运气养神。

一会儿天晚,星光灿烂,照映在山上,仰面一望,点点闪烁。这时节,晚风飙起,公孙策坐在石后,静听前山有无声息,无如风声吹得呼呼的响,哪能听得?遂立起身来,活了活血,施展足力,顺着山势,蹿上山顶。向前望去,并无动静,信步向前走去,脚下留神,恐有绊脚索等物。走到半山,将近石洞口,远远看去,尚有五六个人坐在那里守着。公孙策暗暗好笑,不是活见鬼吗(其实好笑)?遂蹲在那里等候。

又过了好半会儿,方听得有人来传令,说:“前面已动着手,怕有人由后山上来,弟兄们务要留神。”

那人去后,公孙策正要发脚,忽见前面火起,刮刮杂杂地烧着,心中一喜,将身一纵,到了那五六人的面前,先夺了一个人手中的刀,顺手先将他砍了,乘势一个旋风腿,打倒了两三个。扑通通两三声,跌落在洞内陷坑里面。

还有两个,爬起身要走,公孙策大喝一声,一刀一个,送了二人的性命。急将身连纵几纵,追上那个传令的,一刀也断送了他的性命。向那起火之处奔来,逢人便杀,手中的刀已砍坏,在地下重捡了把刀,冲杀前去。

到了将近火场,只见一人,身上衣服烧着,鼠窜奔来,正是蒯寿松,后面一人追着。公孙策将刀一摆,拦住去路,大叫:“蒯寿松休走,公孙策在此!”

这一嚷,将蒯寿松吓得真魂出窍。后面追的那人已到,手使一柄单刀,直刺蒯寿松后心。蒯寿松腹背受敌,心中一慌,被那人一刀搠翻,再一刀了却性命。

公孙策请问那人姓名,才知那人是鱼克仁。

原来鱼克仁同着鹿珊,由左边上山,杀到山寨,正逢着露二宝和蒯寿松。鹿珊与露二宝交手,鱼克仁便和蒯寿松对敌。鱼克仁平素练就火药暗器,有个外号,人称火鹁鸽,当时杀不到三合,托地跳出圈子,放出火药暗器来。蒯寿松连忙让过,那暗器乃系做就,有麻雀般大小,满贮火药,装有机括,只要一着坚固物件,或是人身触着机括,立能焚燃。

当时蒯寿松将火雀让过,那火雀却飞到山寨屋上,烧将起来。鱼克仁一连放了几个,都被蒯寿松躲过。那山寨屋宇却登时火仗风威,刮刮杂杂,乱哄哄烧将起来。

露二宝心中一急,将两把倭刀的招儿一变,就地一滚,向鹿珊杀去。鹿珊虽然英勇,但是对于这种刀法,只有跳纵避让的本领,却没有破他的方法。

鱼克仁一见这种情形,赶着卖个破绽,又跳出圈外,放出火药暗器,向露二宝打来。露二宝就地一滚,让了过去。鱼克仁第二个火器又已放出,直向蒯寿松打去。蒯寿松又闪身让过。

两下正杀得难解难分,右边山上又杀声震耳,蒯、露二人一惊,说了声:“扯活!”蒯寿松往后山便逃。

鱼克仁在后紧追,掏出火药暗器打去,正中在蒯寿松胯上,登时烧着。蒯寿松万不料迎面会来了个公孙策,因此被鱼克仁搠死。

当时公孙策和鱼克仁两下说了名姓,各拉了拉手,回身杀向山寨。露二宝正由前面被鹿珊追下来,一见鱼克仁同着公孙策杀到,慌着使出滚地的本领,将身一倒,骨碌碌由山上直滚下去了。

鱼克仁给鹿珊、公孙策两下介绍,大家无暇客套,遂分头纵火,格外火势蔓延。

公孙策道:“二位在山上杀贼,兄弟到山下去接应马、李诸位去。”说着,将身连纵带跳地向山前杀下。

正见宁仁放出剑光，独斗马青锋等三人，不由吼叫了一声杀将下去。哪知宁仁竟因此逃往树林内去了，遂上前和马、李三人相见。就中只有李如虎不认识，刚要问姓名，李如龙早给两下引见了。四个人一齐杀上山来(直接上文)，纷纷乱杀，与鱼克仁、鹿珊、言子骞、伍丹等会在一处，才知言子骞、伍丹由右边上山，正与尚公达相遇，杀在一处。一会儿，方小弟亦来，大家捉对儿厮杀，正值寨中火起，二贼心慌，向后山逃走。言、伍二人也不曾追赶，即直冲山寨(补写一笔，自不可少)。

公孙策当即给各人道谢相救之情，马青锋亦向各位道劳。大众明知贼去不远，无如夜行人规律，叫作入林不追，因为敌人在暗处，自己在明处，追入林中，或遇埋伏，或受暗器(忽然解释入林不追意义，百忙中偏有此闲笔)，故此大众相约下山回庙，于是鱼贯着飞也似的下山去。山上的火由它烧着，所有死去尸首，亦由他躺在山上，不去管他。

一行八人，流星赶月般奔到财神庙后，纵身上屋，径到琴鹤轩内，方才与张大用厮见。彼此还未说话，公孙策眼快，猛回头，已见对面屋上有两个人影伏着，遂将嘴一努，低声对马青锋道:“对面屋上有贼。”

正是:

方才奋勇离贼穴，又诧对屋伏歹人。

毕竟对面屋上伏着的两人是谁，请看下文分解。

第六十八回

枫树林李如龙要镖
娘子关众侠义行窃

话说公孙策说罢这句话，即一口吹熄了灯亮，托地跳出圈外，踊身跃上屋去。哪知在他披披嘴及吹灯的时光，对屋上伏着的两人已是知道，翻身爬起，向庙外便跑。等到公孙策到了屋上，那两人已跳下屋去，如箭矢般直向琅玡寨的路上去了。

公孙策也不追赶，但在屋上四面望了望，反身跳下，重入轩内。

张大用重点了灯亮，马青锋给公孙策介绍了。公孙策向各位行礼道劳，然后大家就座。张大用吩咐道童，命灶上将预备的酒菜取出来，摆列整齐，邀众位入席，给各位贺功，给公孙策压惊。

饮食之间，张大用道："贫道怕因此多事，如今已被他们识破，只好看事行事了(本来想无事，如何容许多朋友作机关？根本已误，悔之何益耶)。"

公孙策忙给他拱手道谢，说："刚才来的两人，后影上看去，一个似宁仁，一个似徐文通。道爷为了小可，受此拖累，小可明日准去追寻他两个，先解决了他们，以免后患。"

张大用笑道："贫道不过说说罢了，他便来寻我，我也未必惧怯，左不过因此庙中多事，出家人多一番烦恼罢了，成得什么问题呢？"

公孙策仍有些心下不安，这日，他本系空心饿肚，喝不了几杯酒，即觉着头昏脑涨，知道饿酒吃不得，便向众人告罪，向道童要了饭来，说了声："失陪！"即先吃饭。吃了个八成饱，即放下碗箸，不再添盛，只坐在席上陪着。一会儿，大众酒醉饭饱，散了座，擦脸漱口已毕，各自坐下。

这时，天空气象已变为鱼肚白。大众说："不知不觉地，天已明亮了。"

张大用道："各位辛苦了一夜，这会儿歇息吧！各位的床铺，贫道俱已着人铺好，马爷取来的物件也搁在房内了。各位请安息吧(如无此段文字，定须写铺设床位等事矣)！"

众人也说:“张道爷,今夜劳了神,这会儿也好去歇息了。”

张大用道:“大家休客气,各自躺一会儿,停会儿再见。”说着,竟向前面去了。

八人也相将入房,分住在两面房内。睡了一觉起来,已是巳午之交,梳洗毕后,张大用也到后面来相陪,笑说:“咱们应了典了!”

众人问他什么典故,张大用笑道:“咱们今日省去了一顿早点,岂不应了三天吃六顿的典故吗(这典故想必出在孔夫子的奶奶经上,被秦始皇烧去了。一笑)?”一句话,招得众人哈哈大笑。

张大用命道童传话,开中饭,一会儿,摆列整齐,今日酒菜,可不比昨日临时杂凑的了,乃是一早即预备好了的,自然与昨日不同。大众英雄聚会,又在战胜琅玡寨之后,正应了酒落欢肠的话头,大家猜拳饮酒,甚是愉快。只因新睡才起,不敢十分放量多饮,九个人约吃了二十斤酒,即已停杯吃饭。

饭后,公孙策说起去找徐文通,看他还在不在七姑庙家中,免得日后生事。

张大用笑道:“不用去找他,这会儿纵然在家,亦说不在。贫道料定他们此刻绝不在家,即连五虎山的寨栅,或也散了伙,亦未可知。此时去找,岂非白跑?”

众人也说:“他昨夜既追踪相探,自然要设法来报复。日后之事,殊难逆料,也许他们想得穿,知此事完全与财神庙无关,不来相寻,也说不定呢(此等大量,君子有之,贼岂能如是耶)。”

公孙策见大众这样说,自然不再深说了。但说:“这样吧,差人去探探徐文通,如回来,咱们再去。咱们在此住几日,等他一等。”

李如龙道:“不必,咱们写封信给他,对他们说明,如能彼此罢休,那是最好,否则在此相候,以三日为期,过期即认为报复之期已过,失去英雄本色。”

张大用笑道:“这样麻烦干吗?贫道到哪儿说哪儿,随他怎么样,贫道也未必就示弱于他。你们众位如都顾了我这里的事,那支被劫的镖,却如何索回呢?日期一多,对方将货物等件卖了,可不误了大事吗?”

李如龙恨不得立刻到娘子关要回这支镖,只因庙中聚群雄,救公孙策,俱是自己的朋友,如果不将这边事了却,自问实有不安,故此才说出这番话。及见张大用说出要镖的话,正所谓实获我心,自然乘风转舵说:“道爷既对付得了,小弟实不胜之喜。只不过小弟心中觉得有些不安罢了。”

张大用笑道:“自己人,说什么安不安的干吗?并非我下逐客令,你们要去要镖,须得即日前往,迟误日期,未必佳妙。后面如有别的镖客到来,贫道自会请他追到娘子关助拳，或竟留住在我这里，和徐、宁等一班人对敌。”

众人闻言，齐说：“道爷之言有理，我等即日动身。”

当时各人收拾自己的物件，除去马青锋、公孙策二人之外，大众都有马匹。

张大用道：“我庙中有两匹健骡，二位既无坐骑，可将这两匹牲口骑去代步。”

二人连连称谢。

张大用命道童牵了，直送众人到庙门外面。众人一齐跨上坐骑，向张大用拱手告别。张大用也打了一个稽首，看着众人去远了，方才回转庙中，专等宁仁、徐文通等一班人到来寻衅。

话分两头，却说李如龙兄弟邀着众人往娘子关进发，一路无话。那日到了将近娘子关，地名叫作弓家庄。李如龙等一行人刚到了镇集街头上，即有两个镖行伙计迎面接住，说：“伙伴们都住在这里呢！”

李如龙同着众人，一齐下马。那两个伙计过来牵着，引众人到客店里来。这客店招牌乃是凤仪旅店，一行人住在上房里，小二将各人的坐骑牵到后槽去喂草料。另有小二忙着张罗茶水。

李如龙先命手下伙计到贼寨通知：“本人已到，准定明日午后拜访。”伙计应命而去。

当日歇息了一会儿，到了晚间，李如龙与大众商量明日拜山之事。

公孙策笑道：“我真糊涂，前两日竟因宁仁之事忙昏了，竟忘却问这里要镖是向谁要，内情如何，至今完全不知（读者亦不知，快些道来）。”

李如龙也笑道：“我将诸位仁兄、贤弟请了来，始终未曾讲说明白。公孙兄此刻如不问，我也要说呢。”说着，便将失镖之事细说。

原来镖行规矩，镖师不限定要亲自出马，只要将所保的货物上插上镖局及镖师的镖旗，沿途绿林即不拦劫。倘使有拦劫等事发生，定系初上线的朋友，否则即为不讲交情的。镖行遇有这一类事项，总是先找在失事地方相近的一霸，请他相帮要镖。如是要得到手，这便是新上线的朋友，不知有这一家镖行，不知不罪，和平了事。如系要不回来，分明对手方是自恃其能，不将人放在眼睛内，是个不卖交情的，无理可讲，只有动武的办法。

像李如龙等所失的镖，便是碰到了这不讲交情眼高于顶的主儿。照绿林通例，凡是劫了镖行的镖，有一定的限期，以便镖行来取，这办法乃是鳌头独占的意思，只要将一家有名的镖师打败，便可以立刻成名，从此在江湖上，便有了人上人的资格。像这劫李如龙等一支镖的人，也是抱着这个思想，原因李如龙弟兄在江湖上有名,唤作哼哈二将,武功绝顶,名誉极大,如果将李氏弟兄打败,其余的镖师自郐以下,更不足道了。因为有此野心,特意不讲交情,劫了李如龙的镖。

李如龙的伙计,失事以后,先找相近弓家店地方的一霸,托他说情要镖,碰了一鼻子灰,知道是有意相争的,只得赶回北京向李如龙报信。李如龙弟兄得报,便问镖在何处失去,被谁所劫。那伙伴说是在弓家店过去枫树村地方被劫,贼首名唤白面判官黑大傻(到此才出贼人姓名,又是一般写法)。

李如龙兄弟听罢,又惊又怒,惊的是镖银失去,怒的是无名小辈,遂说:"你等先到弓家店,先找客店住下,我这里随后就来。"

伙伴既去,李如龙弟兄即便动身,一路邀请朋友,在财神庙张大用那里相会,这便是以上之事。

当时李如龙将经过情形向众宣布之后,请问众人,明日拜访枫树林,该如何办法。

言子骞道:"料想这厮无甚了不得,咱们大众明日同去,好便好,不好即和他翻脸,有何足忧呢?"

当晚无话,次日中饭后,带上兵器,八人步行出店,由伙伴领路,径往枫树村而来。行不多远,只见前面远远地有一所庄院,枫树叶子红红的,像一座火焰山。

伙伴遥指道:"前面就是枫树村。"

李如龙道:"你紧走几步,先到村上报信,就说我辈特来拜庄。"

伙伴领命,飞也似的跑向枫树村去了。李如龙等八人缓步而行,一会儿已到村前。伙伴正立在那里等候,回报:"已到村上报过,黑大傻正同着两个人谈话。"

正说着,猛听得一声爆竹响,村上人声浮动,走出几个人来。当头一人,生得身躯长大,膀阔腰圆,一张大白脸,颇具英武气象,背后跟着一群人,个个手执齐眉短棍,一般打扮,颇像戏台上扮演的武松。

李如龙等人看在眼内,便知来人本领平常,如此耀武扬威,岂是真有本领的行藏?遂抢步上前,抱拳拱手说:"寨主爷,敢情就是白面判官黑大傻吗?"

那白面的应声道:"然也。阁下敢情就是李镖师?请!"说着,还礼让进。

李如龙道:"寨主爷先请!"

黑大傻笑道:"你我初次相见,应得亲近亲近,来来来,弟兄们排列两边,我与李师父携手而行。"说着,伸手过来。

李如龙知道他要拉手试自己力气，遂微笑点首，伸手过去，与他拉手，并肩而行。将浑身气力运到手腕，握着黑大傻的手向内行去。黑大傻觉得手被李如龙握得麻辣辣的生疼，暗暗吃惊，知道今日遇见敌手，勉强支持，握手直到里面厅上，方才放手。后面李如虎等众人相继入内，齐到厅上。

黑大傻扬手让座，八人依次坐定，黑大傻下面相陪，一一请教过姓名，听在耳内，全是些出类拔萃的有名人物。就中尤以公孙策、马青锋二人声名为大（先声夺人）。黑大傻这一惊，几乎将魂灵吓丢，暗说，这可怎么好？心中一转念，光棍不吃眼前亏，登时得了个主意，抱拳向众人奉揖道："久仰久仰！小弟只因渴慕诸位大名，无由得见，才想出这条没出息的计策，激引众位到寒舍相见，大家好结个朋友。如今果然小计得售，愚下好不喜也。今日得见诸位，真是三生有幸（强盗亦有权变）。"

众人连忙还揖谦逊道："过蒙见爱，实不敢当。大胆前来拜访，尚望寨主推情，将镖银还了，我辈好到太原交割。"

黑大傻满口答应，毫不推辞，反说："承蒙光降，自然在此盘桓几日，使小弟略尽地主之谊，也好稍微表示道歉之意。"

众人初来，以为定有一番厮杀，却不料化险为夷，一见了面，黑大傻即已软化，心中好不欢喜。明知他说的是假话，但因大众心中，能大事化小，小事化无，也就罢了。

尤其是李如龙于握手之际，已掂出了黑大傻的斤两，知他架子好看，内容不过如此，谅也出不了什么花样儿。他如有人助拳，今日会不找了来吗？边想边说："寨主爷承情相留，兄弟们甚是感激，只因这一支镖日期已久，过了期限，有许多不便，高情盛意，只好心领了！"

黑大傻本非诚意相留，不过借此收科，见李如龙等这般说时，自然顺水推舟，说："恭敬不如从命，小弟遵示办理就是。"

即令手下头目："传知寨中喽兵，将那日所劫的镖，原物取来，当面交还，并派一队人护送。"

李如龙等人称谢告辞，黑大傻亲送出村，再三道歉而回。

众人押着东西，回到弓家店凤仪旅店里，打发护送喽兵去后，大家暗笑，给李氏兄弟道贺，说他威名远震，贼人一见了面就吓得俯首帖耳。

李如龙笑道："此非愚兄弟之力，实赖诸位的威武，方才令贼人丧胆。"

言子骞笑道："这不干我等之事，乃是借着公孙兄的威武，试想一个小小判官，见了阎罗天子，焉有不唯唯遵命之理吗（妙语，可喜）？"

众人听着，更加哈哈狂笑。当晚在旅店内设宴相贺，李如龙兄弟更给各位道劳，约定明日起行。李氏弟兄亲押这支镖往太原，与马青锋、公孙策乃是同路，其余言、伍、鱼、鹿四人，往山西，无甚事。大家议定，送到娘子关，即行分手，先到财神庙，后往各人的镖行内去。

酒席散后，即便安寝。次日结了店账，取路西行。弓家店到娘子关本不远，当日已是赶到，大家住了店。

刚才住店停妥，却见店外也走进一群人来住店，为首一人，见了马青锋，吓得面色如土，掉转身来就走。

正是：

底事客途惊慌甚，只缘奸邪遇仇雠。

毕竟来人是谁，请看下文分解。

第六十九回

报应不爽白秋塘归途被劫
喜气迎门公孙策太原纳币

话说李如龙等一行人到了娘子关，方才投客店，安顿衣包、货物、牲口已毕，同时却又来了一群人，到店投宿，真是无巧不成话（天下巧事多，如不多，那来这许多好小说）。

这班人进得门来，瞥眼看见马青锋，不由一惊，忙说："伙计们，这里住不得，咱们找别家去吧！"

小二闻言，跑上门的买卖，岂肯让他跑了？一把扯住那些人的行李道："咱们这里空房间正多，地方大，空气新，式式都备，怎说不能住呢？咱们又不开黑店，爷们为甚说住不得呢（问得有怒意）？"

那人急了，忙说："小二哥，并非此地住不得，实因咱们有同伴在前走，不曾住在此处，咱们须得赶上他们去，住在一起。"

小二见拉不住，不便过于留难，只得由他们走了。

马青锋等八人本不曾注意，只因小二说"咱们不开黑店"，方才掉过身来，看小二和那些人拌嘴。马青锋一眼看去，见那人好生面善，就是想不起是谁。

及至那人走后，公孙策笑对马青锋道："马兄，方才这个人，你可认识吗？"

马青锋道："像是在何处见过，就是记不起了。"

公孙策道："他是善庆王府中的第一个红人，姓白名字唤作秋塘，外号人称小张仪。"

马青锋猛然省悟，说："怨不得，他看见咱们住在此地，回过身来就走，要住到别的人家去呢。其实也是庸人自扰，咱们和他又无有什么过不去，难道还要害他不成吗？"

公孙策笑道："小人心胸，自然如此，何况惊弓之鸟呢？"遂唤过一个镖局伙计来，低声命他远远跟随白秋塘，看他住在哪一家。

伙计应声而去,这里众人住好了,擦脸漱口喝茶,吩咐小二:“去要一桌酒席,大家吃个痛快,明日好分手。”

正在此时,伙计回来报告:“白秋塘等一行人住在东街来安旅馆内。”

公孙策点头,说:“劳您驾了。”

伙计说:“应该的,爷言重了。”说罢,自去同伴当住的下房。

一会儿,酒席齐全,八人依次入席,大家痛饮。

公孙策笑对言子骞道:“言兄明日回去,正与白秋塘同路,这厮不在北京,不在大名,就该到甘肃边境去了,怎么会穿着买卖人的打扮,在此地露脸呢(白之服式,却借公孙策口中补出)?大概他们一伙人的行李之中,定有金银贵重物品,即不然,他们身居王府,也应腰囊丰盈。依小弟愚见,言兄等明日回去时,不妨做个顺水人情,将这笔财交送给黑大傻,一则可以使他消去咱们要镖之恨;二则可以丧奸人之胆。言兄以为何如?”

言子骞笑道:“他如有贵重物件,怎么不找人保镖呢(写白之诈)?总而言之,明日在路上再酌吧!”

八人说说笑笑,饮酒吃菜,直吃到尽醉方休。当晚公孙策乘众人睡后,一人带了宝剑,私自开窗出去,纵身上屋,寻到东街来安旅馆的上房,看了看,下面隐约还有灯光。

伏在屋上细听,下面有人说话,乃是两个小二在那里咕噜道:“这位姓白的,真好麻烦,自从住了店,到这般时候,还要茶呀水呀地闹不清,不晓得明日走时,能舍得几个大钱的小账?”

一个道:“买卖人哪会有大出手?左不过几个大钱,还承望他们有锞子给咱们吗?”

二人正在咕噜,却听得那面房中有人唤小二。小二应声来了,便有一个离此就彼,往那里去了。回身出来,这一个便问他做什么。

那个小二道:“晦气,这姓白的客人真有趣,仿佛怕受了风,得伤寒症一般(趣语),不敢到天井内来撒尿,却将个夜壶尿满了,命我拿出来倒,臭烘烘一股臊气味儿,岂不是晦气吗?”说着,却见他走到墙脚阴沟口,低着头,咕嘟咕嘟地将一夜壶尿倾倒在阴沟口内。

公孙策知道白秋塘住在那面屋内,遂将身爬起,轻轻跑到对面屋上,伏在瓦上,静听下面。听了半天,方听得有人说话声音。

一个道:“今日偏巧在此地碰着马青锋,不知他可认得咱,如是认识,明日走路,还须留神呢。”

一个道:“白先生,休得过虑,咱们人多,还怕他一个马青锋吗?”

一个道："但愿壮士如此才好。"

公孙策听得，暗说："哦！原来他是请有保镖的同行，故意将镖师父的服装改换，杂在众人当中。这厮诡诈百出，真有些猜他不透呢。"遂将身爬起，仍由屋上回店。

看官，白秋塘不是在路上被劫，生死不明吗？哈哈！果真如此，还有什么足奇？"小张仪"三字外号，也不足名副其实了。

原来白秋塘押着贵重物件，同着王府家将等人一路前行，行至中途，白秋塘心中转念，王爷到边后，事如不成，自己是个谋士，再轻些也是个从逆，总是死罪。即不然，大事成就，但自古以来，杀戮功臣的事，史不绝书，自己与其将来鸟尽弓藏，何如乘此下手，免此一番跋涉，何苦来到边境上受尽风霜？因此一转念（此念虽系可杀，但亦想得透彻，古来功臣，得善终者，有几人哉），遂定了个乘机背叛之意。

行行又行行，在路上遇着一个旧友，姓林名唤宗海，乃是个白日闯出身，颇有些武艺。两下相见，各问别后之事。白秋塘见了这位朋友，陡然灵机一动，问他近来做么生（犹言做甚事）。

林宗海素来豪直，见问，即说真话，笑回："小弟现在专做打闷棍的买卖，不是扮假鬼吓人，便是合伙拦劫。如今手下也有五七十个弟兄，新近在杀虎岭聚义。"

白秋塘听了这话，不由大喜，便说："有注财爻，贤弟想赚吗？"

林宗海听说财帛星进门，大喜应道："为什么不想呢（世有见钱不要者，除廉士君子外，吾未之闻也）？"

白秋塘遂和他附耳低言，如此这般，命他拦劫自己，将一班王府家将等众杀却，以便灭口。约定两下平分。林宗海大喜应诺，兼程赶往杀虎岭预备。

白秋塘深恐林宗海背约，存不利自己之心，特地在路上找了一个镖师，改扮保护自己，又故意在小镇集等候孟氏弟兄，以备万一，果真不利，便可向四人求救，小小一个林宗海，是不成问题的（如此周到，心险已极，该杀该杀）。因此那日在杀虎岭被劫，林宗海并未背约，面上是将他们劫了，却到树林中俵分，并派了喽啰改扮买卖人，绕路将白秋塘护送一程，约有百里光景。

白秋塘住店后，打发那些小喽啰回去。林宗海颇知足，得了这些宝物之后，即日聚齐手下，分给财帛散伙，自己却洗手不干，安分守己地做良民去了（随手了却，放下一边）。

白秋塘在那客店里住下后，遂另雇人护送，仍请镖师保护，一路兼程倍道而行，故此在娘子关会与马青锋等碰着。他此番计划，不但背叛刘吉，兼且背叛孟氏弟兄，存心回京后，献几件宝物给权贵，博得一官半职，过一过官瘾。万不料到此，即遇着马青锋等一班人。当夜在客栈内，吓得连解溲都不敢到外边来，怕的被马青锋等暗算，提心吊胆，一夜也没睡着（何苦做歹人？此辈人今日极多，可怜）。好容易挨到天明，打了早尖，即领着众人，押着骡车动身。走出街头，回身望望，深恐被马青锋赶来。及见并无人尾随，心中一块石头方才落下（且慢安心，对头来了）。

走到日中，来至一所荒野地方，忽听得后面鸾铃声处，来了四个人，骑着四匹快马，带着两匹空着的健骡，一般都是镖师打扮（不须明写，读者已知）。如风驰电掣般，赶过了自己一行人，飞也似的往前面去了。

白秋塘一见这光景，心中发毛，回头望着镖师，低言道："刚走过去的这班镖客，格局颇有些像胡匪，前途恐要有危险呢！"

镖客笑道："白先生，前面走的这四个镖客，好似与我在什么地方见过，确系镖局中人，怎会是胡子（关东人称盗为胡子）？大胆放心，我敢保险（慢咬空心丸）。"

白秋塘见他这般说，心中也就不疑虑了。

又走了一程，在路旁饭店里吃了中饭，向前又走。行行又行行，看看走到将晚，走过一座树林，猛听得一声吆喝，涌出一群人来。手执刀枪棍棒，喝声："来人，丢下货物，放你过去！"

白秋塘一看那镖客，镖客催马上前拱手道："列位，咱们是自己人，放个交情吧！"

众人中拥出一个头目来，喝声："小辈，休得饶舌！咱们这里不比别处，不要说你没有镖旗，便是有旗号，咱们也不讲交情。是知趣的，放下了货物再走；不知趣的，放马过来。"说着，将手中刀一举，一群人发声喊，围将过来，将白秋塘及车夫等人一齐缚着，赶入林内。

那头目举刀和镖客动手，镖客大怒，死力相扑。战有十来个回合，喽兵一拥而上，四面围定。镖客见敌不住，只得喝声："住手！"哪里还有由他做主的份儿，早被头目指挥喽兵将他捆上，一齐拥入树林。穿出树林，来到一处庄院。

看官们都是明公，不用交代，已知这地方是枫树村了。

原来言子骞等师兄弟四人，由娘子关动身，往财神庙。公孙策、马青锋二人请他们顺便将两匹健骡带回财神庙，公孙策又将夜来之事说给四人，劝四人劫白秋塘，四人应诺，在路上追过白秋塘等一行人之前，见他们所带行李、包裹沉重，骡车走得慢，声音亦辚辚可辨，车辙又深深的（解释所以知其行李沉重之故），心中打稿儿，遂径奔白面判官黑大傻村上，与黑大傻相见，说是送一注财交给他。如果得彩，大家平分。黑大傻自然大喜（比林宗海又何如），当即传令手下头目,同着喽兵,到树林内等候。果然等个正着。

到了村上,大家贺喜。言子骞请黑大傻将白秋塘提来审讯,所带物件是从何而来的。

白秋塘到了人家矮檐下,也只得低头招认。起初说是王爷的,意欲借"王爷"二字吓倒草寇,谁知又被黑大傻打了几下嘴巴,说:"你敢拿'王爷'二字来欺负人?"

白秋塘见"王爷"二字无灵(世之借人名誉以欺人者鉴诸),这才将背叛王爷之事和盘托出,情愿将财帛留下,望寨主原情。

言子骞等听他说出这番话来,不由又好笑又好气,笑的是报应循环,丝毫不爽;气的是刁奴背主,丧尽天良。遂对黑大傻道:"这样的狗才,还不将他宰了!"

黑大傻依言,传令将白秋塘绑去杀了。喽兵应声将白秋塘推出,一会儿献上人头(呜呼!孟云霞由此为未亡人矣。世之以奸险立身者,曷不鉴之)。

言子骞等四人与黑大傻商酌,将白秋塘所雇的车夫等众一齐多给金银,留住一夜,次日一早打发他们回去。一面将那镖客请了来,设宴相待,解释一切,申述白秋塘背主之罪,故此劫取,非有意与镖行为难。送给路费,当晚留住一夜,次日镖客道谢而别。

言、伍、鱼、鹿四人劝黑大傻洗手,有些宝物,很可做安分良民,何苦落一个强盗恶名呢?黑大傻唯唯应诺。及至四人走后,黑大傻也就实行散伙,自己高飞远走,不再生称强扬名的野心了(随手抹杀,昙花一现)。

且说公孙策、马青锋,同着李氏弟兄,在娘子关与言子骞等四人别后,即刻押着镖,向太原进发。一路上,绿林早已得到要镖的信息,自然无人敢再来想吃天鹅肉。还有许多与李如龙弟兄有交情的,沿路接待。

那日到了太原,李氏弟兄先去交纳了货物,然后同到马青锋的家中来。其时马忠夫妇已是老态龙钟,见马青锋回来,不由大喜。秀英姑娘见阿兄回转,也喜不自禁。

过不两日,马青锋承马忠之意,将妹子请二李为媒,说给公孙策为妻。

正是:

三生石上早写就,一旦好合美满姻。

毕竟如何作伐,请看下文分解。

第七十回

财神庙二侠访道友
淮安府雷洪惊异事

话说马青锋等到了太原，两李弟兄先领着手下，到保户方面交割货物。

马青锋先邀公孙策到家。其时马忠夫妇，同着秀英小姐，正是望眼欲穿，盼望马青锋回来。因为马青锋出门后，情形如何，丝毫不知，虽然马青锋大闹法场等事轰动远近。无如马忠在外面，终日不过和些买卖人相混，时事向不留心，因此毫无闻知，如果晓得，怕不要急煞吗？当日主仆兄妹相见，无不喜极泪零（笑有出泪者，喜安得无之，此非俗笔所能写得出）。

马青锋又引马忠到外面，和公孙策厮见。马忠见公孙策英风奕奕，虽然面容稍丑，但是那种英雄气概，殊非常人所能及，心中暗喜，少主人得交这样的英爽少年，总是得交益友。正在张罗着二人的茶水等事，铺内同事、学生齐来见财东问安。

一会儿，两李弟兄亦到，马青锋又引着马忠见过。马忠便命学生去知照厨房，备办酒菜，款待这班人。当晚尽欢方散。

两李、公孙策都住在铺后外书房内，马青锋住在后面，将自己别后情形详细禀知义父、义母。马忠夫妇初听说大闹京城事项，吃了一惊，后听到奉旨特赦，派往淮安府当差，方才将一块石头放下，随即劝谏马青锋："以后出外，万万不可再如此做事。虽然义勇可嘉，究竟生杀擅专，上干天和，又犯法律，终不相宜。如是别人，还可以说得过，唯有你不可。因你系单传，倘有错失，如之奈何？"因说到此层，遂又旧话重提，说起男大当婚、女大当嫁的话来，并劝马青锋早些聘娶，休要自误。又说："姑娘现已不小，如再因循下去，将来恐怕要给人家做补房了，这一层很为要紧。"又说："公孙策既有救你的恩，此等侠义，如能结为亲戚，岂不是好？"

因此一番话说，马青锋遂动了以妹嫁公孙策的念头。次日闲谈中，问公孙策的家世，以及家中人口。公孙策一一说了。马青锋见他未曾娶过，不由大喜，遂将李如龙摘将出来，将自己意思说知，请他兄弟二人作伐。李如龙应允，先和兄弟说知，弟兄俩向公孙策进言，要讨杯喜酒吃。

公孙策心中转念，自己年龄渐长，中馈尚是无人，虽家室之好，尽可从缓。但先人嗣续，却也是件要事，似这般自己浪迹在外，先人庐墓仅赖王玉仁扫祭，子职攸亏，于心不安。如家有妻子，岂不就可免去此种缺陷？想到此处，觉得“娶妻”二字，已不可缓。再想到马忠夫妇，如此之忠，马青锋本人又如此之义勇仁孝，其妹品行可以想见，谅来贤淑，得娶为妻，也是件美事呢。想定主意，立刻应诺。但说：“本人在行旅之中，不及行聘，须得回洪桐扫墓之后，方能前来纳采。”

两李即刻回复马青锋，马青锋禀知马忠。马忠夫妻大喜，立刻出来相见。双方约定，一言为定，俟公孙策回去后，即来入赘。公孙策次日，约了两李同行，往洪桐县去祭扫祖茔，与王玉仁筹备了行聘纳采等文定的衣服、首饰，及入赘的手续。筹备齐全，即同着两李，带了衣服、首饰、金银等件，到太原来，先住在客店内，择了吉日行聘，接着便入赘。

这日，马家也挂灯结彩的热闹非凡，马青锋因已逢过特赦，先人之罪，离此时已久，人家已淡，便乘此请马刚旧日的一班亲友。因此这日，马家来人亦很多，虽不如马刚在日，身居知府任时的热闹，但也比平时冷淡毫无亲友往来的要好得多了。又有马忠出面，所请的如同行买卖人，自然鼓乐喧阗，热闹异常。当晚新贵人入赘，一切俗礼，不必细表。

到了次日，设宴谢客。到第三日，又设宴谢李如龙兄弟两位媒人。第四日方才完毕。

过了几天，马青锋同着公孙策商量，往淮安府当差，以免违旨之咎。马忠夫妻坚留住过一月再走。二人不便拗强，只得住下。马忠乘此又将店事结束结束，要交代少主。马青锋只得又说：“请义父再劳神些时，守我回来再说。或者义父聘用一位经理亦可，再不然，义父将店盘给人，或招人承办，一凭义父做主。”

马忠见他这般说，不便再说什么。因他此番出外当差，是奉的钦命，须勉强不来，只得劝他到任当差，各事务要留神，功可折罪，便可急流勇退，不必想做高官。须知做官的爬得高，跌得重（是今日一般军阀政客的座右铭），还不如做小百姓的安闲自在。又说：“姑老爷在外面，各事亦要互相照应（老人家口吻如见）。”又问马青锋的婚事将来如何解决，还是自己在外聘娶，还是由家中做主。这一问，可将马青锋给问住了，呆了半天，回不出来（实系难关，婚姻之事，实难言也）。停会儿才说：“义父，此事只好暂缓进行，将来再说。如有合巧的，不妨留意，但须等我回来时，才能决定。”

马忠听了，知他意在缓办，更有些自主之意，自己虽名为义父，毕竟是个世仆，做不得主(儿大尚不由娘，况义父耶)，遂将此事暂搁。

两李在马青锋家中一居多日，思忖自己镖行中还有别事，在此久延，未免误事，遂向公孙策、马青锋郎舅告辞。二人不便强留，设宴饯行。次日，两李即收拾衣物，作别而去。

时光荏苒，转瞬一月，郎舅二人商量动身，马忠夫妻，同着秀英，各有一番珍重惜别的情态、叮嘱的话头(其中有何不同，请读者细细思之)。二人收拾收拾，择日动身，未免有情，谁能遣此？二人此时，这两句成语大可为二人写照，尤其是公孙策，一路上有些意惹情牵(是独到之笔，是调侃之笔)，虽不曾长吁短叹，却也免不了心神不定。一路行了几日，方才觉得好些。

那日到了石家庄，二人心念财神庙，不知自那日以后，张大用老道情形如何，更不知徐文通、宁仁两个，以及露二宝等一班人可曾来生过是非。因此二人一径到财神庙来，访问张大用。

到了庙中，恰值迎面碰着庙祝，两下各问了好，二人问："张道爷在里面吗？"

庙祝道："二位来得不巧，当家的出门去了。"

二人听说，心中一惊，疑惑他是为了宁、徐等人来寻事，特意到外方去避事，遂问庙祝："张道爷因何出外呢？"

庙祝道："前日来了个道人，约当家的到山东去云游，因此当家的同着他出门去了。"

二人听他口气，并非因什么闲是闲非，遂问他："自从那日以后，可曾有什么人来生过事吗？"

庙祝摇头道："不曾。自从那日各位去后，庙中很安静，简直不曾有过甚事。过后，唯有言、伍、鱼、鹿等四位到此来过一次，其余并未有人来。"

庙祝边说，边让二人到里面去坐地喝茶，二人找张大用也没甚紧要之事，见说不在家，空到里面去坐一会儿没甚意思，遂说："张道爷既不在家，咱们要去赶路，不坐了。谢谢吧！守张道爷回来，请您代说一声，就说咱俩来过，谢谢他的前情。不曾带得什么土仪，只好下次再来谢了。"

庙祝连声应着，说："二位爷言重了，回来由此经过，务请稍坐待茶。"

二人应着，作别出来。庙祝送到门口，打稽首而别。

二人离了财神庙，径到石家庄。因上次匆促之间，未曾付三义店的店账，此番仍住在三义店，招得那店中掌柜的、小二等人，一齐担惊，怀了鬼胎，不敢提问前事，只装着不认识(写一般人心理)。反是二人住了上房后，命小二请了掌柜的来，说给他前情，免去他们的疑念。又说："咱俩是当现役的差官，专门在外踩缉办案，徐文通等一班贼，自然当作眼中钉，累得你们担惊受吓。咱们此番来，因前次住你们店，未给店账，故此住在此地，一则人熟些，大家有个照应，二则可以付清前账，免得背后给人骂(然则今之背后，不恤人言者，皆二人之罪人也)。”

掌柜的听了，方才明白，暗赞二人的一丝不苟，廉洁可敬。敷衍数语，作别退去。

二人在房中洗面、净脚、喝茶、小坐，偶然想起前番在隔壁看见的那个妖人来，遂互相计议，那个妖人是个什么来历。

到了晚饭后，小二来撤碗筷，二人顺便先问他：“后院内还有鬼作怪吗?”

小二笑道：“说来奇怪，自从那日以后，便不见闹了。当晚曾有伙伴们在后院内看见一件白雪雪的一段东西，上面刻着耳、目、口、鼻，完全与人的脑袋一般(应上文)。咱们大众以为是这件东西作怪，故所以每次看见一个大白脸，因此架起柴来，将那颗白脑袋烧化了。果然从此以后，即不再闹。”

二人听了，暗暗好笑，故意惊诧了一番，然后问他隔壁这家人家是做什么买卖的，姓甚名谁。

小二道：“这家人家是做道士的，专门给人家画符念咒，看病给药。姓羊，名唤子贞。他家中供的菩萨极多，本地人都称他是位活神仙。”

二人听了暗笑，点了点头，说：“怨不得人说石家庄有活神仙呢!”遂问他：“可在家吗?咱俩正想找他去卜一课。”

小二道：“不在家，新近咱们店中有人生病，去求他画符，他家中说出门去了，回来时候说不定，至早须三年才回呢。”

二人听罢，暗说，奇怪，莫非他真去找明师习法，来找咱俩报仇不成?边想边说：“跑路辛苦，咱俩今日早些睡。”

小二见客人说要困，遂撤了碗筷走了。二人小坐一会儿，也就安息。次日一早，并算了两次店账，取路由河南省大道，经郑州，往江南徐州，奔海州，往淮安而来。一路无话可记。

那日到了淮安，二人径投府衙。到了衙前，正要请门口差役入内禀告，恰值雷洪低了头，由里面出来。二人迎头唤住，上前相见。只见雷洪面带忧色，说话声音亦不如往日。二人吃了一惊，问他因何如此。雷洪叹了一声道：“唉!一言难尽。”

正是：

> 异事惊逢怪诞甚，怎不忧心憔悴身。

毕竟雷洪因何惊忧，请看下文分解。

第七十一回

巡按使淮安施权威
龙宝山府衙惊刺客

话说马青锋、公孙策二人到了淮安，径奔府衙，恰见雷洪由里面愁眉不展地低着头走将出来。二人上前见礼。

雷洪见二人到来，登时心中大乐，满面愁云消去了一半。二人问他有何心事，雷洪不由太息了一声，说了句一言难尽，将二人拉了手，邀到里面自己班房内坐地道："二位且歇息一会儿，我将细情对二位说。"

二人背上卸下包裹，雷洪唤伙计进来，打水给二人擦脸洗手，倒茶敬二人。二人拍去灰尘，净面后，更换衣服，坐下喝茶。

二人问他别后之事，雷洪这才说道："自从二位到山西去后，劣兄同着各位英雄南下，一路陆续分手。只我同着刘云及栾、阚两人，径行到此，栾、阚两位却往龙潭去了(佘笑痴回东昌，不写之写)。

"劣兄回衙后参谒大人，大人甚是喜悦，遵旨令刘云访寻刘子章的亲房，立为后嗣，查明刘氏产业，一一发还，凡事也很顺利。劣兄此番当差，原系为了二位，本非图什么利禄(淡泊明志，唯侠义能之)，只希望二位一到，同事些时候，二位大功告就，可以折罪成名，那时便可辞职。不料近时二位没来，衙中已闹了不少的奇事，不但见所未见，而且闻所未闻，劣兄这几天真被他闹得头昏脑涨，异常地担心。二位贤弟，你道是些什么事(问一句，想见其说话时神气)？唉！说来可不真就话长了。

"第一件，便是新任的青徐淮海巡按使毛秉忠。毛大人一到淮安，便讽示属官孝敬，滥施威权(即此八字，是不可收拾)。可也真奇，他竟像和咱们大人认识，而且有宿仇似的，当他初到此时，那日正值大人理一件人命重案(听讼吾犹人也，必也使无讼乎？观此，龙公为政，尚未能尽美也)，未曾亲自郊迎，这位毛大人即已动气，说：'小小一个知府，如此藐视本院(活画一个政客口气)？莫非他一顶乌纱帽，戴得有些不耐烦吗？好呀，本院总叫他看(一语已可骇人)。'这话由代表大人去迎接的文吉征师爷听得，吓了一身冷汗，回来禀知大人，大人的脾气素来是不避权贵（此其所以为廉吏，得作者一传之价值）、不怕得罪长官的（如怕得罪长官，一意阿附，焉得为好官），一听此言，毫不介意，反说：'本府为宰此方，向来不曾与什么上宪通过关节，做官只要修己安百姓（是官箴），致君泽民，管不得什么迎送上官。他要在蛋壳里寻骨头，吹本府的毛（诸君不要歪缠，此毛不是那毛，一笑）。好呀，本府静等着，看他有什么方法对付我（写龙公倔强可爱）？'

"第二日，大人到巡按衙门请见，手本递进去，回说按院有事，改日请见。大人回来，第三日又去，仍是这般回答。接连去了三次（省笔，叙法变换），都不曾见着。大人因此含怒，赌气不再去见。那送礼一层，简直没有。因此毛巡按更怒，说知府瞧他不起，竟传谕来传见大人。大人只得又去，被巡按教训了一顿，说：'本院到任后，贵府虽曾来过三次，但因本院有公事，未曾接见，贵府居然与本院赌气，不再来请见，却要本院相请，难道还要本院来赔话不成？贵府对于本院尚且意气用事，对于属僚那还用说吗（欲加之罪，何患无辞）？'偏生大人又不肯低首下心，却竭力顶撞，抢白了巡按一顿（如此好官，今世如有，为之执鞭，所欣慕焉）。毛巡按大怒，登时端茶碗送客，大人也就含怒而回。这不过是得罪长官，最多不过要戴不牢乌纱，围不了玉带，预备听参罢了（一件）。哪知这一宗未有着落，第二件却又发生。第一件已觉奇怪，但也还算得官场恶例如此（呜呼！骂尽今古官场），还不足奇（不足奇）。第二件可就奇怪了（还有奇怪的在后头呢）。

"那日大人刚升堂理事，忽听得有人击鼓鸣冤，即命带将进来。却是个精壮勇健的大汉，那光景颇像半截镔铁塔。后跟一人，生得短小精悍，二目有神。二人都是绿林豪客气象，佩着武器。当时劣兄即已奇怪，绿林中人，居然也来击鼓鸣冤，不去自行报复（亏得奇怪，否则龙公完矣）。劣兄心中正在留神，却见两人走上堂来，跪倒在地，口呼冤枉。大人低头问二人有何冤情，却见二人一个盘蛇出洞，嗖一声，一齐平蹿到大人公座旁边，掣出刀剑，喝了声：'龙宝山（石破天惊）！你纵令手下公孙策、马青锋到咱们寨中寻衅，害得咱们今日有家难奔、有国难投。好！没别的，且先杀了赃官，以消这口恶气。'二人边说边动手。

"劣兄一惊，不敢怠慢，赶着托地跳过去，将大人一抱，离了公座就跑。众差役也一拥上前捉拿刺客。两个刺客却哈哈大笑，说：'龙宝山，休要吃惊，咱们不过来戏耍戏耍，其实冤有头，债有主，你只叫马青锋、公孙策两个小辈来见咱们，便算完结，咱们今日总算给赃官送个信，明人不做暗事，总在早晚，来取赃官的狗命。'说着，将手中兵刃挥动。差役们如何敢近他俩的身？劣兄又要保护大人，抽身不开，因此两人竟声东击西地冲出衙门，一溜烟地走了（差役只好吓良民，捉强盗不敢近身，今古一辙，可叹）。

"二位贤弟，这不是件奇事吗？由此以后，劣兄同着众班头，可就真苦了，白天要站堂当差，夜间要轮流守夜，直到如今，均是如此（当差如此苦，亦系实况）。

"这件事方才稍定，哪知又出了一件事（第三件）。提起此人，二位贤弟均知，其人乃是拐匪贡德厚。这厮自从被捉以后，审明定罪，只待秋决。谁知这厮在狱中竟会勾通了狱卒，相约逃走，如今狱卒虽已捉获，贡德厚却已不知去向。贡德厚去了事小，可是按院大人却有了话了，要借此参咱们大人。大人因此已有了处分，然而此事还算不了什么。"

二人听到这里，已是吃惊不小，便说："兄长，贡德厚在死囚牢内，狱卒和他串通逃走，何以能够轻而易举，这内中莫非还有别人牵连在内吧？那两个刺客明明指出咱们哥儿俩，难道与咱们有何过不去吗？叫作什么，是何等样人？"

雷洪道："好叫二位贤弟得知，这两个刺客，一个生得雄壮，一个生得短小，名姓却不曾说出。自从那日闯过公堂以后，并不曾来过。至于贡德厚逃走，串通狱卒，内中牵连的人甚多，大人因此怕兴大狱，更恐有诬罔，故此置之不咎（此司法界之良规）。但问狱卒，要他招出贡德厚的下落。无如狱卒始终不招贡德厚的下落，说当日同逃之后，贡德厚给予金银，即便远走高飞，实不知其下落。上峰又迭来公文，催缉拐匪。贡德厚走了，也还罢了，偏生近来淮安城中，人家的孩子常常不见。二位贤弟，只要到通衢要道一留神墙壁间的招纸，咳！那寻人的招贴，可就满目皆是。因此闹得满城风雨，人家有小孩儿的，异常小心。那失去小孩儿的人家，更是每日到衙门来问信追缉（第四件）。

"拐案未曾办得清，窃案又连接发生，不是东家被劫，便是西家被偷。劣兄又要在衙内守夜，分不得身，只好坐视人家被窃。内有一家典当，被飞贼窃去大批衣饰贵重物件，总数在三四万，报上失单追缉（第五件）。似这等大窃案，淮安城中竟有两三家，其余失窃几千上万的，也有好几家，至于失窃几百上千的，那可更多了。

"窃案未曾追缉得到，却又生出奸杀的案子。近来不知何处，来了一个飞贼，专门地奸淫妇女（阿弥陀佛，罪过罪过）。淮安城中女子被奸污后杀却，或是当场拒奸被杀的，也有了十几家了（第六件）。

“二位贤弟，这许多奇案连接发生，劣兄无分身法到外面打听，靠那些班头、差役，虽然三日一小比，五日一大比，便敲断了他们的筋骨，也休想踩缉得着一些影儿（差役无用，言之可叹）。

“这几件案情虽是无头，却也还不算奇突，内中总有线索可寻。唯有近来衙中出的两件事（第七件、第八件）最为可惊。一件便是衙内不闹刺客而闹鬼，甚至白日见妖，一件便是大人的印信忽然失去，管印的周师爷因此事竟急成疯魔，这两件事乃是最近三日内的事。二位贤弟请想，怎不叫劣兄担心呢？”

二人听罢这番话，不由吃惊不小，说：“兄长，怎么这些事情都不约而同地同时发生呢？岂不真成了个没幸一齐来吗？”

三人说着话，雷洪想起，问二人来时可曾吃过东西，此刻腹中饿吗？二人被这一提，想着来时径行到府衙，未曾吃什么，觉得有些饿，遂说：“咱俩似觉稍有些饥饿，但等会儿再吃也不要紧，且等见过大人后，再弄饮食吃喝吧！”

雷洪道：“大人此刻在后衙修家书，并且看着文卷，没有空闲，二位贤弟如果等到见过大人再吃，准得受饿，不如此刻先吃，劣兄着人到里面去哨探，大约二位贤弟吃好之后，大人也就可以闲暇，那时再到里面去请见，岂不是甚好吗？”

二人听说，遂点头道：“兄长说得是，咱们先吃也好。”

雷洪遂起身，唤进一个伙计来，令他到后面厨房内，要上好的酒菜，快些送到班房里来，饭也须带来。那伙计答应着，走到后面去了。

雷洪问二人别后之事，二人说了个详细。说到马秀英嫁给公孙策之事，雷洪不由拱手称贺道：“真是美满姻缘，人间天上，此番远来，可称得公而忘私呢。劣兄可惜在此地，不曾知道，否则吃杯喜酒，定要大闹新房，做一回厌物。如今因两家都不曾请我，我也少礼，二位贤弟可别怪我呀！”

二人含笑谢道：“师兄说哪里话来？咱们因路远迢迢，不曾奉请，师兄不怪咱们已是原恕，怎么反说少礼呢？”

正是：

者番奇案连续出，定有奸人作阿衡。

毕竟后事如何，请看下文分解。

第七十二回

闹妖魔龙公骇怪诞
失印信巡按催公事

话说三人正在说笑新婚之事,伙计已是进来,说酒菜俱已齐备。雷洪说开。伙计出去,一会儿捧了端盘进来,盘内托着一壶酒、四样菜、杯筷三副,背后厨子托着一桶饭,摆在桌上。三人入座,雷洪给他郎舅二人斟酒。酒饭之间,二人问雷洪近来衙中闹妖魔详情,及印信失却有何迹象。

雷洪道:"说来奇怪,三日前,那日晚间,大人正在书房中披阅公文,忽然窗槅一声咔嚓,来了一阵腥风,吹灭了灯火。大人抬头一看,却见一个骷髅鬼,一手提着口宝剑,一手提了颗人头,大踏步走将进来,一声怪叫,望着大人便刺。大人一惊,忙呼有鬼。那时郸奴立在大人背后,见此情形,吓得真魂出窍,大叫一声,扑通栽倒在地。哪知这一声扑通,却将个骷髅鬼惊得回身便走,正逢着劣兄由屋上下来,迎面就赏他一剑。"

二人道:"原来兄长是在屋上的。"

雷洪道:"正是呢! 劣兄自从公堂上有过两刺客之后,日夜提防,跬步不离大人左右。日间还可休息,由各班头保护,夜间总是劣兄在屋上巡风,习以为常,已非一日。那骷髅鬼来时,劣兄正在屋上,只觉得一阵冷风吹面,却不见有人影。因听得下面大人呼唤,接着便是扑通一声响,故此翻身跳下,正逢着骷髅鬼出来,迎面就刺了他一剑。那鬼一让,一声怪叫,在天井内四面滴溜溜转跑。劣兄追上去又刺,他却应手栽倒,劣兄正用剑去刺劈,忽听得屋上一声响,奔下一条大蟒来,昂头吐舌,直扑劣兄。劣兄一惊,抽回剑,纵上屋去。那大蟒一扫尾巴,竟将屋檐坍倒了一个大缺口。劣兄到此地位,只得将剑光吐出,斩那大蟒。哪知白光一绕,蟒首断下之后,并没出血,腔内反喷出火来,好似大放焰火。劣兄只得指挥剑光,将那蟒砍为数段,每斩一段,火星高冒半天,幸而火星并未成灾。一会儿火星喷完,大蟒完全已死。

"劣兄下得屋去,呼唤差役掌灯时,却又来了一阵大风,风声呼啸,来了个披发仗剑的狰狞恶鬼，真个可怕，头如笆斗，眼似铜铃，发如朱砂，面如锅底，浑身一丝不挂（可名为特别模特儿），吼叫了一声，仗剑便来刺我。劣兄见此情状，好不惊奇，赶着向地下一躺，使出一路滚刀，净奔那鬼的下三路，杀得鬼叫连天（如闻其声，骇杀骇杀）。劣兄的剑刺在那鬼的腿上，只听得咯咯作响，不见他受伤倒地，只得又指挥剑光，向那鬼杀去，砍为三段，这时节方才宁息。劣兄呼唤差役，掌灯来看，大众凑着胆子（写众人胆小，正是写雷洪胆大），掌灯来瞧。嘿！可就好笑，原来杀了半天，骷髅鬼乃是串枯骨，大蟒是一根草蝇，狰狞鬼是一个木偶。这一来，众人的胆气陡壮，将那些断碎在地下的木偶、草绳乱踏乱掷（不及枯骨，写众人胆小如画，所谓胆壮，亦可笑之甚）。

"此时大人在书房内唤劣兄，问怎么了。劣兄进去，正见邹福在地下扶起郰奴，拍着他的背，呼他醒来。劣兄上前给他按摩了一下（拳术有按摩术，能治人气血不活病），郰奴方才哎哟了一声，醒了转来。劣兄参见大人，给大人请安。

"大人问外面捉住的是人是鬼，劣兄将枯骨、草绳等事说了，大人很是奇诧，说：'这明明有人在暗地里用妖术。'吩咐邹福去取酒来，给劣兄贺功，道劳压惊。劣兄再三辞谢，邹福已是去取。一会儿却见邹福狂奔进来，如中疯魔，一把揪住劣兄便打，陡然力大如牛，吼叫如虎。劣兄见他两眼发直，头发竖起，知他受了妖气，赶着用点穴法点倒了他。

"正在此时，外面人声又震天价喊将起来，劣兄出去望时，却见众差役你揪住我，我揪住你，这个骂：'妈的，老子做你！'那个骂：'王八羔子，你奶奶的！'大家揪成一团，骂作一片（又是一种作怪）。劣兄看在眼内，明知众人中了魔，无如不懂符箓咒语，只好望着他们，作声不得。没奈何，姑且抱着个正能克邪的主意，将剑光放出来，指挥着在天空飞舞，呼呼作响，盘旋不已。哪知这剑光寒气侵及众人，众人竟放手不揪，住口不骂，好一息方才无事（如非剑光，几乎搗乱成一团糟）。众人如梦方觉。劣兄收了剑光，回到里面，邹福兀自张口结舌地躺在地下，劣兄过去，将他一踢，活了血络，方才起来定了定神，始知适间之误，望着劣兄施礼赔话。劣兄笑着劝他，不知不罪。

"大人此时却担了心事，说：'这是何人施展妖术，如此搗乱？'劣兄也心中着急，孤掌难鸣，口中只得劝慰大人安心，谅来妖术不足为害。

"这样闹到天明，方才无事。大前日晚间，闹得更加厉害，东西会自己移动（写妖术可骇）。劣兄无法，只得又用剑光相拒，妖术不能施展，方才退去。

"前日一夜无事，以为可以安逸，谁知不然，印会失窃，这干系既大，比妖术搗乱还要厉害得多。据周师爷说，前夜更深人静时，陡见一个火球，由屋上滚下来,直滚到印房内去了。周师爷吃了一惊,深恐印房火起,赶着跟将进去,哪里还有什么火球?心疑莫非自己眼花,赶着跑出来,还未坐下,却又见印房中火光熊熊。周师爷吃惊不小,回身又入印房再瞧,仍没有火。自己心疑不定,莫非又是什么妖术?因想正能克邪,知府的印可以治妖,因此伸手将印箱开了,取出印来,向那火球一照,哪知正在此时,背后陡然来了一人,伸手便来攫印。周师爷一惊,精神一乱,手竟松了,一颗知府正堂的大印竟连包袱被那人夺去了(写得可怕,几如背后有人伸手)。其实二位贤弟,这火球乃是夜行人的遗火流光法(一句道破),不过周师爷不懂,遂致上了贼人的算计。

"当时周师爷失印,狂叫起来,引得众差役掌灯到印房来看,只见周师爷面如纸白,呆立在那里,望着印箱流泪(何等笔力,岂俗笔写得出)。众差役赶着到后面来喊劣兄,劣兄因失印事虽大,但大人无人保护,事出两难。反是大人说:'雷壮士,做官把印丢了,应了俗语了(可笑,趣甚)。烦壮士同本府一齐到印房去看看。'劣兄应着,便同大人前往。

"到了前面,劣兄见周师爷那种神情,甚是不佳,上前将他一拍,惊醒回来,问他详情。可怜他竟半个时辰净淌眼泪,说不出一句话来(何等笔墨,问读者,他书有此否)。又停了一会儿,才将前情说出。劣兄蹬足道:'嗐!先生上了贼人的借石问路之计了,先生如不将印取出,贼人不知印箱是哪一只,他焉能将印盗去?如今他竟毫不费力,由先生手中夺去了。'二位贤弟,劣兄原本说的无心话,哪知周师爷竟因此自悔孟浪,登时心中一急,凭空地倒在地下,面色急变,立刻痰迷心窍,变成疯癫,笑一阵呵呵哈哈,哭一阵苦苦哀哀,谈一阵长长短短,说一阵是是非非,走一阵风风洒洒,跳一阵舞舞蹈蹈(一连几句如贯珠)。似此一来,不但大人不曾怪他,反而劝慰他,说:'先生休急,印丢了,不算得什么,最多将本府免职查办,反正本府没甚短柄在人手内,有什么要紧(说得轻松,岂不知不怕官,只怕管耶)?'劣兄也说:'周先生,这印信包在我身上,务要取回,先生安心些,休要着急。'大人遂命差役扶着周师爷,到他自己房间内安息,又传命上下内外,不许走漏风声,如有漏却消息,定然革差重办。毕竟大人平时待下有恩,这消息果然无人泄露出去(写龙公待人)。

"哪知事有凑巧,方才巡按衙门来了封公文,即刻要大人用印,这一来几乎将大人急煞。却亏得文吉征师爷有急智,挺身出去,对巡按衙中差来的人说:'知府大人有病,管印的师爷又不在衙,方才告假回去,此时无人负责。好在这公文上所述之事并不十分紧急,烦尊驾回禀按院大人,停两日再用印。'那差官哈哈笑了一阵,说:'好!就这样吧,咱回去禀总照禀。大人如不答应，那时再来。’说罢，带了来文走了。

“差官走后，文师爷来对劣兄道：‘雷兄，这几时衙内事真太多了，前前后后，颇像是连贯而来，印信失去，按院即有公事到来催促，像似有程序的（言其预定计划）。前两日闹刺客，接着就闹妖魔，接二连三，在我看来，这事定与新巡按有关。雷兄，你看怎么样？’

“劣兄被他这一提，陡然警觉，说：‘文先生，言之有理。’”

雷洪说到此处，恰巧郸奴由后面出来，走过班房，伸进脑袋来张。一望见三人共酌，喜出望外，不由走进来向马青锋、公孙策二人行礼。二人忙欠身问讯。雷洪令伙计添设杯筷座位，邀郸奴共饮。

郸奴道：“雷爷休要客气，大人命我去探望周师爷病征，即要回话，三位请慢用，恕我不陪。”说着，回身走了。

三人仍旧边说边酌，一会儿，酒干盛饭。酒饭毕后，伙计撤去碗筷，揩拭几案，送上面水。三人净了面，伙计送上茶，三人喝着。

忽见郸奴笑嘻嘻走将进来，说：“三位爷，大人命我来请呢。”

三人说声：“是，咱们正预备着就来呢！”遂又问郸奴：“周师爷的病好些吗？”

郸奴道：“仍旧这样，未见好歹。”

雷洪叹道：“本来这是心病，非得心药医治不行。”

郸奴说：“三位请就来，我先去回去。”说着走了。

三人又呷了口茶，起身，整了整衣服。雷洪在前引导，马青锋、公孙策在后跟随，出班房，向后衙行去。原因这两月，衙门内不断地闹意外之事，大人自丢印后，各事更觉难办，不能升堂理事，故此只在书房中披阅公事，酌量办理。

三人到后衙书房内，参见大人已毕。龙公命郸奴给三人看了座位，三人告谢坐下。郸奴送过茶，龙公启问马青锋、公孙策府上安好。

正是：

丁此风雨飘摇候，何幸君等恰贲临。

毕竟二人如何回答，请看下文分解。

第七十三回

闻警讯二侠义惊心
见龙公三壮士领限

话说二人见问,起身哈腰,回说:“托大人的福,舍间都好。”遂又转请大人的安。大人也回了声好,扬手命二人坐。二人坐下。

大人道:“二位壮士,近来衙内怪事独多,虽系本府的官运不佳,却也是各位壮士试验立功的机会,本府忧喜参半。其奇特之处,二位壮士想已知晓,不用本府细说。但不知二位壮士对此有无何种意见?请道其详。”

二人见问,即说:“方才雷师兄已将细情说过,我等已是知道。对于此事,据方才雷兄所说,颇有些痕迹可寻。雷兄所以不能早日破案的,乃是因一人在此,无法分身之故。如今我等已到,大家可以轮流办事。此案终易破露,大人放心。”

龙公道:“二位壮士,话虽这般讲,毕竟此事前后是一处主动,还是两处主动,颇有可疑。即如新任巡按毛大人,似曾与本府会过,可惜本府思量不起是谁。照他那样情形,竟像和本府有仇一般,否则本府初次相迎,请见数次,都碰了钉子回来。今日又临时来一公事,催促用印。在表面上虽都是官样文章,但在骨子里看来,大都另有作用(然则毛巡按为谁氏耶)。二位壮士对此案情,有心疑之点吗?”

二人应声道:“此事在我等未曾访查以前,不敢下断语。但据雷兄方才所说,刺客一层,明说要我二人寻他。这一层看去,定系和我二人有甚过不去,故此来给一个信。即如失印一事,颇有类于夜行人的遗火流光法,或许竟和这两个刺客有关。但巡按又来催用印,似乎巡按又与这事有关。那妖魔一事,更加奇幻。至于飞贼强奸,以及各处失窃,其事虽多,但在我二人看来,或许仍不外乎刺客有关。如今我二人既已到此,可以与雷师兄互相出外察访,如此重案,均有迹象可寻,谅不难于破获。至于贡德厚越狱,以情势而论,无非他有恃无恐,否则定已高飞远走,不在本地,其余被拐男女孩子,宜乎通知各关卡，一律留意，仔细盘查，或可截住。”

龙公点头道：“二位壮士说得是，但现今时势紧迫，刻不容缓，破案一层，该当如何着手呢？”

二人沉吟了一会儿，尚未开言，雷洪却已启口道：“此事依下役愚见，第一步着手，宜先往巡按衙门调查，因巡按大人的举动颇有可疑；第二步便往别处去哨探，踩缉飞贼的行踪，此等夜行大盗，只要留神察看，无论如何，总可就擒。”

龙公点头道：“如今三位壮士在此，并非本府为难，不令三位稍息，实因事太难堪(做官丢印，其实难堪)，不得不即日着手。但三位应如何办法呢？谁看家谁出外察访，日夜都有职务，如何分派，总须有个算计。”

三人道：“这事此时殊难说定，须待咱三人议定办法，再行定夺。”

龙公点头说：“三位壮士议有办法，请即来告诉本府。”

三人欠身应命。龙公将茶碗一举，三人告辞出外，仍到班房。走到里面，却见一人坐在那里，穿着武生打扮，漂亮非常。三人惊了一跳，问：“是哪位坐在那里？”

那人掉转身来，扑哧一笑，起身相迎，说：“三位贤弟，愚兄在此等久了，怎么到这会儿才出来？”

三人一见那人，不由转惊为喜，哈哈大笑(系何人斯)，齐说：“兄长来得恁巧，真是再好也没有，怎不叫小弟等欢喜煞？”说着行礼。

那人忙着回礼道：“贤弟，熟无常礼，如何恁样客气？”边说边回礼。

四人相对揖毕，叙礼分宾主依次坐定，伙计进来献茶。雷洪责怪伙计，说：“客人来访，你因何不通报？害得客人久等，下次再如此，定不宽恕。”

那人忙说：“贤弟，休错怪了他，方才他本要通报，愚兄阻住，不要他报知。因知贤弟三位在里面和大人有事，事未毕，何能立刻出来？事已完，自然立刻就到，何苦报到里面，使大人知道愚兄到此，定要请愚兄帮忙，愚兄如不在此，如何对得起三位？如要在此，愚兄又不惯侍候贵人，因此不令他报知。”

雷洪方才息怒，说：“师兄远来，饭用过吗？”

那人回说：“吃过了。”

看官，你道这人是谁(正要请问)？原来正是千手观音佘笑痴。讲到他得这千手观音的外号，乃系为了他的本领精纯、拳技高妙，人家和他对敌，恍如他有千手。更因他面容俏丽姣好，如女子一般，因此江湖上送给外号，唤作千手观音。前文他同着雷洪等一行人由京南下，半路上他回家有事，此时想念两位师弟，特地又由家中出来。在路上得到江湖中朋友报告，说目今有几件新闻，一处是滦河孟氏四金刚，开什么金刚会，招请天下英雄，以实聚英馆；一处是勾魂使者宁仁，邀集手下人，同到淮安府捣乱（一语破的）。这两处闻说皆系因为马青锋、公孙策两人大闹京城，名誉太大，压倒天下英雄，特意与他们为难（名为身累，可为好名者戒。此为皮相之谈，读者能毋失笑）。

佘笑痴听得这个消息，心中吃了一惊，因此一路不再拢别处，赶到淮安店房内，将此事对三人说知。马青锋、公孙策听得，吃惊非小。本来二人听雷洪所说刺客指明二人名姓，即已猜疑是宁仁等一起人物，末后听到淮安闹淫贼等事，格外知道定是宁仁。但因干系太大，所以不曾说破（补出二人不说之故）。

是时四人计议，雷洪又将近来连出岔事告知师兄，佘笑痴听得，大吃一惊，说："那还了得？做官将印丢了，如何是好？这印不是孟氏四金刚所盗，定系宁仁所偷。如今事出为难，贤弟们该如何应付呢？"

三人静默了一会儿。公孙策道："佘兄勿忧，此事在小弟看来，尚还不至十分棘手，第一层，刺客、大盗等人毕竟是江湖中人，咱们如是访查，认真以后，这一件究易寻根；第二层，讲到妖魔一事，在咱想来，不问可知，是石家庄的活神仙羊子贞所为（又是一句说破）。几方面一参核，此事易办。但因衙内人少，在前两日，只有雷兄一人，分身不开，只得任其猖獗，咱俩也是方才到此，如今兄长又到，咱们人已多，不怕不敷分配。方才大人说，事已万分紧急，问咱们何时可以破获，这话虽说不定，但小弟方才因人数不敷分派，故此未曾有确定办法。如今兄长既来，咱们已有四人，已可支配，不知兄长可有何见教吗？"

佘笑痴道："贤弟说得是，料得果然不差，但不知活神仙羊子贞是何等样人，贤弟怎能料定是他？"

公孙策将石家庄三义店内之事说了一番。

佘笑痴道："怨不得他们要来捣乱，原来是报复作用，贤弟们现在预备如何支配呢？"

公孙策道："兄长如有高见，不妨说出来，大家讨论讨论。"

佘笑痴道："问我嘛，依我之见，雷贤弟仍旧在家中看家，我也帮他查看，或是他的上半夜，我的下半夜，或是我的上半夜，他的下半夜，都无所不可。贤弟同着马贤弟哥儿俩，可到外面去缉访什么宁仁、羊子贞等一班人，贤弟等都是见过的，可以不用疑心，见面就可捉拿。像我和雷贤弟，都不曾和他们见过面，即出外踩缉，也许当面失却，亦说不定，贤弟们看是如何？"

三人听罢，齐说："兄言有理，我等均愿服从。"

佘笑痴道："案情虽然重大，事情虽是棘手，但贼人行为已是一目了然，贤弟们便可见大人领示，一则可以安大人之心，二则可以见贤弟等之能。"

正在说着，忽然郥奴由外面进来，见了佘笑痴，愣了一愣（不认得之故）。雷洪忙给他引见。

郥奴向佘笑痴行了礼，然后对雷洪道："大人命我来请三位壮士，到里面去，有心谈呢！"

雷洪点了点头。郥奴去后，雷洪邀三人同往。

佘笑痴道："这会儿大人叫请三位，愚兄一同去，恐不方便，不如三位贤弟先行入内，停一会儿，愚兄再行请见。"

三人只得道声失陪，离了班房，径行入内。此时龙公坐在书房，手捧书本，在那里看书。一见三人进来，即将书丢开，命三人坐下，郥奴走来献茶。三人请问大人有何事吩咐。

龙公道："方才三位壮士在此说此案易破，毕竟此案应如何破法，三位壮士谁出差，谁看家，可曾拟定办法吗？"

三人见问，互视了一会儿。雷洪禀道："大人放心，此事已有端倪，方才下役的师兄佘笑痴到此，他愿助咱们一臂之力。当经咱们议定，佘师兄同着下役在衙门保护，可保无虞；外面的事由他们二人办理，大概此案易破，因已有线索可寻。"

龙公听说易破，又有佘笑痴肯帮忙的话，心中大喜，遂说："佘义士可在前面吗？"

雷洪应了声："在，他说停会儿即来请见。"

龙公道："郥奴！"

郥奴在旁边应了一声。

龙公道："你到前面，请佘义士进来，就说本府奉请。"

郥奴应声去了。

龙公笑对三人道："既诸位壮士都已有线索可寻，本府心中，意欲给三位壮士一个破案的限期，不知诸位壮士意下如何？"

三人听说"限期"二字，转念案情已明，侦缉易办，便说："大人，限期破案，本系衙门中常事，但不知限期几天？"

龙公道："今日毛巡按大人的文书到来，催本府用印，本府回来人的话，雷壮士是晓得的。如今事机紧迫，诚恐日期久了，又生变化。本府意思，拟限三位壮士在五日之内破案，不知三位能领此限吗？"

三人听了沉思，五天破案，尚是易事，遂说："大人赏限五天，自当竭力办理。"

龙公见三人答应，心中大喜。

正在此时，郦奴已引着佘笑痴由外面进来。郦奴将手向着龙公打了个手势。佘笑痴早知坐在书桌面前太师椅上的是龙知府，忙上前行礼。龙公起身回礼，口称义士，即命郦奴看座。佘笑痴谢了坐下，龙公先说了几句恭维的话，末后说，上次承蒙德州救护两位义士之事，复又说到此刻借重的话头。

正是：

奸宄侜张为幻日，侠义扬武擒贼时。

毕竟诸人领限，佘笑痴参见后，有何事故，请看下文分解。

第七十四回

贡德厚惊逢马青锋
公孙策喜遇计全胜

话说佘笑痴见大人如此说，不由起身逊谢，又说：“此间之事，不知则已，既已知晓，自当勉力效劳。”

龙公又扬手让他坐下，向众人道：“诸位以后随便进来坐谈，不必拘定礼节。此番破案之功，本府定当重保（做官的，总以此言饴人，千古诚一辙也）。”

四人齐声逊谢，都说：“我等疏散惯了，不惯做官（官有官架子，岂侠义所屑为）。此来乃系因大人清正，愿竭力为大人帮忙，以遵圣旨。”

龙公见他们都是自高之士，不能再说逆耳之言，以拂众意，遂说：“且到那时再说。”于是问了些闲话，便命郈奴、邹福，给马青锋、公孙策、佘笑痴三人预备床铺。

三人齐说：“我等同住在班房里，既可大家谈心，不至寂寞，又可照应前后，不至疏虞。大人可免劳他们两位，我等自去收拾。”

龙公点头道：“三位义士远来，怎好如此？自应叫他们两个去收拾。”遂望着邹福、郈奴二人，一使眼色。二人应命而去。

这里龙公又和四筹好汉说了些破案缉人的手续，归根结底，乃是目今最要紧的，乃系印信，如有此物，便可各事迎刃而解，免得受巡按的气。四人应声退将出外，到班房内时，邹福、郈奴正在那里铺设床帐，忙得手足不停。佘、马、公孙三人齐声给二人道劳，二人笑说应该。一会儿，已是收拾床帐被褥齐全，作别往后面去复命。

四人在班房内坐了一会儿，看看天色已晚，令伙计掌灯，并传饭。伙计应命去后，一会儿灯已点来，再一息，酒菜饭一齐送进班房。四人叙了坐，一会儿吃毕。

净面之后，佘笑痴道：“三位贤弟，大人限期五天，今日我辈就应开始工作。公孙贤弟和马贤弟今晚应向何处去探望，也应该就去，我和雷贤弟在此看家。"

公孙策应道:"兄长说得是,小弟正想吃过晚饭后,往巡按衙门以及各处走动。"遂说:"大兄(青锋系秀英之兄,故呼如此,非误笔也),咱俩该更换衣服,往外面去了。"

马青锋点了点头,于是二人打开自己包袱,换了夜行短靠,喝了两口茶,说了声:"二位兄长失陪!"便出班房,到天井内,纵身上屋。

公孙策道:"大兄你由此往南转东,我由此往北转西,分头侦察,大家回衙会面。"说罢,两下分开,各施展夜行本领,往各处去了。这里佘、雷哥俩儿在下面计议,谁上半夜,谁下半夜。

雷公道:"师兄远来,今夜休息休息吧。"

佘笑痴道:"办事说不得辛苦,愚兄既已承担,当然要照例行事,断不能如此含糊。愚兄今日上半夜,下半夜归贤弟就是。"

雷洪道:"师兄既这般说,小弟遵命就是。"于是雷洪脱去身上衣服,告罪安息。

佘笑痴换了衣靠,提了把宝剑,佩上百宝囊,背上弹弓,吹熄了亮,走出班房,顺手将门带上,先在下面由前至后地一巡,然后纵上屋去,前后左右四面都巡视一周,然后将身体伏在龙公的书房房屋上,留神四面八方看着。

龙公安睡后,一会儿鼓打三更,雷洪已穿了衣服,带上一切应用物件,由屋上奔来,击了手掌,两下换班。

佘笑痴说了声:"贤弟留心,愚兄去睡了。"

雷洪说:"师兄请去安息,各事小弟自理会得。"

佘笑痴去不多时,雷洪正在屋上巡查,只见远远地一条黑影飞也似的直向这边屋上奔来。雷洪一惊,赶将身体一伏,向百宝囊内取暗器。

那人来了临近,高呼:"雷兄,是小弟。"

雷洪这才看出来人非别,乃是公孙策。将手缩了回来,起身相迎,问他可曾得到什么消息。

公孙策将头摇了摇道:"毫无头绪(有上文如许之事,自然有此一难,否则将视天下之事,为均不足为矣)。"

雷洪也不言语(写懊丧神情,一句传神)。

一会儿,马青锋亦绕了个大圈子回来,二人问他有眉目没有。

马青锋摇头道:"哪有这般容易(又一个无眉目)?"转问二人得到些好信息没有。二人也摇摇头(写不高兴如见)。

马青锋道:"今夜是初次试验,不能便算是失败,明日继续进行,说不定便可如期成功，亦未可料（自打吗啡针）。此时佘笑痴想已安息，咱们也去睡吧！这里专烦雷师兄偏劳。”

公孙策应声道：“大哥说得是。”

雷洪说：“二位贤弟，休得客气，请自便吧！”

二人告罪，说了声失陪，向前面班房，翻身跳下，入房安眠。

佘笑痴听见二人回来，说：“二位贤弟回来了，可曾得到好消息吗？”

二人笑回师兄：“不曾有什么消息，只得明日再想法了。”

佘笑痴道：“本来你们今晚出去，是没头苍蝇乱钻（绝倒语），未曾有一定的目标。明日白天，总须想个办法才行。”

二人应说是，边说边换衣服，上床安睡。

次日起来，已是晨餐时候，大家相见，梳洗后，同到里面去见过大人。回身到班房用早点。

点心吃过，马青锋对公孙策道：“贤弟（不唤妹夫，而唤贤弟，想系唤成习惯也），咱俩昨夜毫无成绩，今日宜往外边去闲闯，比如按院衙门，今日即应去探探道儿。你去呢，还是我去呀？”

公孙策听了，点头道：“这样吧，你我走出去，分为两起闲闯，至暮回来，大家衙门相见。谅来这小小城中，只要一转身，即可走遍，咱们中饭后，或可绕往城外闯闯，大哥以为如何？”

马青锋道：“贤弟说得是，就这样办吧！”

佘笑痴道：“衙中有雷贤弟看家，白天谅无甚事，我也向外边逛去，咱们分道扬镳，各干各事，晚间在衙中相见。”

雷洪道：“三位均出去，留小弟一人在家，务望早去早回，只要有消息，不必定到晚才回。”

三人笑道：“那是自然，岂有已有消息，反而在外面逗留之理？”于是三人改装打扮。

公孙策改扮脚夫，赤着双脚，脚上满染污泥，穿条短裤，上身穿一件短袄，头上戴一顶毡笠，掮一根扁担，一手拿着一束绳索，腰间揣上散碎银两，由后门向外先走；马青锋扮了个买卖人，暗藏兵器，也由后门出外；佘笑痴改扮了个王孙公子，仍旧武生打扮，由前门出去。三人前后分途而行。

就中先说马青锋，出得衙门，一路行去，穿大街，进小巷，处处留神，背着手，像没事人闲行一般，慢慢踱去。走到日中，仍是毫无情节可寻，忖念到巡按衙门去探探道儿，遂先走去，问到巡按衙门前后，察看了一番。回身走到一家酒饭馆内，坐将下去，胡乱吃了顿饭，起身到柜上会钞。同时堂倌报账，先有一个人从楼上下来会账(可知马青锋是在楼下吃的)。等到马青锋到柜前给钱,那人已是先在。

马青锋将那人一看,不由一呆,暗忖,这不是在桑园客店里的拐子贡德厚吗?边想边付钱,忍不住唤了声:"贡大哥,久不见了,这一向好啊?"

那人掉转头来一看,见是马青锋,吃了一惊,假装不知,仍旧给柜上算账,找钱就走。

马青锋伸手抓住他的衣领,向后一带,喝了声:"狗贼,你好大胆子!越狱逃走,还在此处走动。分明倚势欺人,目无王法。我候你好久了,不用多说,放光棍些,走吧!"

贡德厚被他这一喝,早已吓得魂飞魄散,面如金纸,不由而然地被马青锋一手拉住衣领,一手拉着手腕,走出酒馆,向前而行,一路引得看热闹的跟了不少。马青锋将提衣领的手松了,在贡德厚肩胛上一拍。贡德厚哎呀了一声,软瘫了下去。马青锋拉着他的手向上一提,夹在腋下,向府衙飞跑。市人如何赶得上?

马青锋到了府衙,将贡德厚直夹到里面班房内,方才放下。雷洪正坐在那里,一见马青锋擒了个人进来,起身定睛一看,正要问询,马青锋已是开言说:"师兄,这拐匪巧遇着我,如遇见别个,定又漏网。"

雷洪才知是贡德厚,心中大喜(补足上文),遂唤伙计来:"将贡德厚上了手铐足镣,项内戴上铁叶枷,上了鬼吹箫,用铁链锁了,吩咐押在待质所内,派四个马快轮班看守,等候审讯。"

伙计们将贡德厚牵着脖子,向待质所而去。

雷洪对马青锋道:"贤弟,这拐子被捉,城内各拐案皆可破获了。不知贤弟在何处将他捉住?"

马青锋将在饭店遇见之事说知,然后说:"师兄,此贼如此胆大,分明有人撑腰,如不将他的细情究出,案情还恐未必得明。况且他越狱逃走,牵连甚多,内情很是复杂呢。"

二人正在叙谈,却见外面走进两人,一个是位镖师模样,一个却是乔扮脚夫的公孙策。二人大喜,赶着迎见。

公孙策给两下介绍道:"这位老哥,便是小弟常说的著名镖师九尾狐计全胜计爷(久违久违,正在怀想),这位是雷洪雷爷,这位是敝亲逍遥太岁马青锋。"

大家对施一礼,各说了久仰套言,分宾主坐下。伙计献茶已毕,雷、马二人问公孙策怎么与计爷遇见。

公孙策道："小弟出得衙门，一路行去，毫无端倪。凑巧来到城门口会见计爷，要不是小弟先看见他，计爷还看不出小弟来呢！因此两人在饭店内吃了饭，大家谈谈。原来计爷是有心人，正是践往日之约，一来找小弟，二来是找宁仁，目的如此，今日方到。他的行李、包袱、物件都交与伙伴，住在城外大觉寺内，因此小弟将计爷请了来，一则好给二位见见，二则可以共商对付宁仁之策。就是此间之事，计爷也能十知其九呢！"

正是：

当局往往迷糊甚，旁观处处分外明。

毕竟计全胜知道些什么，请看下文分解。

第七十五回

计全胜演说内幕事
马青锋哨探巡按衙

话说公孙策道："此间之事，据计爷方才所言，说能十知其九。小弟因在饭庄上，不便多问，如今计爷说了吧！"

计全胜笑道："在这儿算咱年纪稍微占长点儿，咱也不客气，自称一声劣兄吧，诸位也别尽管着叫咱为某爷某爷的，咱觉得那种称呼，颇有些不自然的。"

三人齐说："当得当得，计兄原系个老大哥，小弟等遵示就是。"

计全胜笑道："列位贤弟休要见怪，恕劣兄就此改号。"

三人齐说："礼该。"

计全胜接口道："劣兄此来，原系保了支南方镖，送到地头，领着伙伴们回去，打从这条路上经过。沿途听得道中朋友传说，孟氏四金刚在滦州摆擂台，造聚英馆，邀聘天下英雄。据说表面上系为了比武，背地里除去将来谋为不轨之外，现在专门与贤弟们捣乱，已差派手下分道而来，好乘机报仇。劣兄因知公孙贤弟大闹京师，奉旨特赦，派到此间戴罪立功，这干系甚大之事，劣兄不晓得也罢了，既已知道，岂可不送个信给公孙贤弟，早为预备呢？这是到此地来的第一件。

"第二件，因为另有一事，比第一件还要厉害，因为马贤弟同着公孙贤弟在石家庄破了活神仙羊子贞的妖法，得罪了他，因此他含恨非常，立誓不报仇不休。适值二位又大破琅玡寨，与火赤练露二宝、方小弟、徐文通等一班人结了怨，露二宝山寨被焚，心恨太极道人张大用多事，容留李如龙等人，才致有此失败，因此纠合江湖上能人，对张大用取严厉态度，要和他为难。不知谁先透了消息给张大用，张道爷遂先期走了。露二宝本是与宁仁一路的，宁仁是公孙贤弟的师兄，劣兄前曾有言，要劝他改邪归正，不要在外边再有淫秽的举动，这话咱曾和公孙贤弟说过，苦于年来穷忙，老不曾会着宁仁。哪知此番在路上听人传言，羊子贞因徐文通的邀请，遂和宁仁相识，两下结合，一齐纠众南下，到此间来，和列位为难。羊子贞到了此处，据说投在新任巡按毛公的门下，乃系本地的一个土棍云中龙的介绍（读者至此，毛巡按为谁，可以思过半矣）。

“列位贤弟，想近来定然受了些兴妖作怪的虚惊了吧！劣兄因有这两种原因，所以绕道至此，在大觉寺内安顿了伙计、行李，独自一人进城，意欲到此，先访问公孙贤弟，送一个信，然后再去找宁仁，料想他果真在此，定不会安然无事。列位贤弟，近来可曾感觉些什么吗？”

三人齐说：“计兄说得是，咱们衙中正连出无数的奇事。”

正说着，外面走进一人，乃是佘笑痴。公孙策忙给两下一介绍。佘笑痴见说是九尾狐计全胜，连忙施礼，只称：“久慕大名，今日真乃幸会。”

计全胜也哈腰拱手，口称：“不敢，佘兄大名，兄弟亦是景仰。”

两下各拉了拉手，坐将下来。马青锋、公孙策二人此时都已换了装束，公孙策正唤伙计取水来洗脚。佘笑痴问计全胜来意，计全胜将所闻之事，以及此来原因说了。

佘笑痴大喜，拱手道：“难得计兄光降，这案情如消去了一层迷雾。羊子贞在巡按衙中是云中龙的介绍，即在这条根上，已可使案情大白。况又有宁仁等众。计兄既已闻人言及宁仁等已到淮安，证以目今飞贼失窃及奸淫各案，正是宁仁已到的表示。至于那两个刺客，定系露二宝等一类所为，可以无疑。唯有一事，计兄可曾知道吗？”

计全胜即问何事。

佘笑痴道：“本署的印信丢却，是哪个所为，计兄能晓得吗？”

计全胜道：“不晓得，容我去哨探哨探，再来报告。”说罢，起身告辞。

公孙策刚洗好了脚，在那里趿鞋，听他说要去，踢踏踢踏地赶将来，一把扯住道：“计兄莫忙去，既来之，则安之。难得相聚，今日既已会晤，如何便要走？自然在此用过晚饭再走。”

计全胜笑谢道：“劣兄乘着这会儿尚早，还好在城内闯一会儿了去，空坐在衙内，白费去时光（侠义惜时光，奈何今人不惜时辰）。今日到外边走动，说不定能见着宁仁，亦未可料。便是印信消息，也许探得，亦未可定。咱们交情长，何在乎这一刻呢（此二语，如以之对待妓女，恰成为绝妙好词）？”

公孙策见他这般说，拱手称谢，预贺他成功。计全胜别了众人，径行出衙而去。

这里四位好汉商量破案办法，佘笑痴听说贡德厚已是就擒，心中大喜，说：“拐匪就擒，本案已明白了三分之一，再加上九尾狐所说消息，本案更加明显。如等今晚到巡按衙中走一遭,此案定可完全破获。但不知这云中龙是谁?雷贤弟是本地人,谅来这个土棍的名头总该知道吧!”

雷洪想了一想道:“云中龙的名头,确实听得人说过,等小弟唤两个人来问问看,是怎生的一个土棍。”说着起身,到外面唤了两个班头来,问他们知道云中龙是何人物吗。

两个班头低头沉思了一会儿,回说:“不大明白。”

公孙策在旁,见二人说话可疑(由“低头”二字看将出来),遂笑说:“老兄,这是公事,咱们问他,是有别的事项。二位在衙门当差,当然知道法度,咱们如果将云中龙捉住,牵连出二位来,二位便有知情不举的罪名。二位可别糊涂,咱们自己哥们儿,还有什么不能遮掩吗?”

二人被这一说,方才吐出真情,说:“云中龙和自己是换帖弟兄,家住城外,虽不是个土棍,却也很有些名望。从前在暴五爷门下,甚是显赫,自从暴五爷死后,他也匿迹销声。近来的事,咱俩实在不知。”

佘笑痴听罢,忍不住暗笑,说:“这不是自打自的嘴巴吗?既和他拜把子,哪有近事不知之理?分明贡德厚脱逃,和他俩有些关系。”遂说:“二位既不知他目今之事,谅来知他住处,叫什么地名呢?”

二人道:“他家住在东门外,其名唤作东乡聚(补出前文地名)。原本系暴府的庄院,离城并不甚远,一问便可寻到。”

公孙策道:“咱们问的话,二位可别走漏风声,如果云中龙逃走,咱们得向二位要人。”

二人连说不敢。

雷洪道:“二位别多心,因衙中各案,云中龙大有关系,二位既知其人,又与他拜过把子,兄弟为给二位免去嫌疑起见,自即日起,二位且移居到班房中来,以免云中龙逃走,使二位吃冤枉,说是二位放笼(白相人切口,放风为放笼)。二位以为何如?”

二人不敢不答应,明知是监视,只为自免嫌疑,只得依从(写雷洪甚机警)。

雷洪即令伙计到外面去,搬取二人的行李,到这房中来安置。叮嘱伙计:“好生小心,不可使二人与外间通信,无论谁来见,须先来禀我。”

伙计答应。雷洪命他带过贡德厚来,约了三位好汉,同到后面去见龙公,先将详情禀知。龙公大喜,吩咐将贡德厚带来,审问口供。

贡德厚见马青锋在旁,战战兢兢,跪在地上,自念越狱犯人,被官追回,总归死罪,何苦连累别人?索兴拼死不招。因此只说自己用钱贿通狱卒逃走是实,其余的话一概不谈。

龙公大怒,命左右用刑。马青锋走过去,将两指在他脚上一弹,贡德厚忍不住一声哎呀。马青锋伸手将他左手大拇指捏在手中,稍一使劲,贡德厚痛得遍身是汗,歪在地下,口中直呼饶命。

龙公喝令快招,贡德厚吃不住这个刑罚,只得说:“小人愿招。”

马青锋松手。

贡德厚招出:“自己在牢,本已绝望,因与云中龙从前有过来往,承他的情,常着人来看视。那日送了个信来,说新任巡按毛大人和他有交情,叫我花钱运动狱卒,逃走出外。外面都由他布置,料定知府定要详文上宪,毛大人不将公文驳回,不追查案件,公门中向例,上不催,下不紧(呜呼公门,此今世之所以多盗贼欤)。或者逃出后,毛大人官样文章,公事公办,催拿得紧,反正人已逃出,鸿飞冥冥,还怕什么?因此小的运动狱卒,斩断脚镣,深夜出狱逃走。

“出狱之后,不料狱卒被擒。江湖中最讲的义气,狱卒为了我方才及难,因此不忍远走,遂住在云中龙家中,给狱卒想法(盗亦有道,奈何自视为君子者,反不如也),无如狱中看守得紧,毫无法想。因此一恨,索兴在城中大拐小孩儿,使差役们苦于应付,分去精神,庶可使狱中看守稍轻,那时可以设法。因此小的常往来城中,除物色小孩儿外,顺便哨探衙门消息。并与各码头上朋友接洽买卖,以便将货脱手。如今所拐小孩儿已完全脱手,小的正想逍遥法外,远走高飞,却不料被捉。此乃实情,所供毫无半句虚假,请求大人定案就是。”

龙公录了供词,令他具了结,吩咐差役:“带去寄监。”

差役去后,龙公仍恐有弊,吩咐邹福跟去,到狱中传话:“不许狱卒给贡德厚传信递物,或是代买物件。如有人探监,务要提来归案,如有私弊,查出严办。”

邹福应命而去,龙公与四筹好汉计议:“现在案情已明白大半,贡德厚是和云中龙有交情的,云中龙又是和巡按大人有交情的,贡德厚所以敢在淮安,实系仗着巡按的势,意思明明就是被捉,详文到巡按衙门,搁置不给批回,虽然定罪,仍如不定。云中龙又可设法使狱卒作弊,甚或还有反监劫狱、大闹的计划,亦未可知。至于计全胜义士所说情形,今晚要烦那两位义士前往巡按衙门和云中龙庄中,哨探一番,明日便可使此案水落石出。四位义士以为何如?”

四人闻言,齐声称是。当时退了出来,回到班房,已是日暮,吩咐传酒饭来吃。饭后,照例仍是公孙策、马青锋出去,相约同行。因云中龙家中的路径不知,须得日间去走遭,方才能去,因此径往巡按衙门。其时天色尚早,正在万家灯火,巡按衙门内各处灯亮点着,毫无可以下手之机。

二人在屋上匍匐蛇行，各处巡视了一遍，伏在后衙屋脊上。静守了一会儿，下面渐渐地沉寂。又一会儿，二人立起身来，马青锋约定下去，公孙策巡风。马青锋察看下面，无人行走，即将身体由檐口倒挂了下去，就窗缝内向里张望。哪知这里虽是内衙，巡按并不在内，只得缩身上来，又到那房间屋上，如法行事，倒挂下去张望，仍旧是扑个空。回身上屋，和公孙策商量。

正在此时，远远听得脚步响，向下一望，原来是个当差的，手中提着一个考篮，往前面行去，正由面前走过。二人守他走过面前，公孙策一努嘴，马青锋飞身跳下，伸手先点了那当差的穴道，点倒在地，亮出剑来，喝问他："巡按大人在何处？"

那当差的是个老公事，见是夜行人，知道诀窍，不但不高呼，反而说："好汉饶恕，大人在后面书斋内安息，其余各处上房、书房均是空机关，没有大人的影子。好汉如是不信，我可以引好汉去看。"

马青锋见他实说，本不要和他为难，轻轻将他一踢，活了他的血络，说："你在前引导。"

那当差的真个如奉上谕，丝毫不敢违拗，在前引路。马青锋飞身上屋，在屋上跟随。公孙策远远巡风。

绕过两进屋子，到了一处书斋，当差的立定了脚，打了个手势。马青锋飞身下去，轻轻将他的哑穴一点，登时成了个哑巴，不能开言。

马青锋低声道："朋友，委屈你几天，不要心焦，我自来给你治好。"

那当差的躺在地上，口如哑子，身如半身不遂，没奈何，只有两眼望着马青锋，咬牙发恨，心中明白。

马青锋到了书斋窗外，借灯光向内一张，只见一个官员，独坐在案前，手执毛笔，在那里修写书信。马青锋不看见那官员倒也罢了，一见之后，登时又惊又奇又喜，惊的是一个大员，原来是一个厮养奴卒，奇的是这般一个人物，居然也能做大官，喜的是案情可以大白，不必多忧。回身将当差的一夹，飞身上屋，交给公孙策，又下去将那只考篮提了，觉得很沉重，复又上屋。公孙策夹着当差的，两人一先一后，回转府衙。

正值雷、佘二人值夜换班，一见二人夹了个人回来，忙问怎么了。

马青锋笑道："二位师兄，讲起来惭愧杀人，什么短命巡按，原来是暴武扬的小厮，钦案中漏网的要犯牛儿的便是（许久不见，到此忽出，真有意想不到之妙）。这样一个人，值得咱们在背后一口一声地按院大人，岂不可笑吗（奇哉怪哉，读者试猜，牛儿何以能做高官）？"

三人闻言（可知郎舅二人在路上未曾说话），一齐奇诧。当时佘、马、公孙三人由屋上跳下，径回班房，先安置了当差的，下了他的家伙，然后将他穴道点活，守他舒口气，安慰他几句，问他考篮内是些什么，当差的说是马蹄金。三人问他做什么的，当差的道："这是小人奉巡按大人之命，送给活神仙羊道人的，求他大施法力，拯救今日被捉的贡德厚的(果然连带关系，案情已大白了)。"

三人大喜，录了口供，命他具了结，安慰他道："朋友，你我一般是吃公家饭的，暂时委屈你，此事一了，自然要来放你，你休要担忧。"说着，回头吩咐伙计："不要难为了他。"然后和衣就寝。次日清早起来，入内禀知龙公。

龙公听说按院毛秉忠乃是暴府家丁牛儿，陡然省悟，怨不得前次见面，有些面善呢，可是时候一久，身发财发，他的姓名如不说破，可是凭我怎么样想，毕竟想不出呢。

看官看到此处，必要反驳在下道："龙宝山看不出牛儿，怎么马青锋一见即知呢？"

这一层，看官们都是明公，只要略一解说，便不足为奇。龙公在任上，做梦也想不到牛儿会摇身一变，登时变为巡按大人，到淮安来做自己的上司。况又连见三次，碰了钉子，心中没好气，哪还能打破这先入为主的念头(指再也不信牛儿会做官)，所以不能看出。马青锋在白天里听计全胜说过，毛巡按和云中龙相好，心中已有二分猜疑毛巡按是奸王一党，因此一见面便看得出，其实这也不过是先入为主。表过不提。

当时龙公命将当差的带来，略问一过，吩咐还押，遂与众侠义计议："毛秉忠是牛儿的化身，非得有个硬证不行。况且他以一个厮养，居然一跃而为巡按大员，内中定有别故，这个岂可不追？况且照邸报上所说，毛秉忠确系科举出身，牛儿如何能有这个资格(又是一重大疑案)？诸位义士，有何高见呢？"

四人低头一想，各述意见，互议结果，通知刘云，告牛儿逍遥法外，居然改名毛秉忠，到任虐民。那时便可以此状为根据，驰奏进京，请旨发落。大众议定，龙公即令邹福将文吉征请了来，对他说知，命他到刘云家中，给刘云代拟状子，到府衙击鼓鸣冤。

文师爷去后，四人退出。门差引了一人进来，正是计全胜，和四人到班房相见。大家坐定，各问消息，计全胜说出几句话来。

正是：

波谲云诡诚不测，怪诞离奇事难知。

毕竟计全胜又说出些什么来，请看下文分解。

第七十六回

刘云告状雷洪擒贼
龙公得印侠义贺功

话说计全胜到府衙相访，正值四人由里面退出，两下遇着，同到班房内坐地，各问消息如何。公孙策将昨夜之事说了一遍，计全胜大喜道："如此说来，案情已全盘透露，可喜可贺！"

众人忙说："计兄休夸奖，且先请将计兄所得的消息说给兄弟们听了，也使兄弟们快活。"

计全胜笑道："诸位勿忧，如今事已大有把握，独有一件，便是大人的印信究竟在何处，劣兄昨日出去，已料定贤弟们定要往巡按衙门，故此劣兄专心访寻宁仁等一伙人。

"可也真巧，出衙走不到几条街，便是一家大旅馆，招牌唤作万安。劣兄刚走到门口，恰巧里面走出一个人来，乃是西路上有名的响马，外号癞头鼋的梅丕华。这梅癞子见了我，忙将身体向内一缩，早被劣兄看见，上前招呼。梅癞子躲不了，只得到万安旅馆门口来，和劣兄相见。彼此行礼，我问他同行共是几人，他未回劣兄的话，却先问劣兄由哪儿来，寓在何处。劣兄将他扯了就走，告诉保了支南路镖，如今回去，寓在大觉寺。将他扯到大觉寺内，同咱们伙伴们见见，他才放心不疑，问劣兄到城内干吗的。劣兄说：'是进城买些东西，顺便兜揽两家主顾，可有甚东西带到京城去，故此在城内闲闯，不料却遇见老哥，真是幸会。'梅癞子被劣兄所说，知是真语，方才告诉劣兄，说他们一行共是七人，除他本人外，尚有勾魂使者宁仁、火赤练露二宝、尚公达、方小弟、徐文通、蒯寿松六个。

"列位贤弟谅也知道，这梅丕华乃是琅琊寨的紧邻，五虎山的总寨主（前文虚写，至此方才实现，奇），善使双铁拐，亦是西路上有名人物。当时他对劣兄说，一行七人，乃是分三起来的，第一起乃是露二宝、方小弟两人，第二起方是宁仁、徐文通、蒯寿松，自己是同着尚公达同行。劣兄问他来做什么，他说：‘便告诉老哥，谅也不致走漏消息。此来专为了对付马青锋、公孙策二人。因二人将琅玡寨烧了，此仇不可不报。露、方二人一到，即先闹了公堂，惊过知府，意欲引出两人来，谁知两人至今不见出面。及至宁、徐、蒯三位到此，大家约定偷抢并施，宁兄有个嗜好，人所共知，乃系采花，因此各案都已做过，净等马青锋等出来决斗。及至小弟(此梅丕华自称也)同着尚公达到此，他们已闹得一天星斗。因见公孙策、马青锋二人不出来，大家约定，等几日再闹。’

“劣兄当时听得，便问他：‘听说徐文通介绍羊子贞给云中龙，可有这么回事吗？又听说知府丢了印，莫非也是诸位所为？现在各位是否都住在万安旅馆？’

“梅丕华闻言，望了望劣兄两眼，扑哧笑道：‘好计兄，咱们总算够交情的(一听此言，骇一跳)，告诉你，谅也不妨事。徐兄介绍羊子贞给云中龙，那乃是在咱们一行人动身以前，原本羊子贞亦和马青锋、公孙策二人有难过，大家相约，一齐到淮安，和他二人为难。徐兄与云中龙相识，知他在本地颇有些势力，故此写信介绍他投奔云中龙。羊老道素有法术，一到淮安，即被云中龙荐给巡按大人。哪知巡按和龙知府以及公孙策两个也是有宿仇的(然则可名为大家总算账)，于是羊子贞运用法术，闹得知府衙门日夜不安。云中龙有个朋友，新由湖南到此，住在他家中，听说此事，便说，何不将知府的印盗出，做官丢了印，还用说，立刻准可丢官。马青锋、公孙策以及他现在衙内的雷洪，定要出外找印，那时还怕他不一网打尽吗？因此那朋友半夜入衙，将知府的印盗出，交给云中龙。云中龙派人到巡按那里报信，按院怕过紧了遭人疑，因此到翌日才去一封公文，果然将龙知府急煞，谅来纸包不住火，不久定要戳穿。那时申详上宪，龙公的一顶乌纱帽儿就此摘下了。计兄，我说这番话，将内容完全泄露，未免太大意。原本咱们是要马青锋等一班人来寻印，方才如此做，故此也不用瞒人，何况计兄是咱们自已弟兄呢(语气咄咄逼人)？抄总说一句，羊道爷住在本地东岳庙后轩内，宁、徐等人却住在几家妓院内，万安旅馆房间虽开着，只有我和露二宝住在那里，印在云中龙家中，那位湖南朋友也住在那里。’

“劣兄见他疑我，索兴追问他贡德厚的事。他说：‘这可真不大明白(作一顿挫，否则毫无曲折矣)。’

“当时他在大觉寺，和我叙谈了半天，已到黄昏时分，劣兄留他晚餐，他不但饭没吃，连来了这半天，茶也未喝上一口(写梅癞子甚心细)，作别去了。劣兄恐他回去知照宁仁等一班人，来和劣兄作对，故此一夜戒备，直到天明。

此刻前来，望各位贤弟从早预备，捉贼取印，好一鼓破案。”

众人听罢，疑信参半，都说：“焉知印信是否在云中龙家里呢？”

计全胜笑道：“管他在不在，反正云中龙也是案中重要人物，一漏了网，便有许多不便。”

众人听说这话，齐声说：“不错，计兄能助兄弟们一臂之力共擒此贼吗？”

计全胜道：“不能，我与宁仁有交情在前，并未破过脸，此时怎么能动手？不但如此，劣兄还有一件要求，如是列位贤弟能答应我，劣兄便帮着捉拿云中龙，也未为不可（又妙）。”

众人听他说出这两可的话来，不由一呆，齐说：“计兄如有所命，兄弟等敢不依从？怎说不答应呢？”

计全胜笑道：“好！劣兄所要求的也不是奇事，谅来公孙贤弟也和劣兄同心，就是对付众贼，稍分彼此，宁仁的罪名务要减轻，最好能够消灭，这一来，劣兄帮着列位擒贼，并给宁仁消罪，劣兄可算都尽了朋友义务。自此后，宁仁如仍犯罪恶，那时不但贤弟们要捉他，便是劣兄也要不容他的。总而言之，劣兄不过因为像宁仁这样一个人物，相交了一场，如其不曾尽过朋友忠告善导的责任，贸然不教而诛，未免不成话说（写侠骨柔肠，四字都到）。如此时帮着列位贤弟将他捉住，江湖中人知道的，当然说声爽快；不知道的，岂不要说劣兄巴结官长，为了新朋友，断送旧故人吗？这便是劣兄的要求，诸位能担待不呢？”

众人闻言，一齐着惊，但因计全胜的话正合着侠义心肠，不好回说不可。尤其是公孙策心下感动，计全胜与宁仁泛泛之交，尚不忍下手，何况是我的师兄呢？因此公孙策首先应道：“计兄说的话，正合和小弟心意，虽然捉得住宁仁，抑或捉不住，尚未可定，但此事小弟想来，只要他能知悔，大人面前，谅来总可原情。倘有不测，小弟愿负责任（写公孙策）。”

众人见公孙策这般说，自然同声附和，说：“只要宁仁自知悔悟，哪有不给他自新的道理？”

计全胜见众人都说担待的话，自然不好拒绝不去捉拿，便说：“列位贤弟，事不宜迟，要去捉拿云中龙，此刻即须前往，再迟恐有变故。劣兄想定，他只防咱们夜间去，断不防咱们白天去。此番前往，正可出其不意，攻其不备。”

公孙、佘、雷、马四人齐声称是，即刻令伙计传齐三班六房的快手，各人都换了短打，扎缚停当，入内禀知龙公。

正在此时，忽然外面鼓响，有人喊冤。龙公知是刘云来告状，吩咐差役：

"到外面去接了他的呈子,打个转身,即出外回他,本府准状,着他回家听传候审。"

差役去不多时,已是转身进来回禀(读者至此,以为定系刘云告状矣,孰知不然哉),递过状子。龙公接过一看,不由一愣,原来不是刘云的状子,却是一个外甥控母舅侵占家产的呈词(又是意外之事)。

正往下看,却又听得外面鼓响。龙公仍命原差照方才方法应付。差役去不多时,又取了张呈词进来,递与大人过目。

龙公一看,这回才是刘云的,遂放过前面呈子,先看这张状词。边看边对众义士道:"诸位前去,务要小心,本府坐等好音。"

四人退下,引着全体差役,同了计全胜,出得府衙,飞步出城,大众撒开两条腿,喊声一、二、三,放出跑步,飞也似的直向东乡聚云中龙的庄院中跑去。到了面前,由捕快中认识路径的,在前引导,由佘笑痴指挥着大众,四面围定庄院,不许走脱一个,请计全胜在外面监视,公孙策由左首房上进去,雷洪由后面房上进去,佘笑痴闯大门,马青锋由右首上屋。

庄中已是得信,云中龙正和他的朋友湖南人林子才在那里收拾,预备远走高飞。忽听此报,吃了一惊,赶着各拿一把刀,冲杀出来,正逢公孙策、马青锋两个由屋上下来。林子才提刀与公孙策对敌,云中龙举刀与马青锋交手,无如二人本领有限,云中龙尤其平常,两个照面,已吃不住,拨转头就跑,退后逃走。马青锋在后追赶,足下留神,怕的中他诡计,伸手在百宝囊中取了块石子,向云中龙打去,正中云中龙的右腿,一跤几乎栽倒。

云中龙忍痛向前再跑,迎面来了一人,一剑刺来,云中龙吃了一惊,摆刀相迎。后面马青锋看见,高叫:"雷师兄,休要被他走脱……"

叫声未毕,云中龙已被雷洪一剑砍伤手腕,撒手扔刀,躺在就地。雷洪上前按住,在腰间取出绳索,捆起。

马青锋回身帮着公孙策捉林子才时,林子才已被公孙策一剑刺倒。这时节,庄汉们发一声喊,向外逃走。有些旧日暴府打手,素知马青锋等的厉害,不待交手,即已向后门奔逃。哪知到了外面,全被捉住,上下人等,男女老幼,共计七十余口,一个也不曾逃得出。

佘笑痴命将云中龙、林子才两人上了家伙,拷问二人知府的信印。二人初时不肯供出,被马青锋、雷洪上前用两个指头捏住两贼的手指,有道是十指连心,二人痛得汗流,只得供出印信所在,藏在庄院地道乱石烂泥堆内。

雷洪命差役前后内外到处搜遍,果然没有。寻到地道(看官到此,当能陡忆前文),逐步下去,点了灯亮,慢慢地寻找,果见一块黄包袱,包着一只木匣,包袱、木匣都已被泥污了。提起来在灯下一看,开了木匣,正是一颗知府正堂的印信,这一喜几乎将差役们喜坏,一片声喊着有了,跑将上去通报。那寻着印的更抱着包袱不放,意在以此报功,到了佘笑痴面前呈上。佘笑痴看了,果然是知府的朱印,不由大喜,立命差役押解云、林二贼,以及众犯起行,请雷、马二人押着,自率公孙策等人,携了印信,查点一切,令差役唤了地保来看守,将庄院上了封条,然后同行进城,笑对计全胜道:"计兄,宁仁不在此,方才那个问题还未解决,咱们回去,先去寻他,好了却一件事。"

边说边走,一会儿已进了城。到府衙参见大人,呈上印信。龙公立刻升堂,带人犯,一一审过口供,吩咐寄监。立带全班执事、差役人等,同着众侠义,打道巡按衙门谒见巡按。门上回说:"按院大人有病,改日接见。"

龙公同着侠义,不由分说,冲进巡按公署,但凡是巡按带来上任的,无论男女,一齐捆了,末后,将毛秉忠巡按去了朝衣朝冠品级官衔,也上了刑具,派差役看守,打道回衙,升堂审讯。录了口供,立命文师爷办公事,申详上宪,自己修本章,秘密固封,当堂差报马入京呈奏。一面将周师爷请来,将印给他看了,并详细告诉他得印的情形。

周尔培一见印信,抢过去吻了两吻,死也不放,哈哈狂笑了一阵,不知不觉地竟仰面跌倒在地。过了半天,方才苏醒,笑嘻嘻爬将起来,将印丢在公案上,向大人贺喜,给各位道劳。大众见他神智已清,一齐大喜。龙公命邹福拉他下去歇息,一面命郦奴传知灶上备酒,给各义士贺功。

一切处理已毕,吩咐退堂,将人犯寄监,一面施筵设席,与众义士饮酒。

正是:

今宵共享庆功宴,不到倾颓饮莫休。

毕竟此案如何结束,请看下文分解。

第七十七回

公孙策二次劝师兄
计全胜一意诤劣友

话说龙公退堂后，设宴给诸义士贺功。龙公与计全胜虽是初见，非但不曾拘仪式，而且欢若平生(龙公深得笼络侠义之法)，饮酒中间，计全胜乘机进言，劝龙公适可而止，弗事深追，开脱宁仁等一伙之罪，给予彼等自新之路。

龙公听罢此言，暗忖道，宁仁等偷劫之罪，还可曲全恕罪，唯有这奸淫妇女一事，太不成话说，不但败坏国法，而且大伤人道，便说："计义士，此事实难，如果本府曲从义士之请，是以人废法；不从义士之请，又系本府拒人太甚，不给予彼等自新之路。也罢，既然义士给他求情，本府有个办法，只要宁仁等将此次所劫人家财物一一归还，立誓悔过(知他具结办不到，故此说立誓欤)，本府信任义士等忠信(此句甚恶)，因此也相信他们以后定能悔过迁善(此言更凶)。本府主见，谅义士也该赞成吧！"

计全胜见龙公说出这番话来，大有一口咬定自己之意，忖念"人非圣贤，谁能无过？"像宁仁这样一个人物，既非下流，出身又很高，此时也无非误入歧途，才以身试法。如说他甘心作盗，立意强奸，那圣人所说"羞恶之心，人皆有之"的两句话，又作何解说呢(忽然谈到性本善，非向看官讲哲学，实为世之治盗者，为政者，作一"如得其情，哀矜勿喜"之忠告也)？宁仁此时纵执迷，将来定有悔悟的一日(又谁知其至死不悟耶)，遂起身献酒道："承大人法外施恩，允许小民的请求，不咎宁仁的既往，使小民等得全朋友之情，小民等实不胜感激。"

龙公回说："但愿他不负义士此番美意，便是本府也给他欢喜。"说着话，天时已晚，龙公传命掌灯，大家传杯递盏地欢饮。

饮有七分酒，佘笑痴止住大众道："这会儿大家多饮几杯事小，停会儿可怎么办呢？"一句话提醒众人，大众停杯唤饭。

饭毕散座，计全胜告别回去，众侠义送将出来，龙公也送到檐口。

计全胜边走边对公孙策道："如今劣兄回去，准备去寻宁仁，务要劝他回心转意(本来要劝师兄向善者,公孙策也,何以此时反不如计全胜之热?曰石家庄之事,未能无芥蒂也),以尽朋友之道。”遂又向众人道:“劣兄料定今日宁仁等一班人必到此间来闹事,诸位贤弟务要留心,劣兄就此告辞。”说着,到了衙门外面,扬长而去。

佘、雷、马、公孙四人回到班房内,大家商酌:“今日牢中有这许多重要犯人,更有个巡按大人在内,此事真相未明,祸福难测,府官乃是属下,怎好捉拿巡按下狱?毕竟是权宜作用。倘有奸党在朝中弹劾,说知府目无法度,胆敢不请命朝廷,擅将钦命大臣拘捕,有应受处分,那时大人的忠心为国,岂不成了个自搬砖头自压脚吗?甚或朝命到来,派大员查办,大员又系奸党,竟因此将狱平反,大人且受重罪,那也说不定的。”

四人如此计议了一会儿,深谋远虑,竟觉得前途危险异常(此做事所以贵审思欤),各给大人捏一把汗。末后还是佘笑痴道:“贤弟们休这般讲,徒自灰心,无补于事。今晚必有贼人来此,咱们该如何设法防御是正经。未来之事黑如漆,那还不是听天由命吗?”

三人被这话打断了话头,商量如何防守,决议令通班捕快分为四组,派两组到监内去会同狱卒官兵,分班巡逻守护,以免疏虞,其余两组留在府衙前后巡查,也分班守护,自己四人,留两人在衙看家,两人出去,如万安旅馆同各妓院所在地,都去巡视,看有无宁仁等踪迹。商议定后,随即照计支配。又恐官兵不听调,特地请龙公签下手谕,赍往守备衙门调兵丁来应用。

各事准备齐备,四人换了衣靠,带上一切物件,出班房,飞身上屋。佘笑痴同着马青锋往万安旅馆哨探,留雷洪、公孙策二人看家。

二人在屋上前后巡视一周,雷洪说:“公孙贤弟,你在上面巡,我在下面巡,彼此互相策应。”说着,跃身下去,前后巡行。尤注意在龙公书斋及前面印房二处。

公孙策在屋上巡行,又巡了一会儿,坐在屋脊上,腹中沉思,宁仁等如果要行刺龙公,怎么来此多日,不见动静?可知他们心中实不欲行刺,他们也都是明来明去,绝不会深夜到此(谁知不然)。

正在犯想,猛觉得背后嗖一声,一阵寒风。公孙策是个会家,真有眼观四面耳听八方之能,此时见寒风侵人,知是兵器到了,岂敢怠慢?顺势旁一让,翻身立起,亮剑与来人对敌。一瞧来人非别,正是会过阵的露二宝,不由骂声:“强贼!胆敢到此寻死。”

露二宝一言不发,抡着手中刀,如雪片般飞来。公孙策见他刀法精纯,不敢疏虞,将手中剑法使将出来,一剑紧一剑,只听得锵锒一声,露二宝的刀被剑削成两段,拨转身就跑。

公孙策喝声:“哪里走!”施展出那纵山越涧的功夫来,在后一追。刚追过一道墙垣,却见迎面来了一支钢镖。公孙策伸手接镖,斜刺里又来支袖箭,公孙策赶忙让过,却有两个人,一由对面,一由侧面,杀奔将来。

公孙策一看,迎面来的乃是徐文通,侧面来的乃是蒯寿松,不由大怒,喝声:“狗贼!漏网走了,不自敛迹,又来送死。”边骂边动手。三个人丁字足交手,公孙策心中奇怪,怎么雷洪听见上面刀剑乒乓声响,不上来助战?

正在此时,露二宝不知又由何处拿了口单刀,杀奔将来。三人围定公孙策厮杀,公孙策力敌三人,毫不惧怯。

战有二十余个回合,却是远远来了两条黑影,流星赶月般到了面前。公孙策看时,却原来是佘、马二位,忙唤二人拿贼。二人各挺宝剑,冲杀进来,三人捉对儿厮杀。战有一会儿,贼人支持不住,呼哨一声,各卖破绽逃走,三人在后紧追。贼人分三起向南、北、中三路逃走。

公孙策紧紧追下露二宝,心中恨极,伸手在百宝囊里掏出支镖来,向前打去,正中露二宝的手指。露二宝扔刀在屋瓦上面,仍向前跑。公孙策将本领施出,接连几纵,已纵到露二宝背后,一剑刺去,露二宝侧身让过。

正在危急,斜刺里来了个救星,正是宁仁。大喝:“公孙策,休伤吾友,俺来也!”边喝边纵,已到了面前,一剑向公孙策脑后刺去。公孙策回身交锋,露二宝却乘此跑了。

宁仁骂道:“公孙策,俺与你何仇何恨,要你再三与俺作对?俺恨不得食尔之肉,寝尔之皮,才称我的心意。今日俺不取尔狗命,俺也不叫作勾魂使者了。”边骂边战,剑法渐变,一剑紧似一剑,直向公孙策杀来。

公孙策一面抵敌,一面暗忖,此刻四面无人,何不将他引到城头上,用好言劝解于他,使他改邪归正呢(真英雄、真侠义,必有此等心胸)?想定主意,便说:“宁仁,俺杀不过你,饶你去吧(绝倒,此犹小儿相打,说顽皮无赖语)!”说着,卖个破绽,向后便退。本来公孙策的脚程跳跃之捷,真个称为疾如鹰隼,此时只见他两脚连点几点,身躯连扭几扭,已是去得远了。

宁仁如何肯舍?大喝:“公孙策,今日俺非叫你去见真阎罗王不可(亦是趣语)。”

公孙策回头笑道:“好宁仁,你来,不追不算好汉。”

宁仁怒极,在后紧追。看看追到城头上,公孙策立定足,等候师兄。宁仁追到面前,抡剑就刺。公孙策连忙让过,大叫:“师兄,休得动手,我有话说。”

宁仁骂道:“俺把你这老西碎尸万段,方称俺的心意。”说着,又是一剑。公孙策又让过。一连几剑,均被公孙策躲过。

公孙策唤道:“师兄且休动手,等小弟将话说完,再动武也不迟。”

宁仁见他不还手,只得将剑收住,喝问:“老西,有什么话?快讲!”

公孙策赔着笑脸,叫声:“师兄,小弟前在通州,初次相遇,原不相识,并非有意伤同门和气。事已过去,况又早承师兄原谅(指石家庄相谈之言),今且不去说它。前次在三义店相遇,承师兄面许,自云以后力改前非,遵守师尊戒律。哪知师兄将小弟同马青锋骗住,要行诛戮,那时如非马青锋得脱,众侠义相救,小弟之命早已送在师兄之手(此责其以往)。小弟死不足惜,独念师尊一番教育之恩,同门四人,自相残杀,又岂师尊所料得着的(此语沉痛)?而且首违戒律的,却是师尊的大徒弟。师兄请想,比如师兄收几名弟子,得此结果,白操了一番心血,可不是最心痛的事吗?师尊当日收小弟为徒,原意令小弟劝化师兄(不说剪除,善于说话)。上次师兄不待劝说,即已自言悔过,如今小弟说此逆耳之言,望师兄实行上次自言悔过之意,心口如一。官司一层,小弟自当在大人面前担待……”

话犹未完,宁仁已是大怒,喝声:“公孙策!满口胡言,你两次欺侮师兄,第一次当着计全胜羞我(谁叫你打不过?呀呀呸),第二次当着马青锋侮我(哎呀!天晓得)。你在人前说起来,简直师兄是小人,自己是君子。讲到同门,你先无义气,不能怪我。”说着,竟一剑劈面刺来。

公孙策边让边说:“师兄休要动怒,请平心静气,仔细想想,究竟小弟欺侮师兄不曾?师兄应自思生平所为,是否正大光明。师兄须知,‘放下屠刀,立地成佛(此作者向一切众生说法也)。’”

宁仁更怒,手中剑一紧,连珠价直刺过来。公孙策仍是躲闪,用言语劝说师兄,始终不曾还手。

宁仁边刺边骂:“老西,你净躲闪,以为俺看你怯条子,怪可怜,便饶你吗?那是做梦呀!”

正在此时,忽听得远远一声嚷:“自己人休要动手,宁贤弟,咱们有话好说。”

宁仁顺着声浪一瞧,原来是九尾狐计全胜,不由大怒,舍了公孙策,托地跳将过去,喝声:“匹夫,你做得好奸细!看剑。”一剑刺去。

正是:

凭汝武技精纯甚,难避此番剑锋芒。

毕竟计全胜如何应付,请看下文分解。

第七十八回

活神仙深夜遣五鬼
公孙策白昼擒妖道

话说计全胜见宁仁恶狠狠一剑刺来，赶忙让过，喝声：“宁贤弟，休要动手！”

宁仁见他不回手，也只得收剑，说：“你来干吗？敢情要给老西助拳？来来来，宁某如是惧怯，不算好汉（世之称好汉者，往往头破血流，正为此二字也）。”

计全胜笑道：“劣兄与贤弟毫无难过，为甚要和贤弟动手？此来乃是专为贤弟，贤弟休要误会。”

宁仁道：“既然来帮宁某，快将这老西捉住杀了，以泄愤气。”

计全胜大笑道：“贤弟说得好轻松话，人命关天，王法如雷，岂可如此凶残？”

宁仁怒道：“如此说来，你安着什么心意？”

计全胜笑道：“贤弟如此盛气凌人，真好似狗咬吕洞宾，不识好人心（绝倒语）。劣兄此来目的，与令师弟公孙策一样，是在劝贤弟改过迁善。贤弟是聪明特达之人，当能知孟子所说的两句话，叫作‘君子之过，如日月之食焉（此作者对一切观众说法也）’，当初子路闻过则喜，夏禹闻善言下拜。方才公孙贤弟所言，乃是对症下药，贤弟岂不知‘良药苦口利于病，忠言逆耳利于行’吗？只要贤弟真能悔过，龙知府那里劣兄也敢担待，‘君子与人为善，不与人为恶’。龙公已说过，只要贤弟悔过，绝对既往不咎。贤弟何乐不为善人呢（如此良言，可惜对牛弹琴）？”

宁仁闻言，哈哈冷笑，喝声：“计全胜，宁大爷喜欢自由自在，为所欲为（二语误尽不少青年），你们都是成圣成贤的君子，宁某乃是为歹为恶的小人，这是我的自由，与你何干（此语也误尽不少青年）？你此番做奸细，向龙宝山讨好儿，这会儿又帮着公孙策来数落你大爷。好小辈，不要走，看剑！”说着，一个白蛇吐芯的架势，直奔计全胜的咽喉。

计全胜连忙让过，叹了一口气，说："姓宁的，我劝你仔细想想，休要一味地逞强，还是悔过的好，休等到将来，再悔来不及呀(一语直注后文)。"说罢，长叹一声，一连几纵，纵到前面敌楼内去了。

宁仁大怒，回身来杀公孙策，公孙策仍旧不还手，用好言劝解。宁仁当他与计全胜约定，有意戏弄自己(往往好事，误会成不佳，世人再如此，不仅一宁仁然也)，心中更怒，手抡宝剑，如雨点般直刺过去。

公孙策见来势凶猛，只得仗剑相迎，架隔遮拦，毫不还手，边战边说："师兄，小弟如此相让，无非要师兄悔过。师兄不可得寸进尺，以为小弟不敢回手，那就转错了念头了。"

宁仁更怒(两写更怒，俱见其愤)，一剑紧似一剑，毫不松懈。

公孙策被杀得性起，将手中剑法一变，使出当日师尊传授剪除师兄的本领来。宁仁虽然英勇，这一套剑术，不知是何解数，吃了一惊，仔细交锋，杀有二十余个回合，宁仁已抵敌不住，只得跳出圈子逃走。

公孙策并不追赶，高嚷："师兄，小弟今日不追，望师兄自重，即日悔过。否则将来执行师尊的戒律，那时师兄可别懊悔呀！"

宁仁听得，心中虽气，但亦无可如何，不及回言，已连跳带纵地跑了。

公孙策提剑赶回府衙，屋上已无人交手，下面人声亦肃静无哗。遂将身跳下，先到书斋，给大人请安，随即回身退出，到班房内来，与诸位侠义相见。却见佘、马二人歪躺在床上，才想起今晚是自己与雷洪二人值夜，方才因一交手，竟将此事忘了，遂反身出外，纵上屋去四面巡视，不见雷洪的影子。心中讶怪，雷洪因甚不见？正在犯想，忽见那面来了条黑影，一缕黑烟也似价奔了来，到了面前一看，正是雷洪。

公孙策道："雷兄，你往哪儿去了，怎么不在此处？小弟方才回来，佘、马二兄又睡在前面，倘使后面有了疏虞，那还了得吗？"

雷洪笑道："贤弟且休埋怨，方才你和贼人交手，佘、马二位由外面回来，在屋上助战，劣兄在下面独战梅丕华、尚公达。战罢多时，二人逃走，劣兄因看家的责任重大，不曾上屋追赶。等了一会儿，屋上的声响已寂，佘、马二位由上面下来，说：'公孙贤弟被宁仁追下去了，谅来他们师兄弟有话说，咱们不便跟去。'说罢，便回前面去。劣兄一人在此督率着两组差役、捕快巡视，令他们在下面巡逻，劣兄却到屋上来瞭望，见贤弟远远地跑回，到大人书斋内去了，劣兄正要下去相见，却见迎面来了个大人，飘飘荡荡地纵跳而来，劣兄吃了一惊，迎面喝问是谁。那大人不理，反使着两口刀直杀过来。劣兄摆刀相迎，那大人竟回身跑了。劣兄因有贤弟在大人书斋内，谅不致要紧，所以追下那大人去了(补叙分明)。可煞作怪,贤弟,劣兄追来追去,那大人老在前面,追他不上,不但如此,而且愈追愈小,渐渐地冉冉没了,不知所在,这不是件奇事吗(确是骇人)?如非前几时有那些妖法作祟的事,劣兄几乎疑是遇见什么鬼怪呢。”

公孙策听了道:“原来恁地,雷兄所见的大人,大概又是那活神仙羊子贞所为。据计兄所言,他住在东岳庙,不知东岳庙在何处,兄如认识,咱们唤醒余、马二兄,一同到东岳庙去找他。”

雷洪尚未回言,猛可里见公孙策背后(雷洪对面故)来了个丈八金刚,手执一把钺斧,跳纵而来,不由唤道:“贤弟,背后有人来了!”

公孙策刚要回身,却见雷洪后背来了一团黑气,也不由说:“兄长,你背后……”

说未完,金刚的钺斧已到。公孙策一扭身躯,跳在一边,回手一剑,向那金刚刺去。正中在金刚的小腹上(可知金刚之高,公孙策之矮)。那金刚吼叫了一声,舞动钺斧,没头没脸地向公孙策劈来。公孙策急将宝剑抽回,因钺斧沉重,不敢削他,只得架隔遮拦,心中奇怪,他受了重伤,居然毫不觉得(又奇)。正在犯疑,却见他那小腹创口内冒出一股白烟来,直奔自己。公孙策一惊,知道这又是什么妖法,急将身体一跳,跃到对面屋上,放出剑光来,刺一声,一道白光向那金刚飞去。只见在他头顶上绕了一下,金刚的一颗斗大脑袋已骨碌碌滚下去了。

此时下面听得,早又灯火齐明,喊声大震(此句必不可少,否则太冷淡矣)。余、马二人亦由前面上屋,杀奔将来。正见雷洪和一团黑气似的决斗,到了面前,才知并非黑气,乃是一只野熊相似的怪物,执着柄钢叉,与雷洪交手。

那面公孙策虽斩了金刚的头颅,可是金刚仍旧执斧乱劈(倒好耍子),并不曾倒下。二人见着,知道又是妖法,不由喝了一声,各将剑光放出,如两条白龙一般,直奔那只野熊也似的怪物,白光奔去如同蛇钻七窍,登时将那怪物钻成一个雕刻过的物件,腥血四溅,臭不可闻。雷洪赶着将身体跳开,让过腥血,回头却见公孙策指挥剑光,将那金刚挥为数段。说也奇怪,每段内均有白气喷出,团结在一处,登时成了层白雾。白雾里立着个三头六臂的怪物,吼了一声,直向公孙策扑来。公孙策一惊,向后一退。

雷洪见这情形,赶着也将剑光吐出,四个人不约而同地各指剑光,奔向白雾。说也奇怪(两言奇怪,俱见其可怪),飞剑虽然厉害,竟杀不入白雾。此时只觉得白雾同白光搅作一团,灼灼耀人。

四人正在留神,猛不防背后又来了两个怪物,口吐烟雾,手使水磨竹节鞭,直向四人后心打下。四人掉转身躯,和他动手,几乎被烟雾迷了眼睛,赶着将身体退后。佘笑痴心中一怒，将自己剑光收转，指挥着向两个怪物杀去。两个怪物见飞剑来了，回身就跑，早被飞剑拦腰分作两截。这边三人心中均急，将飞剑指挥着上下左右，与白雾及怪物交锋。

杀有多时，东方渐渐发白，那白雾却渐杀渐散，不似方才那般浓厚。再一会儿，四道白光竟冲散了白雾，将那三头六臂的怪物斩成粉碎。

四人收了剑光，跳下屋去，见龙公请安。龙公给四人道劳，说："这下半夜的捣乱，完全是妖术，诸位义士还是一劳永逸，到东岳庙去，将那活神仙羊子贞捉了来，立刻正法。"

四人本有此意，见大人这般说，当即应命，唤了几名快手，在前引路，直奔东岳庙。

此时天才大亮，街上行人尚少，一行人风卷残云般跑到东岳庙。佘笑痴陡然想起，捉妖道，破妖术，非黑狗血不行，赶令捕快去找。说也凑巧，庙东隔壁有家人家，竹篱笆门内，正有条大黑狗，望着众人汪汪乱吠。佘笑痴飞身入内，一把控住了黑狗的脖子，开了竹篱笆门，走将出来。有个快手，早向街上一个做豆腐小生意的借了一只桶，将桶内清水豆腐一齐倒在地上，答应他给钱，提桶走了来。又一个快班向一个挑馄饨担的借了个吹火筒来（所谓说来凑巧也）。佘笑痴大喜，掣出佩剑，将狗就捅杀了，淋了半桶血，令雷、马、公孙各将宝剑污了血，令快手跟着自己，由前门杀入，公孙策、马青锋由屋上进去，雷洪把守后门，各向卖馄饨的借了只碗，舀了狗血，分头办事。

且说公孙策同着马青锋，一手拿着碗黑狗血，一手提着口血污的宝剑，纵上屋去。

马青锋道："计兄曾说，羊子贞住在后轩内，咱们奔后轩去。"

于是二人杀奔后轩。却见一个道人，披发仗剑，坐在一只蒲团上，口中不知念些什么，喃喃不已。二人认识他正是羊子贞，喝了一声，飞身下去，不约而同地，两只碗直向妖道掷去，泼了妖道一头一脸。

原来羊子贞坐在蒲团上，正在那里作法，预备借遁逃走，却不料对方来得如此之快。本来他全仗着白莲教的一些妖术（有人说这时哪有白莲教？我笑道，宋时已有白莲教了），并不会什么了不得的武把子。此时被泼了个狗血喷头，法术已失效用，只得将身一起，拿蒲团向二人掷来。二人一让，妖道却乘势向前逃跑。二人大喝一声，在后紧追。

公孙策的跳跃本领本系极快的，此时两纵，已纵到妖道迎面立着，一把抓住妖道的前襟，拿剑柄在他身上一敲，羊子贞已是瘫将下去。公孙策解下丝绦，将他捆上。

马青锋见妹夫已得手,回身向后门杀去,逢有庙中道士,总用点穴法,将他点倒。开了后门,放雷洪进来,回身再杀向前面,正逢着佘笑痴入内。

正是:

今番屠狗擒妖道,他日为厖起仇雠。

毕竟后事如何,请看下文分解。

第七十九回

牛儿献珠断养居然民父母
龙公执法奸宄枭首肆市曹

话说佘笑痴引众杀人，见妖道已是就擒，遂令将狗血泼了妖道一头，免他作怪。吩咐差役去唤保甲到来，看守庙宇，将庙中所有道士、庙祝、火工、住持，一律绑了，然后踢活了他们的穴。将妖道穿了琵琶骨（哎呀痛来兮，何苦作妖道）重行捆绑，令两个差役抬了，径行回衙。

此时已有卯辰之交，街上行人已多，一路看热闹的甚是拥挤，差役喝道前行。一会儿到了府衙，直押到二堂上方才放下。四筹好汉入内禀知。

龙公这一夜未睡，此时正在盼望消息，一见四人入内禀知，不由大喜，先说了几句慰劳的话头，然后传命升堂（自从失印后，第二次升堂）。四位壮士分立两边。

龙公吩咐："先带羊子贞，并将本案一切人证完全提案。"

差役应命，分头而去。有两个差役将羊子贞提到，当堂跪下，可怜他从未吃过这个苦楚，穿着琵琶骨，已是痛得晕过去了，哪里还能跪？龙公见此情形，暗暗叹息，吩咐将他的绑松了，将穿着琵琶骨的绳子解下，用凉水喷面，悠悠醒转。

龙公道："羊子贞，你因甚妖言惑众，自称活神仙，两番三次地兴妖作怪，与本府为难，你系从何人学习妖法，受何人指使？从实讲来！"

两旁差役齐喝一声堂威，羊子贞仰面苦笑道（俗笔必写冷笑，是盖未细心体贴故，试思妖道此时当应苦痛强笑也）："我以仙术活人，何能说是妖言惑众？人民因感我的符箓灵应，因此送我尊号，怎说是我自称活神仙？若问我因甚与你作对，这个可不能怨我。因你的党羽公孙策、马青锋和我有仇，我要报仇，自然要来找他两个，他俩躲着不出面，所以才来找你，果真我要杀你，休说你只有一个脑袋，就是一千个，也砍你成一千个碗大的疤（恶狠狠语气，不骇杀人也么哥）。至于我的道法，得自仙传，你非但问不着，即告诉你，你肉眼凡胎，也是徒然。我来找公孙策、马青锋二人报仇，何用别人指使（干干净净，却也爽快）？"

龙公大怒，喝声："妖道！你休执迷，本府已知你是受的毛巡按的指使，还用狡辩？快招！"喝着，将惊堂木一拍。

羊子贞哎呀着冷冷地道："你既已知道，还问我干吗？老实说了吧，丈夫做事，一人闯祸一人当，用不着拖泥带水，这便是我的口供。如要再问，恕不奉答（如此大架子的囚犯，却是鲜见）。"

龙公更怒，喝令掌嘴。差役应声，上前啪啪啪，一连十几下，打得羊子贞口中鲜血直流。

龙公拍案喝令："快招！"

羊子贞忍痛抗声道："我已说过，没有别的可供。"

龙公令差役带下，吩咐将云中龙带案，问他："与毛巡按因何认识，徐文通怎会认识，介绍羊子贞给毛巡按是何用意，因何差林子才到此盗印？从实招来。"

云中龙心中一想，反正是这笔账，何苦使皮内受灾？索性直供，事情太大，看他如何办法？想定主意，不由冷笑道："龙宝山，你坐稳了，云大爷说出来时，你休惊得跌倒了（此可称特别供词）！云大爷乃是暴五爷的庄头，淮安地方，谁不知晓（好货）？毛巡按大人与我自幼交好，认识已非一日。徐文通嘛，那也是多年好友，他将羊子贞荐到云大爷家中来，云大爷因见他仙术灵应，才荐他到巡按衙门。至于用意，不消说得，是和你为难（可谓各自死其党）。羊道爷完全是找马青锋、公孙策，不存心与你十二分作对，因此我才请林子才来盗印，好使你罢职丢官，回到偃师县去。那时再送你的狗命，免得被人说杀官如同造反。"

龙公忍怒，又问："因甚勾结狱卒，放走贡德厚？"

云中龙道："贡德厚也是我的知交（然则狐群狗党，诚哉其夥颐也），朋友有难，岂有坐视不救之理？自然要设法救脱，不曾纠众劫狱已是十二分的客气了。"

龙公闻言，命录事录供，拿下去，令他具结。

云中龙伸手画了个十字。

龙公命："带下去，带毛秉忠上堂。"

毛巡按立而不跪，骂声："龙宝山！你将本院拘捕，以下犯上，少不得圣旨到来，要治你狂妄之罪。"

龙公大怒，喝声："牛儿，你乃暴武扬家中的一个恶奴，钦案中重要人物，胆敢大模大样，见了本府立而不跪，左右，给本府打这狗才。"

差役应声上前，将牛儿的腿弯一踢，登时跪倒。

龙公道："牛儿，你将你以前怎样教唆暴武扬，打死刘子章夫妻，夺取刘家宝珠，以及进京后，如何见善庆王。直到现在，因何得身列仕途，从实招来。

如有半字虚言,本府情愿知府不做,将你立毙杖下。来！左右,给本府抬大刑伺候。”

牛儿见龙公如此神情,不由着惊,暗想,索兴说破,事情大了,谅他一个小小知府,也断不了。果真押解进京,到京不妨翻供(写牛儿奸险,前后一律)。遂说:“龙宝山,你要问本院(按:院跪知府作阶下囚,自有本院以来,未之前闻也)的前后事情,太啰唆了。本院和你抄总说吧,当初暴五爷见宝起意,因之夺宝兴祸。不料活宝未曾到手,死宝确曾得到。后来移尸纵火,反正你已知晓(看官道,我等也知),不用再讲。当时我进京时,乃系带了刘家的宝珠走的(应前文)。到了京城,见过王爷,王爷并不知有夺宝等事,故此本院也未将宝珠献上。恰值马青锋大闹王府,本院思忖,王府难以久居,遂溜出王府,改投宁王府内,充当一名记室。因此献上宝珠,以作进身之阶,果然宁王大喜,遂给本院改今名,捐监补员外郎,设法外放。本院不惜金钱,竭力运动,正值其时宁王奉旨就国(夹写史实,所以征信),本院遂随王驾出京,第一任便做了南昌知县,随又升任知府。到北京做了手脚,邸报上竟改了个科举出身(一个大关系),事后又花费银钱,升任为巡按。本院因念暴五爷死在你手,故此要设法报仇。”

龙公闻言,喝问:“牛儿,你要给暴武扬报仇,特地聘请羊子贞,纵令云中龙,派林子才盗印,可是真的?”

牛儿昂然道:“羊子贞是云中龙荐来,林子才我不认识,你既这般说,我便承认,也没甚要紧(说得没气力)。”

龙公令他画了供,遂令带林子才。

林子才到了堂上,见云中龙已招,自己自然招认,毫不抵赖。龙公令他也画了供,吩咐带贡德厚,以及作弊的狱卒、有嫌疑的两名班头,一齐上堂,逐一问过。那两个班头哪里肯招？龙公心中明白,本署中上上下下,和此事有关的,不知要有若干人在内,此事如果穷追,定要生出意外,只得给他二人设法开脱。问了几句,即命还押。

问过这一起,传东岳庙的道士上堂,问他因何容留匪类。道士诉称奉巡按衙门的示,有活神仙到庙建坛,不敢不遵。龙公令他画供,唤牛儿上来对了词,随着差役将东岳庙中道士等人一齐开释。

龙公又令将巡按带来上任的人,一齐传上堂来,逐一问过,都说是宁王府的佣仆(用硬顶):“不知毛大人是牛儿,否则小人们怎肯来做这奴的奴(妙语,今之为奴的奴者,滔滔皆是也)?”

龙公也令画了供,即刻当堂判定罪名。牛儿冒充斯文,改名夤缘为官,到任后贪婪不法，且系钦犯，拟绞，候旨定夺。羊子贞妖术害人，云中龙窝留匪类，林子才盗印作贼，贡德厚越狱潜逃，均拟斩。其余均按律定罪有差。

判后，令将各犯寄监，行文本城总兵、守备等武职，派兵弁，日夜驻扎监外严防，以专责成，一面申详上宪，一面拜本进京，将前表漏列各点，如毛秉忠系献珠进身等情，一律叙入，立差快马，星夜入京。

断毕退堂，龙公设宴，给四位义士道劳贺功。

正在此时，恰值计全胜由外面来见。佘、雷、马、公孙四人赶着迎入，见过大人，大人给他道劳，问他夜来宁仁怎样。

计全胜道："小民正为了此事而来。宁仁昨夜由城头回去后，到万安旅馆，与梅癞子等一班人会面，小民冒险跟踪而去。到了里面，痛陈利害，大家齐说好，就此动身，因此大家今日一早走了。小民特来报信。"

龙公同着四位义士一齐大喜。一会儿，酒席已齐，摆列在厅上。龙公让五人坐，五人如何肯坐？再三谦辞，结果还是龙公坐了首座，全胜二座，其余依次坐定。龙公想起周、文两位师爷，令邹福去请。回报："文师爷就来，周师爷已于昨夜动身走了。"

龙公诧道："他因甚走了呢？又未告假，是何缘故？"说着，文吉征已到，众义士让座。文师爷不肯，坐了末座（可谓忝叨末座）。

龙公问他："可知周师爷因甚不辞而别？"

文师爷回说："不知。"

计全胜坐在一旁，忍不住好笑。龙公问他笑什么，计全胜笑道："大人以仁慈为怀，推心置腹地待人，不必追问了（又奇）。"

龙公见说，更加疑诧，越问何故。

计全胜笑道："周师爷不辞而别，就是因为印信在了，他装病本想偷冷不防，好乘便逃走。不料大人恩典，派人看护，无形中竟如监视。他病一好，看视的人也无了，他不走，还在此等死吗（奇峰突起）？"

龙公大惊道："义士，如此说来，印竟是他盗的？"

计全胜笑道："通同作弊是有的，监守自盗却不曾。因为印没了，他不得不装疯掩饰（到此方知前文是奇文）。总而言之，林子才盗印是真的，周师爷引他到印房取印也是真的。大人请想，否则印房门关着，夜行人的遗火流光法如何能滚进门去呢？所以周师爷能这样说的，也是借了衙中闹妖魔的势，否则他绝不这样说了（否则真易穿帮）。"

龙公闻言大惊，便是众人，也无不惊异，暗说，咱们原来都在鼓里呢。

龙公问计全胜何以知道。

计全胜笑说:“在宁仁那里听来的。”

龙公不胜叹息。

正是:

人心不同如其面,听言视行吾改是。

毕竟龙公追咎周尔培否,请看下文分解。

第八十回

母舅贪财欺心吞产
同窗妙计蓄意粘名

话说龙公闻得此言，不由太息道："真是万想不到，周师爷也会作弊。本府念他前劳（应前私访），从宽免咎，只望他悔过自新（君子与人为善）。"

文师爷同着五位侠义同声感叹，说："大人海涵宽容，周尔培有知，定当衔感。"

龙公又道："计义士，烦你下次见了宁仁时，再恳切劝诫他，本府绝不追究既往。"说着话，龙公命邹福、郎奴二人在旁斟酒。

这一餐酒席，如非周师爷的事扫了兴头，真要称酒落欢肠。只因有了周尔培的一件事，大家面上虽然无所表现，可是心中终不免有些介介，因此当时大家酒只饮有对成数，即便停杯传饭。

饭后散席。计、佘、雷、马、公孙五筹好汉谢了大人，计全胜便就此告辞，说："本人本系为了宁仁，绕道到此，现在宁仁的事已承大人的恩施格外，不予深究，其事已完全解决，本人无再耽延之理。"

龙公略一留住，便命邹福入内，封二百两银子，送将出来。龙公自己双手奉与计爷，说："义士，本府送这些许路费，不成意思，务望笑收。"

计全胜再三不受，说："大人这个赏赐，小民不敢领，求大人将来散给贫民吧！"

龙公知道他嗔怪自己小觑了他，遂将银子收了，说了许多申谢的话，并说："本府并非小觑义士，送程仪乃是出于至诚，义士休错会了意。"

计全胜笑谢："不敢，小民如收了赏赐，将来江湖上必流传为话柄，不说小民是为劝宁仁，反要说小民是为利而来（侠义爱名，古今一律）。那时小民可不就因此断送名誉吗？"

龙公见他这般说，越发佩服他侠肝义胆，处处肯为了朋友牺牲自己。

计全胜躬身告辞，龙公降阶相送。计全胜谢别出外，佘、雷等四位侠义陪送出来，邀在班房内坐了一会儿，谈了些近来江湖情形，然后送计全胜出衙。大众相约后会之期。

计全胜陡然想起道："劣兄听得人言，孟氏四金刚在滦河设立聚英馆，摆什么擂台，大概不久劣兄总要得着确信，那时劣兄再着人送信给四位（伏后热闹文字），否则劣兄同四位在汶上罗汉寨秦化龙那里，或是黄河渡口褚二那里，总可相见。因近来他们也筹备什么罗汉会，要想邀天下豪侠到山东道上，总数五百人，合计为五百尊罗汉尊者。就五百人中，挑选十八尊罗汉（为十八侠题名伏根），提倡提倡拳术，大概不久将有请帖发出。他们与四位多半相识，谅来定有请帖到来，那时咱们总要会面的。劣兄就此告辞。"说罢，拱手。

四人回声给他道劳，躬身拱手相送，直等计全胜的影子看不见，方才回进里面。到班房内坐下，四人闲谈。

佘笑痴道："劣兄只知道孟召弟兄方面要闹什么聚英馆，却不料山东道上的八大罗汉又要玩什么罗汉会。经过这两处的比赛，虽不似皇帝家考武考那样人才济济，但也得一重后浪催前浪，一辈新人换旧人，也不知要增添出几许人物出来呢（看官至此，心痒难挠，急欲看下文热闹矣）。劣兄此番来，总算帮着将事情办了差不多。如今山东道上有这么件大事，劣兄由东昌府出来，并不曾听得，这乃是家乡之事，岂可不回去哨探哨探？况且咱们师兄弟也多时不聚会了，正好借此机会，大家碰碰头，做一番大规模的侠义事业。好在此地事情已差不多了结，劣兄意欲就此动身，往各师兄家中送信，约到寒舍聚会，然后同往汶上。日期此时不定，容劣兄先去打探着罗汉会期，何时举行，咱们总当在他们的会期前半月相会。三位贤弟，看是如何？"

三人齐说："好！但兄长为何这般要紧走？便再在此住几时，也不要紧。"

佘笑痴道："不！凡事预则立，不预则毁，咱们弟兄们虽不敢自称为天字第一号的英雄，但也总算过得去。如果这种会期都不敢去赴，还算得了什么好汉呢？既要去凑热闹（上海人所谓轧闹忙），不能不有所预备，先要调查他们的会期，后要邀请众位师兄弟，如耽延在此的日期一多，恐怕来不及。反正这里有三位贤弟，谅无大碍，况且劣兄本与这里是风马牛，理应不在其位，不谋其政，因为有三位方才到此助力。此时事已完毕，自应自往外去溜达溜达，闯一回道儿。咱们相处的日子很长，何在乎现今多盘桓几日呢？"

三人见他如此说，不便相强，只得吩咐伙计："去关照厨房，明日预备上好酒席，公请佘爷，给他送行。"

伙计去后，四人又叙了些话，然后议论今晚防范之计。仍旧约定前后夜，分两班，上半夜马青锋、公孙策，下半夜佘笑痴、雷洪。

公孙策陡然想起道："佘兄不久要回，昨夜辛苦，今晚怎好再熬上一夜呢？明日且须动身，咱们哥弟三个，依小弟看，不如分为拈阄，轮谁今日值夜，便是谁的责任。以后以年龄为断，谁大谁先值班，以后即如此轮流，每人一夜，免得常须商量。"

雷、马二人自然赞成，于是写了三个字卷儿，背面卷好，放在桌上。三人各拈一个，开看，结果公孙策第一个值夜，雷、马却依次无讹。于是公孙策这夜在屋上巡行了一遍，辛苦了一夜，第二日清晨，方才安息。

一觉醒来，已是红日三竿，龙公正在早堂理事，公孙策赶着梳洗毕后，意欲到堂侍候，却见邹福进班房来，说："公孙爷起来了，好哇！"

公孙策也回问了他的好，说："大人已升堂理事了吗？"

邹福应道："是。"随说："大人因这几日，公孙爷同着诸位义士都很辛苦，虽同是在此当差，也应分个彼此。大人今早说过，昨夜公孙爷辛苦了一夜，今日理该休息，不能照常例站堂听差。便是雷爷、马爷，方才一早都告了假，特地知照我，在此侍候，他们二位爷同着佘爷，往大觉寺送计爷行去了。因公孙爷一夜未睡，不曾惊动，他们说自会在计爷面前说明的，命我转告公孙爷，不要怨怪他们。大人也命我在此侍候，叫公孙爷休息休息，不要拘礼，应卯站堂。"

公孙策听了这话，才知佘、雷、马三人不在此处原因，遂说："邹管家，承大人这般优待，我也只得恭敬不如从命了。烦你转禀大人，我今日不再站堂就是。"

邹福道："正该如此。"说罢，掉转身来走了。

公孙策在班房中喝了两盅茶，命伙计取点心来吃。用罢点心，想着佘笑痴就要动身，遂走出衙去，意欲买点儿东西送给佘爷。刚出得门，恰值佘、雷、马三人说笑而来，见面就说："送计全胜上路，未曾惊动贤弟，不要见怪。"转口即问："贤弟，这会儿出衙，往哪儿去？"

公孙策笑说："邹福已说过，小弟已知道了，反正三位已给小弟在计兄面前说过就是了。"遂又说："这会儿出衙，想去买点儿东西，送给佘兄在路上受用（然则买吃食也）。"

佘笑痴道："幸亏遇着，不然贤弟定已买了来，几乎白破钞。劣兄有个古怪脾气，他两位是知道的。"说着，将手一指雷、马二人道："我素来不在路吃茶食店内做就现成点心，咱们自己人，贤弟别花费。"说着，扯了公孙策的手，向衙内便走。

公孙策见他这般说，也只得不买，跟着三人同行入内。到了里面，在班房中坐了一会儿。那时龙公已退了堂，四人同往后衙，给大人请安，并报告计全胜已动了身。

佘笑痴乘此即向大人辞行，说本人听得计全胜的话，心念着家乡事情，又要往各师兄处探望，不能再在此耽搁。

龙公忖念留他不住，况且他此来，乃是帮忙性质，不好强留，只得说："佘义士，既要荣行，本府不能强留，但望在此再居一日，本府今晚设宴，给义士饯行，聊表敬意。义士不可推托。"

佘笑痴见大人这般勤恳，不好推却，只得称谢应允。

四人退到班房，吩咐伙计，命厨房将昨晚吩咐预备的酒席送到班房里来。四人依次坐下，浅斟低酌，闲谈各人的志愿。生平万想不到，会到衙门当差，做三班六房的捕快头儿。四人说说笑笑，一会儿，酒饭毕后，大家同出衙门，到街坊上闲逛了一阵。佘笑痴买了些送人的礼物回衙。

邹福已是立在班房门口张望，见四人来了，大喜相迎道："大人命我请四位到后衙去饮酒呢。"

四人笑说："大人今日不升堂了吗？"

邹福道："大人因佘爷就要走，有些依恋不舍，故此今日不升堂问事，要和四位爷痛饮一醉呢(写龙公待侠士甚诚)。"

四人听了，甚是感激，回说："管家先去，咱们就来。"

邹福走了，四人到班房内，拂去衣履上灰尘，佘笑痴将所买礼物丢在桌上，四人喝了两口茶，然后到后面去。大人起身相迎，说："席已摆好，久候多时了。"

四人道谢，并说："害了大人久等，实深不安。"

龙公笑说："不妨。"坚邀佘笑痴首席。

佘爷如何肯占，说："昨天有例在先，小民焉敢有僭？自然大人请上。"

龙公无奈，只得上座。佘笑痴坐了二席，雷、马、公孙依次而坐。邹福、郟奴一旁伺应，斟酒上菜。饮啖之间，龙公再三申谢佘义士相助之功，并夸奖计全胜以及诸位的义气，将诸义士推崇备至。四人少不得要客气一番。

当时一席酒直饮到掌灯后，方才传饭。饭后，四人谢了大人，佘爷更给大人告辞，说："本人明日一早动身，不再来请安辞谢了。"

龙公起身说："义士请自便。"随又说："本府不便相送，请雷、马、公孙三位义士代表本府，送义士一程吧！"

四人答应着，退将出外，在班房内坐下。今日轮着雷洪值夜了，因此雷洪坐了一息，将衣服换了，带上一切物件，请师兄早些安置。并托马青锋、公孙策两位陪伴佘爷，自己出班房，上屋巡查，又到下面前后巡视。如此周察了两遍，便到内书房屋上来，坐守了一会儿，又到各处巡行了一次。如此防守，直到天明。

雷洪因佘师兄即欲动身，故此到班房，并不安息。那时佘、马、公孙均已起身，佘笑痴正打叠自己包袱，以及礼物等项，收拾未毕。雷洪入内，请了师兄早安，问了马、公孙二人的好(有分别),然后更换衣服,洗面梳发。

梳洗毕后,佘爷已收拾齐备,雷洪忙命伙计传点心来,四人用饱后,抹了嘴脸,雷、马二人分给师兄拿了东西,让佘爷前行,公孙策在后相陪,一行四人,直送出淮安北门。佘爷再三挡住,说:“休远送了,烦三位回去,给劣兄道谢大人。”说罢,抢接过雷、马二人代拿的物件,背在身上,拱了拱手,迈开脚步,扬长而去。

三人等佘爷转了弯,影子被树林遮住,方才回城。到府衙见大人回话,到里面请安,以为大人定然早堂未散,谁知回到衙内,大人并未升堂理事。三人心中疑惑,不拢班房,径行入内,却见大人正在书斋,手中拿着张状词,和文师爷二人对坐着谈话,那光景像似研究案情。

三人进去,给大人请安,又问师爷好,复回禀了佘爷已走的话。

龙公慰劳了三人几句,接着仍望着文师爷道:“在师爷看,此案该如何断法呢?”

三人站在旁边,只见文师爷仰视屋梁,若有所思,并不回言。半晌,老不作声。好一会儿才说:“大人,此案狡狯特甚,需要详细研究,殊非一时所能解决。”

三人听着两下问答的言辞,看着二人说话的神情,知道大人手中拿着的那张状子,定是件疑难案子,忍不住问道:“大人,不知所为何事,如此难断?”

龙公见问,将手中状子递给三人道:“三位义士,且看这个。”

三人将状词一看,方才明白,齐声诧称疑难。说着,将状子仍递给龙公。

看官,你道是何案件如此疑难(正要请教,看官问得慌了)?

原来便是上文失印后,在刘云告状前递进来的那张状子(前文到此揭晓)。初看去无非是件寻常案件,外甥告母舅侵吞产业,可是细看去,情节却很可研究,究竟怎样的疑难?待在下向看官们报告报告。

原来淮安城中,有家富户,姓明名伯慎,祖上遗产本来豪富,自己又善居积,在城内开着两爿典当、两爿槽酱坊、三爿陆陈行,买卖既好,家财更裕。不料天公不作美,未多给几年阳寿,明伯慎才三十三岁,即已一命呜呼,寿终正寝。临危之际,将娇妻、弱子托给他内兄匡国文。

匡国文本系他典当中的经纪,向来经管明家的一切账目,可算得是个总理兼账房,所以明伯慎临终,将家事完全托付了他,一则因他为人诚信可靠,多年的伙计;二则因他是骨肉至戚,处理当可无秘。

匡国文自从受了妹婿的遗命之后,始而治丧办理善后,继而经营商业,征收田租,一切事务,无不萧规曹随,兢兢业业的,办理得井井有条。一连几年,均是如此,因此明氏族中,上上下下无人不赞他一声好,有干办,不负明伯慎所托(反跌法)。哪知表面如此,实际上却不尽然。

原来匡国文自从妹婿死后，大权在握，心中暗喜，欺他妹子年轻，又是女流，不大通外面世情，外甥又幼稚不解事，大可为所欲为，因此遂存了个侵占家产的心肠。只因用的是消极的渐进主义，并不用积极的明显手段，故此人也不知，鬼也不觉，上了他的算计。

看官，你道他用的什么算计，侵占了人家的产业，还落得人家称他一声好呢？嘿！提起来，虽不稀奇，却也厉害。

原来他对于明家原有的产业，始终不曾动他一分一毫（然则从何下手，读者试猜之），却于明家的生产方面的盈余项下开上一注大花账，将这笔钱购买田地、房屋，契据上面却是写的匡国文自己的名字。此外凡是代明家新置产业，他也在那契据上写上自己的名字。

如此多年，明家的产业如故，虽不曾败去一分一厘（即此恐在今日，已是难得耳），但是匡家的私产却一年多似一年了。因为如此，人家不无疑心，但是口中却不能不说他好，因他并不曾给明家断送了什么（此之谓善作弊）。在匡国文自己，以为若干家财，可以无形取得，却不料他的外甥明少卿竟于暗地里和他做了冤家对头。

原来明伯慎死时，明少卿方才七岁，除去嬉戏之外，各事全不知道。每日在书房里读书，家中事、铺里事，他丝毫也不明白。浑浑噩噩，混了十个年头。

看官都是明公，一个人的知识是一天高似一天的，明少卿到了十七岁，仍旧在书房内读书，为的是他母舅希望他十年窗下苦，平地一声雷，博取一个功名，故此他仍旧终朝每日，咿咿呀呀，对着书本儿下苦功，不曾问过家中经济上的一些事。

话虽这般说，明少卿毕竟多读了几年书，知识是高的，再加上有句俗话，叫作"瞎子还有亮子挑"，明少卿在书房念书，闲下来也未尝不想到家里的事，思忖怎么自从父亲死后，家中产业竟不曾稍增一点儿，而母舅名下的产业反而一年多似一年呢（人之恒情，如此如此，独不思丝毫未败明家产业耶？噫！人心不足，何如此也）？因此一怀疑，不免就暗地留心，所谓"有之于心者，不免举之于口"，明少卿既存此心，免不得就于不知不觉中流露了出来。就有那好多话的（竟祸从口出，奈何不慎言），挑眼儿将他舅父用明家的钱置匡家的产的事一齐和盘托出。

明少卿听了这番话，心下大悟，更有一说"要得人不知，除非己莫为"。明少卿既留心在意，自然不久，即将他母舅的破绽看了出来，但因这种事难于对付，如要合浦珠还，须得大费气力。因此明少卿处心积虑，思量一种计划，好使他舅父服服帖帖地拿将出来（如此外甥，其实也要不得）。苦于搜遍枯肠，竟想不出良好主意。

他有个同学,名唤路晓楼,和他同年。路晓楼的父亲在淮安乃是著名的恶讼师,自从龙公到任后,他怕龙公的严明,暂时偃旗息鼓,不曾露出脸(补一句)。路晓楼幼承家学,在书房中给同学们想好想歹,出些主意,混些白吃白喝,是有名的,同学们都送给他外号,叫他作绍兴师爷。

明少卿因自己想不出念头,遂将此事前后一说,和他商量,问他有何方法。

路晓楼听罢,略不思索(是个讼师),便问:“您舅父的账箱是否放在您家内?”

明少卿道:“不！放在典内。”

路晓楼又问道:“您舅父的重要文契是否都在账箱内搁着?”

明少卿道:“不大明白(如说明白,便是俗笔)。但想来那都是重要的,大概总在那账箱内,是可以无疑的。”

路晓楼笑道:“这个容易,从此以后,您对于您舅父,切不可露半句不满意的话来,一味地逢迎,拍他的马屁(即此已不易)。等他欢喜你(看官们留心人来拍马)不防你时,你便乘空将他的账箱偷着开开,将里面契据一齐取出,用剪刀将你母舅的名字剪下,然后又重行用糨糊粘上,手脚务要做得干净,像似挖补的样子(乖乖龙的冬,好恶的法儿),然后将他照原样儿折叠,放在箱内,仍旧锁上。过上些时,您便到官厅告状,如此一来,不怕您母舅不服服帖帖地将全部产业拱手还您(果然是奸计)。”

明少卿听了,连赞道:“果然是个绍兴师爷,真正厉害。等我事成之后,要重重地谢你(生出以下无数奇文)。”

由此以后,明少卿遵着路晓楼的计策,逐日价拍他母舅的马,说他年纪大了,如此辛苦,真不容易,外甥将来要功名成就,定要请旨旌表(好话)。说得匡国文大乐(人情喜谀,此所以易于中人计也)。

明少卿如此由浅入深,骗得他母舅一日亲近似一日,由典里搬到家中来住(即此已不容易)。久而久之,匡国文的秘密都被明少卿探得清清爽爽,果然一切文契都在账箱内搁着。

那日也是合当有事,匡国文因佃户不肯缴租,亲自下乡去催,须得两日才能回来。因此明少卿得着机会,他本早经私下画了账箱上的锁样儿,配好钥匙,此时乘空,出人不意,将账箱打开,依着路晓楼的计策,将一切文契上有“匡国文”三字的,均给他剪下粘上,好似裱画匠糊表古人真迹碑帖,慢慢地一张一张地剪下粘好,然后依样葫芦折叠好了,照旧放在箱内,上了锁,将配来钥匙敲坏扔了(精细之极,运笔如鬼斧神工)。不露声色,仍旧照常到书房内和路晓楼商量,拟具状子。过了些时,才到府衙控告。

正是:

劝君休将人作傻，恶人自有恶人磨。

毕竟龙公如何判决此案，请看后文分解。

读者注意，以下即有恶讼师教唆盗产、龙公聘华氏为妻等各种奇案，滦河四大金刚设聚英馆，众侠义夜闹孟氏别墅，傻汉与孟云霞私通，众豪杰挑选十八罗汉，羊子贞越狱逃生，宁仁采花惹祸，粉金刚奇淫果报，公孙策奉行戒律杀师兄，万岁饬查夜明珠，白莲教妖法害人，龙宝山奉旨平贼，一切忠奸、正邪、男女侠义热闹节目，完成全璧，尽在下集分解。

图书在版编目(CIP)数据

九义十八侠 / 张个侬著. -- 北京 :中国文史出版社,2022.3

(民国武侠小说典藏文库. 张个侬卷)

ISBN 978-7-5205-2917-4

Ⅰ. ①九… Ⅱ. ①张… Ⅲ. ①侠义小说-中国-现代 Ⅳ. ①I246.5

中国版本图书馆 CIP 数据核字(2021)第 067481 号

点校整理:清寒树 旷 野

责任编辑:薛媛媛

出版发行:**中国文史出版社**

社 址:北京市海淀区西八里庄路 69 号院 邮编:100142

电 话:010-81136606 81136602 81136603 (发行部)

传 真:010-81136655

印 装:北京新华印刷有限公司

经 销:全国新华书店

开 本:720×1020 1/16

印 张:27.75 字数:456 千字

版 次:2022 年 3 月第 1 版

印 次:2022 年 3 月第 1 次印刷

定 价:79.80 元